Tessa Korber, 1966 in Grünstadt geboren, studierte Germanistik und Kommunikationswissenschaft und promovierte anschließend. Sie arbeitete in Verlagen, im Buchhandel sowie als Werbetexterin und Dozentin und schreibt seit 1998 historische Romane. Nach einigen in der vorchristlichen Zeit angesiedelten Romanen wandte sich Tessa Korber mit DIE HÜTERIN dem europäischen Mittelalter zu. Sie lebt mit ihrer Familie in der Nähe von Erlangen.
Mehr über die Autorin erfahren Sie unter www.tessa-korber.de.

Weitere Titel der Autorin:

Das Erbe der Schlange

Tessa Korber

DIE HÜTERIN

Historischer Roman

BASTEI LÜBBE TASCHENBUCH
Band 16383

1. Auflage: März 2010

Vollständige Taschenbuchausgabe
der im Gustav Lübbe Verlag erschienenen Hardcoverausgabe

Bastei Lübbe Taschenbuch und Gustav Lübbe Verlag in der Bastei-Lübbe GmbH & Co. KG

Copyright © 2008 by Bastei-Lübbe GmbH & Co. KG, Köln
Textredaktion: Martina Sahler, Isolde Grabenmeier
Titelillustration: © Artwork HildenDesign, München
unter Verwendung von Motiven von shutterstock
Umschlaggestaltung: HildenDesign, München
Autorenfoto: Monika Schell
Satz: Dörlemann Satz, Lemförde
Gesetzt aus der Berkeley
Druck und Verarbeitung: GGP Media GmbH, Pößneck
Printed in Germany
ISBN 978-3-404-16383-0

Sie finden uns im Internet unter
www.luebbe.de
Bitte beachten Sie auch: www.lesejury.de

Der Preis dieses Bandes versteht sich einschließlich
der gesetzlichen Mehrwertsteuer.

I. Die bunten Flaggen, sie wehen

1

Ein frischer Wind wehte über die Klippen an der Küste von Dorset und ließ die bunten Wimpel knattern, die der Herr von Forrest Castle in seinem Zuge führte. Mehr als eine Böe brachte heftigen Regen, der die Hochebene schraffierte und in die Gesichter der Reiter sprühte, dass so mancher seinen Mantel enger um die Schultern zog. Das kurze Grün der Wiesen hier oben sah karg aus, leer gewaschen wie der weite Himmel, der sich darüber spannte. Nur wenige blasse Blütenköpfe zitterten jetzt im März schon zwischen den Halmen und duckten sich vor den Hufen der Pferde, die mit dumpfem Klocken auf dem felsigen Grund aufsetzten.

»Noch weit bis Windfalls?«, fragte eine Stimme. Im selben Moment fluchte der Sprecher, da sein Tier auf dem feuchten Grund ausrutschte und ins Straucheln geriet. Dampf stieg aus den Nüstern des Rappen, als er sich schnaubend wieder fing, und der Reiter wurde von seinen vermummten Kameraden mit gutmütigem Spott überschüttet.

»Vorsicht, Rowena«, riet auch der Baron seiner Tochter, »der Boden ist schlammig und die Küste steil.«

Aber es war vergebene Mühe. Lady Rowenas Herz pochte im Rhythmus des Trabs, den sie ihren Zelter gehen ließ, und war Wegen, Wind und Wetter bereits weit voraus. Es schlug schon erwartungsvoll dort vorne, wo in einer Senke sich die Umrisse der Stadtmauern von Windfalls abzeichneten und daneben das

Ziel ihrer Reise: eine zweite Stadt, ganz aus Holz und wehenden Stoffen, die trotz des trüben Wetters im Morgenlicht leuchteten. Klein und kostbar wie eine Miniatur lag sie da, geschaffen für einen besonderen Zweck. Für einen Moment riss der graue Himmel auf und tauchte alles in einen silbrigen Schein, der Rowena einen Jubelruf entlockte.

»Seht nur!«, rief sie und trieb ihr Pferd weiter an. »Seht, wir haben es fast geschafft. Ich glaube, ich kann schon die Fanfaren hören!« Mit lachendem Gesicht wandte sie sich im Sattel um. Regen troff aus ihren Schleiern und färbte dunkel, was von ihrem Haar zu sehen war, das an anderen Tagen in einem milden, rötlichen Gold schimmerte, dem ganzen Stolz ihrer Zofen, die sich darum stritten, es abends bürsten zu dürfen.

»Hundert Striche«, pflegte ihre Mutter zu sagen, als sie noch lebte und selbst diese Fülle gebändigt hatte, die schon dem kleinen Mädchen bis auf die Hüften fiel. »Hundert Striche«, wiederholte nun Mabel jeden Abend am Kamin mit andächtiger Stimme und neigte dann den Kopf, um zu bewundern, wie das Haar ihres Schützlings im Feuerschein glänzte.

Nun drängte es sich feucht und hagebuttenfarben unter der Kapuze des grünen Tasselmantels hervor. Rowena störte es nicht, genauso wenig wie die Tropfen, die über ihr Gesicht rollten, dessen sonst elfenblasser Teint heute vom Wind gerötet war. Und ebenso wenig wie am friedvollen Kaminfeuer vermochte sie stillzuhalten. Ihre farngrünen Augen funkelten unternehmungslustig. »Der Letzte ist ein Sumpfhuhn!«, rief sie und gab ihrem Tier die Sporen.

»Mylady, nein!«, rief wehklagend ihre arme Mabel. Aber der Zelter des Mädchens trabte bereits an.

Rowenas Vater öffnete den Mund zu einem Schreckensschrei. Er erklang zugleich mit dem gequälten Ruf von Rowenas Tier, das spürte, wie seine Hufe abglitten, und den schweren Körper herumzuwerfen versuchte, der unaufhaltsam Richtung Klippen glitt. Die Mähne flog und sprühte einen Fächer von

Tropfen, der sich vor Rowenas noch immer lachendes Gesicht legte. Der Baron de Forrester glaubte, jeden einzelnen davon zählen zu können, so langsam flogen sie auf. Klumpen von Erde und Gras wurden weggeschleudert, aufgewühlt von den panisch nach Halt suchenden Hufen, und verschwanden wie träge rotierende Planeten.

Rowenas Schleier wolkten auf, als sie fiel. Ihm war, als könne er sie noch immer herabsinken sehen, gleichsam wie durch Wasser. Ihre Arme breiteten sich aus und griffen in den Himmel. Er streckte seine Hand nach ihren Fingern aus, erreichte aber nur den grauen Horizont über dem Meer. Entsetzt starrte er hinunter. »Rowena!« Es war kaum mehr ein Laut, der sich ihm entrang. Drunten donnerte die Brandung.

Schnaubend schüttelte sich das verwaiste Pferd, den leeren Sattel auf dem Rücken, und tat ein paar Schritte beiseite, nach dem Schrecken den Kopf zum Grasen geneigt. Keiner der Umstehenden brachte ein Wort heraus. Mabel presste sich die Faust gegen den Mund.

»Rowena!« Mit einem Schrei glitt der alte Mann aus dem Sattel. Ehe ihn jemand halten konnte, stand er an der vordersten Klippe und starrte hinunter.

Und dort, aus einer Mulde voller Kräuter, blickte Rowena zu ihm hoch. Sie lag, wie sie gestürzt war, die Arme ausgebreitet, die gelösten Haare über das Moos flutend. Und das Lächeln lag noch immer auf ihrem Gesicht. »Für einen Augenblick«, sagte sie leise und andächtig, »glaubte ich, ich könnte fliegen.«

Ihr Vater sank neben ihr in die Knie und berührte ungläubig ihr Gesicht, die Haut ihrer Stirn war kalt und feucht. Aber sie lebte, sie atmete, ja, sie schien nicht einmal sonderlich erschrocken zu sein. Nach einem Moment des Unglaubens riss er sie hoch und schloss sie in seine Arme. Ihr Gefolge versammelte sich um sie wie zum Schutz vor dem Wind.

»Kannst du gehen?«, stammelte er schließlich und versuchte sie hochzuziehen. Dabei war nicht ausgemacht, wer von beiden sich auf wen stützte. Lachend half sie ihrem Vater, der ihr unbeholfen die Halme aus den Strähnen zog. Nur als er leise sagte: »Ich hätte es nicht verwunden, wenn auch noch du ...«, hielt sie kurz inne und drückte ihn mit all ihrer Kraft an sich.

Wenig später waren alle wieder in den Sätteln, mit zitternden Knien noch, aber mit wieder erwachenden Lebensgeistern und bereit, das kurze letzte Stück ihrer Reise dem Wetter zum Trotz zurückzulegen. Mabel war auf ihrem kurzbeinigen Braunen neben ihre Herrin geritten und schalt sie tüchtig aus für ihren Leichtsinn. Wenn schon der Vater es nie tat, einer musste dieses eigensinnige Wesen ja zu bändigen suchen, man sah doch, wohin es sonst führte. Wahrhaftig, Mabel konnte sich kein Fräulein sonst vorstellen, dem so etwas zustieß. Wie dieses Kind manchmal herumzappelte, das erschien ihr einfach nicht gottesfürchtig.

Rowena musste lachen, als sie es hörte. Mabel war jung, nicht viel älter als sie selbst, und noch nicht lange in den Diensten der de Forresters, aber sie hatte manchmal wirklich Ansichten wie eine alte Stiftsdame, fand Rowena.

»Stellt Euch nur vor«, wiederholte die Zofe unbeirrt ob des Spottes immer wieder und bekreuzigte sich dabei tüchtig. »Wenn Ihr hinuntergefallen wärt!«

Rowena legte den Kopf in den Nacken und spürte mit geschlossenen Augen dem Regen auf ihren Wangen nach, der herabrann wie Tränen, nur dass sie nicht traurig war, sondern – ja, wie war ihr eigentlich zumute?

»Weißt du«, begann sie schließlich das seltsame Gefühl zu beschreiben, das sie in jenen Momenten gepackt hatte, als sie schon glaubte, sie hätte den Halt unter den Füßen verloren. Da war keine Angst gewesen, keine Panik, nur eine große Ruhe und Zuversicht. Sie wunderte sich selber. »Ich glaube, ich wäre einfach weitergeflogen.« Im selbem Moment, da sie es aussprach, kam es ihr gleichermaßen albern vor und doch vollkommen wahr. Genau das war es gewesen, was sie empfunden hatte. »Ja«, rief sie, und ihre Lebensfreude wogte ungebrochen wieder auf. »Ich hätte einfach meine Flügel ausgebreitet und wäre davongeglitten wie eine der Möwen.« Und sie ließ die Zügel los, um es zu demonstrieren.

Ihre Zofe kreischte auf, schimpfte und drohte, wickelte sie fester in ihren Mantel und nötigte sie, sich ja gut festzuhalten, obwohl der Weg sie nun weit von der Klippe fortführte. Direkt in die Senke bog er ab und schlängelte sich auf Windfalls zu, das seine Gäste mit offenen Toren erwartete.

Und die de Forresters waren nicht die Einzigen, die kamen.

2

»Verdammtes Gedränge«, brummelte der Mann und rückte die Lederkappe wieder zurecht, die ihm ein in der Menge vorbeistreifender Ellenbogen auf die Ohren herabgedrückt hatte. Er war nicht groß und nicht mehr jung, aber sein Brustkasten war breit und seine schaufelförmigen Hände mit den groben Gelenken verrieten Ausdauer und Kraft. Sein Haar war noch ganz dunkelbraun und struppig wie sein Bart, aber das Gesicht mit den tief liegenden Augen durchzogen starke, lederartige Falten. Es war sicher nie schön gewesen mit dem vierschrötigen Kinn, der klumpigen Nase und den Brauen, die alles zu überwuchern drohten. Und es lächelte selten.

»Lass gut sein, Colum«, beschwichtigte ihn sein Herr. Seine Stimme verriet, dass er die schlechte Laune seines Knappen gewohnt war und sie nicht allzu ernst zu nehmen pflegte. »Halt lieber nach einem guten Schmied Ausschau.«

Ihm selber schien das Geschiebe in den Straßen nicht das Geringste auszumachen. Er stand so gelassen da, als wäre er allein auf freiem Feld, und ließ mit unbewegter Miene auf sich wirken, was er sah: die Gassen voller Menschen, die geöffneten Fenster, aus denen manche noch hinab auf das Getriebe gafften, das Aufsteigen des Rauches von den Buden und Werkstätten, wo gehämmert, gefärbt und gegrillt wurde. Das Blitzen von Schmuckstücken und Goldfäden im Stoff, der dennoch durch den Matsch der Straßen schleifte, in denen sich Lehm, Dung und Essensreste mischten; das Lachen und Plaudern, Ausrufen und Feilschen, hie und da durchdrungen von Trommel- und Flöten-Musik und dem Kreischen der vor den Köchen flüchtenden Hühner.

Der Knappe musste aufschauen, um dem jungen Mann ins Gesicht blicken zu können, dem er diente. Und wie immer gingen ihm dabei die unterschiedlichsten Gedanken durch den Kopf. Dass er ganz wie sein Vater aussah mit dem schmalen, vornehmen Gesicht und der Raubvogelnase, die verriet, dass es einst Römer gegeben hatte in Britannien. Zwar waren die Haare des Vaters jetzt silbern, während die des Sohnes noch glänzten wie Rabenschwingen und ihm weit über die Schultern fielen. Aber beider Augen strahlten in dem tiefdunklen Blau des rauen Meeres, an dem sie lebten. Nur dass der Blick des alten Earl of Cloagh weise Gelassenheit verriet, dachte der Knappe, verlässliche Klugheit, einen eisernen Willen und, nun ja, zuweilen vielleicht ein mutwilliges Funkeln von Ironie, während der junge Cedric ... Colum schüttelte missbilligend den Kopf. In seinem arglosen Blick unter dichten Wimpern schien sich die ganze Welt zu spiegeln. Viel zu schön war der Junge einfach, Colum dachte es nicht zum ersten Mal. Das konnte ja nichts als Ärger geben.

»Ein guter Schmied, ein guter Schmied«, äffte er und zog dabei seinen Herrn am Ärmel, da im Gedränge schon die nächsten jungen Gänse sichtbar wurden, die sich den Hals nach einer neuen Sensation verdrehten. Und die Bürschchen da, an deren Arm sie gingen, wären über das Interesse ihrer Damen bestimmt nicht erbaut. Zum Glück fand er im selben Moment, was er suchte, und schob seinen Herrn ohne Vorwarnung in die rußige Werkstatt hinein.

Cedric of Cloagh folgte ihm freundlich. Er war das ruppige Wesen seines Knappen in der Tat gewohnt und machte sich nicht das Geringste daraus. War Colum doch trotz seiner Launen der beste Diener, den man finden konnte, und ihm und den Seinen unbedingt ergeben. Er spürte, was einem Pferd fehlte, noch ehe es den Huf falsch setzte. Und woran er erkannte, was ein Waffenschmied taugte, das wussten er und Gott allein, aber man konnte sich darauf verlassen: wenn Colum auch nur den Geruch der glimmenden Kohle eingesogen, den Rußfirnis auf dem Zunftschild betrachtet und dem Fauchen des Blasebalges gelauscht hatte, fällte er ein unbestechliches Urteil. So war es auch diesmal; Cedric wusste es, kaum dass sie das düstere Etablissement betreten hatten.

»Fantastisch«, murmelte er, als er an die rückwärtige Wand trat und die Klinge betrachtete, die dort hing, unauffällig zwischen zwei defekten Schilden verborgen, so als wüsste ihr Besitzer nicht um ihren Wert. Die ersten Worte des Schmiedes verrieten, dass es nicht so war. »Maurisch«, krächzte er und richtete sich auf, den Hammer noch in der Hand. »Sieben Mal ist das Metall gefaltet.«

»Wenn nicht öfter«, flüsterte Cedric andächtig und nahm den Dolch von der Wand, um mit seinen Fingern darüber zu streichen. Mit einem strahlenden Lächeln wies er Colum seinen Fund. Der runzelte nur die Brauen.

»Pfoten weg«, bellte der Schmied. »Den hat der Bischof von Exeter bei mir bestellt.«

Durch Colums Gestalt ging ein Ruck. Zwar ragte er noch immer kaum bemerkenswert auf neben der massigen Gestalt des Schmiedes in der Lederschürze. Aber Cedric kannte ihn und wusste, was folgen konnte. Sanft schüttelte er den Kopf, um das Temperament seines Dieners zu zügeln. Doch konnte er sich ein leichtes Lächeln nicht verkneifen. »Deine Sprache ist so grob wie dein Werkzeug«, konstatierte er.

Der Schmied packte den Griff seines Hammers fester. Da war

etwas um diesen Jungen, das schwer einzuschätzen war. Er sah aus wie die anderen Bürschchen, die in den letzten Tagen hier zum Turnier zusammengeströmt waren, hübsch und jung, von der Mutter herausgeputzt und sicher nur zu bald mit ein paar blutigen Ohren versehen, wenn die Kämpfe erst begonnen hätten.

Andererseits war etwas an der Art, wie er sich bewegte, das den Mann beunruhigte und warnte. Der Junge plusterte sich nicht auf, er tänzelte nicht herum, machte keine überflüssige Geste. Dennoch wirkte er seiner selbst vollkommen sicher, als er nun auf den Schmied zukam. Dieser warf seinem Gehilfen aus den Augenwinkeln einen raschen Blick zu. Der Geselle hob nur leicht den Kopf, er war bereit.

»Ihr seid wohl aus dem Norden?«, fragte der Schmied im selben Moment und breitete jovial die Arme aus, um von seiner Finte abzulenken.

Der rußige Gehilfe reagierte derweil, gut eingespielt, auf das kaum merkliche Signal. Mit einem blitzschnellen Griff hatte er ein Stabeisen gepackt und es dem Jungen gegen die Füße geschleudert, wo es ihm hätte die Schienbeine brechen können.

Hoppala, wollte der Schmied schon sagen, das Gesicht bereits zu einem schadenfrohen Grinsen verzogen. Doch er kam nicht dazu. Mit einem leichten Heben des Fußes stoppte Cedric die auf ihn zukreiselnde Stange, mit einer weiteren kickte er sie zurück. Sonst machte er keine Bewegung.

Erstaunt starrte der Schmied auf seinen Gehilfen, der sich vor Schmerz krümmte, da sein eigenes Geschoss unverhofft zurückgekehrt war und ihn herb am Schenkel getroffen hatte.

Cedric vollführte einige kleine Kunststücke mit dem Dolch, den er zwischen den Fingern seiner Rechten tanzen ließ, als zöge er ihn an Fäden, eher er ihn wieder zurück in seine Scheide an der Wand steckte. Dann zog er sein Schwert. Der Schmied öffnete den Mund.

Cedric legte die Klinge auf den Amboss. »Ich hoffe nur, dass du den Hammer feiner führst als dein Wort. Sonst bin ich hier wohl falsch«, meinte der junge Ritter voller Liebenswürdigkeit.

Der Schmied schaute kurz zu seinem Gehilfen, der noch immer in der Ecke lag und wimmerte. Colum an seinem Ohr zischte: »Mein Herr ist der Sohn des Earl of Cloagh, Herr der Küste und der Insel von Cloagh seit mehr als tausend Jahren.« Er schnaubte. »Das heißt: Ja, wir sind aus dem Norden.«

»Und Ihr seid nicht falsch bei mir«, murmelte der Schmied und spuckte einmal auf den Boden. »Seid Ihr gewiss nicht, Herr«, fügte er dann hinzu. Colum entspannte sich.

Cedric grinste. »Gut, sonst hätte ich dich womöglich auch ein wenig falten müssen. Aber nun sieh her.« Ohne weitere Umstände und als wäre nichts geschehen, ging er zu seinem Anliegen über und schilderte dem Schmied mit lebhaften Worten und Gesten die Sorge, die er hinsichtlich seiner Klinge hegte, die ihm nicht ausbalanciert genug erschien.

Der Meister wurde ebenfalls langsam warm, als es um sein Fachgebiet ging, hörte sich alles an und versprach, die Mängel bis zum Nachmittag zu beheben. Auch um einen Schwertfeger, der sich an den Schliff machte, wollte er sich kümmern und versprach nur die beste Arbeit. Er hatte nichts anderes vor, als sich daran zu halten, und bereute es nicht, als er den Beutel sah, den Cedric zum Abschluss der Verhandlungen zückte.

»Ihr seid bei mir in den besten Händen, Herr«, erklärte er zum Schluss und hob die Waffe ein letztes Mal, um sie im einfallenden Tageslicht abschließend betrachten zu können. Der Regenhimmel riss nun endgültig auf, Sonne quoll hervor, vergoldete mit einem Mal alles und ließ Licht selbst in die Werkstatt fallen. Metall blitzte auf, wo es nicht von Ruß und Staub bedeckt war. Von dem Schwert selbst ging ein schwaches blaues Leuchten aus.

Anerkennend glitten die schartig verhornten Finger des Schmiedes über das glänzende Metall, als er plötzlich einen stechenden Schmerz verspürte. Für einen Moment zuckte er zusammen. Überrascht rieb er seine Fingerspitzen aneinander, als erwartete er, Blut zu spüren. Oder war es ein Funken gewesen, der ihn getroffen hatte? Aber er fand nichts, die Haut war unversehrt, nicht einmal gerötet. Auch an der Oberfläche des Metalls war nicht die geringste Spur zu sehen.

Verwirrt schüttelte er den Kopf. »Ein schönes Muster«, meinte er und trat einen Schritt näher an die Tür heran. »Was ist es, eine Arabeske?« Vor seinen vom Rauch geröteten Augen verschwamm das tanzende Muster der vielfältig sich schlängelnden eingeprägten Linien.

»Ein halbes Goldstück, wenn du es bis zum Mittag schaffst«, meinte Colum brüsk und nahm ihm das Schwert aus der Hand. Cedric steckte es in die Scheide und reichte beides dem Schmied mit demselben Lächeln eines unbekümmerten jungen Mannes, mit dem er die Schmiede betreten hatte.

Zwei Augenpaare starrten ihm nach, als er ging. »Er bewegt sich wie eine verdammte Schlange.« Der Gehilfe war aus seinem Eck gekrochen und rieb sich noch immer das Bein.

Sein Herr stieß ihn in die Seite. »Was bist du auch so eine lahme Ente. Los, heiz die Esse hoch, mach schon. Ein halbes Goldstück ist nicht zu verachten, oder?« Dabei schüttelte er den Kopf, ob über seinen Gesellen, sich selber oder den seltsamen Jungen aus dem Norden, das wusste er selbst nicht.

Andächtig setzte Rowena ihren Fuß auf die Stufen der Tribüne. Mit erhobenem Kopf sog sie den allgegenwärtigen verheißungsvollen Duft des frisch geschlagenen Holzes ein, aus dem alles hier, Schranken, Tore und Tribünen, rasch zusammengebaut worden war. Es war grobe Arbeit, und sie musste ihr Kleid vor Spreißeln und Harz in Acht nehmen, solange sie die Aufgänge nicht hinter sich hatte. Aber wie kostbar waren ihre Sitze gehalten. Dicke Teppiche, geschmückt mit Kampfszenen, blähten sich an allen Wänden und schützten sie vor dem Wind. Ihr Banner mit dem leuchtenden Grün und Silber wehte schon von der Balustrade neben dem der anderen hohen Gäste. Kohlebecken glommen ihnen entgegen, und die Kissen auf den Sesseln waren weich und mit Troddeln reich geschmückt.

»Lob sei König Richard«, seufzte Mabel, als sie ihr vom Reiten wundes und auf den klumpigen Strohsäcken der Herberge zusätzlich gequältes Hinterteil in den Sessel plumpsen ließ. »Dass er Gesetze schuf, die das Turnieren erlauben und zu einem Genuss machen, selbst für Damen.«

»Er hat genug daran verdient«, brummte der alte Baron. »Die Startgelder sind sündhaft.«

»Vater«, ermahnte Rowena ihn. Dabei zog sie sich den Schleier vor den Mund, um ihr Lächeln zu verbergen, und begann, sich unter den Zuschauern auf den anderen Rängen der Tribüne umzusehen.

Ihr Vater ließ sich nicht von seiner schlechten Laune abbringen. »Es war ja klar, dass sein geldgieriger Bruder seine Abwesenheit nutzen und noch mehr Turniere veranstalten würde.«

»Vater«, wiederholte Rowena ihre Mahnung, nun schon ein wenig ernster. Ihre erschrocken dreinschauende Zofe bekreuzigte sich. »Vielleicht«, gab das Mädchen zu bedenken, »bringt er ja auf diese Weise das Geld für unseres Königs Kriegskasse zusammen.« Sie nahm ihres Vaters Hand. »Und vielleicht kehren nach dem Sieg mit Richard auch andere lang Vermisste nach Hause zurück.«

Ihr Vater presste die Lippen zusammen. Aber er drückte ihre Hand in der seinen und widersprach nicht.

»Wer ist das dort?«, fragte sie dann, um den Baron de Forrester von seinen trüben Gedanken abzulenken.

Er kniff die Augen zusammen und folgte ihrem Blick. »Der

Chevalier de Montfort«, stellte er dann fest. Seine Stimme klang ablehnend.

»Ein Normanne?«, fragte Rowena interessiert.

»Er ist ein Freund des Bischofs von Exeter«, erklärte ihr Vater. »Er hat hier herum und in Chichester eine Menge Grundbesitz erworben. Man sagt, er hat dem Bruder des Königs Geld geboten für einen Grafentitel.« Er seufzte. »Dann wird er ihn wohl auch bald bekommen.«

»Er soll im Heiligen Land gewesen sein«, fiel es Mabel ein. »Ein richtiger Held, habe ich gehört.«

Rowena nickte. Das schien zu dem Mann zu passen, der sich dort zwischen den anderen mit der selbstverständlichen Sicherheit des Gastgebers bewegte. Oder des Heerführers. Seine Gesten hatten etwas Bezwingendes, seine Haltung war schon beinahe provozierend gelassen. Trotzdem hätte ihn niemand übersehen, nicht nur der überaus prunkvollen Kleidung wegen. Er war groß und schwer gebaut, sein Gesicht von einem Kranz springender brauner Locken umgeben, die in ihrer Jugendlichkeit seltsam kontrastreich abstanden von dem sonnenverbrannten und narbigen Antlitz. Einige der Narben mochten in Schlachten erworben sein, andere hatte er gewiss schon in seiner Jugend besessen. Sie ließen ihn rau und verwegen aussehen, dennoch keinen Tag älter als die dreißig Jahre, die er wohl war. Und seine Augen – überrascht stieß Rowena einen kleinen Schrei aus, als er nun den Kopf wandte und ihren Blick auffing.

Rasch zog sie sich den Schleier vors Gesicht, damit er ihr Erröten nicht bemerkte. Ihn so anzugaffen! Wie hatte sie sich nur vergessen können. Und nun, Allmächtiger, kam er auf sie zu. Sie hörte, wie ihr Vater aufstand, um den Neuankömmling zu begrüßen, wagte es aber nicht, den Blick zu heben, während die beiden steife Höflichkeiten austauschten. Der Baron erkundigte sich nach den Erwerbungen des Chevaliers, und dieser antwortete artig, indem er den Wildreichtum der Wälder in Chichester pries und versprach, bald einmal eine Jagd auszurichten, um seine alten Freunde von diesen Vorzügen zu überzeugen. »Ich hoffe, auch Ihr werdet mir dann die Ehre erweisen«, sagte er.

Seine Stimme war tief und dunkel, genau wie Rowena vermutet hatte, aber weicher, viel weicher dabei. Unwillkürlich überlief sie eine Gänsehaut. Und sie war sicher, dass er sie ansah, während er sprach. Und dass seine Einladung ganz allein ihr galt.

»Uns hat schon die Gnade der Einladung heute überrascht und erfreut«, antwortete der Baron abwehrend. »Wir pflegen nicht oft zu reisen.«

»Der Bischof sprach so gut von Euch, da konnte ich der Versuchung nicht widerstehen«, entgegnete Montfort. »Zumal ich hörte, dass auch Euer Sohn vor Jerusalem ...«

»Ja«, unterbrach ihn de Forrester. Es war alles, wozu er imstande war.

Montfort nickte. Rowena hörte sein Gewand rascheln, und der Hauch eines fremdartigen Geruchs traf sie, der wunderbar mit den Namen zusammenklang, die aus des Chevaliers Mund kamen: Jaffa, Jerusalem ...

»Ich sah sein Banner auf den Mauern, während des Sturms auf Akkon«, hörte sie den Chevalier sagen. »Und ich bin sicher, Ihr habt allen Grund, stolz auf ihn zu sein.«

Rowena fühlte, wie ihr Vater litt, zwischen Hoffnung und Trauer zerrissen. Sie hob den Kopf. »Wir sorgen uns nicht um seinen Ruhm, Chevalier. Nur um sein Leben.« Endlich sah sie seine Augen. Sie waren überraschend hell in dem düsteren Rittergesicht, so leuchtend wie Bernstein. Im Moment funkelten sie vor Amüsement und Neugier. Und da lag noch etwas in ihnen, etwas, das Rowena nicht zu deuten vermochte. Aber sie musste unwillkürlich denken, dass er sicherlich ein guter Jäger war, dort in seinen Wäldern, vor dem nicht nur die Rehe zitterten, sondern auch die Wölfe.

Fast bereute sie, den Mund aufgemacht und seine Aufmerksamkeit auf sich gelenkt zu haben, die so intensiv war, dass sie beinahe zitterte. Aus den Augenwinkeln sah sie, wie Mabel den Ritter mit offenem Mund anstarrte. Offensichtlich war sie ganz hingerissen von dem Mann. Auch andere hatten sich ihrer kleinen Gruppe nun zugewandt.

Montfort verneigte sich. »Es ist das Vorrecht der Damen«, sagte er sanft und höflich, »sich um den Alltag und das Leben zu sorgen. Sind sie doch diejenigen, die es uns so unerhört versüßen. Die Männer jedoch ...« Er machte eine Pause.

Unwillkürlich errötete Rowena bei seinen Worten, die trotz aller Untadeligkeit etwas Anzügliches und Herausforderndes enthielten. Sie schaffte es, eine hochmütige Miene zu ziehen. Fragend hob sie eine Augenbraue. »Ja?«, bot sie ihm an. »Wofür haben die Männer wohl Sorge zu tragen, Chevalier, dass es über das Leben hinausgeht?«

»Für den Ruhm, Mylady«, antwortete er prompt und neigte den Kopf vor denjenigen, die ihm im Publikum Beifall zollten. Dann neigte er ihr das Gesicht entgegen.

Rowena bemerkte eine Narbe, die seine Oberlippe zerteilte. Sie entstellte sie nicht, verschob sie aber gerade so weit, dass man nicht entscheiden konnte, ob er tatsächlich lächelte oder ob man einer Täuschung erlag. Unwillkürlich suchte sie in seinen Augen nach der Antwort.

»Und für die Eroberung«, sagte er rau.

Rowenas Lippen öffneten sich leicht. Röte ergoss sich über ihr ganzes Gesicht.

Er richtete sich auf und lachte. »Darum können wir auch von den Turnieren nicht lassen, der Bischof möge es uns vergeben«, rief er, und laute Zurufe antworteten ihm. Man hob die Becher, die von Dienern herumgereicht wurden, und brachte Trinksprüche auf das Königshaus und den Bischof aus.

Rowenas Vater beteiligte sich nur sehr zurückhaltend daran. Bei der ersten Gelegenheit neigte er sich zu seiner Tochter. »Einfach einen Mann anzusprechen«, zischte er ihr zu. Sein altes Gesicht über dem Schnauzer war gerötet vor Ärger.

»Ja«, flüsterte Mabel ihrer Herrin tröstend von der anderen Seite zu. »Aber was für einen.« Dabei stieß sie Rowena mit dem Ellenbogen und kicherte geschmeichelt.

»Wir hätten zu Hause bleiben sollen«, brummte der Baron.

Montfort schien es gehört zu haben. Denn er rief den Vorsitzenden des Turnierrates zu sich und flüsterte einen Moment mit ihm. Schließlich kam er auf de Forrester zu.

»Mein werter Baron, wir alle hier bitten Euch um die Gunst, dass der Sieger des heutigen Tjosts seinen Preis aus den Händen Eurer lieblichen Tochter empfangen möge. Gebt Ihr Euer Einverständnis?«

Der Baron blickte in die erwartungsvollen Gesichter des anwesenden Adels und nickte schließlich. Was hätte er dagegen vorbringen sollen? Die Entscheidung wurde mit Applaus quittiert. Wieder puffte Mabel ihre Herrin, selbst beinahe platzend vor Stolz über die Ehre, die ihrer Herrschaft da zuteil wurde.

»Du wirst ihr noch blaue Flecken machen«, meinte der Baron und fügte, zu seiner Tochter gewandt, hinzu. »Sei nur nicht zu stolz. Der Siegespreis beim letzten Turnier vor London war ein kapitaler Hecht.«

Fröhlich streckte sie ihm hinter ihrem Schleier die Zunge heraus. Innerlich aber jubelte sie. Ihr erstes Turnier, sie saß auf einem Ehrenplatz, heute Abend würde man tanzen, sie hatte ein neues Kleid dabei, und – als wäre all das noch nicht der Gipfel des Glücks – sie war ausersehen, dem Sieger dieses Tages im Tjosten seinen Preis zu überreichen. Das war beinahe mehr Glückseligkeit, fand sie, als ein Mädchen allein ertragen konnte. Ihr Herz klopfte so heftig, dass sie meinte, nicht genug Luft zu bekommen.

»Mabel, was meinst du, was ist der Siegespreis?«, flüsterte sie ihrer Zofe zu. Für einen Augenblick hemmte sie die Aussicht, mit einem Fisch in den Händen dazustehen. Ihr Vater hatte da doch wohl nur einen Scherz gemacht, oder?

»Habt Ihr denn nicht zugehört, Mylady?«, fragte Mabel. Sie wies auf die Trophäe, die bereits auf einem seidenen Kissen bereitlag. »Es ist ein vergoldeter Dolch. Und dazu ein Kuss der Dame.«

»Ein Kuss?«, fragte Rowena entsetzt. »Welcher Dame?« Ihre Lippen fühlten sich mit einem Mal glühend heiß an.

»Nun tut mal nicht so.« Ihre Dienerin kicherte und fügte unbarmherzig hinzu. »Ich habe wohl gesehen, wie Ihr es mit dem jungen Andrew getan habt.«

»Pah«, entfuhr es Rowena empört. Andrew, der Sohn des früheren Kastellans, war ein Rotzlöffel. Sie erinnerte sich noch gut daran, wie feucht sein Mund sich angefühlt hatte, so eklig, dass sie sich mit der Hand über den eigenen gefahren war und ihn zur Sicherheit noch weggeschubst hatte. Dabei hatte er, erschrocken vor der eigenen Kühnheit, ohnehin die Beine in die Hand genommen. »Das war doch kein Kuss«, zischte sie. »Und außerdem ist das vier Jahre her.«

Damals war sie zwölf gewesen, ein Kind. Heute war sie eine Frau. Der Gedanke ließ Rowena ganz ehrfürchtig werden. Völlig damit beschäftigt, sich auszumalen, mit welcher Haltung sie nachher aufstehen, an die Rampe treten und den Preis überreichen würde, wie sie die Wimpern senken würde und die Lippen darböte – unwillkürlich spannte und wölbte sie sie ein wenig –, bemerkte Rowena nicht, dass sie die ganze Zeit beobachtet wurde.

Wie dicht der Chevalier de Montfort neben ihr stand, wurde ihr erst klar, als er sie ansprach.

»Darf ich hoffen«, fragte er mit einer Verneigung, »dass Ihr mir für die Kampfbahn ein Präsent überlasst? Es ist das Grün der Wälder Englands, das Ihr tragt. Und mit Euch, wollte mir scheinen, neigte sich mir das Land selber gnädig zu.«

Rowena schnappte nach Luft und entriss ihm das Stück farngrünen Schleiers, das er zart andeutend zwischen seine Finger genommen hatte. Sie musste mehrmals ansetzen, ehe sie ihre Sprache wiederfand.

»In Worten mag das Erobern ja Eure Sache sein«, schnappte sie und setzte sich dann nachdrücklich aufrecht hin. »Aber ich will doch erst sehen, welche Taten folgen, ehe ich mich ergebe.« Damit schaute sie an ihm vorbei, während sie das Blut in ihren Wangen pochen fühlte.

Montfort stutzte einen Moment, dann brach er in lautes Gelächter aus und verneigte sich erneut vor ihr. »Euer gutes Recht, Mylady. Aber glaubt mir. Die Burg, die ich erstürmen will, die öffnet mir ihre Tore auch. Früher oder später.« Dann ging er davon.

Mabel neigte sich ihr zu und tätschelte ihr die Hand. »Recht so, Mylady. Man muss sie erst ein wenig zappeln lassen.«

Rowena nickte, dann überfiel sie Angst. »Ob ich zu harsch gewesen bin?« Aufgeregt knetete sie mit beiden Händen den Schleier, den sie Montfort eben so kühn abgetrotzt hatte. »Ob ich es falsch gemacht habe? Nicht, dass am Ende nie wieder einer meine Farben tragen will.«

Lachend schüttelte Mabel den Kopf. »Der verträgt einen Stiefel, da bin ich sicher. Hauptsache, Ihr küsst ihn am Ende.«

»Meinst du?«, fragte Rowena. Sie war sich gar nicht sicher, ob sie den Chevalier tatsächlich küssen wollte. Aber aufregend war der Gedanke schon, war alles hier, das war jedenfalls sicher. Sie hätte singen mögen vor Freude. Heute war ein Tag, an dem so viel geschah wie in ihrem ganzen bisherigen Leben nicht.

»Achtung, von links!«, brüllte Colum und lehnte sich so weit über den Begrenzungszaun des Ruheplatzes, wie seine Statur es ihm eben erlaubte. Hastig wedelte er mit den Armen.

Cedric machte ein Zeichen, dass er begriffen hatte, fuhr herum, und parierte den Hieb des Gegners, der sich von hinten auf ihn zu stürzen versucht hatte, so heftig, dass der Mann in die

Knie ging. Aber auch Cedrics Beine zitterten. Die Mêlée – ein Duell in zwei großen Gruppen von Kämpfern – dauerte nun schon seit dem frühen Nachmittag an. Erst zu Pferde, dann zu Fuß waren sie aufeinander losgegangen, zwei wüste Haufen, die langsam müde wurden vom Dreinhauen. Und der Staub des anfangs gut gewässerten Kampfplatzes, auf den nun seit Stunden schon die Frühjahrssonne herunterstach, stieg ihnen allen kratzig in die Nase.

Mit letzter Kraft zog Cedric seinen Dolch und setzte ihn dem Angreifer auf den Hals. »Ergibst du dich?«, fragte er und hustete.

Der andere nickte zur Bestätigung. »Lösegeld«, drang es dumpf unter dem Helm vor. Cedric war einverstanden. »Lass mir den Helm«, verlangte er, wie es Brauch war. Mit dem Pferd oder – nach einem Fußkampf – dem Helm des Besiegten konnte man am Abend vor die Turnierrichter treten und seine Forderungen eintreiben. Dort wurde genau gezählt, wer wie viele Pfänder besaß und wie viel er dafür zu fordern hatte. Außerdem zählte man dort die Treffer mit Lanze oder Schwert auf den Harnisch, auf die Arme oder auf das Tier und ermittelte so mit komplizierten Berechnungen die Sieger des Gefechts, die mit Sattelpferden und Waffen belohnt wurden.

Mit schwerem Arm griff Cedric nach der Helmzier des Gegners und zog. Der besiegte Ritter löste den Kinnriemen, um nachzuhelfen, doch nichts bewegte sich. »Sitzt fest«, stöhnte der Fremde.

Cedric lachte. »Dann komm, Freund«, sagte er und zog ihn wie einen Hund an der Leine hinter sich her. »Ich bring dich zum Schmied.« Gemeinsam erreichten sie so den Ruheplatz, wo Colum seinen Herrn schon ungeduldig erwartete. Es war ein mit einem Weidenzaun eingefasster Platz von vielleicht zwanzig Schritten im Umkreis, der einzige Ort, an den die Kontrahenten sich zurückziehen durften, um die Waffen zu wechseln, sich verbinden zu lassen oder einen Schluck zu trinken, ohne sofort aus dem Kampf auszuscheiden. Einer der Schiedsrichter eilte auf sie zu, und Cedric erklärte ihm die Situation. Der Mann versprach, den unglücklichen Ritter zu einem Schmied zu führen, der ihn von seinem Helm befreien würde, und notierte das Pfand auf Cedrics Haben-Seite. Der ließ sich für einen Moment aufatmend auf einer Bank nieder und streckte mit einem Seufzer die Beine von sich.

»Ich wünschte, ihr würdet tjosten«, meinte Colum, der ihm den Helmriemen löste und ihm einen Becher Wasser reichte. »Diese Mêlée ist ein verdammtes Gemetzel.« Und er wies auf einen anderen Ritter, der mit schmerzverzerrtem Gesicht auf eine Bahre gehoben wurde. Das Tuch, das um sein Bein gewunden war, färbte sich bei der Bewegung rot von Blut. Cedric grüßte den Verwundeten, der mühsam seine Haltung bewahrte, als er an ihnen vorbeigetragen wurde.

»Tjosten ist nur für eitle Gimpel«, erklärte Cedric. »Bei der Mêlée lernt man wenigstens etwas. Es ist wie in einer richtigen Schlacht. Man muss Taktik beweisen, Überblick und Kraft.« Er nahm einen Schluck, spülte sich den Mund aus und spuckte auf den Boden. »Und man braucht einen harten Schädel«, stellte er fest, als er bemerkte, wie schwindelig ihm war. Der Hieb dieses Walisers vorhin war doch nicht von schlechten Eltern gewesen.

Colum nahm ihm den Becher ab, als er sah, wie blass sein Herr plötzlich wurde. »Aber Euer Vater hat nicht gesagt: ›Geh und übe dich im Kriegshandwerk‹. Er hat ...«

»... verlangt, dass ich mich umschaue«, vollendete Cedric den Satz und richtete sich wieder auf. Prüfend streckte er Arme und Beine. »Wenn man es recht betrachtet, hat er sich verdammt unklar ausgedrückt, als er mich auf diese Reise schickte. Für seine Verhältnisse. Er lässt sonst ja nie den Hauch eines Zweifels an dem, was er will.« Cedric zuckte mit den Schultern. Offenbar hatte er nicht vor, allzu lange über die Worte seines Vaters zu grübeln. »Schau mich nicht so an«, verlangte er von seinem Knappen und lachte. »Ich lege es mir eben so aus, dass ich mich amüsieren soll. Und ich amüsiere mich nun mal am besten, wenn ich mit der Waffe in der Hand etwas lernen kann.« Langsam ließ er seinen Kopf kreisen. Alles noch beweglich.

Colum war nicht besänftigt. Er schnallte seinem Herrn den rechten Handschutz ab, der völlig zerfetzt war, sodass die Flachspolsterung heraushing, und machte sich daran, ihm einen neuen zu suchen. »Trotzdem bin ich sicher, dass es der Herr so nicht gemeint hat«, beharrte er. »Sich hier die Knochen zerschlagen zu lassen.«

»Colum«, sagte Cedric und schaute den Knappen ernst an. »Ich bin mir nicht sicher, was meinen Vater trieb, mir diesen Urlaub zu gewähren. Aber ich bin mir aus irgendeinem Grund ganz sicher, dass es der letzte sein wird und dass er für die Zeit danach vollkommen klare Vorstellungen von meinem Leben hat. Also werde ich die Spanne nutzen, wie ich will, verstanden?« Er streckte die Hände nach seinem Helm aus.

Colum seufzte und reichte ihm das Begehrte. Trotzdem brummelte er noch: »Was der Herr will, wird schon nicht so schlimm sein, dass man sich dafür umbringen lassen muss.«

»Meinst du?«, fragte Cedric leichthin. Er befestigte den Helm und zog mehrmals prüfend sein Schwert. »Erinnere mich, dass ich dem Schmied danke«, meinte er dann. »Der Schwerpunkt sitzt um Welten besser.«

»Könnt ihm ja einen von denen überlassen«, meinte Colum und wies auf den Haufen von Helmen, die sein junger Herr bereits erbeutet hatte. »Weiß eh nicht mehr, wohin damit.«

Cedric lachte, und seine blauen Augen blitzten mutwillig. »Ich wollte dir ein neues Wams davon kaufen«, neckte er seinen Diener. »Denn ehrlich gesagt, ich glaube, dass Vater uns verheiraten wird, wenn wir nach Hause kommen. Mich und dich.« Und er wies mit der Spitze seines Schwertes langsam auf Colum. Der errötete sichtlich.

»Ich schätze, deshalb erlaubt er mir so großzügig, mich noch ein wenig ›umzusehen‹. Und deshalb will er nicht mit mir drüber reden. Damit ich nicht protestieren kann. So.« Cedric steckte die Waffe nachdrücklich ein.

Colum kratzte sich am Kopf. »Also ich wäre dankbar, wenn es so wäre«, meinte er dann fromm und schlug die Augen nieder. »Und würde nicht so einen Aufstand deswegen machen.«

»Ach ja?«, fragte Cedric und stemmte die Hände in die Hüften. »Dankbar? Auch wenn es die Tochter des Müllers wäre?« Er war froh um den Helm, der seinem Knappen verbarg, dass er sich kaum das Lachen verbeißen konnte. Isolde, die Tochter des Müllers von Cloagh, war eine unübersehbare Persönlichkeit. Und wäre sie es nicht gewesen, hätte ihr gnadenlos keifendes Organ dafür gesorgt, dass niemand sie je überging.

Colum wiegte den Kopf und bemühte sich um eine friedvoll-aufrichtige Miene. »Ja, das wäre ich.«

Cedric schaute ihm tief in die Augen. »Lügner«, sagte er, jede Silbe betonend.

Im nächsten Moment gingen sie miteinander ringend zu Boden, im übernächsten war ein Schiedsrichter bei ihnen. »Ende des Kampfes«, verkündete er mit lauter Stimme, damit auch Cedric in seinem Helm es hörte.

Die beiden stutzten, dann setzten sie sich auf. Cedric nahm den Helm ab. Als Colum sein lachendes Gesicht sah, war er erst beleidigt, dann musste er selber grinsen. Schließlich halfen sie einander auf. »Die Sache ist vorbei«, meinte der Knappe und seufzte erleichtert. Sofort machte er sich daran, Cedric aus dem reichlich verbeulten Harnisch zu holen, den er über dem knielangen Kettenhemd trug.

Der ließ ihn ächzend gewähren. »Jetzt kann ich es ja zugeben«, sagte er, als er neben seinem Knappen her vom Kampfplatz humpelte. »Ich glaube, links sind ein paar Rippen gebrochen.«

»Wo?«, fragte Colum und fuhr herum.

»Ja, da, ahhh!« Cedric schloss vor Schmerz die Augen. In diesem Moment prallte er gegen sein Schicksal.

»Unverschämter Rüpel.« Mabel schubste den Knappen, der es gewagt hatte, ihre Herrin anzurempeln. Ein ungepflegter, borstiger Kerl war das. Und an seiner Seite hing ein Jüngelchen mit blassem Gesicht und zweifellos mehr Staub auf der Rüstung, als er Münzen im Beutel hatte. »Macht Platz«, verlangte sie energisch, »für die Tochter des Barons de Forrester.«

»Nun mal langsam, meine Dame, langsam.« Colum hob die Arme und stellte sich schützend vor seinen Herrn, der sich mit verzerrtem Gesicht die Seite hielt.

»Colum«, ermahnte Cedric seinen Knappen. »Wir wollen doch höflich sein zu der ...«

Seine weiche, wohlklingende Stimme ließ Rowena den Kopf recken.

Im selben Augenblick öffnete auch er wieder die Augen, und für einen Moment, in dem die Welt für beide stillzustehen schien, fanden sich ihre Blicke.

»... Lady«, beendete er leise seinen Satz. Es klang wie eine Liebkosung.

Unwillkürlich dehnte Rowena sich ein wenig wie eine Katze unter der streichelnden Berührung einer Hand. Mabel, die es bemerkte, gab ihr einen Stoß mit dem Ellenbogen, woraufhin Rowena dem Fremden rasch förmlich zunickte.

Unwillkürlich setzte er zu einer Verbeugung an. Dabei verzog sich sein Gesicht.

»Oh. Seid Ihr verletzt?«, stieß Rowena hervor und neigte sich vor, um ihn zu stützen, ehe sie nachdachte, was sie da tat. Die Gesichter ganz nahe beieinander, richteten sich beide wieder auf. Und erröteten im selben Augenblick.

Oh, mein Gott, dachte Rowena. Irgendetwas in ihr jubelte so laut, dass sie es kaum vermochte, nicht laut zu lachen und zu tanzen. Ihr war, als sänge der Wind und als wirbelte sie dazu im Kreise. Das lag an ... das lag an ... ach, es wäre vermessen gewesen zu sagen, es läge an seinen Augen mit diesen schwarzen Wimpern, die sich auf diese besondere Weise an seine Wangen schmiegten, wenn er sie senkte. Oder an seiner schlanken Gestalt mit den breiten Schultern, die er so geschmeidig beim Gehen bewegte. Oder an seinem Haar, das ihm in die Stirn fiel, bis er es wegwischte wie gerade eben. Nein, was sie bewegte, war viel mehr als all das und brachte die Welt dazu, sich um ihn zu drehen. Vom Rest nahm Rowena nichts mehr wahr.

Vater hat Pech gehabt, dachte Cedric im selben Moment. Tut mir leid, Vater. Ich habe mich umgesehen. Und was immer der Zweck der Reise war, ich bin fündig geworden. Ein seltsamer Ernst erfasste ihn, als er ihr blasses Gesicht mit dem Beerenmund betrachtete, ein Gefühl, beinahe so tief und ergreifend wie in der Messe. Und zum ersten Mal begriff er die Legenden vom heiligen Gral. Er nämlich, Cedric of Cloagh, hatte ihn soeben gefunden. Und er fühlte sich erwachsener und männlicher denn je.

»Kommt, Mylady.« Mabel zog ihre Herrin ungeduldig am Arm. »Das Tjosten beginnt gleich.«

»Ja, sicher«, antwortete Rowena verwirrt, blieb aber stehen, als hätte sie nichts verstanden, und musste beinahe gewaltsam fortgezogen werden. Noch im Gehen drehte sie den Kopf nach ihm um.

»Ja, sicher«, wiederholte er flüsternd. Oh, es waren keine besonderen Worte, die er von ihr hörte, aber ach, Cedric war es Musik. Unverwandt blickte er ihr nach.

Da hielt sie noch einmal inne und sagte, an ihre Zofe gewandt, jedoch unnötig laut: »Ich verleihe ja den Sieger-Preis.« Unter Kopfschütteln schob Mabel sie weiter.

Schnell war sie in der Menge verschwunden. Cedric aber stand da wie angewurzelt und lauschte dem süßen Echo der Stimme in seinem Inneren lange nach. Dann packte er Colum am Arm.

»Was ist, Herr? Die Schmerzen?«, fragte der Knappe besorgt und machte Miene, ihn zu stützen.

Cedric stieß ihn mit einer energischen Bewegung von sich. »Colum«, sagte er und richtete sich mit Mühen, aber sehr gerade auf. »Melde mich zum Tjost.«

5

»Was ist? Warum geht es nicht los?« Die Damen um Rowena herum, die sich wieder in ihrer Loge eingefunden hatte, neigten die Köpfe nach rechts und links, um bessere Sicht auf den Kreis zu haben, in dem die Turnierrichter mit ihren Gehilfen standen und die Schilde der Kandidaten abschritten, die ihnen präsentiert wurden. Die Bestätigung der Teilnehmer hätte eigentlich schon am Morgen erfolgen und das Verfahren längst beendet sein sollen. Gelangweilt saßen die Herolde herum und warteten darauf, endlich ihre Herren ankündigen zu dürfen. Ein Händler nutzte die Pause und schritt an den Schranken vorbei, die das einfache Volk von der Turnierbahn zurückhielten, um Teigfladen und fette Fleischsoße zum Tunken zu verkaufen, deren würziger Geruch Rowena angenehm in die Nase stieg. Schon über eine Stunde saßen sie hier, und noch waren nur die Zurüstungen der Ritter vor ihren Zelten zu sehen.

»Vielleicht wird einer ausgeschlossen«, meinte Mabel vorfreudig. »Ich war mal bei einem Turnier, wo sie einen entdeckt haben, der war unehelich und hatte sich das Wappen seines Vaters nur angeeignet. Sie haben ihn mit Knütteln verprügelt und anschließend auf den Zaun der Kampfbahn gesetzt. Dort hockte er zum allgemeinen Spott, und er durfte während des gesamten Tjostens nicht runter.« Sie kicherte schadenfroh.

Rowena beobachtete das Durcheinander dort unten mit Anspannung. Ein kleiner Mann, bemerkte sie, hatte sich mit seinem Schild dazugedrängt und gestikulierte jetzt wild mit den Richtern, während andere dagegen zu protestieren schienen. Mit klopfendem Herzen erkannte sie in ihm den ungehobelten

Gesellen, der sie angerempelt hatte, als sie mit Mabel vorhin über den Platz gelaufen war. Konnte das möglich sein, fragte sie sich, war es tatsächlich sein Knappe, und hieß es das, was sie befürchtete oder vielmehr erhoffte? Hatte die Bemerkung, die sie am Ende hatte fallen lassen, mit heißen Wangen und schlechtem Gewissen, tatsächlich Früchte getragen? Ach, es war mehr, als sie zu hoffen wagte. Es war alles, woran sie denken konnte.

Aber warum begannen sie dann nicht? Warum diskutierten sie dort unten nur? Es war schier zum Verzweifeln. Rowena konnte kaum still sitzen, und ihre Füße scharrten immer wieder unruhig über den Holzboden. Da befiel sie für einen Moment die Furcht, dass am Ende ihr geheimnisvoller Ritter es war, dem einer der furchtbaren Vorwürfe gemacht wurde, von denen Mabel so sorglos plauderte und die zum Ausschluss von einem Turnier, zu Strafe und – oh, Himmel, hilf! – öffentlicher Schande führen würden. Im Geiste ging sie alle Möglichkeiten durch. Was gab es da: Ehebruch, Verleumdung, Feigheit, Meineid, Kirchenschändung, Straßenraub? Für einen Moment wankte sie unter der Wucht dieser Aussichten; was wusste sie denn schon von diesem Fremden? Aber nein, sagte sie sich dann, nein, nein, nichts von alledem war möglich, ja auch nur denkbar!

Der Mann, den sie gesehen hatte, war kein Räuber, nichts dergleichen. Das sagte ihr ihr Herz, das so wild pochte, dass es ihr den Atem benahm. Dafür legte sie ihre Hand ins Feuer, diese Hand, mit der sie ihn berührt hatte, die in der Erinnerung daran noch brannte und die jetzt das tote Holz der Lehne umklammerte wie ein Versprechen. Vor Erregung wäre sie beinahe aufgestanden. Es musste einen anderen Grund geben für die Verhandlungen dort im Kreis.

Der Ausruf einer Nachbarin bestätigte ihren Verdacht. »Es ist ein Nachzügler«, bemerkte sie und wies auf das neue Banner, das nun endlich aufgezogen wurde. Auf leuchtend blauem Grund entrollte sich dort nun in einer Reihe mit den anderen eine Schlange mit silberner Zunge. »Aber sie haben ihn zugelassen.«

Ein Raunen ging durch die Menge, als man den Umstand zur Kenntnis nahm. Üblicherweise wurden die Teilnehmer eines Turniers am Vormittag bestimmt. Die Herolde und Knappen kamen mit den Wappen und legten Zeugnis ab von der Herkunft ihrer Herren. Klagen und Gegenklagen wurden verhandelt und die Paare bestimmt. Es war höchst ungewöhnlich, dass so spät noch eine Meldung akzeptiert wurde.

Mit heißen Wangen lauschte Rowena den Gerüchten und Mutmaßungen, die ringsum die Runde machten. Zunächst nahm man an, es wäre ein Ritter von hohem Stand, gar ein Mitglied des Herrscherhauses inkognito, das im letzten Moment noch angetreten war, um sein Kampfglück zu erproben. Allerdings wusste bald jemand zu berichten, das Wappen gehöre dem Earl of Cloagh, dessen Familie alt, aber unbedeutend war und dessen Reich so weit im Norden lag, dass manche witzelten, Rom sei weder unter den Cäsaren noch unter den Päpsten je so weit hinaufgelangt.

Dass er keinen Herold sein Eigen nannte und nur ein Knappe auftrat, das Wappen und die Herkunft mehr schlecht als recht dem Publikum zu verkünden, dass man ob so viel Ungewandtheit hie und da zu kichern begann, besiegelte die These vom heimlichen Helden endgültig. Schließlich wurde offenbar, dass einer der Kontrahenten nach der Mêlée verwundet ausgefallen war und man deshalb Platz für den jungen Neuankömmling geschaffen hatte, um die Zahl der Paare wieder voll zu bekommen.

»Dafür das Warten?« »Hör auf zu stottern!« »Geh und sag deinem Herrn, aus dem Sattel wird er schneller fliegen!« Mit solchen und anderen Schmähsprüchen wurde der arme Colum, der sich alles andere als wohl in seiner Haut fühlte, aus der Sandbahn getrieben. Die Menge war enttäuscht, nicht so Rowena, die kaum wusste, wohin vor Glück.

»Er ist der Sohn eines Earl«, murmelte sie immer wieder. Und er war gekommen, ihretwegen, allein nur für sie. War das nicht wunderbar? Rowena, das Herz übervoll, schaute sich um, ob jemand da wäre, ihr Glück zu teilen. Ihr Vater aber starrte nur düster vor sich hin, und Mabel war vollkommen damit beschäftigt, in den Spott der anderen einzustimmen, sodass ihr nichts blieb, als den Kopf wieder den Ereignissen auf der Bahn zuzuwenden. Dort traten bereits die ersten beiden Kämpfer einander gegenüber.

Mit schnaubenden Pferden standen sie an den Enden der Holzplanken, die ihre beiden Bahnen voneinander trennten. Gehilfen der Schiedsrichter sorgten dafür, dass sie ihre Positionen einnahmen und nicht zu nah an das Holz gerieten. Pferdeknechte hielten ihre unruhigen Tiere, die, den Prunk der Überwürfe und Federhauben nicht gewohnt, besonders nervös waren, und redeten auf sie ein. Knappen reichten ihnen im letzten Moment die schweren Lanzen zu.

Cedric saß noch vor seinem Zelt und bemühte sich, den neuen Helm anzulegen, den er sich bei einem der Ritter hatte borgen müssen, die er heute im Laufe des Nachmittags bei der Mêlée besiegt hatte. Sein eigener hatte sich als zu verbeult erwiesen, beschädigt durch einen gefährlichen Riss, der ihn bei einem direkten Treffer vollends zerspringen lassen könnte. Colum half ihm, so gut es ging, während er ihm zugleich einen Kommentar zu dem ersten Treffen gab, das sich vor ihren Augen abspielte.

»Siehst du den Grünen?«, meinte er und wies auf einen Ritter mit einem leuchtend smaragdfarben und weiß gewürfelten Waffenrock und einer Helmzier aus gleichfarbigen Federn, die heftig im Wind flatterte, als er anritt. »Er hält die Lanze zu tief. So kurz vor dem Stoß kann er sie nicht mehr hochreißen, siehst du? Siehst du?«

Die beiden Ritter begegneten einander. Es krachte, als ihre Lanzen einander trafen und splitternd in die Gegend flogen. Mit erhobenem Handschuh wehrte Cedric einige Spreißel ab, die auf ihn regneten. Die Knappen des geschlagenen Grünen liefen eilig an ihnen vorbei zur Kampfbahn. »Niemals zu tief«, bestätigte Colum mit Grabesstimme. »Gesehen?«

»Ja. Wenn ich überhaupt etwas sehen könnte in diesem Helm«, klagte Cedric und fluchte dann, während er an ihm zerrte. »Er sitzt nicht gut.«

»Er wird es tun für den Zweck«, widersprach Colum und klopfte ihm an die erzerne Schläfe. »Die schlechte Sicht ist normal, das liegt an dem starren Nackenteil und dem Visier. So ist das beim Tjosten nun mal.«

Cedric hörte den Vorwurf und biss die Zähne zusammen. Ja, er war ein Neuling im Tjost und angeschlagen dazu. Die Sache war Wahnsinn, er wusste es. Aber nichts wollte ihm süßer als ebendieser Wahnsinn erscheinen. Du, dachte er, und sein Herz begann zu klopfen. Er suchte durchzuatmen. Es galt nun, ruhig zu bleiben, konzentriert und entschlossen. Wenn du im Sand auf dem Rücken vor ihr liegst wie eine Kröte, nützt es dir nichts, mahnte er sich. Laut sagte er nur: »Ich habe es verstanden. Mache ich es also wie der.« Er wies auf den Sieger, der eben von den Herolden ausgerufen wurde.

Colum klopfte ihm auf die Schulter. »Der legt die Lanze über den Pferdehals. Das ist ganz schlecht, so wird sie unruhig geführt. Mehr als ein Glückstreffer war das eben nicht.«

»Aha«, machte Cedric. »Und wie halte ich sie?«

»Es gibt da vier Möglichkeiten«, begann Colum ernst und nahm seine Finger zu Hilfe. »Sie läuft an deinem ausgestreckten Arm entlang, sie liegt quer über der Mähne, über deinem linken Arm oder oberhalb des Gürtels. Und wenn du ...«

Cedric winkte ab, ungeduldig trat er von einem Fuß auf den anderen. »Keine langen Predigten, Colum. Was ist am besten?«

Der Knappe räusperte sich rau und spuckte. »Am besten ist, du hältst sie gut im Gleichgewicht. Da«, rief er und zeigte auf den nächsten Ritter, der an ihnen vorbei anritt. »Der hat eine Schlaufe am Oberschenkel, um sie abzustützen.« Seine Stimme verriet ein klein wenig Verachtung. »Man kann so etwas auch am Sattel anbringen.«

»Und warum haben wir so was nicht?«, fragte Cedric und schaute dem Mann nach, dessen schweres Tier in einer Staubwolke verschwand.

»Weil es nichts nützt«, gab Colum zurück. »Wenn man nicht stark genug ist, die Lanze selbst im Gleichgewicht zu halten, hat man ohnehin verloren.« Wie zur Bestätigung seiner Worte ertönte ein dumpfes ›Klong‹. Schwer im Sattel wankend kam der Ritter die Kampfbahn zurück. Der schwarze Schwan, der seinen Helm zierte, hing mit lahmem Flügel seitlich an seinem Visier herab. Er ritt zu einer zweiten Runde, da keine Lanze gesplittert war und beide Kontrahenten noch im Sattel saßen. Aber Colum schenkte ihm keinen weiteren Blick mehr. Er wusste, wie es enden würde.

»Und der andere?«, fragte Cedric und klappte das Visier hoch, um einen letzten ungestörten Blick auf den Gegner des Schwanenritters zu werfen, einen Mann auf einem schwarzen Hengst, der Feuer zu speien schien, so unruhig und wild ging er am Zügel. Sein Helm war kaum geschmückt, seine Farben, braun und schwarz, wirkten düster. Aber seinen Wappenrock zierten lange Reihen silberner Beschläge, und auch sein Pferd trug Silber an der Stirn. »Was macht der falsch?«

Colum runzelte die Stirn. »Nichts«, sagte er dann.

Cedric riss überrascht die blauen Augen auf. »Und was mache ich, wenn ich gegen ihn antrete?«

Heftig klopfte Colum ihm auf die Schulter. »Draufgehen, mein Junge«, rief er in fröhlichem Zorn. »Ich habe dich ja gewarnt.«

Ein Herold erklärte den Chevalier de Montfort zum Sieger in diesem zweiten Treffen. Sorgsam vermerkte ein Notar das Ergebnis auf seinem Pergament, ehe die Fanfarenbläser ansetzten und Montfort einmal die Kampfbahn entlangritt, um den Jubel seiner Anhänger entgegenzunehmen.

Rowena beachtete ihn kaum, so beschäftigt war sie, in der langen Reihe der Zelte dasjenige zu finden, das dem jungen Earl of Cloagh zur Verfügung gestellt worden war, und vielleicht einen Blick auf ihn selbst zu erhaschen, ehe er ganz in seiner metallenen Montur verschwand. Schon glaubte sie, sich nicht mehr genau an den Schwung erinnern zu können, mit dem die Haare ihm in die Stirn fielen, oder an die Form seines Kinns oder daran, wie das Lächeln sich von den Augen aus über sein Gesicht ausgebreitet hatte. Es dürstete sie förmlich danach, ihn zu betrachten. Wieder und wieder wollte sie alle Einzelheiten in sich aufnehmen.

Montfort weckte erst ihre Aufmerksamkeit, als er direkt vor ihrer Tribüne stand und ihr grüßend die Spitze seiner Lanze entgegenreckte. Durch die schmalen Sehschlitze des Helms starrte er sie an, eine martialische Maske, die ihr einen kleinen Schauer über den Rücken jagte.

Noch vor einer Stunde hätte Rowena vielleicht nichts dagegen gehabt, dem Chevalier ein Stück ihres Schleiers und am Ende des Tages womöglich ihre Lippen zu überlassen; es wäre Teil des erregenden Abenteuers dieses Turniers gewesen. Nun aber hatte sie gar keinen Platz mehr in ihren Gedanken für ihn, und sein Werben war ihr nichts weiter als lästig. Verärgert warf sie sich gegen die Rückenlehne und schürzte die Lippen. Da stand er, erwartungsvoll und unübersehbar. Ja, spürte er denn nicht, wie unwillkommen er ihr war? Sie konnte doch jetzt unmöglich einen anderen auszeichnen, in diesem Moment, wo *er* sich daran machte, für sie und nur für sie in die Bahn zu treten. Nein, um keinen Preis der Welt hätte sie das gewollt.

Andererseits klopfte ihr Herz bei dem Gedanken, den mächtigen Chevalier so vor den Kopf zu stoßen. Sie spürte bereits die Blicke der anderen, die neid- und erwartungsvoll auf ihr ruhten, und fühlte das Knistern, das in der Luft lag. Mabel saß mit angehaltenem Atem neben ihr und wäre vor Stolz beinahe geplatzt. Durfte sie überhaupt noch Nein sagen?

Es war wirklich zu dumm! Am liebsten hätte sie das lästige Holz der Lanze vor ihrer Nase mit der Hand weggewedelt. So zerbrach sie sich in aller Eile den Kopf, wie sie die unerwünschte Werbung mit Anstand abweisen konnte. Mabel stieß sie in die Seite, daher zwang sie sich zu einem Lächeln und grüßte mit einem Winken zurück, machte jedoch keine Anstalten, ihm ein Pfand zu überlassen. »Aller guten Dinge sind drei, Herr Ritter«, rief sie ihm schließlich mit erzwungener Fröhlichkeit zu.

Montfort schlug mit einer blitzschnellen Bewegung sein Visier zurück und starrte sie an. Für einen Moment durchzuckte Rowena bei seinem Anblick etwas wie eine Ahnung. Mit einiger Mühe behielt sie ihre starre Maske der Fröhlichkeit bei, einen Augenblick, der endlos schien, und dann noch einen. Da aber sah sie ihn auf einmal lächeln und atmete auf. Als er zu ihr hinaufrief: »Ich nehme Euch beim Wort, Madame«, löste sich ihre Starre. Erleichtert und mit neuer Erwartung widmete sie sich dem Wettkampf; der kurze Moment der Angst war vergessen. Die Herolde hatten schon die nächsten beiden Kämpfer ausgerufen, und einer von ihnen war Cedric of Cloagh. Rowena wäre beinahe von ihrem Stuhl aufgesprungen.

Cedric hatte den Helm geschlossen. Er sah nichts mehr vom Treiben des Kampfplatzes als in einem kleinen Ausschnitt die leere Bahn mit seinem fernen Gegner am anderen Ende. Und er hörte nichts mehr so deutlich wie sein eigenes Atmen und das Rauschen des Blutes in seinen Ohren. Noch klangen Colums Ermahnungen durch seine Gedanken, vermischt mit den Befehlen, die sein Vater ihm zuzurufen pflegte, als er noch ein Junge war und im Hof der heimischen Burg das Ritterhandwerk übte.

Beug dich nicht vor, lass dich nicht vom Gewicht nach vorne ziehen, sitz aufrecht, damit du atmen kannst. Stütz die Lanze mit der Hand, nicht mit den Fingern, und heb sie in einer plötzlichen Bewegung, das geht am leichtesten. Ja, dachte er, als er es tat, es stimmt, so geht es besser. Behalte das Gefühl für dein Pferd, konzentrier dich auf seine Bewegung, zeig bis zum Schluss, dass du der Herr bist, damit es nicht im letzten Moment scheut. Ziele gut! Ziele! Cedric rief es sich selbst in Gedanken zu. Kneif nicht etwa die Augen zu! Und bete zu deinem Gott.

Cedric stieß einen Schrei aus, gab dem Tier zum letzten Mal die Sporen, starrte wie ein Besessener auf die näher kommende Brust seines Gegners. Und dann schloss er die Augen.

Es krachte. Cedric spürte einen Stoß, von dem er glaubte, er bräche ihm den Arm. Er fühlte, wie die Lanze ihm zu entgleiten drohte, und schaffte es, indem er sich stark nach vorne neigte, sie über den Hals seines Pferdes zu legen und sie so zu stabilisieren. Einen Moment lang drohte er das Gleichgewicht zu verlieren. Dann aber fing er sich wieder. Er hörte die Zuschauer schreien und fragte sich, ob es Regen war, was da gegen seinen Harnisch prasselte.

Es war das Lanzenholz seines Gegners, das in feinen Spreißeln umherflog. Cedric hatte den ersten Gang gewonnen.

»Himmel, gleich beim ersten Stoß, beim ersten Stoß! Was für ein Teufelskerl!« Colum umarmte einen wildfremden Pferdeknecht. Dann rannte er wie ein Irrer brüllend auf die Kampfbahn. Cedric lächelte ihm mit schweißüberströmtem Gesicht aus dem geöffneten Visier entgegen.

Colum blieb vor ihm stehen und suchte sich zu sammeln. Doch es fiel ihm schwer, den leuchtenden Stolz in seinen Augen zu verbergen. »Verdammt«, rief er schließlich zu ihm hoch. »Du hast die Augen zugemacht.«

Cedric errötete ein wenig. »Na und«, gab er zurück. »Geschadet hat es doch nicht.«

»Diesmal nicht«, murrte Colum und angelte nach den Zügeln des aufgeregten Pferdes, um seinen Herrn von der Kampfbahn zu führen. »Aber es kommen noch sechs. Die lassen sich nicht wegblinzeln.«

Cedric klopfte ihm begütigend auf die Schulter. Dann nutzte er die Gelegenheit, um seinen Blick über die Tribünen schweifen zu lassen. Im ersten Moment sah er nur ein buntes, aufgeregtes Wogen. Er wischte sich mit dem Handschuh übers Gesicht und suchte seine Atmung wieder unter Kontrolle zu bringen, damit das Flimmern vor seinen Augen nachließ. Da unterschied er Einzelheiten, sah Balustraden, Bankreihen, Gesichter. Und endlich, endlich, entdeckte er sie. Sie saß in einem Sessel, eine zierliche Gestalt in Grün, deren Gesicht ihm förmlich entgegenglühte. Ja, das war sie, und sie hatte ihn ebenfalls gesehen. Der Applaus, den sie spendete, der galt ihm, ihm allein. Es war mehr, als er zu hoffen gewagt hatte.

Ohne nachzudenken, entzog er Colum die Zügel und hielt auf sie zu. Cedric bemerkte nicht, wie die Welt den Atem anhielt, als er vor der Tribüne zum Stehen kam. Er sah und hörte ohnehin nichts anderes als sie.

»Mylady«, rief er noch immer nach Atem ringend. Aber nun war es ihm, als platze sein Brustkorb vor Glück. »Ich weiß Euren Namen nicht, aber ich weiß, es würde mich zum glücklichsten der Ritter machen, die hier versammelt sind, wenn ich Eure Farben tragen dürfte.«

Rowena fuhr sich mit der Hand an den Hals, als sie es hörte. Seine Stimme! Und er verlangte nach ihren Farben! Ohne zu überlegen nestelte sie sich den Schleier von der Haube, neigte sich vor und band ihn an seine Lanze. Ihre Zunge fuhr über die Lippen, so konzentriert knüpfte sie den Knoten, der fest und zuverlässig sitzen sollte. Als es ihr gelungen war, richtete sie sich in ihrem Stuhl auf und strahlte. »Ich heiße Rowena«, hauchte sie. Unsicher, ob er es in all dem Lärm gehört hatte, holte sie Luft, um es hinauszurufen: Sie war Rowena, Rowena de Forrester, und sie war verliebt.

Da spürte sie die Hand ihres Vaters auf ihrem Arm. Schmerzhaft fasste er zu. »Tochter!« Erschrocken schaute sie ihn an. »Übertreib es nicht.«

»Aber ich ...«

»Still, Kind. Alle schauen schon.« Der Baron richtete sich auf und gab dem jungen Ritter, der dort unten auf seinem Pferd hockte, mit einem grimmigen Nicken zu verstehen, dass er entlassen war. Cedric dankte ihm mit derselben Geste und zog sich zurück. Rowena wollte herumfahren, um ihren Vater zur Rede zu stellen, da aber verlangte der nächste Kämpfer ihre Aufmerksamkeit. Montfort stand vor ihrer Loge.

»Aller guten Dinge sind also drei, Mylady«, konstatierte er. Seine Stimme troff von Ironie. »Wollen wir hoffen, dass Ihr nicht drei Verehrer damit meintet.« Er wartete das Gelächter aus den Reihen seiner Freunde ab, ehe er fortfuhr. »Nun, da Ihr von Euren Grundsätzen abweicht, will auch ich es tun. Ich werde diesen Spund nur einmal aus dem Sattel heben und es damit gut sein lassen. Was meint Ihr?«

Rowena reckte das Kinn und setzte sich sehr gerade hin. »Wenn Ihr es fertig bringt, mein Herr«, sagte sie steif, und ihre Augen blitzten, als sie ihn anschaute. Ihr Blick verriet klar, was sie dachte: Das schafft Ihr nicht!

Montfort musterte sie mit gelassener Neugier. Dann verzog sich sein Mund, man hätte nicht sagen können, ob es ein Lächeln war oder nicht. Statt einer Antwort grüßte er nur mit der Lanze, klappte sein Visier zu und ritt an. Die Silbernieten auf seinem schwarzen Wams blitzten in der Sonne, die sich langsam dem Horizont entgegenzusenken begann.

Mit lautem Prasseln loderten die Scheiterhaufen auf, die die Kampfrichter neben den Tribünen hatten errichten lassen. Längs der Bahn brannten Fackeln und fauchten, wann immer die Kämpfer in vollem Tempo an ihnen vorbeiritten. Das rote Glühen der Flammen tanzte über die blitzenden Beschläge ihrer

Pferde und ließ die Farben ihrer Behänge noch exotischer aufleuchten, ehe die Dunkelheit, die sie umfing, die Kämpfer auch wieder verschluckte. Mehr denn je glichen sie fantastischen Fabelwesen, nur für einen Augenblick ins Licht der sterblichen Welt gestellt. Dieser Augenblick aber konnte tödlich sein.

Wieder jubelte die Menge. Dieser Neuling aus dem Norden, den anfangs alle verlacht hatten, hatte es doch schon wieder geschafft und einen Gegner aus dem Sattel gestoßen, der ihm an Kraft und Erfahrung hätte überlegen sein müssen. Es war einfach unglaublich! Der Name Cloagh ging von Mund zu Mund, und wer anfangs über ihn lachte, nannte ihn nun mit Begeisterung. Die Kämpfe und das Blut stiegen den Menschen zu Kopf wie Wein, und in ihrem Rausch verlangten sie nach mehr und mehr. Heute Abend verlangte es sie danach, Cedric siegen zu sehen. Und Rowena, getragen von dieser Woge, schwamm in Glückseligkeit.

Musik spielte auf, als er die Kampfbahn abritt, und die Zuschauer johlten, als er bei seinem jüngst besiegten Gegner stehen blieb und ihm mit ausgestreckter Hand half, wieder auf die Beine zu kommen.

Der Ritter grüßte mit einem Neigen des Kopfes, das Cedric erwiderte. Doch es fiel ihm schwer. Ihm war, als könne er seinen Kopf aus eigener Kraft kaum mehr aufrichten, und zum ersten Mal war er dankbar für den starren Nackenschutz, der ihm half, die Haltung zu bewahren. Seine Seite schmerzte und erinnerte ihn daran, dass seine Rippen gebrochen waren. Unwillkürlich fasste er hin, stieß aber auf nichts als das Metall des Harnischs. Unwillig zerrte er an den Schnallen, um Luft und Kühle an die schmerzende Stelle zu bringen.

»Wie geht's?«, fragte Colum besorgt, als er ihn empfing und ihm routiniert eine Schale Wasser hinhielt. Cedric trank gierig, sein Hals war wie ausgedörrt, nichts schien diese Trockenheit mindern zu können. Sein Gesicht klebte von Schweiß, sein ganzer Körper war bedeckt damit, juckte und stank, so schien es ihm. Wäre nicht der brausende Jubel gewesen, der durch seinen Helm und durch die Erschöpfung drang, wäre er zusammengebrochen. So aber trug ihn der Taumel, die Begeisterung, wie eine Flutwelle, die ihn weiter und weiter trieb, höher und höher hob, bis hin zu ihr: Rowena. Allein der Name gab ihm noch Kraft.

»Ganz prachtvoll«, stieß er hervor und hielt Colum die Schale hin, damit er sie ihm abnahm. »Nur fühlen meine Arme sich an, als hätte ich keine mehr.«

»Gut so, dann tun sie auch nicht weh«, konstatierte Colum.

Cedric starrte ihn an. »Hör mal, wenn du mir jetzt wieder damit kommst, dass das alles meine Idee war, dann ...« Er verstummte und dachte daran, dass er selbst schon ein- oder zweimal an dem Punkt gewesen war, an dem er glaubte, auf den Kuss der Dame eventuell doch verzichten zu können. Ein Blick auf sie hatte aber in der Regel genügt, um ihn wieder anderen Sinnes werden zu lassen. Sie selbst nicht zu küssen, das mochte angehen, aber sie in der Umarmung eines anderen zu sehen, das wäre mehr gewesen, als er in diesem Leben ertrüge. Lieber ließ er sich zu Tode schinden. Nun hatte die Dunkelheit sie verschlungen, und er konnte nur noch ahnen, wo sie saß und auf ihn wartete. Und sein Herz klopfte jedes Mal schneller, wenn er dorthin sah.

Colum achtete nicht auf ihn. »Das Pferd ist am Ende«, stellte er nach einer knappen Untersuchung fest.

»Ach, das Pferd macht dir Sorgen.« Cedric schüttelte den Kopf. »Es wird durchhalten müssen. Der Fuchs hat ein Maul wie hartes Holz. Ich würde ihn nie dazu kriegen, an den Planken entlangzugehen.« Er neigte sich herunter, um den Hals seines Braunen zu tätscheln, der unter dem blauen Behang mit den silbernen Nähten tatsächlich voller Schaumflocken war.

»Einen noch«, flüsterte er dem braven Tier zu und schaute dabei auf die Kampfbahn hinaus, wo sich mittlerweile das letzte Paar für seinen Tjost bereit machte. Er hatte Mühe, die beiden klar vor Augen zu bekommen, und musste heftig blinzeln, bis er den schwarzbraunen Ritter mit den Silbernieten deutlich erkennen konnte. Montfort. Cedric hatte sich den Namen inzwischen gemerkt, denn unweigerlich war er als Sieger aus jedem seiner Duelle hervorgegangen. Er ritt rasch an, senkte die Lanze routiniert und fegte seine Gegner mit einer Präzision von den Pferderücken, in der Cedric inzwischen fast eine gegen ihn ganz persönlich gerichtete Bosheit zu erkennen meinte. Das war natürlich Unfug, sagte er sich, reine Einbildung; er hatte nur die dumpfe Ahnung, dass dieser Ritter ihm überlegen war. Wie hatte Colum es so reizend ausgedrückt: Der wird dich erledigen. Hab Dank, Colum, dachte Cedric und seufzte.

Ihn schwindelte, als er sich wieder aufrichtete, und für einen Moment erwog er, sich zu übergeben. Dazu aber hätte er den Helm abnehmen müssen, und er war nicht sicher, ob er ihn danach wieder auf seinen Schädel bekäme, der ihm auf den doppelten Umfang angeschwollen erschien.

Das andere Paar ritt an. Montfort gegenüber war ein Ritter aus Essex in einer schäbigen Rüstung. Er war nicht mehr jung und nicht mehr schlank, aber zäh. Seine Erfahrung, gesammelt in einem langen Leben voller Kämpfe, hatte ihm durch dieses Turnier geholfen – und die Aussicht auf das Preisgeld. Er war einer derjenigen, die kein Land besaßen und von ihren Siegpreisen lebten, wenn auch, wie sein Äußeres verriet, mehr schlecht als recht. Nun starrte er mit brennenden Augen der Lanze des Chevaliers entgegen. Sie traf ihn knapp an der Schulter.

»Schlecht gezielt, er wird müde.« In Colums Stimme lag Hoffnung. Erleichtert verfolgte er, wie der Landlose sich an die Zügel klammerte und mit dem Gleichgewicht rang, bis er sich schließlich noch einmal in die Senkrechte zwang.

»Ja«, jubelte Colum unwillkürlich. »Er packt es; er fordert ihn noch einmal. Gut für uns, das wird ihn weiter schwächen.«

»Vielleicht besiegt er ihn ja sogar«, kam Cedrics dumpfe Stimme unter dem Helm hervor. Augenblicke später lag der alte Ritter im Sand.

Montfort wartete das Urteil der Kampfrichter nicht ab. Er ritt zu Cedrics Zelt und stieß mit gesenkter Lanze so heftig gegen dessen dort aufgestellten Schild, dass er scheppernd umstürzte.

»Er ist müde, ja?«, fragte Cedric und schloss sein Visier. Schaumflocken flogen, als sein Pferd sich schüttelte. Montfort war im Galopp an seinen Ausgangspunkt zurückgekehrt und wartete dort, eine von Flammen beleuchtete Silhouette. Auch Cedric machte sich auf den Weg zum Startplatz. Colum rannte im Laufschritt neben ihm her.

»Denk an alles, was ich dir gesagt habe, Junge«, rief er, in diesem Augenblick jeden gesellschaftlichen Stand und jede Etikette vergessend. »Halt dich gerade, ziel genau, mach keine Fehler. Schling dir die Zügel um den Arm und im Zweifelsfall: Lass die Lanze los und halt dich mit beiden Händen fest. Hauptsache, du bleibst oben.«

Cedric nickte nur. Er betrachtete Montforts Gestalt dort drüben. Die glänzenden Silbernägel auf dem dunklen Wams ließen ihn aussehen wie ein fremdartiges Sternbild. Der Jäger, dachte er. Er wandelt, wie wir alle. Dann ritt er an. Im selben Moment spürte er einen Luftzug an seiner Seite.

Montfort bemerkte es wenig später im ungewissen Licht der Fackeln ebenfalls und kniff die Augen zusammen. Aber es gab keinen Zweifel: Der Harnisch seines Gegners klaffte an der äußeren Seite auf. Lächelnd riss er seine Lanze hoch und korrigierte ihre Stellung nach rechts. »Leb wohl, Junge«, murmelte er. Mehr als diesen Stoß würde er nicht brauchen.

Als die beiden aufeinanderprallten, ging ein gellender Schrei durch die Zuschauermenge. Cedric war, als würde ein Stier gegen seine Seite rennen, und es dauerte einen Moment, bis er begriff, was geschehen war: Montforts Lanze hatte sich in seinem offenen Harnisch verhakt und dessen hinteren Teil mit Wucht hochgeklappt. Die Kante schrappte schmerzhaft über Cedrics Schulter und häutete ihn beinahe, der Druck auf seine Rippen war fast unerträglich, und einige blinde Sekunden lang glaubte er, seine Schulter würde abgerissen. Unerbittlich drehte es ihn seitlich aus dem Sattel.

Doch die Härte des Angriffs war zugleich seine Rettung: Die Gurte, mit denen Vorder- und Rückenteil des Harnischs aneinander befestigt waren, rissen, und die Kräfte, die auf ihn wirkten, lösten sich mit einem Mal, sodass es ihm gelang, sich wieder aufrecht zu setzen und den Kopf zu heben. Er ließ die Lanze fallen und riss sich die Reste des Harnischs herunter, die scheppernd in den Staub der Kampfbahn fielen.

Blass vor Schreck rannte Colum zu ihm hin.

»Meine Schuld«, kam Cedric jedem Vorwurf zuvor. »Ich hatte die Schnallen gelockert.«

»Verdammt«, fluchte Colum selbstvergessen und suchte mit den Augen das verbeulte Stück Blech, das nicht weit von ihnen zwischen Stroh und Sand lag. »Verdammt, was machen wir jetzt? Das war dein Einziger. Du wirst aufgeben müssen.«

»Niemals«, widersprach Cedric, ohne doch selber eine Lösung zu haben. Er wusste nur, er wollte weiterkämpfen, und wenn er nackt antreten müsste. Auch wenn ihm selber klar war, dass ein ungeschütztes Anreiten Selbstmord wäre. Schon näherten sich die Kampfrichter. Cedric biss sich auf die Lippen. Er wusste, sie würden keinen Leichtsinn dulden. Wäre er nicht ordentlich gepanzert, würden sie darauf bestehen, dass er sich zurückzog. »Verdammt«, rief er und schleuderte seine Lanze in den Staub.

Da hinkte der ältere Ritter heran, der Montfort im Durchgang davor unterlegen war. Er bot Cedric seinen Harnisch an. »Ist ein altes Ding«, meinte er entschuldigend. »Wie ich selber.«

Cedric war es recht, alles wäre ihm recht gewesen in diesem Moment, selbst ein Lederharnisch. In fliegender Eile machte Colum sich daran, Cedric die Rüstung anzupassen, die ihm um einiges zu groß war. Kein Handgriff konnte Cedric schnell genug gehen. Auch Montfort plagte die Ungeduld. Er schlug jeden Trank aus und ritt ruhelos auf und ab. Seine Anhänger skandierten seinen Namen. Doch es waren noch mehr Stimmen dabei, die nach Cedric riefen.

Nachdenklich schaute der landlose Ritter Montfort zu, dann spuckte er in den Sand. »Er sitzt stark vorgeneigt«, meinte er im Gehen, ganz beiläufig. »Wenn man ihn tief träfe, höbe man ihn nach hinten glatt vom Pferd.«

Diese Worte hallten wie ein Echo in Cedrics Kopf wider, als er sich an seinem Anrittpunkt bereitmachte. Er ist müde, dachte er, wie ich. Er ist auch nur ein Mensch. Und er hat das Gewicht zu weit vorne. Einen Moment ließ er die Lanze durch seine Hand gleiten, als sie ihm gereicht wurde, bis sie perfekt balanciert in seinem Griff lag. Er legte sie auf den Pferdehals. Nun galt es, Kraft zu sparen. Im rechten Moment würde er sie anheben und diesem schwarzen Ritter in seine verdammten Eingeweide rammen.

Cedric lächelte. Der Schmerz verschwamm und verschwand. Da war nichts mehr als die Silhouette Montforts, der flatternde Behang seines Pferdes, als er ihm entgegenritt, der peitschende Schweif, die Lanze, die sich an einem Punkt mit unerbittlicher Exaktheit hob und auf ihn zeigte. Nichts davon schien wirklich zu sein. Cedric spannte sich dem Ruck entgegen, mit dem er seine Lanze hob. Auch er streckte sich nach vorne, alle Kraft und alle Chancen in diesen einen Stoß legend. Es war, als flöge er.

Er hörte den Aufprall seiner Lanze und den erstaunten Laut Montforts, als er aus seinem Sattel auf die Kruppe des Pferdes gehoben wurde. Er sah, wie sein Gegner dort hing wie ein Fisch auf dem Trockenen, beide Hände in die Zügel gekrallt und mit den Beinen strampelnd, um das endgültige Abrutschen zu verhindern. Lachend bemerkte er, wie die Pferdeknechte herbeieilten, um den schwarzen Hengst einzufangen und zu beruhigen, damit er nicht seinen Herrn noch im letzten Moment abschüttelte. Ganz wie von Ferne brandete das Geschrei der Menschen zu ihm herüber. Ihre Aufregung aber verstand er nicht.

Dann ließ Cedric die Lanze los. Polternd fiel sie zu Boden. Er schaute ihr nach, schaute nach unten, griff nach seinem Bauch. Und dort spürte er sie, seitlich an seiner Flanke: die Spitze von Montforts Lanze. Sie hatte seinen altersschwachen Harnisch glatt durchschlagen und steckte wie ein Dolch in seinem Fleisch.

8

Colum hatte geflucht, als er sah, dass sein Herr sich so leichtsinnig weit nach vorne neigte. Nun sandte er dafür Dankgebete zum Himmel. Tatsächlich hatte die falsche Haltung Cedric das Leben gerettet. Montforts Lanze war auf sein Herz gerichtet gewesen; dann aber war sie abgeglitten und hatte den Harnisch an der Bauchseite durchschlagen. Im ersten Moment war das nicht zu sehen gewesen. Der Knappe hatte schon die Arme gehoben, um zu jubeln, als er Cedric scheinbar unversehrt im Sattel sitzen sah. Ohne auf Montfort zu achten, der laut schimpfend und nach seinen Männern schlagend im Kreis ritt, rannte er auf den Jungen zu. Dann, im Gegenlicht der Fackeln, entdeckte er den zersplitterten Stumpf und blieb stehen.

Auch auf den Zuschauertribünen hatte man ihn bemerkt. Und das Schreien und Jubeln verstummte nach und nach, bis es ganz still wurde. Mit einem Schlag wich die große Trunkenheit einem noch größeren Kater. Beklommen standen die eben noch Feiernden da. Sogar das Trappeln von Montforts Pferd war in der Stille zu hören, als er es endlich zu den Planken lenkte, wo er sich mit dem Fuß abstützte und sich so wieder in den Sattel stemmte.

»Mein Gott«, stammelte Rowena und umklammerte mit beiden Händen die Balustrade vor ihrem Sitz. »Mein Gott, Vater.«

»Er hat den Kampf verloren«, sagte der Baron de Forrester ruhig. »Sie werden Montfort ausrufen.«

»Ja, aber, aber …«, stammelte seine Tochter. Wie konnte er nur so herzlos reden? Was galten ihr Kampf und Preise, was sollten die ganzen Regeln und das Turnier, jetzt, wo ihr Liebster dort unten verwundet war? Musste nicht alles angehalten und alles getan werden, um ihm zu helfen? Fassungslos sah sie, wie die Turnierrichter erst zu Montfort liefen und dann zu Cedric, wie die Knechte die Lanzenreste aufsammelten und die Notare Notizen machten. Wie konnten sie nur? Rowena stand auf und neigte sich aus ihrer Loge, um besser sehen zu können.

Ihr Vater legte ihr die Hand auf den Arm. »Du hast eine Aufgabe übernommen«, sagte er. Rowena hörte die Worte nur von Ferne, doch als sie endlich in ihr Bewusstsein drangen, erhielten sie dort einen ganz anderen Sinn.

»Ja«, sagte sie leise.

»Gebt Ihr Euch geschlagen, Herr?«, fragte der oberste Richter Cedric mit näselndem Ton. Er hielt es für eine rhetorische Frage und hatte sich schon halb abgewandt, um die erwartete Antwort protokollieren zu lassen.

Cedric war noch immer wie im Traum. Schweiß stand ihm auf der Stirn, und sein Atem ging rasch und kurz. Aber noch spürte er den Schmerz nicht. Als er aufschaute, bemerkte er Rowena, deren Schleier im Nachtwind wehten. Ihr Gesicht leuchtete blass in der Dunkelheit, ihre Augen waren weit aufgerissene schwarze Teiche, und ihm schien, sie blickte vorwurfsvoll.

»Nein«, rief er unwillkürlich und zog sein Pferd an den Zügeln, dass es vor den Beamten zurückwich. »Noch sitze ich im Sattel, wie Ihr seht. Gebt mir die Bahn frei.«

»Aber Herr?« Mit offenem Mund starrte der Richter erst ihn an, dann die Wunde, aus der langsam ein dünner Blutfaden sickerte. »Herr.«

Cedric streckte die Arme nach einer Lanze aus. »Ihr habt gehört, was ich sage«, erklärte er.

Fragend schauten die Pferdeknechte einander an, die nächsten Lanzen in den groben Händen wiegend. Montfort führte sein Pferd heran. »Ja, gebt ihm eine«, höhnte er. »Nur zu. Aller guten Dinge sind drei.« Zögernd traten die Männer vor.

Da kam Colum und schob sie zur Seite.

Verzerrt lächelte Cedric ihm entgegen. »Da bist du ja, Colum. Mach diesen Schwachköpfen klar, dass ein Cloagh niemals aufhört, solange er ein Schwert halten kann, und dass ...«

»Verzeiht, Herr«, unterbrach Colum ihn. Mit entschlossenem Griff langte er nach dem Holzpflock in seines Herrn Lende, umschloss ihn fest, biss die Zähne zusammen und zog ihn mit einem Ruck heraus. Blut sprudelte hervor und färbte die blaue Schlange des Pferdebehangs rot.

»Was ...?«, sagte Cedric erstaunt. Dann fiel er in Ohnmacht.

Colum fing ihn in seinen Armen auf. Mit schweren Schritten schleppte er seinen Herrn samt Harnisch zum Zelt hinüber. Er wankte, aber er ging. »Verzeiht«, wiederholte er leise. »Aber er hätte Euch getötet.«

Nichts und niemand hätte Rowena auf ihrem Platz halten können, als sie sah, wie das Blut über den Behang von Cedrics Pferd rann. Ihr war, als flösse ihr eigenes Blut, als rinne die Lebenskraft aus ihr selber, und eisige Finger griffen nach ihrem Herzen. Sie sprang auf und drängte sich durch die Reihe der Gäste zur Treppe. Niemand achtete besonders auf sie, denn der Herold erklärte gerade Tristan de Montfort zum Sieger des Turniers. Die schmetternden Fanfaren übertönten den neu aufbrandenden Jubel der Zuschauer, die sich nun auf das nächste Spektakel freuen durften. An diesem Abend sollte noch getanzt werden, und ein Festmahl wartete auf die, die dabei nur zuzusehen wünschten. Angeregt summend begann die Menge aufzubrechen. Die Menschen, zwischen denen Rowena sich hindurchwand, sprachen von Braten und Pasteten, Roben und Tanzschuhen und den Vorzügen ihrer Herbergen. Cedric von Cloagh war schon beinahe vergessen.

»Mylady!«, rief da eine Stimme.

Rowena wirbelte herum. Sie sah die Gruppe der Preisrichter auf sich zukommen, angeführt von einem Ritter, den sie am Nachmittag in Montforts Gesellschaft gesehen hatte. Seines Namens konnte sie sich jedoch nicht entsinnen. Und auch, was die Männer von ihr wollen konnten, war ihr in diesem Augenblick entfallen.

»Lady de Forrester!«, rief der Mann erneut und hielt ein Kissen hoch mit etwas, das Rowena beim Näherkommen als vergoldeten Dolch erkannte. Es war der Siegespreis. Unwillkürlich schüttelte sie den Kopf; mit solchen Dingen konnte sie sich jetzt unmöglich abgeben. Sie hielt ihre Röcke gerafft, bereit, sich nicht lange aufhalten zu lassen.

»Es tut mir leid«, begann sie, noch ehe die Männer heran waren.

»Die Preisverleihung, Mylady.« Nun hatten die vier sie umringt und hielten ihr diesen Preis unter die Nase, der Rowena doch nicht gleichgültiger hätte sein können. Keinen Gedanken verschwendete sie mehr an die Zeremonie, die vor wenigen Stunden noch ihr Herz hatte höher schlagen lassen: sie selbst, auf einem Podest, vor den Augen all dieser Menschen. Und ein Held würde sie küssen.

»Sofort, aber nein, ich muss nur ...«, antwortete sie und reckte den Hals, um über die Schulter des Ritters hinweg verfolgen zu können, in welches Zelt der Knappe Cedric trug. Ob er noch immer bewusstlos war? Wie viel Blut er wohl verloren hatte? Sie musste sofort zu ihm und die Wunde abbinden. Ob der Knappe etwas davon verstand? Auf keinen Fall durfte man ihn diesem Männchen überlassen. Es ging um sein Leben.

»Es tut mir wirklich leid«, begann sie wieder und versuchte, sich ihren Weg an den Männern vorbei zu bahnen, die ein wenig ratlos zur Seite traten. Einer allerdings wich nicht von der Stelle.

»Meine Liebe.« Es war Montforts tiefe Stimme, und wie beim ersten Mal, als sie sie hörte, verursachte sie Rowena eine Gänsehaut.

»Nun ist der Augenblick gekommen«, hörte sie den Ritter sagen. Er winkte nach den Knechten mit dem Podest, nach Trommlern und Fanfaren. Abwehrend hob Rowena die Hände.

Aber Montfort ergriff nur ihre Handgelenke, umschloss sie mit der Linken und legte sie auf sein Herz. Mit der Rechten hob er ihr Kinn. »Ich will den versprochenen Preis, Mylady«, forderte er sanft. Die Männer, die ihn umstanden, grinsten einander zu. Der Turnierrichter hob schon die Hand, um den Fanfarenbläsern ein Zeichen zu geben. Montforts Freund hob das Kissen mit dem Dolch.

Zur allgemeinen Verblüffung aber riss Rowena sich los.

»Nun lasst mich doch schon vorbei«, verlangte sie mit vor Aufregung kippender Stimme. »Ich muss, ich muss, ach … hier«, beendete sie rasch den Satz, nahm den Dolch und drückte ihn dem erstaunten Montfort umstandslos vor die Brust. Dann raffte sie ihre Röcke und rannte wie ein Reh. Montfort, der nach ihr greifen wollte, erwischte nur ein Stück ihres Schleiers, das mit einem feinen Ratsch in seiner Hand blieb.

Die Umstehenden schwiegen peinlich berührt und wagten nicht, ihn direkt anzusehen. Stumm und mit mahlenden Kiefern wickelte Montfort sich wieder und wieder das Pfand um die Hand, das freiwillig zu geben sie ihm verweigert hatte.

Sein Freund trat neben ihn. »Sie scheint ganz durcheinander zu sein«, wagte er vorsichtig zu sagen. Es war als Entschuldigung gemeint.

»Ja«, stieß Montfort hervor. Sein Gesicht war eine ausdruckslose Maske. Aber seine Hände pressten den Stoff, als wollten sie ihn zerquetschen.

»Du könntest sie beim Tanz bloßstellen«, schlug der andere vor. »Was ist sie schon? Ein Dämchen aus der Provinz.«

Montfort verzog den Mund, und seine Narbe ließ es aussehen, als lächelte er. »Ich weiß etwas Besseres«, sagte er. Er spuckte den Satz förmlich aus. Mit glühenden Augen folgte er dem rennenden Mädchen, das ihn bereits vollständig vergessen hatte.

»Ich werde sie heiraten.«

9

»Cedric?« Kurz vor dem Zelt hielt Rowena im Laufen inne. Außer Atem zögerte sie einen Moment, ehe ihre Finger den Vorhang aus grobem Stoff berührten. Sie strich, für einen Moment zögernd, darüber, dann hatte sie ihren Entschluss gefasst, packte die Bahnen und schob sie beiseite, um in jene neue Welt einzutreten.

Im Inneren war es beinahe dunkel. Nichts rührte sich, nur ein leises Stöhnen antwortete ihrem Ruf. Davon ermutigt wagte Rowena einen weiteren Schritt nach vorne und stolperte prompt über ein Hindernis. Sie suchte Halt, stieß gegen einen wackeligen Tisch, der unter ihrem Griff nachgab, und fühlte etwas auf sie zurutschen, was sie nach einigem Tasten als Lampe identifizierte. Ihre hastig umherstreifenden Hände fanden auch den Funkenschläger, und nach einigen Fehlversuchen gelang es ihr, ein Licht zu entzünden, das schwach gegen die Wände des Zeltes fiel. Rowena hob es hoch und schaute sich um.

Da, dicht hinter ihr, ragte der düstere Schatten eines Kriegers auf. Rowena fuhr so rasch herum, dass sie gegen den Harnisch stieß. Sie konnte nur noch die Hände über den Kopf heben, um die Rüstungsteile abzuwehren, die nun auf sie hinunterprasselten. In der neu entstandenen Stille war nur ihr Atmen zu hören. Und ein erneutes Stöhnen.

»Cedric!« Endlich entdeckte sie die Liege. Sie stieg über die scheppernden Reste seiner Ausrüstung hinweg und kniete sich an sein Lager. Was sie sah, erschreckte sie zutiefst und machte sie zugleich zornig. Dieser treulose Knappe! Die Rüstung hatte er seinem Herrn abgenommen, das ja. Aber ansonsten hatte er ihn ohne Pflege und Versorgung einfach sich selbst überlassen. Schmutzig, wie er aus der Kampfbahn gekommen war, in zerfetzten Kleidern, ohne eine Decke, Kissen oder irgendetwas, was ihn sanfter gelagert und sein Leiden gelindert hätte, lag er da. Ein Bein baumelte verdreht über den Rand herab.

Sie schob es hoch. Wie unerwartet schwer es war! Nachdem sie es in eine bequeme Lage gebettet hatte, schaute sie in Cedrics Gesicht, das noch immer entstellt war von all dem Schweiß, Staub und Blut. Mit geschlossenen Augen lag er, schwer atmend, die Haare klebten ihm auf der Stirn. Mitfühlend strich sie ihm die Strähne fort. Da zuckte er heftig zusammen; seine Hand presste sich an seine Seite, und nun sah sie die Wunde, die sie zuvor auf der Kampfbahn nur erahnt hatte.

»Ich muss mir das ansehen, Cedric«, sagte sie, obwohl sie nicht sicher war, dass er sie hören konnte. Er schien kaum bei Bewusstsein zu sein. Vorsichtig nahm sie seine schmutzige Hand in die ihre und löste Finger für Finger ihren verkrampften Griff. Was sie erblickte, ließ sie leise schaudern: ein roter Krater aus Fleisch, Holzsplittern und Kleiderfetzen, der nichts Menschliches mehr an sich hatte.

»Das werde ich reinigen müssen«, fuhr sie fort zu sprechen, halb, um ihn zu beruhigen, halb, um sich selber Mut zu machen.

»Ich brauche Wasser«, murmelte sie und richtete sich auf. Schon entdeckte sie in der Ecke eine irdene Kanne in einer Schüssel und ging darauf zu. Da raschelte es vor dem Zelteingang.

»Herrin?« Es war Mabel. Zögernd blieb die Zofe am Eingang stehen und wagte nicht näher zu kommen. Nur einen schaudernden Blick schickte sie in die Runde, der scheu das Kärgliche, Düstere des Zeltes durchschweifte. Nur mit der nötigsten Einrichtung versehen, ohne Zierden, dafür voller Waffengerät, war dies ein Ort für Männer, der nach Metall roch und nach Blut. Sie streckte die Hand nach Rowena aus.

»Herrin, das ist das Zelt eines Ritters, und es schickt sich nicht ...« Sie selbst schien entschlossen, keinen Schritt auf das anrüchige Territorium zu wagen. Ihre Augen waren aufgerissen, und die Finger ihrer Linken spielten unablässig mit dem Saum ihres Schleiers.

Rowena ließ die Zofe gar nicht erst ausreden. »Bring mir das Zedernkästchen«, verlangte sie und fügte hinzu: »Das mit den vielen Beuteln drin, du weißt schon.«

»Das Kästchen Eurer Mutter?«, fragte Mabel verblüfft. »Aber ...«

»Kein Aber, Mabel, es ist eilig, hörst du? Und komm sofort zurück.« Rowena wandte sich bereits wieder ab.

»Ja, aber der Herr ...«, begann die Zofe noch einmal.

»Geh meinem Vater einfach ein Weilchen aus dem Weg.« Rowena hatte die Kanne halb voll gefunden und damit begonnen, sie vorsichtig in die Schüssel zu leeren. »Notfalls lüg ihn an, ich schlafe, oder was weiß ich. Falls das nicht klappt, sag ihm, ich tue, was Mutter tat. Und bring Wasser mit.« Sie warf die nunmehr leere Kanne in hohem Bogen Mabel zu, die sie in ihrer Verblüffung auffing. Ungeduldig wedelte Rowena mit den Fingern, als ihre Dienerin zögerte. Die schien noch etwas sagen zu wollen und reckte den Kopf. Als sie Cedric auf seinem Lager entdeckte, bekreuzigte sie sich hastig.

Rowena lächelte bitter. »Wie du siehst, bin ich hier nicht in Gefahr«, sagte sie. »Er wird mir wohl kaum ein Leid zufügen. Und meiner Ehre kann er auch nicht gefährlich werden.«

Mabel, verletzt durch den Spott, der in den Worten mitklang, richtete sich sehr gerade auf. »Der größte Feind für die Ehre einer Frau ist sie selber und ihr Benehmen«, verkündete sie vornehm. Aber sie ging, wie es ihr befohlen worden war.

Aufatmend wandte Rowena sich wieder Cedrics Wunde zu. »Ich werde das berühren müssen, hörst du?«, fragte sie so sanft sie konnte, denn sie wusste, sie würde ihm Schmerzen zufügen. Aber es gab keinen anderen Weg. Mit entschlossenen Bewegungen nestelte sie das kleine Messer aus dem Beutel, den sie am Gürtel trug. Unter anderen Umständen hätte sie es beim Festmahl zum Essen benutzt, manchmal diente es ihr zu Näharbeiten, nun aber zerschnitt sie damit sein wollenes Hemd, um die Wunde freizulegen. Er stöhnte, als sich der blutverklebte Stoff nur zäh von seiner Haut löste. Rowena biss die Zähne zusammen, aber sie arbeitete sicher und präzise. Schon oft hatte sie gesehen, wie ihre Mutter so etwas machte, und sie wünschte sich nur, auch sie hätte jetzt eine Helferin, so wie sie ihrer Mutter einst eine war, die am Kopf des Patienten stand, um ihn zu halten und zu trösten, damit er stillhielt und die Zuversicht nicht verlor. Immer wieder wanderte ihr Blick zu Cedrics Gesicht. Seine Augen bewegten sich unter den geschlossenen Lidern, die Wimpern, die auf seinen Wangen lagen, bebten unablässig, und über sein wie schlafendes Gesicht zogen flüchtige Mienen wie schnell wandernde Wolkenschatten über das Wasser.

»Es ist gut«, flüsterte sie, »es wird alles wieder gut. Ich bin bei Euch.« Sie raunte noch viele andere Beschwichtigungen, während ihre Finger fieberhaft arbeiteten, um die gröberen Splitter und Tuchfetzen um die Wunde herum zu entfernen. Stück für Stück hob sie alles mit der Messerspitze ab und wischte es an ihren Rock. Immer wieder fielen ihr dabei ihre langen, weit geschnittenen Ärmel aus Brokat über die Hände, die sie mit einer ungeduldigen Bewegung zurückschüttelte, bis es ihr zu viel wurde und sie begann, die Schnürung zu lösen, mit der sie an den Schultern am Kleid befestigt waren.

In diesem Moment trat Colum ein. »Was macht Ihr da?«, schnaubte er barsch und polterte näher. Mit einem Tritt stieß er scheppernd die Beinschienen beiseite, über die sie beim Hereinkommen gestolpert war.

Rowena erschrak über sein plötzliches Erscheinen, wollte es aber nicht zeigen. Sie zog eine hochmütige Miene und machte sich daran, ihn zu schelten, weil er seinen Herrn alleine gelassen hatte.

Er aber kümmerte sich nicht darum. »Wollt Ihr ihm damit einen schönen Verband machen, ja?«, meinte er und zeigte auf die Ärmel mit den eingewebten Blumen, deren Goldfäden im roten Licht der Lampe schimmerten. Es klang so verächtlich, dass Rowena ganz steif wurde vor Ärger.

»Nein«, gab sie zurück und faltete den Stoff betont langsam, ehe sie ihn beiseitelegte. »Die schone ich nur. Verbände schneide ich aus deinem Hemd, falls es sauber ist.« Sie hob die Lampe und verzog das Gesicht. »Habt ihr hier kein frisches Leinen?«, fragte sie. »Geh, bring mir welches, mach dich nützlich.« Damit wandte sie sich ab, um ihre Arbeit fortzusetzen, und ließ ihn stehen.

Colum starrte sie einen Augenblick sprachlos an. Da bemerkte er das Messer in ihrer Hand, die Schüssel mit Wasser, in der bereits rot Cedrics Blut wolkte, und die Wunde, die bereits um vieles weniger bedrohlich wirkte. Man sah förmlich, wie seine Gedanken rasten, als er die geschickten Bewegungen ihrer Finger verfolgte.

»Ich wollte einen Arzt holen«, sagte er.

Rowena würdigte ihn keiner Antwort.

Colum nahm die Lederkappe vom Kopf, kratzte sich und setzte sie wieder auf. »Er war beschäftigt«, fügte er mit grimmiger Miene hinzu. In seiner Stimme schwang der tiefe Groll, den er gegen jenen Mann und seine Knechte hegte, für die ein unbekannter Grafensohn aus dem Norden und sein Überleben ganz weit unten auf der Liste standen. Hilflos schwieg er einen Moment.

Rowena kommentierte auch das nicht. Schließlich schnaubte Colum und setzte sich in Bewegung, um eine Truhe zu öffnen. Sie enthielt ihre gesamten Besitztümer, darunter auch ein wenig Wäsche, ein Leinenhemd, das er nun hervorzog. Fragend hielt er es in die Höhe.

Rowena nickte leicht. Als Nächstes war der böse Laut zerreißenden Stoffs zu hören.

»Danke«, sagte sie spröde, als sie die Streifen entgegennahm. Gleich den ersten legte sie zu einem Bausch zusammen, den sie eintauchte, um damit vorsichtig die Wundränder zu betupfen.

Colum schaute ihr zu und biss sich auf die Lippen.

»Du könntest die Lampe ein wenig höher halten«, befahl Rowena.

Er gehorchte zähneknirschend. Nach einer Weile konnte er nicht mehr an sich halten. »Geht das nicht schneller?«, fragte er mit einem besorgten Seitenblick auf Cedrics zerquältes Gesicht und seine Brust, die sich viel zu hastig und zu flach hob und senkte. »Schüttet doch einfach kräftig was drüber statt diesem ewigen ...« Er ahmte ihr Tupfen nach.

Sie hob nicht einmal den Blick. »Damit es den ganzen Schmutz mit hineinspült?«, fragte sie nur und griff wieder zum Messer, als ein weiteres Holzfragment sichtbar wurde. »Nimm lieber einen anderen Lappen und reinige sein Gesicht«, fuhr sie fort.

»Warum?«, fragte Colum verblüfft.

Nun schaute Rowena für einen Moment auf. »Weil es ihm angenehm sein wird«, sagte sie.

In diesem Moment kam Mabel. Sie machte sich durch ein Räuspern bemerkbar und schien auch diesmal nicht die Absicht zu haben, zu ihnen hineinzukommen. Als sie Colum bemerkte, verzog sie das Gesicht. Doch in ihren Händen hielt sie das gesuchte Kästchen und einen weiteren Krug. »Hier, Mylady«, verkündete sie sehr zeremoniell mit einem Seitenblick auf den Knappen. Rowena, deren Hände blutig waren, wies Colum mit einer Kopfbewegung an, beides an sich zu nehmen.

Da zog Mabel es doch vor, hereinzukommen. Sie schritt an Colum, der ihr entgegengegangen war, vorbei und stellte beides mit mehr als dem nötigen Nachdruck neben ihrer Herrin ab. Mit Ekel den Anblick der Wunde streifend, neigte sie sich zu Rowena herab, um vorwurfsvoll zu flüstern. »Dort draußen ist es unheimlich. Die Kampfbahn ist völlig verlassen, und seltsame Gestalten streifen umher.«

»Dann bleib bei uns«, schlug ihre Herrin ungerührt fort. »Ich könnte Hilfe gebrauchen.« Sie spülte ihre Hände und machte sich sofort daran, den Inhalt des Kästchens zu sichten.

Mabel schüttelte den Kopf. »Euer Vater kann mir keinen Vorwurf machen«, murmelte sie und zog sich nach einem letzten giftigen Blick auf Colum zurück. »Aber ich werde ... ich werde es ihm ... das werde ich nicht länger verantworten ...« Unter solcherlei Gemurmel verschwand sie in der Nacht.

Colum ging ihr nach und schaute eine Weile hinaus, ehe er den Zeltvorhang mit einer energischen Geste schloss. »Sie hat Recht«, sagte er, als er zurückkam. »Diese Nacht hat Augen.« Nach einer Weile fügte er nachdenklich hinzu: »Wir haben hier nicht viele Freunde.«

Rowena richtete sich auf und stöhnte ein wenig. Ihr Rücken drohte steif zu werden, und der Zwang zur Genauigkeit hatte sie ins Schwitzen gebracht. Sie wischte sich mit dem Ärmel über die Stirn und verschob durch die Geste ihre Haube. Der lästigen Schleier, die daran hingen, ohnehin überdrüssig, nahm sie alles ab und schüttelte ihr Haar aus, das im Licht der Lampe kupferfarben glühte, ehe sie es mit einer Bewegung zusammennahm, um sich selbst drehte und mit einem Elfenbeinstab neu feststeckte. Da bemerkte sie Colums Blick.

»Was ist?«, fragte sie abwehrend, die Hände noch zum Nacken erhoben. »Was starrst du so?« Angstvoll kniff sie die Lippen zusammen, als er auf sie zutrat, und war sich nur zu bewusst, dass die Umrisse ihrer Arme durch den zarten Stoff der Kotte schimmerten.

Doch Colums Blick ging an ihren Armen vorbei und blieb an dem Kästchen hängen. Es war schlicht, ohne Intarsien und verziertes Schloss. Aber das polierte Holz schimmerte und eine feine eingeritzte Zeichnung auf dem Deckel, den Rowena abgenommen hatte, zeigte ein rundes, in spiraligen Formen verlaufendes Labyrinth. Betrachtete man es lange genug, bekam man den verwirrenden Eindruck, es drehe sich um sich selbst, sodass einem schwindelig werden konnte. Er hob seinen klobigen Finger und deutete darauf. »Was ist das?«, fragte er rau.

»Das?« Rowena lachte vor Erleichterung auf. »Das ist das Medizinkästchen meiner Mutter. Es enthält Kräuter und Dinge, die gut sind bei Krankheiten.« Schon hatte sie sich wieder ihrer Sammlung zugewandt, die überwiegend in kleine Säckchen aus Stoff verpackt war, an die mit kleinen Bildchen versehene Pergamentstreifen geheftet waren. Daneben fanden sich auch einige kleine, verkorkte Fläschchen, in abgeteilten Fächern lagen aber auch Rindenstücke, Knochen und Edelsteine.

Colum starrte das ganze Ensemble mit steinerner Miene an. Rowena, die eifrig damit beschäftigt war, Ringelblumen für einen Umschlag zu finden, kümmerte sich nicht darum. »Eure Mutter«, fragte er schließlich langsam, »ist sie jemals als Hexe verdächtigt worden?«

10

Rowena fuhr auf, als hätte man sie geschlagen. »Meine Mutter«, sagte sie scharf, »war die Frau des Barons de Forrester, eine große Dame und Wohltäterin der Menschen. Niemand ist je auf den Gedanken gekommen, sie solch schmutziger Dinge zu verdächtigen, und niemand wäre je darauf verfallen außer einem solch, solch ...« Ihre Stimme bebte, und sie suchte vergeblich nach Worten, um Colum zu beschimpfen. Mit verschränkten Händen hatte sich der Knappe zurückgezogen und sich auf einem Schemel niedergelassen, von dem aus er sie durch das unruhige Halbdunkel hindurch anstarrte.

Rowena war kurz davor aufzuspringen und ihm die Kräuter ins Gesicht zu werfen. Da stöhnte Cedric laut und bäumte sich auf. Sofort waren beide auf den Beinen und neigten sich über ihn. »Hat er Blut gespuckt?«, fragte Rowena. »Traten blutige Blasen auf seine Lippen?«

Colum, vor Sorge unfähig, ein Wort hervorzubringen, als er die Qualen seines Herrn sah, schüttelte nur den struppigen Kopf. »Nein«, krächzte er.

Rowena presste die Lippen zusammen. »Ich muss wissen, ob die Lunge verletzt ist«, sagte sie, »oder der Darm.« Sie schob den Ärmel ihrer Kotte zurück und begann unter den entsetzten Blicken Colums, ihren Finger langsam in die Wunde zu schieben. Cedric öffnete den Mund für einen tierischen Laut.

»Halte ihn fest«, stieß Rowena hervor, »nur noch einen Moment. Jetzt.« Sie zog ihren blutig roten Finger zurück. Erschöpft, aber glücklich sah sie Colum an. »Es ist gut«, sagte sie. »Er wird wieder gesund, ich bin sicher. Aber wir müssen uns um die Wunde kümmern. Hier.« Sie hatte wieder begonnen, in ihrem Kästchen zu suchen, und reichte Colum nun einige dünne holzige Streifen. »Koch Tee daraus. Mach dich nützlich.«

»Was ist das?«, fragte der Knappe misstrauisch.

»Weidenrinde«, erwidert sie knapp, »gegen das Fieber.«

»Hat er denn Fieber?« Colum betrachtete das Zeug, das sie ihm entgegenstreckte, und rührte sich nicht.

»Er wird es bekommen«, sagte Rowena. »Also tu etwas dagegen. Gieß es so heiß auf wie möglich, hörst du?«

Noch immer starrte Colum sie an. Rowenas Haare hatten sich ein wenig gelöst, wirre Strähnen umschwebten ihr Gesicht und gaben ihm eine rotgoldene Gloriole. Ihre grünen Augen glühten förmlich, und sie hatte, ohne sich dessen bewusst zu sein, mit ihren blutigen Fingern einen Streifen auf ihre Stirn gewischt, der sie wie eine seltsame Wilde aussehen ließ. »Was ist, was schaust du mich so an?«

Colum räusperte sich. »Eure Mutter«, begann er und spürte, wie sie sich aufrichtete. »Sah die auch so aus wie Ihr?«

Rowena, die unwillkürlich an ihre schlanke, überzarte Mutter denken musste, deren blasses Gesicht von großen blauen

Augen beherrscht wurde und von tiefdunklen Haaren gerahmt war, warf den Kopf in den Nacken und lachte. »Nein«, rief sie und zeigte ihm die Zähne. »Bedaure, wir Hexen können nicht alle rothaarig sein. Und jetzt marsch, koch den Tee. Sonst verwandle ich dich mit einem Fluch in eine Kröte, hörst du?« Sie zog ein Gesicht, als wäre es ihr Ernst.

Colum zögerte noch einen Moment, dann zog über sein schwerfälliges, schrundiges Gesicht ein allererstes Lächeln. Es verschwand so schnell wieder, wie es gekommen war. Dann ging er und tat, was sie ihm aufgetragen hatte.

Rowena widmete sich wieder ihrer Arbeit, wischte das frisch ausgetretene Blut fort, setzte mit ein wenig warmem Wasser einen Sud von Ringelblumen an, legte noch einige heiltätige Blätter darauf und verband all das schließlich mit dem letzten sauberen Streifen des Hemdes. Dann machte sie sich daran, Cedric zu waschen, so gut es ging. Sie strich sein Haar zurück und reinigte und kühlte die verklebte Stirn. Voll Hoffnung betrachtete sie sein Gesicht, das sie so kurz nur wach und lebendig gesehen hatte. Wie kraftvoll war sein Lächeln gewesen, wie bezwingend fröhlich sein Blick. »Du«, flüsterte sie und fuhr den Umriss seiner Wangenknochen nach. Sie strich über seine Lippen und errötete darüber. Als Colum mit dem Tee kam, nahm sie ihm unwirsch darüber, ertappt worden zu sein, den Becher aus der Hand und setzte ihn an Cedrics Mund. Mit dem freien Arm umfasste sie dabei seinen Kopf. Als er so in ihren Armen lag, öffnete er für einen Moment die Augen. Rowena glaubte, ihr Herzschlag müsste aussetzen.

»Ihr«, stammelte sie, »Ihr ...«

Er antwortete nicht, schaute sie nur wortlos an, und Rowena wusste, sie mussten nichts weiter bereden. Als sie endlich den Becher wieder hob, schlug er die Augen nieder und trank. Mit einem Lächeln sank er danach zurück auf sein Lager. Man sah, dass er darum kämpfte, noch einmal die Lider zu heben, etwas zu sagen. Aber schließlich rollte sein Kopf auf die Seite. Rowena wäre erschrocken, hätte sie an ihrer Hand nicht den Druck seiner Finger verspürt, den sie heftig erwiderte.

»Er schläft«, sagte sie, als Colum nervös mit den Füßen scharrte, um sich bemerkbar zu machen. »Es wird alles gut werden.« Dann fiel ihr etwas ein, und sie suchte in ihrem Kästchen, bis sie einen kleinen, fast vollkommen durchsichtigen, rund geschliffenen Edelstein entdeckte, den sie auf der flachen Hand betrachtete, ehe sie ihn vorsichtig auf Cedrics Stirn platzierte. »Das ist ein Bergkristall«, erklärte sie Colum leise, »er wird ihm helfen, die Schmerzen zu überwinden.« Sie schaute sich nach etwas um, womit sie ihn befestigen könnte, fand nichts als ihre Ärmel und schnitt ohne jedes Bedauern einen schmalen Streifen aus dem Brokat, den sie ihm um die Stirn wand. Nun sah er aus wie ein fremdartiger Prinz. »Er muss bald wieder aufgeladen werden, am besten gleich, wenn die Sonne aufgeht. Ich ...«

»Was wohl Euer Pfarrer daheim dazu sagt«, brummelte Colum in ihre Überlegungen.

Rowena sah ihn scharf an. »Er sagt, es gibt nichts, keinen Stein und kein Kraut, dem Gott nicht seine Liebe eingeschrieben hat, dass wir sie finden, wenn wir Not leiden.«

Colum nickte und schob anerkennend die Unterlippe vor. »Ein kluger Mann.«

»Das ist er«, bestätigte Rowena. Ihre Stimme wurde weicher. »Er hat sich viel mit Mutter unterhalten und sie auf ihren Gängen zu den Kranken begleitet. Die Menschen haben die beiden gesegnet, wenn sie vorübergingen.« Sie lächelte bei der Erinnerung. Dann schaute sie auf und betrachtete mit spöttischer Milde sein düsteres Gesicht. »Wenn Ihr also einen Geistlichen holen und Eurem Herrn Trost zusprechen wollt, so habe ich nichts dagegen.«

Colum brummte etwas Unverständliches. »Nein«, hörte sie schließlich heraus. »Ich werde hierbleiben und bei ihm wachen.«

»Oh«, beeilte sie sich einzuwerfen, »das kann ich tun. Ich werde ...«

»Rowena!«

Die Stimme war nicht laut und nicht scharf. Dennoch erfüllte sie das Zelt mit ihrer Autorität.

Rowena knickte ein wenig in sich zusammen, als sie sich umwandte. »Vater?«, fragte sie schuldbewusst. Dann aber warf sie den Kopf zurück.

Der Baron de Forrester betrachtete die zerzauste Gestalt seiner Tochter für eine Weile, ihr verworrenes Haar, die zerfetzten Kleider, das beschmutzte Gesicht. Dann sagte er nur: »Geh in unsere Herberge und mach dich zurecht. Man erwartet dich beim Fest.«

Der Tanz, Himmel, Rowena hatte ihn vollkommen vergessen. Seit Monaten war er das Ziel ihrer Sehnsucht, heute Mittag noch hätte sie kein größeres Glück gekannt, als sich dort mit ihrem Kleid unter die anderen Mädchen zu mischen, zu speisen, zu tanzen, zu lachen und sich bewundern zu lassen von den Rittern. Nun kam ihr all das so vor, als wäre es in einem anderen Leben geschehen. Wie konnte sie sich schmücken und mit anderen zur Musik drehen, wenn Cedric hier mit seiner Verletzung rang? Rowena öffnete den Mund, um zu protestieren.

Doch ihr Vater kam ihr zuvor. »Du hast heute schon zu viele deiner Pflichten vernachlässigt.«

Rowena riss die Augen auf und versuchte, in seinem Gesicht zu lesen. Was war geschehen? Hatte es einen Skandal gegeben? Würden sie beide Ärger bekommen? Sie wünschte, sie hätte ihm sagen können, dass es ihr leidtat. Aber nein, dachte sie dann, nein, ich bedauere es nicht, nicht einmal um seinetwegen. Ich habe alles so getan, wie ich es tun musste.

Der Baron ging mit wenigen Schritten zu dem Tisch, auf dem das Kästchen stand. Einen Moment lang betrachtete er es, und seine Finger fuhren langsam über den Kreis des Labyrinths. Dann klappte er es mit einem hörbaren Knall zu. Es war der einzige Laut im Zelt. Den Kasten an die Brust gedrückt, ging er zum Ausgang und verharrte dort. Rowena blieb nichts anderes übrig, als ihm zu folgen. »Ich komme morgen«, flüsterte sie Colum noch zu, »gleich in der Frühe.«

»Rowena.« Gehorsam trat sie hinaus, wo Mabel, die es vorgezogen hatte, dort zu warten, mit einer Flut von Vorwürfen über sie herfiel.

Drinnen stand der Baron noch einen Moment da, musterte das Zelt, den schlafenden Cedric und schließlich Colum, der das Kinn vorschob. Lange maßen sie einander so mit Blicken. Als der Baron schließlich nach draußen trat, war kein Wort gefallen.

»Wie Ihr nur aussehm!«, jammerte Mabel und hüllte Rowena in einen mitgebrachten Mantel. »Halbnackt – und die schönen Ärmel! In hundert Jahren finden wir so einen Stoff nicht wieder. Und alles voller Blut, wie soll ich das nur aus der feinen Wolle herausbekommen, die doch sofort verfilzt. Und Euer Haar! Habt Ihr Euch im Ernst einem Mann mit diesem Haar gezeigt?« Sie redete und redete, rascher, als sie gingen, ohne Unterlass. »Wie soll ich das nur in der kurzen Zeit zum Glänzen bringen?«

Sie zupfte an den verschwitzten Strähnen in Rowenas Stirn. Die schlug ungeduldig die Hand ihrer Zofe fort. »Ich lege gar keinen Wert darauf«, sagte sie trotzig. »Dort ist keiner, für den ich glänzen wollte.«

Zu ihrer Überraschung verhielt ihr Vater für einen Moment seinen Schritt und wandte sich ihr zu. Er sah so verärgert aus, wie sie ihn gar nicht kannte. »Das«, sagte er streng, »sehen einige anders.«

Rowena erschrak. Sprach er nur von sich? Wen meinte er? Besorgnis keimte in ihr auf. »Vater!«, begann sie, doch er hatte sich bereits wieder abgewandt und lief so hastig weiter, dass sie Mühe hatte, mit ihm Schritt zu halten in ihren dünnen Schuhen, die sich auf dem zerwühlten, nachtkalten und vom Tau feuchtten Grund mit eisiger Nässe vollsaugten. Wortlos lief er ihr voran, eine schwarze, grollende Silhouette, die ihr Geheimnis nicht preisgab.

11

Das Fest am Abend des Turniers war bereits in vollem Gange, als die Familie des Barons de Forrester eintraf. Das Gastmahl hatte seinen Verlauf genommen, und nach den Pasteten und Geflügel war schon das Wildbret aufgetragen worden. Sauce und Fett tränkten die Tischtücher, zusammen mit tiefdunklem Wein. An riesigen Spießen über Feuern, die den gesamten Saal erwärmten, brieten nun die Rehe und Wildschweine, die als Nächstes aufgetragen werden sollten, ihrer Vollendung entgegen. Und ihr Duft, vermischt mit dem Rauch der Feuerstellen, dem Schweißgeruch der Esser, dem herbsauren Aroma vergossenen Weines und den schüchternen Versuchen einzelner Damen, mit Sandelholzessenz oder teurem Rosenöl zu prunken, durchzog die dunstgeschwängerte, zum Schneiden dicke Luft des Saales.

Man hatte ihre Stühle nicht freigehalten, doch da der Tanz bereits begann und einige eifrig der Musik zuströmten, fand sich ein Platz für die de Forresters, nicht allzu weit vom ehrenvollen Scheitel der Tafel entfernt, an dem der Ausrichter des Turniers residierte, Tristan de Montfort. Als Rowena Platz nahm, fühlte sie sich vor allem erleichtert, sich inmitten des niederen Adels und entfernt von ihm bewegen zu können. Ihr Vater hingegen war wenig erfreut. Er zog seinen Dolch, fegte mit einer angeekelten Bewegung die in Bratensaft getränkten Brotrinden fort, von denen ihre Vorgänger gegessen hatten, und befahl den Pagen, ihnen frisches Tuch und Holzbretter zu schaffen. Daraufhin harrte er der Dinge, die da kommen sollten. Er sollte nicht enttäuscht werden. Bald schon türmten sich vor ihnen auf frischen Platten die Bratenstücke, nach denen ihre Nachbarn eifrig griffen.

Rowena, die zuerst vorgehabt hatte, sich beim Essen zurückzuhalten, um ihre Unzufriedenheit mit der Behandlung zu demonstrieren, die sie erfuhr, konnte nicht umhin zu bemerken, dass ihr Magen knurrte. Zu ihrer Freude stellte sie fest, dass ihr Vater einen alten Freund und Kampfgefährten entdeckt hatte, mit dem er sich in ein angeregtes Gespräch vertiefte. Seiner tadelnden Aufmerksamkeit ledig, langte sie beherzt zu und stillte ihren Hunger. Dabei schaute sie sich im Saal um.

Rings an den Wänden prangten die Banner der Ritter, nicht weniger farbig als auf dem Turnierplatz. Man hatte mit flackernden Lampen und Kienspanen nicht gegeizt; der ganze Saal war hell erleuchtet, nicht wie ihre heimatliche Halle, wo sich die Gestalt ihres Vaters, der nach dem Essen auf und ab zu gehen pflegte, schon nach wenigen Schritten im Dunkeln verlor.

Hier aber waren alle angeregt von der Helligkeit und redeten und plauderten, dass es einem in den Ohren dröhnte und man Kopfschmerzen davon bekommen konnte. Wie viele Menschen sich hier tummelten! Und dazu die Musik! Jetzt erst bemerkte Rowena die Musikanten, mit Laute, Trommeln und Flöte ausgerüstet. Ein Herold stand vor ihnen und kündigte jedes neue Lied und den zugehörigen Tanz an, wie er beim Turnier die Wappen der Ritter gepriesen hatte. Schon einige Mädchen waren auf der Tanzfläche, an der Hand ihrer Herren. Rowena betrachtete neidvoll eine prachtvolle Brünette in rotem Brokat und musste sich eingestehen, dass ihr eigenes Kleid nicht ganz so einzigartig war, wie sie in der Einsamkeit ihrer heimischen Burg geglaubt hatte.

Der Stoff dazu kam aus dem Orient, jenem fernen Zauberland, das ihren Bruder verschlungen hatte. Ein heimkehrender Kreuzfahrer hatte ihn mitgebracht, zusammen mit der Kunde, dass man seit dem ersten, vergeblichen Marsch auf Jerusalem von ihrem Bruder nichts mehr gehört hatte. Nach einem Überfall, einem bedeutungslosen Scharmützel, war er nicht wiedergekehrt und hatte sich seitdem auch nicht unter den Gefangenen befunden, die die Ungläubigen hier und da bei Verhandlungen zum Tausch anboten. Rowena fuhr mit den Fingern über die knisternde Seide, die grün war, in den Falten allerdings unerwartet türkisfarben und violett aufschimmerte; manchmal glaubte man sogar, Orange zu erkennen. Es war ein Wunderwerk, das sie daheim stundenlang bestaunt hatte. Ihr Vater war dagegen gewesen, dass sie den Stoff verarbeiten ließ.

»Zu auffallend«, hatte er vorgeschützt. Heute begriff Rowena, dass es die schmerzvolle Erinnerung war, die er zu meiden wünschte. Damals aber war sie zu vernarrt gewesen in die Seide. Und gemeinsam mit Mabel, die männliche Einmischung in Modedinge nicht duldete, hatte sie sich durchgesetzt.

Sie schaute sich nach Mabel um, die in der letzten Stunde Schwerarbeit geleistet hatte, sie zu baden, zu kämmen und zu salben, und die stolz gewesen war auf das, was sie unter diesen Bedingungen, wie sie sagte, noch aus Rowenas Haaren gemacht hatte. Unwillkürlich tastete Rowena nach den Flechten, die, mit blaugrünen Bändern und Perlennadeln geschmückt, sich kunstvoll um ihren Kopf wanden, kaum von der Haube und ihren Schleiern verborgen.

Ihre Zofe hatte ganz am unteren Ende der Tafel Platz gefunden, nahe dem Feuer, wo es fast unerträglich heiß sein musste. Es schien sie aber nicht zu stören. Rowena sah, wie sie angeregt mit den älteren Knappen schäkerte, die dort hockten, vor allem mit einem, einem hochgewachsenen Kerl mit blondem Kraushaar, der sie nun sogar um die Taille fasste! Rowena, die sein braunschwarz gestreiftes Wams mit der silbernen Sternstickerei, die Farben Montforts, wohl bemerkt hatte, sah es und war verstimmt. Wohl sollte Mabel sich nach der Mühe amüsieren, aber musste es dieser Mensch dort sein!

Unwillkürlich warf sie einen verstohlenen Blick zu Montforts Sessel und atmete erleichtert auf, als sie ihn leer vorfand. So blieb ihr zumindest diese Peinlichkeit vorerst erspart. Ein wenig unschlüssig schaute Rowena herum; das Fest, das ohne sie begonnen hatte, fuhr in seiner rauschenden Fahrt auch ohne sie weiter, sie fand den Zugang nicht. Was sollte sie tun? Ob sie ein wenig von dem Fleisch und dem frischen Brot für ihren Pflegling einpacken könnte? So überlegte sie, während ihr Blick über die verwüstete Tafel schweifte. Sie könnte es Mabel geben und sie damit beauftragen, alles umgehend zu Cedric hinauszutragen; das geschähe ihr ganz recht. Eben richtete Rowena sich auf, um nach einem Knappen zu winken, da verneigte sich ein junger Ritter vor ihr.

»Philipp of Bendford«, stellte er sich vor. »Euer Vater erwies mir die Ehre.« Und er verbeugte sich erneut, diesmal in Richtung des Barons, der mit einem Nicken bestätigte, dass er dem jungen Mann die Erlaubnis gegeben hatte, seine Tochter zum Tanz zu führen. Rowena blieb nichts weiter übrig, als ihm ihre Hand zu reichen. Ungern nur stand sie auf. Als sie aber sein Lächeln sah, musste sie es einfach erwidern, so ansteckend wirkte es, verstärkt durch den Strahlenkranz seiner weißblonden Wimpern. Er hatte zahlreiche Sommersprossen, ein Jungengesicht und konnte kaum älter sein als sie selbst. Herrje, wie seine Hand zitterte vor Aufregung! Rowena kam sich plötzlich sehr reif und weltläufig vor, und als er schüchtern fragte, wie ihr das Turnier bisher gefallen habe, antwortete sie freundlich. »Und Ihr, habt auch Ihr Euch heute schon bewiesen?«, fragte sie dann, um ihn zu ermutigen.

»Ich ...«, begann er, als sie die Tanzfläche erreichten, fuhr jedoch nicht fort. Die Musik brach ab, und der Herold stieß seinen Stab auf den Boden, um ein neues Lied zu verkünden.

»Es ist gut, Philipp, gut gemacht«, sagte eine Stimme, die Rowena nur zu gut kannte. Ehe sie herumwirbeln konnte, hatte Montfort ihre Hand gepackt.

Colums Kopf schnellte hoch, als er das Geräusch vor dem Zelt hörte. Das war nicht der Nachtwind gewesen, der manchmal Fetzen des fernen Festlärms zu ihnen herübertrug, auch nicht der Tritt eines halbwilden Hundes, der mit der Schnauze auf dem Boden über die Kampfbahn lief und nach weggeworfenen Essensresten schnüffelte, angeregt vom Geruch des Blutes dort im Sand. Das waren menschliche Schritte gewesen. Aber wer immer dort gekommen war, eintreten wollte er nicht. Colum hörte einen Nachtvogel schreien, dann war Stille.

»Wusste ich es doch«, knurrte er und griff nach seinem Schwert, um es leise in die Scheide gleiten zu lassen. Er straffte seinen Gürtel, wickelte sich einen Lederriemen um die Linke und griff nach seinem Dolch.

Mit einem unruhigen Laut regte Cedric sich auf seinem Lager, ohne dabei die Augen zu öffnen. Colum strich ihm beruhigend über die Schulter. Als er sich jedoch zurückziehen wollte, um zum Ausgang zu schleichen, fühlte er sich plötzlich festgehalten. Zu seiner Überraschung sah er, wie Cedrics Finger sich um die seinen schlossen, und sie taten das auf eine Weise, die Colum das ungute Gefühl gab, dass es nicht seine Hand war, die sein Herr da zu halten glaubte, sondern die eines Mädchens. Mit rotem Gesicht entzog er sich ihm. »Wirst sie loslassen müssen«, brummelte er, um die Verlegenheit zu lösen. Als hätte er ihn gehört, fiel Cedrics Arm wieder kraftlos herab. Colum zog die zurückgeglittene Decke wieder sorgsam bis zu seinen Schultern hoch und schenkte ihm einen letzten traurigen Blick, ehe er tief Luft holte und aus dem Zelt schlüpfte.

Draußen war es klar und kalt. In einer verräterischen weißen Wolke stand ihm sein Atem vor dem Mund, ehe er sich besann und in den Schatten abtauchte. Über ihm funkelte rings um einen sicheldünnen Mond eine Vielzahl von Sternen, die von ihm und seinen Sorgen nicht das Geringste wussten. Gegenüber zeichneten sich die Umrisse der nun leeren Tribünen ab, neben ihm standen stumm wie Ritter vor der Schlacht die Zelte, die Wimpel wehend wie Helmbüsche. Sie waren ebenfalls leer und verlassen. Oder bewegte sich dort jemand? Colum erschrak, als aus dem Nichts ein Schatten auf ihn zuglitt. Ein Flügelschlag, und die Eule beendete ihren Gleitflug, um wieder aufzusteigen in das Silberlicht der Nacht. Colum seufzte, dann hielt er die Luft an. Da war es wieder, das Knirschen und Streifen. Es kam von dem Zelt neben ihnen. Und diesmal konnte er auch Stimmen ausmachen.

»Aber das Mädchen hat doch gesagt, das mit den roten Streifen«, flüsterte eine heisere Stimme.

»Kann ich dafür, dass die Farben im Dunkeln alle gleich aussehen?«

Jetzt gelang es Colum sogar, eine Bewegung auszumachen, ein Schatten wurde sichtbar, schwärzer als die Nacht, die ihn umgab, ein Mann, der geduckt dort entlangschlich. Eine Zeltbahn wurde angehoben. Da war auch der zweite, der sich ebenso vorsichtig bewegte. Und seine Rechte umschloss etwas.

»Was glaubst du, ist das rot?«

Colum lächelte grimmig. Er würde das Blut dieses Kerls fließen lassen, dann würde er sehen, was rot war. Vorsichtig schlüpfte er hinter ein Fass und machte sich daran, in den Rücken der beiden Gestalten zu gelangen. Da hob einer von ihnen den Kopf.

»Hast du was gehört?«, raunzte er seinem Gefährten zu. Obwohl er keine Antwort bekam, richtete er sich auf, wiegte den Morgenstern, den er trug, mehrmals abwägend in der Hand und machte ein paar Schritte in Colums Richtung. Sein Gefährte hielt ihn zurück. »Warte, ich sehe nach.«

Colum packte seinen Dolch fester und geriet ins Schwitzen. Sie waren zu zweit, sie waren keine Leichtgewichte und beide bewaffnet. Er hockte hier alleine inmitten eines Haufens abgebrochener Lanzen. Einen von ihnen könnte er erledigen, aber der andere war Glückssache, wenn die Überraschung nicht auf seiner Seite war. Vor seinem inneren Auge sah Colum, wie der Morgenstern-Träger ans Lager seines wehrlosen Herrn trat, mit seiner Waffe ausholte und ... Er schüttelte sich. Da war der Fremde schon heran.

»He«, rief er leise. »Ich glaube, hier drin ist Licht.« Colum glaubte, sein Grinsen förmlich sehen zu können. »Hier sind wir richtig.«

Colums Finger schlossen sich wie von selbst um eine der soliden Holzstangen zu seinen Füßen. Er wartete einen Moment, dann noch einen, dann sprang er mit einem tierischen Brüllen hoch und zog dem überraschten Mann, der keine zwei Schritt von ihm entfernt gestanden hatte, die improvisierte Keule mit aller Macht über. Der Fremde trug keinen Helm, und Colum hörte sein Stirnbein knacken. Er wirbelte herum und zog sein Schwert mit dem zischenden Geräusch, das er zuvor vermieden hatte. Der zweite erwartete ihn schon, den Morgenstern in der Hand. Die pendelnde Kugel mit den tödlichen Stacheln war im Dunkeln nur schwer auszumachen. Colum musste anhand der Haltung seines nur als schwache Silhouette sichtbaren Feindes abschätzen, wo sie sich befand und welche Bahn sie nehmen würde. Wenn er sich täuschte, würde sie ihm das Fleisch in Klumpen von den Knochen reißen.

»Na warte«, hörte er den anderen knurren. Der holte aus.

Colum wartete nicht, er stürmte nach vorne, in die Bewegung seines Gegners hinein. Eine Gänsehaut lief über seinen Rücken, dort, wo die Stacheln einschlagen würden, wenn er eine falsche Bewegung machte. Mit der Schwerthand fuhr er dem anderen in die Parade. Er schlug nach dem Arm, hörte aber das Geräusch von Metall auf Metall und wusste im selben Moment, dass er nur die Kette getroffen hatte. Fluchend duckte er sich, instinktiv, ohne nachzudenken, und fühlte, wie etwas Schweres, Schnelles an seiner Schläfe vorbeisauste. Der tödliche Hauch streifte seine Haare. Colum schloss die Augen; er lebte. Dann prallte er gegen seinen Gegner, umarmte ihn und riss ihn mit sich zu Boden. Schwer fiel der andere auf seine Dolchhand, die so schmerzhaft verdreht wurde, dass er losließ. Hastig versuchte er, sein Schwert zu erreichen. Der andere ahnte die Absicht und packte sein Handgelenk, während er mit der Rechten erneut ausholte. Blitzschnell ließ Colum nach und rollte zur Seite. Im Gesicht seines Gegners blitzten die Zähne auf, als er grinste. Sich schon als Sieger sehend richtete der Mann sich auf und machte sich daran, den liegenden Colum zu zermalmen. Der aber griff nach seinem frei gewordenen Dolch und stieß ihn mit aller Kraft dem Mann in den Bauch. Der Morgenstern fuhr herab. Colum kreuzte die Arme vor dem Gesicht und rollte zur Seite. Er spürte den dumpfen Aufschlag des Geschosses neben sich in der Erde ebenso, wie er ihn hörte. Dann brach der Angreifer zusammen.

Colum lag auf dem Rücken und keuchte. Die Sterne über ihm blinkten wie zuvor. Als die Kälte des Erdreichs in seine Glieder kroch, richtete er sich auf. Seine Arme fühlten sich an, als hätte er einen ganzen Tag Holz gehackt. Er fand seinen Dolch und steckte ihn ein, fand auch den Morgenstern, wog ihn einen Moment überlegend und schleuderte ihn dann mit aller Kraft beiseite. Er flog lautlos wie ein Nachtvogel.

Zurück im Zelt neigte Colum sich über seinen Herrn, der schlief, wie er ihn verlassen hatte. Auch die Decke lag noch an ihrem Platz. Colum stopfte sie dennoch erneut fest. Dabei bemerkte er, wie etwas darauf tropfte. Er fasste sich an die Schläfe und spürte Blut. Verdammtes Mörderpack! »Ich werde Sie fortschaffen«, erklärte er seinem Herrn, weil er es gewohnt war, ihm in allem Rechenschaft zu geben. »Damit sie uns nicht sofort auf die Schliche kommen und uns am Ende wegen Mordes verklagen. Wir sind hier fremd, auf uns wird keiner hören.« Er seufzte, als sein Herr sich nicht rührte. Ein schneller Blick durchs Zelt verriet ihm, dass nicht viel zu packen war. Ein Häufchen Rindenfasern lag noch da, Weide, erinnerte er sich, die Ration für den Tee am frühen Morgen. Colum schnaubte.

»Ich verstecke sie, und dann gehen wir fort.« Nach einem kurzen Zögern fügte er spröde hinzu: »Tut mir leid. Ich werde für dich sorgen.« Cedric reagierte mit keiner Miene. Abweisend lag er da mit seiner kostbaren Binde um den Kopf.

Behutsam streckte Colum die Hand aus und berührte sanft mit seinen schartigen, zitternden Fingern den Stein auf Cedrics Stirn. Blitzartig leuchtete er auf und tauchte seines Herrn Gesicht in ein marmorweißes Licht.

12

»Was für ein feiger Trick!«, fauchte Rowena. Sie versuchte, ihre Hand aus der Montforts zu ziehen, doch er ließ nicht los und zwang sie in die ersten Tanzbewegungen. Sie wand sich, so gut sie konnte, und stolperte nebenher, die verwunderten Gesichter der anderen Tänzer mit einem Grienen quittierend. »Und Ihr habt ganz Recht, Euch vor meinem Vater zu fürchten«, fuhr sie fort und hielt bereits nach dem Genannten Ausschau. »Wenn er erst erfährt ...«

»Oh«, unterbrach Montfort sie gelassen und zwang sie in eine Drehung, die sie zähneknirschend wie eine Puppe an seiner Hand ausführte. »Mit Eurem Vater werde ich bald sprechen, sehr bald. Ich wollte vorher nur Eure Meinung erfahren zu meinen Plänen.«

»Euren Plänen?«, echote Rowena erstaunt. Dann fügte sie sehr würdevoll hinzu: »Was sollten uns Eure Pläne angehen.«

»Sehr viel, meine ich.« Montfort lächelte sie strahlend an. Noch vor wenigen Stunden wären ihr dabei vielleicht die Knie weich geworden. Nun regte sich in ihr nichts als ein leichtes Unbehagen. »Schließlich plane ich, Euch zu meiner Frau zu machen.«

»Mich?«, platzte Rowena heraus und konnte ein Lachen nicht verhindern. Darüber vergaß sie ihre Schritte und wurde von ihm derb an seine Seite gezogen für die nächste Figur.

»Was haltet Ihr davon?«, fragte er sanft.

Rowena zögerte nicht. »Niemals«, verkündete sie stolz und warf den Kopf zurück.

Wieder zwang Montfort sie in eine Drehung. »Tststs«, machte er dabei tadelnd. »Und doch ist es Euer Temperament, das ich so an Euch liebe. Um ehrlich zu sein«, fuhr er im Plauderton fort, »wäre ich über eine andere Antwort enttäuscht gewesen. Wird doch Euer Sträuben der größte Spaß dabei sein.«

Rowena starrte ihn an. Er lachte, dann riss er an ihrem Arm. Sie standen dicht am Rand der Tanzfläche, und seine knappe Bewegung genügte, sie aus den Reihen der anderen fortzutragen in einen einsamen Winkel. Dort presste er sie, ihren Widerstand ignorierend, mit dem ganzen Gewicht seines Körpers an die Wand.

»Lasst mich los«, keuchte sie und versuchte, ihn von sich fortzudrücken. »Ihr müsst verrückt sein.«

»Mag sein«, gab er zurück. »Verrückt nach Euch. Und jetzt hole ich mir den Kuss, den ihr mir versprochen habt. Betrachtet Euch hiermit als mir versprochen.« Bei den letzten Worten hatte er sein Gesicht dem ihren genähert. Krampfhaft wandte Rowena ihren Kopf hin und her. Sein heißer Atem machte sie würgen, und sie hatte Mühe, die Tränen zurückzuhalten, während sie mit aller Kraft gegen ihn ankämpfte. Schließlich verlor er die Geduld, riss ihr die Arme über den Kopf, umfasste dort ihre Handgelenke mit der Rechten und packte mit der Linken grob ihr Kinn. Rowena schloss die Augen und spürte seine Lippen, suchend, fordernd. Ihr Mund öffnete sich und gab nach.

Da prallte er mit einem Schmerzensschrei zurück. Fassungslos berührte er seine Unterlippe und starrte auf das Blut an seinen Fingern, dann auf sie. Rowena wischte sich das Blut mit einer verächtlichen Geste ab, ohne auf die schöne Seide zu achten. »Das«, sagte sie, »ist es, was passiert, wenn Ihr Euch mir noch einmal nähert.«

Montforts Hand fuhr unwillkürlich zu seinem Schwert, verharrte dann aber. Man begann bereits, auf sie beide aufmerksam zu werden. Drohend richtete er den Finger auf sie. »Ihr«, stieß er hervor und holte Atem. Seine Augen funkelten. Dann auf einmal entspannte er sich, eine trügerische Gelassenheit trat in seine Züge. Er grüßte einen Vorbeikommenden und schenkte Rowena, die sich aus ihrer Ecke stahl, ein wölfisches Grinsen. »Ihr werdet meine Frau«, verkündete er mit Nachdruck.

»Mein Vater wird niemals einwilligen«, hielt sie dagegen, aber er ignorierte es.

»Und wenn ich Euch das nächste Mal küsse«, fuhr er fort, »werden wir alleine sein, werte Rowena, nur Ihr und ich. Ihr werdet mir gehören. Und nichts und niemand wird Euch helfen können.«

Einen Augenblick stand sie da, ohne einen Gedanken fassen zu können. Dann rannte sie auf einmal wie ein Reh. Erst als sie wieder mitten im Saal stand, zurück im Licht, im Trubel und Lärm, hielt sie inne. Der Wechsel der Gesichter um sie herum, die tanzten und lachten, auftauchten und verschwanden, verwirrte sie. Irgendwo dahinter steckte Montfort, jeden Moment konnte er wieder auf sie herabstoßen wie ein Greifvogel. Sie war hier nicht sicher. Mit einem Mal merkte Rowena, dass ihre Beine zitterten, sie bebte regelrecht, und inmitten des Dunstes all dieser Leiber war ihr, als friere sie. Sie musste zu ihrem Vater. Vater! Wie tröstlich war der Gedanke mit einem Mal. Hastig wandte sie sich der Tafel zu und kämpfte sich durch die Menge der Schaulustigen, die sich am Rand der Tanzfläche drängten. Als sie es geschafft hatte, hielt sie erschrocken inne: Sein Platz an der Tafel war leer!

Die schrecklichsten Gedanken schossen Rowena durch den Kopf, bis sie ihn stehend in einer Gruppe Edelleute entdeckte. »Vater!« Ihr Ruf klang unangemessen laut und aufgeregt in das Gespräch der Männer. Sie spürte es selbst und wurde verlegen. Mit beiden Händen umklammerte sie seine Rechte, so schutzsuchend fest, dass er erstaunt aufschaute.

»Ist etwas, Tochter?«, fragte er und zog die Brauen zusammen. In seiner Stimme lag Tadel. Wusste sie nach den Pannen des Tages noch immer nicht, wie man sich zu benehmen hatte?

Er schüttelte den Kopf. Wahrhaftig, es war ein Fehler gewesen, hierherzukommen. Das Mädchen war nicht reif dafür.

»Nein«, stieß Rowena hastig hervor und verstummte. Dabei drängte es sie, alles nur so herauszusprudeln. Sie wollte ihn warnen, ihn aufklären, ihn bitten, nicht auf Montfort zu hören, sollte der ihn tatsächlich aufsuchen. Er war ein Graf, schoss es ihr durch den Kopf, während sie die arglosen Altherrengesichter der Runde betrachtete, in die sie da so plötzlich geplatzt war. Jedenfalls wäre er bald einer, ein reicher Mann, mit einflussreichen Freunden. Sie würde ihrem Vater Gründe nennen müssen, warum er die Werbung ablehnen sollte. Oh, sie konnte ihm Gründe nennen, würde ihm Gründe nennen, bald, gleich, sobald sie alleine wären. Oh, wenn sie doch endlich alleine wären. »Ich bin müde«, sagte sie und schlug ob der Lüge die Augen nieder. »Ich möchte gerne gehen.«

»Hoho, müde«, fiel der alte Mann zu ihrer Linken ein und hob die Hand, um ihr mit seinen knorrigen Fingern über die Wange zu streichen. Rowena ließ es nur mit Mühe über sich ergehen. »Zu meiner Zeit«, fuhr der Alte fort, »bin ich nie vorzeitig fort von einem Fest, und mir scheint, die Mädchen wollten es auch nie. Aber vielleicht täusche ich mich ja. Das Alter«, er zwinkerte ihr mit seinen wässrigen Augen zu, »es lässt die Erinnerungen verschwimmen. Ach!« Er seufzte. »Ja, wenn mein Sohn noch lebte«, fuhr er dann fort, »dann würde er mir so ein junges, frisches Ding wie dich auf Burg Saxton bringen. Dann wäre wieder Leben um mich herum, Enkelkinder. Aber so.« Er schaute sie mit trauriger Freundlichkeit an. »Und was ist sie auch für ein besonders hübsches Ding«, fuhr er fort und betrachtete ihre roten Flechten und den klaren Teint. »Solche grünäugigen Enkelkindchen würde ich mir gerade wünschen, wie Nixlein. Und Jungen mit Feuerhaar und wild, ganz quicklebendig. Denn das bist du doch, das sehe ich gleich!« Er drohte ihr lächelnd mit dem Finger. »Dem Baron Saxton kannst du nichts vormachen.«

Rowena lächelte mühsam zurück und überlegte, ob wohl noch Blut an ihren Lippen klebte. Der Alte zog sie am Arm zu sich heran, und sie roch in seinen Kleidern seinen beißenden Altmännergeruch.

»Gerald, alter Kämpfer«, rief er ihrem Vater mit krächzender Stimme zu. »Wenn ich noch einen Sohn hätte – du erinnerst dich, John, mein John –, dann müsstest du sie ihm geben.«

Baron Gerald de Forrester hörte ihn nicht. Er war wieder in das Gespräch mit seinem Nachbarn zur Rechten vertieft. Dieser, ein vierschrötiger Mann mit fettigen schwarzen, silbergesträhnten Haaren und einem mächtigen Schnurrbart, bedrängte ihn ernst und wortreich in einer Angelegenheit, die dem Baron unangenehm zu sein schien.

»Nein, Oliver, nein«, erklärte er und schüttelte den Kopf mit den grauen Haaren, »der Wald ist nicht zu verkaufen.«

»Aber was willst du denn damit!« Die Stimme des anderen dröhnte wie eine Trommel. Und um ihr Nachdruck zu verleihen, schlug er sich auf die gewölbte Brust. »Du jagst doch gar nicht darin, erzählen sich die Leute. Ja, sie sagen, du schlägst dort nicht einmal Holz.«

Abwehrend hob der Baron die Hände. »Die Leute reden viel«, sagte er müde. »Du solltest nichts darauf geben.«

Ein anderer fiel ein, in erstauntem Ton: »Du hast einen Wald, in dem du nicht jagst?«

De Forrester lächelte nachsichtig in die Runde. Was soll man machen, sagte sein Lächeln, gegen solch dumme Gerüchte? Allein seine Augen blieben ernst.

»Gib's zu«, beharrte sein Widersacher, »du hast in den letzten zehn Jahren nicht eine Jagd dort ausgerichtet. Ich als dein Nachbar weiß das.«

»Also wirklich«, begann der Baron erneut. »Ich will mich nur nicht davon trennen, das ist alles. Es ist ein schönes Stück Forst, das weißt du gut, sonst wolltest du es ja nicht haben.« Er lachte und schlug seinem Nachbarn auf die Schulter. Aber eine gewisse Anspannung wich nicht aus seiner Haltung. Die anderen taten ihm den Gefallen, in sein Gelächter einzustimmen, aber man sah es dem Schwarzen an, dass er mit der Sache nicht zufrieden war.

»Ich weiß, was ich weiß«, brummte er in seinen Schnurrbart.

»Vater? Ich möchte jetzt wirklich gerne gehen.«

Befremdet schaute de Forrester seine Tochter an. Da stand sie vor ihm und konnte nicht einmal stillhalten. Wie ein Kind, das auf den Abtritt muss, dachte er unwillig und wollte sie schon zurechtweisen. Da hob sein Nachbar in seinem Rücken noch mal die Stimme. »Na gut, ich lege zwanzig Goldstücke drauf«, erklärte er. »Und den Streifen am Bach, den willst du doch schon seit Jahren.«

De Forrester straffte sich und legte Rowena die Hand auf die Schulter. »Kinder«, wandte er sich dann entschuldigend zu seinen Freunden um.

»Frauen«, korrigierte einer ihn lachend. So gelang es ihnen, sich zu verabschieden. Aufatmend nahm Rowena ihres Vaters Arm und schmiegte sich auf dem Weg aus dem Saal eng an ihn.

»Wo ist Mabel?«, fragte der Baron, als ihm einfiel, dass sie die Zofe vermissten. Rowena musste nicht lange suchen. Noch immer saß sie neben dem Feuer, und der Knappe Montforts war ebenfalls nicht von ihrer Seite gewichen. Wut stieg in ihr auf, als sie sah, wie ihre Dienerin mit dem Mann schäkerte, und färbte ihre bleich gewordenen Wangen. Ohne zu überlegen machte sie sich von ihrem Vater los und stand in wenigen Augenblicken vor ihrer Zofe. »Oh, ja«, hörte sie sie kichern, »sie war schon immer ein wildes Ding. Hab ich Euch schon erzählt, wie sie auf dem Weg hierher ...«

»Mabel!« Rowena schrie es fast. »Komm, aber sofort!«

Diese, den strengen Ton nicht gewohnt und auch ein wenig betrunken, schaute zu ihr auf, noch immer das ahnungsloseselige Lächeln auf den Lippen, mit dem sie den jungen Mann bedacht hatte. Der Knappe wandte kaum den Kopf, als Rowena vor sie trat, und erhob sich nicht. Sein Blick, fand sie, hatte etwas Unverschämtes, und sie fragte sich unwillkürlich, ob er die Pläne seines Herrn kannte. Mein Gott, ob er wusste, was ihr geschehen war? Unwillkürlich wischte sie noch einmal über ihren Mund.

»Ach, das schöne Kleid«, rief Mabel in aufrichtigem Bedauern aus, als sie die Blutspur an Rowenas seidenem Ärmel bemerkte. »Habt Ihr Soße darüber gekippt?« Geschäftig griff sie danach und begann, den Stoff zu reiben. »Wie soll ich das je wieder sauber kriegen?«

Das war zu viel. Vor diesem Menschen wie ein unartiges Kind ausgescholten zu werden, das nicht essen kann! In Rowena glühte es. Sie packte die völlig überraschte Mabel so grob am Arm, dass diese aufschrie, erwischte nur das Kleid und zerrte sie hoch. »Du kommst jetzt mit«, kommandierte sie, »sofort, sonst lasse ich dich durchprügeln, hast du verstanden? Sitzt hier herum und turtelst wie ein Flittchen«, fuhr sie fort. Angst und Wut der letzten Stunden sprudelten nur so aus ihr heraus, und alles ergoss sich auf das Haupt der armen Zofe.

»Ich bin kein Flittchen«, begehrte sie auf. »Ich habe nichts getan.« Mit hochrotem Kopf kämpfte Mabel darum, freizukommen. Ihr Blick suchte die Gesichter der Umstehenden, Gesinde zumeist, ihresgleichen, das nun dastand und kicherte und höchst bedeutsam die Augen verdrehte. Mabel wäre am liebsten im Erdboden versunken. »Ich habe nichts getan«, wiederholte sie.

»Ach!« Rowenas Stimme war schneidend. »Dabei habe ich genau gesehen, wie er dich um die Taille gefasst hat. Und was ist das?« Sie zerrte am Halssaum von Mabels Kleid, über dem sich auf der Haut ein verräterischer roter Fleck bemerkbar machte. Grob stieß Rowena Mabel in Richtung des Ausgangs. »Du stinkst nach Pferdeknecht«, verkündete sie. Zufrieden, damit auch den Knappen beleidigt zu haben, wandte sie allen den Rücken, kam der Zofe nach und schubste sie weiter vor sich her. »Was hast du ihm noch alles erzählt?«, zischte sie ihr dabei zu. »Du dämliches, geschwätziges Weibsstück.«

Mabel weinte inzwischen, laut und protestierend.

Rowena, aus der nach dem Anfall alle Energie gewichen war, hätte es ihr am liebsten gleich getan. Sie unterdrückte den Impuls, Mabel in die Arme zu schließen, sich zu entschuldigen und sich an sie zu kuscheln, wie sie es getan hatte, als sie jünger gewesen war und die nur wenige Jahre ältere Mabel ihr Mutterersatz. Diesmal würde eine tröstliche Umarmung nicht reichen; Mabel konnte ihr nicht helfen. Ohne ein Wort zu sagen, ließ Rowena sie stehen und lief zu ihrem Vater. Sie konnte nicht warten bis zur Herberge, jetzt, jetzt sofort musste sie mit ihm sprechen.

Mabel schaute ihr nach und schnaubte sich in ihren Kleidersaum. In ihrem Rücken jubelte die Musik, zu der sie noch kein einziges Mal getanzt hatte. Und sie glaubte, das schadenfrohe Gekicher der anderen über dem Lärm zu hören. »Miststück«, murmelte sie. »Soll der Teufel dich holen.«

13

Am anderen Morgen saßen Rowena, ihr Vater und Mabel inmitten eines dichten Gedränges im Gastraum der Herberge und löffelten ihre Grütze. Rings um sie herum summte das Gespräch. Das Haus war voll belegt mit Turnierteilnehmern, die sich austauschten über ihre Waffengänge vom gestrigen Tag, die Qualität der hiesigen Schmiede, die Unparteilichkeit der Richter, die Tugenden ihrer abwesenden Mitbewerber und die Härte der Betten. Sie lärmten und lachten und sandten ihre Knappen um den Tisch, um die besten Bissen zu ergattern. Als die Schüssel mit dem Fleisch kam, war nicht mehr darin als ein paar magere Fetzen, die in beinahe schwarzer Brühe schwammen. Ohne eine Miene zu verziehen, löffelte der Baron de Forrester sich und seinen Damen davon auf den Körnerbrei. Er rief nicht nach den Mägden, rüffelte die Knappen nicht und kaute ohne jeden Kommentar. Rowena wagte nichts weiter, als seinem Beispiel zu folgen.

Dabei hatte er in der vorigen Nacht ihr Anliegen besser aufgenommen, als sie zu hoffen gewagt hatte. Obwohl es so in ihr arbeitete, hatte sie doch lange gewartet, bis sie es endlich schaffte, ihn anzusprechen. Sie hatte ihn hier drunten in der Stube gefunden, allein vor dem nur noch glosenden Feuer in dem großen Kamin, in dessen Asche an den Rändern, wo sie angenehm warm war, eine Katze sich zum Schlafen zusammengerollt hatte. Rowena hatte sich zu seinen Füßen niedergelassen, das Tier genommen, ihm die weißen Flocken aus dem Fell geblasen, es gekrault, bis es schnurrte, und dann leise zu erzählen begonnen, was ihr geschehen war. Als sie an die Stelle kam, wo Montfort sie in die Ecke zerrte, um ihr einen Kuss zu stehlen, hatte sie fühlen können, wie ihr Vater sich anspannte, und war dadurch ermutigt worden, ihr Anliegen nun vorzutragen. »Er wird kommen und dich fragen, Vater«, hatte sie vorsichtig gesagt und nach seiner Hand gegriffen, »aber ich bitte dich, ich bitte dich inständig …«

»So denkt er sich das also, der künftige Graf«, hatte der Baron de Forrester leise gemurmelt.

»Vater«, hatte sie erneut angesetzt, »ich könnte es nicht ertragen …«

»Keine Sorge, Töchterchen.« Der Baron hatte ihr seine Hand entzogen und sie ihr auf den Scheitel gelegt. »Er gefällt mir nicht, dieser Tristan de Montfort.« Mit gerunzelter Stirn hatte er sich an seine eigene Begegnung mit dem Mann erinnert, an das Lob seines Sohnes, das aus seinem Mund seltsamerweise anrüchig gewirkt hatte, wie etwas, gegen das er sich glaubte verwahren zu müssen. Auch war ihm der Blick dieser Bernsteinaugen nicht entgangen, er hatte wohl die Wildheit darin gesehen: Wolfsaugen. Zweifellos, hatte er gedacht, war Montfort unter Johann Ohneland einer der kommenden Männer. Und es galt immer, sich mit solchen nicht schlecht zu stellen. So war es seit jeher die Politik der Familie de Forrester gewesen, einer kleinen und vorsichtigen Familie. Ein Lächeln, um dessen Bitterkeit nur er wusste, war bei dem Gedanken an diese Selbstcharakterisierung über sein Gesicht gezogen.

Rowenas Herz aber hatte bei dem Anblick voll Hoffnung geklopft.

De Forrester hatte nicht anders denn lächeln können, als er es sah. Wenn sie so dasaß, so still und schmiegsam, glich sie weit mehr als sonst ihrer verstorbenen Mutter, seiner Frau. »Keine Angst«, hatte er wiederholt. »Ich werde ihm keinen positiven Bescheid geben. Er gefällt mir nicht, dieser Tristan de Montfort.«

»Ach, Vater!« Mit diesem Ausruf war Rowena aufgesprungen, überflutet von Erleichterung, um ihn stürmisch zu umarmen. Mit einem Satz hatte sich die so unsanft fallengelassene Katze auf den Kaminsims katapultiert und zeigte ihnen von dort fauchend die Zähne. Niemand hatte sie beachtet.

»Ach, ich wusste es. Ich wusste, dass ich mich auf dich verlassen kann, ich danke dir.« Noch in seinen Armen war sie schläfrig geworden. Der Baron de Forrester hatte sie in seinen Armen gehalten und in die erlöschende Glut gestarrt, als sie lange schon eingeschlafen war. Dann hatte er sie wie früher als Kind nach oben in ihr Zimmer getragen, mit zärtlichem Stolz und mit Mühe, zusätzlich gebeugt von der Last des Gedankens, dass es wohl das letzte Mal war.

Langsam lichtete sich die Menge um sie herum. Es drängte die Ritter in den Hof, wo die Wappen begutachtet und die Kontrahenten für Mêlée und Tjost zugelassen wurden. Danach würden ihre langwierigen Zurüstungen beginnen für die ersten Kämpfe am Mittag. »Mabel«, sagte der Baron und schob der Zofe eine Börse hin, »geh und begleiche die Rechnung. Und sag John, er soll die Knechte zusammenrufen; wir brechen auf.«

Die Zofe ging wortlos, mit einem Kopfnicken.

Rowena verschluckte sich beinahe, als sie es hörte. »Jetzt schon?«, fragte sie hastig. »Aber ich wollte noch ...«

»Hast du noch nicht genug vom Turnier?«, fragte ihr Vater mit einer gewissen Schärfe.

Erstaunt riss Rowena die Augen auf. Was hatte er heute nur? Gestern war er so freundlich gewesen. Ihr Problem war doch wunderbar gelöst. Montfort würde eine Absage zuteil werden. Wenn ihr auch die Kämpfe inzwischen gleichgültig geworden waren, so konnte Rowena doch nicht verhehlen, dass es da in ihrem Kopf dieses Bild gab, die höchst befriedigende Vorstellung nämlich, wie sie in ihrer Loge säße und mit stolz geradeaus gerichtetem Blick mit anhörte, wie hinter ihrem Rücken ihr Vater dem Ritter eine kräftige Abfuhr erteilte. Was für ein Genuss ihr das wäre!

Vor allem aber war es ganz und gar unmöglich, den Turnierplatz zu verlassen, ehe sie nicht nach Cedric gesehen hatte. In ihren allergeheimsten Gedanken hatte sie sich sogar ausgemalt, dass sie ihn in einen Wagen legen und mit sich nach Forrest Castle nehmen würde, wenn er erst reisefähig wäre, wenn sie sich auch bisher gehütet hatte, ihrem Vater gegenüber davon zu sprechen. Eines nach dem anderen, hatte Rowena gedacht. Und nun drohte diese Hast, all ihre Pläne über den Haufen zu werfen.

»Nein«, begehrte sie auf. »Aber ich muss noch nach dem Ritter sehen, der gestern verwundet wurde. Es geht ihm nicht gut, und ich ...«

»Rowena!« Sie zuckte zusammen. Ihr Vater war noch nie laut geworden. Als er die erstaunten Blicke einiger der Umstehenden auffing, zwang er sich sichtlich zur Ruhe. Rowena wartete nicht ab, was er zu sagen hatte. »Mutter hat auch keinen Kranken alleine gelassen. Sie ging zu allen, die sie brauchten, selbst zum niedrigsten Knecht. Und sie hätte niemals jemanden im Stich gelassen, der ihre Hilfe brauchte, so wie Cedric meine braucht. Das weißt du!«

»Deine Mutter«, der Baron sprach zwischen zusammengebissenen Zähnen hindurch, »wirkte in ihrem Kreis, auf unserem Land, und widmete sich den Menschen, die sie kannte und für die wir verantwortlich waren. Sie hielt sich fern von Fremden. Und gewiss drängte sie sich nicht an öffentliche Orte und mischte sich in die Arbeit der Ärzte.«

»Sie hätte es getan, wenn es direkt vor ihren Augen geschehen wäre«, beharrte Rowena. »Und überhaupt hat der Arzt sich geweigert, nach ihm zu sehen. Niemand kümmert sich um ihn, wenn ich es nicht tue.«

»Rowena, es ist genug.« Der Baron stand auf.

Noch sah Rowena eine letzte Hoffnung. »Es muss noch gepackt werden und die Pferde bereitgemacht«, beharrte sie. »Mabel kommt mit meinem Gepäck gut alleine zurecht, derweil könnte ich doch rasch nach ihm sehen.« Unwillkürlich hielt sie sich mit beiden Händen an der Tischkante fest, so als könnte die Geste verhindern, dass jemand käme und sie von Cedric wegzöge. Fortgehen? Nein, sie schüttelte den Kopf; das war ganz undenkbar.

Ihr Vater runzelte die Stirn. »Ich habe unseren Zug bei Tagesanbruch bereitmachen lassen. Mabel hat auf meinen Befehl schon gepackt, und die Pferde stehen bereit.«

Wortlos starrte Rowena ihren Vater an. Was hatte er nur? Sie begriff es nicht, sie begriff nur eines: Sie musste ihn dazu bringen, ihr Zeit zu geben. »Aber«, brachte sie heraus und überlegte in fieberhafter Eile, »soll Montfort etwa glauben, wir fürchten uns vor ihm?« Sie selbst glaubte es nicht einen Moment, aber sie wollte ihren Vater aufstacheln. Sie stieß ein provozierendes Lachen aus. Dann, als seine Miene unverändert blieb, schmeichelte sie: »Willst du darauf verzichten, ihm eine Abfuhr zu erteilen, dass es sich gewaschen hat, und ihm zu zeigen, wie man mit deiner Tochter umgehen muss?« Als sie sah, dass das nichts in seiner steinernen Miene bewegte, schwenkte sie um. Selbst zunehmend verzweifelt, wurde sie ungerecht. Tränen standen in ihren Augen, als sie nun klagte: »Oder gönnst du mir es nicht, dass ich eine Aufgabe gefunden habe? Dass ich auch etwas kann und dass ich, dass ich ...«

»Rowena, hör auf mit dem Unfug.«

»Nein, ich höre nicht auf«, rief sie und stellte sich trotzig vor ihn. »Ja, ich gebe es zu, ich habe mich verliebt, hörst du, Vater. Aber du willst gar nicht, dass ich jemanden gefunden habe, nicht wahr? Jemand, der mich fortführen könnte. Du willst mich weiter gefangen halten und an dich ketten und in deine verdammte Burg einsperren, wie du Mama eingesperrt hast.«

»Rowena!« Der Baron war bleich wie ein Laken.

»Jawohl«, tönte sie, »meinst du, ich habe nicht gemerkt, dass sie immerzu aus dem Fenster schaute und sich wegsehnte? Aber du hast sie nicht gelassen, nicht einmal bist du mit ihr gereist. Alles, was sie durfte, war tagein, tagaus auf diesen verdammten Wald starren. Aber mit mir nicht! Nein!«

Sie hielt inne, als die Hand ihres Vaters hochfuhr. Der Baron atmete schwer. Dann ballte er die Faust, öffnete sie wieder und ließ den Arm schließlich sinken. Lange schauten Vater und Tochter einander an. Rowena blieb der Triumph, dass er als Erster den Blick senkte.

»Wo dieses verdammte Mädchen bleibt! Immer muss sie trödeln.« Der Baron wandte sich zur Tür und rief Mabels Namen. Die Zofe erschien, rot im Gesicht und verlegen. Schritte entfernten sich auf dem Flur. Aber weder Vater noch Tochter achteten darauf. »Ist alles erledigt?«, fragte der Baron streng.

Mabel neigte den Kopf. »Alles ist bereit, sagt John.«

»Gut, dann geh mit Rowena zum Stall. Ich komme in ein paar Augenblicken nach.«

Rowena würdigte ihn keines Wortes, als sie an ihm vorbeiging. In verbissenem Schweigen folgte sie Mabel über den Hof. Auch zwischen den beiden jungen Frauen gärte es. Keine hatte der anderen verziehen: Mabel ihrer Herrin nicht die gestrige Behandlung, diese ihr nicht, dass sie des Vaters Reisepläne verheimlicht und hinter ihrem Rücken gepackt hatte.

Im Stall waren die Knechte und Wachen der de Forresters zugange, wie ihr Vater es angekündigt hatte. Die meisten führten ihre Pferde bereits in den Hof. Als Letzter kam Harry an ihnen vorbei, ein junger Knappe, der mit seinen etwas weit auseinanderstehenden Augen stets wie ein erstauntes Kind aussah. John rief bereits drohend nach ihm, und er schenkte den Mädchen nur zerstreut einen Entschuldigung heischenden Seitenblick. »Komme ja schon.«

»Hier, Mylady«, sagte Mabel steif, als sie vor der Box mit Rowenas Zelter ankamen, die ganz hinten lag. Danach kam nur eine leere Box, dahinter die Rückwand mit einer kleinen Pforte, durch die Rowena ein kleines Stück Himmel sah und den Anfang eines Pfades, den Brennnesseln überwucherten. Sie glaubte sich zu erinnern, dass er hinter den Tränken am Tor vorbeiführte, wo die Nesseln ebenfalls hüfthoch wuchsen. Das brachte sie auf eine Idee.

»Der Boden ist schmutzig«, mäkelte sie und wies mit der Fußspitze auf einige Pferdeäpfel im Stroh. »Hol du ihn heraus.«

»Wie Ihr befehlt«, erwiderte Mabel spitz und tat einen vorsichtigen Schritt in die Strohschütte hinein. Rowena versetzte ihr einen heftigen Stoß, sodass sie ganz hineinstürzte, dann warf sie die Tür der Box zu und schob den Riegel vor. Ohne Reue raffte sie ihre Röcke und rannte zu der Pforte. Diese war alt und klemmte, Spinnweben zogen sich und rissen, als sie versuchte, sie weiter als einen Spalt aufzustoßen. Schließlich gab sie ächzend nach. Es ratschte, als Rowena sich den Schleier an einem Splitter riss, aber sie achtete nicht darauf. So rasch sie konnte, lief sie den Pfad entlang, der tatsächlich zu den Tränken führte. Durch Pfützen von Brunnenwasser und Matsch stolpernd, hastete Rowena weiter. Endlich war sie am Tor, wo die im Hof wartenden Knechte sie hätten erspähen können. Aber kein Ruf erklang, kein Schritt wurde laut. Dann war sie eingetaucht in die

Menge. Sonne lag auf den Gassen und schmolz den Reif auf den Dächern und auf den Balken der Fensterläden. Es war so viel Volk unterwegs, so viele Fremde verstopften die Straßen, dass man wenig auf das Mädchen achtete, das mit fliegenden Schleiern und rhythmisch gegen ihren Rücken schlagenden Zöpfen dem Turnierplatz zuhastete.

Als sie dort ankam, hielt Rowena inne. Die Sonne hatte das Gras zwischen den Tribünen noch nicht erreicht, das weiß gefroren war und unter ihren Schritten brechen würde wie Glas. Eine Wolke Raben stieg krächzend hoch in das wärmere Licht, gestört durch ihre Anwesenheit. Sie sah einen einsamen Hund über die Sandbahn traben, die noch zerwühlt war vom Vortag. An ihrem anderen Ende bemerkte sie einen Trupp Arbeiter, der damit begonnen hatte, den Grund zu lockern und zu rechen. Aber keiner von ihnen hob den Kopf, als sie nun vorbeiging.

Wieder einmal stand Rowena mit klopfendem Herzen vor Cedrics Zelt. Aber diesmal zögerte sie nicht, die Zeltbahn beiseitezuziehen und einzutreten. Morgenlicht flutete mit ihr herein und zeigte ihr ein klägliches Bild: einen umgestoßenen Tisch, herumliegende Riemen, Bruchstücke eines Harnischs. Die Liege, blutverschmiert, stand noch da, aber sie war leer; kein Stück, das ihm gehört hatte, war mehr zu entdecken: Schwert, Becher, Mantel, alles war verschwunden. Die ganze Szene atmete Verlassenheit. Rowena brauchte nicht zu rufen, um zu wissen, dass Cedric fort war.

Dennoch trat sie ein. Von seinem Lager her leuchtete ihr etwas entgegen; es war das Stück ihres Brokatärmels, das sie abgerissen hatte, um es um seine Stirn zu winden. Die Goldfäden darin glommen in der Morgensonne. Rowena schloss die Finger darum. Nicht einmal das hatte er behalten wollen? Sie kämpfte mit den aufsteigenden Tränen. Dann aber regte sich ihr Kampfgeist. Nein, sagte sie sich, das war nicht er. Er war bewusstlos gewesen, als sie ihn verließ. Er konnte weder aufstehen noch gehen; heute würde ihn das Fieber in schweren Wellen überrollen;

noch lange wäre er ans Bett gefesselt. Nein, nicht Cedric war es, der diesen Aufbruch gewollt und vollzogen hatte, sondern dieser verdammte Knappe. Mit einem Fluch auf den Lippen stieß Rowena nach einem der herumliegenden Harnischteile. Sie hatte ihm sofort misstraut, diesem hässlichen, düsteren Kerl. Bestimmt hatte er gefürchtet, sie wäre eine Hexe – bitter lachte sie auf –, und hatte seinen Herrn ihrem unheilvollen Einfluss entzogen. Deshalb hatte er ihm auch den Stein abgenommen. Rowena ging in die Knie, um nach dem Bergkristall zu tasten, den sie Cedric umgebunden hatte, aber sie konnte ihn nicht finden.

Dieser Narr, dachte sie, als sie sich aufrichtete. Er wird ihn töten. Aber vielleicht, kam ihr dann der nächste Gedanke, hatte er ihn ja nicht weit verschleppt, vielleicht nur bis zu seiner Herberge oder einer anderen Unterkunft hier in der Stadt. Erneut keimte Hoffnung in ihr auf. Sie musste nur Erkundigungen einziehen, musste sich umsehen. Alle Ritter hängten ihren Wappenschild an die Außenmauer des Gasthofes, in dem sie logierten. Wenn sie nur lange genug durch die Straßen lief, würde sie auf die blausilberne Schlange stoßen. Andernfalls konnte man die Torwachen befragen. Mit neuer Energie wandte sie sich zum Gehen. Vor dem Zelt stieß sie wieder auf den Hund, der diesmal im Gras herumschnoberte und etwas gefunden zu haben schien, woran er mit Hingabe leckte.

»Kusch«, rief Rowena, um ihn aus dem Weg zu scheuchen.

Das Tier, groß, aber dürr und von Räude angefressen, knurrte, ohne den Kopf zu heben. Rowena machte einen Schritt rückwärts. Dann entdeckte sie im Gras einen Stock und bückte sich, um ihn aufzuheben und dem verwahrlosten Rüden damit zu drohen. Zu ihrer Überraschung hing ein Stück Kette daran. Umso besser, dachte sie und schwang ihre Waffe drohend.

Die sausende Kette traf den Hund an der Flanke. Er jaulte, duckte sich und floh mit eingezogenem Schwanz. Angewidert schaute Rowena ihm nach. Seine Schnauze war mit Blut verschmiert. Und als sie den Blick senkte, wusste sie auch warum.

Mit einem Schrei trat sie zurück, denn dort vor ihr im Grün breitete sich eine Blutlache aus, die noch nicht an allen Stellen dunkel geworden war. Klumpig geronnen, mit spitzen, granatfarbenen Eiskristallen bekränzt, hing es an den Grashalmen. Und mit einem Schaudern nahm sie wahr, dass es mit Knochensplittern und kleinen Fetzen von Fleisch gemischt war. Hier war ein Mensch gestorben, daran bestand für Rowena kein Zweifel, hier, dicht bei Cedrics Zelt. Und was sie in der Hand hielt, waren vielleicht die Reste der Waffe, mit der es geschehen war. Unwillkürlich ließ sie das glattpolierte Holz fallen. Nun sah sie auch die Spuren der Schritte; die Kälte hatte sie in dem steif gefrorenen Grün konserviert. Mehrere Männer mussten hier gekämpft haben. Dort drüben die Fässer waren gestern Abend noch aufeinandergestapelt gewesen, nun lagen sie umgekippt da. Hatten die Angreifer sich dort versteckt?

Rowena kniete sich nieder und berührte das besudelte Grün sacht mit den Fingerspitzen. Bilder blitzten in ihrem Kopf auf, wechselten schneller, als sie sie erfassen konnte, waren undeutlich und dunkel, aber gewiss gewalttätig und voller Wut. Rowena fuhr hoch, taumelte und fasste nach einer der Zeltstangen. Mit der Hand fuhr sie sich über die Stirn.

»Cedric«, murmelte sie entsetzt. Oh, lieber Herrgott, ich weiß, es ist sündhaft. Aber lass dies nicht Cedrics Blut sein, lass es Colums sein, irgendeines Mannes Blut. Aber nicht Cedrics, nein, er musste einfach am Leben sein. Noch einmal versuchte sie, die Bilder zu rufen, die ihr Bewusstsein gestreift hatten. Irgendwo darin war eine Antwort verborgen, das fühlte sie, und sie wollte auf dieses Gefühl vertrauen. Noch einmal spürte sie der Angst nach und der Wut, dem Hass und dem Schmerz. Aber war auch Tod darin, Cedrics Tod? Nein! Nein, dachte sie triumphierend, er lebt, das weiß ich, ich bin mir dessen sicher. Es ist mehr als eine Hoffnung, es ist … Sie konnte nicht beschreiben, was sie bewegte. Aber alles in ihr sagte ihr, dass Cedric nicht gestorben war. Wenn er aber lebte, wo war er dann? Sie hob den

Kopf und blickte sich um, als könnte sie ihn noch in der Nähe entdecken oder zumindest irgendeinen Hinweis auf seinen Verbleib. Doch alles, was sie sah, war Mabel, die ihr entgegenrannte. Dahinter kam mit langen, gemessenen Schritten ihr Vater.

»O mein Gott«, rief die Zofe, als sie die blutige Pfütze bemerkte, und blieb stehen. Sie schlug die Hände vors Gesicht. Ihr Blick wanderte von dem rot gestreiften Zelt, dessen Wimpel fröhlich im Morgenwind flatterte, zu dem furchtbaren Zeichen zu ihren Füßen. »Aber ich habe doch nur ...«, begann sie erschüttert.

»Was hast du?«, schnitt ihr Rowena verächtlich das Wort ab, verärgert über die Einmischung Mabels in einen Kummer, der sie nichts anging.

Mabel biss sich auf die Lippen und errötete. Ihr Blick wanderte unstet über die Szenerie. »Ich habe ...«, begann sie erneut, stockte dann und wandte sich dem Grafen zu. Dann sprudelte sie in anklagendem Ton heraus. »Ich habe doch nur einen Moment nicht aufgepasst, und da war sie schon fort.« Heulend drückte sie ihr Gesicht an de Forresters Wams, der ihr begütigend auf die Schulter klopfte und sie von sich schob.

»Vater?«, brachte Rowena gerade noch hervor. Auch sie hätte liebend gerne an seiner Schulter geweint, aber die war schon besetzt und nass von Mabels Tränen. Und ihr Vater blickte streng.

»Lauf nie wieder ohne Aufsicht fort«, sagte er nur und reichte ihr seinen Arm.

Rowena nahm ihn nicht. »Vater, hier ist etwas Furchtbares geschehen.«

Der Baron schüttelte den Kopf. »Nicht in diesem dramatischen Ton, Rowena. Versuch nicht, auf meine Nachsicht zu bauen.« Er betrachtete kurz das offensichtlich verlassene Zelt. »So ist er also fort, ohne sich zu verabschieden.« Er zuckte mit den Schultern. In seiner Stimme lag wenig Mitgefühl, als er fortfuhr. »Undank ist der Welt Lohn, mein Kind, das wirst du noch öfter spüren. Komm jetzt.«

Rowena trat einen Schritt zurück. »Aber das würde er niemals tun«, rief sie. Ihre Stimme klang dünn und verzweifelt, sie hörte es selbst und verfluchte sich dafür. Auch ihr Vater spürte es.

»Was macht dich so sicher?«, fragte er mit leisem Spott. »Kennst du ihn denn überhaupt? Wie viele Worte hast du mit ihm gewechselt, hm?«

»Keine fünf«, beteuerte Mabel da eilig, die Gelegenheit beim Schopf ergreifend, ihre eigene Zuverlässigkeit zu betonen. »Keine fünfe, Herr, dafür lege ich meine Hand ins Feuer. Sie war ja kaum mit ihm allein.«

»Aber ... aber ...«, stammelte Rowena, in deren Kopf sich alles drehte, »das Blut.«

Ihr Vater sah, wohin sie wies, und trat einen Schritt zurück. Angeekelt, aber ohne Sorge wischte er sich die Schuhe im Gras sauber. »Blut an einem Ort wie diesem –«, meinte er nur und zuckte mit den Schultern, »– was hast du erwartet?«

»Du meinst ...?«, begann Rowena, und es lag so etwas wie Hoffnung in ihrer Stimme. Es stimmte, gestern Abend war es dunkel gewesen, als sie zum Zelt lief, die Pfütze konnte schon dort gewesen sein, ein Überrest eines der vorangegangenen Zweikämpfe. Sie bemühte ihr Gedächtnis, suchte sich an etwas zu erinnern, aber alles verschwamm ineinander und sie musste sich eingestehen, dass sie nicht einmal mehr die Namen der Kämpfenden hätte nennen können. Die lange Reihe der krachenden Lanzen und stürzenden Reiter verschwamm vor ihren Augen, ein Bild legte sich über das andere und wurde undeutlich; sie hatte immer nur Cedric gesehen. Und etwas in ihrem Inneren sagte ihr, dass das hier mit ihm zu tun hatte. Sie bekam es nur nicht zu fassen.

»Eine Schlamperei, die bald erledigt sein wird«, sagte ihr Vater und pfiff nach den Arbeitern, um ihnen zu zeigen, wo es noch etwas für sie zu tun gab.

Rowena schüttelte noch immer wie benommen den Kopf. »Aber ich habe etwas gesehen«, sagte sie langsam, während sie sich die Bilder ins Gedächtnis zurückzurufen suchte, die sie vorhin überfallen hatten.

»Was hast du gesehen?«, fragte ihr Vater ungeduldig und winkte seinem Gefolge, das nun mit den Pferden auf den Platz bog.

Rowena schaute sich Hilfe suchend um. Da war nur die verlassene Turnierbahn, in die jetzt langsam Leben kam. Man hörte Hämmern, wo die Absperrungen ausgebessert wurden, Rufe flogen herüber, von einer Schmiedehütte stieg Rauch auf, der Alltag zog ein. In ihrem Kopf aber blieb alles leer. »Ich weiß es nicht«, sagte sie.

»Aber ich weiß es«, erwiderte der Baron, dessen Ärger beim Anblick ihrer unglücklichen, verwirrten Miene dahinschmolz. Er legte den Arm um sie und zog sie mit sich zu der Gruppe ihres Gefolges. »Du hast einen rauschenden Festabend lang mehr in einem jungen Mann gesehen, als da war. Das passiert auf Turnieren, glaub mir.« Er drückte sie an sich. »Es ist eine Trunkenheit, der unweigerlich der Kater folgt, doch das geht vorbei. Sei froh, dass du es so schnell gemerkt hast.«

Seine Worte sickerten in Rowenas Bewusstsein wie ein lähmendes Gift. Sie glaubte ihm nicht und wusste doch zugleich nicht, was sie stattdessen glauben sollte. Der erste Zweifel war gesät, und er fraß an ihr. Sie sprach mit niemandem und war blind für die Welt, als sie zu ihrem Pferd ging, das sie widerstandslos bestieg, so als wüsste sie nicht, was sie tat.

Ihr Vater war zufrieden für den Moment. Seine Sorgen galten anderen Dingen. »Mabel«, rief er nach der Zofe, die noch immer dastand und sich nicht rührte.

»Ich komme«, antwortete sie hastig und löste den Blick endlich von einem kleinen Fetzen Stoff, dessen Anblick sie gefangen gehalten hatte. So klein er war, zeigte er doch zwei Farben, braun und schwarz. Und die Sonne ließ ein kleines Stückchen

Stickerei daran für einen kurzen Moment auffunkeln. Voller Panik hob Mabel den Fuß und trat es in den Schlamm, damit es verschwände und sie glauben konnte, es wäre nie, niemals da gewesen.

14

»Mabel!«, rief de Forrester sie ein letztes Mal. Dann saß er auf und zog an den Zügeln, dass sein Pferd schnaubte. »Wenigstens sind wir aus den Mauern heraus«, sagte er zu sich selbst mit einem Abschiedsblick auf das Rund des Turnierplatzes, das nun endlich in der vollen Sonne lag und so unschuldig bunt leuchtete wie am Tag ihrer Ankunft und sich wieder mit erwartungsvollen Menschen füllte. Rowena seufzte, als sie es sah. Er aber würde erst aufatmen, wenn sie die Tore ihrer heimatlichen Burg vor sich sähen; und er bereute bereits, sie je verlassen zu haben. Er hob die Hand und gab das Zeichen zum Aufbruch. Da ließ Hufgetrappel ihn den Kopf wenden. Als er die Wimpel der Anreitenden sah, kniff er die Lippen zusammen.

»Herr?«, fragte John und ritt an seine Seite. Der alte Ritter, der in der Burg für die Ausbildung der Knappen verantwortlich war, kniff misstrauisch die Augen zusammen. Seine Haare fielen in langen grauen, ungepflegten Zotteln um seine Schläfen und in den Nacken. Mit seinem schmalen Gesicht und der langen Nase glich er einem der grauen Jagdhunde, denen seine ganze Liebe galt. Nun hatte er eine ungute Witterung aufgenommen. »Herr, das gefällt mir nicht.«

Auch Rowena trieb ihren Zelter an und drängte sich dicht an ihn. De Forrester antwortete beiden mit einem Heben der Hand. Sie konnten der Begegnung nicht mehr ausweichen. Da war er nun, der Moment, vor dem er sich an diesem Morgen am meisten gefürchtet hatte. »Sir«, rief er und ritt vor seine kleine Schar, dem Herrn von Montfort entgegen.

Tristan de Montfort hielt vor ihm; seine Begleiter aber ritten wie auf einen stummen Befehl hin ein paar Schritte weiter und umringten beiläufig de Forresters Männer. Verwirrt schaute Rowena von einem zum anderen. Es lag ein Gefühl von Bedrohung in der Luft.

De Forresters Grüppchen drängte sich noch enger aneinander. Rowenas Zelter war ebenso nervös wie seine Herrin; er begann, unruhig zu werden und auszubrechen. Nur mit Mühe gelang es ihr, im Sattel zu bleiben, dabei wurde sie immer wieder gegen einen von Montforts Männern gedrängt, der keine Miene machte, ihr auszuweichen und ihr Raum zu geben, um das Tier wieder zu beruhigen. Schließlich holte sie mit dem langen Ende der Zügel aus und zog sie ihm über das Gesicht: »Platz, Bursche!«, rief sie und trat zusätzlich mit dem Fuß nach ihm. Da endlich wich er ein wenig zurück, und unter dem Gelächter seiner Kameraden parierte Rowena schließlich ihr Pferd durch und lenkte es an die Seite ihres Vaters zurück. Mit hochrotem Kopf richtete sie sich wieder in ihrem Sattel auf.

»Ich muss mich für das Benehmen meiner Männer entschuldigen«, sagte Montfort, der trotzdem keinen tadelte und den Ring aus Kämpfern nicht zurückrief. Nur sein Lächeln wurde ein wenig strahlender. Dabei blieb es so kalt wie der Märzmorgen.

»Sie haben an ihrem Herrn ein schlechtes Beispiel«, rief Rowena über ihres Vaters Schulter. Der Baron selbst verzog keine Miene.

Montfort schob das Kinn vor. Dann aber entspannte er sich wieder. »Es quält mich«, begann er erneut, »dass unser erstes Zusammentreffen von Missverständnissen geprägt sein sollte, und ich bitte Euch untertänigst, mir die Gelegenheit zu geben, den schlechten Eindruck zu widerlegen, den Ihr offenbar gewannt, mein Herr.« Er verneigte sich gewandt. »Erlaubt mir, Euch bei Gelegenheit in Forrest Castle meine Aufwartung zu machen. Und Ihr sollt sehen, dass der Sieger von Windfalls« –

bei dieser Anspielung auf seinen gestrigen Turniersieg warf er einen schnellen Blick zu Rowena hinüber, und in seine Stimme kam ein galanter Ton – »sich ganz Eurem Gebot unterwerfen wird.«

»Es gibt zwischen uns keine Missverständnisse, Herr«, schnarrte de Forrester. »Also bemüht Euch nicht. Wir empfangen selten Besuch in Forrest Castle.« Damit trieb er sein Pferd an, bis es fast gegen Montforts mächtigen schwarzen Hengst drängte. Einen Moment lang sah es so aus, als würde er ihm den Weg nicht freigeben.

De Forresters Leute verständigten sich bereits mit Blicken und brachten die Hände in die Nähe ihrer Schwertgriffe. Rowena, in Ermangelung einer Waffe, packte die Zügel fester und wandte den Kopf, um Mabel durch ein Lächeln zu trösten und von ihr getröstet zu werden. Die Zofe jedoch war bleich und schreckensstarr. Aber hinter ihr und den Reitern, die sie umringten, entdeckte Rowena etwas, das sie aufatmen ließ. Sie holte tief Luft, hob den Arm und rief mit einer Stimme, die in die gespannte Stille um sie herum einbrach wie ein Fanfarenruf:

»Mein Herr von Saxton!«

Der Alte, der zusammengesunken auf seinem Pferd gesessen hatte, hob den Kopf. Ein Strahlen ging über sein faltiges Gesicht, als er sie erkannte, und er lenkte seinen Tross zu ihnen hinüber. »De Forrester«, rief er. »Hätte nicht gedacht, dass es Euch so früh schon auf den Platz zieht. Wollt Ihr Euch die Wappenschau ansehen? Ah, und das Fräulein mit den Nixenaugen.« Er zwinkerte ihr zu wie am Vorabend. Unbekümmert um Montforts Männer, die er gar nicht wahrzunehmen schien und die sich auch langsam zu ihrem Herrn hin zurückzogen, ritt er an ihre Seite, um ihr die Wange zu tätscheln. »Frisch wie das erste Frühlingsgrün«, seufzte er. »Hyazinthen und Anemonen, damit sollte man Euch bekränzen, meine Liebe. Was glaubt Ihr, wer wird heute der Sieger sein?«

De Forrester grüßte ebenfalls und neigte sich leicht im Sattel. »Wir sind im Aufbruch begriffen, mein lieber Saxton. Die Sieger müssen heute ohne uns auskommen.«

»Ein Jammer«, stellte Saxton fest.

»Aber besucht uns doch bald einmal auf Forrest Castle«, fügte Rowena mit flötender Stimme hinzu. »Wir sehen so gerne Freunde dort.« Sie schenkte dem Alten ihr strahlendstes Lächeln und wandte Montfort demonstrativ den Rücken zu.

Im Schutz der Aufmerksamkeit von Saxton und seinem Tross wagten sie dann erneut den Aufbruch. Die Spannung stieg mit jedem Schritt Abstand, den die Pferde zwischen sie und Montfort legten. Aber nichts geschah. Niemand hielt sie mehr auf, keiner kam, sich ihnen in den Weg zu stellen. Einzig ahnungslose Turnierbesucher begegneten ihnen, die mit lachenden Gesichtern dem Platz zustrebten. Ihre Sorglosigkeit und ihr Gelächter steckten an und beruhigten die Nerven des Trupps ein wenig. Nach einer Weile ritt der alte John zu seinem Herrn nach vorne. »Sie folgen uns nicht«, berichtete er. »Montfort hat den Weg zum Turnierplatz eingeschlagen.«

»Gut«, murmelte de Forrester. Doch er entspannte sich nicht.

Und auch John erlaubte den Knappen und Knechten keine Unaufmerksamkeit. Schweigend ritten sie über die Hochebene bei den Klippen, wo der Wind noch immer an den blassen Blüten zerrte. Als sie in den Forst eintauchten, wo Eichen und Fichten das Sonnenlicht in dünne Lanzen aus gleißender Helle aufspalteten, war noch kein Wort gefallen. Erst als sie auf den breiten Handelsweg trafen, der schon zu Römerzeiten existiert hatte und noch immer Spuren der alten Pflasterung trug, wurde die Stimmung lebhafter. Harry, der Knappe, fiel aus dem Sattel, als sein Pferd in ein Erdloch trat, und erntete als anerkannter Pechvogel viel Spott von seinen Kameraden. Zwar rüffelte John sie und verpasste Harry eine Kopfnuss, doch alle spürten, dass das Schlimmste vorbei war. Als sie dann am späten Nachmittag lange vor der Dunkelheit das Gasthaus erreichten wie geplant, hatten die meisten den Zwischenfall vom Morgen wieder vergessen.

Anderntags zogen sie mit leichten Herzen weiter. Lachen und Geplauder klang durch den Wald und wurde erst leiser, als die Müdigkeit kam und die Düsternis der Nadelbäume die lichteren Eichen ablöste. Sie ritten vor sich hin und eilten in Gedanken voraus nach Forrest Castle, wo ein weiches Lager, ein warmes Essen und die Freude der Daheimgebliebenen sie erwartete. Der Baron begann, wieder an die Pflichten zu denken, die vor ihm lagen, die kommenden Gerichtstage und die Aussaat. John fragte sich, ob mit der Hundemeute alles in Ordnung war und ob man sie in seiner Abwesenheit auch richtig gefüttert hatte. Mabel starrte zwischen die Bäume wie ein Kaninchen auf die Schlange, ohne wie sonst zu schimpfen und zu klagen, dass das Reiten sie umbrächte, und ließ sich auch von den Knappen nicht necken. Und Rowena war in Gedanken weiter fort als alle anderen.

»Das Fräulein ist so still«, flüsterte Harry, dessen bewundernde Blicke manchmal an Rowena hingen.

»Was geht's dich an«, brummte John und knuffte ihn gewohnheitsmäßig.

Das Schweigen vertiefte sich noch, als sie in den Hohlweg einritten, wo die Tritte ihrer Pferde ein dumpfes Echo warfen und die Felsen von beiden Seiten so eng zueinander traten, dass es auf dem Grund der Schlucht ganz düster wurde und die aus den teils felsigen, teils sandigen Wänden ragenden Wurzeln wie Koboldhände aussahen, die nach den Reisenden zu greifen drohten. Kälte hüllte sie ein. Erst als sich das Grün des Waldes wieder vor ihnen öffnete und das lebhafte Murmeln einer Quelle hörbar wurde, atmeten alle auf.

»Jetzt eine Pause«, seufzte Mabel und wischte sich mit dem Schleier ihrer Haube die Stirn. »Ich glaube wahrhaftig, ich bin am Verdursten.«

»Ja«, bestätigte Rowena, die erst jetzt merkte, wie erschöpft sie nach der doch erst so kurzen Wegstrecke bereits war. Und sie trieb ihr Pferd an, um zu ihrem Vater aufzuschließen. Der wandte sich mit einem Lächeln zu ihr um. Dann erstarrte sein Gesicht. »Wo ist Harry?«, fragte er.

»Wie?«, gab Rowena zurück und blickte gleich ihm auf den Ausgang der Schlucht. »Er ritt hinten; wahrscheinlich trödelt er wieder«, mutmaßte sie. »Sicher kommt er gleich.« Sie hob die Hände wie einen Trichter vor den Mund: »Harry!« Aus der Schlucht kam ein Echo, aber sonst kein Laut. Irgendwo pfiff ein Vogel. Aus dem Hohlweg jedoch gähnte eisiges Schweigen.

»Oder meinst du ...« Eine Gänsehaut kroch Rowenas Arme empor.

»Aufsitzen«, befahl de Forrester, der sah, dass einige bereits abgesessen hatten. Dann wiederholte er laut: »Aufsitzen, sofort!«

Verwundert über die Schärfe in seiner Stimme schauten die Männer ihn an. Manche gehorchten, andere griffen nur zögernd nach den Zügeln ihrer Tiere, die die Köpfe schon zum Trinken gesenkt hatten.

John kam zu ihm gelaufen. Aus seinen Haarzotteln troff das Wasser, mit dem er sich erfrischt hatte. »Soll ich den Bengel nicht holen gehen?«

»Nein, John«, stieß der Baron zwischen zusammengebissenen Zähnen hervor. »Tu, was ich dir sage.« Das Zischen seines Schwertes, als er es zog, zerschnitt die Stille des Waldes. Als Nächstes hörten sie das Tappern von Hufen. Aus der Schlucht drang es zu ihnen. Sie starrten ihm entgegen, bis ihre Augen brannten, aber es beschleunigte nicht; gemächlich, Schritt für Schritt, kam es näher. Die Hände der Männer krampften sich um die Griffe ihrer Waffen.

»Es ist Harrys Gaul!« Erleichtert legte Rowena sich die Hand auf das Herz, als sie den Kopf und die Mähne erkannte. Dann trat das Tier aus dem Hohlweg, schüttelte sich und begann unter ihren verwirrten Blicken zu grasen. Sein Sattel war leer.

»Wo ist ...«, begann John, der schon ein paar Schritte auf das Pferd zugelaufen war. Unmittelbar darauf brach das Geschrei über sie herein.

Die Angreifer kamen von den Höhen über der Schlucht, auf denen sie auf die Reisenden gelauert hatten. Einer kniete dort oben zwischen den Kiefernstämmen und schickte Pfeile über die Köpfe seiner heranstürmenden Kameraden hinweg.

»John!«, schrie Rowena, als sie sah, wohin der fremde Bogenschütze zielte. Der Ritter wandte sich nach ihr um, und sie sah sein Gesicht, diese ihr seit der Kindheit vertrauten Züge, die jetzt vor Anspannung verzerrt waren, die Augen aufgerissen, der Mund offen vor konzentrierter Anstrengung. Die grauen Haare flogen, als er sich umwandte und zu rennen begann mit langen, weit ausholenden Schritten. »John!« Rowena schrie mit aller Kraft. Aber der Pfeil flog bereits, sie sah ihn und sie wusste, er würde sein Ziel treffen. Nein, dachte sie. Da schlug er ein.

Mit einem gurgelnden Schrei breitete der erste Getroffene die Arme aus und stürzte aufs Gesicht.

Dann waren die ersten Kämpfer heran. Mit stachelbewehrten Keulen und Spießen stürzten sie sich auf de Forrester und seine Männer. Es blieb keine Zeit für Trauer und Entsetzen. Auch in Rowena kam Leben. Sie hörte Mabel kreischen und wandte sich suchend um. Da war ihre Zofe. Sie hatte ihr Pferd nicht mehr erreicht und rannte nun stolpernd über Wurzeln und Kiefernnadeln, einen Mann im Nacken, der sie bald genug gepackt haben würde. Rowena preschte los. »Mabel«, schrie sie, damit die Gefährtin auf sie aufmerksam wurde.

Die sah sie heranstürmen und hob schreiend die Arme vors Gesicht, als sie sich fallen ließ. Rowena setzte über sie hinweg und ritt ihren Verfolger über den Haufen. Dann streckte sie die Hand aus und beugte sich zu Mabel hinunter. »Sitz auf«, rief sie. Die Zofe ergriff ihre Finger.

Als sie den Fuß in den Steigbügel stellte, um sich hinter Rowena hinaufzuschwingen, schlug mit lautem »Plock« ein Pfeil in das Sattelleder. Beinahe wäre Mabel wieder abgeworfen worden, als das erschrockene Pferd ausschlug, doch mit einiger Mühe konnte sie sich halten.

»Reitet!«, schrie Rowenas Vater und zog dem Tier zusätzlich noch eines über, dass es seine doppelte Last in Panik hinein in den Wald trug. Er selbst wandte sich ab und stellte sich dem ersten Angreifer. Die zerlumpte Gestalt kam auf ihn zu, das Schwert erhoben, das Gesicht entstellt von Schmutz und einem tierischen Grinsen, das nichts zeigte als schwarze Stümpfe und Begeisterung für den Mord.

»Du Teufel«, flüsterte der Baron. Dann holte er aus.

15

»Rowena!« Mit einem Schrei fuhr Cedric hoch. Anstelle des zarten Gesichtes seiner Geliebten aber sah er über sich einen langen, zottigen grauen Bart hängen, an dessen Ende über einer triefend rot verfärbten Hakennase zwei wässrige blaue Augen auf ihn hinunterblinzelten. Erschrocken setzte Cedric sich auf. Da schrie er noch einmal und griff sich an die Seite, wo er einen Verband fühlte. Aber der Schmerz ließ rasch nach, und er spürte kein Blut. Erleichtert atmete der junge Ritter durch. Schon nach kurzer Zeit war er in der Lage, sich umzusehen. Was er erblickte, war nicht ermutigend. Zwar waren die Mauern um ihn herum aus Stein, doch hatte der Verfall bereits deutlich sein Siegel aufgedrückt. Ein Bogenfenster war zugemauert, an einer Wand lag Schutt, und der Türbogen existierte nur mehr zur Hälfte und gab den Blick frei auf ein weiteres Zimmer, das in so hellem Licht lag, dass unmöglich ein Dach es decken konnte. Gras, das zwischen den Bodenplatten wuchs, bestätigte Cedrics Verdacht. Unmittelbar darauf hörte er langsamen Hufschlag.

Der Kopf seines Pferdes schob sich in die Öffnung. Es schnaubte zufrieden, als es ihn bemerkte, und senkte dann den Hals, um weiter im Inneren der Ruine zu grasen. Der Anblick war noch absonderlicher als der des Männleins, wie Cedric den Menschen bei sich nannte, der ihm beim Erwachen begegnet war. Er trug eine lange, zerlumpte Kutte, deren ursprüngliche Farbe und Form nicht mehr zu erkennen waren. Sein Haar war lang wie sein Bart und ebenso zerzaust, das Gesicht darunter von tief eingefressenem Schmutz fast unkenntlich geworden. Nur die Augen blickten lebhaft, und der Tropfen an seiner Nasenspitze zitterte.

Er ist noch kleiner als Colum, dachte Cedric, der sich aufrichtete, um dem Mann besser entgegentreten zu können, falls er böse Absichten hätte. Im selben Moment fiel ihm sein Knappe ein. »Colum?«, rief er laut und war erleichtert, als er sofort Antwort erhielt und sein Knappe erschien.

Der Alte öffnete den Mund und kicherte krächzend. »Er ist wach, Euer Herr, und fürchtet sich vor mir.«

Cedric schenkte ihm einen düsteren Blick, während Colum ihm half, sich aufrecht hinzusetzen, und den Verband kontrollierte. Rasch klärte er seinen Herrn darüber auf, dass sie bei diesem Einsiedler im Wald Obdach gefunden hatten. »So wild er auch aussieht«, murmelte Colum leise, »so gut versteht er sich doch auf die Wundpflege.«

»Wild«, kreischte der Alte, der gute Ohren zu haben schien, und stieß wieder sein keckerndes Lachen aus. »Die hier lange vor mir lebten, die waren Wilde. Ich aber bringe den Geist des Heils, jawohl.« Damit wies er auf eine bogenförmige Nische in der Wand, die Cedric bislang noch nicht bemerkt hatte. Darin stand eine Statue aus Stein, so groß wie ein Arm. Niemals, noch in keiner Kirche und keiner Burg, hatte er etwas wie sie gesehen. Sie zeigte eine Frauengestalt, lang und schlank, aber mit deutlich herausgearbeiteter Figur. Mit atemberaubender Selbstverständlichkeit stand sie da. Ihre Finger waren nicht zum Gebet erhoben, und ihr Antlitz blickte nicht dem Himmel entgegen.

Sie war einfach, auf eine ungeahnte, Cedric tief berührende Weise. Ihr Gesicht jedoch, das nie besonders klar geformt gewesen schien, hatten die Zeit und das Alter beinahe vollkommen ausgelöscht.

Jemand hatte über diese jungfräulichen Züge einen Blumenkranz gestülpt. Von derselben Hand musste auch der blaue Stofffetzen stammen, der um ihre Schultern lag und etwas von ihren Brüsten verbergen sollte, die sich so selbstverständlich dem Betrachter darboten. »Was ist das?«, hauchte Cedric.

»Das?«, fragte der Einsiedler schrill. »Das ist die Jungfrau Maria. Jetzt zumindest ist sie es.« Und er begann, eine unverständliche lateinische Litanei zu brabbeln.

Cedric starrte Colum an. Wo befanden sie sich hier, wo nur waren sie gelandet? Und wo ... Die Erinnerung formte sich langsam in seinem Kopf, zeigte ihm Bild um Bild und schließlich den Schreckensanblick, der ihn aus seinem Schlaf gerissen hatte ... Wo war Rowena? Er packte Colum am Wams, zog ihn ganz dicht zu sich heran und flüsterte ihren Namen. Als er sah, wie Colums Gesicht sich verdüsterte, griff er nur noch fester zu. »Es ist ihr etwas geschehen«, sagte er heiser. »Ich weiß es.«

Der Knappe machte sich los und blickte verlegen drein. »Was ist passiert?«, verlangte Cedric zu wissen.

Colum kratzte sich unter dem Lederkäppi. »Genau kann ich es Euch auch nicht sagen, Herr«, brummte er. Er warf dem Einsiedler einen grimmigen Blick zu, der erstaunlicherweise verstand und unter Absingen seiner lateinischen Lieder nach draußen trat. »Ihr wurdet verletzt beim Turnier.«

Cedric verzog den Mund zu einem grimmigen Lächeln. »Daran erinnere ich mich nur zu gut. Dieser schwarze Teufel mit seinen trügerischen Sternen.« Colum, der nicht gleich verstand, runzelte die Stirn. Dann begriff er: »Die silbernen Beschläge.«

»Und Rowena«, fuhr Cedric fort, ohne auf ihn zu achten. »Das war kein Fieberbild, nicht wahr?« Erwartungsvoll schaute er seinen Knappen an.

»Nein«, gab der widerwillig zu. »Sie war da. Sie kam, um Euch zu pflegen. Hat es nicht mal schlecht gemacht.« Sein Gesicht hellte sich ein wenig auf. »Sagt, sie hat es von ihrer Mutter und ...«

Aber Cedric wollte nichts von der Mutter hören. Ihn interessierte nur, was Rowena in jedem einzelnen Moment gesagt und getan hatte. Colum wurde wieder verschlossener und gab so widerwillig Auskunft, dass Cedric sich bald erschöpft zurücklehnte. »Ihr Vater hat sie also geholt.«

»Der schien mir ein vernünftiger Mann zu sein.«

Cedric winkte ab. »Und was hat sie zum Abschied gesagt?«, wollte er wissen.

»Dass sie am Morgen wiederkommen wollte. Aber das war natürlich Unfug. Ihr Vater sah nicht so aus, als würde er ...«

»Und ist sie gekommen?«, unterbrach Cedric ihn ungeduldig. Seine Stimme wurde lauter. »Ist sie ... sind wir ... Ich meine, warum zum Teufel sind wir hier?«

»Nun, da kamen diese Männer.« Den Teil der Geschichte brauchte Cedric seinem Knappen nicht aus der Nase zu ziehen. Eindringlich schilderte Colum ihm, wie sie überfallen wurden von gedungenen Mördern. Er unterschlug, dass er aus ihren Gesprächen erlauscht hatte, die Aussage einer Frau hätte sie zu dem richtigen Zelt geführt. Aber er hielt nicht mit seinem Verdacht zurück, dass Montfort derjenige war, der sie geschickt hatte. »Ich habe die Leichen zu einem Misthaufen gezerrt«, erklärte er abschließend, »die Pferde geholt, Euch darauf gebunden und bin so rasch und so weit geritten, wie Euer Zustand es zuließ. Die umliegenden Dörfer habe ich gemieden. Als ich im Wald eine Quelle fand, stieg ich ab und legte Euch ins Gras. Ehrlich gesagt, ich glaubte, Ihr würdet mir dort sterben.« Er räusperte sich. »Bis dann dieser seltsame Heilige auftauchte. Er haust hier alleine in einer alten Ruine. Sagt, es sei jetzt seine Kirche. Ich dachte mir, besser als nichts. Und er hat Euch ja tatsächlich wieder hingekriegt.« Er sparte es sich zu erwähnen, dass es Rowenas Weidenrinde war, die Cedrics Fieber bekämpft hatte, und dass der Alte wenig mehr getan hatte, als den durchgebluteten Verband zu erneuern und einige Gebete darüber zu sprechen. Cedrics Gedanken waren ohnehin nur bei ihr.

»Ich habe sie ohne Abschied verlassen«, sagte er fassungslos vor sich hin. Dann hob er den Kopf. »Sie muss mich für einen undankbaren Betrüger halten.«

»Die Meuchelmörder kamen nicht von ungefähr«, hielt Colum dagegen. »Was hätten wir tun sollen? Auf die nächsten warten oder darauf, dass jemand die Leichen findet?«

Cedric schüttelte nur den Kopf. »Was wird sie gedacht haben, als sie das Zelt leer vorfand? Der Mann, dem sie half – einfach fort. Hättest du nicht eine Nachricht hinterlassen können?«

»Damit die Mörder sie finden?«

Cedric schlug die Decke zurück und schwang die Füße auf den Boden. Er spürte die Kälte des Steins unter den nackten Sohlen, dann den Schmerz, als er aufstand.

Colum wollte dem Wankenden zu Hilfe eilen. Aber Cedric hob die Hand und wies ihn zurück. Er musste die Augen schließen, als die Übelkeit und der Schwindel ihn zu überwältigen drohten; Schweiß trat auf seine Stirn. Dann aber lichteten sich die dunklen Wolken, er würde den Schmerz aushalten können. Mit einem tiefen Einatmen hob er den Kopf und öffnete die Augen.

Alarmiert blickte Colum ihn an. »Wo wollt Ihr hin?«

Cedric hinkte zu dem Steinhaufen, wo er auf einem größeren Brocken seine zusammengelegten Kleider entdeckte. »Nach Windfalls«, antwortete er knapp. »Vielleicht ist sie noch dort.« Mit mühsamen Bewegungen zog er sich an. Inmitten der fröstelnden Kälte überliefen ihn heiße Schauer, und sein Hemd wurde nass, kaum dass es seine Haut berührte.

Colum stellte sich ihm in den Weg. »Sie ist nicht mehr dort«, sagte er.

»Woher willst du das wissen?« Cedric fuhr herum. Sein schwarzes Haar war stumpf und klebte an seinem Hals, sein

Gesicht schimmerte bleich unter der Sonnenbräune. Aber seine Augen brannten in einem blauen Feuer.

Colum seufzte. »Ich habe sie reiten sehen«, gab er zu, »sie und ihr Gefolge.«

»Du hast ...«, brauste Cedric auf. Er wollte sich auf seinen Knappen stürzen, aber alles, was er zuwege brachte, war, auf einen Stein zu sinken.

Besorgt stürzte Colum zu ihm und umfasste seine Schulter, um ihm wieder auf sein Lager zu helfen. Unsanft stieß Cedric ihn zurück.

»Was hätte ich denn machen sollen?«, verteidigte der Knappe sich. »Montfort und seine Männer waren um sie, da hätte ich mich wohl kaum blicken lassen können.«

»Montfort?« In Cedrics Augen glomm es. »Hatte er an einem Kuss nicht genug?«

»Ich glaube nicht, dass er den je bekam.« Colum konnte sich ein Grinsen nicht verkneifen. »An jenem Morgen jedenfalls bekam er nur ihre Reitpeitsche zu sehen.« Als er das Gesicht seines Herrn sah, bereute er seine Schadenfreude. Cedric lächelte so entrückt, dass es beinahe beängstigend war. Colum beeilte sich, seinen Fehler wiedergutzumachen, indem er nun doch darauf hinwies, dass ihr ganzer Ärger mit Montfort letztlich mit Rowena zusammenhing und dass sie daher die ganze Sache einfach vergessen sollten. »Wir werden nach Hause reiten«, schloss er. »Sobald Ihr wieder in der Lage dazu seid.«

»Werden wir?«, gab Cedric zurück und stemmte sich erneut hoch. Besorgt sah Colum, dass er zu packen begann.

»Herr«, sprudelte er los. »Was habt Ihr vor? Bedenkt, was Euer Vater dazu sagen würde. Er erwartet, dass Ihr heimkehrt und für Eure Aufgabe bereit seid. Ich bin sicher, er wollte nicht ... Es gefiele ihm sicher keineswegs ... Ich meine, Ihr dürft nicht so einfach ...«

Cedric nahm ihn bei der Schulter. Für einen Augenblick stützte er sich darauf. »Was für eine Aufgabe?«, fragte er.

Colum senkte die Augen. »Ich weiß nicht«, murmelte er. »Jeder hat doch eine Aufgabe im Leben.«

»Eben«, stieß Cedric kurzatmig hervor und stieß sich ab, um zu seinen Satteltaschen hinüberzuwanken. »Und meine ist es, Rowena beizustehen. Wenn Montfort ihretwegen diesen Ärger macht, dann erst recht.« Er schaute einen Augenblick vor sich hin. »Ich habe von ihr geträumt«, murmelte er. Dann riss er sich zusammen. »Ich habe sie schreien gehört, Colum. Und ich bin sicher, sie braucht mich.«

»Fiebergaukeleien.« Noch einmal versuchte Colum, sich seinem Herrn in den Weg zu stellen. »Das alles geht uns nichts an«, flehte er. »Es ist nicht unser Konflikt, wir gehören nicht hierher.« Seine Handbewegung umfasste die Klause, den Wald, den Süden, den sie bereisten. Wie verfluchte er doch die Idee des alten Grafen, sie auf diese Reise zu schicken, die dem Jungen nur den Kopf verdrehte.

»Ich gehöre an Rowenas Seite, das weiß ich«, erwiderte Cedric unbeirrt.

»Ihr gehört in ein Bett, und damit basta.« Colum presste die Lippen zusammen. Er verschränkte die Arme. »Na gut«, gab er dann zu. »Wenn Ihr auf Euer Pferd kommt und losreitet, werde ich Euch folgen.«

Cedric starrte ihn an. Einen Moment lang sah er so aus, als wollte er seinen unbotmäßigen Knappen schlagen. Dann wurde er rot. Colum war fast so alt wie sein Vater. Er hatte in ihm stets so etwas wie einen brummigen Onkel gesehen. Nie hatte er die Hand gegen ihn erhoben, nie etwas Respektloses zu ihm gesagt. Er schämte sich – und hasste seinen Knappen doch in diesem Moment aus vollem Herzen. »Wie du willst«, stieß er zwischen den zusammengebissenen Zähnen hervor. »Du wirst schon sehen.«

Er pfiff nach seinem Pferd und warf ihm, als es kam, die Satteltaschen über. Den Sattel selbst zu heben war mehr, als er vermochte. Es gelang ihm erst nach mehreren Versuchen, die seine Beine zum Zittern brachten und ihm den kalten Schweiß auf die Stirn trieben. Und als er sich gebückt hatte, um die Gurte zu schließen, musste er lange auf Knien verweilen, bis er wieder die Kraft hatte, aufzustehen. Er hob einen Fuß in den Steigbügel und packte den Sattelknauf. Jetzt hochziehen, befahl er sich. Aber sein Kopf sank gegen die warme Flanke des Tieres, die sich neben ihm wölbte. Zu hoch, zu weit, dachte er, dann aber: Rowena. Der Gedanke, dass sie dort irgendwo weilte in dem Glauben, er hätte sie gleichgültig verlassen, war mehr, als er ertragen konnte. »Rowena«, flüsterte er in das dunkle Fell des Pferdes. Und wieder stieg das Bild vor ihm auf, das er auch in seinen Träumen gesehen hatte: seine Geliebte mit weit aufgerissenen Augen. Äste peitschen um sie herum, rasten vorbei, als ritte sie mit hoher Geschwindigkeit durch einen Wald. Dann hob sie die Arme, als wollte sie fliegen, und öffnete den Mund. Sie schrie.

Cedric stemmte sich mit einem Ruck hoch.

So wie er in den Sattel kam, glitt er auf der anderen Seite wieder hinunter und blieb besinnungslos liegen. Auf seinem Verband erblühte es in frischem Rot.

Colum biss sich schuldbewusst auf die Lippen, als er zu ihm trat, um ihn auf sein Lager zu tragen. Manchmal musste es eben auf die harte Tour gehen. Er bettete Cedric erneut, zog ihm die Decke bis ans Kinn und strich ihm über die kalte Wange.

Mit einem Seufzer ließ der Knappe sich dann neben dem Bett nieder. Was hatte er da nur auf sich genommen. Nie hätte er einwilligen dürfen in diese Reise. Und was gäbe er nicht darum, wieder an seiner kargen, einsamen Küste zu sitzen. Aber der Earl of Cloagh hatte es befohlen, und wer war er, nicht zu gehorchen. »Herr«, murmelte er leise. »Die Aufgabe, die du mir übertrugst, ist zu groß für mich. Ich bin nur ein einfacher Knecht. Ich weiß nicht, was zu tun ist.« Und er legte das Gesicht in die Hände.

Als Cedric wieder erwachte, saß der Knappe noch immer neben ihm. Abwesend starrte er auf den Boden, wo er mit einem abgerissenen Stecken ein Muster in den Staub kratzte. Cedric erkannte trübe die Gestalt vielfach ineinander verschlungener Kreise und blinzelte, um den Eindruck zu verwischen, sie bewegten sich. Es war ein Labyrinth, in dem Colums Gedanken sich verfangen zu haben schienen. Cedric hob die Hand und legte sie auf Colums Arm. »Du weißt, dass es sein muss«, sagte er leise.

Colum schüttelte den Kopf. Aber sein Seufzer klang ergeben.

Cedric bemerkte es sofort und hob trotz der Schmerzen seinen Arm, um ihn kameradschaftlich zu knuffen. »Sag mir, dass du weißt, wo sie lebt, komm schon«, verlangte Cedric schmeichelnd.

Wieder schüttelte sein Knappe den Kopf. »Vielleicht«, knurrte er. Glücklich ließ Cedric sich zurücksinken. Er wusste, wie ein Ja bei Colum klang.

16

Als der Kampflärm leiser wurde, brachte Rowena das Pferd zum Stehen. Die schluchzende Mabel hinter ihr hob den Kopf. Beide schauten sich um. Ringsum war nichts zu sehen als die dünnen Stämme junger Birken und Buchen, auf denen das Sonnenlicht spielte. Moos leuchtete grün auf einigen Felsbrocken, und dazwischen bebten im leichten Wind die Köpfe gelber Anemonen auf einem Teppich von wildem Efeu. Außer dem Pfeifen der Vögel war nichts zu hören.

»Unheimlich ist das«, murmelte Rowena und machte Anstalten, ihren Zelter wieder dorthin zu lenken, wo sie hergekommen waren. Da raschelte es ihm Gebüsch; die beiden Mädchen fuhren herum. Mit schrillem Kreischen flog ein Eichelhäher auf, der in einem trockenen Haufen vorjährigen Laubes gestöbert hatte. Rowenas Hände zitterten, als sie die Zügel erneut packte. »Hast du gesehen, wie John ...«, begann sie beklommen, sah aber aus dem Augenwinkel, dass Mabel heftig den Kopf schüttelte. Die Zofe schien gar nicht mehr damit aufhören zu wollen, und Rowena bestand nicht darauf, ihren Satz zu beenden. »Was machen wir jetzt?«, fragte sie stattdessen.

Mabel antwortete erst nach einer Weile. Ihre Stimme klang wie die eines kleinen Kindes. »Ich glaube, wir sollten so schnell wie möglich zur Burg reiten«, sagte sie.

»Und Vater hier alleine lassen?«, begehrte Rowena auf. Andererseits, was konnten sie tun, um den anderen zu helfen? Im selben Moment ließ ein weiteres Geräusch sie aufhorchen. Was war das gewesen? Der Laut von Eisen auf Eisen – kamen die Kämpfenden näher?

»Eurem Vater hilft es zu wissen, wenn Ihr in Sicherheit seid«, flehte Mabel, die hektisch immer wieder den Blick über die Reihen der Bäume gleiten ließ. »Bitte, Mylady.« Sie legte die Hände auf Rowenas Rücken, als könnte sie sie damit in die gewünschte Richtung schieben. »Das alles hat sowieso ein Ende, wenn man Euer nicht habhaft wird.«

»Meiner nicht habhaft? Was meinst du damit?« Rowena versuchte, sich so weit im Sattel zu drehen, dass sie ihrer Zofe ins Gesicht sehen konnte. Als das nicht gelang, stieg sie ab und versuchte, Mabel ebenfalls aus dem Sattel zu ziehen. Die hielt sich zitternd fest und bettelte, dass sie doch um Gottes willen kommen möge und von hier fortreiten, rasch aber, bei der Mutter Gottes, rasch müsse es gehen.

Erstaunt schaute Rowena sie an. Ehe sie den Mund aufmachen und fragen konnte, was das alles zu bedeuten habe, raschelte es wiederum, und diesmal flog kein Vogel auf. Das Gebüsch zu ihrer Rechten teilte sich, und heraus trat ein Mann, einen geflickten Umhang über dem Wams und das Gesicht mit Kohlenstaub unkenntlich gemacht. Seine Zähne leuchteten unnatürlich in dem roten Mund, als er bei ihrem Anblick grinste. Noch beängstigender allerdings war, dass er einen Sack in den Händen hielt, den er nun langsam zu raffen begann.

Rowena tastete nach ihrem Messer und nestelte es aus dem Beutel. Ihre Finger wollten ihr kaum gehorchen in der Aufregung. »Zurück«, rief sie, als es ihr endlich gelang. Da aber war Mabel bereits aus dem Sattel geglitten und dem Banditen entgegengelaufen. Verzweifelt gestikulierte sie mit den Armen: »Nein, nicht. Nicht so. Das könnt Ihr doch nicht machen.« Sie rief und weinte gleichzeitig.

»Mabel, geh zur Seite«, rief Rowena, die sich bereitmachte, dem Angreifer zu begegnen. »Was machst du da?«

»Beiseite«, schnauzte auch der Fremde und stieß Mabel heftig von sich. Die aber klammerte sich an seinem Umhang fest wie eine ertrinkende Katze. »Nicht«, schrie sie erneut. »Nicht mit Gewalt. Ihr habt es versprochen.« Bei dem Kampf verrutschte seine Verhüllung und gab unter den Lumpen weit feinere Kleider den Blicken preis. Rowena aber blieb nicht die Zeit, sich einen Reim darauf zu machen.

»Aus dem Weg, du dumme Pute«, zischte der Mann. Sie sah, wie er die Faust ballte und sie gegen Mabels Kopf hieb. Die Zofe flog beiseite, ihr Kopf knallte gegen einen der Felsen. Der Laut, mit dem er auftraf, sagte genug, ihr Schädel musste gebrochen sein, und Rowena schloss für einen Moment die Augen, um nicht zu sehen, wie ihr lebloser Körper zwischen die Blumen fiel.

»Und jetzt zu dir«, hörte sie die Stimme erneut.

Sie schluckte einmal, packte ihr Messer fester und öffnete die Augen wieder. Das Erste, was sie sah, war Mabels großer, erstaunter Blick, das zweite die Öffnung des Sackes, die näher kam. Schließlich den Mann, der den Mund öffnete, um leuchtend rotes Blut über seine Lippen quellen zu lassen. Als er vor ihren Füßen zusammenbrach, wurde der Baron sichtbar, der langsam seinen Bogen sinken ließ. Der zugehörige Pfeil zitterte vor Rowenas Knien im Rücken des Toten.

Rowena wollte zu ihrem Vater laufen, um sich in seine Arme zu werfen, aber ihre Beine versagten ihr den Dienst. Wie gebannt blieb sie vor dem Leichnam stehen. Erst als die Pferdeknechte ihn beiseitegeschafft hatten, konnte sie ihrem Vater um den Hals fallen. Weiter weg an eine Buche gelehnt sah sie Harry hocken, den Kopf notdürftig verbunden nach dem Sturz vom Pferd in der Schlucht. Sein Gesicht war verweint, und zu seinen Füßen lag Johns in einen Mantel gehüllter Leichnam.

Der Baron trat mit dem Fuß nach dem leblosen Angreifer. »Aasfresser«, stieß er hervor. »Möge Gott ihnen vergeben.« Dabei rutschte der Umhang des Toten beiseite und gab den Blick auf ein braunschwarzes Wams frei. Rowena und ihr Vater starrten darauf. Sie kannten es beide nur zu gut.

»Nicht«, sagte der Baron, als Rowena sich hinkniete, um dem Toten die Kappe vom Kopf zu nehmen. Aber sie ließ sich nicht aufhalten. Unter Lumpen und Kohlenschmutz kam krauses, fast weißblondes Haar zum Vorschein.

»Ich weiß, wo ich ihn schon einmal gesehen habe«, sagte Rowena leise. Am Abend des Festes, nahe dem großen Kaminfeuer. Er hatte dort gesessen inmitten des Trubels, die Hand um die Taille ihrer Zofe gelegt. Als sie deren Gesicht in der Erinnerung vor sich sah, glücklich schäkernd und lachend, stand Rowena auf, ging zu Mabel hinüber und zog den Zipfel des Umhangs zurück, mit dem jemand gnädig ihr Gesicht verhüllt hatte. Für immer staunend sah Mabel sie an. Nur das Blut an ihrer Schläfe verriet, dass sie nicht mehr aufstehen würde. Lange betrachtete Rowena sie. Was hatte jener Abend ihr bedeutet? War sie wahrhaftig glücklich gewesen? Was hatte dieser Mann ihr wohl versprochen? Was hatte sie an ihm gefunden, dass sie all die Jahre mit ihr, ihrem Schützling, einfach so verriet?

»Sie hat Montfort auf unsere Spur gebracht«, sagte sie leise und bitter, als ihr Vater neben sie trat. »Als der Angreifer kam, bat sie ihn, sich an sein Versprechen zu erinnern, mir nicht weh zu tun.« Langsam schüttelte sie den Kopf. »Dabei hat sie diesen Mann doch kaum gekannt.«

Der Baron war klug genug zu schweigen.

Rowena presste die Lippen zusammen. »Ich kann ihr nicht vergeben.«

»Vielleicht nicht heute«, sagte ihr Vater, dann wandte er sich ab. »Nehmt unsere Toten mit«, rief er seinen Männern zu. »Wir werden uns nicht mit einem Begräbnis aufhalten.« Noch einmal ließ er seinen Blick über den Wald schweifen, so langsam und intensiv, dass Rowena nicht anders konnte, als ihm darin zu folgen. Wie unschuldig alles aussah – und doch wie ungewiss. Die Ferne verdämmerte rasch im grünen Dunkel, das kein Geheimnis preisgab. Die Lichtlanzen, die grell zwischen die nahen Birkenstämme fielen, blendeten sie. Und die Sonnenstrahlen flirrten auf den Blättern und warfen ein Netz von beweglichen Schatten, dass der Blick nirgendwo durchdrang.

Langsam stieg das Unbehangen in ihr hoch, und sie musste gegen den Wunsch ankämpfen, sich umzudrehen und zu laufen.

»Dieser Wald hat Augen«, murmelte ihr Vater, als er aufsaß. Er reichte ihr die Zügel ihres Pferdes. »Bleibt zusammen.«

II. Schatten fallen über die Burg

17

»Und so nimm in Christo auf die Seelen der Verstorbenen, unseres Bruders und unserer Schwester, wie wir alle deine Kinder sind.« Der Pfarrer beendete seine Predigt und senkte den Kopf über die gefalteten Hände. Auch der Gesang der kleinen Gemeinde verhallte. Als der Zug mit schweren Schritten den Friedhof um die Kirche verließ, war nichts mehr zu hören als das Schmatzen der Schritte im Morast, ein gelegentliches Schniefen und die Rufe des Kuckucks aus dem nahe gelegenen Forst.

Rowena hielt sich dicht an der Seite ihres Vaters, der sich am Kirchhoftor aufstellte, und erwiderte die Grüße der Menschen, die sich von ihnen verabschiedeten, um ins Dorf und an ihre Arbeit zurückzukehren. Es waren nicht allzu viele gekommen. John hatte keine Verwandten hier gehabt, aber die Knappen hatten seinen Sarg getragen und die Bediensteten aus der Burg ernste Gesichter gezogen, mit denen sie sich nun um ihren Herrn scharten.

Mabel war von einer Gruppe Dorfmädchen beweint worden, die mit roten Nasen geschluchzt und ihr Frühlingsblumensträuße ins Grab geworfen hatten. Caleb, der Flickschuster, ein entfernter Verwandter von ihr, der sie nach dem Tod ihrer Eltern aufgenommen hatte, ehe der Baron sie seiner Tochter als Zofe gegeben hatte, stand ein paar Schritte abseits von ihnen und allen anderen griesgrämig an der offenen Grube. Eine hagere, gekrümmte Gestalt, die düstere Verwünschungen gegen alles und jeden murmelte, als sie ging. Wütend schwenkte er seinen Stock gegen die verschüchterten Mädchen, die ihre Wolltücher enger rafften, und würdigte auch den Pfarrer keines Blickes. Verwundert lauschte Rowena seinem Gekrächze. Sie war erstaunt, nicht nur über dessen Bösartigkeit. »Was meint er mit dem ›Fluch der de Forresters‹?«, fragte sie ihren Vater.

Der zuckte die Schultern. »Du weißt doch, beim alten Caleb ist jedes zweite Wort ein Fluch. Die Leute sagen, er flickt seine Schuhe nicht mit Leder und Leim, sondern mit Verwünschungen.«

Rowena lächelte müde. Mabel hatte sicher kein leichtes Leben gehabt an der Seite dieses alten, vetrockneten Streithammels, dachte sie bedauernd. Vielleicht machte so viel Gehässigkeit einen auf Dauer selber bitter. Zänkisch war Mabel ja stets gewesen, wenn sie sie auch nie für bösartig gehalten hätte, bis zu diesem letzten Verrat.

»Kommst du?«, riss ihr Vater sie aus ihren Gedanken.

»Ich dachte nur gerade ...«, begann Rowena und schaute sich noch einmal nach dem Grabe um. Dort stand William noch immer in Andacht oder in Gedanken. Seltsam, dachte Rowena, die demütige Haltung des groß gewachsenen Priesters. Er überragte selbst ihren Vater und hatte die breiten Schultern und den Brustkasten eines Kämpfers. Seine nun gefalteten Hände waren mit Narben übersät; das war ihr einmal aufgefallen, als er sie segnete. Und Rowena fragte sich nicht zum ersten Mal, woher dieser Priester kam und was er früher gewesen war.

»Du solltest nicht zu viel daran denken«, unterbrach ihr Vater sie sanft, aber bestimmt. »Es ist geschehen und vorbei; sie sind heimgekehrt. Wir aber müssen nach vorne sehen.«

Rowena nickte, wenn auch ohne rechten Glauben. Heimgekehrt. Auch William hatte dieses Wort gebraucht. Aber Mabel war in Sünde gestorben – kam man dafür nicht in die Hölle? Pfarrer William sprach selten von der Hölle, aber andernorts hörte man überall davon. Der Mensch war ein Blatt im Wind, nicht auf Erden zu Hause und nicht im Himmel und stets in Gefahr, in den Abgrund geweht zu werden. Zum ersten Mal, da ihr Leben so durcheinandergeraten war, spürte Rowena die Wahrheit dieser Worte. Auch sie fühlte sich wie losgerissen und weggeweht, nichts schien mehr am rechten Platz zu sein. Im Moment hatte Rowena das Gefühl, nicht einmal hier in Forrest Castle wirklich heimzukehren.

Langsam schlenderte sie der Burg entgegen, die mit ihrem bulligen Umriss die Hälfte des kleinen Kirchhofes in fröstelnde Schatten tauchte. Nach wenigen Schritten schon hatte sie die Frühlingssonne und das grüne Gras hinter sich gelassen. Im Innenhof erwartete sie graues Licht und der ewige Schlamm, den das bisschen Mittagswärme bislang nicht auszutrocknen vermocht hatte. Laufplanken führten nach links, wo der Aufgang auf die Mauer und der Burgfried lagen, nach rechts zum Brunnenhäuschen und zum Palas mit den Wohnräumen ihr gegenüber. An den Mauern ringsum zogen sich die Ställe und Wirtschaftsräume hin.

Hinter dem Brunnen befand sich der Eingang zu der burgeigenen Kapelle, einem seltsam versteckten Bau, zu dem einige Stufen hinunterführten und dessen Dach so von den Giebeln der Nachbar- und Anbauten zugewuchert war, dass sich nirgendwo Platz für ein Kreuz gefunden hatte. Wer nicht wusste, dass sie da war, übersah sie leicht ganz, obwohl ihr Inneres weiträumig war. Nur das runde Fenster über der Tür verriet den sakralen Bau. Das Glas darin, eine seltene Kostbarkeit, schimmerte wie ein Rubin und warf, wenn man die Tür öffnete, einen warmen roten Lichtfleck auf den steinernen Boden, in den sie als Kind gerne ihre Hand getaucht hatte.

Hierher zog es Rowena in diesem Moment; der Ort erschien ihr heimeliger als der Rest der mit einem Mal so unbehausten Burg. Sie wollte dem Grab ihrer Mutter einen Besuch abstatten, der Einzigen, mit der sie in diesem Moment hätte Zwiesprache halten können. Wehmütig betrachtete sie die Blumen in ihrer

Hand, erste Blüten der Buschwindrosen und Weidenkatzen, die sie sich bei der Beerdigung aufgespart hatte. Die wollte sie ihrer Mutter bringen.

Als sie aber an der Tür stehen blieb, um sich den Schlamm von den Schuhen zu kratzen, fiel ihr Blick auf ein weiteres, seltsames Grüppchen Trauernder: Gegenüber, an die Stallwand gelehnt, kauerte Harry, die Knie angezogen, das Kinn auf die darüber verschränkten Arme gelegt. Der junge Knappe sah kindlicher aus denn je. Zu seinen Füßen lagen zwei der grauen Hunde, die John zu Lebzeiten wie seine Söhne gehegt hatte, zottelige Biester mit mächtigen Häuptern, hängenden Ohren und einer für ihre Größe lächerlich dünnen Rute. Sie hoben nicht einmal den Kopf, als Rowena herüberkam. Auch bis Harry aufblickte, dauerte es eine Weile.

»Ich dachte schon, du willst mit meinen Schuhen reden«, versuchte Rowena es munter und schürzte ihre Röcke, um sich neben ihn auf das Brett zu hocken, das er sich zu seinem Platz erwählt hatte, offenbar, um von dort der Rückkehr des Beerdigungszuges zuzusehen.

Harry antwortete nicht; er wollte mit gar niemandem sprechen. Rowena sah, wie er sich mit dem Ärmel über die Augen wischte, und bedauerte ihren raschen Scherz. »Du warst nicht auf dem Friedhof«, begann sie in sanfterem Ton.

Harry schüttelte zur Bestätigung den Kopf und schniefte wieder. Er schaute mit seinen Kinderaugen hartnäckig an ihr vorbei.

»Wolf! Fang!«, erklang eine Stimme von den Zwingern herüber. Näpfe klirrten und riefen sofort vielstimmiges Gebell hervor. Die beiden Gerufenen aber zuckten nicht einmal mit den Ohren. Sie fiepten nur sacht als Antwort auf die Rufe ihrer Artgenossen und blieben ansonsten wie angewurzelt liegen. »John hat sie immer persönlich gefüttert«, sagte Harry dumpf. »Jetzt, wo er weg ist, fressen sie nicht mehr.« Er streckte die Hand aus, um einen der beiden am Kopf zu kraulen. Der Hund dankte es ihm mit einem matten Schlecken.

»Wolf!«, ertönte es erneut. Rowena erkannte die Gestalt von Arthur, einem der Knechte, der sich auf den Weg zu ihnen machte, und winkte ihm zu, es sei alles in Ordnung. Kopfschüttelnd wandte der Mann sich ab.

»Und du?«, fragte sie dann Harry sanft.

Da schüttelte endlich ein Schluchzen den Jungen. Mit einem Mal brach es aus ihm heraus, und mit den Tränen strömten auch die Wörter hervor. »Wie kann ich zu seiner Beerdigung gehen?«, rief er. »Wo ich doch an allem schuld bin.« Er wartete ihren Protest gar nicht ab. »Wenn ich nicht wieder mal vom Pferd gefallen wäre«, sprudelte er heraus, »hättet ihr alle nicht gewartet, und John wäre nicht abgestiegen und zurückgegangen, und er wäre nicht, er wäre nicht...« Für einen Moment konnte er nicht weitersprechen. »Er hat immer gesagt, dass aus mir nie was wird«, entfuhr es ihm dann. »Nie habe ich was richtig gemacht. Und jetzt...«

»Du denkst, du hast Schuld?« Erschrocken betrachtete Rowena den Jungen. Sie stieß ein bitteres Lachen aus, nahm eine der unschuldigen Blüten und begann energisch, fast wütend, Blatt für Blatt davon abzuzupfen. »Na dann hätte ich mir meine Gewissensbisse ja sparen können.«

Erstaunt betrachtete Harry, wie die zarten Blättchen in den Schmutz trudelten. Dann hob er den Kopf. Ein Fräulein und Gewissensbisse! Rowena sah ihm an, was er dachte, und biss sich auf die Lippen. Wahrhaftig, es schickte sich ganz und gar nicht, einem Knappen gegenüber, einem Kind zumal, ihr Herz auszuschütten. Trotzdem hielt sie sich nur einen Moment zurück. Zu lange schon arbeitete das in ihr. Ihrem Vater konnte sie es nicht anvertrauen. Der würde sie allenfalls eine Närrin schimpfen und anschließend Vernunft von ihr verlangen, pah! Und einen anderen Vertrauten besaß sie seit Mabels Tod nicht mehr. Sie nickte also mit dem Kopf. »Denk doch mal nach«, sagte sie. »Das alles hat uns Montfort eingebrockt.«

Harry blinzelte. »Heißt so der Mann, der uns überfallen hat?

Montfort.« Er bewegte die Buchstaben des Namens auf seiner Zunge wie eine fremdartige Speise.

Rowena nickte flüchtig. »Und das hätte er nicht getan, wenn ich ihm nicht einen Korb auf seine Werbung gegeben hätte«, fuhr sie fort, rasch, um den Faden ihrer Gedanken nicht zu verlieren. »Und auf die dumme Idee mit der Heirat wäre er nie gekommen, wenn er nicht ärgerlich auf mich gewesen wäre. Und ärgerlich wäre er nicht geworden, wenn ich ihm beim Turnier nicht seinen Preis verweigert und ihn geküsst hätte. Ist das nicht lächerlich?« Sie schaute ihn an, auch in ihren Augen standen nun ein paar Tränen, obwohl sie sich bemühte zu lächeln. »Verstehst du, was ich meine?«, fügte sie hinzu, als Harry sie mit offenem Mund anstarrte.

Der Knappe schüttelte den Kopf. »Wenn Ihr ihn geküsst hättet, hätte er Euch nicht heiraten wollen?«, fragte er nach einer Weile, der Sicherheit halber.

Rowena seufzte. »Hätte ich ihn nicht so beleidigt, dann hätte er mich doch noch vor dem Abendessen vergessen. Er hätte mich geküsst, vielleicht einmal über die Tanzfläche geschwenkt und dann nach besseren Partien Ausschau gehalten.« Sie senkte den Kopf. Es war bitter, sich all dies einzugestehen, aber so war es, dachte sie.

»Niemals«, flüsterte Harry.

»Doch. Und darum ist es meine Dummheit, die uns dieses ganze Unglück gebracht hat. Nicht deine.« Aufmunternd lächelte sie ihn an. Als sie seinen Blick sah, der erstaunter war denn je, musste sie lächeln. Herrgott, wie alt mochte er sein, dreizehn doch höchstens? Was konnte er von all dem schon begreifen. Sie versuchte, das Thema zu wechseln. »Und wegen John brauchst du dir keine Gedanken zu machen«, fuhr sie fort. »Der hat mit allen geschimpft, nicht nur mit dir. Erinnere dich doch mal. Hat er Gerald nicht einen hoffnungslosen Fall genannt?«

Harry entfuhr ein Prusten. »Ja«, bestätigte er, »damals, als wir mit der Strohpuppe übten.«

»Und Konrad, was hat er dem noch gesagt?«

»Das Einzige, was er und ein Knappe gemeinsam hätten, wäre das ›K‹ am Anfang«, fiel es dem Jungen ein. Sie lachten gemeinsam und verstummten dann wieder. Rowena drehte die geschundenen Blumen zwischen ihren Fingern. Dann stand sie auf.

»Du hast ihm sicher am Herzen gelegen«, sagte sie zum Abschied. Sie spürte das Unverbindliche ihrer Worte, daher neigte sie sich vor und drückte ihm einen Kuss auf die schmutzige Wange. Wenn sie die letzten Tage eines gelehrt hatten, dachte sie, dann, dass man mit seinen Küssen nie zu geizig sein sollte. Wie sehr wünschte sie sich etwa, Cedric wenigstens einmal geküsst zu haben. Dann wäre ihr zumindest die Erinnerung daran geblieben.

Ihr Lächeln war schon ganz geistesabwesend, als sie ging.

Harry schaute ihr nach, bis sie in der Kapelle verschwand. Seine Wangen glühten. »Niemals«, wiederholte er leise für sich selbst. Seine Hand krallte sich fest in das Fell des Hundes. Mochte das Fräulein auch glauben, dass ein Mann sie nach einem Kuss vergessen könnte. Er war dieser Mann nicht! Wolf wimmerte leise.

Behutsam trat Rowena in den düsteren Raum. Sie durchschritt den roten Lichtfleck und ließ ihn über das Schwarz ihres Trauerkleides wandern. Ihre Finger, die sie nun ausstreckte, um sie in dem Licht spielen zu lassen, sahen aus wie in Blut getaucht. Beklommen näherte sie sich dem Sarkophag ihrer Mutter. Dann aber verspürte sie Erleichterung. Da war es wieder, das liebe, gewohnte Antlitz, fast so schön wie im Leben, nur kälter. Schmal und weiß war es aus dem milchigen, beinahe durchschimmernden Marmor gehauen, so still wie die ganze Gestalt der Burgherrin, deren Ebenbild auf dem steinernen Deckel ihres Sarges ruhte, die schlanken Hände gefaltet und eine Nachbildung des Kästchens zu ihren Füßen, das sie im Leben begleitet hatte.

Rowena kniete nieder und faltete ihre Hände für ein Gebet, bemüht, dieser und all der anderen Toten zu gedenken, die um sie herum ruhten und deren Gegenwart sie in ihrem Rücken spürte.

Denn die Familie der de Forresters lag nicht auf dem Friedhof wie die Bürger des Ortes und nicht in der Dorfkirche wie einige ihrer Vasallen, sie begrub seit alters her ihre Angehörigen in der Burgkapelle, wo ihre Sarkophage alle Nischen füllten. Hier umringten sie nun Rowena, liegende Gestalten wie die ihrer Mutter, aber auch andere Figuren: Reliefs auf steinernen Sargseiten, die kunstvoll aufgestützt auf der Seite zu ruhen schienen, mit im Tode kraftlos nach hinten fallenden Köpfen. Manche waren durch ihre Wappen vertreten, bei anderen traten nur Gesicht und Hände gestaltet aus dem Stein, in den der Rest von ihnen für alle Zeiten versunken schien. Von manchen kannte Rowena die Namen, Daten kündeten von ihrer Lebenszeit. Andere waren Unbekannte für sie, verwittert ihre Inschriften, für immer vergessen, wenn nicht eines der alten Bücher in Vaters Truhen noch ihre Taten verzeichnete.

Die Sage ging, dass sich unter dem Boden der Kapelle noch eine weitere Gruft befand, in der die allerältesten Särge ruhten, jene, auf denen die Namen bereits unleserlich geworden waren und die zurückreichten in die Zeiten, lange bevor die Normannen nach England gekommen waren; einige von ihnen hatten angeblich noch die Sachsenstürme miterlebt.

Allerdings hielt Rowena das für ein Gerücht. Die Kapelle selbst lag schon so tief, beinahe auf Höhe der Keller. Wer sollte dort noch weiter hinuntergegraben haben? Die Burg der de Forresters stand auf einer kleinen Erhebung aus Kalkstein, und obwohl Rowena damals noch ein Kind gewesen war, erinnerte sie sich noch gut der Mühe, die es gekostet hatte, das Nebengelass zum Weinkeller zu fertigen. Die Handwerker hatten die Köpfe geschüttelt und geflucht, während sie ihre Werkzeuge in den nackten Fels trieben. Zweimal war einem die Hacke gebrochen!

Nein, Rowena schüttelte den Kopf, das war einer der vielen Mythen, wie sie sich um jede Burg rankten. Früher hatte sie solche und andere Geschichten geliebt und war in endlosen Spielen draußen durchs Gebüsch gestromert in der Hoffnung, hinter dem nächsten Busch schon, bestimmt aber dem übernächsten, würde sich ein Geheimgang auftun zu jener Gruft oder zu einem Fluchttunnel oder zumindest zur Wohnung des Burggespenstes, von dem die Dienstboten ihr erzählt hatten. Mutter hatte dann zärtlich geschimpft, wenn sie völlig verdreckt und mit Kletten in den Haaren nach Hause kam. Rowena musste lächeln, wenn sie daran dachte.

Da erinnerte sie sich der mitgebrachten Blumen, steckte sie ihrer Mutter zwischen die starren Marmorfinger und bedeckte das Arrangement mit ihren eigenen warmen Händen.

»Mutter«, begann sie. Aber die Worte blieben aus. Was sollte sie sagen? Dass sie sich verliebt hatte, dass ein Zauber sie gepackt, von den Füßen gerissen und überwältigt hatte, ohne dass sie etwas hätte dagegen tun können? Und dass deshalb zwei Menschen gestorben waren? Dass sie ihren Liebsten verloren hatte, ja, nicht einmal wusste, ob er lebte und an sie dachte, und doch selbst an nichts anderes einen Gedanken wenden konnte als an ihn? Dass sie sich unruhig und heimatlos fühlte seinetwegen, selbst in ihrem Zuhause?

Dass ein Mann ihr gewaltsam einen Kuss geraubt und damit echte Angst in ihr geweckt hatte, zum ersten Mal in ihrem Leben? Denn sie musste es sich eingestehen: Wenn sie an Montfort dachte, spürte sie neben der Wut eine Furcht, die so tief saß, dass sie seither das Böse unter der Welt raunen zu hören glaubte.

Etwas raschelte in einer der hinteren Ecken. Rowena, abgelenkt, reckte den Kopf, konnte aber nichts erkennen als Dunkelheit und schalt sich, nicht an eine Fackel gedacht zu haben, ehe sie herkam. Sie versuchte sich wieder auf das Zwiegespräch zu konzentrieren, aber das Geräusch wiederholte sich. Konnte das eine Maus sein? Oder war es dafür zu laut? Fast war ihr nun, als könnte sie leise Schritte hören. Rowena starrte angespannt in die Schwärze, und in ihr wuchs das unangenehme Gefühl, nicht allein in dieser Gruft zu sein.

»Vater«, rief sie. Denn wer außer ihm sollte hier eintreten, dachte sie hoffnungsvoll und wagte, vom Klang der eigenen Stimme getröstet, zwei Schritte in Richtung des Geräusches. »Bist du das?« Ein weiterer Schritt tauchte sie in die Dunkelheit. Ihre Finger klammerten sich für einen Moment Halt suchend an den Sarkophag ihrer Mutter. Sie fühlte die steinernen Fußspitzen und das Kästchen. Seltsam, dachte Rowena noch. Vater hat nicht das Labyrinth in seinen Deckel meißeln lassen, sondern ein Kreuz. Sie tat einen weiteren Schritt, und ihre Finger sanken ins Leere.

Da erklang ein neues Geräusch, kratzend und hohl, wie ein Deckel auf einem Krug. Und plötzlich bewegte sich Rowenas Schleier in einem unsichtbaren Luftzug. Kälte hauchte sie an, so eisig, dass sich alles in ihr zusammenkrampfte. Was nur, was hatte sich dort hinten aufgetan? Vor ihrem geistigen Auge sah sie die steinerne Haube eines Sarkophages sich heben, und heraus kam, heraus kam ... Die Vision des Untoten war so schrecklich, dass sie die Hand vor den Mund presste, um den Schrei zu ersticken. Doch ohnehin war nichts zu hören als ein hilfloses Wimmern, ihr Hals war wie zugeschnürt. Schon glaubte Rowena zu sehen, wie die Knochenhand mit den Fetzen von Fleisch sich nach ihr ausstreckte. Da, dicht vor ihr, bewegte sie sich durch die Dunkelheit. Rowena sah ihre geisterhafte Bewegung auf sich zukommen. Ein hohes Pfeifen drang an ihr Ohr.

Im nächsten Moment streifte die Fledermaus ihre Haube.

Rowena kreischte, schlug nach ihr und stolperte. Halt suchend griff sie um sich, fand eine Hand und zog sich daran hoch. Es war die Rechte eines jungen Ritters. An seiner Seite kam sie schwer atmend wieder zur Besinnung. Rowena betrachtete ihren steinernen Retter verblüfft. Sie erinnerte sich, ihn früher schon gesehen zu haben. Aber nie war er ihr wie heute erschienen. Friedlich lag er da, die Finger um den Schwertknauf gefaltet. Kecke Locken ringelten sich um seine schöne Stirn. Und obwohl seine marmornen Augen geschlossen waren, hätte Rowena schwören können, dass sie blau waren wie die raue See an der Küste.

»Cedric«, flüsterte sie. Ihre Stimme verursachte ein leises Echo in der Gruft, ansonsten war alles still. Sie waren allein, natürlich waren sie das, behütet von diesen Mauern. Nur ihr Herz klopfte so laut, dass sie meinte, man müsste es hören. Cedric, tatsächlich. Dieser Ritter sah ganz aus wie er. Rowena ging in die Knie, um nach einer Inschrift zu suchen. Da das Licht kaum reichte, fuhr sie mit ihren Fingern über den Stein, doch da war nichts zu ertasten. Geschichtslos, zeitlos, einsam lag er da, wie nur für sie erschaffen.

Rowena konnte nicht anders, sie fuhr ihm mit der Hand über die Wange. Und ehe sie sich versah, hatte sie sich über das marmorne Antlitz gebeugt und hauchte ihm einen Kuss auf den Mund, so glühend, dass sie glaubte zu fühlen, wie der Stein unter ihren Lippen sich erwärmte und belebte. Da öffnete sich ohne Vorwarnung die Tür, und Licht strömte herein.

Ertappt richtete Rowena sich auf. »Vater William«, stammelte sie, als sie den mächtigen Umriss des Priesters im Gegenlicht erkannte.

Ungeschickt trat er ein und grüßte sie. »Euer Vater meinte, ich würde Euch hier finden«, begann er, streifte die Blumen in den toten Händen der Baronin mit einem Blick und trat dann zu Rowena. »Er sieht ihm wirklich ähnlich, nicht wahr?«, sagte er und blieb mit gefalteten Händen vor dem Antlitz des Ritters stehen.

Rowena fuhr verblüfft herum. Woher wusste er das? Konnte William ihre Gedanken lesen? Oder war der Abdruck ihrer Lippen noch auf dem Stein zu sehen? »Wie? Was?«, stammelte sie hilflos und verknotete ihre Finger ineinander.

»Kai, meine ich«, sagte William und nickte dem Toten zu. »Euer Vater muss es geahnt haben, denn er gab ihm sogar den Namen seines Vorfahren.«

»Kai!«, stieß Rowena hervor.

»Euer Bruder, ja«, bestätigte William. »Zweifellos hat dieser Herr Euch an ihn erinnert.« Er lächelte freundlich.

Rowena errötete über und über und war nur dankbar, dass man im Halbdunkel nichts davon sah. »Um ehrlich zu sein«, gab sie zu, »ist Kai schon so lange fort, dass ich fast zu vergessen beginne, wie er aussah.« Sie wandte sich wieder der Statue zu. War es wahr?, fragte sie sich. Sicher, auch Kais Haar war lockig gewesen und schwarz; er war derjenige von ihnen beiden, der ihrer Mutter ähnlich sah. Seine Augen waren grau wie die ihren und hatten stets ebenso ernst geblickt, soweit sie sich erinnern konnte. Sie war zehn gewesen, als er fortging, ein richtiges Kind, dem vermutlich alle Erwachsenen furchtbar ernst vorkamen. Kai, wiederholte sie beschämt in Gedanken, der arme, wortkarge, verantwortungsbewusste Kai. Er hatte so gar nichts gehabt von Cedrics froher Lebendigkeit, seiner Lässigkeit und seinem funkelnden Übermut. Die Ähnlichkeit, die darüber hinaus zwischen den beiden bestand, war ihr nicht aufgefallen.

»Er muss Euch sehr fehlen«, meinte Pfarrer William mit Wärme in der Stimme und berührte ihren Arm.

Rowena nickte beschämt. In der Tat, er hätte ihr fehlen sollen. Dabei hatte sie seit dem Abend des Festes keinen Gedanken mehr an ihn verschwendet. Noch eine ihrer in letzter Zeit sich schnell häufenden Sünden. »Ja«, stieß sie hervor, ihrer Stimme ungewiss und selbst unsicher, von wem sie sprach. Sie räusperte sich. »Nach diesem hier also hat Vater ihn benannt«, fuhr sie, um einen leichteren Ton bemüht, fort, »das wusste ich nicht.« Sie hob die Hand und fuhr mit den Fingern über die Kante des Sarkophags.

William nickte. »Kai de Forrester. Er lebte vor über dreihundert Jahren, wenn ich Euren Vater recht verstanden habe. Man weiß nicht mehr viel von ihm.« Seine Stimme klang beinahe verträumt. »Aber er trägt den Namen eines Mannes, der einst einen König gehütet hat.«

Rowena lachte unsicher. »Daran hat Vater bestimmt nicht gedacht. Was gibt es hier bei uns schon zu hüten, außer den Feldern, dem Wald und diesem Gemäuer?«

»Das werdet Ihr ihn selbst fragen müssen«, erwiderte William so ernst, dass sie unsicher verstummte. Dann aber lächelte auch er. Seine Augen betrachteten sie mit solch liebevollem Verständnis, dass Rowena Furcht bekam, er durchschaue sie, und den Blick abwandte. »Kommt mich einmal besuchen in meiner Kirche«, schlug William vor. »Ich würde mich freuen. Und wir könnten uns ein wenig unterhalten.«

»Ja«, erwiderte sie zerstreut. »Ich werde gerne kommen.« Und erst als es ausgesprochen war, wurde ihr bewusst, dass es stimmte.

19

»Fräulein, Euer Vater wünscht Euch zu sprechen.« Die Frau des Kastellans knickste in der geöffneten Tür; der enorme Schlüsselbund an ihrer Schürze klimperte dabei vernehmlich.

»Ja, Edith, danke.« Rowena runzelte die Stirn, ihre Stimme klang gereizt. Sie wusste nicht recht, was es war, das sie an Edith störte. Sie war schon lange im Schloss, ebenso wie ihr Mann. Bereits vor Rowenas Geburt hatten sie den de Forresters gedient, treu und arbeitsam. Edith vor allem war ein Ausbund an Energie. Sie betreute Küche und Keller, Mägde und Diener mit Argusaugen; keine Schlamperei entging ihr, kein Schlendrian wurde geduldet. Dabei packte sie selber gerne zu und schonte sich nicht, war sich auch für keine Plackerei zu gut. Ihr überaus praktischer Verstand beschäftigte sich mit jedem Problem, das ihr vorgesetzt wurde, sei es die unglückliche Liebschaft eines Stallburschen oder die verdorbenen Linsenvorräte. Und meistens fiel ihr eine überaus vernünftige Lösung dazu ein.

Rowena hätte Edith bewundern können als leuchtendes Beispiel für die Tüchtigkeit und Selbständigkeit einer Frau. Wenn die nicht seltsamerweise darauf bestanden hätte, sie, Rowena, wie das genaue Gegenteil von sich selbst zu behandeln. So nämlich, als sei es ausgemacht, dass das Mädchen zerbrechlich sei und über die eigenen Füße stolpern müsse. Als wäre ich aus Glas, dachte Rowena oft ärgerlich, wenn Edith sie mit ihrer Fürsorge bevormundete, eine Fürsorge, die weniger warmherzig war als verächtlich, fand Rowena. Ja, genau, das war es, was sie störte: Was sie in Ediths Augen las, wenn sie zerstreut über ihre Gestalt und in ihr Zimmer blickte, um rasch da ein Band zurechtzuzupfen und dort ein Laken glatt zu ziehen, war dies: dass sie aus irgendeinem Grund nicht zählte.

Und wie immer reagierte Rowena darauf, indem sie das Kinn hob und eine arrogante Miene aufsetzte, die besagen sollte, dass sie die Herrin dieser Burg war und kein Dienstbote sich ein Urteil über sie anmaßen durfte.

»Schon recht, schon recht«, murmelte Edith zerstreut, als sie zurechtgewiesen wurde, weil sie Rowenas Stickgarn wegräumte, das diese noch für eine Arbeit benötigte. Sie hielt aber nicht in ihrem Tun inne und fuhr fort. »Nun aber rasch, der Vater sagte, es sei wichtig.«

Fehlt noch, dass sie in die Hände klatscht, um mich zu scheuchen, grummelte Rowena in Gedanken vor sich hin. Als wäre ich ein Spaniel. Und nicht zum ersten Mal vermisste sie Mabel. Deren Herumkritteln hatte man so herrlich übergehen können, um die Schmollende dann mit einem Scherz und einem Kuss wieder zu gewinnen. Mabel hatte mit ihr gekichert und in der Küche Süßigkeiten gemopst und sie bewundert. Nichts von all dem wäre Edith in den Sinn gekommen, da war

Rowena sicher. Nun gut, sie war alt, sicher schon vierzig! Dennoch nahm Rowena es ihr übel. Wenn sie nur wüsste, nach welchem geheimnisvollen Maßstab Edith sie wog und zu leicht befand.

»Gib in der Küche Bescheid, dass ich mein Mahl später einnehmen werde. Wo, sage ich noch«, beschied sie Edith, einfach, um sie herumzukommandieren, und rauschte hinaus, nicht ohne aus deren Blick noch das Urteil über diese Anordnung entgegengenommen zu haben.

Derart beschäftigt klopfte sie an die Tür zum Zimmer ihres Vaters und trat ein, als sie seine Stimme hörte. Die Wärme des prasselnden Kaminfeuers schlug ihr entgegen. »Vater?«

Es dauerte eine Weile, bis er sie bemerkte. Der Baron war über einige Schriftstücke gebeugt und machte sich eilige Notizen. Oswin, Ediths Mann, neigte sich ihm über die Schulter mit demselben ergebenen Gesichtsausdruck, den er auch seiner Frau gegenüber zu zeigen pflegte.

»Ein Rechtsstreit?«, riet Rowena, die ebenfalls einen Blick auf die Dokumente warf.

»Ja«, erwiderte ihr Vater zerstreut.

»Worum geht es?«, fragte sie und setzte sich in seinen Sessel nahe der Feuerstelle. Hatte er sie rufen lassen, um sie jetzt zu ignorieren?

»Wieder einmal um die Weide links des Dorfbaches.« Er tunkte die Feder ins Tintenfass und schrieb einen Satz. »Caleb will sie haben, aber auch die Familie des Müllers.«

»Und«, fragte Rowena, neugierig geworden, »wie hast du entschieden?« Denn die Frau des Müllers, Meredith, gehörte zu denen im Dorf, die ihr am liebsten waren. Sie mochte die fröhliche Art der Frau und die sichtliche Liebe, mit der sie an ihrem Mann und der Tochter hing, einem auffallend hübschen, zarten Ding. Überhaupt, fiel es Rowena in diesem Moment ein, wäre es nicht eine gute Idee, sie zu meiner Zofe zu machen? Sie musste doch bald zwölf sein. Wäre das nicht weit besser als

Ediths Gegenwart weiter zu ertragen? Sie öffnete den Mund, um es ihrem Vater zu sagen, aber der winkte ab, machte noch eine weitere Notiz und hob dann das Sandfass, um das Geschriebene abzutrocknen. Ohne den Kopf zu heben, antwortete er beiläufig:

»Wenn ich sie dem Müller lasse, bekomme ich saubere Arbeit, Fleiß und einen glücklichen Anteil. Wenn ich sie Caleb gebe, dem Flickschuster, erwarten mich Vernachlässigung, Faulheit und Streitsucht. Wie werde ich wohl entscheiden?«

Rowena nickte und bekundete lebhaft ihre Zustimmung. »Übrigens«, begann sie dann ihren Wunsch vorzutragen. Da schaute ihr Vater auf. Und zum ersten Mal fiel ihr ein, dass er sie wegen etwas Wichtigem hatte rufen lassen. Was sein Gesicht so leuchten ließ, konnte unmöglich die Freude über die Tüchtigkeit seines Müllers sein. Und jetzt, da er das Dokument hob, um den Sand wegzublasen, fiel ihr auch auf, wie sehr seine Hand zitterte, fast wie bei einem Greis. Seine Wangen aber glühten jünglingshaft.

Erstaunt hielt sie inne. Es war gar nicht die Art ihres Vaters, sich so von einer Emotion hinreißen zu lassen. In seinen Augen tanzte der Widerschein der Flammen, als er Rowena langsam ein anderes Pergament zeigte, dessen Siegel erbrochen war. Seine Stimme klang brüchig vor Aufregung.

»Er ist vom Bischof von Exeter«, erklärte er Rowena und fügte hinzu: »Es ist lange her.« Sie versuchte sich an das letzte Mal zu erinnern, da ihr Vater sie mit nach Exeter genommen hatte, und an ein Gesicht. Aber alles, was ihr vor Augen trat, war das Funkeln des Ornats und das Schimmern eines durchsichtigen lilafarbenen Rings, auf den ihr Vater demütig seine Lippen gedrückt hatte. Der Baron und der Bischof waren Freunde von Kindheit an. Die letzten Monate allerdings waren Missstimmungen zwischen ihnen aufgekommen. Wie bei so vielen schieden sich ihre Geister am Wesen von Prinz John.

»Was will er von dir?«, fragte sie und lauschte seinem Vortrag.

Nach den üblichen Anreden und den Wünschen für Wohlergehen, Ernte und Wetter kam endlich das Anliegen des Briefes. »Zwei Nachrichten habe ich Euch anzukündigen, die mich erreichten von jenseits des Meeres, eine gut, die andere schlecht.« Sie hob den Kopf und schaute ihren Vater an. Der aber wies nur mit dem Kinn auf den Brief und las weiter. »Die schlechte wird bald der ganzen Welt bekannt sein. Unser lieber König Richard ist bei seinem Sturm auf Jerusalem gescheitert. So klage denn, Christenheit! Wir alle schlagen uns an die Brust und trauern darüber, ich weiß, auch Ihr. Doch wie in allem Bösen ein Kern Gutes steckt und hinter den Wolken doch die Sonne verborgen ist, kam zugleich mit dieser üblen Kunde eine gute zu mir, die ich Euch als meinem ältesten Freund in diesen Zeiten der Düsternis und des Wehklagens nicht vorenthalten will. Soll nicht dem Einzelnen erlaubt sein, ein wenig Trost zu finden? Denn wisset, der Mann, der mir die Nachricht brachte, direkt aus dem Heiligen Land, ist ein Ritter ohne Tadel. Und er erzählte mir, dass er vor Akkon lag mit Eurem Sohn. So sehr er auch getroffen ist von seiner Botschaft und so sehr es ihn drängt, zurückzukehren in das Heilige Land, wo Richard mit Gottes Hilfe einen weiteren Versuch wagen wird, um seinem König beizustehen, so habe ich ihn doch bereden können, dass er noch bleibt und Euch erzählt, was er von Eurem Sohne Kai zu berichten weiß. Nur eilt Euch, Freund. Denn wir dürfen diesen Kämpfer für die Christenheit nicht über Gebühr aufhalten.«

»Was für ein Geschwätz«, entfuhr es Rowena. Der Sermon zog sich noch über mehrere Zeilen hin, die das Thema von Gut und Böse, Trauer und Freude weiter variierten und den Baron nebenbei baten, doch eines seiner Kälber mitzubringen, da keiner welche mit besserem Fleisch hätte.

De Forrester nickte, dennoch lag ein freudiger Schein über seinem Gesicht. »Aber denk dir, Kai.« Mehr sagte er nicht. Die Hoffnung jedoch, die aus seinen alten Zügen sprach, griff Rowena ans Herz. Im Stillen verfluchte sie den Bischof, der es in seinem Brief hatte klingen lassen, als müsse der Alte sich seiner Hoffnung schämen inmitten des allgemeinen Elends. Auch ihr eigenes Herz begann zu klopfen, wenn sie daran dachte: Tatsächlich eine Nachricht von Kai. Am Ende lebte er sogar noch?

»Willst du hingehen?«, fragte sie.

»Wenn er mir etwas von Kai sagen kann, muss ich dann nicht?«, gab er zurück.

Rowena neigte sich vor und tätschelte sein Knie. »Natürlich musst du, ich weiß. Ich dachte nur daran, wie ungern du reist. Und wir sind erst so kurze Zeit zurück.«

»Aber denk dir, wenn er Kai wahrhaftig begegnet ist.« Allmählich steckte er Rowena mit seiner Aufregung an. Und noch ein anderer Gedanke keimte in ihr. Sie überlegte. »Vater, bitte, darf ich dich begleiten?«

Der Baron wurde mit einem Mal wieder ernst. »Nein«, sagte er. »Exeter ist ein Freund von Montfort, wenn du dich erinnerst. Er hat ihm den Segen für dieses Turnier gegeben, obwohl ein Kirchenmann dieses eitle Treiben immer und überall verurteilen sollte.« Er runzelte die Stirn. Offensichtlich ging ihm ein Teil seines letzten Streitgesprächs mit dem Freund durch den Sinn. »Auch wenn der König tausendmal dafür ist. Selbst Richard.« Der Baron schüttelte den Kopf über die Abwege, auf die sein Freund auf seine alten Tage geraten war. »Möglich, dass ich Montfort dort begegne und freundlich zu ihm sein muss als einem Gast.«

Rowena wurde ein wenig blass. »Meinst du nicht, er ist längst zurück in Chichester oder am Hofe, um seine Ernennung zu betreiben?«

Als er die Sorge in ihrer Miene sah, lächelte der Baron begütigend. »Sicher«, erwiderte er. »Wahrscheinlich hast du Recht. Ich wollte damit gewiss nicht andeuten, dass er wie ein Wolf in unseren Wäldern auf der Lauer liegt.« Er ergriff ihre Hand. »Aber nach den jüngsten Erfahrungen wäre es mir lieber ...« Er verstummte, und Rowena senkte den Kopf.

Ja, ja, dreimal ja. Sie musste ihm Recht geben. Sie hatte auf dieses Turnier gedrängt und es war zum Desaster geworden. Aber hieß das, dass sie nun wieder hier festsitzen würde, wie schon ihre Mutter vor ihr? Und dass alle Ereignisse dieser Welt erst mit großer Verspätung zu ihr drangen? Die Neuigkeiten über Kai und auch ... Exeter war eine so lebhafte Stadt, weit größer noch als Windfalls. Viele Menschen kamen dorthin, viele Neuigkeiten machten die Runde. Wenn man dort von Kai wusste, war es dann nicht möglich, dass einer auch von einem Ritter aus dem Norden gehört hatte? Und sie selbst saß hier und stickte und spann, während draußen, irgendwo ... Rowenas Gedanken schweiften ab. Sie nagte an ihrer Lippe. Es dauerte eine Weile, ehe sie antwortete.

»Ich verstehe schon«, sagte sie gefügig. »Aber«, fügte sie dann plötzlich hinzu. »Vater.« Sie wagte nicht, ihre Bitte auszusprechen. Doch sie fiel vor ihm auf die Knie.

Begütigend drückte er ihre Hand. »Ich werde mich nicht aufhalten und dir so rasch es geht die Kunde bringen«, versprach er.

Rowena errötete. »Ja, aber ...«, begann sie erneut und schlug die Augen nieder. Dann hob sie den Blick und fuhr, ihre Atemlosigkeit bekämpfend, mit gespielter Ruhe fort: »Ich bitte dich, zieh auch Erkundigungen ein nach jenem Ritter, den ich beim Turnier gepflegt habe. Wenn der Bischof Beziehungen zu Montfort hat, wird er vielleicht auch über ihn etwas wissen.«

Erstaunt betrachtete der Baron seine Tochter. Er wollte etwas Harsches erwidern und hatte den Mund schon geöffnet. Aber die Hoffnung machte ihn sanft. Und was er in den grünen Augen seiner Tochter nur allzu deutlich las, stimmte ihn endgültig milde. »Ich werde mich umhören«, versprach er. »Und falls mir der junge Mann unter die Augen kommt, werde ich ihn gründlich begutachten.« Seine Stimme klang streng.

Rowenas Herz aber hüpfte. »Liebster Vater.« Sie sprang auf und umarmte ihn so stürmisch, dass er beinahe samt seinem Sessel nach hinten gekippt wäre.

»Denk dir, Kai«, murmelte er, als sie beide ihr Gleichgewicht wiedergefunden hatten.

»Ja«, erwiderte Rowena innig, deren Herz aus anderen Gründen heftig schlug. Endlich, endlich, zum ersten Mal, seit sie heimgekehrt waren, fühlte sie sich wieder lebendig. »Wann wirst du aufbrechen?«

Wie zur Antwort öffnete sich die Tür, und Arthur erschien mit der Nachricht, dass die Pferde bereitstünden. Der Baron erhob sich.

Edith drängte herein, ein Tablett in den Händen, von dem sie Schüsseln und Teller auf den Tisch zu räumen begann. »Ich habe mir gedacht, am einfachsten decke ich hier für Euch«, sagte sie dabei. »Es ist schon schön gemütlich eingeschürt und ...«

Rowena würdigte sie keiner Antwort, nur eines funkelnden Blickes. Dann wirbelte sie mit fliegenden Röcken herum und lief ihrem Vater nach. Als sie in den Hof kam, machte er sich gerade bereit, gemeinsam mit Arthur aufzusitzen. Drei weitere Männer im Wappenrock würden ihren Herrn begleiten; ihnen schlossen sich zwei Knechte an und Harry, der Knappe, noch immer mit düsterem Gesicht. Grüßend neigten sie vor Rowena ihre Lanzen, die mit einem Nicken antwortete. Als Harry an ihr vorüberritt, winkte sie ihn mit dem Finger heran. »Du passt mir auf ihn auf, ja?«, flüsterte sie und zwinkerte ihm zu. Stolze Röte übergoss das Gesicht des Jungen, und er nickte eifrig, bis der Baron ungeduldig nach ihm rief.

Der Wind pfiff kühl, und Rowena zog ihre Schleier enger um sich. Nicht auf die Pfützen achtend, stolperte sie ihnen hinterher, grüßend und winkend, Segenswünsche rufend, bis zum Burgtor, wo sie stehen blieb, um ihnen nachzuschauen, so lange sie konnte. Bald aber verschlang die Wegbiegung den Baron von Forrester und seine Männer. Zurück blieben nur der Wald und die Felder, auf denen Bauern ihre Pflüge ins Erdreich drückten. Nur kurz hatten sie die Köpfe gehoben und ihre Kappen abgenommen; nun waren sie schon wieder in ihre schwere Arbeit versunken und trieben die Ochsen an. Die Saat wollte ausgebracht sein. Ihre Rufe mischten sich mit denen der Vögel.

Rowena seufzte. Auch auf sie warteten drinnen der Alltag der Burg, einsame Abende und ihre Stickarbeit. Sie holte mit der Fußspitze aus und kickte einen Stein ins hohe Gras, wo er zwischen Wegwarten liegen blieb. Schon blühen sie, dachte Rowena ohne besondere Freude, dann bemerkte sie den seltsamen gekrümmten Stiel, den sie zuerst für den Stängel einer trockenen Distel gehalten hatte. Sie trat näher und teilte das Gras mit den Händen. Schon der Geruch verriet ihr, was sie erwartete.

Mit angeekeltem Gesicht neigte sie sich zurück und warf einen schrägen Blick aus der Ferne. Dort lag Wolf oder vielmehr das, was von ihm übriggeblieben war. Ausgestreckt auf der Seite hatte das Tier sich dem Tod ergeben, ausgezehrt bis auf die Knochen, die Augen längst eingefallen und trotz der Kälte schon von Fliegen umsummt. Das Fell war knotig verfilzt und nass vom Tau vieler Nächte. Aus seinem offenen Maul und über die Zunge krochen eifrige Züge von Ameisen.

Rowena rief nach einem Knecht, dass er ihn entfernte. »Verscharr ihn«, wies sie den Mann an. Der Ekel ließ ihre Stimme angespannt klingen. Dann fügte sie weicher hinzu. »Gut, dass Harry ihn nicht gesehen hat.«

»Er sucht ihn schon seit Tagen, Herrin«, meinte der Mann.

»Dann führ ihn an das Grab, wenn er zurück ist«, bestimmte sie. »Wir alle wollen unsere Liebsten doch so in Erinnerung behalten, wie wir sie im Leben gesehen haben.« Sie nickte ihm zu und machte sich auf den Weg ins Haus. Ihr war kalt, sie bemerkte es erst jetzt. Und plötzlich, einem inneren Drang gehorchend, wandte sie sich noch einmal dem Tor zu. Von ihrem Vater aber war nichts mehr zu sehen.

20

»Wir hätten nicht herkommen sollen.« Missmutig betrachtete Cedric of Cloagh das Treiben an den Kais von Exeter vor den imponierenden Fassaden der großen Handelshäuser. Dickbäuchige Schiffe lagen Seite an Seite, Menschen wimmelten wie Ameisen herum. Händler feilschten, Tagelöhner schleppten schwer an den Waren. Bettler flehten um ihren Teil. Ihr Geschrei wurde nur noch übertönt von den heiseren Rufen der Möwen. Um sie herum dachte keiner an etwas anderes als an Geld. Nie war er sich irgendwo so fremd vorgekommen.

»Man könnte meinen, es wäre Markt«, murmelte Colum zustimmend. »Markt an jedem Tag der Woche.«

Aber die schlechte Laune seines Herrn galt nicht dem lebhaften Treiben der Hafenstadt am Fluss Exe, sondern, und er wusste es wohl, ihm selber.

»Schon Tiverton war ein Fehler gewesen«, fuhr Cedric fort, im Gedenken an die kleine Stadt im Norden Exeters. »Und dann haben wir uns noch in diesem Moorgebiet verlaufen.« Er schüttelte sich bei dem Gedanken daran. Auch Exeter lag im Landesinneren, doch griff ein Meeresarm nach der Stadt und bescherte ihr die Möwen, die über den Lagerhäusern kreisten, und einen weiten Himmel. Auch herrschte hier das bessere, klarere Küstenwetter; zwar türmten sich die Wolken manchmal drohend über den Horizont, aber niemals lagen sie wie eine dumpfe Decke über einem.

Nebel und Sümpfe und endlose, gleichförmige Hügel, und alles bedeckt von demselben Dunst! Cedric schüttelte sich bei der bloßen Erinnerung daran. Und bei all dem zu wissen, dass man in die Irre ging und all die Mühe einem Rowena nicht einen Schritt näher brächte. Rowena, die doch irgendwo war und lebte und wartete und mit jedem Tag übler von ihm denken musste. Er wand sich vor Qual, wenn er es sich auszumalen versuchte. Besser, nicht darüber nachzugrübeln. Der Schmerz, von ihr getrennt zu sein, so kurz, nachdem er sie gefunden hatte, wog schon schwer genug.

Nun saßen sie hier mit ihren verdreckten Kleidern und stumpf gewordenen Schilden und mussten sich von den aufgeputzten Kaufleuten und Gildenherren schief anschauen lassen. Cedric war es leid.

»Im Gasthof in Windfalls waren sie nicht mehr«, verteidigte Colum sich. »Und der Wirt schien glaubwürdig, als er mir ihr Wappen beschrieb.«

»Ein Hirsch oben links, rechts unten drei Balken.« Cedric winkte ab. »Wir hatten das schon.«

Colum war kleinlaut. »Ich bin aber sicher, dass das mit dem Hirschen stimmt. Und die Farben waren Grün und Silber.«

»Grün und Silber«, wiederholte Cedric und trat einen Stein ins Wasser. Grün und Silber! Jeder, der Rowena einmal gesehen hatte, wusste, dass das ihre Farben waren, es konnte gar nicht anders sein. Wie ihre Augen ihn angestrahlt hatten in diesem Grün, das tiefer schien als alle Wälder Englands, wie vornehm blass ihr Teint gewesen war und silberhell ihre Stimme! Und er musste Colum Recht geben, der Hirsch stimmte ebenfalls zu ihrem Namen: de Forrester. Dennoch war ein Fehler darin, den sie nicht fanden und der Rowena in unerreichbare Ferne für ihn rückte. Aber er würde sie aufspüren, und wenn er die Küste und ihr Hinterland bis London nach ihr absuchen musste! Er wusste, sie wartete auf ihn und sie brauchte ihn. Daran gab es für ihn nicht den geringsten Zweifel.

Sie gingen die Kais entlang bis zur Brücke und wandten sich nach rechts in die Hauptstraße, die noch so kerzengerade war, wie die Römer sie einst angelegt hatten. Weiter hinten ragte Rougemont Castle auf, die Burg Wilhelm des Eroberers, gebaut auf dem höchsten Punkt der Stadt. Aber das geheime Machtzentrum lag näher, tiefer, dort, wo die Türme der Bischofskirche sich über den Dächern zeigten und daneben die Kräne, mit deren Hilfe sie umgebaut und erweitert werden sollte. Kein Zweifel, der Bischof von Exeter hegte große Pläne.

»Beim Bischof war ich schon«, bemerkte Colum, als er dem Blick seines Herrn folgte und die unfertige Silhouette eines der Türme betrachtete, »und habe mich nach dem Baron erkundigt. Seine Lakaien haben mich hinausbefördert. Wie es scheint, ist der hohe Herr derzeit beschäftigt.« Er spuckte in den Rinnstein. Cedric packte ihn an der Schulter und zog ihn beiseite, ehe ein hochrädriger Karren, der sich ohne Rücksicht durch die Menge drängte, ihn überrollen konnte. Mit ihnen gemeinsam wich zeternd und blökend eine Herde Schafe aus, die ihnen über die Füße stolperten. Cedric schlug mit dem Zipfel seines Mantels nach ihnen. Der stechende Geruch ihrer fettigen Wolle stieg ihm in die Nase und erinnerte ihn daran, dass seine letzte Mahlzeit ein ranziges Stück Käse früh am Morgen gewesen war.

»Was soll's«, beschied er seinen Knappen. »Kehren wir ins Gasthaus zurück. Nach dem Mittagessen überlegen wir, wie wir weiter vorgehen.«

Als sie das Wirtshaus erreichten, über dessen Tor das Bild eines Schiffs mit vollen Segeln prangte – einer der Gründe, warum Cedric es gewählt hatte –, kam gerade einer der jungen Knechte heraus. Mit wichtiger Miene hielt er sie an und zog sie, ehe sie sich versahen, in einen Häuserwinkel. Hastig sah er sich dabei über die Schulter.

»Was ist, was willst du?«, fragte Cedric. Da hörte er Lärm aus dem Hof und die Rufe von Männern. Alarmiert wechselte er einen Blick mit Colum.

»Wachen des Bischofs, Herr«, haspelte der Junge, der vor Schreck blass geworden war. »Sie kamen vor kurzem und fragten nach Euch.«

»Nach uns?« Cedric war verwundert. »Der Bischof kennt mich nicht, er hat mich nie gesehen. Was sollte er von mir wollen?«

Colum packte den Knaben derb an der Schulter. »Lüg nicht, Kerl«, verlangte er.

»Wenn ich es doch sage!« Der Junge ließ sich nicht beirren. »Sie wollten zu den Männern, die sich nach dem Baron de Forrester erkundigt haben. Und da wusste ich gleich, dass Ihr das wart. Weil Ihr doch auch den Wirt schon gefragt hattet.« Mit unruhigem Blick schaute er von einem zum anderen. Hinter ihnen im Hof krachte es, und er zuckte zusammen. Man sah ihm an, dass er am liebsten fortgelaufen wäre; irgendetwas aber schien ihn bei den Männern zu halten.

Cedric machte eine Kopfbewegung, Colum ließ ihn widerwillig los. »Und?«, raunzte er.

Die Antwort kam vom Gasthof, wo sich im zweiten Stock nun die Fenster öffneten und Möbel hinunter in den Hof flogen. Niemand brauchte den beiden Reisenden zu sagen, dass dies ihr Zimmer war. Sie erkannten die wenigen Besitztümer, die sie zurückgelassen hatten, nur zu gut.

Cedric neigte sich zu dem Burschen, der mit offenem Mund das Schauspiel begaffte. »Kannst du uns unsere Pferde besorgen?«, fragte er leise und ließ dabei zugleich einige Münzen in schmutzige Finger gleiten.

Nach einem Blick nach unten weiteten sich die Augen des Knechts und begannen zu leuchten. Fest schloss er seine Faust um den Schatz. »Sicher«, stammelte er. »Der Stall grenzt an den des Hufschmieds nebenan. Es gibt da eine verrammelte Tür.«

»Öffne sie«, beschied Cedric ihn.

»Aber was ist, wenn ...«, begann der Knecht. In diesem Moment tauchte einer der Wachen aus dem Torbogen auf. Er streckte die Hand aus und wies auf Cedric. Der Knecht hob schützend die Arme vors Gesicht.

Doch ehe der Scherge den Mund zu einem Schrei öffnen konnte, stürmte Cedric bereits auf ihn zu und schlug ihn mit einem einzigen Fausthieb nieder. Ehe seine beiden Gefährten reagieren konnten, fing er den Bewusstlosen auf. Den Arm um ihn gelegt, als wären sie Saufkumpane, schleppte er ihn zu den beiden ins Eck und ließ ihn dort in einen Spalt zwischen zwei Häusern sinken, der so schmal war, dass er nachschieben musste, damit der Mann ganz darin verschwand. Mit dem Fuß scharrte er ein wenig Straßenmist zusammen und tarnte damit die noch herausschauenden Füße. Keiner der Passanten hatte etwas bemerkt. Der Knecht schlug drei Kreuzzeichen hintereinander.

»Also, was ist«, wiederholte Cedric ein wenig atemlos seine Frage. »Kannst du?«

Der Junge starrte ihn an, dann nickte er, eifrig diesmal. Bewunderung – oder war es Furcht? – glomm in seinem Blick. »Wollt Ihr mir auch zeigen, wie man das macht?«, fragte er und ballte die Faust, wie er es eben bei Cedric gesehen hatte, um damit ein paar Mal in die Luft zu schlagen.

»Lauf«, beschied der ihn, nicht unfreundlich. Aus dem Hof des Gasthauses wurden die Stimmen lauter. Er packte Colum bei der Schulter und schob ihn wieder auf die Straße. Der Eingang zur Schmiede, die der Junge ihnen bezeichnet hatte, lag auf der Rückseite dieser Häuserzeile in einer Parallelstraße. Während sie dorthin rannten, so gut das Gedränge es zuließ, rief Colum: »Und wenn er uns verrät?«

»Wird er nicht«, antwortete Cedric, der plötzlich stehen blieb und sich die Seite hielt. Besorgt drängte Colum sich zu ihm.

»Es ist nichts«, wiegelte Cedric ab. Und er zeigte seinem Knappen den unbefleckten Stoff. »Kein Blut. Ich bin nur außer Übung, das ist alles.«

»Und warum sollte er uns nicht verraten?«, fragte Colum.

»Weil er mich mag.« Cedric grinste, als er Colums Gesicht sah.

Der Knappe öffnete den Mund, sagte aber nichts. Es stimmte, er musste es zugeben. Wusste der Himmel, woher der Knabe die Gabe hatte, aber er besaß sie. Die Weiber, die Hunde, die

Kinder, alle liefen sie ihm nach, wenn er guter Laune war. Und im Moment leuchteten seine Augen von neuer Hoffnung.

»Der Bischof mag uns nicht«, stieß er hervor, um nicht gänzlich auf Widerspruch zu verzichten.

»Da hast du Recht«, gab Cedric zu. Er sagte nicht, dass ihn der Umstand mit Freude erfüllte. Wenn der Bischof derart auf die Frage nach den de Forresters reagierte, dann musste er sie kennen, mit ihnen zu tun haben. Dann konnte Rowena nicht weit sein! Er hätte den Bischof umarmen mögen für die Schergen, die er ihm schickte. Er hätte die Welt umarmen mögen!

Auf dem Hof des Schmieds war es still. Wie es schien, saß er gerade mit seinen Gesellen zu Mittag. Sie nutzten die Gelegenheit, um in den Stall zu gehen, wo mehrere Pferde, die auf neue Eisen warteten, ihnen die großen Köpfe zuwandten. Cedric strich einem über den Hals, und es schmiegte sich an ihn. Natürlich, dachte Colum.

Es schien eine kleine Ewigkeit zu dauern, bis endlich ein Teil der Rückwand, der nur bei scharfem Hinsehen als Pforte zu erkennen war, zu wackeln begann. Staub rieselte herab, und Spinnweben gerieten heftig ins Zittern. Cedric wollte darauf zutreten, um anzupacken. Aber Colum schob ihn zurück und griff nach seinem Schwert. »Wir wissen nicht, was uns dahinter erwartet«, flüsterte er. »Es könnte eine Falle sein.« In diesem Moment schwang quietschend die Tür des Stalles zu und tauchte die beiden in dämmrigen Schatten. »Verdammt!« Ehe Cedric reagieren und hinspringen konnte, krachte die geheime Pforte auf. Colum holte zum Zustoßen aus.

Heraus sah ein verschwitztes Gesicht.

Der Knecht erbleichte, als er die beiden Männer mit gezückten Schwertern vor sich stehen sah. Freudig wiehernd drängten die Pferde an ihm vorbei zu ihren Herren. Er hinderte sie nicht, stand stockteif da. Schließlich streckte er die Hand mit dem bereits empfangenen Geld aus.

Die Tür zum Hof schwang langsam, wie sie zugegangen war, wieder auf und ließ das Sonnenlicht herein. Ein Windstoß traf sie; ein Huhn lief gluckend über den Hof. Ansonsten blieb es still. Cedric steckte sein Schwert weg, lachte und schlang dem Knaben den Arm um die Schulter. »Behalt dein Geld, du hast es dir verdient«, rief er. Dann ballte er die Faust und hieb sie dem Jungen an den Hals. Erst kurz vor der rauen, pickligen Haut, unter der man den aufgeregten Puls zucken sah, hielt er inne. »Hierhin«, erklärte er dem Knecht, der in seiner Umarmung schlaff geworden war vor Schreck und nun taumelnd versuchte, wieder auf seinen Beinen zu stehen. Cedric zwinkerte dem Jungen zu. »Es funktioniert auch, wenn der Angreifer größer ist als man selbst.«

Der Junge nickte, noch immer benommen, und kratzte sich den Schopf.

Colum und Cedric ergriffen die Zügel ihrer Pferde und brachen auf, ehe sie einem erbosten Schmied Fragen beantworten mussten. Auf der Straße schauten sie sich um, aber noch schien niemand sie zu verfolgen. Nur friedliche Passanten warfen ihnen verwunderte Blicke zu.

»Zum Tor, so rasch es geht«, verlangte Colum, der besorgt bemerkte, wie sein Herr zögerte.

»Der Bischof ...«, begann Cedric.

»... wird uns verhaften, sobald er uns sieht«, vollendete Colum den Satz. »Habt Ihr vergessen, wie er am Morgen mit mir umging? Und was diese Schergen mit unserem Zimmer gemacht haben? Sie werden uns nicht pfleglicher behandeln.«

Cedric biss sich auf die Lippen. »Aber er weiß, was ich wissen will.«

»Was ich wissen möchte, ist, was hat er gegen uns?«, hielt Colum dagegen. »Was kann so sträflich daran sein, den Baron zu suchen? Irgendwas stimmt mit diesen Leuten nicht, sage ich.« Ich habe es gleich gewusst, wollte er hinzufügen, unterließ es aber.

Noch einmal schaute Cedric sich um. Aber es wollte sich ihm kein Schlupfloch zeigen, keine Idee erschien in seinem Geist, wie er sofort an sein Ziel gelangen könnte. Schließlich gab er widerwillig nach. »Wir ziehen vor das Tor und verbergen uns. In diesem verdammten Moor sollte das keine Schwierigkeit sein. Und dann kehre ich zurück und hole mir meine Antworten.«

Erleichtert schloss Colum sich seinem Herrn nach diesen Worten an. Wenn sie nur erst einmal aus diesen Mauern heraus wären. Um alles andere konnten sie sich später sorgen. Um kein unnötiges Aufsehen zu erregen, führten sie ihre Pferde am Zügel und hielten sich stets in der Menge, bis sie sich dem Tor näherten. Dennoch spähte Colum in jede Seitenstraße und jede Toreinfahrt, ließ auch die Dächer nicht unbeobachtet und merkte sich jedes Gesicht, das aus dem Fenster sah. Und sein Herr, er wusste es, war nicht weniger aufmerksam, auch wenn er aussah wie einer, der sorglos seiner Wege ging. Aber ein aufflatternder Vogel – und er hatte die Hand am Schwertknauf; Hufschlag auf dem Pflaster hinter ihnen ließ sie zusammenzucken. Es schien eine Ewigkeit zu dauern, bis sie endlich das Stadttor vor sich sahen. Und eine weitere, bis die Wachen sie mitsamt den heimkehrenden Bauern und wandernden Kaufleuten abgefertigt und hindurchgelassen hatten.

Colum war, als brenne das Pflaster unter seinen Füßen, selbst, als sie im Schatten des Torturms standen. Cedric dagegen wirkte auch hier vollkommen gelassen und heiter, pfiff vor sich hin und zwinkerte dem Kind einer Bäuerin zu, das sich hinter den Röcken seiner Mutter vor ihm versteckte, aber immer wieder den Kopf hervorstreckte, um das wunderbar gruselige Spiel mit dem fremden Mann zu wiederholen.

Seine Mutter rief den Jungen endlich zur Ordnung, holte einen Apfel aus ihrem Korb, brach ihn in zwei Teile, gab dem Kind die Hälfte und reichte die andere Cedric unter heftigem Erröten. Dann standen sie vor der Wache, die sie finster musterte und sie dann durchwinkte. Colum seufzte. Aus den Augenwinkeln sah er, wie Cedric unauffällig seinen Dolch zurück ins Halfter steckte. Er lächelte dabei der Bauersfrau zu.

Auf seinem Apfel kauend, ritt Cedric eine Weile dahin, sich an das Ufer des Exe haltend, bis sie an ein schütteres Wäldchen kamen. Hier bog er vom Weg ab, um eine Rast einzulegen, nur wenige Schritte vom Wasser entfernt, gut verborgen von einem Heckendickicht und einigen Ebereschen.

»Ah, hier lässt es sich aushalten«, rief er und warf den Apfelbutzen fort. »Und sobald es dunkel ist, werde ich ...« Weiter kam er nicht. Denn zwischen den bemoosten Steinen am Wasser erklang ein Stöhnen.

»Wer da?« Colum hielt die Klinge bereits in der Hand. Cedric dagegen kletterte rasch über das Geröll ans Ufer. Was dort lag, ließ sie beide zurückprallen: ein Junge, halb nackt, den Oberkörper bedeckt mit frischen, klaffenden Wunden, die sie bösartig angrinsten. Er lag dort auf der Seite, den Kopf beinahe im Wasser hängend, wo er wohl getrunken hatte, ehe er endgültig zusammengebrochen war. Mit fiebrigem Blick starrte er ihnen entgegen, ohne sie zu sehen. In seinen weit auseinanderstehenden Augen lag ein kindliches Erstaunen.

»Bei allen Himmeln.« Langsam trat Cedric näher und streckte die Hand aus. Colum wandte den Kopf ab und schloss die Augen, als sein Herr die Wunden berührte. »Hast du das gesehen? So regelmäßig.« Sacht vermaß er mit den Fingern die Abstände zwischen den blutigen Kerben.

»Ja, Herr, das war keine Waffe.«

Cedric nickte mit verkniffenem Mund. »Jedenfalls keine, die in einem Kampf verwendet wurde. Diesen Jungen hat man gefoltert.« Er packte ihn an der Schulter und versuchte, ihn hochzuheben und herumzudrehen. Der Junge brabbelte Unverständliches und schlug um sich.

»Und er ist noch ein Kind«, murmelte Colum, der den geschundenen Körper immer noch nicht betrachten wollte. Dafür stach ihm etwas anderes in die Augen, das zerfetzt zwischen den Steinen lag.

»Wer er wohl ist?«, sinnierte Cedric, den halb Besinnungslosen im Arm, dem er ein wenig Wasser auf die Lippen zu gießen suchte. »Wer hat ihn nur so zugerichtet?«

Der Junge stieß ein paar abgehackte Worte hervor.

»Was hat er gesagt?«, fragte Colum geistesabwesend, zog sein Schwert und stocherte mit der Spitze nach dem bunten Fetzen.

»Ich glaube, er hat Bischof gesagt«, antwortete Cedric. »Das beantwortet wohl meine zweite Frage, schätze ich.«

»Und das die erste«, sagte Colum dumpf.

Cedric schaute auf. Vor seinen Augen baumelten an der Spitze von Colums Klinge die Reste von etwas, was einmal ein Wams gewesen sein mochte. Es trug die Farben eines Ritters, was den Jungen, wenn es seines war, als Knappen auswies. Und es war grün und silberfarben.

»Hirsch oben links, unten rechts drei Schalen«, murmelte Cedric leise und griff danach, um es zu glätten. »Bei flüchtigem Hinsehen kann man sie für Balken halten.« Er lachte leise. Hier also lag die Ursache für ihre Irrfahrt. Der Junge in seinen Armen hustete. Sofort wandte Cedric sich ihm wieder zu. »Er ist einer von de Forresters Männern«, sagte er. Und in dem Blick, mit dem er ihn betrachtete, lag etwas von der Zärtlichkeit, die er für Rowena empfand. Dieser Junge kannte sie, er war ihr vielleicht täglich begegnet, hatte mit seinem Mund ihren Namen ausgesprochen, ihr mit seinen Händen Dienste erwiesen, hatte mit diesen Ohren ihre Stimme gehört, die ihn lobte oder tadelte. So geschunden er war, er war ein Wunderding.

Colum nickte. »Ich schätze, da ist kein Zweifel möglich. Obwohl ich mich an sein Gesicht nicht erinnere.« Er sprach nicht aus, dass dies auch schwer möglich war, so, wie man den Jungen zugerichtet hatte. Sein Mund war geschwollen, ein blutiges Loch, und die Jochbeine zierten Blutergüsse. Sein wohl ursprünglich blondes Haar war dunkel von Schmutz und Schweiß. Seine Augen aber waren weit geöffnet. Und während der letzten Augenblicke war Leben in ihn gekommen.

Cedric neigte sich über ihn. »Gehörst du zu Baron de Forrester, Junge?«

Eine Bewegung, es mochte ein Nicken sein. Die verunstalteten Lippen des Knappen arbeiteten, als er versuchte zu sprechen. Speichel und Blut spritzten. Cedric scherte es nicht, er neigte sein Ohr dichter herab.

»Herr«, fing er auf, »der Herr. Herr.«

»Dein Herr, ja, der Baron«, half Cedric ihm ungeduldig. »Was ist mit ihm?«

Der Junge starrte ihn mit einer Intensität an, als wollte er ihm mit Gedankenkraft übermitteln, was er nicht zu sagen vermochte. Noch einmal strengte er alle seine Kräfte an. »Beim Bischof.« Er holte Luft, dass sein ganzer Körper erzitterte. Dann auf einmal, so plötzlich, dass Cedric zusammenzuckte, packte er dessen Hand. »Er ist unschuldig«, stieß er hervor. Dann sackte er zusammen.

Cedric schaute zu Colum auf. Der kratzte sich am Kopf. »Was soll das heißen?«, fragte er ratlos. »Warum sagt einer, er ist unschuldig?«

Cedric zog ein düsteres Gesicht. »Weil ein anderer das Gegenteil behauptet.«

27

»Aua, Edith, es ist gut.«

»Hundert Striche«, widersprach die Kastellansfrau Rowena und zog energisch die Bürste ein weiteres Mal durch deren rotgoldenes Haar. »So hat es Eure Frau Mutter immer gehalten.«

Ja, dachte Rowena, aber sie hat dabei nicht so an mir gezerrt und war im Geist nicht schon bei den Gänsen, die sie danach zu rupfen gedachte. Aber sie sagte es nicht laut. »Es ist gut«, wiederholte sie nur stattdessen.

Was Edith allerdings nur dazu brachte, noch zehn rasche Striche anzubringen. »Achtundneunzig, neunundneunzig, hundert«, kommentierte sie ihre letzten Gesten. »So.« Und triumphierend breitete sie die glänzende Pracht über Rowenas Schultern.

Die hatte nichts Eiligeres zu tun, als die Haare unter ihre Haube zu stopfen.

Edith sah säuerlich drein. »Ihr habt nicht gesagt, dass Ihr noch ausgehen wollt«, sagte sie. »Es wäre mir wirklich lieber, Ihr bliebet in der Burg, solange der Herr fort ist.«

»Ich besuche Meredith«, gab Rowena knapp zurück. Und beschwor dann ihrerseits die Autorität ihrer verstorbenen Mutter: »Ich habe ihr etwas von dem Hustenelixier versprochen. Für ihren Mann.« Dass Edith dagegen nichts zu sagen wusste, vermerkte sie mit einem feinen Lächeln. Sie griff nach ihrem Beutel, steckte das kleine versiegelte Krüglein hinein und band ihn an ihren Gürtel. Den Mantel hielt Edith dann schon bereit, um sie fest darin einzuhüllen.

»Aber bleibt nicht zu lange.«

Rowena schenkte ihr ein strahlendes Lächeln, bevor sie ging. Aufatmend schritt sie durch das Tor der Burg und lockerte die von Edith fest geschlossenen Mantelbänder, um die frische, prickelnde Frühlingsluft an sich zu lassen. Ah, endlich ein wenig Weite. Endlich ein wenig Raum, in den sie ihre Ungeduld hinausschreien konnte. Denn danach war ihr. Warum nur, warum blieb ihr Vater so lange aus mit den Nachrichten, auf die sie wartete wie die Felder auf die Saat?

Sie blieb stehen, räkelte sich in der blasssilbernen Sonne und hob den Kopf, um den Duft nach Erde und jungem Grün einzuatmen, bis sie in ihrem Rücken die Stimme Ediths hörte, die mit den Mägden stritt. Rasch ging sie weiter.

Da litt ihr Bruder im Orient, ihr Vater tafelte in Exeter mit dem intriganten Bischof, Cedric weilte irgendwo in der Welt, und ihr selbst blieb nichts Wichtigeres, als sich mit einer Dienstbotin darüber zu streiten, wie ihr Haar zu bürsten wäre. Ach, dass es nichts Sinnvolleres, Größeres für sie zu tun gab! Sie brauchte eine Aufgabe. Ihre Energie strebte nach Verausgabung. Rowena fühlte sich so kraftvoll und lebendig, sie meinte beinahe, das Blut in ihren Adern fließen zu spüren; es rauschte so unruhig wie der Bach zur Seite ihres Weges. Energisch schritt sie aus.

Im Dorf wurde sie schon von weitem erkannt und freudig begrüßt. Kinder liefen ihr entgegen und holten mit ihrem Geschrei die Mütter und Großmütter aus den Hütten. Man winkte und nickte der jungen Herrin zu.

»Ganz wie Eure Mutter«, empfing Meredith, die Müllersfrau, sie und wischte sich die Hände an der Schürze ab, ehe sie überschwänglich dankend das kleine Tonfläschchen entgegennahm, das Rowena ihr mitgebracht hatte. Die schaute sich neugierig in der Hütte um, die wie immer blitzsauber war: der Lehmboden gefegt, der Tisch so blankgescheuert, dass man die Maserung des Holzes sah, die Truhen ordentlich ausgerichtet und das Holz gestapelt neben dem Kamin, aus dem die alte Asche sorgsam entfernt worden war. Auf Borden entlang der Wand reihten sich die Teller aus Holz und – ganzer Stolz der Hausfrau – auch einige aus Steingut. Auch einen scheußlichen Pokal aus blauem Glas gab es, der dem Hausherrn jeden Abend voller Stolz vorgesetzt wurde, angefüllt mit trübem Bier. Und an Meredith's Schultertuch blitzte eine dezente kleine Nadel aus Silber; die hatte ihr Mann ihr nach der Geburt der Tochter geschenkt, ihrem einzigen Kind. Das erinnerte Rowena an den eigentlichen Grund ihres Besuches.

»Wo ist Adelaide?«, fragte sie und nahm das Angebot an, sich auf die Bank vor dem Haus zu setzen, wo bald eine Katze neben ihr Platz nahm. Meredith ließ sie einen Moment allein und holte Brot vom Dorfofen, wo heute Backtag war. In Tücher eingewickelt trug sie den mächtigen Laib eilig ins Haus und blies sich in die Finger, ehe sie eine dicke Scheibe abschnitt und mit Butter bestrich. Der köstliche Duft kam Rowena schon aus den offenen Fenstern entgegen, deren Flügel aus harzgetränktem Leinen weit offen standen. Und ihr lief das Wasser im Munde zusammen, als sie in die einfache Schnitte biss.

»Hmmm«, bekundete sie ihr Wohlwollen. Meredith errötete stolz.

»Ja, nicht wahr? Adelaide hat den Teig gemacht; sie mischt immer Gewürze hinein, sogar Kräuter. Ich weiß nicht, wo das Kind das herhat. Wenn ich sie frage, sagt sie nur: ›Ich erinnere mich daran, Mutter. Wenn ich die Pflanzen sehe, fällt mir ein, wozu sie gut sind.‹« Sie lachte und Rowena stimmte mit ein.

»Sie ist ein eigentümliches Kind«, bestätigte sie, während die stolze Mutter zärtlich lächelte, »etwas ganz Besonderes. Deshalb wollte ich auch fragen ...«

»Da kommt sie!« Meredith sprang auf. »Sie hat die alte Bronwen dabei.«

Beide schauten sie zu, wie das alte Weiblein, auf Adelaide gestützt, ihnen Schrittchen für Schrittchen entgegenhumpelte. Schon vom Gartenzaun her krächzte die Alte. »Gott segne dieses Mädchen.«

»Adelaide bringt ihr täglich was zu essen und macht ein wenig Ordnung bei ihr«, wisperte Meredith Rowena zu, ehe die beiden heran waren. »Das tut der Alten gut, glaube ich. Seit sie nicht mehr verwahrlost ist, verspotten die Dorfjungen sie auch nicht mehr so arg. Früher haben sie ihr schlimme Dinge nachgerufen. Jetzt helfen sie Adelaide sogar manchmal. Jugend kann so grausam sein«, resümierte sie mit einem Seufzer, ehe sie aufstand, um der Alten auf die Bank zu helfen.

Rowena lächelte Adelaide entgegen, die etwa zwölf sein mochte und tatsächlich alles andere als ein gewöhnliches Bauernmädchen war. Weit entfernt von der Drallheit der meisten Dorfdirnen, war sie schlank wie eine Gerte, groß für ihr Alter, aber noch fast ohne jede weibliche Formen, dachte Rowena nach dem ersten Blick. Dann bemerkte sie, dass Adelaide im Gegenteil durchaus reif war. Ihre Rundungen aber waren so zart und filigran wie das ganze junge Ding. Wie aus Silber getrieben, fuhr es Rowena durch den Kopf. Ihr langes, glattes Haar war dunkelbraun und madonnenhaft gescheitelt, ihre Augen von derselben Farbe, sanft und klug, zurückhaltend, aber ohne übertriebene Schüchternheit. Sie grüßte Rowena mit einem Knicks.

»Sieh da, die Hexen unter sich«, rief plötzlich eine boshafte Stimme vom Weg herüber.

Die alte Bronwen zuckte zusammen und senkte dann den Kopf, ergeben in ihr Schicksal; sie kannte dergleichen. Aber Meredith sprang wie gestochen auf.

»Was redest du da, du altes Schandmaul«, keifte sie und stemmte die Hände in die Hüften. »Du weißt ja nicht, was du sagst.«

Rowena, für die der Sprecher hinter einem Busch verborgen war wie sie für ihn, erkannte das heisere Kichern von Caleb, dem Schuster. »Hoho, die Elster will keifen«, fuhr er fort. »Na gut, na gut, ich gebe es zu. Die Alte dort ist nichts als eine traurige, triefende Vettel.« Und er zeigte mit der Spitze seines Stockes auf Bronwen, die noch tiefer in ihr Schultertuch kroch. Es tat Rowena in der Seele weh, es mit anzusehen.

»Aber die Kleine da, den Wechselbalg, den hat der Teufel persönlich aus einer Eichel gezaubert.« Wieder kicherte er.

»Schuft! Verleumder! Lügst, wenn du das Maul aufreißt!« Meredith rang um Fassung. Dann fuhr sie ruhiger fort: »Wenn es dich juckt, dass dir die Weide entgangen ist, dann geh doch zum Baron und beschwer dich. Aber verschon uns mit deinen wilden Anklagen.« Ihre Wangen waren hochrot, und sie zitterte. Rowena griff nach ihrer Hand, um sie zu beruhigen.

»Wechselbalg, Wechselbalg«, keifte Caleb derweil mit sichtlichem Vergnügen. »Das sieht doch ein jeder, dass ihr sie vom Feenhügel habt.«

Rowena war erstaunt. Der Feenhügel war eine fast kreisrunde Erhebung am Rande des ›Heimlichen Forstes‹, wie sie von jeher den Wald zu nennen pflegte, in dem ihr Vater nicht jagen ließ. Wie der Wald war er gänzlich ungepflegt und verwildert. Der zum Dorf hinzeigende freie Hang war voll dornigen Gestrüpps, der waldseitige mit aufschießendem Unterholz überwachsen. Hier und da ließ ein Haufen Steine es so scheinen, als hätte dort einmal ein Haus oder eine Hütte gestanden. Aber falls das stimmen sollte, so war alles längst verfallen und verwildert, und kein Mensch erinnerte sich mehr daran. Die Legenden allerdings wollten wissen, dass es ein Ort der Feen sei, die dort in manchen Nächten tanzten.

Rowena konnte bestätigen, dass dem nicht so war, weil sie sich als Kind einige Nächte um die Ohren geschlagen und Prügel riskiert – und auch bezogen – hatte, um einen Blick auf dieses zauberhafte Treiben werfen zu dürfen. Nie aber war etwas anderes geschehen, als dass die Füchse schrien und die Eulen flogen und sie samt ihren Mitverschworenen aus dem Dorf im Gras dort einschlief, bis der Morgentau sie fröstelnd weckte. Feenhügel, wie lange hatte sie dieses Kinderwort schon nicht mehr gehört. Aus Calebs Mund allerdings klang es böse.

Und wieso sollte Adelaide vom Feenhügel stammen? Sicher, auch Rowena kannte die Gerüchte, wonach verzweifelte Mädchen, die sich nicht zu helfen wussten, ihre Neugeborenen gerade dort aussetzten, in der Hoffnung, Gott in seiner Gnade oder in Gottes Namen die Feen oder wer auch immer würden sich ihrer annehmen, sodass sie nicht zu sterben brauchten. Davon war aber doch sicher kein Wort wahr? Ein dummer Aberglaube war das, nichts weiter. Und dass man Kinder von dort holte, hatte sie noch nie gehört.

Die alte Bronwen, die ihre Hilflosigkeit bemerkte, neigte sich zu ihr und flüsterte, sich bekreuzigend, mit ihrer krächzenden Stimme: »Die Magd vom Gerber Caelwin hat's getan, Gott steh ihr bei, Gott steh ihr bei, war dick und wieder dünn und weint seither. Gott steh ihr bei.« Sie wiegte sich zu dieser Litanei hin und her und hüllte Rowena in ihren beizenden Altweibergeruch. Unbehaglich rutschte diese ein wenig zur Seite.

Meredith schimpfte derweilen weiter. »Adelaide ist unser Kind, jeder weiß das. Jeder im Dorf kann das bezeugen.« Sie sprach unnötig laut, so als wollte sie ihre Nachbarn, die wohlweislich in ihren Häusern blieben, zu Zeugen anrufen. »Sicher, sie war klein, und mein Mann brachte sie zur Baronin in seiner Angst, weil er noch unerfahren war und kein Risiko eingehen wollte. Aber die hohe Dame sagte ihm, Adelaide sei gesund, also kehrte er mit ihr heim. Und gesund ist sie bis heute.«

Aufmerksam lauschte Rowena; diese Geschichte war ihr neu. Ihre Mutter hatte ihr nie davon erzählt. Und so geläufig wie Meredith sie vortrug, als hätte sie sie schon oft erzählt, glich sie beinahe einer der alten Sagen des Dorfes.

»Was dein Mann wegtrug«, giftete Caleb, »das regte sich nicht. Und was er brachte, das kreischte, so viel ist gewiss. Und dass er den Umweg über den Feenhügel nahm, das kann ich bezeugen vor Gott und allen Heiligen. Wer weiß«, fuhr er listig fort, »am Ende hat die Baronin selbst ihm den Weg dorthin gezeigt.«

»Jetzt reicht es aber.« Rowena war empört, dass diese Kreatur es wagte, den Namen ihrer Mutter in den Mund zu nehmen. Sie sprang auf und zeigte sich dem Angreifer. »Wenn du etwas über meine Mutter zu sagen hast, dann tu es offen. Aber ich warne dich, verleumden lasse ich sie nicht. Und Adelaide auch nicht, der einer wie du nicht mal den kleinen Finger kränken dürfte. Schau dich doch an«, schimpfte sie und wies auf die krumme Gestalt, die am Zaun lehnte, »gehst beinahe in Lumpen, lässt dein Vieh verkommen, tust deine Arbeit schlecht, schlägst die Mägde und stiehlst den Fleißigen den Tag. Keinen, den du nicht mit Neid und Häme übergießt. Vater hat ganz Recht daran getan, dir die Weide nicht zu geben. Und wenn er heimkommt, werde ich ihm sagen, was du getrieben hast. Ich warne dich, für Unruhestifter ist auf dem Land der de Forresters kein Platz.« Sie holte Luft, zufrieden mit der langen Rede.

»Gewiss, gewiss«, der Schuster buckelte mit unangenehmem Eifer. »Für mich ist hier kein Platz, gewiss. Die Herrschaften bleiben lieber unter sich mit ihren dunklen Geschäften und ihrem Wald, in dem kein Baum gefällt wird und kein Schwein eine Eichel fressen darf. Aber wartet nur ab, eines Tages kommt alles heraus.«

»Der ist ja krank im Kopfe, dieser Mensch«, rief Rowena aufgebracht. »Ja, was glaubt er denn, wie er mit seiner Herrschaft sprechen darf! Und was sollen diese seltsamen Drohungen? Warte du, ich werde dich …« Und sie machte sich daran, zum Zaun hinunterzustapfen. Hätte Meredith sie nicht am Rock festgehalten, sie hätte sich womöglich auf den Flickschuster gestürzt.

Der aber ging kichernd und plappernd seines Weges.

»Was der auch redet«, sagte Meredith unbehaglich. Dann strich sie sich übers Haar, wischte die feucht gewordenen Hände an der Schürze ab und versuchte, Rowena anzulächeln. »Mögt Ihr noch ein Brot haben, Fräulein?«

Rowena schüttelte den Kopf. Viel lieber wollte sie Antworten haben.

Meredith setzte sich hin und verschränkte ihre Finger, die dennoch nicht zur Ruhe kommen wollten. Begütigend legte Adelaide ihre Hände darauf. Ihre Mutter schenkte ihr ein Lächeln, das diesmal gelang. »So einer redet dahin, aber ein anderer kommt und denkt sich vielleicht Schlechtes dabei«, sagte sie mit einem Seitenblick auf Rowena.

Die schüttelte den Kopf. »Wie kann ein Mensch so voller Grillen sein«, wunderte sie sich noch immer. »Aber stimmt es«, fuhr sie fort, »dass Adelaide bei ihrer Geburt krank war?«

Meredith griff nach der Hand ihrer Tochter, als müsste sie sie vor dem bloßen Verdacht einer Krankheit schützen. Schließlich nickte sie. »Sie war so ein zartes Dingelchen, von Anfang an. Mein Mann war ganz erschüttert, als er sie zum ersten Mal in seinen großen Pranken hielt.« Adelaide lachte leise. Meredith fuhr fort. »Ich selbst lag da, blutend und nicht bei Besinnung. Und die Kleine wollte nicht schreien und war blau im Gesicht. Da bekam er es mit der Angst, der dumme Riese, und lief zur Burg, mitten in der Nacht.« Sie runzelte die Stirn, aber ihre Stimme war voller Zärtlichkeit. »Eure Mutter war so gütig, ihn nicht abzuweisen. Sie nahm das Kind, wies meinen Mann an, sich in der Küche etwas warme Suppe geben zu lassen, und untersuchte es. Ich weiß nicht wie, aber sie hat es geschafft, dass Adelaide normal atmete. Denn als ich am nächsten Morgen erwachte, stand mein Mann neben dem Bett mit der Kleinen im Arm. Und sie war so rosig und lebhaft, wie man sich ein Baby nur wünschen kann.« Besitzergreifend umarmte sie ihre Tochter.

»Gott steh ihr bei, Gott steh ihr bei«, sang die alte Bronwen und wiegte sich geistesabwesend, bis Meredith ihr ein Stück weichen Brotes zu kauen gab.

»Zwei Wochen später hat Pfarrer William sie getauft«, beendete Meredith stolz ihren Bericht.

Bei der Erwähnung des Priesters sprang Rowena auf. »Herrje, Ehrwürden William«, rief sie, »den habe ich ganz vergessen. Ich habe versprochen, bei ihm vorbeizusehen, und nun dämmert es schon beinahe.« Bei den letzten Worten war sie schon auf dem Weg zum Gartentor.

»Wartet, Adelaide soll Euch mit einem Kienspan leuchten«, rief Meredith ihr nach.

Aber Rowena hatte es mit einem Male eilig. »Bronwen braucht sie sicher mehr als ich. Und es ist ja auch noch beinahe hell«, rief sie über die Schulter, hob die Hand zum Gruß, rief noch: »Und danke für das Brot!«, und war fort.

Die Müllersfrau schaute ihr nach. »Sie ist so ganz anders als ihre Mutter«, meinte sie kopfschüttelnd.

Die alte Bronwen mümmelte kichernd: »Gott steh ihr bei, Gott steh ihr bei.«

22

Rowena hielt sich nicht lange auf, als auf ihr Klopfen keiner öffnete. Mit demselben Schwung, mit dem sie hergelaufen war, trat sie in des Pfarrers Haus und stapfte in den dunklen Flur. »Ist niemand da? Hallo?« Sie rief noch, als sie die Tür zu Williams Studierzimmer aufstieß.

Dort saß er, über ein Pergament gebeugt, das er konzentriert mit seiner gleichmäßigen, klaren Handschrift bedeckte. Als sie hereinplatzte, hob er den Kopf. »Ihr braucht nicht zu schreien«, erklärte er und lächelte. Dabei nahm er das Pergament, schob es unter andere Dokumente, die sein Stehpult bedeckten, und faltete die Hände darüber.

»Verzeiht.« Errötend blieb Rowena stehen. Ihr Schwung war verpufft. Um etwas zu sagen, zeigte sie nach einigem Umherblicken in dem niedrigen Zimmerchen auf die Papiere unter seinen Händen. »Ich störe Euch hoffentlich nicht beim Arbeiten?«

William schob alles zusammen und machte Miene, es auf ein Regalbord zu legen. »Keineswegs«, erwiderte er.

Aber Rowena hatte bereits etwas entdeckt, was ihre Aufmerksamkeit fesselte. Ungeniert nahm sie eines der Blätter und zog es heraus. »Das ist ja illuminiert«, rief sie erstaunt und betrachtete andächtig das bunte Bild, das den Anfangsbuchstaben des Textes umrahmte. Weit davon entfernt, nur ein Ornament zu sein, zeigte es eine richtige kleine Szenerie mit Pflanzen, Tieren und menschlichen Gestalten. »Was für herrliche Farben, und wie fein die Zeichnung ist.« Blatt um Blatt zog sie heran, und der Priester, der zunächst gewillt schien, ihr alles wieder zu entreißen, ließ sie nach einigem Zögern gewähren.

»Ich wusste gar nicht, dass Ihr so ein Künstler seid, William«, sagte Rowena andächtig, ganz ins Schauen versunken. »So etwas Wundervolles schaffen sie sonst allenfalls im Kloster von Stonebury.« Ihre Finger berührten sacht das tiefe Blau eines mit Sternen gesprenkelten Nachthimmels, vor dem eine leuchtend weiße Blume aufblühte. »Und hier.« Ihr Blick wanderte weiter zur Darstellung einer Frau, die mit einer Schale in den Händen neben einer Quelle stand.

»Die heilige Bridget«, warf William erklärend ein.

Rowena betrachtete sie lange. »Sie sieht ein wenig wie Mutter aus.«

»Ein Gesicht müssen selbst Heilige haben«, meinte der Pfarrer. Aber er sagte es nicht unfreundlich, und Rowena verstand. Allein am Klang seiner Stimme hörte sie, dass sie ins Schwarze getroffen und die Absicht, ihre Mutter zu porträtieren, erraten hatte.

»Danke«, sagte sie leise und lächelte, ohne aufzusehen. Dann stutzte sie. »Und hier ist auch das Ornament von ihrem Kästchen.« Verdutzt hielt sie es ein Stück von sich weg, um das von seltsamen Zeichen umgebene Labyrinth zu betrachten, das fremdartig war und mit einem Mal gar nicht mehr an die Bilder der Bibel erinnerte. »Und was ist das hier?«, fragte sie und griff nach dem nächsten Blatt. »Ein Baum mit einem Gesicht?« Ratlos hob sie das nächste hoch: »Und ist das Blut, was diese Frauen an den Händen haben?« Unsicher überflog sie die Buchstabenreihen, die dabei standen und ihr am ehesten vorkamen wie die Abdrücke von Tierpfoten im Schnee. Solche Spuren allerdings hätten ihr mehr verraten als dieses schwarze Gekritzel.

Rowena konnte nicht lesen. Ihre Mutter hatte diese Kunst nicht beherrscht und keine Notwendigkeit gesehen, ihr einen Lehrer kommen zu lassen. Konnte sie doch die Namen all ihrer Heilpflanzen auswendig, dazu dutzende von Liedern und Geschichten, und konnte bei ihrer Tochter auf dasselbe gute Gedächtnis zählen. Freundlich, aber bestimmt entzog William ihr die Blätter. »Volksglauben und Heiligenlegenden«, sagte er vage. »Die Hügel hier herum sind voll mit seltsamen Geschichten. Ich fand, einer sollte sie der Nachwelt übermitteln.«

»Oh«, rief Rowena, der sein Stimmungsumschwung nicht aufgefallen war, »ich habe erst heute eine solche Geschichte gehört. Über unseren Feenhügel. Caleb hat gesagt, dort würden Findelkinder ausgesetzt und ...« Sie runzelte die Stirn vor Anstrengung, sich an die Einzelheiten des krausen Geschwätzes zu erinnern. Wie war das gewesen: Feenbälger, aus Eicheln gehext?

William zog ein strenges Gesicht. »Euer Vater«, sagte er nur, »würde es sicher missbilligen, dass Ihr Euch mit solch unzüchtigem Gerede beschäftigt.«

Rowena wollte etwas erwidern, aber er nahm rasch ihre Hand. »Ihr seid ja nicht hier, um mit mir über meine Grillen zu plaudern.« Er zog sie zu einem Stuhl und nötigte sie, Platz zu nehmen. Sein Gesicht und seine Stimme waren wieder freundlich wie je. »Ihr wolltet, wenn ich es recht verstand, über Euren Bruder sprechen.«

»Nein. Ja«, antwortete Rowena, die im selben Moment beschloss, ihm von Cedric kein Sterbenswort zu sagen. Auch wenn sie sich nach einer Beichte sehnte, einen weiteren Rüffel wegen unsittlichen Geschwätzes wollte sie sich nicht einfangen. »Und Vater ist jetzt auch schon vier Tage fort«, fügte sie hinzu.

William nickte ernst. »Aber er ist glücklicher als wir«, sagte er, »denn er kennt die Nachrichten über Kai bereits, auf die wir warten.«

Rowena schaute auf. »So meint Ihr denn auch, es gibt noch Hoffnung?«, fragte sie. Und erst in diesem Moment wurde ihr klar, dass sie selbst sich im Grunde bereits mit dem Tod ihres Bruders abgefunden hatte. Er war fort, sie vermisste ihn und sie trauerte, sicherlich, vor allem, wenn sie an den Schmerz ihres Vaters dachte. Aber an seine Rückkehr glaubte sie nicht. Wie sollte sie sich den Mann, der er inzwischen war, auch vorzustellen haben? Nein, gab sie zu, der Gedanke an Kai, einen neuen Kai, zurück in diesen Mauern, wollte keine Gestalt annehmen. Und es beschämte sie, dass andere mehr Kraft aufgebracht hatten.

Pfarrer William nickte. »Hoffnung gibt es immer«, sagte er bedächtig und fügte, als er sah, wie bei dieser Floskel das Leuchten aus Rowenas Blick verschwand, hinzu: »Ich bete viel für Euren Bruder und – wie soll ich es formulieren? – ich glaube dabei zu spüren, dass er noch nicht fort ist.« Er lauschte in sich hinein. »Nein, ich fühle nichts von Tod. Ich meine«, fügte er rasch hinzu, als er ihr verwirrtes Gesicht sah, »Gott unser Herr würde es mich auf irgendeine Weise wissen lassen, wenn es anders wäre. Denn wir alle ruhen in ihm und er weiß stets, wo wir sind.« Begütigend tätschelte er ihre Hand.

»Und Gott spricht darüber mit Euch?«, fragte Rowena zweifelnd.

Pfarrer William lächelte. »Er spricht mit uns allen. Wir hören nur nicht immer zu.«

»Herr Pfarrer, Herr Pfarrer!«, rief es in diesem Moment von draußen, laut und dringend.

Seufzend erhob William sich. »Wie sollen wir auch, wenn das Getriebe des Alltags uns gefangen hält. Was gibt es denn, Bursche?«, setzte er dann mit seiner tönenden Predigerstimme hinzu, als ein junger Mann ins Zimmer stolperte, nicht weniger vehement als Rowena wenig zuvor; seine Holzpantinen klapperten laut auf dem Boden. Als er Rowena erblickte, blieb er mit offenem Mund stehen, die Filzkappe in der Hand.

»Das junge Fräulein soll hier sein«, brachte er schließlich blöde hervor.

William wies mit einer ironischen Handbewegung auf Rowena, die sich gerade hinsetzte. Dann verschränkte er die Arme. »Du bist von Cuthberts Hof am Fluss«, meinte er schließlich, als nichts weiter geschah.

»Ja, Herr.« Der Bursche verneigte sich ruckartig. »Der Drittjüngste. Vater meinte, *ich* sollte gehen, nachdem der Hausierer da war.« Bei dieser rätselhaften Äußerung beließ er es.

Rowena neigte den Kopf und versuchte ein aufmunterndes Lächeln.

Dennoch schien der dritte Sohn von Cuthbert, dem Bauern, seine Botschaft nicht vorbringen zu wollen. Lieber drehte er seine Kappe in den Fingern herum. Schließlich haspelte er: »Also, er hat's vom Müller drunten in Downworth, und der hat's von einem Leibeigenen der Saxtons, der es von einem Bettler gehört hat, der sagte, er wäre in Exeter gewesen.«

»Wer, Bursche?«, fragte William entgeistert.

»Na, der Hausierer.«

»Und was hat der Hausierer also nun vom Müller, der es vom Leibeigenen hat, der es vom Bettler hat?«, hakte Rowena ein, deren Geduld langsam zu Ende ging.

Unglücklich schaute der Junge sie an. Seine Antwort war kaum zu verstehen. Rowena musste ihn zweimal auffordern, ehe sie verstand: »Dass der Baron in Exeter im Gefängnis sitzt.«

Und auch dann noch wollte sie es nicht glauben. Sie schaute den Pfarrer an, schüttelte den Kopf und lachte abwehrend auf. »Mein Vater? Im Gefängnis? Das ist doch absurd.« Zustimmung heischend wandte sie sich an William. »Er ist ein geladener Gast des Bischofs, und was sollte ...« Sie verstummte, als sie das Gesicht des Pfarrers sah.

»Was«, fragte der nur leise, seinerseits an den Burschen gewandt, »wirft man dem Herrn vor?«

Der Bauernjunge wurde rot, dann blass. Er setzte seine Kappe wieder auf, riss sie dann herunter und schlug sie sich gegen den Schenkel, als wolle er sich bestrafen. Seine ganze Gestalt, die auf den Zehen auf und ab wippte, zitterte nervös, und man sah ihm an, dass er am liebsten auf und davon gelaufen wäre. Tatsächlich war er auch schon mit einem Sprung über die Schwelle, als er endlich den Ausruf tat: »Hexerei!«

Dann war er fort.

23

»Glaubt Ihr wirklich, Herr, dass so keiner uns erkennt?«

»Halt den Mund, Colum, und bleib unter deinem Hut«, antwortete Cedric und kratzte sich an dem kurzen Bart, den er sich in den letzten Tagen hatte stehen lassen. Auch er fühlte sich alles andere als wohl in dem dichten Trubel auf dem Platz vor der Kathedrale, und mehr als einmal wanderte sein Blick hinüber zum Haus des Bischofs. Dennoch hatte es ihn gedrängt, hierher zurückzukehren.

Der halbtote Knappe war ihm keine Hilfe gewesen. Er hatte nichts weiter zu sagen vermocht. Seit Tagen lag er in ihrem gemeinsamen Versteck wie ein Toter, fiebernd und ächzend. Alles, was er herausbrachte, waren ein gelegentliches »Nein« oder »Nicht«, ein »Himmel hilf« und die gellenden Schreie, mit denen er aus seinen Albträumen erwachte, um sofort in die nächste Dämmerung zu versinken. Doch das Wenige, was ihnen dieser Junge anvertraut hatte, wollte ihm keine Ruhe lassen. Er musste dem Verdacht nachgehen, der in ihm geweckt worden war.

Also hatte er einem vorbeiziehenden Händler ein paar alte Kleider abgehandelt, wenig mehr als Lumpen und von strengem Geruch; aber wenigstens spürte er bis jetzt nichts von Läusen oder Flöhen. Er hatte sich die Haare geschnitten, bis sein Spiegelbild im Exe ihm selber fremd vorkam, und ein Eichhörnchen geschossen, mit dessen Fell Colum seine Kappe säumte, damit sie seine unverwechselbaren Züge besser verbarg.

Den Jungen hatten sie an diesem Morgen zurückgelassen, wohlverborgen, zugedeckt und mit einem feuchten Tuch auf seinen Lippen. Cedric hoffte, er läge noch immer da. Mochten Mensch und Tier ihn in Frieden lassen, bis sie zurückkehrten. Dann waren sie erneut gen Exeter aufgebrochen.

Ein Glücksfall war natürlich die Pilgergruppe gewesen, die sie kurz vor den Toren getroffen und die ihnen erlaubt hatte, sich ihnen anzuschließen. In ihrem Schutz gelangten sie zurück in die Stadt, ohne Fragen beantworten zu müssen.

»Wohin?«, hatte Colum gefragt.

»Zum Bischof natürlich«, war seine Antwort gewesen. Wenn einer wusste, was aus dem Baron geworden war, dann der Mann, der so energisch nach dessen Freunden fahnden ließ.

»Oh, der Bischof«, mischte sich ein Pilger aus ihrer Gruppe ein, der ihr Gespräch belauscht hatte. Er lächelte ahnungslos und schien nicht zu bemerken, wie nervös Cedric und Colum zu ihm herumfuhren. »Der predigt heute Morgen vor der Kirche.«

Nun saßen sie hier und warteten auf den Bischof von Exeter, dessen Erscheinen der Menge angekündigt worden war. Genau wie die Gläubigen ringsum reckte Cedric neugierig den Hals; sein Interesse allerdings galt dem Bischofssitz, der die Westseite des Platzes abschloss. Aufmerksam musterte er die Fassaden, beobachtete die Wachen sowie das Kommen und Gehen der Dienstboten. Und er fragte sich, wo in dem Bau wohl der Kerker sein mochte.

»Glaubt Ihr wirklich, dass der Bischof den Baron gefangen hält?«

»Still, Colum«, gebot Cedric leise. »Nicht hier.«

Doch diesmal beachtete sie niemand. Im selben Moment nämlich ging ein Wogen durch die Menge. »Der Bischof«, riefen manche, und die Botschaft pflanzte sich fort bis an die Ränder des Platzes. Alles drängte nach vorne, dem Kirchenportal zu. Cedric und Colum wurden gegen die Leiber der Gläubigen gepresst und mitgeschwemmt, gerade, dass es ihnen gelang, auf den Beinen zu bleiben. Erst in der Nähe der Kathedrale schafften sie es, sich wieder ein wenig freizukämpfen und sich eine Nische zu suchen, von der aus sie alles ungestört betrachten konnten. Und da war er. Gemessen trat er aus dem Kircheninneren ins Licht. Sein Ornat funkelte, und sein Gewand wogte sacht im Morgenwind.

»Bürger, Freunde, Gläubige!«, rief der Bischof und breitete seine Hände aus, dass das schwere Leinen seiner Gewänder rauschte.

Cedric sah das violette Leuchten an seinem Finger, als das Sonnenlicht sich im Stein des enormen Ringes fing, den er trug. Die Hände selber waren klein und weiblich, sie passten schlecht zu dem voluminösen Körper. Und auch die Stimme des Bischofs war dünn und hoch, fast wie die einer Frau. Nun nahm sie einen jammernden Ton an. »Schlechte Nachricht, schlimme Kunde«, kündigte der Bischof von Exeter an und fuhr dann, die ersten unruhigen Fragen und Ausrufe übergehend, fort: »Unser geliebter König Richard.« In der folgenden Kunstpause wurde es für einen Moment tatsächlich beinahe still, so groß war die Kraft dieses Namens. »Er hat Jerusalem gesehen. Dann aber musste er umkehren.«

Die Menge stöhnte wie ein Mann; ungläubige spitze Schreie drangen herauf. Der Bischof reckte die Arme höher. »Die heilige Stätte, sie ist noch immer in der Hand der Heiden.« Und er fuhr fort, dieses Gräuel auszumalen. Fassungslose Trauer machte sich unter den Menschen breit, die zuhörten. Cedric sah sich um und bemerkte Weiber, die sich die Haare rauften, gestandene Männer, denen die Tränen über das Gesicht liefen. Andere wiederum ballten die Fäuste und sandten Flüche gegen Sultan Saladin. Die Pilgergruppe war ganz und gar in sich zusammengesunken und rang nur verzweifelt die Hände. Einer versuchte, Cedric in seinem Kummer zu umarmen; der machte sich unauffällig los.

»Sünde«, kreischte der Bischof gerade, »Sünde unter Gottes Augen ist schuld. Und wir, die wir sie unter uns dulden, haben Teil an dieser Schuld.« Langsam verschaffte er sich mit solchen Ausrufen wieder die Aufmerksamkeit seiner Zuhörer. Schniefend und schnaubend, hie und da wimmernd und gebannt von der eigenen Erschütterung lauschten sie ihm. Er erklärte, der Erzbischof von Canterbury habe das schamlose Treiben der

Kreuzfahrer in Jaffa für das Versagen des Heeres verantwortlich gemacht, die Vertreibung der Huren, den Abbruch des Kontakts mit allen Ungläubigen und Buße angeordnet. »Aber selbst hier«, fuhr der Bischof fort, »mitten unter uns, nistet es noch, das Böse.«

Nervös tauschten Cedric und Colum einen Blick. Sie wussten nicht, worauf diese Rede hinauslief, so wenig wie die anderen, die an den Lippen des Bischofs hingen. Aber ihr Unbehagen wuchs von Wort zu Wort, von Satz zu Satz.

»He, du da«, rief plötzlich jemand dicht hinter ihm.

Cedric holte tief Luft und wandte sich langsam um. Er stand einem Bewaffneten gegenüber. »Meinst du mich?«, fragte er und blinzelte betont naiv. Aus den Augenwinkeln sah er, wie Colum unter sein Wams griff.

»Ja, du«, raunzte der Mann. »Ein Pilger willst du sein?« Er ließ seinen Blick an Cedric hinauf- und hinabwandern. Der hob die Hand in die Nähe seines Schwertgriffes und erinnerte sich dann mit einem Fluch, dass er es zurückgelassen hatte. Pilger trugen keine Schwerter.

Er räusperte sich. »Ganz recht«, gab er zurück und setzte zögernd »Herr« dazu.

Der Angeredete spuckte aus. »So ein kräftiger Kerl wie du sollte kämpfen für das Heilige Land«, erklärte er dann. »Schau uns an«, und er wies auf seine Kumpane. »Wir fahren bald hinüber, um Richard zu helfen und Jerusalem zu befreien. Einen wie dich könnten wir noch brauchen, was meinst du?«

Cedric entspannte sich. Schon wollte er etwas erwidern, als der Bischof seine Stimme noch einmal zu größerer Lautstärke erhob. »... und so traurig es mich auch stimmt, muss ich doch – zum Wohle aller – Anklage erheben gegen diesen Mann.« Und er nannte einen Namen, der alle verwundert aufstöhnen ließ. Seine Rechte mit dem Ring wies nun direkt aufs Portal seines Amtssitzes, das sich in ebendiesem Moment öffnete. Alle Köpfe fuhren herum. Und heraus holperte ein Karren, auf dem einsam ein Mann hockte, einen Eisenring um den Hals, die Hände in Ketten, struppig, verschmutzt und kaum imstande, sich auf seinem Sitz aufrecht zu halten.

Cedric und Colum hatten Mühe, den Baron de Forrester in diesem Landstreicher zu erkennen. Doch er war es.

Die Menge hielt einen Moment lang den Atem an, dann brüllte sie los, drängte sich gegen den Karren und hob unter Schreien und Fluchen die Fäuste gegen den alten Mann, dessen Kopf bei jedem Schlag des Pflasters gegen die Räder hin und her pendelte. Sie wünschten ihm die Pest an den dürren Hals. Er hingegen schien sie gar nicht zu bemerken. Als das Gefährt vor der Kirche hielt, richtete der Bischof, der auf den obersten Stufen stand, seinen weißen Finger anklagend auf den Baron.

»Gibst du die Schandtaten zu, die dir vorgeworfen werden?«, fragte er mit vibrierender Stimme.

Der Baron hob den Kopf. Einen Moment lang sah es so aus, als wollte er etwas sagen. Dann aber sank sein Kinn wieder herab.

Der Bischof war sichtlich unzufrieden. Cedric, der sich noch näher herangearbeitet hatte, sah, wie er die Wache zu sich winkte und mit ihr diskutierte. »... habt doch gesagt, er würde reden«, glaubte er zu hören und vernahm die Antwort des Mannes, der sich zu rechtfertigen suchte: »Unter der Folter hat er geredet, Herr.«

Derweil drückte Colum sich an den Karren heran, so dicht er konnte. Es gelang ihm sogar im Schutz der Menge, zwischen den Brettern hindurch des Barons Hand zu ergreifen. »Erkennt Ihr mich, Herr?«, fragte er flüsternd, obwohl es ihm selbst schwerfiel, die Züge des strengen, stolzen Mannes, dem er begegnet war, in denen dieses bedauernswerten Wracks zu erkennen. Er zog an seiner Hand, um die Aufmerksamkeit des Mannes zu erregen. Sogleich spürte er unter der heißen Haut die gebrochenen Knochen.

Die Augenlider des Barons flatterten, dann hoben sie sich. Erschrocken starrte Colum ihn an. Die linke Augenhöhle war nichts anderes mehr als ein blutiges Loch. Das rechte Auge aber richtete sich auf ihn.

»In Windfalls«, wisperte Colum. »Im Zelt meines Herrn.« Unmöglich, aus der zerstörten Miene des Barons etwas zu lesen.

Schon wurden die Wachen aufmerksam.

»He, du da! Pack dich!« Mit groben Stößen trieb man Colum weg.

Der schaffte es gerade noch, mit dem Finger in die Handfläche des Barons ein Zeichen zu malen. Da wurde dessen Auge groß. Sein Mund öffnete sich. »Was? Was?«, rief er mit einer Stimme, die so unheimlich klang, dass die Umstehenden schaudernd zurückzuckten. Ein Hieb mit dem Speergriff warf ihn zurück auf den Sitz und in die gnädige Ohnmacht.

Die Menge bekreuzigte sich. Cedric packte Colum an der Schulter und zog ihn fort, ehe jemand auf ihn aufmerksam werden konnte. »Was tust du da?«, begann er. »Habe ich dir nicht gesagt, wir müssen ...« Weiter kam er nicht. Cedric stand starr, nur seine Knie begannen unmerklich zu beben. Auf seinem Gesicht malten sich wie Wolkenschatten tausenderlei Emotionen ab. Doch es gab keinen Zweifel: Dort war sie, Rowena!

Sie war gerannt und stand atemlos da, das Gesicht gerötet und niemals schöner, dachte er. Eine kleine, einsame Gestalt jenseits der schwarzen Masse. Ihr Blick schweifte über die vielen Menschen hin, suchend, fragend, noch nicht begreifend. Gleich würde er dem seinen begegnen, in diesem Moment. Cedrics Herz klopfte, dass er meinte, der steinerne Boden unter seinen Füßen bebe wie eine große Trommel unter den Schlägen, und er hob die Hand. Da weiteten sich ihre Augen; sie hatte den Karren entdeckt. Sie öffnete den Mund.

»Nein«, murmelte er und ließ Colum los, um vorzustürmen. Das nächste Wort schrie er: »Nicht!« Doch er kam zu spät.

24

Eine Weile hatte Rowena wie betäubt im Pfarrhaus auf ihrem Stuhl gesessen. Worte, Echos unklarer Gedanken, blitzartig erhellte Bilder, alles wirbelte in ihrem Kopf durcheinander. William mochte etwas zu ihr sagen, sie hörte es nicht. Dann sprang sie auf. Sie musste nach Exeter, dies eine wusste sie, sie musste reisen, um ihren Vater zu retten. Wie von Hunden gehetzt, rannte sie auf und davon, zurück zur Burg. Dort hielt sie sich niemandem gegenüber mit Erklärungen auf.

Sie rief dem Kastellan zu, sie benötige Männer und Pferde, und stürmte in ihr Zimmer, wo sie begann, ihr Gepäck zusammenzuraffen. Sie öffnete Truhen und Laden, griff nach Stiefeln, Mantel, Beutel und ließ alles ebenso wieder fallen. Schließlich hielt sie atemlos inne, unfähig, einen klaren Gedanken zu fassen. Ratlos betrachtete sie das Chaos, das sie angerichtet hatte. »Hexerei«, flüsterte sie und schüttelte im selben Moment den Kopf. O nein, das war es nicht. Sie wusste es besser. »Montfort«, rief sie und knallte, was sie gerade in Händen hielt an die Wand. Er musste es sein, der hinter all dem steckte, da war sie sich sicher. Hatte ihr Vater nicht gesagt, er fürchte, ihm dort zu begegnen?

Inzwischen waren Edith und Pfarrer William eingetreten. Kopfschüttelnd hob die Zofe Kleider auf, faltete sie und legte sie an ihren Platz. Rowena würdigte sie keines Blickes.

Inzwischen begann der Pfarrer zu sprechen. »Rowena«, sagte er und streckte die Hände aus, so vorsichtig, als wollte er ein wildes Tier einfangen. »Mylady. Wir müssen uns unterhalten.«

»Ich habe keine Zeit«, erwiderte Rowena mit zusammengebissenen Zähnen. Sie war zu dem Schluss gekommen, dass sie kein weiteres Gepäck benötigte. Mit hastigen Gesten raffte sie ihre Börse und einen Umhang an sich und wirbelte herum. William und Edith standen so dicht vor ihr, dass sie zurückprallte.

»Ich muss nach Exeter«, stieß sie heraus und legte unwillkürlich schützend die Hände vor ihr Gepäck.

»Ich weiß, das alles kommt für Euch sehr überraschend«, begann der Pfarrer. »Aber es gibt eine Erklärung hierfür und ...«

In dem Moment warf Edith ihm einen raschen Blick zu und trat vor. »Kommt erst mal mit in die Küche und wärmt Euch auf«, sagte sie. »Ich habe Milch heiß gemacht. Dann reden wir.« In ihrem Kopfneigen zu William lag eine Warnung. Der runzelte die Brauen und hob die Hände. Wie Ihr wollt, hieß das. Aber sein Gesicht blieb ernst.

Rowena beachtete das stumme Zwiegespräch nicht. »Oh, ja, es gibt eine Erklärung«, rief sie. »Und ich kenne sie nur zu gut.«

»Wie ...?«, stieß Edith erstaunt hervor. Diesmal war es William, der den Finger an die Lippen legte.

Er öffnete den Mund, um etwas zu sagen, aber Rowena kam ihm zuvor. »Montfort, dieser Schuft! Er hat das alles eingefädelt.«

»Montfort?« Edith und William schauten einander rasch an. Keiner von ihnen hatte den Namen zuvor gehört.

»Ja, und genau deshalb werde ich hinreiten«, verkündete Rowena in einem Ton, der keinen Widerspruch duldete. »Dann ist die Geschichte mit der Hexerei ein für alle Mal aus der Welt.« Sie drängte sich an den beiden vorbei zur Tür.

William hielt sie am Ärmel fest und seufzte. »Euer Vater ist kein Hexer, Fräulein.«

Rowena riss sich los. »Glaubt Ihr, das weiß ich nicht?«, fauchte sie. »Für was haltet Ihr mich?«

Der Pfarrer rang hilflos die Hände. »Es ist, wie soll ich sagen, komplizierter. Die Dinge sind nie so einfach, schwarz und weiß ...« Er suchte nach Worten.

Derweil stellte Edith sich Rowena erneut in den Weg. »Ihr solltet Euch keine Gedanken darum machen, Fräulein«, sagte sie in ihrer energischen Art.

»Ach!«, blaffte Rowena, die Schweiß auf Ediths Stirn treten

sah, das erste Anzeichen von Furcht, das sie je an ihrer Kammerfrau bemerkt hatte. »Ich finde vielmehr, ihr beide solltet euch darum keine Gedanken machen. Ich bin die Herrin von Forrest Castle.«

Edith gab noch nicht auf. »Ich meine es gut mit Euch, Fräulein, hört auf mich.« Ihre Stimme wurde beschwörend. »Dies alles geht Euch nichts an.«

Rowena lachte böse auf. Ging sie nichts an, ihr eigener Vater ... den sie ins Unglück gestürzt hatte, indem sie Montforts Aufmerksamkeit auf sich zog. Es gab wenig, was sie mehr anging. Aber das zu erklären blieb keine Zeit.

»Geh mir aus dem Weg«, rief sie nur. Sie wartete die Wirkung ihrer Worte nicht ab, sondern schob Edith weg und schritt dann schnell den Gang hinunter.

»Fräulein!« Das war Edith, zum ersten Mal ratlos, zum ersten Male außer sich. In einem anderen Moment hätte Rowena vielleicht triumphiert. Jetzt bemerkte sie es kaum.

»Glaubt nicht, was Ihr hört!« Die Stimme des Pfarrers, schon ganz fern, ging unter im Hall ihrer Schritte. Ah, da waren die Männer, dort ihr Pferd. Rowena saß auf. »Nach Exeter«, kommandierte sie. Es gab keine Fragen.

Sie ritten die anbrechende Nacht durch und den nächsten Morgen. Rowena verzichtete darauf, bei den Saxtons um frische Pferde zu bitten, um nicht mit Fragen aufgehalten zu werden. Sie glaubte so schon kaum, die Zeit ertragen zu können, bis endlich die Silhouette von Exeter vor ihr auftauchte. Jedem Schritt, den die Pferde taten, war sie im Geiste bereits zwei voraus. Jedes Heben des Hufes schien ihr so quälend langsam, dass sie schon dreimal vor Ungeduld gestorben war, ehe er sich endlich wieder in die Erde stemmte. Sie zählte, zählte und verzählte sich, nahm die nächste Wegbiegung ins Auge, dann den nächsten Baum, einen auffälligen Busch, die Erhebung zur Linken. Und immer, immer dauerte es bis zu dem kleinen Ziel so unendlich lange, dass ihr Geist zu verzweifeln drohte.

Da endlich kam die Stadt in Sicht. Schon am Tor bemerkte sie, dass irgendetwas anders war als sonst. Das Grüppchen Menschen, das auf Einlass wartete, summte vor Aufregung. Der Bischof, hieß es, der Bischof würde sprechen. Auf dem Platz vor der Kirche. Es ginge um Nachrichten aus dem Heiligen Land. In den Gassen hinter dem Tor dagegen war es menschenleer. »Ungewöhnlich«, murmelte der ältliche Ritter an ihrer Seite. »Hier sollte es lebhaft zugehen an so einem Morgen.«

»Vielleicht spricht der Bischof schon.« Rowena, die es in ihrer Ungeduld nicht länger aushielt, beschloss, direkt zur Kirche zu gehen, und überließ es ihrem Anhang, ein Zimmer in der Herberge zu nehmen und die völlig erschöpften Pferde zu versorgen. »Falls ihr Vater dort trefft«, sagte sie, »dann sagt ihm, ich bin auf dem Kirchplatz.« Ihr Herz begann zu pochen vor Hoffnung, dass es so sein mochte, dass die Männer ihren Vater anträfen, wie er friedlich und ahnungslos in der Herberge zu Mittag speiste. Aber etwas sagte ihr, dass es nicht so war.

Von dunklen Vorahnungen getrieben, ging sie, den wenigen Passanten folgend, die es alle in dieselbe Richtung zog, dem Kirchplatz zu, zögernd erst, dann immer schneller. Als sie die Stimmen der vielen Menschen hörte, rannte sie. Als sie der Menge ansichtig wurde, war ihr, als pralle sie gegen eine Wand. Und dann, noch ehe sie etwas anderes bemerkte oder gar begriff, was hier vorging, sah sie ihn.

»Vater!« Sie stieß den Ruf aus, ohne nachzudenken.

Die Menschen wandten sich zu ihr um, und es war wie ein Schock. Noch nie hatte Rowena so viel Bosheit und Wut gespürt, noch nie hatten so viele Menschen mit Abscheu, ja Hass sie angestarrt. Dies war ganz anders als die Aufmerksamkeit, die sie beim Turnier auf sich gezogen hatte. Es war wie der Blick in einen Abgrund, wie ein Tritt ins Gesicht, und es schmerzte sie beinahe körperlich. Unwillkürlich hob sie schützend die Arme.

Die Meute spürte ihre Angst und stieß wie eine Schlange auf sie los.

Cedric, dem ihr Schrei noch in den Ohren gellte, pflügte sich mit verzweifelter Anstrengung durch die Menschen. Hiebe und Tritte austeilend, mit Ellenbogen und Fäusten arbeitend, kam er voran. Colum an seiner Seite tat, was er konnte. Der kurze Eichenstab, auf den er sich in seiner Verkleidung gestützt hatte, traf dumpf auf Rippen und Fleisch.

Endlich kam Cedric beim engsten Kreis um Rowena an. Eine Horde Weiber war es, die sich bislang damit vergnügte, das arme Mädchen herumzustoßen, an den Schleiern zu ziehen und mit gekrümmten Fingern nach ihrem Gesicht zu zielen. Einen echten Schlag hatte bislang noch keine gewagt. Cedric dagegen zögerte nicht. Er sprang vor, schubste sie aus der Umzingelung und umfasste ihre Taille.

Mit schreckgeweiteten Augen starrte Rowena ihn an. Dennoch dauerte es einen Moment, ehe sie begriff. Ihre Hände, zum Schlag erhoben, hingen in der Luft. »Du?«, keuchte sie.

Er erwiderte nur stumm ihren Blick.

»Du«, wiederholte sie atemlos. Dann plötzlich brach sie in ein lautes Schluchzen aus und umschlang ihn, so fest sie konnte. Wie ein Kind, das sich an die Eltern klammert.

Aufatmend presste er sie an sich.

»Herr!« Colum musste es mehrfach sagen, ehe Cedric den Kopf wieder hob. Aber er erkannte die Gefahr sofort, die von der langsam wieder näher drängenden Meute ausging. Ihr Blutdurst war noch lange nicht gestillt.

Cedric hob das Mädchen hoch und warf es sich über die Schulter. Nach einem raschen Blick hechtete er in eine Lücke, die er in der verblüfften Runde erspähte, und stürmte mit seiner Beute davon. Dem Mann, der sich ihm in den Weg zu stellen wagte, setzte er die Faust mitten ins Gesicht. Die Umstehenden stöhnten, als sie Blut sahen, und prallten zurück. Colum wirbelte vor ihren Augen mit seinem Stock. Als aber keiner Miene machte, sich auf ihn zu stürzen, wandte er sich um und stürmte seinem Herrn nach. Steine flogen hinter ihnen her.

Der Bischof beobachtete den Vorfall aus der Ferne. »Nein«, sagte er mit seiner fistelnden Stimme zu dem Mann neben sich und legte ihm die Hand auf den Schwertknauf. »Sie kommt von selbst.«

»Rowena! Rowena, endlich!« Cedric hatte seine schöne Beute nicht losgelassen. Erst als sie viele Gassen weit bis zu den Gärten unterhalb des Schlosses gelaufen und sicher waren, dass keine Verfolger mehr hinter ihnen kamen, stellte er sie auf die Füße und umarmte sie fest. »Wie lange habe ich nach dir gesucht. So lange.« Sehnsüchtig presste er sein Gesicht in ihr Haar, das sich gelöst hatte und wirr über ihren Umhang hing. Es duftete nach betautem Farn und dem Beben von Blüten im Wind, nach Sonnenstrahlen, die zitternd über den Waldboden sprangen. Es duftete, wie er es sich vorgestellt hatte. So als könnte man die Welt darüber vergessen. Er stöhnte auf und vergrub sich tiefer in die rote Flut, bis sein Mund ihren Hals fand. Wie zart die Haut war; fast glaubte er, ihren Puls darunter zu spüren, während er begann, sie mit seinen Lippen zu liebkosen. Langsam wanderte er hinab zu der feinen Wölbung ihres Schlüsselbeins, ihre Kehle hinauf.

Rowena stöhnte, als er ihren Mund fand und ihn mit einem glühenden Kuß schloss. Ihr war, als schwände der Boden unter ihren Füßen. Alles um sie herum löste sich auf und begann zu schweben, sie selbst wirbelte und wäre gestürzt, wenn er sie nicht so fest gehalten hätte.

Da stieß sie ihn von sich. Schwer atmend starrte sie Cedric an. Ja, da war es, dieses Gesicht, nach dem sie sich so gesehnt hatte, das sie besser zu kennen glaubte als jedes andere. Da waren diese dunklen Augen, deren Blau ihr schon beim ersten Mal den Atem geraubt hatte, und auch sein Lächeln, dieses Lächeln, das sie so köstlich erschauern ließ. Ihre Hände, die noch auf seiner Brust lagen, betasteten ungläubig den Stoff seines Gewandes, fühlten seine Wärme darunter. Kein Zweifel, er war es, er stand vor ihr. Nach all den verstörenden Geschehnissen, die Rowenas Leben in den letzten Tagen durcheinandergewirbelt hatten, kam ihr dieser Umstand vor wie ein weiteres Bild in einem Schwindel erregenden Traum, der nicht enden wollte. »Cedric«, flüsterte sie, und in ihre großen grünen Augen schossen Tränen. Dann warf sie sich erneut in seine Arme.

»Oh, Cedric«, schluchzte sie. »Mein Vater.«

»Ich weiß«, erwiderte er dumpf. »Ich habe ihn ebenfalls gesehen.«

Rowena machte sich los und versuchte, ihre Tränen mit den Resten ihres Schleiers zu trocknen. »Der Bischof hatte ihn eingeladen, einer Nachricht wegen. Und jetzt, und jetzt ...« Sie verhaspelte sich in der Eile, ihm alles erklären zu wollen. Er wusste ja nichts von ihrem Bruder, nichts von Montfort oder den bösen Gerüchten, die sie hierhergerufen hatten. Im Grunde war er ja ein völlig Fremder.

Sie schaute ihn an, und ein anderes Rätsel drängte in ihr Bewusstsein. »Wo bist du gewesen?«, fragte sie. »Damals beim Turnier?«

Cedric errötete heiß; er streckte die Hand nach ihr aus. »Mein Knappe brachte mich fort in der Nacht«, sagte er, und seine Stimme klang werbend. »Ich lag lange ohnmächtig und wusste von nichts. Aber glaub mir, seit ich wieder zu mir kam, tat ich nichts anderes, als dich zu suchen. Ich wusste nur nicht ... wo ... bin herumgeirrt ...«

Rowenas Blick wanderte von ihm zu Colum, der klein und düster mit seiner hässlichen Fellkappe neben ihnen stand. Dieser grässliche Mann, dachte sie, der mich von Anfang an nicht leiden konnte und nur beleidigt hat. Der hat ihn mir weggenommen.

»Er tat es, um mich zu schützen«, setzte Cedric hinzu, als er ihre Miene bemerkte.

Rowena nickte langsam. »Nun«, sagte sie an den Knappen gewandt, um eine klare, würdevolle Stimme bemüht. »So sehen wir uns also wieder, trotz allem. Und ich hoffe, Ihr seid zufrieden. Jetzt, da man uns tatsächlich der Hexerei anklagt.« Ihre Stimme brach erneut, und sie ließ es zu, dass Cedric sie tröstete, während Colum neben ihnen von einem Fuß auf den anderen trat.

»Nichts von dem, was man ihm vorwirft, ist wahr«, schluchzte sie dann auf. »Das müsst Ihr mir glauben.«

»Ich weiß«, sagte Cedric und strich ihr die zerzausten Haare aus dem Gesicht.

Sie lächelte ihn unter Tränen an. »Mein Vater ist der beste Mensch der Welt.«

»Ich weiß.« Auch er lächelte nun. »Wie könnte es anders sein: Er ist Euer Vater, Rowena.« Erneut zog er sie in seine Umarmung. »Ach Rowena! Glaubt Ihr, dass ich Euch liebe? Mehr als mein Leben? Dass Ihr mir alles seid?«

Ergriffen lauschte sie diesen Worten, die in ihre Seele fielen wie Steine in einen Teich und bebende Kreise zogen, bis sie das Ufer küssten. »Ja.« Sie hauchte es. »Ja, Cedric, ja. Aber ...«

»Dann wollt Ihr mein sein?« Das Herz wollte ihm beinahe zerspringen in der Brust. Vergessen waren die Qualen der Krankheit, die Irrwege und vergeblichen Hoffnungen. Es war alles gut geworden. Er drückte sie so fest an sich, als wollte er sie nie wieder loslassen.

Rowena brauchte ihre ganze Kraft, um freizukommen. »Cedric«, sagte sie und legte ihre kleine Hand auf seine Brust. »Ich muss zu meinem Vater.« Sie sprach langsam und deutlich wie zu einem Kinde.

Er schaute sie an wie einer, der aus dem Schlaf erwacht. »Natürlich«, sagte er dann, ein wenig beschämt. Und er fügte hinzu: »Ich begleite Euch.« Colum nutzte den Moment, um sich zu räuspern und so in Erinnerung zu bringen, dass der Bischof nach ihnen suchen ließ.

Im selben Moment schlenderten mehrere Menschen an ihnen vorbei. »Ich habe es schon immer gewusst«, verkündete einer, offenbar der Wortführer. »Wisst ihr noch, wie die Kinder die alte Gwyneth verspotteten? Und gleich hernach bekam der Kleine vom Schuster die Pocken.« Einige seiner Zuhörer neigten zustimmend die Köpfe. »Man muss viel aufmerksamer sein in Zukunft«, verlangte eine Frau. »Und gleich alles dem Bischof melden.« Ein anderer nickte. »Man sieht, was sonst draus wird.« Alle bekreuzigten sich fromm. »Es sind auch viel zu viele Fremde in Exeter«, meinte der Erste. »Da kann doch nur Gesindel dabei sein.« Die Stimmen verloren sich hinter der nächsten Ecke. Die drei blieben stumm zurück.

Rowena, die wieder ein wenig zu sich gekommen war, zupfte ihre Kleider zurecht. Auf ihrer Haut brannten noch immer seine Küsse, die der Wind vom Hafen kühlte, und bei aller Seligkeit schämte sie sich ein wenig. Dies war weder der Ort noch die Zeit. »Ich muss sofort zum Bischof und Auskunft verlangen«, erklärte sie daher mit betont nüchterner Stimme. »Er muss erfahren, dass alle Anklagen gegen meinen Vater auf einer Intrige beruhen. Und danke für Euer Angebot, aber ich habe Männer, die mich begleiten. Dies ist meine Aufgabe.«

»Gut«, erklärte Colum erleichtert, »der Bischof ist nämlich nicht gut auf uns zu sprechen.«

Rowenas Augen wurden groß. »Was habt Ihr getan?«

»Was hat Euer Vater getan«, blaffte Colum verärgert zurück.

»Nichts«, beendete Cedric rasch den aufkeimenden Streit. Er hätte seinen Knappen am liebsten getreten. »Nichts, ich schwöre es Euch. Wir haben nur nach Euch gefragt, da waren sie schon hinter uns her. Und dann entdeckten wir diesen Jungen.«

»Jungen?«, fragte Rowena verwirrt.

»Einen Knappen.«

»Harry!«, fiel sie schnell ein. »Das muss Harry sein. Er ritt mit den Männern. Was ist mit ihm?«

Cedric schüttelte besorgt den Kopf. »Es sieht schlecht aus, er wird's vielleicht nicht überleben.« Und er erzählte in wenigen Worten, wie sie den Knappen fanden und in welchem Zustand er war.

»Er braucht meine Hilfe«, Rowena schüttelte den Kopf. »Ihr hättet ihn nicht allein lassen dürfen.« Sie legte ihm die Hand auf den Arm. »Bitte, holt ihn rasch. Bringt ihn zur Brücke«, sagte sie nach einiger Überlegung. »Ihr findet sie, wenn Ihr von dem Lagerplatz, den Ihr mir beschriebt, ein Stück weit zurückreitet. Dort zweigt der Weg nach Forrest Castle ab. Ich werde ebenfalls dort sein. Und wenn der Bischof ein gerechter Mann ist, dann habe ich meinen Vater bei mir.«

»Die Brücke?«, entfuhr es Cedric. Ach, er war an dieser Brücke nun schon mehrfach vorübergekommen, ohne zu ahnen, dass sie zu seinem ersehnten Ziel führte. Er nickte. »Ich werde da sein. Und danach, Rowena?« Sie hatte sich schon abgewandt, da griff er nach ihrer Hand. Sie schaute zu ihm zurück, in seine fragenden, hoffnungsvollen Augen.

»Ja, Cedric«, sagte sie leise. Und ihr Gesicht leuchtete trotz der Trauer für einen Moment so glücklich auf, dass sein Herz schneller schlug.

26

»Ah, das Fräulein von Forrester, nehmt Platz, meine Liebe, nehmt Platz.« Der Bischof lächelte freundlich und wies Rowena einen bequemen Sessel an, nahe dem knisternden Kaminfeuer, dem seinen gegenüber.

Sie ließ sich darauf nieder, nicht ohne eine gewisse Beklommenheit, wenn sie daran dachte, dass wenige Tage zuvor ihr Vater hier gesessen haben mochte. Und nun lag er irgendwo drunten in den Kerkern. Es drängte sie, mit ihren Fragen zu beginnen, und sie hob den Kopf. Da sah sie den großen lilafarbenen Stein vor ihrer Nase. Demütig nahm sie die Hand, die ihn trug, und drückte ihre Lippen darauf. Der Bischof betrachtete es mit Zufriedenheit.

»Nun, meine Tochter, ich weiß, weshalb Ihr hergekommen seid, und glaubt mir, es bedrückt mich ebenso wie Euch.«

Rowena, die kerzengerade dasaß, hob das Kinn. »Mein Vater war stets ein guter Christ«, sagte sie. »Und jeder, der etwas anderes behauptet, ist ein Lügner.«

Der Bischof wiegte den Kopf. »Ich wäre der Erste gewesen, einen Eid darauf zu schwören«, erwiderte er. »Aber man hat mir Anzeige erstattet, und mein Amt gebietet es mir, dem nachzugehen.«

»Wer ...«, begann Rowena, aber er kam ihr zuvor und reichte ihr ein Pergament.

»Lest hier, was ihm vorgeworfen wird, und seht unten die Liste der Zeugen, die dies auf ihren Eid nehmen.«

Rowena nahm das Schriftstück beklommen entgegen und wendete es ein paar Mal in ihren Händen. Der Bischof beobachtete sie eine Weile, dann nahm er ihr das Dokument ab und las es ihr vor. Während sie zuhörte, verzog sich ihr Gesicht. »Das ist grotesk«, flüsterte sie, »ein Irrsinn.« Sie schaute auf. »Mein Vater beschwört keine Toten, er verflucht keines Menschen Vieh und zieht auch keine Feenbälger auf. Wer hat so etwas bezeugt?« Kopfschüttelnd vernahm sie die lange Liste. Viele Namen waren ihr unbekannt, zwei gehörten den Männern, die ihren Vater hierherbegleitet hatten, und dann, am Ende, kam er: »Der Flickschuster«, rief sie und lachte. »Ha, aber Ehrwürden, das ist ein Mann, der Gift spuckt gegen jeden und alle verklagt aus purem Neid. Vater hat ihm eine Weide vorenthalten. Das ist der ganze Sachverhalt. Und der«, sie wiederholte einen anderen Namen, »dass dessen Vieh nur mickrig ist, ist seine eigene Schuld, der faulste Bauer ist er im Umkreis. Vater hat ihn oft gescholten.«

»Ich würde es gerne glauben«, bestätigte der Bischof, »wirklich, mein Kind.« Er neigte sich vor und tätschelte ihr Knie. Sie spürte die Kälte seiner Finger durch den Stoff und zuckte zurück. »Aber da sind so viele, die ihn verklagen. Auch solche von Rang, wie Ihr Euch überzeugen konntet.«

»Einer«, bestätigte Rowena nach raschem Überlegen. »Er lebt seit kurzem hier, wir kennen ihn gar nicht.«

Der Bischof schüttelte den Kopf und legte dann sorgsam die Fingerspitzen aneinander. »Ich kann das wirklich nicht übergehen, das müsst Ihr einsehen.«

»Aber …« Für einen Moment fehlten Rowena die Worte. »Was sagt mein Vater dazu?«, begehrte sie dann auf.

Da zog ihr Gegenüber ein sorgenvolles Gesicht. Er ächzte, als er sich zurechtsetzte. »Das ist es, was mich womöglich am meisten schmerzt«, bekannte er mit schwerer Stimme. »Ich habe ihn dreimal befragen lassen. Und jedes Mal bekannte er sich zu den Taten.«

»Nein!« Der Schrei Rowenas hallte von den Wänden. »Das kann nicht sein. Ihr lügt.« Sie war aufgesprungen. Schwer atmend stand sie da.

Der Bischof betrachtete seine gepflegten weißen Hände.

»Verzeiht«, stammelte sie nach einem Moment der Besinnung und sank wieder in ihren Sessel. »Aber das muss ich ihn selbst sagen hören.« Sie streckte flehend die Hände aus. »Ich muss ihn sehen, bitte.«

Der Bischof drehte an seinem Ring.

»Bitte«, wiederholte Rowena mit ersterbender Stimme.

»Du bist ein gutes Kind.« Der Bischof seufzte. »Und in diesen schweren Zeiten ist es verzeihlich, wenn einem der Kummer Wort und Sinne verwirrt.« Er klatschte in die Hände. Ein Wächter erschien.

Erleichtert stand Rowena auf, um ihm zu folgen. Zu ihrer Überraschung aber hatte der Mann ein Pergament, Feder und Tintenfass dabei, die er auf einem Tischchen neben ihr abstellte.

»Um Klarheit zu gewinnen und Euren Vater zu entlasten, ist es nötig, dass ich eine Untersuchung in Forrest Castle anstelle.« Rowena hörte die Stimme wie aus weiter Ferne.

»Eine Untersuchung?«, murmelte sie verwirrt, während sie das beängstigende Buchstabengewirr auf dem Pergament überflog, das ihr rein gar nichts sagte, sie aber zusehends einschüchterte.

»Ich könnte ihn aufgrund seines Geständnisses verurteilen lassen.« Der Bischof klang streng. »Aber bei so einem alten Freund will ich mich doppelt versichern, keinen Fehler zu machen. Hierin«, er schnippte mit dem Finger gegen das Dokument, »liegt eine Chance. Vielleicht seine letzte.«

Rowena blinzelte die Tränen fort, die das Geschriebene vor ihren Augen verschwimmen ließen.

»Selbstverständlich«, gab der Bischof zu bedenken, »werden dann auch die Ankläger gehört werden, die bisher nicht vor unserem Angesicht standen.«

»Wie der Flickschuster«, ergänzte Rowena grimmig. Ja, das wollte sie erleben, wie Caleb vor seinem Richter stand und seine Niedertracht bekennen musste.

»Und wenn ich das da unterzeichne«, begann sie und schaute auf.

Der Bischof machte eine großzügige Geste in Richtung der Tür. »Wir wollen doch beide nur das Beste«, sagte er. Da nahm Rowena die Feder, tunkte sie ein – und hielt dann inne.

»Was ist?«, fragte der Bischof streng.

»Nichts, nur«, begann sie und errötete heftig. »Ich kann nicht schreiben«, bekannte sie schließlich flüsternd.

Auf dem Gesicht des Bischofs erschien ein Lächeln. »So gebt mir Euren Siegelring«, meinte er. »Daran soll die Rettung Eures Vaters doch nicht scheitern.

»Ja, ja«, haspelte Rowena und zerrte den Ring mit einigen Schwierigkeiten von ihrem Finger, um ihn ihm hinzustrecken. Erwartungsvoll starrte sie den Kirchenmann an.

Der Bischof klatschte erneut in die Hände. »Ich gebe Euch einen Begleiter mit«, sagte er. »Die Kerker sind unwirtlich und kein Ort für zarte Frauen.«

Rowena wollte protestieren, aber die Tür sprang bereits auf. Als sie den Mann erkannte, der eintrat und sich artig verneigte, suchte sie in Panik den Blick des Bischofs, der angelegentlich das Pergament zusammenrollte und in seinem Gewand verwahrte.

»Aber ...«, begann sie.

»Darf ich vorstellen«, fiel der Bischof ihr ins Wort. »Tristan de Montfort. Graf de Montfort vielmehr. Ein guter Freund meines Hauses und, wie ich hoffe, auch bald des Euren.«

Rowena, unwillkürlich rückwärts gehend, stolperte über ihren Sessel und konnte nur mit Mühe ihr Gleichgewicht wahren.

»Er sagt, er verehre Euch schon lange aus der Ferne und hoffe auf Eure Gunst.«

»Niemals!«, versuchte Rowena hervorzustoßen. Ihr Hals war so zugeschnürt, dass kaum ein Laut herauskam. Übelkeit stieg in ihr auf.

Der Bischof schnalzte mit der Zunge. »Nun, nun, der Zeitpunkt mag ungünstig sein. Vielleicht sprecht Ihr zuerst mit Eurem Vater.« Er warf Montfort einen vielsagenden Blick zu. »Mein Fräulein«, seine Stimme schwang sich abschließend auf. Die Audienz näherte sich ihrem Ende. Er erhob sich.

»Ich wünschte, Ihr lerntet, welch gute Dienste Euch der Graf zu leisten vermag.«

27

Die Treppe hinab in die Kerker war lang und eng, die Wände schwarz vor Alter. Moos sah man im Licht der Fackel darauf wachsen, und Wasser schwitzte schwarz glitzernd aus dem gefleckten Stein. Jeder Schritt hallte dumpf und unheimlich wider in dem niedrigen Gewölbe, das dazu gemacht schien, hinabzuführen, aber niemals wieder hinauf.

Mehr als vor der Umgebung aber schauderte es Rowena vor dem Mann, der hinter ihr ging. Wenn er sie auch nicht berührte, fühlte sie doch seine Gegenwart mit jeder Faser. Wieder und wieder verfluchte Rowena den Bischof, der ihr nicht erlaubt hatte, eine ihrer Wachen hier herunter mitzunehmen. Im Kerker wären keine Bewaffneten erlaubt, hatte er sie beschieden, auch Montfort trüge kein Schwert. Rowena hatte dies wenig beruhigt. Doch sie bemühte sich, aufrecht zu gehen und ihn ihre Angst nicht merken zu lassen.

»Haltet gefälligst Abstand«, verlangte sie, als sein Mantel gegen ihre Waden schlug. Er antwortete nicht, doch sie war sich gewiss, dass er lächelte. Einen Moment später stolperte sie und wäre gefallen, wenn er sie nicht in seinen Armen aufgefangen hätte.

»Hoppla«, sagte er nur und hielt sie einen Moment zu lange fest, ehe er sie wie eine Puppe wieder auf die Beine stellte.

Der Kerkermeister, der mit Fackel und Schlüsselbund vor ihnen herging, kicherte und schnäuzte sich in die Finger. Dann waren sie an der schweren, eisenbeschlagenen Holztür. Der Schlüssel drehte sich ächzend im Schloss.

»Wen will das Fräulein sehen?«, fragte der Kerkermeister heiser. Er war ein vierschrötiger Kerl mit einem von Pockennarben völlig verunstalteten Gesicht, das allein schon gereicht hätte, einen hier unten das Fürchten zu lehren. Er stand in einem Gang, von dem rechts und links enge Nischen mit Gittern abgeteilt waren.

Rowena holte Luft und verkündete laut: »Zu meinem Vater, dem Baron de Forrester.«

Beängstigende Laute antworteten ihr aus einigen der Zellen, ein Krächzen, Wimmern, Rascheln wie von einer Menagerie Grauen erregender Tiere. Wie lange wohl war hier keine menschliche Stimme mehr erklungen?

»Hier entlang.« Der Kerkermeister führte sie tiefer in den Korridor hinein. Beklommen ging Rowena an den Türen vorbei, hinter denen die engen Räume in völliger Dunkelheit lagen. Im vorbeihuschenden Licht der Fackel sah sie hier ein schmutziges Strohbüschel, dort eine Kette, hier einen Napf voll schimmligen Brotes, dort eine verkrümmte Hand in Fesseln. Rattenaugen glommen ihr aus der Finsternis entgegen, leuchtend wie Irrlichter. Unter ihren Füßen spürte sie weich den ekligen Unrat, über den sie lief. Fröstelnd schlang sie die Arme um den Leib, um so wenig wie möglich mit all dem hier in Berührung zu kommen.

Nur ein einziger Raum war erhellt. An der Rückwand hing allerlei Gerät aus Metall, das sie nicht einordnen konnte, Messer, Zangen, Spitzen, aber in Formen, wie sie es noch bei keinem Schmied gesehen hatte. Weiter vorne erkannte Rowena mit Grausen einen Stuhl, an dem Ledermanschetten befestigt waren, um den Sitzenden zu fesseln. Auf Kopfhöhe war an dem Stuhl etwas angebracht, das ein Knecht gerade hingebungsvoll polierte. Als er Rowenas Blick spürte, richtete er sich auf. Schaudernd erkannte sie, dass es eine Gesichtsmaske aus Eisen war, was er in Händen hielt. Der Mann bemerkte ihre Miene und grinste. Genüsslich gab er der Maske einen Stups, sodass sie an ihren Scharnieren beiseiteklappte. Das Innere bestand aus metallenen Stacheln.

Rowena biss sich in die Faust, um nicht zu schreien.

Montfort neigte sich über ihre Schulter. »Vorsicht, meine Liebe«, wisperte er, »Euer Rocksaum wird beschmutzt.«

Nicht so schmutzig wie Eure Seele, wollte sie antworten, doch da hielt der Kerkermeister an. Sie standen vor der Zelle des Barons. Da er keine Anstalten machte, die Gittertür zu öffnen, trat Rowena an die Eisenstäbe heran und umfasste sie mit beiden Händen. Andernfalls hätte die Furcht, die nun nach ihr griff, sie vielleicht umsinken lassen. »Vater?«, rief sie in die Dunkelheit hinein. »Vater, seid Ihr da?« Oh, sie hoffte, er wäre es, und hoffte doch zugleich, er wäre es nicht und der Anblick dessen, was sich dort verbarg, bliebe ihr erspart. Allein der Gedanke, ihr lieber, gütiger Vater läge hier in diesem Schmutz und litte, zerriss ihr bereits das Herz.

Es dauerte lange, bis sich etwas regte; unerträglich lange. Rowena hörte ein Rascheln, ein Stöhnen, dann ein Schlurfen. Langsam wurde der Umriss eines Menschen sichtbar, der sich schlurfend dem Gitter näherte, dann aber stehen blieb. Als Rowena voll plötzlicher Ungeduld dem Kerkermeister die Fackel aus der Hand nahm, um sie höher zu halten, zog sich der Schatten wieder zurück.

»Nicht, Kind«, vernahm sie eine Stimme, die sie kaum wiedererkannte. Ihr Vater hustete. »Sieh ... nicht an.«

»Vater!« Rowena war dem Weinen nahe. »Bitte.« Sie streckte eine Hand durch das Gitter, so weit sie konnte. Schließlich besann sich der Baron und hinkte so nah zu den sehnsüchtig ausgestreckten Fingern, dass er sie ergreifen konnte. Fest packte er sie mit seiner gesunden Hand, und als er die vertraute Wärme erst einmal spürte, überwältigte ihn etwas, und er klammerte sich daran, als wollte er sie niemals mehr loslassen. Aufstöhnend schmiegte er sein Gesicht hinein.

Rowena ließ ihn überwältigt von Mitleid gewähren. Der Baron war ein liebevoller, aber kein zärtlicher Vater gewesen. Zurückhaltend, seit sie kein Kind mehr war, hatte er sie stets höchstens auf die Stirn geküsst. Und wie lange war es her, dass sie einander umarmt hatten? Umso trauriger stimmte sie diese plötzliche Anwandlung. Über ihre Wangen und ihren offenen Mund flossen Tränen. Ihm zuliebe bemühte sie sich, das Schluchzen zu unterdrücken. Aber kamen nicht von ihm, dem stolzen Mann, diese grauenvoll wimmernden Laute?

Es war, als sei ihr Vater in diesem Kerker ganz und gar verwandelt worden. Sie fühlte die Bartstoppeln auf seinem sonst glatt rasierten Kinn, den Schmutz, der sonst undenkbar gewesen wäre, die Krusten von Blut auf dem geliebten Gesicht, die Mulden unter der Wange, wo nun auf einmal Zähne fehlten.

»Lasst uns allein«, sagte sie, mit halb erstickter Stimme zwar, aber in einem Ton, der den Protest des Kerkermeisters verstummen ließ. Er und der Graf zogen sich in die Dunkelheit zurück.

Rowena hob die Fackel erneut, und nun schlurfte ihr Vater näher, ohne sich länger zu scheuen. Bis dicht an das Gitter schob er sein verwüstetes Gesicht. Aus seinem zerstörten Auge flossen Tränen. »Rowena«, flüsterte er heiser.

Es dauerte einige Augenblicke, bis sie zu einer Antwort in der Lage war. Was sich dort aus der Dunkelheit löste, war nicht ihr Vater, war nicht einmal ein Mensch. Mit all ihrer Fantasie hätte sie es sich nicht vorzustellen vermocht. Sie unterdrückte einen Schrei, der ihr schier die Brust zerreißen wollte. Dann dachte sie: Was muss er für Schmerzen haben. Und der Bann löste sich. »Ja, Vater, ja.« Den Schock überwindend, neigte sie sich zu ihm. Mit heißem Herzen wisperte sie: »Ich werde dich hier herausholen, ich verspreche es.«

Aber der alte Baron schüttelte den Kopf. »Nicht. Wichtig«, brachte er mühsam hervor.

»Es ist das Wichtigste auf der Welt«, widersprach Rowena. Alles in ihr drängte nun nur noch danach, diese Gitter zu überwinden, ihn in die Arme zu nehmen und mit ihm zu fliehen. Dafür zu sorgen, dass ihm niemand mehr etwas antun konnte.

»Nein ... Burg ... Wald. Du musst hin.« Ein neuer Husten schüttelte den Baron, und sein Atem ging pfeifend.

»Aber Vater, das ist doch jetzt nicht von Bedeutung«, protestierte Rowena. »Um die Burg kümmert sich Oswin. Reden wir jetzt nicht von Besitz und Geld.« Sie dämpfte ihre Stimme und flehte ihn an. »Vergiss die Burg und alle Ländereien. Ich würde alles drangeben für dich. Dass du lebst und gesund bist, ist das Allerwichtigste.«

Der Baron schloss die Augen und sammelte all seine Kraft. »Sie dürfen es nicht bekommen.« Sein Gesicht wurde weiß unter dem Schmutz, und Rowena fühlte, wie er wankte. »Du«, stieß er dann noch hervor. »Hüterin. Versprich!«

»Ach, Vater«, seufzte Rowena und drückte seine Finger. »Ja, ja, ja, ich verspreche es.« Dann hörte sie die Schritte der wiederkehrenden Männer in ihrem Rücken und flüsterte hastig. »Ich komme zurück, ich nehme dich mit mir. Du wirst wieder gesund, Vater, hörst du?«

Aber der Baron war bereits auf dem Steinboden zusammengesunken. Er rührte sich nicht einmal, als der Kerkermeister mit einem Stock nach ihm stieß. Rowena konnte die Augen nicht von ihm lösen. Sie spürte kaum, wie Montfort ihr die Fackel abnahm und sie in den Gang zurückschob.

»Wie Ihr seht«, sagte er, und seine samtige Stimme vibrierte in der Dunkelheit, »geht es Eurem Vater hier nicht allzu gut.«

»Er muss hier fort.« Rowenas Stimme war tonlos.

»Eine weitere Befragung würde er wohl nicht überleben.« Montfort nickte. »Ihr wisst, was Ihr dafür zu tun habt«, sagte er dann, und plötzlich war jeder tändelnde Ton verschwunden.

Rowena starrte ihn an.

»Werdet meine Frau.«

Cedric war beinahe fertig mit der Schleiftrage, die sie für Harry bauten. Er flocht die letzten Weidenruten ein, die Colum ihm reichte, prüfte die Festigkeit der Konstruktion und befestigte sie dann am Sattel. Schließlich hoben sie den stöhnenden Jungen darauf, der vor Fieber glühte, und deckten ihn zu so gut es ging.

»Gut so«, stellte Cedric befriedigt fest. »Und jetzt zur Brücke.« Sie kamen nur langsam voran, Wurzelwerk und Steine machten der Trage hinter Colums Pferd zu schaffen, und Cedric stieg oft ab, um Verbesserungen anzubringen. »Nicht«, stöhnte Harry, »schuldig.«

»Ist ja gut«, beruhigte Cedric ihn und richtete sich mit schmerzendem Rücken auf, um zum hundertsten Mal den Weg entlangzuspähen. »Keiner hat Schuld. Aber wenn ich deinetwegen Rowena verpasse, nehme ich dir das persönlich übel.«

Als sie endlich den Treffpunkt erreichten, lag die Brücke verlassen da. Doch einen Moment später hörten sie Hufgetrappel. Freudig erregt ritt Cedric dem Lärm entgegen, da hielt er inne. »Männer des Bischofs«, rief er und machte kehrt.

Colum runzelte die Stirn. »Und sie scheinen es eilig zu haben. Wir sollten besser ...« Doch die Zeit, die auffällige Trage mit Harry verschwinden zu lassen, blieb ihnen nicht. Schon war der Trupp heran und preschte dicht an ihnen vorbei. Der Anführer nahm sich kaum die Zeit, »Platz da« zu rufen. Einer der Männer grinste, als er bemerkte, dass Colums Pferd scheu wurde und ihn in Bedrängnis brachte. Er hob die Peitsche, um dreinzuschlagen. »Aus dem Weg«, johlte er. Im nächsten Moment riss er die Augen auf.

Cedric hatte die Peitschenschnur gepackt und hielt sie in der Faust. »He!« Der Mann riss daran, kam aber nicht los. Und schon zog Cedric ihn näher und näher zu sich her.

Der Kerl geriet in Panik. »Was soll das, passt doch auf, Ihr werft mich noch ab!«

»Lasst den Mann los!«

Cedric gehorchte so abrupt, dass der Soldat beinahe zu Boden gegangen wäre. »Ein Irrtum«, sagte Cedric und lächelte strahlend. »Ich dachte, der Mann hätte etwas zu mir gesagt.«

»Ich sag dir gleich was«, rief ein anderer und drängte herzu. Der Anführer hielt ihn zurück. Er war nicht groß, aber breit gebaut, mit langen Armen und Fäusten wie Schaufeln. An Cedric und Colum gewandt fragte er barsch: »Kenne ich dich nicht, Bürschchen?«

Colum senkte den Kopf und zupfte angelegentlich an seinem Eichhörnchenhut.

»Wir sind Pilger auf dem Weg ins Heilige Land«, antwortete Cedric für sie beide. Er wies auf Harry. »Unser Gefährte ist krank geworden. Deshalb suchen wir in Exeter Ruhe und die Hilfe des Bischofs.«

Der Anführer lachte roh auf. »Der Bischof ist ein vornehmer Mann. Er gibt sich nicht ab mit Lumpengesindel wie Euch.« Seine Männer johlten.

Cedric blieb ungerührt. »Wir werden ihn zu bitten wissen«, sagte er nur. Das Gelächter brach ab.

Der Hauptmann der bischöflichen Truppe kniff die Augen zusammen. »Irgendetwas an dir gefällt mir nicht, Kerl«, sagte er. »Ich glaube fast, du suchst Streit.« Er ignorierte die zustimmenden Rufe seiner Männer und dachte nach. Dann schüttelte er den Kopf. »Und wenn ich Zeit hätte, bekämst du ihn auch.« Er hob den Arm. »Wir haben einen Auftrag, Männer.« Einen Augenblick später verschwanden sie in einer Staubwolke.

Cedric und Colum nahmen die Hände von den Schwertgriffen. Colum bückte sich und wendete das zerschlissene Wams, mit dem sie Harry zugedeckt hatten, sodass das Wappen der de Forresters nicht mehr sichtbar war. »Idioten«, murmelte er.

Cedric klopfte ihm auf die Schulter. »Am Ende haben sie doch eine kluge Entscheidung getroffen.«

Eine Stunde später hockte er auf dem Brückengeländer, pfiff vor sich hin und suchte seinen Dolch auf einem Aststück zu balancieren, als der nächste Hufschlag erklang. »Weißt du«, erzählte er Colum, der im Gras hockte, »ich glaube, Vater wird sie gefallen. Er mag den schlanken Frauentyp, da ist er wie ich. Wenn ich es mir so überlege, Mutter war ganz genauso wie sie, findest du nicht?«

»Sicher, Herr.« Colum gab diese Antwort nicht zum ersten Mal. »So schlank und biegsam und doch kräftig dabei, wie eine gute Klinge. Hoppla!« Er fing sein Messer auf. »Ich glaube, wir werden den Ostflügel beziehen; es wird ihr gefallen, aufs Meer zu blicken. Und wenn sie dann morgens ... Da ist sie!«, rief er plötzlich und sprang herab. Beinahe hätte er seine Klinge in den Exe fallen lassen. »Ich sehe ihren Schleier. Colum!«

Rasch lief er zu seinem Knappen, ordnete seine Kleider, fuhr sich übers Haar, griff nach den Zügeln seines Pferdes und ging ihr mit strahlendem Gesicht entgegen.

»Nur die Ruhe«, brummte Colum. »Sie wird Euch schon nicht plötzlich hässlich finden.«

Cedric lachte und schlug dem Knappen auf die Schulter. Am liebsten hätte er ihn an den Händen gepackt und wäre mit ihm herumgetanzt. Da war sie, seine Rowena. Mit leuchtenden Augen blickte er ihr entgegen. Dann aber runzelte er die Stirn. »Sie kommt nicht alleine.«

»Verdammt viele Leute«, bestätigte Colum. »Wer ist der Kerl da an ihrer Seite?« Er beschattete die Hand mit den Augen, um besser zu sehen. Aber Cedric hatte die Silbernieten auf dem Wams zuerst aufblitzen sehen.

»Colum.« Mehr brauchte er nicht zu sagen. Sein Ton veranlasste Colum, aufzusitzen und die Waffe zu ziehen.

»Nicht ... schuld«, stammelte Harry hinter ihnen.

Cedric zog ein düsteres Gesicht. »Das werden wir ja sehen.« Er richtete sich sehr gerade auf. »Ich kenne diese Farben«, murmelte er, als nun auch die flatternden Wimpel erkennbar wurden. Er hatte sie zuletzt auf dem Turnierfeld von Windfalls gesehen. Colum neben ihm stieß nur ein Knurren aus.

Vor ihm hielt der Graf von Montfort seinen nachtschwarzen Hengst. Er wies seine Männer an, Harry samt seiner Trage in seinen Zug zu überführen. Dann grüßte er: »Ah, der junge Recke«, begann er leutselig. »Wie ich sehe, habt Ihr Euch von der Wunde erholt, die ich Euch beim Tjosten zufügte.«

Cedric neigte nur in eisigem Schweigen den Kopf. Seine Finger allerdings umklammerten den Griff seines Schwertes so fest, dass sie weiß waren. Und in seinem Kopf herrschte die weiße Hitze des Zorns.

»Und auch von Eurem nächtlichen Besuch«, platzte Colum

heraus, der nicht an sich halten konnte. Cedric musste ihm den Arm vor die Brust legen, um ihn zurückzuhalten, sonst hätte er sich vielleicht auf Montfort gestürzt.

Der runzelte die Stirn. »Ich weiß nicht, wovon Ihr sprecht«, sagte er, streckte dann aber seinerseits die Hand aus und veranlasste mit einer knappen Geste Rowena, die ein wenig hinter ihm zurückgeblieben war, an seine Seite zu reiten. »Hattet Ihr bereits das Vergnügen, die Lady de Forrester kennenzulernen?«, fragte er dabei. Seine Finger blieben zu Rowena ausgestreckt. Sie zögerte einen Moment, dann ergriff sie sie.

»Rowena?«, stammelte Cedric fassungslos.

»Mein Herr«, begann sie und verstummte dann. Montfort drückte fest ihre Hand. Endlich brachte sie so etwas wie ein Lächeln zustande. Sie schaute an ihm vorbei, als sie mit mechanischer Stimme fortfuhr: »Mein Herr, es tut mir leid. Ich muss die Einladung an Euch widerrufen, die ich jüngst aussprach. Dringende Angelegenheiten rufen mich heim. Und ein Besuch käme mir im Moment sehr ungelegen.«

»Familienangelegenheiten.« Der Graf de Montfort zwinkerte Cedric aufdringlich zu. Dann neigte er sich im Sattel ein wenig vor und flüsterte so laut, dass jeder im Umkreis es verstand. »Die Lady und ich haben nämlich beschlossen zu heiraten.«

»Das ist nicht wahr!« Durch Cedrics Gestalt ging ein Beben. Sein Blick suchte den Rowenas, der ihm beharrlich auswich. »Sag, dass das nicht wahr ist!«

»Ja, sagt es ihm, meine Liebe.« Montforts Stimme klang amüsiert, doch schwang in ihr Härte mit wie eine feine Klinge. »Er will es aus Eurem Munde hören. Wir alle wollen das.«

Es dauerte lange, ehe Rowena den Kopf hob. Schließlich blickte sie Cedric in die Augen. Für einen Moment versagte ihr die Stimme; ihr Mund öffnete und schloss sich hilflos. Dann stieß sie hervor. »Ich war in einem Irrtum befangen, mein Herr, verzeiht mir. Wenn ich Euch verletzt hätte, wäre ich darüber sehr ...« Ihre Stimme brach.

Mit gerunzelter Stirn schaute Montfort sie an. Da nahm sie noch einmal ihre Kraft zusammen. »Ja, ich werde den Grafen de Montfort heiraten. Es ist mein Wunsch«, bekundete sie, nun laut und ruhig und klar. »Wenn ich je etwas anderes sagte, so vergesst es als eine alberne Laune.« Leiser fügte sie hinzu. »Für immer.« Dann gab sie ihrem Pferd die Sporen.

»Rowena!«, rief Cedric ihr erschüttert nach.

Sie schüttelte den Kopf, ohne sich umzudrehen. Ihre Schultern bebten. »Ich will dich nie mehr wiedersehen.« Es klang halb wie ein Schluchzen, halb wie ein Schrei.

Mit offenem Mund blickte Cedric ihr nach. Montfort, der seiner Verlobten folgte, ritt dicht an ihm vorbei. »Ihr gestattet, dass ich meine Braut begleite. Die Zeiten sind unsicher, und ich will nicht, dass ihr die falschen Menschen begegnen. Darauf werde ich auch in Zukunft ein Auge haben, falls Ihr versteht.« Er lächelte. »Wieder Zweiter«, fügte er dann mit falschem Bedauern hinzu, »macht Euch nichts daraus.« Dann trabte er lachend davon.

»Herr?«, fragte Colum nach einer ganzen Weile, in der nichts geschah, als dass die Vögel pfiffen und der Exe zu ihren Füßen dahinplätscherte. Und als er immer noch keine Antwort bekam, wiederholte er: »Herr!«

Da brach ein dumpfer Schrei aus Cedrics Brust. Er zog den Dolch, mit dem er noch wenige Augenblicke zuvor so gut gelaunt gespielt hatte, und schleuderte ihn mit einer heftigen Bewegung auf den Weg in Richtung Forrest Castle. Zitternd blieb er dort stecken, die Klinge im Boden verschwunden bis zum Griff.

Rowena wusste kaum, wie sie es schaffte, im Sattel zu bleiben. Ihre Augen brannten vor Tränen, die sie nicht weinte. Ihr Rücken schmerzte von der Anstrengung, sich aufrecht zu halten, bis sie meinte, es keinen weiteren Augenblick mehr ertragen zu können. In ihrem Mund war ein Geschmack nach Kohlenasche, und sie wusste, das war ihr verbranntes Herz.

Gleich nach der Begegnung ritt Tristan de Montfort an ihre Seite und musterte sie interessiert. »Erstaunlich«, murmelte er.

Rowena ihrerseits tat, als bemerke sie ihn nicht, und bemühte sich um Haltung.

»Er wird Euch vergessen«, meinte der Graf schließlich, als sie ihm keinen Anlass bot, sich über sie lustig zu machen. »Er wird sich über das unverschämte Biest ärgern, einen Fluch ausspucken und Euch dann vergessen.«

»Das wird er nicht«, sagte Rowena und staunte selbst, wie fest und sicher ihre Stimme klang. Noch immer blickte sie starr geradeaus.

»Wie kommt Ihr darauf?«, fragte Montfort und musterte ihr zartes Profil. Seine Stimme klang spöttisch, doch es lag auch eine gewisse Unsicherheit darin. Die Haltung dieses Mädchens war ihm nun doch beinahe unheimlich. Schreie, Tränen, mit all dem hatte er gerechnet, ja, er hatte darauf gehofft, nachdem sie im Kerker schon beinahe auf ihren Knien war. Und er hätte das Schauspiel genossen. Nährte er sich doch von der Angst der anderen.

Da wandte Rowena den Kopf und schaute ihn voll an. »Weil Ihr es auch nicht getan habt.«

Der Graf antwortete nicht und mahlte mit den Kiefern. Seine Augen wurden schmal, aber Rowena hatte etwas in ihnen flackern sehen, was ihr den Mut gab, nicht fortzublicken, ja beinahe so etwas wie ein Triumphgefühl in ihr wachsen ließ.

Da begann Montfort zu lächeln, langsam erst, schließlich warf er den Kopf in den Nacken und lachte laut heraus. »Ihr werdet eine würdige Gegnerin sein«, sagte er, nahm ihre Hand und küsste sie, ehe Rowena sie ihm mit einer raschen Bewegung entzog. »Was für eine Herausforderung, Euch zu zähmen.«

Er trieb sein Pferd an und setzte sich an die Spitze des Zuges. Das Hochgefühl in Rowena erlosch so rasch, wie es aufgeflackert war, und wich einer tiefen Leere.

Anderntags empfing sie Forrest Castle. Auf den Zinnen der bulligen Mauern lag still das Frühlicht. Zu ihren Füßen aber herrschte eine Aufregung, die ihnen schon entgegenschlug, als sie noch zwischen den letzten Stämmen hervorritten.

»Was ist das?«, fragte einer ihrer Soldaten. »Da dringt Lärm aus der Burg.«

Nun hörte Rowena es auch. Das Tor stand weit offen, und Menschen strömten herein und heraus. Rowena erkannte Leute aus dem Dorf und Bauern der umliegenden Höfe. Aber was taten sie nur alle hier? Und was hatte der Aufruhr zu bedeuten? Alarmiert trieb sie ihr Pferd an und bemerkte nicht, wie Montfort hinter ihrem Rücken seinen Leuten bedeutsam zunickte. Zumindest für ihn war das, was sie vorfanden, keine Überraschung.

»Edith!«, rief Rowena, als sie die Gattin des Kastellans in der Menge entdeckte. »Edith, was ist hier los?«

Edith starrte an Rowena vorbei auf die fremden Männer, die mit ihrer Herrin gekommen waren.

Ihr Mann war geistesgegenwärtiger. »Es sind die Soldaten des Bischofs«, rief er. »Sie wiesen ein Schreiben und Euren Ring vor, deshalb konnten wir sie nicht abweisen. Aber jetzt ... seht selbst«, sagte er aufgeregt und zeigte hinüber zum Eingang der Kapelle, wo die Pferde der Soldaten angebunden waren. »Sie schänden unsere Gruft.«

Nun trat auch Edith an sie heran. In ihrem Gesicht stand blanke Furcht. »Das müsst Ihr verhindern«, flüsterte sie.

»Natürlich«, antwortete Rowena brüsk. Sie war schon abgestiegen. Montfort an ihrer Seite betrachtete amüsiert die Aufregung ringsum, während seine Männer unauffällig das Tor abschirmten, doch das nahm sie gar nicht wahr. Sie rannte hinüber zum Eingang der Gruft. Dort hatten sich auch die Dörfler versammelt, die nun vor dem Fräulein zurückwichen. In ihren Gesichtern stand eine wahnsinnige Erregung. Zwar machten sie Rowena Platz, doch lag in ihren Mienen nichts von der früheren Ehrerbietung. Frech und neugierig starrten sie sie an, wisperten dabei und wiesen mit dem Finger auf sie. Rowena fühlte sich an den Kirchplatz in Exeter erinnert und kam sich vor wie bei einem Spießrutenlauf. Nur hie und da entdeckte sie ein besorgtes Gesicht, entsetzt wie sie selbst. Dort drüben etwa stand Meredith, ihre Tochter an sich gepresst. Und drinnen war William, die Arme gestikulierend erhoben. Er redete auf die Soldaten ein, beschwor sie bei Gott, sich nicht zu versündigen an den Toten. Doch wurde er mit Spießen zurückgedrängt. Keiner hörte ihm zu.

»William«, keuchte Rowena, als sie sich zu ihm durchgekämpft hatte. »Was ist hier los.«

»Sie öffnen das Grab Eurer Mutter«, sagte er dumpf.

»Aber ...« Rowena schaute sich um. Tatsächlich, die Männer des Bischofs verschoben bereits die weiße Marmorplatte. Mit einem hohlen Laut setzte die Statue der Baronin sich in Bewegung und ruckte von dem Platz, an den der Tod sie gesetzt hatte.

»Warum?«, stammelte Rowena fassungslos und versuchte vergeblich, vorzustürzen, um den Frevel zu verhindern; man hielt sie fest. Die Grabplatte kippte, der Strauß Blumen, den sie ihrer Mutter einst gebracht hatte, fiel ihr vertrocknet aus den steinernen Händen und wurde zertreten.

»Sie sagen«, flüsterte William, »dass sie auch eine Hexe gewesen sei und gar nicht wirklich gestorben. Sie sagen, das Grab sei leer.«

»Alle sagen das. Alle wissen das«, krächzte es da dicht an ihrem Ohr. Es war Caleb, der Flickschuster. Fröhlich schwang er seinen Stock. »Hexer waren sie, alle!«, rief er dann laut. »All diese Gräber sind leer. Von Anbeginn!«

»Nein!«, schrie Rowena und schüttelte heftig den Kopf.

»Nein, Ihr dürft das nicht! Mutter!« Da krachte der Marmordeckel zu Boden. Er zerbrach in zwei Teile; weißer Staub wirbelte auf in dem scharfen Lichtstrahl, der durch die offene Tür hereindrang. Wo er in den Schein des runden Fensters traf, wolkte er so rot wie Blut. Der Kopf der Statue brach ab und rollte Rowena vor die Füße, die ihn aufschluchzend in die Arme nahm.

In der marmornen Wanne wurde ein Holzsarg sichtbar, der sich noch eine Weile dem Stemmeisen widersetzte, ehe er ächzend und quietschend nachgab. Für einen Moment endete das Toben, und es herrschte eine atemlose Stille. Laut hallten die letzten Schläge, mit denen die widerspenstigen Bretter beiseitegeklopft wurden. Dann lag das Innere frei. Alle hielten die Luft an und neigten sich vor. Dort war ein Leinentuch, noch unversehrt, unter dem sich rundliche Formen abzeichneten. Rowena kniff die Augen zusammen, als ein Soldat es packte, um es beiseitezuziehen. Als sie sie wieder öffnete, sah sie: Steine. Der Sarg war mit Steinen gefüllt.

Ein Stöhnen ging durch den Raum. Pfarrer William bekreuzigte sich und seufzte. »Steine!« Der Ruf pflanzte sich fort. Lautes Geschrei setzte ein, über dem Calebs schrilles Kreischen aufstieg wie ein tanzender Drachen: »Ich habe es gewusst, ich habe es gewusst. So sind sie alle, alle.« Manche der Dörfler standen betroffen da, andere flüchteten. Einige begannen, Rowena zu verfluchen. Die Soldateska erfasste ein Furor. Auf den Befehl ihres Anführers hin machten sie sich daran, auch die anderen Sarkophage zu öffnen. Aber sie gaben sich nicht mehr die sorgsame Mühe wie mit dem ersten: Mit Äxten und Schwertgriffen hämmerten sie auf den Stein ein, zogen und schoben, bis ganze Sargwannen auf einmal von den Podesten stürzten und zerbarsten. Knochen kamen zum Vorschein, Skelette hingen aus Nischen herab. Da und dort polterten nur Steine heraus. Staub erfüllte den Raum.

»Kommt, Fräulein.« Sanft nahm William Rowena am Arm, um sie hinauszuführen. Sie starrte auf das Gesicht der Mutter in ihren Händen. Dann kam sie zu sich. Sie entdeckte Oswin, den Kastellan, und drängte sich zu ihm durch. »Wir werden dem ein Ende setzen«, erklärte sie dem Diener so entschlossen, dass ein Funke von Hoffnung in seinem blassen Gesicht aufglomm. »Wie viele Männer haben wir noch?«

»Genug, Herrin«, bestätigte er leise.

»Gut.« Die Wut, die in ihr glomm, hielt Rowenas Kopf wach. Sie ordnete an, die Pferde der bischöflichen Soldaten in aller Heimlichkeit vor die Burg zu führen. Das Plündern drinnen war in vollem Gange, sodass keiner auf das achtete, was im Hof vorging. Zudem schickte sie ein paar Knappen in die Gruft. Die Männer waren teilweise so unvorsichtig, ihre Schwerter, die sie bei der Arbeit störten, abzulegen und an die Wand zu lehnen. Die Jungen wanden sich still und geschickt durch die Menge und sammelten dabei so viele Klingen ein, wie sie erhaschen konnten.

»Das habe ich einem von der Hüfte gestohlen«, verkündete Konrad, der darauf bestand, ihr das Schwert persönlich zu überreichen.

Rowena lächelte. »Du hast mit einem Knappen weit mehr gemein als das ›K‹«, sagte sie und strich ihm übers Haar. »John wäre stolz auf dich gewesen.« Dann wandte sie sich an Oswin: »Stehen die Bogenschützen auf den Mauern?«

»Ja, Herrin«, erwiderte er. »Und die Türen sind verriegelt. Bis auf das Außentor. Sollen wir auch diese da hinausbitten?«, fragte er dann und wies auf Montfort und seine Männer, die sich unter den drohenden Spitzen der Pfeile von Rowenas Männern näher aneinandergedrängt hatten und sich sichtlich unwohl fühlten.

»Was soll das?«, fragte der Graf nun scharf. »Was habt Ihr vor? Habt Ihr Euren Vater vergessen?« Er ritt auf sie zu und wies mit dem Finger auf sie. »Ich sage Euch, Mylady, Ihr tut Euch hiermit keinen Gefallen.«

Rowena schaute ihn fest an. »Bringt mir meinen Vater heim«, rief sie ihm zu. »Dann werdet Ihr hier einreiten.« Sie schluckte.

»Und ich halte mein Wort. Aber das hier«, sie wies auf die Gruft, »geht Euch nichts an.«

Montfort wechselte einen kurzen Blick mit seinen Männern, dann erwog er die Situation. Als er schließlich zu dem Schluss kam, dass er sie so oder so in der Hand hätte, lächelte er. Seine Bernsteinaugen glommen wie Wolfslichter. »Ihr habt Recht«, meinte er schließlich gelassen. »Dies ist nicht meine Angelegenheit. Was für eine erfreuliche Überraschung: Meine Frau ist nicht nur schön, sondern auch klug.« Seine Stimme troff von Hohn. »Aber ich warne Euch. Mit mir werdet Ihr so nicht umspringen können.«

Rowena nickte ihm huldvoll zu.

»Beim Leben Eures Vaters«, bestätigte er und trieb sein Pferd an. Die Rufe, unter denen seine Männer abritten, alarmierten schließlich die Soldaten des Bischofs. Entsetzt blieben sie auf dem Hof stehen, als sie die Situation erkannten. Ihr Anführer, aus den Augenwinkeln die Bogenschützen beobachtend, trat vor.

»Ich warne Euch«, rief er und streckte seinen langen Arm aus. In seiner Pranke hielt er ein Dokument. »Wir sind im Auftrag des Bischofs hier. Dieses Schreiben gibt uns das Recht, und der Siegelring der de Forresters bestätigt uns darin.«

»Dies ist mein Ring und mein Siegel«, antwortete Rowena ihm, »und ich sage: Ihr geht!«

»Dies ist ein Hexennest!« Der Anführer ließ sich nicht einschüchtern, auch wenn ihm der Schweiß auf der Stirn stand. Mit lauter Stimme wandte er sich an die Männer auf den Mauern und die Menschen, die sich noch immer im Hof drängten. »Ein verfluchter Ort, und jeder, der ihn verteidigt, wird mitverflucht sein.«

Ein Pfeil antwortete ihm, der, schlecht gezielt, neben seinen Füßen in den Matsch sirrte. Sofort hob Rowena die Hand, und es folgte kein weiterer.

Der Anführer aber hatte einen Satz gemacht. In seiner Panik hatte er sich umgesehen, Meredith erspäht, die ihre Tochter fest umarmt hielt, und hatte nach den beiden Frauen gegriffen. Obwohl sie heftig um sich schlugen, gelang es ihm, Adelaide zu packen und als einen Schutzschild an sich zu ziehen. Er hielt sie vor sich und drückte ein Messer an ihre Kehle.

»Ein weiterer Schuss, und sie ist tot«, schrie er. Seine Männer griffen nervös zu den Waffen, die ihnen geblieben waren. Unruhe kam auf. Meredith schrie.

»Ja, packt sie nur, den Feenbalg«, kreischte Caleb.

Rowena vergaß sich. Angestachelt von seiner giftigen Stimme wirbelte sie herum und holte mit dem steinernen Kopf ihrer Mutter gegen ihn aus.

Oswin fiel ihr in den Arm und nahm ihr den Brocken ab. »Fräulein«, mahnte er. »Vergesst Euch nicht wegen so einem.«

Rowena war, als schrie das Blut auf dem Marmor grell auf, sie wollte sich die Ohren zuhalten, ihr schwindelte. Aber sie schaffte es, aufrecht zu stehen. »Verschwindet«, rief sie, mit letzter Kraft. »Verschwindet oder sterbt.«

Der Anführer schaute sich um. Seine Hand zitterte, und Adelaide, die die Klinge an ihrem Hals fühlte, wimmerte leise.

30

Man hätte in dem großen Burghof einen Nagel fallen hören können. Ein Augenblick verging, dann ein weiterer. Da endlich richtete der Hauptmann der Bischofsleute sich auf. »Wir reiten«, verkündete er seinen Männern und fügte hinzu. »Wir haben schließlich, was wir wollen.« Laut sagte er: »Wir werden dem Bischof alles berichten. Über das leere Grab, das wir fanden, und über den Empfang.«

»Tut das«, erwiderte Rowena tonlos; sie hatte nicht mehr die Kraft zu rufen. Sie schaute zu, wie die Männer zusammenrückten und dann Schritt für Schritt rückwärts dem Tor zugingen. Ein Seufzer der Erleichterung entfuhr ihr, als der letzte seinen

Fuß auf die Schwelle gesetzt hatte. Es war der Hauptmann. Er hielt Adelaide noch immer an sich gepresst. Als der Schatten des Torbogens über ihn fiel, hielt er inne. »Dies als mein Gruß«, rief er und stieß das Mädchen von sich, ehe noch jemand reagieren konnte.

Adelaide taumelte in den Burghof zurück, die braunen Augen weit aufgerissen. Ihre Arme griffen in die leere Luft. Von ihrem Hals, wo das Messer des Hauptmanns ihn durchtrennt hatte, rann wie ein roter Strom das Blut und tränkte ihr Gewand.

Meredith war die Erste, die aufschrie und zu ihr rannte. Das Mädchen sank in ihre Arme und zog sie mit sich zu Boden. Ihre Lippen bewegten sich noch, aber es kam kein Ton mehr heraus.

Rowena neigte sich über sie. Mit Tränen in den Augen schaute Meredith zu ihr auf. Aber die junge Burgherrin schüttelte den Kopf. »Nicht einmal Mutter könnte mehr etwas für sie tun«, sagte sie traurig. Aufschluchzend sank Meredith über dem Leichnam ihrer Tochter zusammen.

Wie betäubt richtete Rowena sich auf. In ihrem Inneren war eine Stimme, die fragte, ob das auch stimmte. Hatte ihre Mutter Adelaide nicht schon einmal von den Toten zurückgeholt? Caleb hatte das behauptet. Was, wenn seine Geschichte stimmte? Das Grab, mehr als ein Grab dort drinnen, war leer gewesen, sie hatte es mit eigenen Augen gesehen, doch sie begriff es nicht. Was war, wer war ihre Mutter gewesen?

Rowena sah, wie William Meredith aufrichtete, wie Oswin das tote Mädchen in die Arme nahm und in die Gruft trug, wo er einen leeren Sockel fand, auf den er sie sanft bettete, und ein unversehrtes Tuch, um sie zuzudecken. Sie fühlte Ediths Hand auf ihrem Arm, die sie sacht, aber nachdrücklich zum Palas hindrängte. In ihrem Rücken hörte sie das Tor knarren, das sich hinter den letzten der flüchtenden Dörfler schloss. Sie bekam noch mit, dass sie die Stufen hinaufstieg und in ihr Zimmer trat. Dort erblickte sie ihr Bett und sank hinein. Danach gab es nichts mehr.

Als Rowena erwachte, war es Abend, sie wusste jedoch nicht, welcher. Auf dem Tisch neben dem Bett brannte eine Kerze. »Edith?«, rief sie. Keiner antwortete ihr. »Oswin?« Mit der Kerze in der Hand schritt sie durch die leeren Gänge des Palas. Kein Mensch begegnete ihr. Dort war das Zimmer ihrer Mutter, da das ihres Bruders. Beide hatte seit langer Zeit niemand mehr betreten. Als sie an der Tür ihres Vaters vorbeikam, schluckte sie hart. Ob auch dieser Raum künftig verwaisen würde? Sie konnte nicht anders, als den Türflügel aufzustoßen und einen Blick auf den vertrauten Ort zu werfen. Dort war der Tisch, an dem er seinen Geschäften nachzugehen pflegte, mit dem Kontobuch und dem Schreibzeug, hier die Eckbank mit der hohen Lehne, die ihnen allen an den kalten Winterabenden einen Platz am Kamin geboten hatte, um sich etwas zu erzählen oder den Musikern zu lauschen. Liebe Erinnerungen kamen in Rowena hoch, doch sie schmerzten und das Feuer im Kamin war aus; ein kalter Hauch trieb sie auf den Flur zurück.

In der Küche endlich fand sie die erste menschliche Seele. Hier hockten Edith und Oswin, Arthur, der Knecht, und der Pfarrer, alle mit bleichen, unglücklichen Gesichtern. Eine lebhafte Unterhaltung war in Gang gewesen, die sofort erstarb, als Rowena den Raum betrat. Sie sagte zunächst nichts, ging um den Tisch herum zum Feuer und wärmte sich die Hände. Im Schein der Flammen sah sie auf einer Bank die beiden Knappen, Harold und Konrad, die eng umschlungen schliefen. Ihnen zu Füßen lag Harry; der Fieberschweiß glänzte auf seiner Stirn. Rowena ging zu ihm hinüber und legte ihm die Hand auf. Dann prüfte sie den Tee, der in einem Becher neben seinem Kopf stand; es war Weidenrinde. Sie hob die Decke und begutachtete die Verbände. »Ich werde sie erneuern müssen«, sagte sie schließlich und wandte sich um. »Und Meredith?«, fiel es ihr dann ein. Sie öffnete die Augen wieder und fixierte die vier, die dasaßen und sie beobachteten.

»Fort«, antwortete Edith dumpf.

»Und die anderen?«

Schweigen schlug ihr entgegen.

»Wo meine Leute sind, will ich wissen.« Rowenas Stimme war unwillkürlich scharf geworden. Etwas stimmte hier nicht, stimmte ganz und gar nicht. Eine seltsame Atmosphäre hing in dem Raum.

»Fort«, gab Edith schließlich zu.

»Zwei Knechte noch«, verbesserte ihr Mann sie, »sie schlafen drüben im Stall. Die anderen ...«, er zuckte mit den Schultern.

»... haben sich davon gemacht«, vollendete Edith den Satz. William legte ihr die Hand auf den Arm und versuchte sie zu beruhigen. Aber sie machte sich unwillig los. »Gerannt sind sie wie die Hasen, ist doch wahr.« Sie schnaubte. »Nach allem, was der Baron für sie getan hat.«

»Dann sind wir also noch zehn«, rechnete Rowena die lebenden Seelen in der Burg zusammen.

Oswin nickte. »Noch so ein Kunststück wie gestern können wir damit nicht vollbringen.«

Rowena runzelte die Stirn. »Soll das heißen, ich hätte diese Verbrecher hier schalten lassen sollen, wie sie wollten?«

»Nein«, ergriff überraschend Edith ihre Partei. »Ihr habt das ganz richtig gemacht, Fräulein. Die Gruft und der Wald dürfen auf keinen Fall in ihre Hände fallen.«

»Es ist nicht Eure Schuld«, sekundierte ihr William. Betrübt schüttelte er den Kopf und starrte auf seine Hände. »Das hier hätte schon viel früher passieren können.«

»Herr Pfarrer!« Oswin riss mahnend die Augen auf.

In Rowenas Ohren aber klang vor allem ein Satz nach: die Gruft und der Wald – hatte genau das nicht auch ihr Vater gesagt? Damals hatte sie sich nichts dabei gedacht, sie hatte gemeint, er spräche ganz allgemein vom de Forrester'schen Besitz. Aber nun wiederholte Edith es beinahe wörtlich. Die Gruft und der Wald. Was hatte es damit auf sich, dass gerade sie nicht in fremde Hände fallen sollten? Und wie hatte er sie noch genannt?

Sie betrachtete die vier, die vor ihr saßen, stumm und verstockt, mit gesenkten Köpfen, wie Kinder, die nicht zugeben wollten, dass sie in den Honigtopf gegriffen hatten. William, der seltsame Bilder malte, und Edith, die immer schon getan hatte, als gäbe es ein Geheimnis. Und auf einmal wusste Rowena sicher, dass es etwas gab, was sie vor ihr verborgen hatten, vielleicht schon ihr Leben lang.

»So«, sagte Rowena und stemmte die Hände in die Hüften. Aufgerichtet stand sie vor ihren Gefährten da. »Und nun verratet ihr mir ein für alle Mal, was ihr wisst.« Sie ließ ihren Blick von einem zum anderen wandern. Und als Edith schon den Mund öffnen wollte, um zu protestieren, fügte sie hinzu: »Wovon bin ich die Hüterin?«

31

»Wirt, mehr Bier!« Cedric wandte sich um und hob seinen Krug. Er wankte dabei so stark, dass er sich mit der freien Hand an der Tischkante festhalten musste, um nicht von der Bank zu fallen. In der Wirtschaft, in der es lautstark zuging, fiel sein Benehmen nicht weiter auf.

»Herr«, wisperte Colum an seinem Ohr, »müsst Ihr so viel trinken?«

»Ja«, beschied Cedric ihn energisch. »Ich muss. Wirt!« Dabei flammten seine Augen so verzweifelt, dass Colum betreten den Kopf senkte. So hockte er neben seinem Herrn und starrte in seinen eigenen, kaum geleerten Becher. Dies war ein Schmerz, den er nicht kannte, anders als ein im Kampf zerschmettertes Bein oder eine Schwertwunde. Er kannte kein Heilmittel dagegen als die Zeit und die Natur.

»Wenn dein Herr muss, dann muss er.« Das war der Mann, der ihnen gegenübersaß. Vor einer Stunde oder länger war er zu ihnen gestoßen und hatte gefragt, ob er sie einladen dürfe.

Cedric, der zu dem Zeitpunkt schon gehörig geladen hatte, hatte aus trüben Augen zu ihm aufgeschaut. »Euch kenne ich«, hatte er gelallt.

»In der Tat.« Der Fremde hatte sich umstandslos zu ihnen gesetzt und den Kumpanen, die er am Nebentisch zurückließ, zugenickt. »Von den Pilgern. Auf dem Kirchplatz.«

Cedric betrachtete ihn mit gerunzelter Stirn. Sein betrunkenes Gehirn arbeitete langsam, aber endlich begriff er, dass er den Mann vor sich hatte, der sie vor Tagen aufgefordert hatte, den Pilgerstab fahren zu lassen und Kreuzfahrer zu werden. »Hier«, sagte er deshalb, zog sein Schwert und legte es auf den Tisch. »Hier ist es. Ich habe nämlich sehr wohl ein«, er hickste, »Schwert.«

Der Fremde nickte. Der Wirt kam herbeigewieselt, schimpfte und ermahnte sie, die Waffen stecken zu lassen. Auf die Aufforderung des Fremden hin schenkte er Colum nach, der nicht mehr dazu kam, die Hand über sein Glas zu halten. »Immer schön friedlich bleiben«, brummte er dabei und konnte dann doch nicht anders, als dem fremden Ritter sein Leid zu klagen: »Seit Tagen sitzt er hier, säuft und sucht Streit. Zwei Tische sind mir schon zu Bruch gegangen, der Knecht hat einen gebrochenen Arm. Gebt nur auf Euch Acht, Herr, mit dem da.«

»Interessant«, murmelte der Fremde. Laut sagte er: »Ich heiße Erec. Worauf wollen wir trinken?«

»Auf die Liebe der Frauen«, rief Cedric so laut, dass sich Köpfe nach ihnen umdrehten.

»Auf die Frauen«, tat Erec ihm Bescheid.

So tranken sie, Runde um Runde. Der Fremde wusste fesselnd zu erzählen, vom Heiligen Land, wo er schon gewesen war, und den Städten Palästinas, die gleißend weiß unter der Sonne lagen. Von den Palmen dort, die im Wind ein ganz besonderes Rauschen erzeugten, und süßen Früchten, die Feigen hießen und von Adam und Eva schon im Paradies gekostet worden waren. »Dort stammen sie auch her«, verkündete er frohgemut. »Auf Eure Gesundheit.«

Auch Colum trank, mit Zurückhaltung zunächst. Aber irgendwann verschwamm die Kneipenszenerie vor seinen Augen. Feigen, dachte er, Palmen, Sarazenen. Nun, alles war besser als die Weiber. In seinen Ohren rauschte es. Trübe bemerkte er, dass sein Herr wieder nach dem Schwert gegriffen hatte und Erec die Klinge zur Prüfung unter die Nase hielt.

»Ein schönes Stück«, bestätigte der. »Und was ist das hier, eine Schlange?«

»Herr«, lallte Colum.

Cedric nickte. »Die Schlange«, bestätigte er mit schwerer Zunge. »Die Schlange der Cloaghs.«

Erec lachte. »Heißt sie so, weil ihr so hinterhältig seid?« Im nächsten Augenblick wich das Grinsen aus seinem Gesicht. Denn die Spitze des Schwertes saß unter seinem Kinn. Cedric hielt sie trotz seiner geröteten Augen, die mühsam blinzelten, so sicher, dass sie nicht im Geringsten bebte. »Weil wir so schnell sind«, sagte er. Dann ließ er die Klinge wieder sinken und betrachtete sie gedankenverloren. »Die Legende sagt, dass die Schlange lebendig wird, wenn wir ihre Hilfe brauchen.«

Erec brach in dröhnendes Gelächter aus. »Köstlich, köstlich«, rief er. »So einen wie Euch würde ich gerne gegen die Heiden schicken. Samt Schlange und allem. Was meint Ihr?« Er rief nach mehr Bier. »Gemeinsam könnten wir es Saladin wahrhaftig zeigen. Habe ich schon erzählt, dass ich ihm einmal persönlich begegnet bin?« So ging es weiter, während draußen die Sterne vorüberzogen.

Irgendwann klopfte Erec Colum, der einzunicken drohte, so heftig auf den Rücken, dass er beinahe mit der Nase auf den Tisch krachte. »Auch ihr könntet mitkommen, mein pelzbemützter Freund.«

Mitkommen, dachte Colum verwundert, wohin?

»Ja, nehmt ihn mit«, verkündete der Wirt, der kam, um mit viel Aufhebens nachzuschenken. »Hauptsache, er macht hier keinen Ärger mehr.«

Aber Cedric schüttelte den Kopf. »Mein Weg führt ...«, begann er und starrte dann auf die Tischplatte, als hätte er seinen Weg dort irgendwo zwischen den Pfützen von Bier und Suppe verloren. Im nächsten Moment schlug er mit dem Gesicht auf die Platte.

In Erec kam Leben, die Trunkenheit aus seinen Gebärden verschwand; er winkte seinen Kumpanen, die Cedric an Händen und Füßen packten und von der Bank hievten. Einige Gäste schauten sich mäßig interessiert nach dem Treiben um, kein einziger schritt ein.

»Auch den Kleinen«, verlangte Erec.

Kleiner, dachte Colum träge, wen meinten sie? Kaum, dass er es schaffte, den Kopf von der Brust zu heben. Da erblickte er seinen Herrn, auf dem Fußboden liegend. Und zwei Mann über ihm waren damit beschäftigt, ihn zusammenzuschnüren.

»Hah!«, rief er, sprang auf und wollte sein Schwert ziehen. Doch es war nicht mehr da. Einen Moment starrte er verdutzt in seine leere Hand. Dann sackte er zu Boden. Erec ließ die Reste der irdenen Flasche fallen. »Bindet auch ihn«, befahl er. »Und dann zum Schiff. Im Morgengrauen brechen wir auf.« Er nahm Cedrics Schwert in die Hand und prüfte zufrieden die Klinge.

»Herr!«, rief der Wirt, der angerannt kam. »Wer zahlt mir die Zeche und den Schaden?« Erec setzte ihm die Klinge an den Hals, dann aber lachte er und zog seinen Beutel heraus. Das Klingen von Münzen war das Letzte, was Cedric mit einem Rest von Bewusstsein von diesem Teil seines Lebens wahrnahm.

32

»Aber was Ihr da redet, Fräulein.« Geziert blickte Edith in ihren Schoß.

»Edith, es ist an der Zeit.« Das war William, und seine Stimme klang mahnend. »Sie muss es endlich erfahren.«

»Das sehe ich auch so.« Auffordernd hob Rowena eine Braue.

»Was wisst Ihr schon«, fauchte die Kastellansfrau den Pfarrer an. »Ihr seid doch nur ein ... ein ... ein ...«

»Pfaffe?«, half William ihr ironisch.

Sie errötete über und über und schlug ein rasches Kreuz. »Ein Neuling«, murmelte sie stattdessen zahm, »ein Zugereister.« Dann fasste sie sich ein Herz und wandte sich an Rowena. »Es ist nämlich nicht so, dass Euer Vater sich allein das ausgedacht hätte«, sagte sie hastig.

»Oh, nein«, pflichtete ihr Oswin bei. »Das war nicht seine Idee; es ist sein Erbe. Schon lange geht es so mit dieser Familie. Er hat es von seinem Vater und der von seinem und der wieder ...« Als ihm die Worte dafür fehlten, auszudrücken, wie alt die Geschichte war, zuckte er mit den Schultern. »Vielleicht geht es so schon vom Anbeginn der Zeiten an«, flüsterte er ehrfürchtig. »Das ist ihr Schicksal.«

»Und das unsere«, bestätigte Edith und ergriff seine Hand. »Denn schon unsere Eltern haben seinen Eltern gedient.« Liebevoll blickten die beiden einander an.

William räusperte sich. »Ich habe Untersuchungen angestellt in den Büchern der Gelehrten«, sagte er förmlich, »und glaube sagen zu können, dass alles zurückreicht bis in die Zeit von König Arthus.«

Bei der Erwähnung des Namens fiel Rowenas Blick auf den Knecht, der bislang keinen Ton gesagt hatte. »Und du?«, fragte sie ungnädig, da sie nichts von dem verstanden hatte, was ihr da so wirr vorgetragen wurde. »Bist du auch schon seit deines Urgroßvaters Zeiten in diesem Bund?«

Er schüttelte den Kopf und tat bescheiden. »Ich bin nur ein Findelkind.« Dann aber trat ein Leuchten in sein Gesicht, das seine sonst so groben, schlichten Züge verklärte. Erstaunt betrachtete Rowena ihn. Er war mit einem Mal ein ganz anderer Mann als der, den sie zu kennen geglaubt hatte. Seine braunen

Augen strahlten warm und wissend, und es lag eine Zärtlichkeit über seiner grobschlächtigen Gestalt, die Rowena an jemanden erinnerte, ohne dass sie sofort darauf gekommen wäre. Dann fiel es ihr ein: an Adelaide. Unfug, schalt sie sich gerade. Was sollten das Mädchen und der grobe Kerl gemeinsam haben? Da fuhr er fort:

»Ich bin nur bei ihnen aufgewachsen.«

»Bei wem?«, entfuhr es Rowena, die in Gedanken ein wenig abgeschweift war zu der armen Toten, zu Meredith und ihrer eigenen Mutter. Sie schlug mit der flachen Hand auf den Tisch. »Und überhaupt, was ist das für ein Kauderwelsch, das ihr mir da vorsetzt. Wovon redet ihr überhaupt? Wird's bald!«, setzte sie hinzu.

Die vier schwiegen.

Nur Arthur riss die Augen auf. »Na, von denen im Wald«, sagte er, das peinliche Schweigen seiner Gefährten übergehend. Und wieder zog unwillkürlich ein Lächeln über sein Gesicht, das ihn verwandelte. »Glaubt mir, Mylady, es ist nichts Böses an ihnen. Sie waren so gut zu mir, nachdem sie mich am Feenhügel fanden.« Treuherzig schaute er sie an. »Selbst wenn mein Leben heute enden würde, wenn der Bischof es mir auf der Folter nehmen würde.« Er betrachtete seine schrundigen, von lebenslanger harter Arbeit verformten Hände. »Ich wäre ein glücklicher Mann. Ihretwegen.«

Der Feenhügel! Caleb, dachte Rowena, und die schlimmsten Ahnungen stiegen in ihr auf. Was hast du gewusst? Was ging dort nur vor sich? Ihr schwindelte, wenn sie daran dachte. Wald, Gruft, geheimnisvolle Steinruinen unter Dornen, nackte Säuglinge, die Fäuste gegen den Sternenhimmel gereckt, Bäume mit Gesichtern, sich bewegende Labyrinthe ... Alles wirbelte in ihrem Kopf durcheinander.

»So«, stieß sie mühsam hervor. Ihre Finger umklammerten die Tischplatte, den einzig festen Halt, den sie noch besaß in dieser Welt, in der schlichte Menschen wie Arthur von Feen erzählten und nüchterne Naturen wie Oswin ihr einreden wollten, sie wäre die Trägerin eines weltenalten Schicksals. Älter als König Arthus. Sie lachte albern, als es ihr einfiel. Aber in ihren Augen standen Tränen. »William?«, rief sie. Er war doch stets so ernst und besonnen. Er konnte doch unmöglich ... Er war doch schließlich ... Herr im Himmel, ja: ein Pfaffe.

Rowena schaffte es mit Mühe, den Kopf zu heben. Der Pfarrer lächelte sie müde an. »Ja«, sagte er. »Es ist wahr. Im Wald leben Menschen, besondere Menschen. Sie sind das Alte Volk, Rowena.« Er griff nach ihrer Hand. »Älter als wir alle, als Normannen, Angeln und Sachsen. Sie sind die Letzten ihrer Art.«

Was redet er da, dachte Rowena. Und was strahlt er mich an, als müsste ich mich mit ihm freuen. »So.« Mehr brachte sie nicht heraus.

»Ja«, bestätigte Edith. »Euer Vater ist ihr Hüter. Und nach ihm wäre es Kai gewesen. Es sind immer die Männer der de Forresters.«

Und auch in ihrem nüchternen Gesicht stand nun dieses Lächeln, das Rowena nachgerade zuwider zu werden begann. »So ist das also.« Sie versuchte, den Gedanken zu akzeptieren. Doch alles in ihr sperrte sich. Das konnte doch nicht sein, das war doch absurd, rief sie sich zur Ordnung. Zugleich blitzten Erinnerungen in ihr auf, rasch aufflammend und wieder im Dunkeln versinkend.

»Warum jagt Ihr nicht in Eurem Wald?« – die Stimme ihres Nachbarn.

»Sie sagt, sie erinnert sich einfach daran, wie die Kräuter zu gebrauchen sind.« – Meredith, die von Adelaides Begabung berichtete.

»Mich sperrt Ihr nicht ein wie Mutter, wie sie Tag für Tag auf diesen verdammten Wald starrt.« Entsetzt hörte sie ihre eigene Stimme und sah sie wieder, die Gestalt ihrer Mutter, wie sie hinausblickte auf die Wipfel und Lieder sang, die Rowena von niemand anderem je wieder gehört hatte.

»Mutter?«, fragte sie.

Alle vier nickten, voller Stolz. »Ja«, antwortete der Pfarrer. »Sie war eine von ihnen. Ihr seid eine von ihnen.«

Rowena sank in Ohnmacht.

III. In der Haut der Schlange

33

Blinzelnd starrte Cedric gegen die Sonne. Vor ihm ragte eine Berglandschaft auf, so unerbittlich kahl wie die Zelle eines Mönches. Selbst der Himmel war wie leer gefegt, das Blau verblasst, kein Wolkenrest zu sehen, der das sengende weiße Licht gedämpft hätte. Kein Baum rauschte im Wind, kein Schaf blökte. Nur zwei Falken kreisten über ihnen mit gellenden Schreien und zogen dann ab in Richtung der Felsen, hinter denen, irgendwo, Jerusalem liegen sollte.

Cedrics Pferd schnaubte. Es war ein jämmerliches Tier mit Räude im Fell. Und es hatte seit zwei Tagen nichts mehr gesoffen. Cedric konnte es ihm nachfühlen. Auch sein Mund war trocken, seine verbrannte Haut glühte, und seine Lippen waren so oft aufgerissen, dass sie nur mehr aus Krusten zu bestehen schienen, die bei jedem Wort wieder aufplatzten. Doch wozu sprechen? Keiner der Männer, die rechts und links an ihm vorbeizogen, zu Pferde oder zu Fuß, den Bogen über dem Rücken oder einen Speer in der Hand, redete viel. Dazu war es zu heiß, zu trocken, zu hoffnungslos.

Colum stolperte an seine Seite und stützte sich schwer auf Cedrics Steigbügel. Der Blick, mit dem er zu seinem Herrn hochsah, veranlasste diesen, den Wasserschlauch zu nehmen, in dem noch ein letzter Schluck nach Leder schmeckender, körperwarmer Brühe schwappte, um sie seinem Knappen hinzuhalten. Der schüttelte den Kopf.

Ein Mann kam herangepresscht und schnappte sich den Schlauch. Ehe einer von beiden reagieren konnte, hatte er sich den Rest des kostbaren Wassers in den Hals gekippt und die leere Hülle Cedric vor die Brust geschlagen. Lachend trabte er davon. An seiner Hüfte hing Cedrics Schwert.

»Wir hätten ihn über Bord werfen sollen«, knirschte Colum.
»Wir waren gefesselt.«
»Ja, aber dann.«

Cedric schüttelte den Kopf. Colum machte ihm keine Vorwürfe, aber er wusste, ohne ihn, seine Unentschlossenheit und die tiefe Melancholie, die ihn so lange gefesselt hatte, wären sie heute vielleicht nicht hier. Es stimmte, zunächst hatten sie in Fesseln unter Deck des Schiffes gelegen. Aber irgendwann waren die ihnen abgenommen worden. Sie hätten ins Wasser springen sollen, sagte er sich, solange sie noch die Küste Frankreichs vor Augen hatten. Allerdings konnte Colum nicht schwimmen. Sie hätten sich in einem der Häfen von Bord stehlen sollen, auch wenn sie ohne alle Mittel dastanden. Und Erec hatte ihnen Sold versprochen, wenn sie in Palästina kämpften. Ja, er musste es gestehen, er war unentschlossen gewesen. Trotz seiner Wut hatte er gedacht: Warum nicht? Sein König zog gen Jerusalem, die Blüte der Ritterschaft mit ihm, sollte es ihm da nicht billig sein? Gab es in seinem Leben etwa ein besseres Ziel? Was hatte er schon anderes zu tun, jetzt, da Rowena ...? An dieser Stelle hatte er sich stets verboten, weiterzudenken, die Faust auf die Reling gehauen und den nächstbesten Schluck Wein angenommen, den man ihm reichte. Und da war immer ein Schluck gewesen. Beschämt dachte Cedric, dass er wohl kaum einen Moment während der ganzen Reise nüchtern gewesen war. Nicht einmal, als Erec ihm sein Schwert verweigert hatte mit dem Hinweis, dafür habe er seine, Cedrics Passage beim Kapitän bezahlt, und wenn er es zurückfordere, werde er sein Geld beim Kapitän zurückfordern, und der werde dann ihn und Colum über Bord werfen – nicht einmal da hatte er aufbegehrt. Und die Scham darüber brannte beinahe so heiß wie die Sonne.

Hier nun, im Heiligen Land, im Sold eines Vasallen, der unter dem Erzbischof von Canterbury kämpfte und Männer gesucht hatte, war er mehr als nüchtern. In Jaffa an Land gesetzt, hatte er ihre Möglichkeiten ganz trocken betrachtet. Sie hatten kein Geld für die Rückreise, sie kannten niemanden, der ihnen geholfen hätte. Sie konnten nichts anderes als kämpfen. Und an Kämpfern herrschte derzeit Bedarf. Also ließen sie sich anwerben. Wohin der Zug ging, war Cedric beinahe egal. Wenn es nur gefährlich wäre und die Chance bestünde, auf anständige Weise dabei sein Leben zu verlieren.

»Nach Hause?«, hatte er gefragt, wenn Colum ihn bedrängt hatte. Was sollte er zu Hause? Er war nicht mehr der Cedric von einst, fand er. Und er würde nicht in die väterliche Burg zurückkehren wie ein Kind, das sich die Knie aufgeschlagen hatte, in den Schoß der Mutter. Wenn er sie eines Tages vergessen hätte, dann vielleicht, dann könnte er zurückkehren. Er stellte Colum anheim, alleine die Reise anzutreten, aber der lehnte ab. So blieb er an Cedrics Seite, eine Verantwortung, eine Mahnung, eine lästige Verpflichtung, die ihn in diesem Leben hielt. Wie er torkelte, dachte Cedric, der ihn besorgt aus den Augenwinkeln musterte. Ihm setzt diese Hitze mehr zu als mir. Er könnte ja auch wahrhaftig mein Vater sein. Unwillkürlich knetete seine Hand den Wasserschlauch. Nicht ein Tropfen, das würde der Halunke von Erec ihm noch büßen. Und der Horizont flirrte, dass einem schwindelig werden konnte.

Manchmal sehnte Cedric sich nach der Trunkenheit zurück. Sie hatte ihn zu einem armen Tropf gemacht, aber ihm immerhin Momente geschenkt, in denen er Rowena noch einmal ohne Zorn betrachten konnte, ja, in denen er manchmal vergaß, dass sie ihn verhöhnt und verraten hatte und nichts blieb als ihr wunderschönes, liebes Gesicht, nach dem er seine Hand ausstreckte. Und beinahe gelang es ihm, sie zu berühren.

Hier war nur Staub und Fels. Und seine trockene Kehle schluckte an der Vergangenheit herum wie an einer Handvoll Sand.

»Weiter, Männer.« Sie gehorchten dem Befehl. Noch einmal setzte sein halbtotes Pferd sich in Gang.

Colum, die Hand am Steigbügel, hielt Schritt. »Sie sagen, Saladin hat die Obsthaine umhauen lassen.« Er wischte sich mit der Hand über die Stirn. »Und die Brunnen zuschütten. Sie sagen auch«, er schluckte schwer, »die übrigen Brunnen sind vergiftet.«

Cedric tätschelte ihm die Schulter. »Irgendwas muss sein eigener Nachschub ja auch trinken, wenn er anrückt.«

Colum schnaubte. »Ich habe noch keinen lebenden Sarazenen gesehen.«

In der Tat war von Saladins Truppen bislang noch nichts zu spüren gewesen. Wie eine Schlange mussten sie irgendwo zwischen den heißen Felsen auf der Lauer liegen, bereit, blitzschnell zuzuschlagen. Doch noch hatten sie es nicht getan. Die Gebirgspfade, die sie bisher entlanggezogen waren, waren einsam gewesen und menschenleer, die Festungen geschleift, an denen sie vorüberkamen, und die Dörfer verlassen. Nicht einmal ein Hund hatte gebellt, wenn sie sich näherten. Und die Hütten standen leer. Im ersten Dorf waren die Männer ungläubig von einer zur anderen gelaufen, hatten herumgestöbert und zu plündern gesucht und kaum einen zerfetzten Schilfkorb gefunden, geschweige denn eine der Datteln, die einmal darin aufbewahrt worden waren. Enttäuscht und hungrig hatten sie in den leeren Räumen getobt und zerstört, was noch da gewesen war. Inzwischen lagerten sie einfach vor den Dörfern und scherten sich um nichts mehr.

»He, ho! Letzte Rast für heute.«

Wieder war einer dieser Geisterorte aufgetaucht. Eine hohe Zypresse versprach Schatten; deshalb hatte sich Cedrics Anführer entschieden, sie hier lagern zu lassen. Ächzend und stöhnend ließen die Männer sich nieder. Die aufgestellten Wachen gingen bis zu den verlassenen Häusern, um sicherzustellen, dass sich keine feindlichen Truppen darin verbargen. Plötzlich rief und winkte einer von ihnen laut. Nicht alle machten sich die Mühe, noch einmal auf die Füße zu kommen. Cedric und Colum folgten dem Ruf und standen mit einigen Kameraden vor einem Wirrwarr von Ästen.

»Ich habe es doch gesagt«, murmelte Colum und starrte auf die gefällten Bäume zu ihren Füßen. »Sie schlagen die Obstbäume um.«

Das Holz an den Schnittstellen war so frisch, das es noch feucht war. Es gab Männer, die die Äste hochhoben, um daran zu saugen.

»He«, rief einer, »seht her, da hängen noch ein paar Aprikosen!« Er hatte kaum zu Ende gesprochen, da gab es auch schon ein Rangeln und Prügeln um die wenigen, stark verhutzelten Früchte, die zwischen den Zweigen lagen. Cedric und Colum standen am Rand. Als aber der erste der Männer mit einem gefüllten Beutel an ihnen vorbeirennen wollte, dicht gefolgt von einem Widersacher, stellte Cedric dem ersten ein Bein, und Colum pflückte den Beutel aus der Luft, als sein Besitzer die Arme hochriss, um im Sturz sein Gleichgewicht wiederzufinden. Der zweite flog über den ersten, und ehe beide begriffen, dass sie sich vergeblich prügelten, waren Cedric und Colum schon weitergegangen.

»Aprikose?«, bot der Knappe seinem Herrn an. Dem lief das letzte bisschen Wasser im Munde zusammen. Sie gingen hinüber zu einer der Hütten, um sich in ihrem Schatten niederzulassen und die Beute in Ruhe zu teilen. Da hörten sie einen erstickten Laut.

Alarmiert schauten sie einander an. Cedric wies mit dem Kinn auf die Fensteröffnung, Colum nickte. Dann stand der junge Mann auf und tat, als wollte er an einem Stein sein Wasser abschlagen. Als sein Knappe das Zeichen gab, dass er bereit war, fuhr er herum und stürzte durch die offene Tür in die Hütte;

gleichzeitig hechtete Colum durch das Fenster hinein. Der Raum war leer. Nur im Boden entdeckten sie ein Loch, wo Erde durch ein ausgebleichtes Gerüst aus Palmholz und gerissenen Matten gestürzt war und einen sonst verborgenen Kellerraum freigab. Ihr plötzlicher Auftritt hatte Sand losgetreten, der mit feinem Sirren dort hinunterrieselte. Und wieder hörten sie das Geräusch.

»Siehst du was?«, fragte Cedric, während Colum seinen Kopf über die Öffnung schob.

»Es ist ganz schön tief«, meinte der Knappe. »Aber ich kann mich an dem Balken da abstützen.«

»Ich gehe«, beschied Cedric ihn und schob ihn beiseite. Er streifte sein Kettenhemd ab, dankbar, das Gewicht und die Hitze des Metalls nicht mehr auf seinen Schultern zu spüren, und machte sich an den Abstieg. Colum hatte Recht gehabt, stellte er fest, das Loch war weit tiefer, als ein Mann groß war, aber die Balken der abgestürzten Trägerkonstruktion bildeten so etwas wie ein Klettergerüst, an dem entlang er sich vorsichtig nach unten vortasten konnte. Erde geriet ins Rutschen und rieselte auf sein Haar, während er abstieg. Er schüttelte sich, sah einen Tausendfüßler davonkriechen und mehrere Spinnen. Brr, dachte Cedric. Dann bemerkte er das Augenpaar.

34

»Komm näher, Rowena«, sagte der Baron und räusperte sich. »Meine Stimme hat nicht mehr die alte Kraft.« Er nahm ihre Hand, als sie aufstand, um sich auf seiner Liege niederzusetzen, die Oswin und Arthur fürsorglich nahe dem Kaminfeuer aufgestellt hatten. Die schwache Glut schloss sie in einen kleinen Kreis aus Licht, legte Schatten über sein zerstörtes Gesicht und ließ den Rest des Raumes hinter ihnen im Dunkeln. »Ich möchte dir ein wenig mehr erzählen.«

»Ach, Vater«, wehrte Rowena ab. Sie sah das leise Erstaunen in seinem Gesicht und auch den Schmerz, da sie sich so entzog, und biss sich auf die Lippen, aber sie konnte nicht anders: Das Thema, über das er zu sprechen wünschte, war ihr unheimlich. Am liebsten war ihr, man erwähnte es nicht, und oft wünschte sie sogar heiß, sie hätte niemals davon gehört. Es brachte die Mauern ihres vertrauten Lebens zum Wanken, untergrub den festen Boden ihres Alltags und gab den Menschen um sie herum, die sie zu kennen und zu lieben geglaubt hatte, ein neues, erschreckendes Gesicht, als hätten sie bislang nur Masken getragen, die sie sich nun heruntergerissen, um sie zu verspotten: dein Leben, deine Vergangenheit, alles war nur ein Scherz. Nichts war so gewesen, wie sie geglaubt hatte. Es bereitete ihr tiefes Unbehagen, darüber nachzudenken. Sie wandte den Kopf ab. »Früher haben wir auch nie darüber geredet.«

»Es tut mir leid, Rowena.« Er nahm ihre Finger in beide Hände. Seine Rechte war noch verbunden und würde, trotz Rowenas hingebungsvoller Pflege, nie wieder ein Schwert führen können, noch eine Feder halten. Wie überhaupt die stille Kraft, die ihn früher ausgezeichnet hatte, verschwunden schien aus seinem hinfälligen Körper. Das, was der Bischof von Exeter ihr vor einiger Zeit erlaubt hatte, auf einem Karren nach Hause auf die Burg zu holen, war nur mehr die Hülle des einstigen Mannes. Die Bediensteten hatten dagestanden und sich die Hand vor den Mund gepresst, als sie sahen, wie Oswin und William ihn aus dem Gefährt hoben. Und seit er auf seinem Krankenlager lag, herrschte eine Stille in der Burg, die auch sein melancholisches Lächeln nicht in Freude zu verwandeln vermochte.

Sanft streichelte der Baron Rowenas Hand. »Wenn dein Bruder noch am Leben, wenn er noch hier wäre ...«, verbesserte er sich rasch, »dann würde all dies auch nie zwischen uns gesagt werden. So war es seit jeher die Sitte der de Forresters: Der älteste Sohn übernahm das Hüteramt, die anderen erfuhren nichts davon.«

»Warum?«, fragte Rowena aufsässig. »Weil sie nicht gut genug waren? Weil sie Frauen waren?«

»Weil sie fortgingen«, sagte ihr Vater sanft. »Und das Geheimnis, Rowena, muss hierbleiben.«

»Ich werde auch fortgehen.« Rowena stand auf und stellte sich an den Kamin, um ihre Hände gegen die Glut zu strecken. Mit dem Rücken zu ihrem Vater sagte sie. »Montfort wurde zu Prinz John gerufen. Aber wenn er zurückkehrt, werde ich ihm als seine Frau folgen, das wisst Ihr. Nur deshalb hat er den Bischof bestochen, Euch freizulassen.«

»Rowena.« Mühsam suchte der Baron sich aufzurichten. »Du darfst diesen Menschen nicht heiraten. Als einziges Kind bist du die Erbin von allem. Es darf nicht in Montforts Hände fallen.«

»Das wäre gewiss ein Unglück«, murmelte Rowena bitter. Ja, darum sorgte er sich, ihr Vater. Um seinen verdammten Besitz und diese ... diese Wesen dort, die all seine Aufmerksamkeit beanspruchten. An sie, die alles für ihn aufgegeben hatte, die ihr Leben an der Seite dieses Monsters Montfort würde verbringen müssen, verschwendete er keinen Gedanken. Und fast gegen ihren Willen entfuhr es ihr: »Ich mache das schließlich nicht zu meinem Vergnügen.«

Hinter ihr blieb es still; Rowena schämte sich ihres Ausbruchs. Es war ihre Entscheidung gewesen, Montfort nachzugeben, sie wusste es wohl. Sie zog fröstelnd die Schultern hoch. »Also wirklich«, sagte sie leichthin, »hat man schon einmal so einen kalten April erlebt?« Dann wandte sie sich um. Sie suchte sich zu beherrschen, aber ihr Vater las in ihrem Gesicht wie in einem Buch. Er streckte die Arme nach ihr aus, und sie flüchtete sich hinein wie ein kleines Kind.

»Verzeih mir«, murmelte er und strich über ihr Haar. »Verzeih mir.« Eine Weile ließ er sie weinen, dann hielt er sie ein Stück von sich fort. »Aber du musst begreifen, dass es hier nicht um mich geht.« Eindringlich rüttelte er an ihren Schultern. »Ich bin nicht wichtig.«

»Ach wirklich?« Rowena schniefte, wischte sich die Nase und zog schon wieder ein bockiges Gesicht. »Das ist doch Unsinn, Vater, nichts ist wichtiger als du.« Es machte sie wütend, wenn er so sprach, wütend, wenn er dabei heiter dreinsah und den Kopf schüttelte so wie jetzt. Wieder sprang sie auf und lief auf und ab. Sie hätte schreien mögen: Es geht schließlich um dein Leben. Montfort wird dich wieder dem Bischof ausliefern, wenn ich nicht gehorche. Er wird dich umbringen. Du wirst sterben, in Schmerz und Schande. Aber sie tat es nicht. Alles, was sie hätte sagen können, wusste er ja bereits. Und dass er dennoch lächelte, zerriss ihr das Herz. »Aber die sind wichtig, ja?« Heftig schüttelte sie den Kopf. »Ich habe nie etwas von ihnen gehört, nie etwas gesehen. Sie haben nichts für mich getan.« Außer mein Leben zu zerstören, dachte sie. »Was sollten sie mir wohl bedeuten?«

Ihr Vater schaute sie ernst an. »Sie sind unser besserer Teil«, sagte er.

Rowena hielt den Atem an. Eine Weile hörte man nur das Knacken der Scheite. Endlich fing sie sich und schnaubte ungläubig.

»Du sagst, du kennst sie nicht«, fuhr ihr Vater fort, und sein Ton war werbend, »aber sie sind in deinem Blut.«

»Nein!«, begehrte Rowena auf.

»Doch, Rowena, doch.« In seiner Stimme lag Begeisterung. »Oder willst du deine Mutter verleugnen?«

Rowena wirbelte herum. »Das ist nicht fair«, flüsterte sie.

Der Baron lächelte. »Sie war eine von ihnen«, erzählte er weiter. »Wie also kannst du behaupten, dass sie böse seien, schlecht oder nicht jeden Tropfen unseres Blutes wert? Rowena.«

Sie schob den Unterkiefer vor. Sie musste zugeben, dass etwas in den Worten ihres Vaters sie berührte. Zugleich hatte sie das Gefühl, betrogen und über den Tisch gezogen zu werden. Sie öffnete den Mund, schloss ihn wieder.

»Sag selbst, Rowena.« Der Baron hob seine leeren Hände.

Mutter, dachte Rowena, ihre Mutter, die sich so nach ihrer Heimat gesehnt hatte, diesem Wald, von dem Rowena annahm, sie starre darauf nur aus Langeweile. Wie oft wohl hatten sie beide dieselbe Sache mit völlig anderen Augen gesehen, ohne dass sie es wusste? Es war, als wäre ihre Mutter ihr nachträglich weggenommen worden, es war schmerzhaft, und doch fühlte sie noch immer ihren liebenden Blick.

»Sind sie alle so wie Mama?«, fragte sie, zögernd und mit Zurückhaltung in der Stimme.

Über das Gesicht des Barons glitt ein Lächeln. Er streckte ihr die Hand entgegen und zog sie neben sich. »Einige«, sagte er. »Aber da war keine, die ich schöner gefunden hätte.«

35

»Alles in Ordnung?«, rief Colum besorgt hinunter, nachdem eine ganze Weile nichts zu hören war. »Herr, seid Ihr wohlauf? Herr!«, wiederholte er. Alles blieb still. »Herr, ich komme jetzt!« Was konnte nur geschehen sein?

Mit zitternden Händen, aber entschlossen, ließ er sich in die Grube hinunter. Seine Beine waren kürzer als die Cedrics. Er reichte nicht bis zum ersten schräg liegenden Balken, zappelte in der Luft herum, traf, verfehlte den Halt und stürzte schließlich, als seine Finger abrutschten, wie ein Mehlsack auf den Boden der Grube.

Es dauerte einen Moment, ehe er begriff, dass er in Wasser saß.

»Pst«, machte Cedric, legte den Finger an den Mund und lächelte ihm über die Schulter zu. »Du machst ihnen Angst.«

Jetzt bemerkte Colum, was auch Cedric sah. In einem Eck der Grube, versteckt hinter Schutt und Erde, hockten zwei Kinder, ein Junge und ein Mädchen. Sie mochten nicht älter als sieben oder acht sein. Ihre Haut war gestreift von Schmutz, und ihr vom Staub gestärktes Haar stand nach allen Seiten ab. Die Kleider, die sie trugen, waren nicht mehr als Fetzen, und ihre großen schwarzen Augen verfolgten ängstlich jede Bewegung der beiden Fremdlinge.

»Steck dein Schwert weg, Colum«, sagte Cedric. »Diese Sarazenen werden uns nichts tun.«

Colum gehorchte und kroch näher. Köstlicher kühler Schlamm quoll unter seinen Fingern hervor. Er musste sich beherrschen, um ihn sich nicht über das Gesicht und die Lippen zu streichen. Aber das hätte die Kinder vielleicht noch mehr erschreckt als sein grimmiges Gesicht mit den düsteren Brauen. Als er herankam, zogen sich die Kleinen förmlich in sich zusammen vor Angst. Aber fort liefen sie nicht .

»Er steckt mit dem Bein fest«, konstatierte Colum und wies auf den Knöchel des Jungen in einem Wirrwarr aus Holz.

Cedric nickte. »Das muss passiert sein, als er auf diesen morschen Schutt kletterte.« Er schaute sich in dem Keller um. »Das hier war wohl einmal ihr Brunnen. Komm, hilf mir.«

Beruhigende Laute ausstoßend und die Hände mit den Handflächen von sich gestreckt, näherte er sich den beiden, die zitternd blieben, wo sie waren. Das Mädchen umschlang seinen Bruder mit beiden Armen. Cedric lächelte ihr zu. »Heb du den großen Balken, Colum«, befahl er leise und machte sich selbst daran, die beiden darunter liegenden Bretter, die den Fuß des Jungen wie eine Klammer festhielten, auseinanderzudrücken. »Jetzt!«, kommandierte er. Ihre Gesichter wurden für einen Moment rot vor Anstrengung, das Holz ruckte und ächzte, dann kam der kleine Fuß frei.

Cedric nahm ihn in seine Hände und drehte ihn behutsam hin und her. Konzentriert betastete er die Knochen. »Es scheint nichts gebrochen zu sein«, sagte er und schaute den Jungen an, der ganz benommen schien. Die Schwester des Kleinen war inzwischen zu der Pfütze geeilt, die von Colums Landung noch immer ganz aufgewühlt war, und kam mit einer Handvoll Schlamm zurück, die sie wie einen Verband auf den Knöchel aufzutragen begann.

Colum wollte protestieren, da fiel ihm ein, wie er sich selbst eben noch nach so einer Packung gesehnt hatte. Schön kühl musste das wohl sein. Und wer weiß, vielleicht half es ja.

Cedric strich sich die Haare aus der Stirn und lachte die beiden an. »Gut machst du das«, lobte er das Mädchen. Und obwohl sie kein Wort von dem, was er sagte, verstehen konnte, begriff sie doch, was er wollte, und lächelte stolz. Er strich ihr über den verstrubbelten Kopf. »Kleine Heilerin«, sagte er. Dabei überfiel ihn eine Erinnerung wie ein stechender Schmerz. Die Freude aus seinem Gesicht verschwand; er sackte auf einen Balken. Fragend schauten die Kinder ihn an.

»Herr!« Das war Colum, der inzwischen zu der Pfütze zurückgekehrt war und begann, seinen Wasserschlauch zu füllen. »Wasser, Herr!«, rief er. Seine Stimme vibrierte. »Wir müssen es den anderen sagen, wir müssen die Pferde holen, Eimer, wir … ah …« Er konnte nicht anders und tauchte sein Gesicht hinein.

»Nein, Colum!« Cedrics Stimme klang tief und müde.

Erstaunt schaute der Knappe auf. Es tropfte schmutzig aus seinen Brauen auf seinen offenen Mund.

»Sieh es dir doch an, Colum«, sagte Cedric.

Verdutzt starrte Colum auf sein Spiegelbild im Wasser. Was war damit verkehrt?

Cedric machte eine Handbewegung. »Es ist doch nicht mehr als eine Pfütze. Für die beiden hier bedeutet es das Überleben. Für unsere Männer wäre es nichts.«

Langsam begriff Colum. In der Tat, es war nur eine Pfütze, wenige Zentimeter tief und voller Schlamm. Sein Schlauch schon war nur mit Mühe zu füllen gewesen. Die Ritter und Knappen dort draußen aber und all die Pferde, sie würden hier im Handumdrehen nichts zurücklassen als einen ausgetrockneten, zerstörten Pfuhl. Und hätten ihren Durst doch nicht gelöscht. Er nickte. Tropfen fielen aus seinen Haaren.

»Wisch dir das Gesicht«, beschied ihn Cedric. Dann nahm er den Sack mit den Aprikosen, betrachtete kurz den Inhalt, erwog ihn aufzuteilen und reichte ihn dann mit einer raschen Bewegung den beiden Kindern. »Da«, sagte er. »Es ist euer Essen.« Noch einmal lächelte er die beiden an. Dann legte er langsam und deutlich den Finger auf seine Lippen, wandte seinen Kopf hierhin und dahin, als wollte er den ganzen Keller gründlich betrachten, und wiederholte dann die Geste. Die Kinder verstanden ihn wohl, denn sie nickten mit todernsten Mienen.

Colum hinter ihm rumorte herum. »Wie zum Teufel kommt man hier wieder raus?«, fragte er mit in die Hüften gestemmten Fäusten.

Als wollte sie seine Frage beantworten, sprang das kleine Mädchen auf und turnte leichtfüßig, fast schneller, als das Auge folgen konnte, durch das Balkengewirr nach oben.

»So«, meinte Cedric und tat es ihr nach. Er huschte nicht ganz so mäusegleich wie die Kleine, aber er schaffte es. Und gemeinsam zogen sie auch Colum wieder ans Licht.

Zum Abschied strich Cedric dem Mädchen noch einmal über das Haar und machte die Geste des Schweigens. Da trat sie vor, hob ihre Ärmchen und zog, als er sich ihr mit fragender Miene entgegenneigte, sein Gesicht zu sich heran.

Mit der Würde einer Königin küsste sie ihn auf die Stirn. Die Sonne verlieh ihrem Haar einen rötlichen Schimmer, der Cedric ans Herz griff. Dann war sie verschwunden.

Colum kratzte sich am Kopf. Grinsend begann er: »Da brat mir doch einer einen ...«

Aber Cedric hatte sich abgewandt, sein Kettenhemd aufgehoben und war bereits auf dem Weg nach draußen. Als er das Hemd übergezogen hatte, sah Colum, der ihm besorgt gefolgt war, dass Tränen in seinen Augen standen.

»Aufbruch!«, schallte es ihnen von der Zypresse entgegen.

36

Erschöpft und froh, der Krankenstube entkommen zu sein, ließ Rowena sich in der Küche auf einen Schemel fallen. In ihrem Kopf wirbelten diese vielen neuen Ideen herum, die ihr Vater ihr vorgetragen hatte und die sie kaum begreifen konnte noch wollte. Wie kam das nur, dachte sie und rieb sich die Augen, dass sie von all dem nie zuvor etwas gehört hatte? Da lebte unter ihnen in einem Dorf auf einer Waldlichtung eine Gruppe von Menschen, die so alt wie die Welt zu sein schienen, ein unsichtbares Leben. Den Worten ihres Vaters nach waren sie immer schon da gewesen, vor allen anderen Bewohnern Britanniens waren sie der Ursprung aller Mythen und Märchen.

Ihre Vorfahren hatten die Steinkreise gebaut und die anderen seltsamen Monumente errichtet, die man zuweilen sah, auch wenn das lange her war und sie selbst schon vergessen hatten, wozu sie dienten. Sie hatten der Landschaft, den Hügeln und Seen hier ihre Namen gegeben. Und wenn man ihrem Vater glauben durfte, waren sie ihnen auf eine schwer zu begreifende Weise verbunden, beinahe wie Nymphen ihren Teichen und Feen ihren Bäumen.

Edith, die mit energischen Bewegungen Bohnen putzte, war ganz auf ihre Arbeit konzentriert und schenkte ihrer Herrin nur hie und da einen Seitenblick. Seit der Herr wieder in der Burg war, waren einige der Dienstboten zurückgekehrt, aber bei weitem nicht alle, und an ihr hing mehr denn je. Sie bemerkte wohl, dass ihre junge Schutzbefohlene etwas umtrieb, aber sie hütete sich, darauf zu sprechen zu kommen.

Es war William, der Pfarrer, der sich räusperte und Rowenas Blick auffing. »Es sind Menschen wie wir«, sagte er warm.

»Aber sie glauben nicht an Gott, nicht wahr?«, gab Rowena ihm zurück und brachte ihn damit umgehend zum Verstummen. Mit einem Angriff dieser Härte hatte er sichtlich nicht gerechnet. Es dauerte eine Weile, bis er sich gefangen hatte. »Gott«, begann er vorsichtig, »wenn er diese Welt geschaffen hat, hat auch sie erschaffen. Und wenn ein Sinn in dieser Schöpfung besteht, eine Schönheit und Harmonie, dann sind sie ein Teil davon, ja, sie verkörpern sie geradezu und ...«

»Aber sie beten ihn nicht an, oder?« Rowena war nicht gewillt, sich mit solchen Gemeinplätzen zufrieden zu geben. »Sind sie Christen oder nicht, sagt!«

William musste den Kopf schütteln. »Nein«, gab er zu, »Christen sind sie nicht.«

Rowena nickte nur vielsagend. Und Ihr als Pfarrer, sollte das bedeuten, heißt diesen Spuk gut. Stattdessen sagte sie: »Ich habe Vater übrigens von Eurem Buch erzählt. Er ist sehr aufgebracht. Er sagt, das Wissen ist zu gefährlich, um anders als mündlich weitergegeben zu werden. Er wird Euch deswegen noch rufen lassen.«

William errötete tief. Es arbeitete sichtlich in ihm, aber er wusste nichts zu antworten. »Ihr seid hart geworden, Fräulein«, brachte er schließlich heraus.

Rowena zuckte mit den Schultern. »Was soll ich tun? Mein Bruder ist verschollen, mein Vater ein kranker Mann, der Pfarrer ein Ketzer und die Diener auf der Flucht.« Sie stand auf, um sich einen Becher Wasser zu holen. »Alles hängt an mir. Ich muss hart sein.« Sie nahm einen tiefen Schluck und runzelte die Stirn. »Ich muss mir irgendetwas überlegen«, fuhr sie dann in weit weniger lakonischem Ton fort. »Ich muss.«

Wieder begann sie, wie schon oben im Zimmer, ihr Auf- und Abgehen. Niemand in diesem Schloss war ihr eine Hilfe, keiner verstand sie. William geriet nur ins Schwärmen. Und ihr Vater verlangte Unmögliches von ihr. Ihn aufgeben, ihn diesen Schergen überlassen – niemals würde sie das tun. Er selbst würde das nicht wollen, wenn die Folter ihn nicht so mitgenommen hätte, da war sie sicher. Es war erschreckend, den körperlichen Verfall mit anzusehen, dem er ausgesetzt war.

Als hätte sie diesen Gedanken gelesen, fragte Edith: »Braucht der Herr irgendetwas?«

»Es geht ihm gut«, fauchte Rowena, aufgestört aus ihren Gedanken. Sie winkte ab und legte sich dann die Hand über die Stirn. Sie musste nachdenken, musste einen Weg finden, der sie alle vor dem Schicksal bewahrte. Denn natürlich wünschte auch sie nichts weniger, als dass Montfort tatsächlich ihr Gatte würde. Weder wollte sie ihm sich selbst opfern, noch die Menschen hier. Nicht William, auch wenn sie wütend auf ihn war, nicht Oswin und Edith, nicht Meredith und Adelaide. Aber Adelaide war tot, fiel es ihr da wieder ein. O Gott, sie war wahrhaftig tot und all dies kein Albtraum.

Außerdem war sie gar nicht Adelaide gewesen, die kleine Müllerstochter, sondern eine von denen. Ihr Vater hatte es Rowena bestätigt. »Ja«, hatte er zugegeben. »Deine Mutter war so untröstlich, als der Vater mit dem toten Kind zu ihr kam und sie nicht helfen konnte. Sie wusste, dass es bei ihren Leuten im Wald eine Waise gab, und überredete sie, die Kleine zu Meredith in Pflege zu geben. Wir dachten, es würde beiden Welten nützen.« Mit Feuer in seinem verbliebenen Auge schaute er sie an. »Sie haben so viel zu geben.« Das sagte er, dachte Rowena mit Bitterkeit und Bewunderung, dem bislang nur genommen wurde. Erneut nahm sie einen tiefen Schluck. Doch das trockene Gefühl in ihrem Mund wollte nicht schwinden.

»Das ist gut«, ließ Edith sich vernehmen und warf William einen bedeutungsvollen Blick zu. »Es ist bald Bündnismond.«

»Was sagt sie?«, fragte Rowena gereizt.

»Bündnismond, das ist ein Fest«, übersetzte William für sie. »Es findet eineinhalb Monate nach dem Frühlingsäquinoktium statt und läutet den Sommer ein. Wir feiern es am ersten Mai.«

»Das ist Vaters Hochzeitstag!«, rief Rowena erstaunt.

William nickte. »Es wäre auch der Eures Bruders gewesen, hätte er Eurem Vater im Amt folgen können. Das Alte Volk begeht den Tag stets mit dem Hüter gemeinsam, erneuert den

Bund mit ihm und blickt voraus auf das kommende, fruchtbare Jahr.«

»Heißt das …?« Rowena schnappte nach Luft. Noch konnte sie sich die Tragweite des eben Gehörten nicht deutlich machen.

»Wenn Ihr den Platz einnehmen wollt?« In Williams Stimme lag Zweifel, doch auch ein wenig Hoffnung. Allerdings vermochte er nicht, ihr ins Gesicht zu sehen, in dem sich Unverständnis und Bestürzung abzeichneten, während sie versuchte, den Gedanken des Bundes mit ihrer eigenen Person in Verbindung zu bringen.

»Euer Vater sollte dabei sein«, sagte Edith ruhig und bestimmt.

Das war zu viel für Rowena. »Vater wird nirgendwo dabei sein! Er ist gar nicht in der Lage, sich irgendwo hinzuschleppen und dabei sein letztes bisschen Gesundheit zu ruinieren. Schon gar nicht für irgendwelche heidnischen Feste. Ihm droht eine Klage wegen Hexerei, habt ihr das schon vergessen?«, rief sie, stemmte die Fäuste auf den Tisch, neigte sich vor und schaute streng von einem zum anderen.

Stumm saßen die beiden da und hielten die Blicke gesenkt. Rowenas Wut stieg. »Mir scheint, euch beide hätte der Bischof festnehmen und verhören sollen.«

»Fräulein«, wollte Edith empört aufbegehren.

In diesem Moment raschelte es auf der Bank neben dem Ofen, Decken bewegten sich, und Harrys struppiger Kopf kam zum Vorschein. Er schien gerade aufgewacht, rieb sich die Augen und zog ein düsteres Gesicht. Erschrocken schauten die drei Streithähne einander an.

»Junge, bist du schon lange wach?«, fragte Edith schließlich, hatte aber Mühe, die übliche Autorität in ihre Stimme zu legen. Sie reichte ihm verlegen einen Becher und einen Brotkanten. Harry verweigerte beides, erwiderte auch Rowenas Lächeln nicht und schlurfte zur Tür. »Braucht euch nicht um mich zu kümmern«, brummte er. »Bin eh nicht da.«

Rowena biss sich auf die Lippen, als sie es hörte, hin- und hergerissen zwischen dem Wunsch, ihn zu trösten, und dem, diese Auseinandersetzung fortzusetzen. Gerne hätte sie den Jungen zurückgerufen, aber noch immer brannten zornige Worte in ihr und warteten darauf, ausgesprochen zu werden. Kaum fiel die Tür hinter Harry ins Schloss, wandte sie sich wieder Edith und William zu.

»Da seht ihr«, fauchte sie, »was eure Unbedachtheit anrichten kann. Was sollen die Menschen hier denken von euch und eurem Treiben?«

Edith wollte protestieren, aber William machte ihr ein Zeichen, zu schweigen.

Triumphierend verschränkte Rowena die Arme. »Wo soll dieses Fest«, sie sprach das Wort mit Distanz aus, »denn nun stattfinden?«

Da hob William den Kopf. »Mein Fräulein«, sagte er fest. »Es ist wohl besser, wenn wir Euch nicht mit Dingen behelligen, die Euch nur aufregen. Vorerst«, setzte er ein wenig sanfter hinzu.

Rowena beruhigte das nicht. »Wenn Ihr glaubt, dass ich meine Meinung in dieser Sache ändern werde, dann habt Ihr Euch getäuscht.« Sie holte tief Atem. »Ich erlaube nicht, dass Vater sich weiter mit diesen Dingen abgibt. Ich werde eine Lösung finden – für ihn, für die Burg, für all … das«, zischte sie schließlich. Über ihnen rumpelte es.

Dann erklangen schnelle Schritte draußen auf der Treppe. Oswin stürzte herein; die Küchentür, die er aufgeschlagen hatte, krachte an die Wand, sodass sie seine ersten Worte nicht verstanden. »Der Herr«, rief er dann atemlos.

»Vater?« Rowena wartete eine Antwort nicht ab. Sie stieß ihn beiseite und stürzte aus der Tür, die anderen im Gefolge. Als sie zum Zimmer ihres Vaters kam, blieb sie wie erstarrt stehen.

Dort lag er auf seiner Liege, wie sie ihn verlassen hatte; das Feuer beleuchtete seine abgemagerte Gestalt mit unstetem Flackern. In seiner linken, unversehrten Hand hielt er einen Dolch.

Die Rechte, die in seinem Schoß lag, war am Gelenk von einer klaffenden Schnittwunde entstellt, aus der noch immer das Blut auf die Felle sickerte, mit denen Rowena seinen dünnen Körper bedeckt hatte. Mit einem Aufschrei stürzte sie zu ihm. Er war schon kaum mehr bei Bewusstsein.

Hastig riss Rowena ihren Schleier herunter und begann, den Schnitt abzubinden. Ein Blick genügte ihr, um zu erkennen, dass die Wunde tief ging; der Schnitt hatte die Adern und sämtliche Sehnen durchtrennt. Er war wahrhaftig entschlossen geführt worden.

»Du hättest es abbinden müssen«, warf sie Oswin vor, während sie mit fliegenden Fingern arbeitete. »So, verstehst du, du Ochse. So.« Tränen schossen in ihre Augen. Sie wollte aufstehen, um das Kästchen mit den Medikamenten zu holen. Ihr Vater brauchte eine Medizin, die sein Herz stärkte, ihn die Todesschwäche überwinden half. Da spürte sie auf einmal seine Finger auf ihrem Arm.

Es gelang seinen Augen nicht mehr, Rowena zu fixieren. Aber seine Lippen bewegten sich. Sie neigte ihr Ohr daran. »Nun brauchst du ihn nicht mehr ...«

Erschrocken wich Rowena zurück. Das wollte sie nicht hören, wollte es nicht einmal denken! Sie legte ihm die Finger auf den Mund. »Nein«, flüsterte sie mit erstickter Stimme, »nein. Nicht so. Du wirst leben, Vater.«

Da kam Edith, das Medizinkästchen in der Hand, das sie aus eigenem Antrieb geholt hatte. Rowena war so außer sich, dass ihre Hände ihr kaum gehorchten. Nur mit Mühe schaffte sie es, das richtige Beutelchen zu finden und aufzuschnüren. Edith ging ohne Fragen nach unten, um heißes Wasser zuzubereiten.

»Er wollte sterben.« Nun schien auch William es begriffen zu haben. Benommen fasste er nach der Hand des Barons und tätschelte sie. »Aber, aber, alter Freund.«

»Ja«, erwiderte Rowena dürr. »Er wollte eine Todsünde begehen.« Aber er hat es nicht meinetwegen getan, spann sie den

Gedanken im Stillen weiter. Nicht zuerst für mich. Und sie wusste nicht, ob sie darüber glücklich sein sollte oder nicht. Sie schaffte es noch, Edith die Kräuter zu reichen und ihr die nötigen Anweisungen zu geben. Dann rannte sie aus dem Raum.

37

»Irgendwo dort vorne muss Jerusalem doch sein.« Colum schüttelte missmutig den Kopf. Er spuckte einen Dattelkern aus. Seit Tagen hatte er auf ihm herumgekaut. Das Fleisch der Dattel war schon bei Ramla verdaut gewesen.

»Ich sehe nichts«, meinte Cedric und klopfte ihm auf die Schulter. »Beruhige dich, alter Freund.«

»Ich soll mich beruhigen?« Colum blieb aufgebracht. »Dabei erzählen sie sich hinten, dass wir demnächst umkehren. Wir geben auf, Herr, hörst du, noch ehe wir dort sind.«

Nun richtete auch Cedric den Blick nach vorne. Nichts als Bergrücken, Geröll und flimmernde Hitze gab es dort zu sehen. Sein Kopf dröhnte, ein Dreiklang aus Hunger, Müdigkeit und Erschöpfung. Gleichgültig zuckte er mit den Schultern.

»Ja, und?«, fragte er. Ob sie nun west- oder ostwärts zogen, es war ihm herzlich egal. Fort von Rowena führten ihn doch alle Wege, und er wusste genug, wenn er wusste, dass er sie nie wiedersehen würde. Der Sinn stand ihm nicht nach Heldentaten. Jubelschreie hätten seine Ohren beleidigt. Ein Zug ins Nirgendwo, wie der ihre, passte besser zu seiner Verfassung.

»Ihr habt Recht«, seufzte Colum und ließ den Kopf hängen. »Es ist nicht unser Krieg. Wir sollten nicht einmal hier sein.«

»Ich weiß«, gab Cedric zu, wie immer, wenn sie an diesen Punkt kamen, »ich weiß.« Aber seine Stimme klang nie schuldbewusst, nur gleichgültig. Noch immer erreichte ihn die Aufregung seines Knappen nicht.

Der brummelte vor sich hin. »Aber gesehen hätte ich es doch zu gerne, wenn ich schon einmal hier bin. Einer wie ich, aus Cloagh, und in Jerusalem.« Er wackelte mit seinen buschigen Augenbrauen. »Da hätte ich der Müllerstochter was zu erzählen gehabt.«

Er blickte zu seinem Herrn hoch, der aber mit seinen Gedanken woanders schien. »Aber wie es aussieht, können wir froh sein, wenn wir mal den König zu Gesicht bekommen, was? Habt Ihr ihn schon gesehen, Herr?«

»Wie? Ach so, nein«, erwiderte Cedric. Und nach einer Weile, als Colum schon fast die Hoffnung aufgegeben hatte, fügte er hinzu. »Alles, was man sieht, sind diese verfluchten Templer.« Cedric mochte sie nicht, diese Mönche, die zugleich Ritter waren. So strahlend ihre Umhänge mit dem roten Kreuz auch leuchteten, ihm schien, als hätten sie auf doppelte Weise dem Leben entsagt.

Colum bekreuzigte sich demonstrativ und warf einen raschen Blick in die Runde. Doch schien niemand sie gehört zu haben. »Ihr solltet sie nicht verfluchen, Herr. Nicht so laut.«

Cedric brummte eine Zustimmung. »Sie riechen nach Tod.«

»Nun, ich schätze, das liegt daran, dass sie geschworen haben, sich nicht zu waschen, ehe die Heilige Stadt nicht erobert ist«, meinte Colum und zwinkerte ihm zu. Dann roch er an seinen eigenen Kleidern. Angeekelt verzog er das Gesicht.

Nun endlich lächelte Cedric einmal. »Tja, ich schätze, wir Übrigen werden vorher auch keine Gelegenheit zum Waschen kriegen«, sagte er und rekelte sich, um das klebrige Gefühl auf seiner Haut zu vertreiben.

»Ja«, griff Colum den Ton erleichtert auf. »Aber wenn wir erst einmal dort sind. Oder in Jaffa«, fügte er mit einem vorsichtigen Seitenblick hinzu.

»Oder in Jaffa«, bestätigte Cedric allerdings ohne Protest.

»Dann wollen wir baden, was, Herr?«

»Ja, Colum«, bestätigte Cedric gutmütig, »das wollen wir.«

»Und trinken werden wir. Ahhh.« Demonstrativ streckte Colum die Arme aus, dass seine Gelenke knackten. »Und dann, Herr ...« Er zögerte.

Cedric bemerkte es und verdrehte die Augen.

»Nein, Herr, schaut nicht so. Dann sollten wir heimreisen, Herr, der Sold wird uns die Passage zahlen. Wir sollten nach Cloagh zu Eurem Vater, der sich bestimmt schon Sorgen macht.«

Cedric hob die Hand und wedelte sich damit vor dem Gesicht herum, als wollte er Fliegen vertreiben. »Hatten wir das nicht schon tausendmal, Colum?« Er schnaufte schwer. »Ich werde nicht mit eingezogenem Schwanz nach Hause kommen wie ein kleiner Ausreißer, ein Niemand. Ich ...«

»Aber Ihr seid kein Niemand. Ihr seid ...« Colum hielt inne. »Bitte, Herr, Ihr wisst nicht, was Ihr Eurem Vater bedeutet, ihm und dem Volk von Cloagh.«

Cedric lachte bitter. »Das Volk von Cloagh wird auf einen grünen Jungen wie mich gut verzichten können«, stellte er fest, »den nicht einmal eine Frau ernst nimmt.«

»Aber«, Colum biss sich auf die Lippen. »Herr«, flüsterte er dann und blickte sich wieder argwöhnisch um. »Wenn Ihr wüsstet.« Er hielt inne, als ein Templer auf einem mächtigen Gaul gemächlich an ihnen vorbeizog und sie dabei so gedankenverloren anstarrte, als wären sie ein Dornbusch am Wegrand. Als der Mann fort war, fuhr Colum leiser fort: »Wenn Ihr nur mitkommen und Eurem Vater zuhören wolltet. Dann wüsstet Ihr ... dann würdet Ihr begreifen ...«

Cedric setzte sich im Sattel herum. »Was?«, herrschte er seinen Knappen an, gereizt von dessen Gestotter.

In diesem Moment sirrte der erste Pfeil heran. Der Templer vor ihnen wankte im Sattel, bevor er schwer herabstürzte. Wie ein Sack blieb er liegen.

»Angriff! Angriff!« Von vorne schallten die Hörner und Trompeten.

»Danke, danke«, knurrte der Hauptmann der Plänkler, der sich an ihnen vorbeidrängte, um zu seinen Männern zu kommen. »Jetzt haben wir es schon selbst gemerkt.« Pfeil um Pfeil flog heran und schlug um sie herum ein. Die Ritter vor ihnen auf dem schmalen Pfad drehten sich in den Sätteln hin und her, unentschlossen, wo der Feind zu erwarten war, der sich noch immer nicht zeigte, und unfähig, auf dem engen Raum ihre Tiere zu wenden, unter deren unsicher gesetzten Hufen das Geröll bröckelte und in die Tiefe stürzte. Rechts und links an ihnen vorbei drängte sich das Fußvolk und suchte Schutz hinter Felsbrocken und Dornbüschen. Auch Cedric glitt von seinem Pferd und legte sich neben Colum hinter einen morschen Stamm.

»Dort«, stellte er nach einer Weile des Spähens fest. »Siehst du?« Colum nickte. Auch er hatte den Sarazenen nun bemerkt, der dicht an eine Felsnadel gekauert eben einen neuen Pfeil auf die Sehne legte. »Die anderen müssen über ihm auf dem Gipfel hocken.« Cedrics Plan war gefasst. Langsam, den Mann immer im Auge behaltend, robbte er zur Seite und streckte seinen Arm nach der Leiche eines Engländers aus, der mit weit gespreizten Armen und Beinen auf dem Weg lag; er trug einen Bogen über der Schulter. Es war nicht so einfach, ihm denselben abzustreifen, und Cedric kugelte sich beinahe den Arm aus bei dem Versuch. Also verließ er kurz seine Deckung. Prompt schlug mit einem trockenen »Tock« ein Pfeil dicht neben ihm in den Boden. Er aber hatte den Bogen, griff noch nach einer Handvoll Pfeile aus dem Köcher des Toten und ließ sich dann wieder hinter den Stamm fallen. Er zielte lange und sorgfältig.

Sein Gegner, auf ihn aufmerksam geworden, zögerte, aus seiner Deckung zu kommen. Ein Auge zugekniffen, den Mund offen, visierte Cedric sein Versteck an, während die Sonne ihm auf den Kopf knallte, bis er glaubte, alles doppelt zu sehen. Dann war es so weit. Er ließ die Sehne los.

»Hat ihn«, bemerkte Colum trocken.

Cedric holte den nächsten Pfeil. Diesmal zielte er höher, zu der Gipfellinie des Hügels, der mit Felsbrocken besät war, die einem Mann ideale Deckung boten. »Zu niedrig«, stellte er fest. »So kriege ich sie nicht ins Schussfeld. Ich muss weiter hinauf.« Mit diesen Worten sprang er auf.

»Ich komme mit«, rief Colum. Doch schon seine erste Bewegung wurde mit einem Pfeil geahndet, der sein Wams durchschlug und ihn an das Holz nagelte. Fluchend zerrte er daran, während er seinem Herrn hinterhersah, der geduckt und im Zickzack rennend in den Falten des Hangs verschwand. »Cedric!«, brüllte er und schluckte dann beklommen, als er dem Klang seiner Stimme nachlauschte. Es war das erste Mal, dass er seinen Herrn beim Vornamen genannt hatte. Ich habe Angst, dachte Colum und horchte auf das unruhige Schlagen seines Herzens, wahrhaftig. Er darf nicht sterben, nicht jetzt, nicht hier, nicht so sinnlos. Endlich riss mit einem bösen Laut der Stoff. Colum kam frei und sprang auf. Da erklang hoch über ihm aus Hunderten von Kehlen der raue Ruf zum Angriff. Die Sarazenen stürmten den Hügel hinab. Es blieb ihm kaum mehr Zeit, sein Schwert zu ziehen.

»Cedric!«, schrie er noch einmal. Der Ruf ging unter im Lärm der Schlacht.

»Fräulein, was macht Ihr denn hier?« Erschrocken blieb Meredith stehen und fasste Rowena am Arm. »Ihr seid ja pitschnass.«

Rowena leistete keinen Widerstand, als die Müllersfrau sie an der Hand nahm und mit sich zog. Sie war vom Lager ihres Vaters weg und aus der Burg gelaufen, ohne zu überlegen und ohne sich davon aufhalten zu lassen, dass der Regen in Strömen fiel. Die Wolken hingen so tief, dass sie mit den kalten Nebeln verschmolzen, die aus den Wiesen aufstiegen. Beide hatten die Wut- und Schmerzensschreie der jungen Frau gnädig verschluckt. Nun war sie müde, zermürbt von Wut und Reue, von Einsamkeit und Sehnsucht zerrissen und noch immer ratlos, und das Wasser rann ihr aus den Haaren. Ihre Röcke klatschten bei jedem Schritt schwer gegen ihre Beine. Meredith fand sie auf halbem Weg zwischen der Burg und dem Dorf, einfach herumstehend dort, wo ihre Energie sie verlassen hatte.

»Eine Erkältung werdet Ihr Euch holen«, schimpfte Meredith besorgt. »In dieser Jahreszeit.« Sie trieb Rowena an, rieb ihr zugleich über die eiskalten Arme und suchte ihr das eigene wollene Schultertuch überzuhängen, das aber kaum weniger nass war als der Rest von Rowenas Kleidern.

Rowena ließ es wie eine Puppe geschehen, stumm und willenlos. Aber die Fürsorge der Frau brachte etwas in ihr zum Schmelzen. All der geballte Kummer stieg neu in ihr hoch. Und plötzlich brach es aus ihr heraus: »Mein Vater will sterben.« Sie schniefte. Das Wasser lief ihr übers Gesicht; es war nicht zu erkennen, ob es Tränen waren oder Regen.

»Nun, nun«, murmelte Meredith hilflos und schob sie durch die Tür ihrer Hütte. Erleichtert atmete sie auf und machte sich sofort an die Arbeit, die schwache Glut wieder aufzubringen, Wasser zu erhitzen, trockene Decken herbeizuholen und einen Kräutertee anzusetzen. Dabei murmelte sie fortwährend beruhigende, nichtssagende Dinge vor sich hin. Erst als sie eine blakende Talglampe auf den Tisch stellte, bemerkte Rowena, dass die alte Bronwen in einer Ecke auf der Bank hockte. Sie nickte ihr zu, dann starrte sie wieder auf den Tisch, wo sich die Tropfen sammelten, die aus ihren Haaren und ihrem Gesicht fielen. Ich regne, dachte sie.

»So, Fräulein, der Kräutertee.« Mit optimistischem Schwung stellte Meredith einen großen Tonkrug vor sie hin. »Mit einer heißen Tasse sieht doch alles gleich viel besser aus. Es ist eines von Adelaides Rezepten. Es wärmt das Herz, hat sie immer ...«

An diesem Punkt verstummte sie. Eine Weile stand sie nur da, stille Tränen rannen ihr über die Wangen. Kopfschüttelnd wehrte sie die Tröstungsversuche der alten Bronwen ab, drückte sich ein Taschentuch vor den Mund und ließ sich, nachdem sie eine Weile im Feuer herumgestochert hatte, ebenfalls am Tisch nieder. Trübe starrten die drei Frauen in ihre Tassen, während es draußen wie ein grauer Vorhang herabrauschte. Obwohl heller Tag, herrschte in der Stube Abendlicht.

»Es tut mir leid«, sagte Rowena schließlich und hob den Kopf. »Das mit Adelaide.«

»Oh, es ist nicht Eure Schuld, Herrin, falls Ihr das glaubt.« Meredith putzte sich die Nase und versuchte, durchzuatmen. »Aber dass sie uns auf so grausame Weise genommen wurde ...« Wieder versagte ihre Stimme, und sie schluchzte erneut. Als sie sich ein wenig beruhigt hatte, fuhr sie fort. »Sie war doch noch so jung, so entsetzlich jung. Sie war so ...« Ihr fehlten die Worte, kopfschüttelnd barg sie das Gesicht in den Händen. »Entschuldigt«, stieß sie zwischen den Fingern durch hervor. »Ich weiß ja, dass sie wiederkehrt, dass sie sogar jetzt bei mir ist. Aber ... und wenn ich das Blut vor mir sehe ...« Sie weinte noch lauter. Begütigend tätschelte Bronwen ihr den Arm und hustete dann rasselnd.

Meredith hob den Kopf. »Sie war etwas ganz Besonderes, das wusste ich immer.«

Rowena zog die Brauen hoch. »Du wusstest es?« Misstrauisch musterte sie Meredith's Gesicht. Die starrte zurück. Beide suchten in der Miene der anderen zu lesen. Schließlich war es Meredith, die das Schweigen brach.

»Ja«, sagt sie schlicht, und in ihren Augen lag jenes unheimliche Strahlen, das Rowena nun schon bei Arthur, William und ihrem Vater gesehen hatte und das in ihr die Lust weckte, einfach dreinzuschlagen. »Ja, ich wusste es.«

Rowena schnappte nach Luft. Also auch hier, dachte sie. Masken, Masken, die fielen.

Aber Meredith war in ihren Gedanken bereits weiter. »Ich habe sie gehütet wie meinen Augapfel.« Lächelnd gedachte sie der Vergangenheit. Dann verzog sich ihr Gesicht. »Aber ich habe versagt. Ich hätte sterben sollen – nicht sie!« Mit diesem Aufschrei warf sie sich über den Tisch. Ihre Schultern bebten.

Voller Widerwillen starrte Rowena auf sie hinunter. Was hatten nur alle, dachte sie, dass sie so begierig darauf waren, sich zu opfern.

»Verzeiht ihr, Herrin«, ließ sich da die alte Bronwen vernehmen. »Wir wissen dem Tod nicht mit Eurer Gelassenheit zu begegnen. Sie weiß es besser, bestimmt. Aber wir sind nur einfache Menschen. Nicht wie Eure Art.«

»Meine Art?« Rowena sprang auf wie gestochen. Einen Moment lang forschte sie in dem wässrigen, entzündeten, vor Untertänigkeit blinzelnden Blick der Alten. »Ich bin nicht von ihrer Art«, rief sie. »Wovon redest du überhaupt?« Sie schaute sich um. Eng schien ihr die Hütte heute, die sie sonst so gerne aufgesucht hatte, fremd, hässlich und bedrückend. Selbst das Feuer qualmte ohne Licht und Wärme vor sich hin. Ihr fehlte die Luft zum Atmen in diesem Raum. »Tod, Tod, nichts als Tod.« Sie rannte zur Tür und riss sie auf, tat einen tiefen Atemzug. »Ihr seid ja verrückt, alle miteinander.« Dann stürzte sie hinaus.

Rowena wollte den Weg zurück zur Burg einschlagen, doch als sie auf der Dorfstraße von ferne eine hagere, gebückte Gestalt bemerkte, in der sie Caleb vermutete, bog sie vom Weg ab und lief über den Anger. Er war der Letzte, dem sie heute noch zu begegnen wünschte. Schon die anderen Dörfler schauten sie neuerdings so seltsam von der Seite an, ehe sie grüßten. Ehrerbietig waren sie wieder, seit der Herr zurück war und die Anklage vergessen. Aber die alte Herzlichkeit wollte sich bei den wenigsten einstellen. Sie hatten das leere Grab nicht vergessen und hielten auf Abstand. Meine Heimat, dachte Rowena voller Selbstmitleid, gibt es nicht mehr.

Wie gehetzt lief sie über die Wiesen und tauchte in den Wald ein. Hier waren die Heidelbeerfelder, die sie mit Adelaide abzuernten pflegte, dort hinten der kleine Hohlweg. Wenn sie ihn umging und sich danach links hielt, musste sie eigentlich bei den Feldern östlich des Tores wieder herauskommen.

Rowena verfluchte den Nebel, der jeden Busch in ein Gespenst verwandelte und es nicht möglich machte, weiter als drei Schritte zu sehen. Immer wieder musste sie dichtem Gestrüpp und umgestürzten Bäumen ausweichen, trieben verfilzte Brombeerhecken sie zurück, und bald schon konnte sie nicht mehr sagen, in welche Richtung sie überhaupt ging. Hielt sie sich noch westlich? Außer Atem verharrte sie, um die Rinde eines Baumes zu befragen, doch der Stamm war ringsum schwarz vor Nässe, und Moosbärte fanden sich an allen seinen Seiten. Fluchend hieb Rowena gegen den Stamm, stieß sich ab und stolperte weiter. Sie verfing sich in langen Himbeerranken und musste es hinnehmen, dass mit einem bösen Ratschen ihr Rock zerriss. Tannennadeln stachen ihr ins Gesicht, ihr Haar blieb an trockenen Zweigen hängen, die wie Greisenfinger nach ihr griffen. Nach und nach geriet sie in Panik.

Da, endlich, als sie schon verzweifeln wollte, tauchte ein Umriss vor ihr auf, der ihr bekannt vorkam: der Feenhügel. Rowena jubelte innerlich. Nun wusste sie wieder, wo sie war. Wie auf einen Retter taumelte sie auf den runden Hügel zu, der sich im Dunst vor ihr erhob.

Jetzt, wo der Nebel den Wald, der ihn bedrängte, verbarg, sah er mehr denn je wie ein Gebäude aus, ein Kuppelbau, den Gras und Sträucher ganz zurückerobert hatten. Steinhaufen, ihrerseits von Brombeeren und Efeu überwuchert, zeigten an, wo es Einstürze gab, die im Lauf der Zeit gänzlich mit Pflanzen und Erdreich verfüllt worden waren. Rowena kannte sie alle. Als Kind hatte sie jedes dieser Löcher erforscht in der Hoffnung, dass sich eine Höhle auftun würde, allerdings vergeblich. Nun kletterte sie zu dem größten von ihnen hinauf, von dem sie wusste, dass sie hier zumindest ein wenig Schutz finden würde.

Und wie um sie aufzumuntern, hörte der Regen auf, und der dichte Nebel lichtete sich. Fast konnte man die Sonne hinter der grauen Decke ahnen.

Bibbernd und prustend kroch sie in die kleine Grotte, rieb sich die Arme, wrang ihre Röcke und stampfte mit den Füßen, um sie zu wärmen, denn ihre weichen Lederschuhe waren völlig durchnässt. Gott, war das kalt, dachte Rowena. Dann schrie sie auf und riss die Arme hoch. Doch es war zu spät.

Der federnde Humus-Boden hatte unter ihren energischen Tritten nachgegeben, Erde hatte sich von Halt gebenden Wurzeln gelöst und hatte Rowena mit sich genommen. Zusammen brachen sie durch und rauschten in eine Höhle hinunter, wo Rowena aufschlug und einen Moment lang leicht benommen liegen blieb. Zum Glück war sie nicht verletzt, nur der Schreck saß ihr in den Knochen, und sie zitterte, als sie sich aufzurappeln versuchte. Durch das Loch, das sie gerissen hatte, drang ein wenig Tageslicht herein. Es fiel auf eine Decke, die so ebenmäßig gewölbt war – trotz des Wurzelwerks, das sie durchdrang und spinnenfingrig in die Dunkelheit griff, trotz des Erdreichs und Staubs, der daran klebte –, dass Rowena sofort erkannte: Dies war ein Gewölbe, künstlich geschaffen. Benommen stand sie auf, mechanisch klopfte sie sich den Staub von den Kleidern, ohne dabei den Blick von ihrer neuen Umgebung zu wenden. Es war recht düster, alles, was sie erkennen konnte, war ein anscheinend runder, hoher Raum ohne weitere Unterteilungen. Es gab weder Stufen noch Säulen und auch irgendwelche Nischen, Bänke oder Altäre konnte Rowena nicht ausmachen. Der Raum war leer.

Plötzlich riss droben am Himmel für einen Moment die Wolkendecke auf und schickte einen Strahl Licht hinunter in die Dunkelheit. Rowena schrie erneut und hob schützend die Hand vors Gesicht. Ihr gegenüber in der Wand leuchtete etwas auf; gleißend hell wuchs es und wuchs.

39

Cedric arbeitete sich gerade den Geröllhang hinauf, als der Angriff der Sarazenen losbrach und ihn als einen der Ersten traf. Die Kämpfer rannten, sprangen, schlidderten bergab, von der Wucht des eigenen Schwungs mitgerissen, Schild und Schwert von sich gestreckt, bereit, jeden damit tödlich zu umarmen, der ihre Bahn kreuzte. Der vorderste sprang Cedric mit solcher Wucht an, dass sie beide stürzten und in enger Umklammerung über die Steine rollten.

Cedric brüllte wie ein Stier, als der Schlag ihn traf, und umkrallte seinen Gegner sofort voller Leidenschaft. Endlich, endlich war er da, der Moment, an dem er zuschlagen durfte, an dem sich die aufgestauten Gefühle der letzten Wochen entladen konnten mit all ihrer tödlichen Gewalt. Die lange Reise, der ziellose Zug durchs Gebirge, all das war nur die Ruhe gewesen vor dem Sturm, der nun losbrach. Cedric hasste den Mann, mit dem er rang, er hasste ihn mit all seiner Kraft, so wie er Rowena zu hassen nicht vermochte. Und seine Finger schlossen sich um seine Kehle mit der Unerbittlichkeit eines Menschen, der vernichten will. Der andere schlug um sich und zappelte, wand sich und trat. Dann lag er still.

Benommen starrte Cedric hinunter auf die Gestalt, die verdreht aussah, bedeckt mit Staub, auf die hervorquellenden Augen, die sein Gesicht kaum mehr menschlich aussehen ließen, und den leuchtend roten Faden Blut, der aus dem Mundwinkel lief. Er brauchte eine Weile, bis er begriff, dass sein Widersacher tot war. Cedrics Rachedurst aber war damit noch lange nicht gestillt.

Für einen Moment wieder zu sich kommend, hob er den Kopf und hielt nach Colum Ausschau. Er konnte den Knappen aber nirgendwo entdecken. Überall auf dem Gelände waren Paare in tödliche Zweikämpfe verstrickt, hieben Männer unter

Aufbietung aller Kräfte aufeinander ein, wälzten sich miteinander im Staub, würgten einander. Schreien und Röcheln drang zu Cedric, unterbrochen vom hellen Klirren der Schwerter, die wieder und wieder aufeinandertrafen.

Ein Mann, klein und gedrungen, schrie grässlich gurgelnd auf. Cedric sah, wie ein Sarazene ihm das Schwert aus dem Leib zog. Ein Bogen Blutstropfen flog schwärzlich glitzernd und klatschte prasselnd auf die Steine. Ihnen folgte der Kopf des schon sterbenden Engländers, der mit einem hohlen Plock aufschlug. Seine weit aufgerissenen Augen starrten Cedric an; braune Augen unter dichten Brauen. Doch es war nicht Colum.

Der Sieger, breitbeinig über der Leiche stehend, hatte Cedric entdeckt. Er bleckte die weißen Zähne und hob seinen Krummsäbel erneut. Cedric starrte in das Gesicht, das von blauen Tätowierungen bedeckt war, wie in das Antlitz eines Dämons. Dann hob auch er die Waffe. Der Schrei, den er hörte, musste seiner sein, dennoch klang er ihm fremd in den Ohren, tierisch, rau und ungehemmt. Wie im Fieber, in einem Rausch stürmte er auf seinen Gegner zu. Der Schlag, mit dem ihre Klingen aufeinander trafen, ließ seinen Arm beben und spannte seine Bänder bis zum Zerreißen. Cedric spürte es kaum. Der nächste Hieb, gekreuzte Klingen vor seinem Gesicht, der andere so nah, dass er ihn riechen konnte. Cedric löste sich, holte aus und hieb erneut zu. Und wieder und wieder. Er wusste nicht mehr, wie lange dieser Tanz dauerte. Schließlich – war es ein Trick, war es Erschöpfung – täuschte er einen Schlag an, ließ sich dann aber beiseitefallen. Der Gegner traf mit voller Wucht vorbei, stolperte zwei Schritte nach vorne und hatte die Klinge im Rücken, ehe er auch nur den Kopf heben konnte.

Cedric taumelte mit ihm, als er krachend zu Boden stürzte, und wäre beinahe ebenfalls gefallen. Sein Schwert steckte fest. Er zog und zerrte. Da, dort kam schon ein weiterer Araber, sein Turbantuch flatterte, als er nun begann, zu rennen, um schneller bei Cedric zu sein. Das Schwert hatte er mit beiden Händen über den Kopf gehoben. Cedric brach der Schweiß aus. Er hob den Fuß, stemmte ihn gegen die Leiche und zog ein letztes Mal mit aller Macht.

Da kam die Klinge frei. Er fuhr hoch, rammte sie nach vorne und stieß sie dem Heranstürmenden mit beiden Händen in die Brust, wo sie zitternd stecken blieb. Auch Cedric stand wie erstarrt. Er erbebte kurz. Er wusste, er war getroffen, obwohl er den Dolch in seinem Rücken nicht spürte.

Seltsam, dachte er nur, als der Himmel begann, sich zu verdunkeln, den von hinten habe ich nicht kommen sehen.

In diesem Moment erblickte Colum seinen Herrn. Hoch aufgerichtet stand er da, im Gesicht ein seltsam friedliches Lächeln.

Colum hob die Hand und wollte rufen, um auf sich aufmerksam zu machen.

Da brach Cedric in die Knie.

»Neeeiiin!« Colum schrie mit aller Kraft. Er wollte vorstürzen, um zu seinem Schutzbefohlenen zu kommen, da querte eine Gruppe verbissen miteinander Ringender seinen Weg. Er wollte sie beiseitestoßen, wurde mitgerissen und fand sich, noch ehe er sich versah, im Staub wieder. Ein Sarazene warf sich auf ihn und zielte mit dem Dolch nach seinem Gesicht. Colums Linke wehrte den Klammergriff um seine Kehle ab, die rechte Hand fuhr hoch und packte den anderen am Gelenk. Eine Weile hing die Waffe zitternd in der Luft. Colum verdrehte den Kopf, um einen Blick auf Cedric zu erhaschen, doch von diesem war nichts mehr zu sehen. Aufschluchzend warf er sich herum. Der Sarazene, aus dem Gleichgewicht geraten, zögerte einen Moment. Colum zog ihn an der Dolchhand zur Seite, warf ihn zu Boden und hieb ihm die Faust ins Gesicht, wieder und wieder, bis seine Züge nur noch eine blutige Masse waren. Als er schwer atmend von ihm abließ und sich aufrappelte, torkelte er. Er tat einen Schritt in die Richtung, in der er Cedric vermutete. Colum streckte die Hand nach ihm aus. Ein Pfeil durchschlug sie und blieb stecken. Colum kämpfte um sein Gleichgewicht. Er starrte auf das Geschoss, als wisse er nicht, was das sei. Dann zog er es mit einem Ruck heraus. Aus seiner Hand troff das Blut.

Ein Araber löste sich von seinem Gegner und stieß gegen den Knappen. Colum fuhr herum und jagte ihm die Pfeilspitze in den Hals. Dann zog er sein Schwert. Er musste dort hinüber, dorthin, wo Cedric war.

Der junge Graf von Cloagh lag auf seinen Knien und spürte dem warmen Gefühl nach, das seinen Rücken überrann. Das Wogen des Kampfes hatte sich woandershin verlagert. Er war allein, er und der Tote zu seinen Füßen. Sein linker Arm war wie taub, der rechte gehorchte ihm nach einer Weile und tastete sich den Rücken hinauf. Er erfühlte einen Griff und zog daran. Ein Dolch lag in seiner Hand. Er hatte die Form einer Schlange. An seinem Griff funkelte ein Paar feuriger roter Augen.

»Die Schlange der Cloagh?«, murmelte Cedric ungläubig. Im selben Moment sah er das lebendige Tier. Lang wie der Arm eines Mannes, mit flachem, dreieckigem Kopf und hellbraunen Schuppen, die hinter den Augen wie kleine Hörner emporstanden. In schlängelnden Kurven glitt es über die Steine an ihm vorbei und verschwand zwischen den Felsen. Cedric schaute ihm lange nach. Ihm war, als wäre die Spur ihres Körpers eine Schrift, die er entziffern müsste.

Dann erhob er sich, mühsam, doch er stand. Nur die Welt um ihn herum war ungewiss geworden. Cedric ließ den Dolch fallen, sein Schwert blieb liegen, wo es war. Mühsam schaffte er es, sich den Helm abzuziehen, auch dieser fiel scheppernd auf die Steine. Cedric legte den Kopf in den Nacken und stöhnte. Wie gut die Sonne tat. Sie wärmte. Während aus seinem Herzen die Kälte in alle Glieder kroch. Er wagte einen Schritt, dann noch einen. Wo war nur die Schlange? Ah, dort lag sie, zusammengeringelt auf einem Stein und züngelnd, als ginge sie dies alles nichts an. Aber Cedric wusste es besser. Noch einmal setzte er einen Fuß vor den anderen. Die Erde schien zu erbeben. Dann plötzlich lächelte er. Alles wurde leicht. Etwas griff nach Cedric of Cloagh und trug ihn davon.

##

Entsetzt öffnete Rowena die Augen. Die Sonne hatte sich wieder hinter Gewölk verborgen, der Lichtstrahl war erloschen und ließ nichts zurück als eine graue Felswand. Aber was war das? Zögernd trat die junge Frau näher. »Was?«, murmelte sie und hob die Hand, um vorsichtig darüber zu fahren. Quer durch die Wand, von oben bis unten, ging ein Streifen aus einem anderen Material, glitzernd und körnig auf den ersten Blick, wie Glasscherben, die in den Stein eingelassen waren. Es dauerte einen Moment, bis Rowena begriff, dass sie eine Quarzader vor sich hatte, eine fast fingerbreite Einlagerung aus reinstem Bergkristall. Das Sonnenlicht hatte ihn getroffen und so zum Aufleuchten gebracht.

»Aber wieso...?« Auch diese Frage brachte Rowena nicht zu Ende, denn mit einem Mal, während sie noch verwundert über den Kristall strich, war ihr, als gewönne er unter ihrer Hand an Leben. Ein leichtes Beben ging durch den Stein und teilte sich ihren Fingern mit, ein Vibrieren, dessen Summen sie förmlich zu hören meinte. Doch in dem Raum war es vollkommen still. Und glomm da das Licht nicht leise wieder auf? Rowena wandte den Kopf und hob das Gesicht der Öffnung entgegen. Kein Strahl, keine Helligkeit kam von dort. Und als sie die Ader wieder betrachtete, war sie grau und stumpf. Sie musste sich das alles eingebildet haben.

Kopfschüttelnd trat sie von der Wand zurück, die Hände wie zur Abwehr erhoben. Nein, sagte sie sich, nein, nein. All das war nicht möglich, es war nicht einmal wirklich. Sie erlebte das gar nicht. Sie träumte. Dabei war sie sich zugleich sicher, dass sie in einem Tempel des Alten Volkes stand. Nur ihnen konnte dieses Ding gehören. Aber wozu diente es? Diese Wand, sie stand im Westen, ganz anders als die Altäre in den Kirchen. Auch waren keine Bilder oder Zeichen auf ihr zu sehen. Rowena sah sich weiter um. Ihr gegenüber, diese verfallene Öffnung, konnte das einmal eine Tür gewesen sein? Sie trat beiseite, um aus der Achse zu gelangen und sich die Verbindung zu betrachten. Zweifellos, dort hatte es einmal so etwas wie einen Korridor gegeben, einen Eingang vielleicht. Er musste zur waldabgewandten Hügelseite geführt haben. Heute waren dort die Nusshaine, das Gelände war weithin eben. Wer immer hier frühmorgens eintrat, dem musste das Licht gefolgt sein, zumindest an manchen Tagen. Wenn es genau auf den Kristall fiel, hatte es ihn sicher förmlich geblendet. So wie mich vorhin, dachte Rowena und rieb sich die Augen. Ich sehe noch immer seltsame Schatten überall, und mich schwindelt. Sie tastete hinter sich, um sich ein wenig an die Wand zu lehnen. Aber ihre Finger griffen ins Leere. Dafür wehte ein eisiger, feuchter Hauch sie an. Erschrocken fuhr Rowena herum; Gänsehaut kroch ihre Arme empor, so sehr sie auch dagegen anrieb. Vor ihr tat sich eine runde Öffnung auf. Gähnend und dunkel führte sie in den Hügel hinein. An ihrer Oberseite wiegten sich dünne Wurzeln und Spinnweben in einem sanften Luftzug. Rowena war, als winkten sie ihr zu.

»Nein«, sagte sie und schüttelte den Kopf. Wo mochte dieser Gang hinführen?, fuhr es ihr durch den Sinn. Welches Geheimnis verbarg sich dort? Was würde sie finden?

»Nein!« Diesmal schrie sie es. Rowena tat einen Schritt rückwärts, dann noch einen, um sich dem Sog des Tunnels zu entziehen, den sie fast körperlich zu spüren meinte. »Ich will nicht.«

Endlich fuhr sie herum und rannte zu der Stelle, an der sie herabgestürzt war. Das Gewölbe war nicht hoch, heruntergefallene Steine und Schutt hatten einen Hügel gebildet, und dicke

Wurzeln hatten sich heruntergewunden. In ihrer Panik schaffte es Rowena, sich hinaufzuarbeiten. Sie packte das Wurzelwerk, strampelte mit den Füßen, krallte ihre Finger in das Erdreich, bis die Nägel brachen, und zog sich unter Aufbietung all ihrer Kräfte aus diesem Loch heraus, stets in der Angst, irgendetwas, das dort unten lauerte, würde im letzten Moment nach ihren hilflos zappelnden Beinen schnappen, sie ergreifen und sie wieder zu sich hinunterziehen, gnadenlos, endgültig.

Als sie endlich wieder im Freien stand, zitterten ihre Knie so sehr, dass sie nur in Schlangenlinien den Feenhügel herunterkam. Mit den Armen rudernd, hielt Rowena sich aufrecht, Angst durchsickerte sie bis in die Fingerspitzen. Unten angekommen suchte sie sich zu beruhigen und zwang sich, sich umzuschauen. Ins Dorf wollte sie nicht zurück, in den Wald brachten sie keine zehn Pferde. Sie beschloss, am Waldrand entlang zur Burg zu gehen. Und wenn sie durch jeden einzelnen aufgeweichten Acker waten musste. Egal, wie viel Kraft es kostete. Sie hatte schon den ersten Schritt getan, und die Erde schloss sich schwer und klumpend um ihre Füße, da bemerkte sie die Gestalten zwischen den Bäumen. Es waren nicht mehr als Silhouetten, grau, vom letzten feinen Nieseln des Regens verhangen, umspielt vom Dampf, der aus dem an Nässe übersatten Waldboden aufstieg. Rowena konnte keine Einzelheiten erkennen, aber es waren Menschen, das war gewiss, drei oder vier, die dort in einer Reihe standen, so gerade, schlank und stumm wie junge Birkenstämme. Und sie blickten zu ihr.

Rowena schlang die Arme um die Schultern. »Verschwindet«, schrie sie, vorgeneigt und mit aller Kraft.

Sie kannte diese Menschen nicht, das wusste sie. Es war niemand aus dem Dorf, keiner der Burgleute, keiner der Bauern aus der Umgebung. Und doch wirkten sie nicht fremd, vielmehr wie ein Teil der Landschaft. Rowena kannte sie nicht und kannte sie doch. Vielleicht lag es an der stummen Ruhe, mit der sie dastanden, an ihrer schmalen Größe, welche die herabhängenden

Haare – oder waren es Tücher? – noch betonten, an dem schlichten Fall der langen Kleider, der sich ahnen ließ. Ja, Rowena wusste, wen sie vor sich hatte. Und sie fror vor Angst.

»Wer seid ihr?«, brüllte sie erneut und fügte hinzu: »Was wollt ihr von mir?«

Dann hielt sie entsetzt inne. Doch von den anderen kam kein Laut, keine Antwort. Rowena war beinahe erleichtert. Jetzt ihre Stimme zu hören wäre mehr gewesen, als sie verkraftet hätte. Aber da kam Bewegung in die Reihe ...

Rowena wich zurück. Ihr Schuh blieb in dem matschigen Erdreich zurück. Sie zögerte kurz, beugte sich dann hinunter, um daran zu ziehen, bekam Angst und schaute schnell wieder hoch. Nervös balancierte sie auf ihrem einen beschuhten Fuß. Sie kniff die Augen zusammen, um besser sehen zu können. Aber nein, nichts hatte sich bewegt, es war nur ein Nebelschwaden, der vorbeigezogen war. Die anderen standen noch immer, wo sie waren, reglos und still, nervtötend still.

»Ich weiß schon, was ihr wollt.« Rowenas Stimme überschlug sich beinahe. Ihre Stimmbänder wurden rau, und ihr Hals schmerzte. Kalt griff die Luft nach ihren bloßen Zehen. »Aber mich kriegt ihr nicht. Hört ihr?« Sie richtete sich auf. »Mich kriegt ihr nicht«, wiederholte sie. Im Wald schrie es; ein Vogel flog mit klatschenden Flügeln auf. Ein Stamm knarrte. Da warf sich Rowena herum und floh.

Als Cedric of Cloagh die Augen aufschlug, sah er über sich eine Decke aus Felsen. Er blinzelte erstaunt. Er wusste nicht, wie viel Zeit vergangen war, kaum, dass er sich erinnern konnte, was er getan hatte, ehe diese Nacht sich über ihn senkte. Ich habe gekämpft, fiel es ihm ein, in den Bergen. Jerusalem! Seltsamerweise war dies eines der ersten Worte, die ihm in den Sinn kamen. Ich hatte Schmerzen, dachte er. Schmerz war leichter zu verstehen. Er hob seine Hand, um seinen Rücken zu betasten. War dort eine Wunde?

Er lag auf einem Lager aus Decken und Fell, stellte er zunächst fest, seine Finger glitten über weiche Tierhaare. Und er war nackt, ohne einen Faden am Leib. Bei dieser Erkenntnis zog er sich zunächst zusammen. Aber wie sauber war er dabei! So angenehm rein, wie er sich lange schon nicht mehr gefühlt hatte. Schmutz und Schorf, die er während des Feldzuges wochenlang nicht losgeworden war, waren verschwunden; er spürte auch keine Flohstiche mehr. Und auf seiner Haut glänzte ein zart duftender Film von Öl. Außerdem war es angenehm warm hier, wo immer er sich befand. Cedric entspannte sich.

Ja, da war er zu spüren, der Schmerz in seinem Rücken, aber schwach nur noch, ein leises Pochen nur, auf das er intensiv lauschen musste, um es zu finden. Er konnte die Narbe spüren, sie war glatt und schien gut verheilt zu sein, besser als die Wunde aus dem Turnier, die weiß auf der gebräunten Haut seiner Hüfte leuchtete, ein Zeichen aus einer Vergangenheit, zu der er den Zugang nicht fand. Jemand schien sich seiner angenommen zu haben, die Johanniter vielleicht; er hatte von ihren Hospitälern gehört. Wahrhaftig, sie schienen ihr Handwerk zu verstehen. Cedric musste zugeben, er fühlte sich gut, zum ersten Mal seit langer, langer Zeit. Gut und zufrieden. Mit einem Seufzer streckte er die Arme aus und dehnte sich, dass die Knochen knackten.

Wo war er hier? Wenn er die Arme ausstreckte, spürte er Sand unter seinen Fingern, warm, fein wie Staub und glitzernd, wenn er ihn sich von den Fingern blies. Was er sah, wenn er den Kopf hob, war nackter Fels. Hatten die Kreuzritter ihr Lager in einer Höhle aufgeschlagen? Befanden sie sich nahe bei der Heiligen Stadt? Oder waren sie tatsächlich umgekehrt? Wenn er sich nur erinnern könnte.

Da war dieser Angreifer von hinten gewesen, fiel es ihm ein, als sein Gedächtnis langsam begann, die letzten bewusst erlebten Szenen vor seinem geistigen Auge freizugeben. Der hatte ihm den Dolch zwischen die Schulterblätter gerammt. Er öffnete die Hand und blickte hinein. Hatte er die Klinge nicht in Händen gehalten? Irgendetwas war an ihr, das wusste er noch. Und dann dieses Tier. Ihm war zumute gewesen, als hätte sie ihm einen Weg gewiesen, und er war ihr mit letzter Kraft gefolgt, dieser ...

»Schlange!« Da war sie noch immer. Und sie erhob ihren dreieckigen Kopf direkt vor seinem Gesicht.

Cedric hob den Arm, dann blinzelte er.

Das fremde Mädchen neigte den Kopf zur Seite, während es sich ihm zur Betrachtung anbot, dann lächelte es und stellte die Schale beiseite, die es in den Händen gehalten hatte. War sie seine Pflegerin? Wo blieben die Johanniter? Entgeistert starrte Cedric sie an: die schwarzen Haare, die in einem dicken Zopf über ihre Schulter baumelten und mit den Spitzen beinahe über seine Brust strichen, die glänzenden, leicht schrägen Augen, die schwärzer waren als alles, was er bisher gesehen hatte, die samtig-braune Haut ihrer Schultern, wo das lose geschnürte, weite Gewand sie freigab.

Und endlich die Schlange. Ihr Kopf war auf das Kinn der jungen Frau tätowiert, fast konnte es einem scheinen, dachte Cedric entgeistert, als schöbe sich die Zunge des Reptils zwischen die vollen roten Lippen. Ihn schwindelte ein wenig, aber da war nichts, als er wieder hinsah, keine Zunge, keine Bewegung. Nur das schillernde Bild auf der lebendigen Haut der Frau, das von ihrem Kinn hinunterreichte auf ihren Hals, um sich dort abwärtszuringeln und – wie ein rascher Seitenblick in ihren Ausschnitt Cedric zeigte – zwischen den Ansätzen ihrer Brüste zu verschwinden.

Er schnappte nach Luft, als er es sah, und in seinem ganzen Körper begann es zu prickeln. Wo mochte diese Schlange enden?

Zugleich mit diesem Gedanken fiel ihm ein, dass er nackt war. Gott, er saß ohne einen Fetzen vor dieser Frau! Er fuhr so rasch hoch, dass sie zurückweichen musste, damit sie nicht aneinanderstießen. Ihr Zopf flog herum und streifte seine Wange. Cedric, in Hektik, entdeckte ein Laken, griff danach und knüllte es über seiner schon peinlich aufragenden Blöße zusammen. Entschuldigungen stammelnd schob er sich rückwärts ein wenig von ihr fort, ohne jedoch einen Blick von ihr zu wenden. Hastig wandte er den Kopf nach rechts und links. Eine Höhle, in der Tat. Und außer ihnen beiden schien niemand hier zu sein, nicht einmal die Spur eines weiteren Bewohners.

Wenn sie ihn doch nur verstünde und seine Erklärungen, noch besser, wenn jemand käme und sie erlöste. Und doch schlug sein Herz bei dem Gedanken, dass sie hier alleine waren, heftig bis zum Zerspringen. Es gab keine Erklärung für all das hier. Doch mit jedem Augenblick verlangte es Cedric weniger nach einer. Mit offenem Mund starrte er sie an.

Ihr rätselhaftes Lächeln vertiefte sich. Sie sprach ein paar Worte, die Cedric nicht verstand, strich in der Luft andeutend über seinen Kopf, seine Schultern, seine ganze Gestalt. Und er reagierte auf diese Geste, als hätte sie ihn tatsächlich berührt: Cedric erschauerte. Da richtete sie sich auf den Knien auf. Mit langsamen Bewegungen schob sie sich das Gewand, das sie trug, von den Schultern. Es sank in Falten um ihre Schenkel herab, und sie streifte es mit einer geschickten Bewegung ab. Gelassen, beinahe hoheitsvoll kniete sie vor ihm. Cedric hielt den Atem an. Sie war vollkommen nackt, die erste Frau, die er jemals so sah. Und sie war wunderschön, braun und biegsam und schlank wie ein Reh. Er konnte nicht anders, als seine Augen über alle Einzelheiten wandern zu lassen.

»Jesus«, flüsterte er und versuchte, einen klaren Gedanken zu fassen – an Colum, an seinen Vater, England ... Es gelang ihm nicht.

Und die Schlange wand sich vor seinen Augen – oder war sie es, die sich bewegte? Das Tier ringelte sich braun, blau und blutrot schillernd zwischen ihren Brüsten hindurch, über den straffen Bauch und verschwand dort in einem Busch schwarzen Haares. Sein Mund wurde trocken, als er es sah, und er verstummte endgültig. Widerstandslos ließ er es geschehen, dass sie seine Hand nahm und dorthin führte, zwischen ihre Beine. Cedric blickte zu ihr hoch; sein Gesicht brannte. Dicht vor seinen Augen, so dicht, dass er jedes feinste Härchen sehen konnte, schimmerte die Haut ihrer Brüste. Rechts und links der tätowierten Schlange ragten sie keck auf, klein und fest und glänzend wie von Schweiß. Einen Moment noch bemühte Cedric sich, auf den tätowierten Schlangenleib dazwischen zu starren, der mit seinen verschwimmenden Farben seine Augen narrte, dann gab er jede Zurückhaltung auf und presste mit einem Stöhnen sein erhitztes Gesicht an ihre kühle Haut.

Er spürte die festen Wölbungen und rieb sich daran, suchte mit dem Mund ihre Brustwarzen und umschloss sie. Er stöhnte, als er die Berührung auf seinen Lippen fühlte; ihm war, als löse er sich auf. Mit der freien Hand umschlang er die Frau, die ein gurrendes Lachen von sich gab und sein Haar durchwühlte. Er fuhr ihren Rücken hinab, fand ihr Gesäß und presste es zusammen. Da gab sie ihm einen Stoß, dass er nach hinten fiel. Cedric ließ es geschehen. Mit heißen Augen beobachtete er, wie sie über ihn kroch. Sie zog die Decke fort, die zwischen ihnen lag, und ließ sich auf ihn sinken. Als er fühlte, wie sie ihn umschloss, schrie Cedric auf. Irgendwo vor der Höhle antwortete ein Falke diesem Ruf.

42

Rowena lag in ihrem kalten Bett und starrte an die Decke. Der alte Betthimmel war verschossen und verstaubt, die Kissen, in die sie sich schmiegte, klamm. Edith hatte die Laken wie jeden Abend fürsorglich mit heißen Steinen angewärmt, aber das wohlige Gefühl war vergangen, Rowenas Glieder waren eisig geblieben, und sie rollte sich fröstelnd zusammen wie ein kleines Kind.

Draußen flimmerte ein Himmel voller Sterne, so schön und lebendig, dass es einem den Atem rauben konnte. Der ewige Regen hatte endlich ein Ende gefunden, die Wege waren wieder fest geworden, die Knüttel staken im hartgetrockneten Schlamm und bleichten, während die Wiesen aufblühten in leuchtenden Farben, die Osterglocken auf den Hängen im lauen Wind bebten und die Schwarzdornhecken wie weiße Wolken auf dem Land ruhten. Neugeborene Kälber lagen im Stall auf dem Stroh, Lämmer fleckten die Weiden, und die Dorfbewohner bereiteten sich auf das Fest der Heiligen Walpurga vor. Ihre Statue mit dem von Schlangen umwundenen Stab war bereits in die Kirche gebracht, gesalbt und mit frisch gewaschenen Tüchern umhüllt worden.

Rowena allein fand all dies zum Verzweifeln.

Ihrem Vater ging es besser, wenn er auch noch immer sehr schwach war und seine Gesundheit ihr steten Grund zur Sorge gab. Den größten Teil des Tages schlief er. Sie hatten Harry in seinem Zimmer einquartiert, damit er den Baron unauffällig im Auge behielt, falls er noch einmal eine Dummheit begehen sollte. Der Junge selber war von seinen Wunden genesen, aber bleich wie der Tod, schlief kaum, schwieg viel und wehrte alle Fragen nach seinem Wohlergehen ab. Rowena dachte an diese ihre beiden Sorgenkinder, wo immer sie war: während sie die Felder inspizierte, die Abrechnungen prüfte, mit der Hilfe des Pfarrers die Korrespondenz ihres Vaters fortführte oder Rechtsfragen zu entscheiden hatte. Alle Aufgaben des Burgherrn lasteten nun auf ihren Schultern.

Schwerer als die Gegenwart allerdings drückte sie die Zukunft.

Es war nicht mehr lange hin bis zu dem Tag, an dem Montfort vor den Toren stehen würde. Und so sehr Rowena sich auch sagte, sie müsse tapfer und realistisch sein, ihr Kopf weigerte sich, sich irgendetwas von dem auszumalen, was darauf folgen mochte. Mit Schaudern erinnerte sie sich nur manchmal des Kusses, den er ihr in den Kerkergewölben des Bischofs abgepresst hatte, als Besiegelung ihres Verlöbnisses, wie er es nannte. Starr vor Ekel hatte sie es über sich ergehen lassen und wäre danach am liebsten in eine Ecke gestürzt, um sich zu übergeben. Der Gedanke, dass er bald mit allem Recht über sie verfügen sollte, dass ihr Körper ihm gehörte, seine Hände sie berühren, über ihre Haut wandern würden und seinen Blicken jedes ihrer Geheimnisse preisgegeben sein sollte, war fast mehr, als sie ertrug. Selbst jetzt in der Einsamkeit ihrer Kammer kroch die Gänsehaut an ihr hoch, und sie krümmte sich unwillkürlich unter den dicken Decken, zog die Knie an und die Schultern hoch, als könne sie sich so vor ihm verbergen.

Nicht zum ersten Mal ertappte Rowena sich bei dem Gedanken, dass ihr Leben leichter wäre, wenn ihr Vater mit seinem Selbstmordversuch Erfolg gehabt hätte. Sie hätte Montfort die Tür weisen, den Wald Wald sein lassen und sich auf die Suche nach Cedric machen und – falls er sie verschmähte – in ein Kloster gehen können. In ihrem Bauch flatterte es, wenn sie daran dachte. Es war wie ein Lichtstrahl, der in ihre Finsternis fiel, ein fernes, helles Bild. Dann aber schlugen schwere Pforten zu; das Licht verschwand. Wünschte sie ihrem Vater den Tod? Wie tief war sie gesunken!

Aufschluchzend presste sie ihr Gesicht in die Kissen, damit keiner sie hörte. Aber da war niemand. Ich bin allein, dachte sie, so allein, wie ein Mensch nur sein kann. Cedric! Am liebsten hätte sie es geschrien. Cedric, wo war er? Warum spürte er nicht, wie sie litt, kam und rettete sie? Eine Weile überließ sie sich ganz dem Schmerz und der Erinnerung, durchlebte noch einmal alle Momente ihrer kurzen Begegnung: sein bleiches Gesicht auf dem Lager in Windfalls, seinen Kuss, das Gelöbnis, die bitteren Augenblicke, in denen sie ihn von sich stieß, stoßen musste. Montfort hatte ihr sehr klargemacht, falls sie nicht überzeugend wäre, würde ihr Vater auf dem Scheiterhaufen brennen. Und ließe Cedric sich noch einmal in ihrer Nähe blicken, bliebe er, wie der Graf sich ausgedrückt hatte, wie ein liebeskranker Hund auf ihrer Fährte, so würde er ihn töten. Vielleicht, dachte sie und setzte sich mit einem Ruck auf, tat er es ja in eben diesem Moment! Konnte sie seinem Wort denn trauen? Ihre Gedanken überschlugen sich.

»Lebe, Liebster«, flüsterte Rowena in die Nacht und hätte doch nichts sehnlicher gewünscht, als dass er in diesem Moment vor den Toren von Forrest Castle gestanden hätte. Aber vor den Mauern bellten nur die Füchse.

Rowena zog sich die Decke um die Schultern und umschlang ihre Knie. Nein, es blieb dabei, sie war allein. Die Menschen, die sie einst geliebt hatte, waren ihr fremd geworden, sie hatten Geheimnisse vor ihr und gingen dunkle Wege. Und wenn sie sich schwach zeigte, würden sie nur wieder versuchen, sie zur Ehe mit einem Hexer aus dem Wald zu überreden! Selbst ihr Vater dachte daran; sie sah es an seinen Augen, auch wenn ihm die Kraft zum Sprechen meist fehlte. Er sah nicht mehr sie, wenn er sie anschaute: Er erblickte eine Hüterin!

Verzweifelt legte Rowena die Stirn auf die Knie. »Nein«, flüsterte sie hohl und spürte die Hitze ihres Atems durch das Nachtgewand. »Nein!«

Auf einmal hielt es sie nicht mehr im Bett. Sie sprang auf und rannte zum Fenster. Da die Kälte des Bodens in ihre Füße biss, kletterte sie auf das Fensterbrett, kroch in sich zusammen und wickelte ihre Decke um sich.

Die Luft war frisch und ließ ahnen, dass die letzte Frostnacht für dieses Jahr noch kommen würde. Der Wind rauschte in den Bäumen. Hier und da rief eine Eule fragend ins Dunkel. In der Burg selbst war alles still, kein Licht flackerte mehr. Keiner war wie sie schlaflos, keiner wälzte sich in Gedanken. Sie war wahrhaftig alleine. Und diese kalte Nacht würde kein Ende mehr nehmen.

»Cedric«, wimmerte sie noch einmal. Ihre Stimme klang klein im Konzert der Nacht dort draußen. Die Sterne waren fern, und drunten lauerte der Abgrund des Hofes.

Mit tränenverschleierten Augen schaute Rowena hinunter; der Boden war nicht zu erkennen, er schien endlos zu sein und dabei lebendig wie ein Strudel, ein dunkler Sog. Ihr war, als zöge die Tiefe sie an. Nervös umfasste Rowena mit der Linken ihr Handgelenk und rieb daran. Sie fühlte ihren Pulsschlag, leise und unruhig, wie ein flüchtendes Tier. Ihr Vater hatte nur einen Schnitt gebraucht, dachte sie. Warum sollte sie selbst es nicht wagen?

Noch einmal neigte sie sich vor, um einen Blick hinabzuwerfen, dann richtete sie sich langsam auf. Mühsam kam sie auf die Beine, gebückt stand sie im Rahmen, an dem sie sich mit beiden Händen hielt. Es war gar nicht schwer, nur ein Schritt trennte sie. Bei Windfalls hatte sie ihn schon einmal getan. Dort, als ihr Pferd sie abwarf und sie für einige Augenblicke glaubte, die Klippen hinab in die Wellen des Kanals zu stürzen, hatte sie das Leben schon einmal losgelassen. Es war ein leichtes, ja erleichterndes Gefühl gewesen, sie erinnerte sich gut, hatte sie es doch seither oft genug im Traum wieder und wieder erlebt.

Rowena streckte die Arme aus und wiegte sich ein wenig, um es in sich wachzurufen: dieses Verlieren des Bodens unter den Füßen, der Moment des Schwebens, ganz frei und froh, die Schwärme von Vögeln, die sie umkreisten, Gesichtern gleich, die das ihre streiften, sich kurz über ihre Züge legten, wie Blätter im Wind über einen hinflattern. Männergesichter waren es gewesen, Frauengesichter, alte und junge, alle fremd, alle nah und für einen Augenblick das ihre. Rowena war durch sie hindurchgestürzt, durch all diese Leben, als liefe sie eine Wendeltreppe hinab, schwindelnd, kreisend, vor jeder Fensteröffnung eine Welt, die vorüberflog, und hatte am Ende schwer atmend im Gras gelegen, glücklich, bei sich selber, am Leben, aufgehoben in der Erinnerung an diesen Traum. Mit geschlossenen Augen lächelnd stand Rowena da. Der Wind streichelte ihr die Haare aus dem Gesicht. Warum nicht, sagte sie sich, besser er als Montfort. Er ist sanfter zu mir, tröstlicher.

Rowena hatte noch niemandem davon erzählt, nicht einmal William, ihrem Beichtvater. Unter den Blättern, die er heimlich noch immer malte, hatte sie nämlich eines gefunden, das ihrem Traum ähnelte. Eine Art Geist entstieg dort einem Körper und erhob sich über ihn. Der Körper, zurückbleibend, hielt andere an den Händen, lächelnd und tot. Sofort hatte sie gespürt, dass dieses Bild etwas mit ihrer Vision zu tun hatte, und hatte geschwiegen aus Angst, William könne beginnen, ihr wieder etwas von den anderen zu erzählen. Damit wollte sie nichts zu tun haben, nicht einmal im Traum. Niemand sollte ihr mehr erzählen, dass sie das Blut dieser Wesen in sich trüge und ihrem Schicksal nicht entgehen könne.

Nervös geworden trat Rowena von einem Fuß auf den anderen und rieb die kalte Fläche des einen an der kaum wärmeren Wade. Auch der Wind, der an ihrem Nachthemd zerrte, schien frischer zu werden und ließ ihre Finger langsam erstarren. Das Gefühl schwebender Leichtigkeit verließ sie wie ein kurzer Traum. Nun gut, dachte Rowena bitter und befeuchtete die trockenen Lippen. So führe sie also schnurstracks von hier in die Hölle; sollte es so sein. Vielleicht würde Gott sich ihrer erbarmen, wenn er erführe, wie sehr sie gelitten hatte. Und sie raffte entschlossen ihr Nachtgewand.

Rowena hob den Kopf und atmete ein letztes Mal ein. Ihr gegenüber erhob sich die gedrungene Fassade der Familien-Gruft. Dorthin also, sagte sie sich und dachte mit einem letzten schmerzlichen Aufzucken an das geschändete Grabmal ihrer Mutter, dessen tröstliche Züge für immer zerstört waren. Aber ihre Mutter hatte ja, sagte Rowena sich, niemals wirklich darin gelegen. Selbst dort würde sie einsam ruhen, alleine zwischen lauter leeren Gräbern. Es gab auf dieser Welt keinen Ort für sie.

Ihre Hände lösten sich vom Fensterrahmen, sie tastete sich mit den Fußspitzen bis ganz an den Rand vor, spürte schon die luftige Leere unter ihren Zehen.

Leer, echote es dabei in ihrem Kopf, alle Gräber leer. Der Tod nur eine Täuschung. Eine Täuschung? War es nicht das, was ihr Vater gesagt hatte während seines langen, verwirrenden Vortrages? Rowena hatte nicht verstanden, was er damit gemeint hatte. Nun aber formte sich in ihrem verzweifelten Hirn aus diesem Wort eine Idee. Hoffnung schoss auf einmal heiß in ihr auf, Möglichkeiten entfalteten sich verheißungsvoll vor ihr, schneller, als sie sie zu erfassen vermochte; ihre Gedanken überschlugen sich geradezu. War dies die Antwort auf ihre Probleme? Gab es doch noch einen Weg? Mit einem Mal löste sich Rowenas Starre. Mein Gott, was tat sie nur hier, wie war sie hierhergelangt an diesen Abgrund? Es gab doch noch so viel zu bedenken, so viel zu tun! Fast schien es ihr, als helle die Nacht sich auf und erste Vorboten der Morgendämmerung erschienen über den Giebeln. Aber das war Unsinn, schalt sie sich, es konnte kaum Mitternacht vorüber sein, nein, was da aufriss, war der schwarze Vorhang, der ihre Zukunft verhüllt hatte, war die Trübe, die über all ihren Gedanken gelegen hatte. Dabei gab es eine Lösung, sie hatte sie gefunden!

Montfort, leb wohl, dachte sie in plötzlich erwachendem Übermut. Ihre Finger tasteten nach dem Mauerwerk und schlossen sich fest darum. Und ihr dort im Wald, mit euch werde ich auch noch fertig. Mit einem Mal fühlte sie sich ganz leicht. Sie richtete sich auf und trat ohne jedes Bedauern von der Kante zurück. Da schlug sie mit dem Hinterkopf hart gegen den Fensterrahmen; instinktiv langte sie nach der Wunde; Schwindel ergriff sie. Und für einen kurzen Moment wusste sie nicht mehr, wo oben und unten war. Rowena machte einen Schritt, um sich zu fangen, ihre freie Hand fuhr durch die Luft auf der Suche nach Halt. Vor ihren Augen flimmerte es wie ein Sternenhimmel. Da trat sie ins Leere.

Cedric erwachte und fand sich allein auf dem Lager. Verärgert hob er die kleine Lampe, die sie stets neben seine Kissen zu stellen pflegte. Er war allein in der Höhle; von seiner Gefährtin war nichts zu sehen. Wo steckte sie nur wieder?

Die Schlangenfrau war ihm noch immer so rätselhaft wie an dem Tag, da er ihr das erste Mal begegnet war. Sie kam und ging nach Gesetzen, die er nicht begriff. Ihr ganzes Dasein war ihm ein Rätsel. Als er sich besser fühlte, hatte er begonnen, kleine Ausflüge vor die Höhle zu machen. Die Gegend schien ihm unfruchtbar und leer. Er wusste inzwischen, dass sie alleine lebte; kein Dorf und keine Hütte waren in der Nähe zu finden. Nur über einige Knochen war er gestolpert, von Raubtieren verschleppt und verteilt. Stoffreste und einige Waffen wiesen darauf hin, dass es Krieger waren wie er, gefallen in dem Scharmützel, das beinahe auch ihn das Leben gekostet hätte. Mit einem ehrfürchtigen Schauer hatte er die Überreste zusammengeschoben und Steine darauf gehäuft. Dann war er auf den nächsten Hügel geklettert und hatte sich umgeblickt. Einen Moment lang hatte er erwartet, das Heer König Richards heranziehen zu sehen, mit Fahnen und Trompeten, blitzenden Harnischen und Gesang. Aber nur sie erschien, klein in ihrem weißen Kleid zwischen den Felsen. Was trieb einen Menschen in solche Einsamkeit?

Als sie ihn auf dem Hügel erblickte, hatte sie ihn eilig wieder in die Höhle gewunken und mit Händen und Füßen und den wenigen Worten, die sie inzwischen teilten, versucht ihm klarzumachen, dass er dort draußen als Christ und Fremder in Gefahr war. Er hatte sie beruhigt, da sie ganz aufgewühlt schien, gerührt von ihrer Sorge, und danach in ihren Armen die Belohnung empfangen, nach der er noch immer verlangte wie nach nichts sonst. Wenn er sich in ihrem Fleisch vergrub, vergaß er alles andere auf der Welt. Ja, wenn er irgendetwas über sie wusste, dann, dass sein Hunger nach ihr ungebrochen war.

Ein seltsamer Zauber ging von ihr aus und hielt ihn in ihrem Bann. Er hatte bereits begonnen, sich vorzustellen, dass er sie mit nach England nähme. Warum nicht, sagte er sich voller Trotz, wenn er an die Reaktion seiner Familie dachte oder daran, wie eine Frau mit einer tätowierten Schlange im Gesicht sich wohl auf dem Marktplatz von Cloagh ausnähme. Er wollte solch unbehagliche Gedanken nicht zulassen. Sie hatte sein Leben gerettet, sie war aller Ehren wert. Niemandem würde er erlauben, ein Wort gegen sie zu sagen, nicht gegen ihre Herkunft, nicht gegen ihre Religion. Dies alles, so argumentierte er im Geiste leidenschaftlich, hatte für sie nicht gezählt, als sie sich seiner annahm und ihn vor dem sicheren Tod bewahrte. Es sollte auch für ihn nicht zählen. Schließlich liebten sie einander, ja, er liebte sie, er konnte es nicht leugnen. Sein ganzer Körper verlangte nach ihr, wenn er sie nur sah, und sie brachte es fertig, ihn mit einem einzigen Blick aufzuwühlen, sodass er sie schmerzlich begehrte.

Und sie lebten ja ganz füreinander. Sie erfüllte seine Tage und seine Nächte in dieser engen Zuflucht. Die Welt draußen war versunken, verschwunden selbst aus seinen Träumen, und er war ihr dankbar dafür. Hatte er nicht dieses Vergessen lange gesucht? Außerdem, so beendete er seine Rechnung schicklich, umarmten sie einander bereits, als wären sie schon Mann und Frau. Ein Schuft, wenn er sie nicht nähme.

So schob er alle Bedenken sowie das Bild Rowenas, das sich hier und da noch einstellen wollte, beiseite, setzte die Schlangenfrau an ihre Stelle, kleidete ihre fremdartige Gestalt in heimatliche Gewänder, verhüllte sie mit Surcot und Schleier und träumte davon, sie anschließend im Himmelbett der heimatlichen Burg wieder zu entkleiden. Seine Tage verbrachte er mit Warten auf sie, er ließ sich von ihr mit Beeren füttern, tändelte mit ihren Haaren und wusch sie, über der Schüssel kauernd, andächtig mit einem Schwamm. Nachts schliefen sie mit ineinander verschlungenen Gliedern ein.

Manchmal allerdings verließ sie ihn, so wie eben. Sie nahm dabei Dinge mit, Kräuter, Säckchen, die ihn vermuten ließen, dass er nicht der Einzige war, um dessen Wunden und Krankheiten sie sich kümmerte. Ein- oder zweimal hatte er fremde Stimmen gehört, die vor der Höhle riefen. Die Schlangenfrau hatte ihm den Finger auf die Lippen gelegt, ehe sie nach draußen ging, und ihn bittend angesehen. Er hatte gehorcht, nicht ohne einen Stich von Eifersucht, der ihm selbst lächerlich erschien, und sich verborgen gehalten, ungeduldig des Moments harrend, in dem er wieder den Duft ihres Haares einatmen durfte und die Glätte ihrer Haut unter seinen Händen spüren. Und sie war zu ihm gekommen, lächelnd und willig, und sie hatten die Wiedervereinigung gefeiert, als wäre sie nach langer Trennung erfolgt.

Er fuhr mit der Nase über die Felle neben sich, die noch warm waren. Ja, er konnte sie noch riechen, dieses fremdartige, beinahe tierische Aroma, das seinen Puls zum Schlagen brachte; Begierde regte sich in ihm. Wo blieb sie nur? Cedric stand auf und tastete sich zum Eingang der Höhle vor. Die Nachtluft war lau, die ihn umwehte, dennoch fröstelte er. Es dauerte, bis seine von der Lampe geblendeten Augen sich an die Dunkelheit und das Sternenlicht gewöhnt hatten. Langsam aber traten die Umrisse der Felsen hervor, die dürren Äste der wenigen Bäume, die Falten in den Hängen, die ihm mit der Zeit so vertraut geworden waren.

Er hielt den Atem an, als er in einem halbrunden Einschnitt gegenüber der Höhle die Silhouetten zweier Menschen erblickte. Es waren ein Mann und eine Frau, es war sie, er erkannte ihr loses weißes Gewand, das im Licht der Sterne bläulich schimmerte. Ja, dort war sie, seine Geliebte, er konnte jetzt die Fülle ihres Haares sehen, das schwärzer war als die Nacht, und sein Herz schlug ihr entgegen. Dann sah er die Geste, mit der sie ihr Kleid hochhob.

Nein, wollte Cedric rufen. Er trat einen Schritt vor, seine Finger krallten sich in den Fels. Nein, das war nicht wahr, er träumte dies nur. Dieser Mann dort drüben trat nicht vor sie hin und hob sie hoch, um sie auf eine Felsplatte zu setzen. Sie umschlang ihn nicht mit ihren Beinen und lehnte den Oberkörper zurück, dass ihr Haar wie ein Vorhang herabhing. Die beiden dort drüben begannen nicht stöhnend, sich mit zuckenden Bewegungen zu vereinigen, von denen ihn jede einzelne wie ein Dolchstoß traf. Cedric kniff die Augen zusammen, um das unwirkliche Bild zu vertreiben, vergebens. Er rieb sie mit den Fäusten, bis sie brannten, es blieb wahr. Cedric stöhnte. Er biss sich so fest auf die Lippen, dass er Blut schmeckte. Es gab keinen Zweifel, sie war es, sie betrog ihn. Ihr gemeinsames Leben, ihr Dasein füreinander, es war nur ein Wahn. Ohne zu wissen, was er tat, setzte er langsam einen Fuß vor den anderen.

Mit dem Geschick, das er sich in diesen Bergen erworben hatte, bewegte er sich fast lautlos über das Geröll. Das Pärchen bemerkte ihn nicht. Schließlich stand er nur wenige Schritte von dem Fels entfernt, auf den sie sich inzwischen hatte hinabsinken lassen, während er über ihr stehend noch immer nicht von ihr abließ. Ihre Arme waren ausgestreckt und tasteten räkelnd über den Stein, als suchten sie nach ihm. Cedric sah die helle Haut ihrer Achseln, sah ihren Rücken, der sich wollüstig spannte. Sie wand sich und warf den Kopf hin und her. Plötzlich blickte er in ihre Augen, die weit geöffnet waren. Das Sternenlicht glänzte darin. Cedric hätte darin versinken mögen, er konnte sich nicht davon lösen. Schaute auch sie ihn an? Nahm sie ihn überhaupt wahr? Wie angewurzelt stand er da, bis er den Schmelz ihrer Zähne aufschimmern sah. Die Schlangenfrau lachte.

Cedric ballte die Fäuste. Und dann bemerkte er die anderen. Erst nur das Weiße ihrer Augen, dann die stummen Umrisse der Gestalten in ihren Burnussen. Cedric erkannte einen, zwei, vier. Entgeistert schaute er sich um. Rings um das Paar dort an der Wand hockten Männer, hingekauert unter einem Busch der eine, an einen Fels gelehnt der andere; manche saßen im Schneidersitz auf einem Büschel Gras, ruhig wie Statuen, und ließen wie er selbst keinen Blick von den ineinander verschlungenen Leibern. Einer, erkannte er mit Schrecken, hielt etwas in seinen erhobenen Händen. War es eine Waffe, eine Klinge, ein Stab? Cedric blinzelte, dann bemerkte er die sich windende Bewegung. Der Mann hielt eine Schlange vor seiner Brust. In seinem Schoß ruhte eine große, flache Schüssel.

Voller Grauen öffnete Cedric den Mund. Was tut ihr hier?, wollte er rufen. Was wollt ihr von uns? Lasst sie in Ruhe. Da brach der Mann am Altarstein mit einem dumpfen Laut über seiner Geliebten zusammen. Er ging in die Knie und barg für einen Moment sein Gesicht in ihrem Schoß. Sie setzte sich auf und machte ein Zeichen über seinem Scheitel, ehe sie ihn von sich stieß. Hochaufgerichtet saß sie da, dann stand der Mann mit der Schlange auf und trat zu ihr. Über ihren Leib, der sich unter der schuppigen Berührung nach hinten wölbte, reichte er die Schlange an einen dritten, ehe er sich daran machte, sie seinerseits zu besitzen.

Fassungslos betrachtete Cedric das Schauspiel, das sich vereinigende Paar, die stummen Zuschauer. Ihm war klar, dass sie mehr waren als das; sie alle waren Teilnehmer an einem barbarischen Ritual, dessen Priesterin und Altar dieses Weib war, das sich dort allen schamlos darbot. Er wollte schon den Mund öffnen und etwas rufen, vortreten, dem Spuk ein Ende bereiten, da zückte der Mann mit der Schlange ein Messer und schnitt dem Tier den Kopf ab. Schwarz schoss das Blut heraus und strömte in die Schüssel. Aus allen Kehlen drang ein Stöhnen. Es war der einzige Laut, den sie von sich gaben.

Durch Cedric lief ein Schauer. Er wandte sich um und rannte davon. Erst jetzt bemerkte er den Felsbrocken in seiner Hand, von dem er nicht mehr wusste, wann er ihn aufgehoben und was er damit gewollt hatte. Er ließ ihn fallen. Drinnen verfiel er in hektische Aktivität. Wo waren seine Kleider, wo seine Waffen? Sie hatte ihn mit einem arabischen Gewand ausgestattet, als er wieder aufstehen konnte, aber nun suchte er seine eigenen Sachen. Irgendetwas musste doch davon übrig sein? Es musste doch eine Spur seines früheren Lebens geben? Denn dieses hier, das gehörte ihm nicht. Er kannte es nicht einmal, es war ihm fremd.

Mit einem Mal fragte er sich, wie er so lange hier hatte ausharren können. Was suchte er hier? Ja, er war aufgebrochen, um sich zu verlieren, er hatte das Vergessen gesucht. Aber wie hatte er glauben können, dieses Höhlendasein wäre ihm bestimmt, wäre sein Heim, sein Ziel! Es war die Fremde, der hinterste, entfernteste, falscheste Ort der Welt. Er sollte nicht hier sein, das begriff er nun, es war verkehrt, verkehrt, abgrundverkehrt. Irgendetwas in seinem ganzen Leben war völlig falsch gelaufen. Aber er durfte es nicht dabei belassen. Er musste zurück und herausfinden, was es war.

Er wühlte in den Körben und Packen, die er bislang nicht angerührt hatte. Es scherte ihn nicht, dass er dabei alles in wilder Unordnung verteilte. Angeekelt klopfte er sich Grünzeug und Staub von den Fingern, schob mit dem Fuß beiseite, was Rinde zu sein schien, Knöchelchen, getrocknete Insekten. Wo steckten sein Harnisch, sein Wams, die Schwertscheide?

Er fand seinen Dolch, als er sie eintreten hörte. Die Waffe in der Hand, fuhr er zu ihr herum. Bei ihrem Anblick waren alle Überlegungen wie fortgewischt. Vor ihm stand nicht die Fremde von dort draußen, sondern seine Geliebte, und er selbst war nichts weiter als ein zutiefst verletzter und gedemütigter Liebhaber. Scham, Wut, Rührung, all das kämpfte in ihm.

Sie sagte nichts, tat nichts, betrachtete ihn nur ruhig, und ihm schien, als stünde das Lachen noch immer in ihren Augen. Lachte sie ihn etwa aus? Auf der Stirn trug sie ein fremdartiges Zeichen aus rissiger roter Farbe. Als er es sah, entbrannte sein Zorn mit aller Heftigkeit.

»Du Hure«, brach es aus ihm heraus, und er ohrfeigte sie. »Du dreckige, billige ...«

Sie lächelte. Ihre Zunge fuhr schlangengleich zwischen ihren Lippen hervor und leckte den dünnen Blutfaden ab, der aus der Nase herablief.

Cedric erbebte, als er es sah. Noch einmal wollte er zuschlagen, ballte schon die Faust und bemerkte dann den Dolch. Unentschlossen zitterte er in der Luft. Für einige Augenblicke, dann warf er ihn fort. Gequält schloss er die Augen. Dann griff er brutal in ihr offenes, vom Liebesspiel noch verworrenes Haar und riss sie zu sich heran. Es sich ums Handgelenk wickelnd, zog er sie mit sich herab, als er in die Knie sank, kraftlos mit einem Mal. »Du ...«, er zerrte sie hin und her in hilfloser Wut. »Haben sie dich alle schon gehabt, ja? Jeder von denen?« Er wies nach draußen, die Tränen der Enttäuschung rannen über sein Gesicht. »Es ist doch so, los, gib es zu. Mit jedem treibst du es! Und ich dachte, ich dachte ...« Er starrte ihr direkt in die Augen. Da presste er seinen Mund heftig auf den ihren. Er grub seine Zähne in ihr Fleisch, bis er Blut schmeckte. Dann, ohne es zu wollen, versank er in einem saugenden Kuss. »Du«, keuchte er, als er sich wieder von ihr löste, erschrocken vor sich selber.

Und wieder stieß er sie von sich, dass sie auf alle viere sank. »Du bringst mich dazu! Du machst aus mir ein Ungeheuer! Was bist du?«

Sie lächelte nur.

Der Anblick ihres wirr vorm Gesicht hängenden Haares und ihres durchgewölbten Rückens raubten ihm fast den Verstand. Schon streifte er ihr das Kleid hoch. Als er ihren nackten Leib sah, überkam ihn wieder die Lust, sie zu züchtigen. Hiebe und Zärtlichkeiten mischend, kaum wissend, was er tat, traktierte er sie, packte sie schließlich und drückte ihren Nacken nach unten. Sie wehrte sich nicht, kam ihm stattdessen entgegen. Seine Bedürfnisse besser erspürend als er selbst, bot sie ihm mit einer Bewegung ihr prächtiges Hinterteil dar.

»Schamlose Hure«, schrie er und war doch schon über ihr, drang stürmisch von hinten in sie ein und ritt sie, die Hände in ihr Haar verkrallt wie in die Mähne eines störrischen Pferdes. Bei jedem Stoß brachen Beschimpfungen aus ihm heraus, er riss ihren Kopf nach hinten, bis er ihre entblößte Kehle sah. Wieder und wieder stieß er zu, bis er endlich mit einem Schrei über ihr zusammenbrach.

Er hatte ihr weh tun wollen, sie bestrafen und beschmutzen. Wund und gedemütigt fühlte er aber nur sich selbst. Sie rollte herum und nahm ihn in die Arme, wo er schluchzend, das Gesicht an ihre Brüste gepresst, langsam zur Ruhe kam. Er fuhr über die brennend roten Striemen und Male auf ihrer Haut, und die Scham überwältigte ihn beinahe. Gott, was hatte er getan? War er das gewesen, dieses Tier, dieses Monster?

Ekel vor sich selbst packte ihn. All seine Energie verflog. »Verzeih mir!«, flüsterte er und küsste die Wunden, die er ihr zugefügt hatte.

Sie strich tröstend über sein Haar, gurrte beruhigend und umschlang ihn dann wie stets mit ihren Armen und Beinen. Das Gesicht an seinen Hals gekuschelt, schlief sie ein. Cedric lag noch lange so da, stumm, aber wach, und die Tränen liefen an seinem Gesicht hinunter, ohne dass er hätte sagen können, ob er über sie weinte oder über sich. Die Schlangenfrau lächelte im Schlaf.

44

Mit einem Schrei warf Rowena sich zurück. Fast im selben Moment erhaschte ihre blind tastende Hand den offenen Fensterflügel. Er gab nach und schwang zu, sie rutschte ungebremst über die Kante der Fensterbank. Die Mauerkante schlug schmerzhaft gegen ihre Hüfte, und ihre nackten Füße strampelten ohne Halt in der Nachtluft, schabten über die Mauer und lösten Klümpchen von Moos und Steinchen, die in einem Schauer in den Hof hinunterfielen. Ihr Aufschlag verursachte kaum einen Laut. Endlich gelang es ihr, sich herumzuwinden und auch mit der zweiten Hand festen Halt am Fensterrahmen zu finden. Für ein, zwei Augenblicke spürte sie, wie ihr ganzes Gewicht an ihren klammen Fingern hing. Dann schaffte sie es, ein Knie über den Rand zu ziehen und sich hochzustemmen. Das Fenster klappte wieder auf, und Rowena fiel ins Zimmer. Schwer atmend lag sie einen Moment auf dem Rücken und starrte zu den kleinen Scheiben aus poliertem Horn hoch, die über ihr im Sternenlicht sacht schimmerten. Irgendwo krähte ein verwirrter Hahn. Rowena musste lachen. »Da hast du dich aber schön geirrt, mein Junge«, prustete sie. »Es ist noch lange nicht Zeit.«

Sie stand auf, entzündete eine Lampe und begutachtete die aufgeschrammten Stellen an ihren Knien. »Das Leben wird's nicht kosten«, murmelte sie und musste wieder lachen. Ein wenig war ihr, als hätte sie Wein getrunken. Dennoch saß der Schock ihr noch in allen Gliedern, sie merkte es, als sie aufstehen und zur Tür gehen wollte. Sie musste mit ihrem Vater reden, unbedingt, und ihm die ganze Idee vortragen. Und sie benötigte William, damit er ihr einen Brief aufsetzte an den Abt des Klosters von Stonebury – oder sie gingen gleich selber hin und redeten mit dem Mann; William war schließlich mit ihm befreundet. Und ihr Vater hatte sich zeitlebens gegenüber den Mönchen großzügig gezeigt. Alles würde gut gehen, es würde klappen, es musste klappen.

Die Aufregung wollte Rowena gar nicht mehr loslassen. Sie hätte nicht zu sagen vermocht, ob ihr Herz wegen der überstandenen Aufregung so heftig klopfte oder wegen der keimenden Hoffnungen. Dabei würde sie den Morgen abwarten müssen. Oh, Rowena verfluchte die Nacht. Aber alle lagen in tiefem Schlaf und würden sich nur unnötig verwundern und aufregen, wenn sie sie aufweckte. Es war wichtig, den richtigen Zeitpunkt abzuwarten.

Ach, warten! Mit ärgerlicher Wucht warf Rowena sich aufs Bett. Schlaf würde sie keinen mehr finden, dessen war sie sich sicher. Ob sie schon einmal beginnen sollte, sich anzuziehen? Da hörte sie drunten vom Hof ein Geräusch.

Rowena hob den Kopf und lauschte. Es klang wie Schritte, aber nicht wie die energischen, gleichmäßigen der Wächter. Das hier waren verstohlene, heimliche Schritte. Und jetzt flüsterte jemand. Rowena war schon auf den Beinen, als sie das Knarren einer Tür hörte. Vorsichtig sich aus dem Fenster neigend überblickte sie den Burghof. Alles schien wie eben zu sein. Sie wollte sich schon zurückziehen, als sie bemerkte, dass die Tür zur Gruft offen stand. Und nun kam auch eine Gestalt zum Vorschein.

»Das ist doch …«, entfuhr es Rowena, als sie die Soutane von William erkannte. Er winkte, dann lief er zum Eingang des Palas zurück und verschwand damit aus Rowenas Blickfeld. Als er wiederkam, trug er mit zwei anderen zusammen eine Bahre. Immer wieder löste er sich von ihnen, ging voran und hob eine kleine Fackel.

Edith und Oswin, dachte Rowena grimmig. So also widersetzten sie alle sich ihren ausdrücklichen Befehlen. Der Mann auf der Bahre konnte nur ihr Vater sein. Die Wut stieg hoch in ihr, wenn sie daran dachte. Den ganzen Nachmittag war er kaum bei Bewusstsein gewesen, hatte auf keine ihrer Fragen geantwortet und sie schließlich unter Aufbietung all seiner Kräfte früh ins Bett geschickt. Sie hatte ihn verlassen, damit er sich gesund schliefe. Und nun zerrten sie den hilflosen alten Mann dort unten durch die kalte Nachtluft. Dem würde sie ein Ende machen, aber sofort! Sie schnappte sich die Lampe und raffte ihr Gewand. Gerade noch, dass sie sich die Zeit nahm, in ihre Schuhe zu schlüpfen.

Rowena war schon halb die Treppe hinab, als die Frage in ihr auftauchte, wo die vier denn eigentlich hinwollten, mitten in der Nacht.

»Bündnismond!«, fiel es ihr dann ein. Es war der dreißigste April. Dieses ominöse Fest rückte näher. Sie würden ihren Vater doch nicht in den Heimlichen Wald hinausschleppen? Aber wozu hätten sie dann die Gruft geöffnet?

Als Rowena endlich auf dem Hof anlangte, war sie dort allein. Rasch lief sie zum Tor, um sich zu versichern, dass es nicht geöffnet worden war. Aber der große Riegel war an seinem Platz, die Tür von innen verschlossen. Wer immer hier unterwegs war, musste sich noch in der Burg befinden. Nur zögernd wandte Rowena sich der Gruft zu, deren Türflügel nun wieder geschlossen waren. Sie ging hinüber und öffnete sie. Sie waren nur angelehnt und gaben mit demselben Quietschen nach, das sie selbst vor kurzem noch am Fenster gehört hatte. Es gab keinen Zweifel, die heimlichen Verschwörer waren hier hineingegangen. Ein Frösteln überlief Rowena, als sie eintrat. Hier drinnen schien die Luft noch um ein einiges kälter. Feucht und dumpf wehte es sie an.

Der Geruch war Rowena unvertraut. Oder nein, sagte sie sich, einmal hatte sie ihn schon gerochen. Damals hatte sie das Gefühl gehabt, nicht alleine hier drinnen zu sein. Sie blieb stehen und schaute sich um. Die Sarkophage waren nur als schwarze Umrisse zu erkennen, die das kleine Licht in ihrer Hand kaum erhellte. Aber auch so war gut zu sehen, dass die Zerstörungen durch die Männer des Bischofs noch nicht beseitigt waren. Grabplatten lagen auf dem Boden oder lehnten an den Wänden, Schutt war nur notdürftig in die Ecken gekehrt, wo er im Dunkeln unheimliche Umrisse annahm; die vertraute Ordnung war zerstört.

Rowena fühlte sich gar nicht wohl, dennoch wagte sie ein, zwei, drei Schritte hinein, als ein ungewohntes Hindernis ihr den Weg versperrte. Sie ging in die Knie und erkannte das Relief eines jungen Mannes, der vom Tode hingestreckt dalag, in schöner Haltung, ein Knie aufgestellt, den Kopf über die Schulter zurückgeworfen, das lange Haar herabfließend. Seine Augen waren starr und offen.

»Was tust du denn hier?«, sagte Rowena leise, wie zu sich selbst. »Solltest du nicht ...?« Und sie hob das Licht, um die Wand zu beleuchten, glaubte sie doch, in dem Bildnis den Teil einer Gedenktafel zu erkennen, die sonst eines der in die Seitenwand eingelassenen Gräber bedeckte. Nun aber ragte es mitten in den Raum. Das Relief war ihr im Weg, und sie drückte unwillkürlich dagegen. Mit einem Überraschungsschrei sah sie, wie es ohne Widerstand nachgab und zurück an die Wand klappte, wo es innehielt. Rowena stürzte hin und bemerkte nach einigem Suchen die verborgenen Scharniere, um die die Platte sich drehte. Sie konnte aufgeklappt werden wie eine Tür und verbarg ... kein Grab, sondern eine tief in die Mauer führende Öffnung!

»Was zum Teufel ...«, murmelte Rowena und bekreuzigte sich unwillkürlich. Dann sah sie im flackernden Licht der Kerze die ersten Stufen. Sie führten hinunter, eng und steil und feucht. Ein modriger Hauch wehte Rowena erneut an, und als sie sich aufrichtete, sah sie im Lampenschein nicht nur Spinnweben von der Decke hängen, sondern auch die kleinen schwarzen Umrisse von in ihre Flügel gewickelten Fledermäusen. Mit einem Aufschrei wich sie zurück und scheuchte damit eines der Tiere auf, das mit seltsam zirpenden Lauten aufflog, suchend durch die Gruft kreiste und schließlich durch die Tür in der Nacht verschwand. Mit pochendem Herzen wandte Rowena sich wieder der Treppe zu. Sie vermochte nicht zu erkennen, wohin sie führte.

»Der zweite Keller«, sagte Rowena laut, um sich ein wenig Mut zu machen, »es gibt ihn also doch.« Und wenn er kein Märchen war, dann waren es vielleicht auch die anderen Erzählungen nicht, die von langen Tunneln berichteten, Fluchtwegen aus der Burg und einer Verbindung mit verborgenen Zufluchten. Vielleicht sogar mit dem Feenberg.

Ihre Hand mit der Lampe zitterte so sehr, dass ihr Schatten an der Wand zuckte und bebte, als sie den Fuß auf die erste Stufe setzte.

Zweifelnd schaute Colum sich um. War das der Ort? Er könnte es sein. Jedenfalls war er den Weg gekommen, den sie seiner Erinnerung nach damals unter Richards Fahne entlanggezogen waren. Jerusalem war gewiss nicht mehr weit, hinter der nächsten Biegung schon mussten ihnen die Dächer und Kuppeln entgegenschimmern, so wie damals, als der König sich erschrocken hinter seinem Schild verbarg und rief, er sei des Anblicks nicht wert. Auch seiner Reisegruppe war der Anblick bereits angekündigt worden. Die Pilger hinter Colum waren schon ganz aufgeregt ob der Sensation, die ihrer harrte. Colum aber blieb nachdenklich stehen und ließ sie an sich vorbeiströmen.

Dies, er stieß mit dem Fuß dagegen, mochte der Baumstamm sein, hinter dem sie seinerzeit gekauert hatten. Er war breit genug, noch silbriger inzwischen und löste sich bei dem Tritt in trockenes Gebrösel auf. Und dies war möglicherweise der Hügel, den Cedric damals hinaufgerannt war, ehe er ihn aus den Augen verloren hatte. Oder auch ein völlig anderer. Colum, der ihn mit beschatteten Augen vergeblich nach einem Erkennungszeichen abgesucht hatte, wandte sich ab und fluchte; verdammt, warum sah hier nur alles so gleich aus?

Der Pater, der ihre Gruppe begleitete, hob die Hände schockiert zum Segenszeichen. »Nicht so nahe an der Heiligen Stätte, mein Sohn«, murmelte er kopfschüttelnd, ehe er weiterging. Colum schob die Lederkappe zurück und kratzte sich an der Stirn.

»Ist das der Ort, wo der Heilige Petrus zweifelte und umkehrte?«, fragte eine hohe Stimme hinter ihm.

Colum gönnte der dicken Krämersfrau, die das gefragt hatte, keinen Blick. Sie war die heimliche Anführerin ihrer Gruppe, die noch einen verarmten flandrischen Ritter, eine Grupppe Nonnen aus Burgund und einige Londoner Handwerker umfasste. Mit ihrer ganzen Familie war sie aus Kent angereist, ihr Glück kaum fassend, dass nach dem Friedensschluss mit Saladin nun der Weg für die Pilger frei war und all die Kreuzritter und Söldner, die ohne Lohn und Brot in Jaffa gestrandet waren, für wenige Münzen bereit waren, die pilgernden Scharen zu begleiten und vor Räubern zu schützen. Abends teilte sie am Feuer Brot und Oliven in geizigen, sorgsam bemessenen Portionen an die anderen aus. Tagsüber war sie ganz religiöse Schwärmerei.

»Weiß nicht«, beschied Colum sie und übersah die düstere Miene, mit der sie im Stillen beschloss, ihm am Ziel einiges von seinem Handgeld abzuziehen.

»Wo wollt ihr hin?«, protestierte sie, als er begann, den Geröllhang hinaufzuklettern. »Hier gibt es bestimmt diese giftigen Schlangen, vor denen die Tempelherren uns gewarnt haben!«

Colum, der ihren Protest nicht beachtete, machte sich an den mühsamen Aufstieg ins Gelände. Wie schwer es fiel, hier voranzukommen, dachte er, wenn man nicht um sein Leben rannte. Hatten sie wirklich hier gekämpft? Wenn ja, musste das Wegzeichen in der Nähe sein, das er zurückgelassen hatte: seinen Speer, und daraufgesetzt den Helm, der alles gewesen war, was er von Cedric gefunden hatte. Den Helm, blutige Fetzen seines Wamses und dieses billige Schwert, das nicht wirklich ihm gehört hatte.

Unwillkürlich fasste Colum an den Griff der Waffe, die an seinem eigenen Gürtel hing, und tätschelte ihn. Er trug es wieder, das Schlangenschwert der Cloaghs; es war seines Herrn wahre Klinge. Er hatte sie ihm wiederbeschafft, was nicht schwer gewesen war, damals, während Saladins Überfall auf Jaffa. Erec hatte vor dem brennenden Magazin auf dem Rücken gelegen, tot wie eine zerquetschte Maus, und der Sarazene, der ihn ausgeplündert hatte, hatte sich nicht lange freuen dürfen. Ja, das Schwert hatte er am Ende aus dem unseligen Kreuzzug geborgen, seinen Herrn nicht.

Colum legte die Hände vor den Mund, bereit, laut Cedrics

Namen zu rufen. Dann aber beherrschte er sich. Sich hinstellen und herumbrüllen, was für eine Idee! Es war kindisch nach all der Zeit. Seit Cedric hier verschwunden war, waren Wochen vergangen. Auch war das Wegzeichen nicht zu sehen. Vielleicht stand er ja am völlig falschen Ort. Vielleicht auch war es das Opfer von Plünderern geworden.

»Ich hätte bleiben sollen«, murmelte er bitter und gedachte des Hauptmannes, der ihm damals die Spitze seines Schwertes auf die Brust gesetzt und ihm entgegengebrüllt hatte, was er mit Fahnenflüchtigen täte. Colum hatte die Fäuste geballt, dann hatte er gehorcht und sich in die Reihen der Abmarschierenden eingereiht. Zuvor hatte er alles getan, war das gesamte Schlachtfeld abgelaufen, hatte jeden Leichnam herumgedreht, manchen Verwundeten aufgespürt und kaum auf den Dank geachtet, den die Männer stammelten, die seine Hände festhalten, nicht alleine bleiben, in den Armen eines Christenmenschen sterben wollten. Aber er hatte nur den Arzt gerufen und war weitergehastet, immer weiter, bis es nichts mehr zu untersuchen gab und er es sich gestehen musste: Cedric war fort.

»Vielleicht gefangen und versklavt«, hatte jemand gemeint, abends am Lagerfeuer. Es hatte ein Trost sein sollen für den seltsamen, düsteren kleinen Mann, der mit keinem mehr reden wollte. Colum hatte den leichthin gesprochenen Satz gehört, und obwohl er mit keiner Reaktion darauf antwortete, hatte er sich tief in sein Gedächtnis eingebrannt und war ihm eine verzweifelte Hoffnung geworden. Bis zum Ende war er in der Nähe des Königs geblieben und hatte die Verhandlungen belauert, bei denen Gefangene ausgetauscht oder freigekauft wurden, selbst am Ende noch, zur Besiegelung des Friedensvertrags. Die Sarazenen hatten sie in Gruppen vor die Stadt geführt und ihnen die Ketten abgenommen: Rittern, einfachen Plänklern, die sich lachend und weinend in die Arme fielen, manche noch halbe Kinder, die benommen in die Freiheit blinzelten. Sogar ein Graf war dabei gewesen, dem seine Vasallen kniend einen Mantel reichten, damit er seinen halbnackten, geschundenen Leib damit bedecken konnte. Colum hatte ihnen allen ins Gesicht gesehen, manchen auf einen Becher eingeladen, damit er ihm mehr berichtete. Cedric war niemals unter ihnen aufgetaucht, und keiner hatte von ihm gehört. Bis Colum sich gesagt hatte, dass es jetzt nur noch eine einzige Chance gäbe: den Sklavenmarkt von Jerusalem.

»Weiter, weiter, nicht zurückbleiben.«

Colum griente den Templer an, der am Schluss ritt und die Säumigen ihrer Gruppe so zur Ordnung rief. Er konnte keinen mehr betrachten, ohne sich an die Worte zu erinnern, die durch einen dummen Zufall des Schicksals Cedrics letzte an ihn gewesen waren. Sie riechen nach Tod, hatte der Junge gesagt. Colum musste unwillkürlich lächeln, als er daran dachte. Cedric mochte gar nicht genau gewusst haben, was ihn an den Templern so störte, aber er hatte es gespürt. Es war das Blut seiner Vorfahren, das da aus ihm sprach, als er die Rittermönche verurteilte, die das kostbare Leben auf zweifache Weise leugneten: mit ihrem Schwert und mit ihrem Leib. Colum nickte still. Cedric war wahrhaftig ein Sohn der Cloaghs. Und bei der Erinnerung wandelte sein Lächeln sich in eine Grimasse des Schmerzes. Er seufzte, fuhr sich mit der großen Hand über das Gesicht, grüßte dann ergeben, gehorchte und reihte sich wieder ein zwischen den Frauen und Männern, Alten und Kindern, die der Glaube und die Hoffnung nach Jerusalem trieben. Wie mich selbst, sagte er sich. Denn noch ist die Hoffnung nicht tot.

Er klopfte sich den Staub von den Beinlingen, stapfte den Weg entlang und blieb nach der nächsten Biegung inmitten der anderen wie erstarrt stehen: wie eine goldene Miniatur, die an hohen Tagen in den Kirchen gezeigt wurde, blinkte ihnen in der Ferne die Stadt entgegen, mauerumgürtet, mit schwebenden Dächern, zart wie eine Luftspiegelung.

»Oh, himmlisches Jerusalem«, flüsterte die Kenterin und bekreuzigte sich. Alle sanken in die Knie. Auch der Templer, der aus Angst vor Banditen niemals absaß und stets seinen wachsamen Blick schweifen ließ, verharrte für einen Moment im Gebet. Colum rieb sich das Kinn, als er so dastand, voller Trotz und Zweifel. »Himmlisch«, brummte er, als er die ungläubigen Blicke der anderen bemerkte, und ging schließlich ächzend in die Knie. »Mir soll genügen, wenn es wahrhaftig irdisch ist.«

Es sollte sich als überaus irdisch erweisen. Jerusalem empfing sie mit Geschrei und Gedränge, mit Gestank und Müll, mit der größten Menge Menschen, die er je sich hatte durch die Straßen einer Stadt wälzen sehen, mit völlig überhöhten Preisen und der größten Anzahl von Bettlern, die Colum jemals auf einem Haufen erblickt hatte. An jeder Mauerecke, jedem Brunnen und vor jedem Kirchenportal lungerten sie herum und zeigten ihre zerstörten Glieder. Die Kenterin und die anderen Pilger, die anfangs gerührt ihre Börsen geöffnet hatten, um Gutes zu tun, so dicht unter den Augen Gottes wie nirgends sonst, empörten sich bald und schritten rasch weiter, wenn eines der halb nackt in der Sonne hockenden, von Schorf und Fliegen bedeckten Wesen sich anschickte, auf sie zuzukriechen.

»Tut mir leid, Junge«, brummte Colum, als ein Aussätziger die von Geschwüren entstellten Arme zu ihm hob. »Ich hab selber nichts mehr.« Er wollte schon weitergehen, dann wandte er sich um und gab ihm eine von den zwanzig Münzen, die die Krämerin ihm nach dem Durchgang durch das Tor widerwillig in die Hand gezählt hatte. Dabei warf er einen angespannten Blick in das Gesicht des Mannes. Er konnte Cedric sein, wie jeder hier. Doch er war es nicht.

So weit Colum die Lage nach einem Blick auf die Marktstände beurteilen konnte, würde sein Lohn für die Begleitung der Pilger gerade mal für ein Zimmer, ein paar Brote und eine Handvoll Datteln reichen. Was soll's, dachte Colum sich, er war hier. Vielleicht fand sich in einem der Viertel abseits der Pilgerwege später ein Geschäft, in dem es billigere Angebote gab. Er war nicht hier, um sich den Magen zu füllen, auch wenn der in diesem Moment vernehmlich knurrte. Und schlafen konnte er auf den Kirchenstufen, zwischen den Bettlern, wenn sie ihn ließen.

Colum fragte einen von ihnen nach dem Sklavenmarkt und erntete nur einen erschrockenen Blick. Er wiederholte die Frage vor einem anderen, dessen flachsblondes Haar ihm die Hoffnung gab, er könnte ihn verstehen. Tatsächlich wies der Mann apathisch in eine Richtung und hielt dann die Hand auf. Colum biss sich auf die Lippen, dann schüttelte er den Kopf.

Er musste sein Geld sparen. Wenn er Cedric fand, und allein bei dem Gedanken klopfte sein Herz schneller, würde er ihn auslösen müssen. Er wandte sich in die angewiesene Richtung und drehte sich auch nicht um, als etwas Leichtes gegen seinen Rücken prallte und zerstob. Das Gelächter der Zuschauer verebbte, als er in das Gewirr dunkler Gassen einbog. Colum wusste, was ein Souk war, er hatte in Jaffa und anderen Städten welche gesehen. Das enge Nebeneinander der Ladengeschäfte, die von Sonnensegeln beschatteten engen Gassen, wo man sich von einem Balkon zum anderen die Hand reichen konnte, das Labyrinth der Hinterhöfe, deren Existenz man nur ahnte, die Vielzahl von Männern in Burnussen, mit braunen Gesichtern und verschlossenen Blicken, all das flößte ihm keine Furcht ein.

Er erschrak erst, als die Gasse sich zu einem Platz öffnete. Er war an seinem Ziel: dem Sklavenmarkt. Ein unscheinbares Holzpodest mit einem Pflock darauf war zunächst alles, was den Ort des Grauens verriet. Im Moment stand es leer. Darum herum lagerte eine große Menge Menschen – Männer, Frauen und Kinder, ganze Familien. Manche standen in Gruppen beieinander, andere lagen auf dürftigen Strohschütten, einige hockten in der Ecke, den Kopf auf die Knie gesunken, wieder andere paradierten wie die Soldaten in Reih und Glied. Es dauerte eine Weile, bis man begriff, dass die meisten von ihnen gefesselt waren. Die in den Reihen teilten sich eine Kette für ihre Füße, die Mütter hielten ihre Kinder mit an den Handgelenken zusammengebundenen Armen, die Kauernden waren mit einem Halsring an der Wand befestigt. Dazwischen standen die Händler, auszumachen an der Sauberkeit und Feinheit ihrer Kleider, an ihrer Selbstsicherheit und lauten Zufriedenheit. Und an der Art, wie sie ihre Gefangenen anfassten, auf die Füße zerrten, ihre Gesichter, Haare und Zähne vorführten, wenn ein Kunde dies zu sehen wünschte. Als zeigten sie einem interessierten Bauern eine Kuh.

Fassungslos wandelte Colum über diesen Platz, auf dem Menschen wie Ware angeboten wurden. Er hatte schon Kriegsgefangene gesehen, Männer mit Wut und Scham in den Augen, aber nicht das. Dort drüben war ein Mädchen, dem ein Sarazene den Mund aufzwang, damit der Käufer sein makelloses Gebiss begutachten konnte. Hier ging er an einem jungen Mann vorbei, der Colum wegen seiner schwarzen Haare interessierte. Er war groß und schlank, brachte es aber nicht fertig, den Blick zu heben, um ihm in die Augen zu sehen. Es war nicht Cedric, und so ließ Colum erleichtert von ihm ab. Hilflos wandte er sich um. Ein Kind zupfte an seinem Wams, dürr wie ein Zweig, kaum sieben Jahre; es trug eine Fußfessel. Colum streichelte ihm über den Kopf. Als der Besitzer mit erwartungsvollem Lächeln auf ihn zukam, ergriff er die Flucht.

»Es ist schlimm, nicht wahr?«, fragte eine sanfte Frauenstimme hinter ihm.

Colum fuhr herum und blickte in das Gesicht einer Dame. Sie hatte die Jugend hinter sich, ihr von der Sonne gebräuntes Gesicht, das eine Haube umrahmte, war von Falten durchzogen, aber ihre Augen leuchteten in hellem Blau. »Ihr seid Engländerin?«, stellte Colum verblüfft fest und fügte unwillkürlich hinzu: »Mylady?«

»Hester of Laxfirth«, präzisierte sie und lächelte ihn an. »Ja, wir kommen von derselben Küste. Was tut Ihr hier, mein Herr?«, fragte sie dann. »Es ist selten, in diesem Teil der Stadt Landsleute zu sehen.« Ihre Stimme hatte eine gewisse Schärfe angenommen, was Colum verriet, dass diese Dame nicht so zerbrechlich war, wie sie wirkte. Ihr mütterliches und von Trauer umflortes Aussehen sollte einen nicht dazu veranlassen anzunehmen, dass sie hilflos sei.

»Ich suche jemanden«, antwortete er, noch zögernd, ob er ihr vertrauen könne. »Meinen Herrn.«

»Ach ja.« Sie seufzte. »So viele gingen bei den Kämpfen verloren.« Sie wandte sich ihm nun voll zu und schaute ihn an. »Wo wurde er gefangen?«

Colum wehrte ab. »Um genau zu sein, weiß ich gar nicht, ob er gefangen wurde. Hier in den Bergen«, fügte er dann hinzu, als er ihr Stirnrunzeln bemerkte. »Bei Richards zweiter Kampagne.«

Die Dame seufzte wieder. »Mein Mann wurde vermisst im Dezember«, sagte sie. »Als das Kreuzfahrerheer zum ersten Mal vor diesen Toren stand.« Sie schien nicht zu ihm zu sprechen, eher mit sich selber. »Ich habe lange gehofft, bis mir der Bischof von Canterbury eine Audienz bei Saladins Bruder verschaffte. Der sagte mir, dass mein Mann gefallen sei, gestorben an seinen Verletzungen.« Sie unterbrach sich, um ihre Fassung wiederzugewinnen. »Er gab mir seinen Wappenrock und sprach sein Bedauern aus.« Ihr Blick wanderte über den Horizont, als gäbe es dort einen Trost zu entdecken. Nahe bei ihnen jammerte eine Frau auf, als der Mann an ihrer Seite losgebunden und an einem Strick von seinem neuen Besitzer fortgezogen wurde. Die Frau klammerte sich an ihn, schrie und klagte. Der Verkäufer, der noch die Börse zählte, versetzte ihr ohne hinzusehen einen Tritt, damit sie losließ. Colum blickte zu Boden.

»Ihm konnte ich nicht mehr helfen«, fuhr die Lady of Laxfirth fort. »Aber es gibt andere.« Sie schien sich wieder gefasst zu haben und griff an ihren Gürtel, wo sich, wie Colum jetzt bemerkte, eine große Börse befand. Sie lächelte wieder. »Es gibt zu Hause noch viele Frauen, die um ihre Männer weinen, die nicht wiederkommen. Wenn ich einen Landsmann entdecke, kaufe ich ihn frei und schicke ihn heim. Es ist doch nicht nötig, dass noch andere weinen.« Mit schräg geneigtem Kopf schaute sie ihn an.

Unwillkürlich verneigte Colum sich vor ihr. Noch immer zögerte er, doch als sie die Brauen hochzog und sich schon anschickte, weiterzugehen, platzte er endlich doch heraus: »Einen, der Cedric heißt«, sagte er, »Cedric of Cloagh, habt Ihr nicht gesehen? Er ist groß und schwarzhaarig. Seine Augen sind dunkel, aber blau ...«

»... wie die See an Englands Küste«, vollendete sie seinen Satz. »Ich kenne das Meer.« Sie hob den Kopf, als erwarte sie, Möwen fliegen zu sehen oder das Rauschen der Wellen aufzufangen. Dann schüttelte sie den Kopf. »Ich werde es nicht mehr sehen«, sagte sie leise und fügte dann lauter, an Colum gewandt, hinzu: »Es tut mir leid.«

»Heißt das nein?«, fragte Colum.

Sie lächelte mitleidig. »Das heißt es. Lebt wohl.«

»Wartet!« Colum konnte sich noch nicht von ihr trennen, dem einzigen Menschen im weiten Umkreis, der seine Sprache sprach und ihn verstand, auch wenn sie eine Fremde für ihn war. Er hatte gerufen, noch ehe er wusste, was er von ihr wollte. Als sie sich umdrehte und ihn ansah, leckte er sich nervös über die Lippen. »Wie viel«, fragte er dann zögernd, »kostet es, einen Gefangenen freizukaufen?«

Sie blickte ernst. »Einen gesunden jungen Mann, der arbeiten kann«, überlegte sie, »mindestens fünf Goldbesams, in der hiesigen Währung.«

Als Colum ein »Danke« hervorgepresst hatte, war sie schon in der Menge verschwunden. Goldbesams, dachte er. Vier hatte er einst geboten bekommen für seine Dienste als Kreuzfahrer, zwei davon waren ihm ausbezahlt worden; er hatte sie schon lange ausgegeben. Was nun in seinem Beutel lag, war aus Kupfer. Wie er eine solche Summe aufbringen sollte, das wusste er nicht. Für einen Moment wollte er schier verzweifeln. Er ging zu einem kachelgeschmückten Brunnen hinüber, schöpfte mit der hohlen Hand einen Schluck aus dem Strahl, der aus der Wand sprudelte, trank und wusch sich das Gesicht. Die Kühle tat ihm gut. Eins nach dem anderen, sagte er sich, als er sich wieder aufrichtete. Eins nach dem anderen, das hatte er sich schon in Jaffa vorgenommen, als er nach einem Weg gesucht hatte, in die Berge zurückzukehren. Er hatte ihn gefunden, und nun stand er hier, bereit für den nächsten Schritt. Im Notfall, dachte er, und das Herz zog sich ihm dabei zusammen, konnte er die wertvolle Klinge versetzen, die er bei sich trug.

Sie gehörte ihm nicht, er war nur ihr Hüter, Colum wusste es wohl, und er dachte mit Unbehagen an den alten Grafen, der ihm Waffe und Sohn anvertraut hatte. Doch Waffen konnten neu geschmiedet werden, selbst solche wie diese. Und auch der alte Herr würde es im Zweifelsfall vorziehen, Cedric wohlbehalten wieder in seine Arme zu schließen, da war Colum sich sicher. Sein Auftrag hatte Cedric gegolten. Und er würde ihn erfüllen. Alles andere war Sache seines Herrn.

Ganz in Gedanken, hatte er gar nicht bemerkt, wie er das Schwert zog und mit seinen Fingern versunken über die schimmernde Klinge fuhr.

»He«, riss ihn da eine Stimme aus seinen Überlegungen. Er schaute auf und sah einen Mann im gestreiften Burnus, der vor seine Ladentür getreten war. Colum kannte ihn nicht, und er verstand kein Wort von dem, was der Mensch nun laut gestikulierend äußerte. Aber er trat näher. Kohlegeruch stach ihm in die Nase und eine metallische Note, die ihm verriet, dass er vor einer Schmiede stand. Als er sich vorneigte, konnte er im Inneren des Ladens eine Tür erkennen, dahinter einen Hof und dort das lodernde Feuer, vor dem ein halbnackter Hüne stand und auf ein Stück Eisen einschlug, das er mit der Zange hielt. Nun hörte er über dem vielstimmigen Lärm der Straßen auch den klirrenden Schlag des Schmiedehammers.

Der Sarazene, der ihn angerufen hatte, war ein vornehm aussehender Kaufmann mit einer bestickten Schärpe über dem Gewand und einem weiten Mantel, dessen Ärmel er nun raffte, um das Schwert, dessentwegen er Colum zu sich gewunken hatte, besser in die Hände nehmen zu können.

»Ah«, rief er und ließ einen weiteren Schwall von Worten folgen. Sein spitzer langer Kinnbart bebte vor Aufregung.

Colum riss die Waffe wieder an sich. Sein Gegenüber lächelte strahlend und machte beschwichtigende Gesten; dann klatschte er in die Hände. Aus dem Laden kam eine Gestalt gelaufen, die Colum erstarren ließ, obwohl sie nichts Schreckliches an sich hatte. Der Mann war jung, vielleicht in Cedrics Alter, seine Haut sonnengebräunt und gestreift vom Kohlenstaub. Er war ebenso groß und mochte einstmals kräftig gewesen sein, nun aber sah er hager aus wie ein alter Mann, alles überflüssige Fett war verschwunden, und die Haut spannte über seinen drahtigen Muskelsträngen und Knochen. Sein Haar, stumpf von Schmutz, war lockig und schwarz. Cedric?, dachte Colum.

Schmerz und Freude schnürten ihm die Kehle zu, so heftig, dass er nach Luft schnappen musste. Tränen schossen in seine Augen und trübten ihm den Blick. Herr, dachte er, o vergebt mir, Herr, dass ich Euch alleine ließ, dass das aus Euch werden musste. Er musste dem Drang widerstehen, sich auf die Knie zu werfen und sein Gesicht in das schäbige Gewand dieses Sklaven zu pressen. Als er energisch blinzelnd wieder Klarheit gewann, nahm er allen Mut zusammen, hob den Kopf und blickte dem anderen direkt ins Gesicht.

Es war ebenmäßig, stolz und schön, wenngleich die Entbehrung alles Fleisch davon abgeschmolzen und in das eines Asketen verwandelt hatte. »Cedric«, flüsterte Colum und kämpfte gegen die Enttäuschung an wie gegen einen Schwindel, der ihn packte, niederdrückte und beinahe gegen die Mauer taumeln ließ. Bei dem Wort riss der junge Mann die Augen auf, die groß waren wie die Cedrics, langbewimpert wie diese und von einem hellen, gelassenen, klugen Grau.

Der Kaufmann gestikulierte, redete und gab ihm einen Schubs, dass er auf Colum zutaumelte, der noch immer um seine Fassung rang. Der fremde junge Mann verneigte sich mehrmals hastig vor seinem Herrn und näherte sich Colum dann gebückt. Sein Blick fiel auf die Klinge, die der Knappe noch immer in den Händen hielt, und seine Augen weiteten sich. Er betrachtete sie eingehend, dann wurde sein Gesicht plötzlich weich. Als er über sie hinwegfuhr, rasch, verstohlen und liebevoll, schien es einen Moment, als ringle sich die Schlange auf dem blitzenden Metall.

Er schaute hoch zu Colum, der mit offenem Mund dastand, überwältigt von dem Wechselbad der Gefühle, in das er getaucht wurde. Dann flüsterte der Sklave klar und verständlich: »Seid Ihr Engländer?«

IV. Der Frühling wahrt sein Geheimnis

46

Lange hörte Rowena nichts als das leise Tappen ihrer eigenen Füße auf den Stufen, die kein Ende nehmen wollten. Dann aber, nach einer Biegung, drangen mit einem Mal Stimmen zu ihr. Sie blieb stehen, um zu lauschen, und erstarrte. Ein Schauer lief über ihre Haut. Dort unten waren Menschen, viele Menschen, und sie sangen. Erschreckender aber war: Rowena kannte das Lied.

Sie hatte es einst aus dem Mund ihrer Mutter gehört, als sie noch klein war. Es war das Lied, mit dem sie getröstet und in den Schlaf gewiegt worden war, das Lied, von dem sie geglaubt hatte, ihre Mutter hätte es erfunden, ganz für sie alleine. Es war der Kokon ihrer Zweisamkeit, ihrer beider süßes Geheimnis und Band, der Beleg für Mamas Schönheit und Klugheit und dafür, wie sehr sie sie, Rowena, geliebt hatte. Nun erklang es in diesen Gewölben. Unwillkürlich öffnete Rowena die Lippen, sie hätte es mitsingen können. Noch immer übte es seinen Zauber auf sie aus. Aber es war nicht mehr der Zauber der Zärtlichkeit und Liebe, dem sie sich einst ergeben hatte. Es war ein fremder, böser Zauberbann, und sie schloss den Mund und schickte sich an, weiterzugehen, um ihn abzuschütteln. Absichtsvoll ging sie nicht im Takt der Melodie.

Da drang Lichtschein um die Ecke. Rowena senkte vorsichtig ihre Lampe und stellte sie auf die letzte Stufe, ehe sie vorsichtig um die Ecke lugte. Was sie sah, ließ sie verblüfft die Luft anhalten. Kein enger, dunkler Keller erwartete sie, sondern ein hochgewölbter, freier Raum, der von Dutzenden von Lichtern erhellt war. Rowena blickte in eine natürliche Höhle, tief unter der Burg, die nur an manchen Stellen in Mauerwerk überging, wo sie erweitert, gestützt und mit dem Treppenhaus verbunden worden war. Es dominierte das urwüchsige Gestein, aus dem die Kuppeldecke sich formte; ganze Felsbrocken lagen im Raum, und auf jedem Fels und in jeder Nische standen Lampen und Kerzen mit zitternden Flammen und erhellten alles wie eine Kirche am höchsten Festtag.

Der Raum war halbrund, die Gesteinsbrocken bildeten, wie Rowena beim zweiten Hinsehen bemerkte, einen inneren Kreis, und in der Mitte befand sich ein glatter, flacher, kaum kniehoher Altarblock mit einer Art Mulde in der Mitte. Rowena konnte nicht erkennen, was sich darin befand. Um den Altar aber stand dicht gedrängt eine Gruppe Menschen. Eine Unregelmäßigkeit entstand nur dort, wo die Trage ihres Vaters aus der Ansammlung herausragte. Besorgt stellte Rowena fest, dass sie leer war. Nach einigem Suchen entdeckte sie allerdings den Baron. Gestützt von Edith und William saß er auf einer Art steinernem Sessel; der zweite Stuhl neben ihm, nur eine Armeslänge entfernt und mit Frühlingsblumen geschmückt, war leer.

Rowena riss die Augen auf, als sie ihren Vater beobachtete. Er war kaum wieder zu erkennen, wirkte weit kräftiger als noch am Nachmittag, saß beinahe aufrecht und hielt den Kopf sehr gerade. Nichts von dem, was um ihn herum geschah, ließ er sich entgehen. Seine Wangen in dem sonst so blassen Gesicht waren gerötet vor Erwartung, und sein heiles Auge leuchtete. Sollte er ihr etwas vorgespielt haben?, schoss es Rowena durch den Kopf, und der Gedanke stach wie Eifersucht. Hatte er den Schwachen gemimt und sie fortgeschickt, um Kräfte für dies hier zu sammeln? Für, korrigierte sie sich, diese hier. Denn da waren sie, die Waldwesen. Abwehr und Neugier kämpften in Rowena, als sie begann, sie zu betrachten.

Wie die Gestalten, die ihr schon beim Feenhügel begegnet waren, trugen sie lose Gewänder in den Farben der Blätter und Beeren. Rowena musste zugeben, dass sie zwar schlicht, aber von eigener Schönheit waren, ohne dass sie genau hätte sagen können, warum. Anmutig umspielten sie die Körper, ohne Schmuck und Beiwerk wie Gürtel, Hauben oder Schleier. Sie bemerkte Umhänge, die vor der Brust oder über der Schulter mit einer Nadel geschlossen wurden. Muster sah sie keine, dafür hier und da Stickereien, die sie an das Kästchen ihrer Mutter erinnerten. Mehr als eine der Gestalten trug ein derartiges rundes Labyrinth als großes Bild auf ihrem Kleid.

Zunächst glaubte sie, es wären nur Frauen, da sie alle die Haare lang trugen. Als sich aber eine, die sich zu ihrem Vater geneigt hatte, wieder aufrichtete und das fließende Haar das Gesicht freigab, hätte Rowena vor Überraschung beinahe laut aufgeschrien. Vor ihr stand ein Mann. Selbstvergessen strich er sein silbernes Haar beiseite, drehte es zu einem losen Knoten und steckte es an seinem Hinterhaupt fest. Nun konnte sie sein scharfes, edles Profil bewundern, die hohe Stirn, schmale Nase und das ausgeprägte Kinn. Er sah wie ein König aus, fand sie. Wäre er ein wenig jünger gewesen, sein Anblick hätte ihr den Atem geraubt. Nun trat er vor und streckte die Hand aus.

Eine Frau ergriff sie und stellte sich neben ihn. Sie ähnelte ihm wie eine Tochter. Kräftige, kastanienbraune Locken wallten ihr bis auf die schlanke Taille hinunter. Mit ihrem Scheitel und der reinen Stirn erinnerte sie Rowena an Adelaide, an eine erwachsenere, selbstbewusstere, Kraft verströmende Adelaide. Etwas ging aus von dieser Frau, das sie beinahe körperlich spüren konnte. Auch die drunten fühlten es, denn es ging ein Raunen durch die Gruppe. Kinder, die Rowena erst jetzt bemerkte, da sie sich zwischen den Erwachsenen versteckt hatten, flüsterten und zeigten auf die Fremde. Sie war, das musste Rowena zugeben, wunderschön.

Mit zitternden Fingern, unterstützt von William, wickelte ihr

Vater einen Kelch aus und gab ihn ihr. Sie hob ihn hoch, wie um ihn allen zu zeigen. Rowena war sicher, ihn nie zuvor im Schloss gesehen zu haben. Er war aus Stein geschnitten, so fein, dass er milchig schimmerte im Kerzenlicht. Die Frau tauchte ihn in die Mulde auf dem Altarstein, streute Kräuter hinein und trank dann, was sie gemischt hatte. Die Gemeinde murmelte einen Segen dazu. Die Frau lächelte, dann hob sie den Becher erneut. Bei der Gelegenheit bemerkte Rowena ihre Augen. Sie waren so leuchtend grün wie ihre eigenen.

Der Kelch wanderte nun von Hand zu Hand, von Mund zu Mund, niemand wurde ausgelassen, auch die Kinder nicht. Rowena entdeckte Arthur, der bescheiden vortrat, als er an der Reihe war. Als Nächstes wurde ein Korb herumgereicht; Rowena glaubte, Backwerk darin zu erkennen, dessen Form sie jedoch nicht ausmachen konnte. Jeder nahm sich davon, und als alle gegessen hatten, kam Oswin an die Reihe. Nach einem scheuen Blick auf ihren Vater, der ihm aufmunternd zunickte, hob er einen Sack in die Mitte und schüttete mit Sorgfalt etwas von seinem Inhalt auf den Altarstein. Einen Moment lang hielt Rowena die Luft an; sie wusste selbst nicht, wovor sie sich fürchtete oder was sie erwartet hatte. Erleichtert, verwundert und fast ein wenig enttäuscht stellte sie fest: Es schienen Samen zu sein.

Die Priesterin, denn dafür hielt Rowena die Frau inzwischen, streute ein wenig Staub darüber, den sie vom Boden aufgehoben und kurz vor ihr Gesicht gehalten hatte, wo sie darauf atmete oder blies. Dann schöpfte sie noch einmal Wasser aus der Mulde und benetzte das Ganze. Nun rief sie einen Namen. Alle blickten sich um, auch Rowena. Und als sie sah, was geschah, glaubte sie, ihr Herz bliebe stehen. Eine Frau trat vor, ein Bündel im Arm. Als sie es vorsichtig aufwickelte, kam ein Säugling zum Vorschein, nackt, rosig und drall, ein schönes, gesundes Kind, das fröhlich mit Armen und Beinen zappelte. Es zeigte keine Furcht, als es auf den Stein gelegt wurde. Sein Gesicht drehte sich suchend herum, und seine kleinen Fäuste wedelten.

Rowena presste sich die Hand vor den Mund. O Gott, dachte sie, nicht, nein. Das durfte nicht sein. Sie hatte gehört von den Riten der Gottlosen und dem, was den Juden vorgeworfen wurde dass sie Kinder töteten, Menschen opferten, sie schlachteten wie Vieh und verspeisten. Das also, sagte eine Stimme in ihr, geschah mit den Findelkindern vom Feenhügel. Hier endete ihr gottverlassener Weg.

Aber, dachte sie zur selben Zeit und begann am ganzen Körper zu zittern, das war doch nicht möglich. Solch dunkle Märchen vollzogen sich doch nicht wirklich, nicht hier, nicht in ihrer Burg, nicht – sie glaubte, ersticken zu müssen, wenn sie daran dachte – in Anwesenheit ihres Vaters.

Der Baron saß ungerührt auf seinem Stuhl und blickte, wie alle anderen, unverwandt auf das Kind, über dem die Priesterin unverständliche Zeichen machte. »Nein«, flüsterte Rowena. Sie wollte aufspringen, aber ihre Beine gehorchten ihr nicht, sie wollte schreien, doch es kam nur ein krächzender, heiserer Laut heraus, den sie selbst kaum hörte und der sie in seiner Hilflosigkeit zu Tode erschreckte. Nein, nicht Edith, William, nicht ihr Vater. Tut doch etwas, flehte sie, lasst dies nicht geschehen. So könnt ihr nicht sein; tut mir das nicht an!

Aber die dort drunten hatten dem wohl schon oft zugesehen. Keiner von ihnen regte sich. Rowena spürte in sich eine große, schwindelnde Leere. Wie im Traum sah sie zu, wie die Priesterin das Kind hochhob, an dessen rosigem Po noch dunkle Reste von Erde und Samenkörnern klebten. Wie sie es in die Luft hielt, um es allen zu zeigen, und dann unerbittlich senkte, der Mulde entgegen. Schließlich versenkte sie es darin.

Da hielt es Rowena nicht länger. Sie sprang auf und rief: »Aufhören!« Im selben Moment aber setzte der Chor wieder ein mit einem wuchtigen Lied; niemand hörte sie. Und ehe sie ganz hinter den Steinen hervortreten konnte, hielt die Frau das Kind wieder über ihrem Kopf. Es troff von Feuchtigkeit, die Tropfen rannen an ihm herab und fielen auf den Altar wie

Regen. Die Stimmen des Chors stiegen jubelnd, feiernd höher. Das Kind, glänzend und unversehrt, strampelte vergnügt. Die Priesterin trocknete es mit ihren Haaren sorgsam ab, segnete es und übergab es seiner Mutter, die es stolz in die Arme nahm und sich innig darüber neigte, während sie in den Kreis zurücktrat.

Rowena stand, an den Felsbrocken gelehnt, da und wartete, dass das Zittern in ihren Beinen nachließ. Wenn sie sich nun umwandten, wenn nur einer den Kopf drehte, mussten sie sie entdecken. Rowena war es einerlei, sie wusste kaum noch, was mit ihr geschah. Und die Menschen vorne waren vollkommen von dem Ritual gefesselt.

Noch einmal trat die Priesterin vor. Diesmal neigte sie sich selbst zu der Mulde hinab, so weit, dass ihre Stirn beinahe das Wasser darin berühren musste. Lange verharrte sie so, während der Gesang ihrer Gläubigen zu einem dumpfen, anhaltenden Murmeln wurde, eine monotone Litanei, die alle in eine Art Trance zu versetzen schien. Selbst Rowena wollte es schier die Augenlider herabzuziehen, als die Frau sich endlich aufrichtete und den Bann damit brach. Für einen Moment herrschte atemlose Stille. Auf dem Gesicht der Priesterin vor ihr malten sich die unterschiedlichsten Empfindungen. Und eine Zeitlang schienen ihr die Worte zu fehlen.

Rowena hatte Zeit, sie in Ruhe zu studieren. Sie musste ein wenig älter sein als sie selbst. Ihre Augen leuchteten in der Tat im selben Grün frischen Farns, aber ihr Gesicht war von kräftigerer Farbe und einem anderen Ausdruck. Breite Wangenknochen und eine energisch vorspringende Nase verliehen ihm Charakter. Auch sie war schön, aber nicht auf Rowenas zarte, feenhafte Weise, sondern fraulicher, selbstgewisser und voll innerer Kraft. Obwohl sie beinahe einen Kopf kleiner war als das Fräulein de Forrester, füllte sie doch den Raum und beherrschte ihn mit ihrer Ausstrahlung, die einen glauben ließ, dem Leben selbst zu begegnen.

In diesem Augenblick aber blickte sie verwirrt drein. Gefühle zogen über ihr Gesicht wie Rauch. »Ich habe Blut gesehen«, sagte sie, und die Gemeinde zuckte mit einem dumpfen Murmeln zusammen. »Feuer und Qualm. Und doch ...« Sie hielt inne und wandte sich ratlos zum Baron um, der die Hand nach ihr ausstreckte. Sie ergriff sie und ging neben dem Baron in die Knie. »Ich habe das Meer gesehen.« Ihre Stimme klang ungläubig. »All das blaue Wogen und den endlosen Himmel darüber.«

Die Menschen um sie herum seufzten, als hätte ihnen jemand von einer alten, längst verlorenen Liebe erzählt. Sie wiegten sich im Klang ihrer Erklärungen, hingen an ihren Lippen und tranken jedes Wort.

»Ich habe die Ernte gesehen.« Sie drückte die Hand des Barons und lächelte ihm zu. »Ihr bringt sie ein. Wir aber ... ich weiß es nicht. Und doch ... Ich muss nachdenken«, verkündete sie dann lauter, für alle. »Ich verstehe noch nicht, was ich erblickt habe. Es scheint bedrohlich, und doch ist da etwas, das mich froh macht, seltsam froh, ich weiß selbst nicht, warum.«

Edith und William schauten einander mit besorgten Mienen an. Der Baron sagte etwas zu ihnen; da schüttelten sie die Köpfe, wie um zu sich zu kommen, und machten sich daran, ihn aus seinem Stuhl zu heben. Auch in die Gemeinde kam Bewegung. Kerzen wurden ergriffen, Fackeln erhoben, und zu dem an- und abschwellenden Gesang zogen alle in einer Prozession in den hinteren Teil der Höhle, wo sie durch eine türgroße Öffnung, die Rowena bisher verborgen gewesen war, nacheinander in der Dunkelheit verschwanden.

Allein blieb Rowena zurück, umgeben nur von den langsam kleiner werdenden, bebenden Flammen der Kerzen ringsum. Ungläubig machte sie einen Schritt, dann noch einen, bis sie dort stand, wo eben diese anderen gewesen waren. Ihr war, als könne sie dem festen Boden unter ihren Füßen nicht trauen. Sie taumelte. Ihre Hand strich hier über eine Wand, dort über einen Stein. Sie entdeckte ein heruntergefallenes Stück des seltsamen

Backwerks neben ihrem Schuh und hob es auf: Es zeigte eine Ähre.

Dann stieß sie an den Altar. Er war noch feucht von dem Wasser, das an dem Kind herabgeflossen war, und die Gemengelage aus Erde, Steinstaub und Samen, die ihn beschmierte, war von niemandem entfernt worden. Aus ihrer Mitte allerdings knospte es grün. Zarte Keime schoben sich dort aus den geplatzten Körnern, die sich geöffnet hatten, um sie zu gebären. Ungläubig strich Rowena über den zarten Flor aus grünen Spitzen. Das konnte nicht sein, nicht so schnell, nein, das war ganz und gar unmöglich. Und doch wuchs hier unter der Erde, ohne einen Strahl Sonne, das junge Korn auf.

Nachdenklich zerrieb sie einen Teil der Saat zwischen ihren Fingern. Da fiel ihr Blick auf das Becken. Die Lichter der vielen Lampen spiegelten sich darin; ansonsten war das Wasser schwarz wie ein Nachthimmel voller Sterne. Rowena zögerte einen Moment, dann nahm sie allen Mut zusammen und tauchte ihre Hand hinein. Sie fand keinen Grund.

Erschrocken zog sie ihre Finger zurück. War das möglich, konnte hier unten eine Quelle sein? Sie schaute sich um, sah aber keinen Stock, nichts, womit sie in dem Loch hätte stochern können, um seine Tiefe auszuloten. Sie musste darauf verzichten, all dies zu untersuchen. Und doch fesselte es ihre Aufmerksamkeit. Je länger sie auf die Oberfläche starrte, umso mehr schien es ihr, als wäre Leben darin. Erst dachte sie, die Flammen flackerten nur, dann aber glaubte sie, Muster zu gewahren, einen Tanz der Lichter, die sich doch in Wahrheit nicht von der Stelle bewegten. Und auch das Wasser war still wie ein Spiegel.

In dem Bemühen, dieses vage Schauspiel zu fassen, neigte Rowena sich immer tiefer über die Oberfläche. Wie hatte die Priesterin es gemacht? Hatte sie nicht das Wasser mit ihrer Stirn berührt? Vorsichtig tat Rowena es ihr nach. Kühle griff nach ihr, strömte durch diesen einen Punkt in sie ein und erfüllte ihren Körper. Plötzlich verschwand die Schwärze vor ihren Augen.

Für einen Moment war es, als hätte jemand einen Schleier von einem Spiegel gezogen, oder den Vorhang von einem Fenster. Rowena sah hindurch. Und was sie erblickte, ließ sie aufschreien. Dort lag Cedric, nackt und schön und wie eine Statue. Sein Leib aber war wild verschlungen mit dem einer anderen Frau. Und um ihre Hüften ringelte sich eine Schlange. Sie hob den Kopf, als bemerke sie Rowena, und zischte sie an.

Rowena taumelte zurück, als hätte sie einen Schlag ins Gesicht erhalten. Vor ihrem geistigen Augen, tanzte wieder und wieder dieses Bild, ihr Liebster, schamlos vereinigt mit dieser Frau, deren nackte Schenkel ihn umarmten, deren Arme um seinen Hals geschlungen waren, deren Busen sich an seiner Seite hob und senkte. Und dann das Tier, das sie attackierte, so lebendig, so zum Greifen nah, dass sie noch immer fürchtete, der scheußliche Kopf könnte sich aus dem Teich erheben. Rowena wagte nicht mehr hinzusehen.

Sie hielt sich am Rand des Altarsteines fest und neigte sich vor, abwartend, dass der Schwindel sich legte. Aber der Schmerz wühlte wie ein Messer in ihr; sie konnte nicht anders, sie schrie ihren Kummer hinaus.

Da öffnete Cedrics Bild die Augen.

47

Cedric fuhr hoch und schaute sich um. Sein Atem ging rasch, sein Herz klopfte wie wild. Er musste einen Albtraum gehabt haben. Er war sicher, gehört zu haben, wie er aufschrie, die Stimme gellte noch in seinen Ohren. Aber sein Mund war so trocken, dass er kaum die Lippen auseinanderbrachte, und die Frau an seiner Seite regte sich nicht im Schlaf, sodass er sich das wohl eingebildet haben mochte.

Verwirrt fuhr er sich mit der Hand über die Stirn, die feucht war vom Schweiß. Und langsam fand er wieder zu sich. Es gab keinen Zweifel, er lag in seiner Höhle auf dem vertrauten Lager. Seine Hände fuhren suchend umher, über das Fell, das feuchte Laken, den Stein: Nein, nichts war anders als sonst. Und doch hatte alles sich verändert. Cedric schlang die Arme um die Knie und legte das Kinn darauf.

Tausendmal konnte er sich sagen, dass er nur geträumt hatte, dass es ein Traumbild war, das er erblickt hatte, dass es anders gar nicht möglich war; doch er blieb zutiefst erschüttert, unfähig, sich zu beruhigen, es abzuschütteln und sich einfach wieder hinzulegen. Cedric saß wach, so wach, wie schon lange nicht mehr. Es war durchaus kein unangenehmes Gefühl.

Kein Traum, sagte er sich, konnte so deutlich und klar sein wie das, was er gesehen hatte, auch wenn es nicht sein konnte: Rowena hatte vor ihm gestanden, so lebensecht und nah, dass er noch immer glaubte, nur die Hand in die Schwärze ausstrecken zu müssen, die ihn nun wieder umgab, um sie zu berühren. Ja, ihm war, als fühlte er ihre zarte Haut an seinen Fingerspitzen, so wie damals, als sie in Exeter einander umarmt hatten. Und als hätte er eben erst das letzte vertraute Wort mit ihr gewechselt. Ihm war, als hinge es noch in der Luft und er brauchte bloß zu lauschen, um ihre Stimme wieder zu hören. Tief atmete er ein. Es schien, als wäre selbst die Luft dieselbe, geschwängert von der Feuchtigkeit vom Fluss und erfüllt von Möwengeschrei, als fröstele er und spüre ihre Wärme wieder durch seine Kleider.

Damals! All die Erinnerungen, die er verdrängt hatte, mit einem Mal waren sie wieder da und quollen hervor, wie Wein aus einem entsiegelten Krug. Ihre Augen, deren kühles Grün so warm aufleuchten konnte, wenn sie ihn sah. Die Art, wie ihre Wimpern flatterten, wenn sie verwirrt war. Ihre Brauen, diese hohen Bögen, die so überraschend viel dunkler waren als ihr rotes Haar und dabei so zart auf ihr Gesicht gemalt schienen, jedes Härchen ein feiner Pinselstrich, ein Kunstwerk, an dem er sich nicht sattsehen konnte. Ihr voller Mund.

Sie war es, die aufgeschrien hatte, mit einem Mal war er sich sicher. Er hatte doch gesehen, wie ihre Lippen sich öffneten, wie sie zitterten, zögerten, hatte den Atem, der darüber strich, förmlich gespürt. Angst hatte in ihrer Stimme gelegen, Angst, Trauer und Entsetzen.

»Rowena«, murmelte er. Und mit einem Mal kam ihm die Höhle, in der er so viele Wochen verbracht hatte, ohne nach etwas anderem zu verlangen, ganz fremd vor, so als sähe er sie durch ihre Augen. Beschämt wurde er sich ihrer Fremdartigkeit bewusst, seiner eigenen Nacktheit und vor allem auch des dichten Schlafdunstes, der ihn umgab und in dem noch der Moschusgeruch der letzten Umarmungen hing. Er griff nach seinem Hemd und zog es über. Vergebens schalt er sich, dass er sich nicht wie ein Betrüger zu fühlen brauche, dass sie ihn doch zuerst verlassen, ja von sich gestoßen hatte. Hatte er nicht jedes Recht gehabt, sich anderswohin zu wenden? Er war ihr gewiss nichts schuldig. Und es war lächerlich, dass er sich nun ertappt fühlte.

Aber wie traurig sie ausgesehen hatte! War er es, der sie so traurig gemacht hatte? Wie hatte er nur vergessen können, wie sie dreinblickte. Wie sie ihn angesehen hatte, als sie »Ja« sagte, nicht mehr, und doch hatte alles darin gelegen, alles. Mit seiner ganzen Seele hatte er es gespürt. Cedric saß da wie vor den Kopf geschlagen. Mit ausgestreckten Händen berührte er die leere Luft vor sich, so andächtig, als streichele er seine Geliebte. Rowena hatte ihm gehört, sie hatten es besiegelt – mit Worten, mit den Augen, mit einem Kuss. Mit jeder Faser hatte er gespürt, dass sie sein war, im Grunde seit dem ersten Mal, da er sie gesehen hatte. Es hatte diesen Moment gegeben, und er hatte ihn verdrängt.

Was er dagegen in seiner Erinnerung behalten hatte, war die Rückansicht ihres Pferdes und ihre Stimme, die rief: »Ich will dich nie wiedersehen.« Er hörte es, als hingen die Worte noch in der Luft. Nun war ihm auf einmal, als hätten Tränen in dieser

Stimme gelegen. Jetzt erinnerte er sich, dass sie ihm nicht in die Augen zu blicken vermocht hatte dabei. Aus Furcht? Aus Scham? Oder hatte sie Angst, er würde die Lüge bemerken?

Als sie plötzlich an Montforts Seite erschien und ihn zurückwies, war er völlig verblüfft gewesen, erschlagen, ohne eine Möglichkeit zur Gegenwehr. Nichts hatte geholfen gegen den Schmerz als allein seine Wut. Wie hatte er an dem Groll gekaut, der ihn erfüllte und der ihn zu ersticken drohte. Wie eine düstere Wolke hatte er sich über sein Leben gelegt. Er hatte sich daran gewöhnt, sie zu hassen, weil sie ihn verlassen hatte; er hatte sich nie gefragt, warum.

»Warum?«, flüsterte er nun. »Warum hast du das getan?«

Die Frau neben ihm regte sich und murmelte etwas im Schlaf. Er schob ihr Bein beiseite.

Ja, warum, überlegte er. Wo war sie eigentlich auf Montfort gestoßen in der kurzen Zeit, wo anders, wenn nicht beim Bischof? Und was hatte Montfort getan, um in so kurzer Zeit ihre Liebe zu verdienen? Wenn das denn möglich war. Cedric rieb sich das Kinn, während er so grübelte. Nein, er begriff es nicht. Aber plausibel wollte es ihm auch nicht mehr erscheinen. Es gab vieles, was ihm unklar blieb, auch jetzt, wo er darüber nachzudenken begann. Denn er hatte die nötigen Fragen nie gestellt. Was für ein Narr war er doch gewesen ... Seltsamerweise erfüllte ihn dieser Gedanke mit einer wachsenden Freude. Cedric sprang auf.

Er brauchte nicht lange, um das Bündel wiederzufinden, das er sich bereits früher in der Nacht geschnürt hatte. Er schlüpfte in seine alten Sachen und störte sich nicht daran, dass sie muffig rochen und zerlumpt waren. Sie waren sein und passten zu ihm. In ihnen würde er einen langen Weg antreten, zurück nach Hause, zurück zu ihr. Diesmal würde er sich nicht abspeisen lassen. Er würde sich die Antworten holen, ohne die er jetzt, da er sie wiedergefunden hatte, nicht länger zu leben bereit war. Und dann würde er wieder er selbst sein: Cedric of Cloagh, Sohn des

Grafen von Cloagh, nicht ein Namenloser, der in einem Loch hauste, sondern ein Mann mit einer Vergangenheit, zu der er stand. Und mit einer Zukunft.

Als er ging, war er voller neuer Zuversicht. An der schlafenden Gestalt auf den Fellen schlich er vorsichtig vorüber, um sie nicht zu wecken. Unter den paar Worten, die er von ihrer Sprache gelernt hatte, gab es keines, mit dem er ihr hätte erklären können, was ihn trieb. Was verbindet uns schon, dachte er und warf ihr einen scheuen, raschen Blick hinüber. Als er an die letzte Umarmung dachte, in der sich Lust und Abscheu so seltsam und bezwingend gemischt hatten, wurde er rot vor Scham.

Draußen war es so dunkel, dass er bei einem letzten Blick zurück kaum mehr ihre Umrisse erkennen oder sie von den zerwühlten Decken unterscheiden konnte. Erleichtert huschte er vorbei und trat vor die Höhle.

Der Himmel, stellte er fest, wurde bereits durchsichtig, das nächtliche Blau leuchtete auf unter der Nähe des Morgens, und die Sterne begannen zu verblassen. Bald würde die Sonne aufgehen und das Tageslicht ihm den Weg erleichtern. Cedric atmete auf, streckte sich und schulterte sein Bündel. Alles war auf seiner Seite, alles war gut. Er fühlte sich so neu wie der kommende Tag. Frohgemut tat er den ersten Schritt.

Da zuckte er zurück: Eine Schlange hatte ihren Kopf gehoben und ringelte sich bedrohlich aufgeregt über den glatten Stein. Cedric tastete unwillkürlich nach einer Waffe. Er wollte sein Schwert ziehen, fand aber nur die leere Scheide. Er erinnerte sich. Die Klinge war aus seiner Hand geglitten, damals in dem Scharmützel, nachdem er getroffen worden war. Auch in jenem Moment war eine Schlange ihm begegnet. Und von ihrem Anblick bezaubert, hatte er alles von sich geworfen und war ihr willig gefolgt, wie seinem Wappentier. Heute starrte er sie mit Entsetzen an.

Als Cedric den Arm hob, zischte sie. Als er versuchte, einen Schritt nach rechts oder links auszuweichen, folgte ihr dreieckiges Haupt seiner Bewegung misstrauisch nach. Unruhig fuhr ihr Leib hin und her, zusammengezogen, als wäre sie zu einem Sprung bereit. Es gab kein Entkommen.

Rowena hockte zum Frühstück bei den Dienstboten in der Küche. Ihr Vater schlief noch, und es verlangte sie nicht danach, einsam im Saal zu speisen. Die Stimmung war angespannt, ohne dass ein Wort gefallen wäre. Stumm neigten die Männer sich über ihre Grütze. Rowena kostete nur von allem und verkündete dann, heute St. Michael in Stonebury besuchen zu wollen.

»Das Kloster?«, fragte Edith überrascht. »Was wollt Ihr denn da?«

Rowena dachte nicht daran, ihr das zu erklären. Sie trank ein wenig Milch und schwieg so beredt, dass selbst Oswin es bemerkte und seiner Frau einen tadelnden Stups mit dem Ellenbogen versetzte.

»Nun«, gab Edith schließlich klein bei, »Ihr werdet am besten den Pfarrer bitten, Euch zu begleiten. Ich habe heute zu viel Arbeit.«

»Das glaube ich«, sagte Rowena maliziös, die an das Durcheinander in der Kulthöhle dachte. Bestimmt war es Edith, die den Altarstein wusch und das Wachs von den Felsen kratzte. Und wer wusste schon, was in dem Tunnel noch an Arbeit auf sie wartete. Rowena war den anderen in dieser Nacht nicht mehr gefolgt, aber sie war sicher, dass das Fest seinen Fortgang genommen hatte, im Feenhügel oder anderswo.

Überrascht schaute die Dienerin sie an, Argwohn lag in ihrem Blick. Aber Rowena blickte unschuldig drein. Bald gab Edith auf und senkte den Kopf.

»Ich könnte mitkommen.« Es war Harry, der das gesagt hatte und nun, da Rowena sich erhob, ebenfalls aufstand. Er hatte lange nicht mehr aus eigenem Antrieb gesprochen; deshalb wandten alle sich ihm überrascht zu.

»Gerne«, kam Rowena allen Fragen zuvor, die den anderen – sie sah es ihren erstaunten Gesichtern an – auf der Zunge lagen. Sie legte ihm die Hand auf die Schulter. Wie mager er geworden ist, dachte sie überrascht, aber sie sagte nur: »Geh und sag Arthur, er soll die Sänfte fertig machen.«

»Die Sänfte?«, entfuhr es der Aufwärterin.

»Edith!« Das war Oswins tadelnde Stimme, und er fügte mit unterdrückter Stimme hinzu: »Wenn sie es so befiehlt.«

»Aber sie nimmt sonst doch nie die Sänfte«, hörte Rowena Edith noch aufbegehren. Dann schloss sich die Küchentür hinter ihr.

Während sie hochlief zum Zimmer ihres Vaters, wurde Rowenas Miene ernst. Sie freute sich nicht auf das Gespräch, das vor ihr lag, aber sie war entschlossen, es zu führen, nach den Ereignissen der letzten Nacht mehr denn je. Was ihr Vater da trieb, war Hexerei, sie wusste es nun gewiss. Und es war gefährlich. Es konnte die Menschen unglücklich machen, so wie sie selbst unglücklich geworden war, als sie sich an dem heidnischen Ritus versuchte.

Rowena hatte Cedric verloren, sie war sich dessen sicher, sie hatte es mit eigenen Augen gesehen. Er war endgültig fort, und sie war zurückgeblieben, nunmehr ohne die romantischen Hoffnungen auf ein Wiedersehen, eine plötzliche Umkehr, eine Rettung durch ihn. Der wahrsagende Teich hatte all dies in einem Augenblick hinweggefegt. Rowena lachte bitter auf, wenn sie daran dachte, wie naiv sie doch gewesen war. Aber gut, sie war belehrt worden, sie hatte ihren Teil bezahlt. Nun war die Reihe an ihrem Vater.

Unsanft stieß sie die Tür auf und kämpfte gegen das Mitleid an, das sie wie immer überfallen wollte, als sie ihn auf seinem

Lager erblickte. Er war abgemagert bis auf das Skelett, die Haut gelbgrau, allein in seinem heilen Auge wohnte noch Leben. Doch auch die sahen heute trübe aus, sein Blick wirkte erschöpft. Kein Wunder, dachte Rowena, die Nacht war lang gewesen, für sie alle.

Sie stocherte die Glut auf, legte ein frisches Scheit nach, setzte sich dann an seine Seite und nahm seine fieberwarme, gebrechliche Hand. Ohne Umschweife erklärte sie ihm dann den Plan, den sie für seine und ihre eigene Rettung ersonnen hatte. Sie verschwieg, dass er ihr auf dem Rand ihres Fenstersimses eingefallen war, im Angesicht des Todes, und sie verbarg ihm ebenfalls, dass sie die nächtliche Feier gesehen hatte. Aber sie legte klar, hart und entschieden dar, was sie sich ausgedacht hatte.

»Es ist der einzige Weg«, sagte sie am Ende. In die Augen zu blicken vermochte sie ihm jedoch nicht.

Der Baron hob die Hand und umfasste ihr Kinn. Langsam drehte er das Gesicht der Widerstrebenden zu sich her. »Mein liebes Kind«, sagte er langsam. »Ich habe nichts gegen das Klosterleben.« Und er lächelte so warm, dass Rowena schlucken musste.

Unwillkürlich nahm sie seine Hand in ihre. »Vater«, brachte sie heraus.

»Nein, wirklich«, bestätigte er und erwiderte ihren Druck. »Falls es das ist, was dir Sorgen gemacht hat. Wie du weißt, liebe ich die Zurückgezogenheit, und seit deine liebe Mutter nicht mehr lebt ...« Er verstummte. »Außerdem«, fuhr er nach einer Weile fort, »werde ich wohl nie wieder richtig gesund werden. Wer weiß, wie viele Winter mir noch bleiben. Auf jeden Fall werde ich fortlaufend Pflege und Hilfe brauchen und ...«

»Vater«, unterbrach ihn Rowena leidenschaftlich, »rede doch nicht so. Ich scheue mich doch nicht vor der Arbeit, ich ...«

»Ich weiß, ich weiß«, beruhigte er sie. »Was ich sagen wollte, war: Ich bin ohnehin nicht mehr der Baron de Forrester, der ich war, nur ein Schatten davon. Und die Schatten sollten abtreten. Soll die Welt draußen mich also für tot halten, nur zu.«

Rowena kämpfte mit den Tränen.

»Und Montfort verwehrt es den Zugriff auf meinen Besitz.« Er lehnte sich zurück, nicht ohne stille Befriedigung im Gesicht.

»Ja«, stellte Rowena nur trocken fest. Nach einem Moment fuhr sie fort: »Da ich als Tochter nicht erbe, würde er ihn nicht einmal bekommen, wenn ich ihn zum Mann nähme. Was ich nicht tun werde.«

»Meine liebe Rowena«, sagte ihr Vater nur.

Sie fuhr geschäftsmäßig fort. »Du setzt das Kloster von Stonebury testamentarisch als Verwalter deiner Güter ein, bis Kai zurückkommt. Sollte das nicht der Fall sein ...«, sie verstummte einen Moment, »... wird mit dem Abt zu besprechen sein, wie wir weiter verfahren. Zur Not finden wir einen fernen Verwandten, oder du kehrst als dein eigener Bruder wieder.« Sie lachte. »Wen schert das in einigen Jahren! Bis dahin wird William sich um alles kümmern und mit dir Kontakt halten.« Sie wollte aufstehen.

Da packte er sie am Arm. Wieder einmal staunte sie über die Kraft, die er in manchen Momenten noch aufzubringen vermochte. »Nein«, sagte er heiser, »nicht William. Du, Rowena.«

»Was soll mit mir sein?«, fragte sie betont arglos.

»Du wirst meinen Platz einnehmen.« Die Stimme ihres Vaters war nur mehr ein Flüstern. Seine Hand auf ihrem Arm zitterte. »Du wirst die Hüterin des Waldes sein. Versprich es mir.« Und er versuchte, sich aufzurichten.

Eilig drückte Rowena ihn in die Kissen zurück.

»Du weißt«, keuchte er, »ich würde dafür sterben.«

»Ich weiß«, entgegnete sie ein wenig gereizt. »Aber alles, was du nun zu tun brauchst, ist, deinen Tod nur vorzutäuschen.«

»Rowena«, insistierte er.

Sie drehte unwillig den Kopf zur Seite. Eine Weile nagte sie an ihrer Lippe. Dann wandte sie sich ihm zu und schaute ihm voll ins Gesicht. Noch einmal holte sie tief Luft. »Also gut«, sagte sie dann. »Ich werde es tun.«

»Du bist ein gutes Kind.« Der Baron sank in seine Kissen. Er schien förmlich zu erlöschen, nun, da er seinen Willen bekommen hatte. Die Hand, mit der er ihr über die Wange streicheln wollte, sank herab.

Rowena nahm sie und bettete sie unter die Decke, die sie ihm bis zum Kinn hochzog. Dann nickte sie ihm aufmunternd zu, versprach, bald mit Harry zurück zu sein, um ihn zu holen, und ging hinaus.

Draußen lehnte sie sich mit dem Rücken an die Wand. Schwer atmend stand sie einige Augenblicke da. Dann hieb sie ihren Kopf gegen die Wand, einmal und noch einmal. Doch der Schmerz half nicht gegen die Scham, die sie verspürte. Ja, sie würde ihren Vater heimlich in das Kloster schaffen. Sie würde den Abt, seinen alten Freund, gut bezahlen dafür, dass er ihren Vater unter falschem Namen hütete, und dann zurückkehren, um seinen Tod der Welt bekanntzugeben. Dann – und bei dem Gedanken regte sich sogar jetzt ein Gefühl des Triumphes in ihrer Brust – würde sie Montfort abweisen und anschließend ihrer Wege gehen.

Rowena presste die Lippen aufeinander; nein, sie würde nicht weinen, sie würde nicht nachgeben. Sie hatte Cedric geopfert, um ihren Vater zu retten – ein weiteres Opfer würde sie nicht bringen. Nicht für jene dort, denen sie all ihren Kummer verdankte. Die ihr die Mutter geraubt hatten, die Liebe ihres Vaters und den Glauben an Cedric. Mit all dem würde sie brechen, ein für alle Mal. Sie würde ihr Bündel packen und ihrer Wege gehen. Rowena wusste noch nicht, wohin. Vielleicht zu jener Tante, von der es hieß, sie lebe in Cornwall, und die sie zuletzt als Dreijährige gesehen hatte; vielleicht auch in ein Kloster. Doch sicher würde sie nicht die Hand Montforts tauschen gegen die eines anderen ungeliebten Mannes.

Rowena dachte an den Anblick des Mannes zurück, den sie am Vorabend in der Höhle gesehen hatte. Er war ein König auf seine Weise, ja, aber einer, der ihr Angst einflößte, zusammen mit seinem heimlichen Reich. Nein, sie würde gehen, würde all diese Verpflichtungen abschütteln und selbst Herrin ihres Lebens sein. Möglicherweise zum allerersten Mal.

Gott vergebe mir die Lüge, dachte sie und bekreuzigte sich rasch. Sie konnte sie ja beim Abt gleich beichten. Zu allem Gold, das sie ihm zahlen würde, lüde er sich die Sünde sicher gerne noch mit auf.

Harry kam mit unsicheren Schritten. »Ihr habt nach der Sänfte verlangt«, sagte er und starrte an ihr vorbei auf die Tür.

Rowena löste sich von der Wand. »Ja. Bring sie so dicht vor den Eingang, wie es geht, Harry. Und dann hilf mir. Keine Fragen«, sagte sie, als sie sein erstauntes Gesicht sah. Und Harry stellte keine. In seinen Augen aber glomm nach langer Zeit wieder ein Funke Leben.

49

»Ruhig«, murmelte Cedric, ungewiss, ob er sich oder das Tier meinte. »Ganz ruhig.« Vorsichtig zog er sich ein wenig in die Höhle zurück. Zu seiner Erleichterung blieb es hinter ihm still. »Ksch«, machte er, als seine Angreiferin sich vorschob und ihn weiter zurückdrängte »Ksch.« Sie antwortete mit einem bösen Zischen.

Da löste Cedric seinen Gürtel. Mit beiden Händen nahm er die leere Scheide, hob sie über den Kopf und ließ sie mit aller Kraft auf den Schlangenleib herunterkrachen. Die losen Gürtelenden schwangen mit wie Peitschen und ringelten sich schmerzhaft um seine Unterarme. Aber das Tier war tot, der Kopf zerquetscht. Erleichtert schob Cedric die Spitze der Scheide unter ihren Leib, der länger war als sein Arm, und hob ihn hoch. »Du warst die Falsche«, sagte er, ehe er sie in hohem Bogen ins nächste Gebüsch schleuderte. Noch einmal wandte er sich um.

Auf dem Lager war alles ruhig, er konnte niemanden erkennen. Beinahe schien es, als wäre es verlassen. Cedric blinzelte verwirrt; schon wollte er zurückgehen, um sich zu versichern.

In dem Moment rief draußen der erste Vogel. Da besann er sich. Dies ging ihn nichts mehr an. Und er trat hinaus.

Die aufgehende Sonne erreichte ihn, als er gerade den Gipfel des übernächsten Hügels erklomm, der die gesamte Umgebung überragte. Sie wärmte seine Schultern, noch ehe die Schatten aus den Tälern unter ihm verschwunden waren. Cedric richtete sich auf und streckte sein Gesicht dem Himmel entgegen. So weit hatte er schon lange nicht mehr blicken können. Am liebsten hätte er die Arme ausgebreitet und sich aufgeschwungen zu den beiden Falken, die über seinem Kopf mit ihren Kreisen begonnen hatten und mit der sich langsam erwärmenden Luft höher und höher steigen würden. Cedric war, als flöge er mit ihnen. Mit zusammengekniffenen Augen überblickte er den Horizont. Und als er es entdeckte, hielt er den Atem an.

Dort, so nah, dass er glaubte, mit den Händen danach greifen zu können, so klein und dabei so detailliert und deutlich wie die Miniatur eines Meisters, erblickte er eine Stadt. Und die goldene Kuppel, die sie überragte und im Sonnenlicht strahlte, hell und klar, sagte ihm, dass sie es war, die eine, einzigartige Stadt. Ohne Zögern wandte Cedric sich ihr zu. Er hatte sein Ziel gefunden.

Als Cedric durch Jerusalems Tore trat, erregte er kein geringes Aufsehen. Man war die Pilger gewohnt und auch die Tempelherren, doch einen Mann aus dem Westen wie ihn hatte man hier noch nicht gesehen. Zwar hatte er sich mit Hilfe des Dolches an einem Wasserloch rasiert, aber sein lockiges Haar fiel ihm weit über den Rücken und gab ihm, zusammen mit dem glatten Gesicht, das Aussehen einer Heiligenfigur.

Seine Kleidung war ein seltsames Gemisch aus europäischen und arabischen Stücken, aus Bettlerlumpen und Kriegerkleid. Da ihm die Beinlinge fast abzufallen drohten, hatte er sich doch dafür entschieden, das lange arabische Hemd wieder anzuziehen, trug darüber aber seinen Wappenrock und Teile des Harnischs, die über der Schulter zu schleppen ihm zu schwer geworden waren. Arm- und Beinschienen hingegen hatte er in ein bunt gemustertes Nomadentuch gehüllt, in dem sie nun bei jedem seiner Schritte klapperten und schepperten.

Staubbedeckt wie er war, steckte er seinen Kopf unbekümmert in den nächsten Brunnen und richtete sich mit einem so erwartungsfroh lachenden Gesicht wieder auf, um die Wunder der Stadt zu bestaunen, dass selbst die pilgergeprüften Jerusalemer einen Augenblick stehen blieben, um diesen seltsamen Fremdling zu betrachten. Und sie taten es mit Wohlgefallen. Ein kleines Mädchen trat aus einer Horde Kinder vor und reichte ihm die leuchtend rote Blüte eines Hibiskusbaumes.

Cedric nahm sie, steckte sie sich hinters Ohr, zwinkerte der Kleinen zu und machte sich pfeifend auf den Weg.

Wohin der ihn führen sollte, wusste er noch nicht. In Abständen sprach er immer wieder Pilger an, deren Aussehen ihm vertrauenerweckend schien, bis er auf welche traf, die tatsächlich Englisch sprachen.

»Was?«, eiferte sich die dicke Frau mit kentischem Zungenschlag und winkte ihre Kinderschar zu sich, damit sie diesem seltsamen Vogel nicht zu nahe kam. »Ihr wisst nicht, dass König Richard heimgekehrt ist?« Ungläubig schüttelte sie den Kopf. »Gekämpft?«, antwortete sie auf seine nächste Frage. »Nein, hier vor Jerusalem wurde nie gekämpft, soweit ich weiß. Er hat die Stadt auch nicht erobert. Gewiss, er hat einen ehrenvollen Frieden mit Saladin gemacht, Gott erhalte ihn, und hat erreicht, dass Jerusalem uns Frommen wieder offen steht. Habt Ihr schon die Grabeskirche gesehen? Dort müsst Ihr hin, ich sage Euch, es wird Euch überwältigen.« Sie verdrehte schwärmerisch die Augen.

»Und die Kreuzfahrerheere, wo sind die Männer geblieben?«, fragte Cedric.

Die Frau riss die Augen auf. »Sie sind heim«, sagte sie und schüttelte den Kopf. »Wo habt Ihr nur die letzten Monate verbracht?«

»In einem Erdloch«, sagte Cedric.

Sie starrte ihn an. Wahrhaftig, der Mann war seltsam. Dabei wirkte er so offen und unbedarft, und wenn er lächelte, so wie jetzt, dann war er geradezu unwiderstehlich. Diese langbewimperten Augen, so etwas konnte einem gefährlich werden. Die wackere Kenter Dame kannte sich mit solch glutvollen Augen aus, war sie doch in ihrer Jugend auf mehr als ein Paar hereingefallen. Sie errötete, soweit das bei ihrem groben, von geplatzten Äderchen durchzogenen Teint noch möglich war. »Nun«, meinte sie begütigend, »manche sind auch geblieben und helfen, uns Pilger zu schützen.« Sie neigte gefällig den Kopf und gurrte: »Wäre das nicht etwas für Euch?«

Cedric überlegte. Hier bot sich womöglich eine Gelegenheit, rascher als er gedacht hatte, an die Küste zu kommen. Denn wenn Richard Jerusalem nie betreten hatte, würde er auch Colum kaum hier finden, so er denn noch am Leben war. Mit einem Mal durchfuhr ihn der Gedanke, dass die Knochen, die er einst begraben hatte, die seines Knappen gewesen sein mochten. Oder dass er dessen Grab überschritten hatte, als er am Morgen jenes Tal verließ. Es gab Cedric einen Stich.

»Vergib mir«, murmelte er und räusperte sich, als er die neugierige Miene seiner Landsmännin sah. Aber alles, was er tun konnte, war, schnellstmöglich einen Hafen und die Küsten Englands zu erreichen. »Falls Ihr nach Jaffa zurückkehrt«, sagte er daher, »wäre ich interessiert.«

»Oh«, flötete sie. »Wir wollten eigentlich noch nach Bethlehem, aber der Tempelherr, der uns anführt, meinte, das sei zu gefährlich in diesen Tagen. Also ...« Sie betrachtete ihn wohlwollend. »Wenn Ihr mit ihm sprechen möchtet?«

Cedric rieb sich das Kinn. »Ein Templer, hm. Wo finde ich ihn denn?«

»Ach, er wollte zu einem Waffenschmied.« Sie wies unbestimmt in eine Richtung. »Dort hinten irgendwo.« Als Cedric sich anschickte, dem Hinweis zu folgen, öffnete sie noch einmal den Mund. Lasst Euch einen Vorschuss geben, wollte sie ihm sagen, für ein paar ordentliche Kleider. Fast, dass sie selbst versucht war, ihm den auszubezahlen. Gerade noch rechtzeitig beherrschte sie sich und ließ ihn ziehen. Blaue Augen schön und gut, sagte sie sich, aber man durfte doch nicht schon am ersten Tag die Beherrschung verlieren.

Cedric brauchte eine ganze Weile, bis er die Schmiede fand. Als er davorstand, war er noch immer so abgelenkt vom Anblick des Sklavenmarktes, der auf dem Platz abgehalten wurde, an dessen Ecke das Geschäft lag, dass er beinahe mit dem Templer zusammengestoßen wäre, der den Laden eben verließ. Die alte Abneigung kam wieder in ihm hoch, als er die Tracht mit dem blutroten Kreuz und den Bart sah, der nun, da der Kreuzzug erfolglos beendet war, wohl lange nicht geschoren werden würde. Seltsam, dachte Cedric, mir scheint es in einem anderen Leben gewesen zu sein, dass ich Seite an Seite mit seinesgleichen kämpfte. Dabei kann es nur wenige Monate her sein. Der Templer blickte ebenso stolz wie missmutig drein. Trotzdem sprach Cedric ihn an.

Er spürte das Misstrauen, das der Mann ihm entgegenbrachte, konnte ihn aber dank des Wappens und der Teile seiner Rüstung, die er noch besaß, davon überzeugen, dass er der war, der er zu sein behauptete, oder doch zumindest ein Engländer, der eine Waffe zu führen verstand.

»Wir logieren in dem Gasthaus gegenüber dem ehemaligen Palast des Patriarchen«, sagte der Ordensritter knapp. »Seid morgen früh dort. Wir brechen auf, sobald die Stadttore öffnen.« Und einen letzten Blick auf Cedric werfend fügte er hinzu: »Ein Maultier erhaltet Ihr von uns. Aber besorgt Euch anständige Kleidung und eine Waffe. Wenn Ihr den Plunder dort verkauft«, er wies auf Cedrics Bündel, »könnt Ihr vielleicht ein Schwert erhandeln. Ein gebrauchtes wird es tun.« Damit ging er.

Den Ratschlag im Ohr, blickte Cedric an der Fassade der Schmiede hoch. Die Werkstatt, das verriet ihm das Hämmern, war in den rückwärtigen Höfen untergebracht; mit Behagen lauschte er den Schlägen und sog den typischen Kohlenduft ein. Er liebte Schmieden, und diese hier schien ihm sogar höchst verheißungsvoll zu sein. Schade, dachte er, dass Colum nicht hier war, um sie zu sehen. Sicherlich hätte sie seine Zustimmung gefunden.

Vorne zur Straße hin befand sich ein Verkaufsraum mit einladenden Sitzkissen und kleinen Tischchen, auf denen den Kunden Tee serviert wurde. Vor allem aber waren die Wände und einige Regale dicht bestückt mit Waffen aller Art. Cedric sah Schwerter und Schilde, Dolche und Helme im Halbdunkel schimmern. So groß war das Angebot, dass selbst draußen unter der Markise die Klingen herabbaumelten. Sie stapelten sich in Kisten und hingen in Halterungen an der Außenmauer rechts und links der Tür. Eine – wohl ein besonderes Stück – war liebevoll mit blauem Seidenstoff drapiert, auf dem die silbernen Verzierungen besonders kalt und kostbar schimmerten. Unwillkürlich trat Cedric näher, um sie zu betrachten. Kurz darauf glitt ihm sein Bündel aus der Hand und krachte mit lautem Scheppern auf den Boden.

Eilig kam der Besitzer aus dem Laden gelaufen, ein dicker Mann, über dessen Bauch ein prächtig bestickter Gürtel lief. Sein Kinnbart bebte, während er misstrauisch seinen Blick zwischen dem seltsamen Besucher und dem Schwert hin- und herwandern ließ. Dann setzte er ein professionelles Lächeln auf und sprach den vermeintlichen Kunden auf Arabisch an. Cedric, der kein Wort verstand, reagierte nicht. Noch immer starrte er gebannt auf die Klinge. Und zurück starrte aus dem Eisen die silberne Schlange der Cloagh. Sie war es und keine andere, da war er sich sicher. Er streckte die Hand aus, um sie zu berühren. Da fühlte er sich gepackt und zurückgehalten.

Der Waffenhändler lächelte ihn freundlich an, sein Griff um Cedrics Handgelenk aber war eisern.

»Woher habt ihr das Schwert?«, brachte Cedric hervor.

Der Araber, vom Klang seiner Stimme und dem Ausbleiben von Gegenwehr beruhigt, ließ ihn los und wischte sich die Finger mit einem parfümierten Taschentuch ab. Er sah aus wie ein Habenichts, dieser Junge, ja beinahe ein wenig wie ein Verrückter. Aber er hatte etwas. Seine Gesicht war vornehm und die Haltung stolz. Er kam aus einem guten Stall, dafür hatte der Mann einen Blick, der genug Waffen an Sarazenen von Stand verkaufte, um einen Prinzen von einem Kaufmann unterscheiden zu können. Möglicherweise schätzte er diesen Christen ja völlig falsch ein. Er überlegte und beschloss, es auf einen Versuch ankommen zu lassen. Er klatschte in die Hände.

Ein Junge von etwa zehn Jahren hüpfte aus dem Laden, pflanzte sich vor Cedric auf und lauschte nasebohrend den Anweisungen seines Herrn, die jener mit einem Klaps gegen seinen Hinterkopf beendete.

Der Junge blinzelte zu Cedric hoch und grinste über das ganze sommersprossige Gesicht. »Mein Meister will wissen, wie du heißt und was du willst«, krähte er.

Cedric ging in die Knie. »Du bist Engländer?«, fragte er verblüfft.

»Weiß nich«, sagte der Junge. »Meine Eltern haben so geredet, als sie noch lebten. Ist schon 'ne Weile her.«

Cedric schaute hoch zu dem Händler, der erwartungsvoll die Brauen hob. »Und du lebst bei ihm?«

»Ich gehöre ihm«, stellte der Junge fest. »Er hat mich vor kurzem gekauft. Ist schon in Ordnung«, fügte er hinzu, als er Cedrics sich verdüsternde Miene bemerkte. »Ist besser als betteln, ehrlich. Wenn man gesund ist, kriegt man als Bettler nämlich nicht so viel. Und immer muss man das Geld ganz schnell ausgeben, sonst nimmt es einem ein anderer weg. Prügel krieg ich hier auch weniger.« Er widmete sich wieder seiner Nase. »Also, was is' nun?«

Cedric legte ihm die Hände auf die Schultern. Dann fuhr er ihm durch das brandrote, in alle Richtungen stehende Stoppelhaar. »Wie heißt du?«, fragte er.

Der Junge runzelte die Stirn. Zum ersten Mal verschwand der kecke Ausdruck aus seinem Gesicht. »Ich bin mir nicht sicher«, begann er und wirkte bestürzt.

Der Händler stieß ihn an und fragte ihn etwas. »Er nennt mich Abdul«, sagte der Kleine rasch und entzog sich Cedric. Noch immer wirkte er abwesend und durcheinander.

Cedric stand auf und schob mit dem Fuß sein Bündel vor. »Sag ihm, ich möchte ihm anbieten, was darin ist, dazu alles, was ich trage. Ich will zum Tausch das Schwert dort haben.«

Es dauerte nur einen Augenblick, bis Abdul seinem Herrn dies Anerbieten übersetzt hatte. Dann ging ein breites Lächeln über das Gesicht des Arabers.

»Mein Herr sagt«, krähte Abdul, »dafür reicht es nicht.«

»Natürlich nicht«, murmelte Cedric. »Dein Herr ist ja kein Narr. Nein, übersetz das nicht.« Er hob rasch die Hand. »Frag ihn, wie viel er mir geben will. Und dann frag ihn, woher er die Waffe bekommen hat.«

Diesmal dauerte es etwas länger. Der Waffenhändler neigte sich über das Tuch und begann, die Reste von Cedrics Rüstung zu untersuchen. Dieser zog seinen Harnisch aus, der den Mann sichtlich interessierte, legte die Scheide dazu und nach kurzem Zögern auch den Dolch.

»Es reicht trotzdem nicht«, klärte ihn der Junge auf, »aber du sollst reinkommen auf einen Tee.« Leiser fügte er hinzu. »Ich sag dir, das kann dauern. Er erzählt gerne Geschichten.«

Cedric zwinkerte ihm zu, ehe er sich anschickte, den einladenden Handbewegungen des Mannes in den Laden zu folgen. »Ich höre sehr gerne Geschichten. Und diese wird mich ganz bestimmt interessieren.«

50

Als Rowenas kleiner Zug am Tor des Klosters von Stonebury ankam und klopfte, blickte ein Mönch durch das kleine Fensterchen. Das Holz rahmte sein misstrauisches, faltiges Gesicht, als er sich mühte, durch die enge Öffnung nach links und rechts zu sehen, um zu erkennen, wer und wie viele sie wären. Als er William bemerkte, der ihm zudem Besucher von der Burg ankündigte, öffnete er bereitwillig die Pforte und ließ sie in den Hof ein unter der Bedingung, dass die Bewaffneten draußen blieben. Im selben Moment, als Rowena die Vorhänge ihrer Sänfte beiseiteschob, um auszusteigen, ritt ein Mann auf einem Pferd an ihr vorbei, so dicht, dass sie ihren ausgestreckten Fuß wieder zurückzog. Er preschte ohne innezuhalten oder zu grüßen an ihren Leuten vorbei und verschwand auf dem gewundenen Weg in Richtung Wald.

»Ein Mann des Bischofs von Exeter«, sagte Harry leise. In seinen Augen spiegelten sich Gedanken, die er nicht aussprach. Rowena tätschelte seinen Arm. »Er hat uns nicht beachtet«, stellte sie fest, während sie dem Boten nachsah, der eilig durch das offene Tor davonritt. »Und wenn schon.« Mit einem Blick versicherte sie sich, dass ihr Vater noch immer verborgen in der Sänfte saß.

»Bruder«, wandte sie sich dann an den Mönch, der sie begrüßte. »Ich bringe Euch einen Kranken. Kümmert Euch gut um ihn, ich bitte Euch. Wo ist der Abt?« Und sie wies Harry an, dafür zu sorgen, dass ihr Vater auch hier bis dicht an die Tür der Krankenstube gebracht wurde, ohne dass die im Garten arbeitenden Mönche etwas von ihm sahen. Anschließend sollte die Mannschaft mit der Sänfte sofort aufbrechen und heimkehren. Dann folgte sie William, der sie in die kleine Amtsstube des Abtes führte, die ihr als Frau zu betreten gestattet war. Das Kloster selbst, in dem ihr Vater von nun an leben würde, war ihr als Frau verschlossen. Es war ein schneller Abschied, unfeierlich und stumm. Ihr Vater schlief. Rowena blickte der Sänfte einen Augenblick nach, dann wandte sie sich ab und krampfte die Hände um das Schriftstück, das ihr Vater ihr unterzeichnet hatte und das, zusammen mit dem Gold, das sie bei sich trug, ihre stärkste Waffe wäre in dem Gespräch, das nun vor ihr lag.

Ach was, Waffe, rief sie sich zur Ordnung. Der Abt ist einer von Vaters ältesten Freunden, ein Bruder des Herrn von Saxton, der in Windfalls so freundlich zu ihr gewesen war. Und wie jener war er rotwangig und den schönen Dingen des Lebens nicht abgeneigt. Sie erinnerte sich an so manches Treffen der drei Männer, bei denen sie Wein getrunken und mit leuchtenden Augen von ihrer Jugend gesprochen hatten. Und sie als kleines Mädchen hatte am Feuer gesessen, die Arme um den Hals eines der großen Jagdhunde geschlungen, und ihnen zugehört, bis sie einschlief.

Nein, was ihr bevorstand, war kein Kampf. Aber ein Balanceakt; und Rowena nahm sich vor, nicht danebenzutreten. Ehrfürchtig begrüßte sie den Abt und küsste seine Hände, als er eintrat, ehe sie ihren Platz am Tisch einnahm.

»Ihr hattet Besuch«, begann sie, »den ich hoffentlich nicht vertrieben habe?«

»Keineswegs«, versicherte der Abt und warf einen säuerlichen Blick aus dem Fenster. »Der Bischof hatte es eilig wie stets, wenn er Geld von unsereinem verlangt. Zahlen können wir nicht schnell genug. Unsere Sorgen dagegen ...« Er verstummte. Dann zwang er sich zu einem Lächeln. »Aber was klage ich Euch mein Leid, mein liebes Kind. Seid Ihr doch gewiss nicht gekommen, um mir beim Klagen zuzuhören.« Und er faltete die Hände in den Ärmeln seiner Kutte, bereit, ihr Anliegen zu vernehmen.

»Nun, aber möglicherweise«, sagte Rowena, die angesichts dieser Klagen einen raschen, erfreuten Blick mit William gewechselt hatte, und hob spontan den Beutel mit Münzen auf den Tisch, »bin ich in der Lage, Eure Sorgen ein wenig zu lindern, ehrwürdigster Vater.«

Der Abt riss die Augen auf, als es klimperte. Unwillkürlich lösten sich seine Finger, um nach dem Geld zu greifen, aber er besann sich.

»Ihr habt mir einen Kranken gebracht, sagt Vater Gabriel.«

»Ja«, bestätigte Rowena und holte tief Luft. Nun kam der schwierige Teil. »Es handelt sich um einen Verwandten.« Sie hielt inne.

»Einen Verwandten?«, wiederholte der Abt auffordernd. Er blickte scharf zu William hinüber, der aber lediglich entschuldigend die Hände hob.

»Einen Verwandten«, bestätigte Rowena nur.

»Nun gut«, murmelte der Abt nach einer Pause und hob den Kopf. »Nennen wir ihn so.«

Rowena atmete auf. Eindringlich neigte sie sich vor. »Darum bitte ich, Vater. Genau darum. Und da mein Patient den dringenden Wunsch hegt, in Euren Orden aufgenommen zu werden, braucht sein weltlicher Name von jetzt an auch keine Rolle mehr zu spielen.«

»Ich verstehe«, sagte der Abt. Doch man sah ihm an, dass er dies noch keineswegs in vollem Umfang tat.

Rowena wagte sich einen weiteren Schritt vor. »Wie Ihr vielleicht hörtet, liegt mein Vater krank darnieder.«

»Eben ...«, begann er.

Rowena aber schüttelte den Kopf und ließ ihn nicht ausreden. »Wir alle erwarten seinen baldigen Tod. Wundert Euch nicht, wenn Ihr davon hört.«

»Aber ist nicht ...?«, wollte der Abt einwerfen, besann sich dann aber. »So«, antwortete er stattdessen nach einer langen Pause.

»Ja«, bestätigte Rowena und wartete ebenfalls eine Weile, ehe sie fortfuhr. »Mein Vater selbst, wissend um sein baldiges

Ende, hat diese Verfügung aufgesetzt, die ich Euch zu prüfen bitte.« Sie reichte dem Abt das Pergament.

Der nahm es, entfaltete es und las stirnrunzelnd die Urkunde. »Ich entnehme dem«, sagte er langsam, »dass ich als Vorstand dieses Klosters eingesetzt bin, die Güter der de Forrester zu verwalten und alle Geschäfte zu führen, bis der rechtmäßige Erbe aus dem Heiligen Land zurückgekehrt ist.«

»Das ist richtig«, bestätigte Rowena. »Meinem Vater war es wichtig, diese Aufgaben in den richtigen Händen zu wissen.« Sie betonte das Wort ›richtig‹ mit allem Nachdruck. »Und wir alle hier sind überzeugt, dass Ihr ...«

Der Abt hob die Hand. Erschrocken brach Rowena ab. Der Mann stand auf und begann, mit langen Schritten vor ihnen auf und ab zu gehen. Die Hände mit der Urkunde hatte er hinter dem Rücken verschränkt; Rowenas und Williams Blicke folgten ihm stumm. Ein paar Mal setzte die junge Frau an, etwas zu sagen, fand aber den rechten Moment nicht. Es war nichts zu hören als die Schritte des Abtes und das leise Rascheln seiner Kutte. Ebenso plötzlich wie er seine Wanderung aufgenommen hatte, beendete er sie wieder. Er hob den Kopf und blickte sie an. Überrascht bemerkte Rowena, dass in seinen Augen Tränen standen.

»Ich war erschüttert, als ich hörte, was man meinem alten Freund vorwarf, damals«, sagte er, und seine Stimme klang rau. »Ich schrieb dem Bischof einen Brief, bot ihm meinen Namen als Bürgschaft, dass Euer Vater niemals, niemals ...« Er hielt inne, um die Fassung wiederzugewinnen. »Wie froh war ich, als ich hörte, die Anklage sei fallen gelassen, ja.« Er nickte schnaubend und starrte einen Moment auf das Pergament, um es noch einmal mit beiden Händen auf der Tischplatte glatt zu streichen. »Und jetzt ...«, sagte er leise. Das Lächeln, das er ihr dann schenkte, wirkte gequält. »Wenn dies wirklich sein Wunsch ist, werde ich Euch zu Diensten sein, Mylady.«

Rowena schloss die Augen und atmete erleichtert auf. Gewonnen, dachte sie. Diese Schlacht ist gewonnen.

»Allerdings ...«, hörte sie die Stimme des Abtes und zuckte zusammen, »... enthält dieses Schriftstück keine Anweisungen über die Mitgift, die Euch zusteht.«

Als sie die Augen aufriss, lächelte er erneut. »Und man hörte doch, dass Ihr Euch demnächst zu vermählen gedenkt. Verzeiht, wenn ich mein Amt so unmittelbar antrete«, fügte er hinzu. »Aber mir scheint, dies sollte meine erste Handlung als Verwalter sein. Ich denke dabei nur an Euer Wohl. Was sprach Euer Vater Euch als Mitgift zu, mein Kind?«

»Ach«, rief Rowena, die noch immer zitterte ob des überstandenen Schreckens, hatte sie doch gefürchtet, er werde sein Wort zurückziehen oder einschränken. »Darum macht Euch keine Gedanken.« Als sie sah, wie der Abt erstaunt die Augenbrauen hochzog, fuhr sie rasch fort. »Ich werde dem Beispiel meines Verwandten bald folgen und den Schleier nehmen.« Er weiß, dass ich lüge, dachte sie, während sie seinen musternden Blick ertrug. Sie spürte, dass auch William mit einiger Überraschung zu ihr blickte, und hoffte, er würde nichts sagen oder fragen.

»Euer Entschluss ehrt Euch«, sagte der Abt langsam, »und auch Euren Lehrer.« Damit nickte er William zu, der hilflos zurücklächelte. »Und als Mann der Kirche müsste ich Euch zuraten und beglückwünschen. Aber Mylady.« Seine Stimme wurde eindringlicher. »Ihr seid noch so jung. Seid Ihr gewiss, dass die Entscheidung, die Euch sicher jetzt von Herzen kommen mag, auch bestehen wird und Euer Wille fest bleibt? Ich frage als einer, der das Leben kennt und es liebte. Glaubt mir, ich weiß, was es bedeutet zu verzichten.« Seine noch immer vollen, von roten Äderchen durchzogenen Wangen bebten, und seine leicht hervorstehenden hellblauen Augen wurden feucht, als er diese Worte sprach.

Rowena nickte ungeduldig. Den Scheitel sittsam gesenkt, starrte sie auf ihre Finger, die sich nervös verflochten. Sie stand seine Ansprache nur mit Mühe durch. Ach, gut gemeint war das

alles, dachte sie dabei, und jedes Worte wahr. Doch hatte sie ja gar nicht vor, dem Leben zu entsagen, jetzt noch nicht, ganz im Gegenteil: sie wollte mit beiden Händen danach greifen. Nur in einem Punkt irrte der gute Abt: Was Verzicht bedeutete, das hatte sie gelernt. Cedric, dachte Rowena. Sie musste blinzeln, um die Tränen zurückzudrängen, während der Abt redete und redete und doch mit keinem Wort ihr Herz erreichte, das sie vor allen verbarg. Dann aber blickte sie ihn trockenen Auges an.
»Ich bin entschlossen«, sagte sie.

»Nun«, beeilte er sich nach einem Blick auf ihr Gesicht eilig, seinen Vortrag zu beenden. »Wenn es so weit ist, gebt mir Bescheid, damit ich mit der Mutter Oberin spreche und sie vorbereite. Auch Klöster wollen ihre Morgengabe.« Und er tippte auf das Pergament.

Rowena schob den Stuhl zurück und erhob sich. William beeilte sich, es ihr gleichzutun. Als sie die Hand des Abtes küssen wollte, nahm er die ihre und hielt sie in seinen beiden fest. »Denkt noch ein gutes Weilchen nach«, raunte er, »und gebt mir dann Bescheid.«

Als sie endlich wieder auf freiem Feld standen, atmete Rowena auf. Ihr Blick schweifte über die blühenden Wiesen, das frische Grün der Birken und den fernen Wald. Wie gut all das tat, die friedliche Landschaft und die Verheißung des Sommers, die selbst dem Abschiedsschmerz seine eigene Schönheit verlieh. Langsam spürte sie, wie sie wieder zur Ruhe kam.

Harry lagerte am Wegrand, die Füße im Gras ausgestreckt, und drehte einen Blumenstängel zwischen seinen Zähnen. Als Rowena zu ihm trat, erhob er sich und klopfte sich den Staub von den Gewändern. »Ich wollte warten«, entschuldigte er sich. »Ich dachte, es ist besser, das Fräulein kehrt nicht alleine heim.«

Rowena antwortete nicht, William aber nickte dem Knappen an ihrer Stelle begütigend zu. Einige Augenblicke stand sie nur da, den Kopf in den Nacken gelegt, und betrachtete den blauen Himmel über sich.

»Mylady«, hörte sie Williams fragende Stimme leise an ihrem Ohr.

»Nicht jetzt«, erwiderte sie, »bitte.« Sie hörte, wie er sich zurückzog. Wie warm die Sonne auf ihrer Haut lag. Wie die Vögel sangen. Sie hörte sogar die Bienen drüben in den blühenden Apfelbäumen summen. Wie intensiv der Geruch nach warmem Holz und Gras, nach Pferd und Leder, der sie anwehte. Ich lebe, dachte Rowena und streckte die Arme aus. Wenn ich will, kann ich fliegen.

Da hörte sie ein trockenes »Klapp«. Die Klosterpforte hatte sich noch einmal geöffnet und einen weiteren Besucher ausgespuckt. Als Rowena seine Stimme hörte, war es, als schöbe sich eine Wolke vor die Sonne.

»Ah, das Fräulein de Forrester«, schnarrte der Mann. Ungeniert hinkte er näher und betrachtete einen nach dem anderen. Dann richtete er sich ein wenig auf seinem Stock auf und blickte in die Runde. Sein Kopf wackelte auf dem dürren Hals. Rowena sah den frischen Verband an seinem Bein. Er lässt sich im Kloster behandeln, fiel es ihr ein. Er traut mir nicht und geht meinen Heilkünsten aus dem Weg, wie neuerdings manche aus dem Dorf. Und Rowena war sicher, dass es seine Schuld war und sein verleumderisches Mundwerk keinen Augenblick stillstand.

Ja, begaff mich nur, begehrte sie innerlich gegen ihn auf. Starr sie an, die Tochter der Hexe, denn das bin ich. Sein Anblick erfüllte sie mit hemmungsloser Wut. Nie würde sie ihm vergeben, wie er mit den Soldaten des Bischofs in der Gruft ihrer Familie gestanden und gegen ihren Vater gehetzt hatte. Nie vergessen, dass sein Name auf der Liste derjenigen stand, die beim Prozess ihren Vater der Hexerei beschuldigt hatten.

»Caleb«, presste sie heraus und winkte zugleich ihren beiden Begleitern, dass sie aufbrachen. Sie selbst wandte sich mit hochmütiger Miene von dem Flickschuster ab, um ihr Pferd zu besteigen. Im selben Moment fiel ihr ein, dass sie mit der Sänfte gekommen war. Es gab kein Pferd; sie würde hinter Harry aufsitzen oder William von seinem Esel vertreiben müssen, wenn sie nicht mit Caleb den Weg zu Fuß machen wollte.

Der Schuster bemerkte den Moment der Verwirrung und kicherte. »Ja, ja«, bemerkte er, »fort ist sie, die Sänfte. Und mit ihr der Herr.«

Als hätte etwas sie gestochen, fuhr Rowena herum, als er das Wort aussprach. Harry blickte auf William und öffnete schon den Mund, um etwas zu sagen. Der aber hob die Hand.

»Was meinst du damit?«, fragte Rowena und hoffte noch, sie hätte sich verhört oder sein Geplapper besäße keinen weiteren Sinn. Sie versuchte, alle Autorität in ihre Stimme zu legen, die sie besaß. Sie hatte eben einen Abt übertölpelt. Sie würde sich nicht vor einem Flickschuster erschrecken. Dennoch klangen ihre Worte seltsam brüchig und halb erstickt.

Caleb, der es zu hören schien, stieß sein meckerndes Lachen aus. »Der Hexer flieht ins Kloster, wer hätte das gedacht.«

»Er ist kein Hexer«, entfuhr es Rowena unwillkürlich. Erschrocken hielt sie inne. »Du weißt ja nicht, was du da redest«, erklärte sie dann so würdevoll wie möglich und ging auf Harrys Pferd zu. Weg, dachte sie, nur fort von diesem Menschen. Dabei fühlten ihre Beine sich weich und nachgiebig an wie Weidenruten.

Erstaunlich geschwind kam Caleb ihr hinterher. »Ich weiß nicht, was ich rede?«, fragte er böse. »Mag sein, mag sein. Aber ich weiß, was Ihr tut. Ihr versteckt ihn dort drinnen.« Und er wies mit seinem langen Finger auf die Mauer des Klosters, die still und abweisend aufragte. »Aber das ist nicht gut genug«, fügte er hinzu. »Gott sieht alles. Gott und Caleb.« Er lachte wieder. »Gott und der kluge Caleb haben es gesehen. Und deshalb wird keine Mauer dick genug sein, um seine schwarzen Sünden vor der Welt zu verbergen.« Energisch pflanzte er seinen Stock vor ihr auf den Weg und stützte sich darauf. Sein Gesicht verzog sich, als er die Panik in ihrer Miene sah, und entblößte dabei die schwarzen Stümpfe seiner Zähne. »Na«, fragte er, »was tut Ihr jetzt?«

51

Colum blickte von dem Bündel auf, das er aus seinen wenigen Besitztümern geschnürt hatte, und betrachtete heimlich seinen neuen Gefährten. Der packte ebenfalls. Er tat es sorgsam, wie alles, was er unternahm, musterte die Waffen und zog eben prüfend einen Dolch aus der Scheide. Gewaschen und in neuen Kleidern, erinnerte nichts an ihm mehr an den Sklaven, der er vor wenigen Tagen noch gewesen war. Beinahe unheimlich, dachte Colum, wie schnell und einfach er diese Zeit von sich abgeschüttelt hatte. Nachdem er mit dem Waffenhändler handelseinig geworden war und das Schwert gegen seinen Sklaven und ein paar Münzen eingetauscht hatte, war der Junge zielstrebig seinen Weg gegangen und hatte Colum, der ein wenig benommen war von seiner spontanen Tat, mit sich gezogen:

Zunächst in ein Bad, das der junge Mann so sauber verließ, dass er beinahe glänzte, mit geschnittenen Haaren und glatt rasiert. Dann hatten sie bei einem Händler gebrauchte Kleider besorgt, europäische, darauf hatte er bestanden, obwohl sie eine Weile suchen mussten, ehe sie das graugrüne Wams fanden, das er nun trug. Gleich am ersten Abend hatte er sich hingesetzt und mittels einiger Stoffreste sein Wappen darauf genäht: den Hirsch mit den drei Schalen auf grünem Grund. Seit diesem Moment war er wieder Kai, Baron von Forrester, so als wäre er nie etwas anderes gewesen. Aber wer, fragte Colum sich, war dieser Kai de Forrester?

Er hatte Colum beim Kauf der Ausrüstung für die Reise beraten, als wären sie schon lange Gefährten, ohne Scheu oder Zurückhaltung. In allem, was er tat, lag eine natürliche Autorität, die man nicht in Frage stellte. Sein Rat war gut gewesen, das musste der Knappe zugeben, und die Art, wie er die Führung übernahm, freundlich. Und doch wurmte es ihn, dass aus dem Wesen, das er gerettet hatte, so schnell sein neuer Herr geworden war.

»Wir hätten noch ein Packpferd nehmen sollen«, meinte er nun und zog die Brauen zusammen, während er mit in die Hüfte gestemmten Händen ihre Habe überblickte.

Colum zuckte verärgert mit den Schultern. All ihre Habe war für das ausgegeben worden, was vor ihnen lag. »Ihr wart nicht gerade ein Schnäppchen«, brummte er.

»Du hättest mehr verlangen sollen. Dieses Schwert ist unbezahlbar.«

Colum schnaubte. Als ob er das nicht am besten wüsste! Kein Augenblick verging, in dem er nicht heimlich bedauerte, was er getan hatte, und sich fragte, ob es die richtige Entscheidung gewesen war, den Mann gegen die Waffe zu tauschen. Er hatte sie spontan gefällt, im selben Moment, als Kai ihn ansprach, mit einem Mal erfüllt von einer wilden, süßen Hoffnung, dass alles, alles doch noch gut werden und er vor seinen Herrn in Cloagh hintreten könnte, um ihm zu sagen, dass er trotz allem seine Mission erfüllt habe.

Der alte Betrüger in dem Waffenladen allerdings war ein guter Menschenkenner gewesen. Trotz Colums mürrischer und betont desinteressierter Miene hatte er schnell gemerkt, dass sein Herz an dem Handel um Kai hing. Es war aber auch ein zu seltsames Ansinnen gewesen, einen Diener so vom Fleck weg kaufen zu wollen. »Vielleicht hätte ich Euch lassen sollen, wo Ihr wart«, grummelte er, leise zwar, aber Kai verstand es doch.

Er trat zu Colum und nahm dessen grobe Hände in die seinen. »Ich bin Euch zu ewigem Dank verpflichtet«, sagte er ernst. Colum wurde verlegen und suchte sich dem Blick dieser grauen Augen zu entziehen. »Und ich hätte Euer Opfer nicht angenommen, wenn zu Hause nicht Pflichten auf mich warten würden«, fuhr er fort. »Pflichten, die ...« Er brach ab und machte Miene, wieder an die Arbeit zu gehen.

»Ich verstehe«, sagte Colum.

»Oh, sicher«, gab Kai betont munter zurück.

»Es ist«, begann Colum und behielt sein Gegenüber genau im Auge, »eine sehr alte Verpflichtung, nicht wahr?«

Kai de Forrester hielt einen Moment in seiner Arbeit inne. So sehr Colum ihn belauerte, er konnte kein Erschrecken, keine Furcht, kein Erröten bemerken. Das Gesicht des Jungen war ausdruckslos. Dann fuhr er mit dem Packen fort. »Wie jede Familienverpflichtung«, wiegelte er ab. »Ihr kennt das sicher.«

»Eure Schwester hat mir davon berichtet«, behauptete Colum kühn und versuchte, dem prüfenden Blick standzuhalten, der nun mit neuer Aufmerksamkeit auf ihm ruhte. Verdammt, dachte Colum, ich bin kein so guter Lügner wie er. In seine Wangen schoss die Röte, gut verborgen unter dem Braun seiner runzeligen Haut, aber doch nicht ganz. Kai sah es und lächelte befriedigt, ehe er sich wieder seiner Tätigkeit zuwandte.

»Sie hat von Eurer Mutter erzählt«, berichtigte Colum sich nicht ohne Trotz. »Die muss eine bemerkenswerte Frau gewesen sein.«

»Gewiss«, erwiderte Kai ohne Emphase und zog einen Gurt straff. Einen Moment stand er da und atmete durch. Dann schob er sich die Locken zurück. »Aber ich glaube kaum, dass Rowenas Bericht ihr gerecht wurde. Sie ist ein nettes Ding«, er machte sich an den nächsten Gurt, »aber ganz und gar oberflächlich.« Wieder zog er und hielt die Luft an. Ausatmend fügte er hinzu. »Sie versteht überhaupt nichts von Verpflichtungen.«

Colum betrachtete ihn mit geneigtem Kopf. Dann meinte er lauernd. »Wer weiß? Wo Ihr doch jetzt für tot geltet ... Sie ist die Letzte, nicht wahr?«

Endlich hatte er den Triumph, zu erleben, wie Kai für einen Moment aus dem Konzept gebracht wurde. Schlagartig hatte er den Kopf gehoben und Colum angestarrt. Dieser gab sich Mühe, den Blick zu erwidern, in dem sich Abneigung und Argwohn mischten. Der verzerrte Mund des Jungen stand offen. Mit einem Wimpernschlag war es vorbei, und Kai sah so ruhig und gelassen aus wie eh und je. »Euer Herr«, erwiderte er nur, »war zweifellos sehr von ihr eingenommen.« Es klang wieder wie harmloseste Konversation, als er das sagte.

Unzufrieden brummte Colum etwas, was ein Ja sein mochte. In dem Moment pochte es an der Tür.

Alarmiert hoben beide die Köpfe. Sie kannten niemanden in Jerusalem und erwarteten keinen Besuch. Wer konnte dies sein? Ihr Vermieter, der den Preis noch einmal erhöhen wollte? Der Waffenschmied, der es sich anders überlegt hatte? Einer der vielen Gardisten, die in der Stadt herumlungerten und die Reisenden musterten? Es konnte nur Ärger bedeuten. Mit abweisendem Gesicht wollte Colum schon nachsehen gehen. Kai aber trat rasch einen Schritt vor und hob die Hand. Nicht, formten seine Lippen lautlos. Sollte der Besucher doch denken, sie wären nicht da. Im selben Moment rutschte das Bündel neben ihm vom Tisch und schlug scheppernd am Boden auf. Das Klopfen wiederholte sich nachdrücklich.

Colum bewegte sich zur Tür und nickte Kai zu, der langsam sein Schwert zog und an die Wand gepresst Stellung bezog. So leise er konnte, schob er den Riegel zurück, während es draußen zum dritten Mal pochte. Dann holte er tief Luft und riss mit einer überraschenden Bewegung die Tür auf.

Der ungebetene Gast fiel beinahe ins Zimmer, aber nur beinahe. Er fing sich schon nach dem ersten Schritt. Seine Hand fuhr hoch und packte das Gelenk de Forresters. Das Schwert hing zitternd über seinem Kopf in der Luft.

Colum starrte ihn an. Sein Mund öffnete und schloss sich wie bei einem Karpfen auf dem Trockenen, während er rückwärts einige Schritte in das Zimmer hineinstolperte. Schließlich stieß er gegen die Liege und setzte sich unsanft hin. »Herr«, flüsterte er, streckte die Hände aus und schlug sie sich im nächsten Moment vor den Mund, um den schluchzenden Laut zu unterdrücken, der ihm entschlüpfen wollte. Er konnte jedoch nicht verhindern, dass Tränen über seine braunverbrannten Handrücken liefen.

Cedric zwinkerte ihm zu. Dann drehte er mit einer eleganten Bewegung Kai, der sich noch immer gegen ihn stemmte, die Waffe aus der Hand. Er musterte ihn mit freundlichem Interesse, dann, als stiege eine Ahnung in ihm auf, blinzelte er irritiert. »Und wer«, fragte er, »ist das?«

52

»Das ist nicht wahr«, flüsterte Rowena und wich Schritt für Schritt vor dem Schuster zurück, der sie erbarmungslos bedrängte. »Das ist nicht wahr, nichts davon, nur dumme Lügen, die du dir ausdenkst. Schäm dich, Caleb.« Trotz ihrer Empörung glich es einem Angstschrei.

»Lügen?«, höhnte Caleb. »So wie die Lüge von den leeren Gräbern, was? Von den Feen im Wald und dem Wechselbalg! Nun, der Bischof hat mir beim ersten Mal geglaubt, er wird es wieder tun.« Er kam bedrohlich nahe. »Und Ihr, Ihr glaubt mir doch jetzt auch, nicht wahr?« Voller Ekel wandte Rowena den Kopf ab. »Ja«, hörte sie ihn leise an ihrem Ohr sagen. »Ihr wisst es jetzt. Die Brut ist aus dem Ei gekrochen, wie seit Jahrhunderten, Generation um Generation. Aber ich«, seine Stimme wurde lauter, und er hob drohend den Stock, den Himmel zu seinem Zeugen rufend. »Ich, Caleb, werde das beenden!«

Rowena schüttelte den Kopf, wieder und wieder. »Nein«, rief sie, »nicht!« Ihre Gedanken wanderten hastig hierhin und dorthin auf der Suche nach einem Ausweg. Ihre Pläne, ihre Zukunft, alles drohte in sich zusammenzustürzen. »Was willst du?«, fragte sie schließlich. »Geld? Ist es das? Die Weiden«, fiel es ihr dann ein, und für einen Moment fühlte sie sich beinahe erleichtert. »Ich gebe dir die Weiden, Caleb, ich nehme sie dem Müller wieder fort, gleich heute, versprochen. Du kriegst sie, Caleb. Alle Weiden, die du willst.« Sie versuchte, einladend zu lächeln und den Gedanken zu verdrängen, dass sie über das Land gar nicht mehr zu verfügen hatte. Noch immer ging sie rückwärts, als könnte sie dem Flickschuster und seinen Drohungen damit entkommen.

»Die Weiden«, rief Caleb und kicherte. »Hört euch die Hexenmeisterin an.« Er streckte seine Finger nach ihr aus. Rowena schauderte, als er sie damit in die Schulter stach; unwillkürlich schlug sie sie beiseite. »Noch immer die stolze Herrschaft, die glaubt, sie ist es, die gibt und nimmt. Aber auch Euch«, rief der Schuster, »werde ich noch brennen sehen, ja brennen. So rot wie Euer Haar!« Er lachte. »Flammendrotes Hexenhaar!« Und er machte Miene, danach zu greifen.

Rowena ertrug es nicht länger. Sie holte aus, die kleine Faust unwillkürlich geballt, um ihn ernsthaft zu schlagen.

Da erstarrten mit einem Mal Calebs Züge. Ein erstauntes Lächeln zog über sein verzerrtes Gesicht. Er sank in sich zusammen und stürzte dicht vor ihr zu Boden. Hinter ihm wurde Harry sichtbar, der die Finger vom Griff seines Dolches zurückzog, als hätte eine Schlange ihn gebissen. Neben ihm stand William, einen Stein in den erhobenen Händen, den er nun sinken ließ. Dann schlug er die Hände vors Gesicht und wandte sich ab. »Du«, stammelte Rowena, zu Harry gewandt, während der Pfarrer beiseitetrat, sich schwer auf einen umgestürzten Baumstamm am Wegrand sinken ließ und seine Hände betrachtete, »du hast ihn umgebracht.« Dann stieg sie über Calebs Leiche, umschlang Harry mit beiden Armen und drückte ihn an sich. Sie spürte an ihrem Hals, dass der Junge weinte. »Es ist gut«, flüsterte sie. Mit zitternden Händen strich sie ihm über den Schopf. Ihr war schwindelig, und sie hielt sich an dem Knappen ebenso sehr fest, wie sie ihm Halt gab. »Harry, hörst du, es ist gut.« Sie räusperte sich, noch immer um Fassung ringend. Neben ihnen starrte Caleb boshaft herauf, seine Zähne waren gebleckt, als kichere er noch immer. Langsam gewann Rowena ihre Fassung zurück. Sie nickte, um ihre Worte zu bekräftigen. »Hättest du es nicht getan, dann hätte ich es selbst tun müssen, jawohl!« Sie spürte, es war wahr, dennoch wollte das Entsetzen sie schier überwältigen. Einer neuen Aufwallung folgend, presste sie ihr Gesicht in das struppige Haar des Knappen.

Dumpf hörte sie es von unten: »Er hätte das nicht sagen dürfen.« Sie spürte den heißen, tränennassen Atem des Jungen an ihrer Schulter.

»Nein«, bestätigte sie, »nein, das hätte er nicht. Er war ein böser Mann, Harry. Er hat Vater beim Bischof angezeigt.« Sie spürte, wie ein neues Beben durch seine Gestalt ging.

»Er war das?«

»Ja«, bestätigte Rowena. »Er und andere.« Und sie dachte mit Schaudern, wie lang die Liste gewesen war, die ihr das ganze Ausmaß menschlicher Schwäche und Bosheit offenbart hatte. »Er und andere.«

»Er?« Harrys Stimme klang kläglich, und der Gedanke, dass er ja noch ein Kind war, schnitt ihr ins Herz. »Nicht Montfort?«

»Nein. Doch ... ich meine ...«, stammelte Rowena und streichelte ihn nur um so heftiger. Hilfe suchend hob sie den Kopf und schaute zu William hinüber. Der schüttelte sich wie ein Schlafwandler, der zu Besinnung kommt. Dann stand er auf und ging zu den beiden hinüber, die noch immer eng umschlungen dastanden. Mit sanftem Nachdruck löste er Harry von Rowena, nahm ihn bei der Hand und führte ihn zu dem Baumstamm. Der Knappe folgte ihm mit hängendem Kopf, den Blick starr auf den Boden gerichtet.

Rowena sah, wie William ihn nötigte, Platz zu nehmen, und dann leise auf ihn einredete, wie Harry schließlich den Kopf hob, wie seine Miene sich aufhellte und er am Ende niederkniete, um vom Priester die Lossprechung zu empfangen. Sie atmete erleichtert auf. Dann fiel ihr Blick auf Caleb.

Im ersten Moment taumelte sie und trat zurück. Noch im Tod war der Blick des Flickschusters durchdringend. Und Rowena schien es, als läge Spott darin. Mich wirst du nicht los, schien er zu sagen, ich verfolge dich, wohin du dich auch wendest. Dann beruhigte sie sich. Und nach einer Weile schien es ihr, als läge in den Zügen, die sie im Leben nie mit Ruhe betrachtet hatte, auch eine Ähnlichkeit mit ihrer unglücklichen Mabel. Ja, dachte Rowena, die Stirn und die ein wenig lange Nase waren auch die ihren. Und wie bei der toten Zofe war sein Haar, ehe es grau wurde, blond gewesen. Man sah es an den Schläfen noch, wo der Wind die langen Strähnen seines Haares bewegte. Wie lange war es her, dachte Rowena, da sie so neben Mabel gehockt und ihr in die toten Augen gestarrt hatte. Damals war ihre Welt frisch in Stücke gebrochen. Heute jagte der Anblick eines Toten ihr keine drei Herzschläge lang Schrecken ein. Rowena neigte den Kopf. Ihr kam eine Idee.

Während William und Harry in ihr Gespräch vertieft waren, nahm sie ihren Umhang von den Schultern und bedeckte die Leiche damit. William schaute kurz auf, als der Stoff aufflog und sich langsam senkte. Er wollte sich schon wieder seinem Schützling zuwenden, da riss es ihn auf die Füße. Er kam zu Rowena gelaufen.

Die hatte begonnen, den Mantel um Caleb herumzuwickeln und ihn unter ihm durchzuziehen. »Da«, sagte sie und gab William den blutigen Dolch zu halten, den sie dem Toten aus dem Rücken gezogen hatte, da er sie störte. »Hilf mir mal.« Und sie schickte sich an, Caleb umzuwenden.

»Was ... was tut Ihr da?«, stotterte William, der die Waffe automatisch reinigte, indem er die Klinge an seinem Kittel abrieb. Die Geste sah so routiniert aus, dass Rowena unwillkürlich innehielt und zu dem Stein hinüberblickte, den William vor kurzem noch in Händen gehalten hatte. Was hatte er, ein Pfarrer, damit gewollt?

William errötete, drückte den Dolch ein wenig unwirsch Harry vor die Brust und kniete sich neben sie hin.

»Ich mache ein Bündel daraus«, erklärte Rowena, »damit wir ihn unbemerkt in die Burg bekommen.«

»In die Burg?«, fragte William überrascht. Er hatte es nach

dem ersten Schreck für sinnvoll erachtet, dass sie die Leiche verschwinden ließen. Da es einmal so weit gekommen war, war es sicher für alle das Beste, wenn keiner ihnen viele Fragen stellte.

»Ja«, erwiderte Rowena knapp, da die Anstrengung ihren ganzen Atem erforderte. Als Caleb verhüllt und verschnürt vor ihr lag, hob sie das gerötete Gesicht. Sie wischte sich den Schweiß von der Stirn. Ihre Stimme war klar, als sie schließlich sprach. »In Forrest Castle gibt es schon zu viele leere Särge.«

53

Die stürmischen Fragen seines Knappen, wo er gewesen sei, beantwortete Cedric mit Zurückhaltung. »In einem Dorf, nicht einmal weit von hier«, erklärte er, nahe bei der Warheit bleibend. »Eine Schlange hatte mich gebissen. Ich lag lange im Fieber und kannte mich nicht.« Er schmückte diese Erklärung nur mit einigen kargen Details aus und musste Colum dann die Narbe in seinem Rücken zeigen von dem Stoß, den der Knappe noch gesehen hatte. Während Colum andächtig das verheilte Gewebe berührte, schaute Cedric zu dem Fremden hinüber. Er hatte das ungute Gefühl, dass der sehr genau verstand, was er hatte sagen wollen.

Als Kai seinen Blick bemerkte, nickte er ihm zu, und während Cedric sein Wams wieder herabzog, meinte er freundlich: »Schlangen, ja, das sind zwiespältige Tiere. Sie stehen für Tod und Leben gleichermaßen. Werfen ihre alte Haut ab und erstehen neu.« Er machte eine vage Handbewegung. »Man sollte ihnen mit Respekt begegnen. Sie ehren, aber Abstand halten.«

Cedric zog die Stirn kraus. »Ich bin ihr zu nahegekommen«, sagte er. »Und habe sie erschlagen.« Und trotzig wie ein Kind fügte er noch hinzu: »Die Schlange ist das Wappen der Cloaghs.«

Kai zog die Brauen hoch. »Dann solltet Ihr es besser wissen.«

Schon öffnete Cedric den Mund, um eine scharfe Antwort zu geben, da ging Colum eilig dazwischen und begann zu berichten, wie es im Gegenzug ihm ergangen war. Cedric hockte auf der Liege und lauschte Colums langer Erzählung. Wie er ihn damals bei dem Gefecht aus den Augen verloren hatte. Wie er gezwungen war, mit dem Heer weiterzuziehen, nach Jaffa gelangte und dort bei Saladins Gegenangriff in der überrannten und zerstörten Stadt beinahe den Tod fand. Wie er Cedrics Schwert zurückerobert und beschlossen hatte, auch die Suche nach ihm nicht aufzugeben. Wie er nach Jerusalem gekommen und schließlich Kai de Forrester getroffen hatte.

Bei der Erwähnung des Namens wandte er leicht den Kopf und betrachtete Kai, der sich still auf das zweite Lager gesetzt und ohne Kommentar gelauscht hatte. Er konnte nicht behaupten, dass er ihn mochte, und er fragte sich, ob es daran lag, dass er sich angewöhnt hatte, über Rowena und alles, was den Namen de Forrester trug, zu fluchen. Oder an der überlegenen Art, die er zur Schau stellte. Ob er wohl ein guter Partner bei der Mêlée wäre? Kaum, mutmaßte Cedric. Rowenas Bruder machte nicht den Eindruck eines Mannes, der zum Vergnügen seine Kräfte maß und hinterher mit seinen Gegnern trank. Vermutlich tat er kaum etwas zu seinem Vergnügen. Bestimmt wäre er als Junge nicht halsbrecherisch in den Klippen herumgeklettert, um mit den Bauernjungen Möweneier zu sammeln. Er hätte sich nicht ihre Anerkennung im Ringkampf erworben und sie anschließend angeführt zur Schatzsuche in den Grotten und Buchten. Er war für sich gewesen, mutmaßte Cedric, von klein auf. Und hatte dabei das Lächeln verlernt.

Dennoch, er musste es zugeben, erkannte er in diesem Mann Rowenas Bruder. Obwohl sie einander nicht ähnlich waren, lag doch etwas in seinen Augen, was ihn an sie erinnerte, eine eigenwillige Stärke, die bei Rowena noch trotziger und wilder war. Beide waren sie groß und schlank und bewegten sich mit natürlicher Eleganz. Und auch Kais Mund, der voll und fein geschwungen war für einen Mann, ließ ihn an seine Geliebte denken. Geliebte! In Cedric bebte etwas bei diesem Wort, erwartungsvoll und ängstlich zugleich. Durfte er Rowena überhaupt so nennen? In Wahrheit wusste er nicht, wie es um sie beide stand, und konnte deshalb auch nicht sagen, wie er über den Mann dort drüben dachte. Wie sollte er sich ihm gegenüber verhalten? Das Rot auf seinen Wangen vertiefte sich.

Kai senkte den Kopf und betrachtete höflich seine Fingernägel. Die länger werdenden Schatten im Zimmer verbargen sein Gesicht. Colum war dazu übergegangen, ihre Reisepläne zu skizzieren.

Cedric nickte unverbindlich in Kais Richtung. »Rowena wird sehr froh sein, Euch zu sehen«, sagte er und schalt sich im selben Moment einen Esel. Natürlich würde sie das, was redete er denn da. Offensichtlich musste die Rückkehr des Bruders sie freuen, und er war der Letzte, dem es zustand, solche Dinge zu bemerken.

»Wir standen einander nicht sehr nahe«, gab Kai zu. Er hob entschuldigend die Hände. »Sie war noch ein Kind, als ich ging.«

»Jetzt ist sie jedenfalls keins mehr«, rutschte es Colum heraus.

Cedric blitzte ihn strafend an.

Kai lächelte. »Das hoffe ich«, sagte er. »Denn auf ihren Schultern lastet viel.« Er sagte das so unverbindlich, dass Cedric hellhörig wurde.

»Hast du's ihm gesagt?«, fragte er Colum streng.

Der senkte den Blick und schüttelte den Kopf. »Es steht mir nicht zu ...«, begann er, was Cedric veranlasste, aufzuspringen und aufgebracht hin und her zu laufen. Colum verfolgte nur mit den Augen, ohne sich zu rühren, wie er am Fenster stehen blieb und hinausstarrte, ohne dem Abendrot Beachtung zu schenken. Auch Kai beobachtete ihn, abwartend, nur sein höfliches Lächeln wurde ein wenig fadenscheiniger.

Schließlich raufte Cedric sich die Haare, stöhnte und fuhr herum: »Also gut, wozu lange herumreden. Kurz gesagt: Als wir England verließen, saß Euer Vater im Kerker des Bischofs von Exeter. Angeklagt wegen Hexerei.«

Kai sprang auf. »Ist er ...«

»Er lebte«, fiel Cedric ein, um ihm die Frage zu ersparen. Seine Stimme klang dumpf. So gerade eben, fügte er in Gedanken hinzu und spann den Faden weiter: Ob der Baron wohl jetzt noch unter den Lebenden weilte? Warum nicht, dachte er bissig, das dürfte das Wenigste sein, was Montfort für sie tun konnte, da er doch offenbar ein Freund des Bischofs war. Und mit einem Mal, als hätte er sich umgewandt und eine offene Tür entdeckt, wo er nur eine Mauer erwartet hatte, begriff er. Trat hindurch und stand in einem neuen Licht. Ein glückliches Leuchten ging über sein Gesicht.

Colum hatte begonnen, Kai die Szene auf dem Marktplatz von Exeter zu schildern, und der fragte und forderte, hakte nach jedem Detail, nach Gründen und Argumenten und zwang den Knappen, immer wieder mit den Schultern zu zucken. Als sie Cedric bemerkten, verstummten sie.

»Ist alles in Ordnung, Herr?«, fragte Colum besorgt und schüttelte Kais Hand ab, um zu ihm zu treten.

Cedric schaute ihn an. Er packte das hässliche Gesicht seines Knappen mit den Händen und hätte ihn am liebsten geküsst. Dann wandte er sich an Kai. »Ich habe Grund zu der Annahme ...«, sagte er und atmete tief, während ihm die Freude fast den Brustkorb sprengte, »... dass Eure Schwester ...« – sie liebt mich, dachte er, sie hat mich die ganze Zeit geliebt. Sie wollte nur – »... einen Weg gefunden hat, Euren Vater zu retten.«

»Ihr habt Grund zu der Annahme?«, wiederholte Kai ungläubig den sperrigen Satz.

Cedric nickte heftig. Niemand allerdings würde ihn dazu bringen, diesen Grund laut preiszugeben. Genausogut hätte er sich öffentlich auf den Marktplatz stellen und brüllen können: ›Ich bin ein Narr!‹ Er war ein Narr, er hätte tanzen mögen zu der Melodie.

Kai stand da und starrte von Cedric, dessen Strahlen verblasste, während er nachrechnete, wie lange es her war, dass Rowena Montfort ihr Heiratsversprechen gegeben hatte, zu Colum, der mit offenem Mund dastand, nichts begriff und darüber verärgert die Stirn runzelte. »Seid Ihr sicher?«, fragte er schließlich.

»Nein«, fauchte Cedric, dem klar geworden war, dass sie inzwischen verheiratet sein mochte, ob sie ihn nun liebte oder nicht. »Bin ich nicht.«

»Und das Land?« Kai stellte die Frage mehr sich selbst als einem der beiden Gefährten. »Die Burg, der Wald?«

»Wald?«, echote Colum interessiert.

»Wen interessiert das schon?«, herrschte Cedric die beiden an. Er warf sich auf die ächzende Liege und stemmte das Kinn in die Hände. »Ich war ein Narr«, murmelte er. Als er die fragenden Blicke der anderen sah, sprang er wieder auf. »Wir müssen zurück«, forderte er.

»Etwa sofort?«, grollte Colum und warf einen Blick aus dem Fenster in die Dämmerung, wurde aber überrascht davon, dass der sonst so ruhige, vernünftige Kai aufsprang und sich an Cedrics Seite stellte.

»Die Stadttore schließen bald, aber wenn wir uns beeilen, können wir es noch schaffen.«

Cedric ging zur Tür. »Ich bin gleich wieder da.«

»Wo wollt Ihr hin?«, begehrte Colum auf.

Cedric war bereits halb draußen. »Ich habe mein Schwert wiedergefunden«, sagte er, »und werde es gewiss nicht hier lassen. Jetzt erst recht nicht.« Er nickte grimmig. »Zu Hause werde ich es brauchen.« Damit war er fort.

Während seine Schritte auf der Treppe verklangen, schauten Kai und Colum einander an. »Er wird eine Dummheit machen«, sagte der Knappe. Im selben Moment griffen sie nach ihren Bündeln und brachen auf.

Als sie auf die Gasse traten, war Cedric nirgendwo mehr zu sehen. Das letzte Abendlicht verblasste bereits, der goldene Schimmer auf den Steinen verschwand und würde nun rasch der Dunkelheit weichen. Vom Minarett einer nahen Moschee rief der Muezzin. Die Menschen traten vor die Häuser, um die Abendkühle zu genießen, setzten sich vor die Türen und begannen, miteinander zu plaudern. Mit träger Miene betrachteten sie die beiden Christenmänner, die sich nicht wie die anderen Fremden des Abends in ihre Herbergen zurückzogen, sondern sich hastig umschauten und eine verärgerte Grimasse zogen, als sie den Hornruf vernahmen, der das Schließen der Stadttore ankündigte.

Da sie zu wissen glaubten, wo sie Cedric antreffen würden, beeilten sie sich, ihre Pferde zu satteln und aufzuzäumen, um sie dann hochbepackt aus dem Stall zu führen, ehe ihr Vermieter sich über die unziemliche Eile wundern konnte. Dann brachen sie auf in Richtung der Souks, wo der Laden des Waffenhändlers lag. Manche der Gassen dort waren so eng, dass sie mit den Tieren kaum hindurchkamen und beträchtliche Aufregung bei den Ladenbesitzern verursachten, die aufgeregt schreiend und mit den Armen wedelnd ihre ausgestellten Waren in Sicherheit zu bringen versuchten. Andere hockten still mit untergeschlagenen Beinen auf ihren Teppichen und lachten über die verrückten Christen; eine Horde Straßenjungen lief ihnen hinterher bis zum Sklavenmarkt. Dort verloren sie sich in der Menge.

Der Markt selbst leerte sich soeben, das Podest mit dem Pfahl stand verlassen in der Dämmerung, und die Händler führten ihre Ware an Stricken und Ketten heim. Colum ließ sie rechts und links an sich vorbeiziehen, reckte den Hals und versuchte, das Geschäft des Waffenhändlers und Cedric darin zu erspähen.

»Könnt Ihr ihn sehen?«, fragte er Kai.

Der schüttelte den Kopf und versuchte gerade, sich weiter durch das Gedränge zu arbeiten, als Colum eine vertraute Stimme hörte. »Der getreue Knappe.«

Er fuhr herum. »Lady of Laxfirth«, antwortete er verwirrt. Nolens volens verneigte er sich, um sie zu begrüßen, obwohl der Boden unter seinen Füßen brannte und er nichts lieber getan hätte, als eilig an ihr vorbeizuschreiten und Cedric zu suchen.

»Nun, hat Eure Mission Erfolg gehabt?«, fragte die Dame liebenswürdig, aber mit der ihr eigenen Strenge. Colum seufzte. Er würde es nicht wagen, sie zu übergehen.

»Nun, Mylady ...«, begann er, unsicher, wie er beginnen sollte. Denn in der Tat hatte er seinen Herrn ja wiedergefunden, aber nicht auf dem Markt, wie sie vielleicht vermutete, und nicht in der Person des Mannes, den sie mit wachsender Neugier und sichtlichem Wohlwollen betrachtete, als er nun neben ihn trat.

»Er ist nicht dort«, hörte er Kai in sein Ohr wispern, während er noch überlegte, was er der Dame sagen sollte. Die lächelte Kai erwartungsvoll an.

»Oh, das ist er nicht«, beeilte Colum sich zu sagen. »Allerdings habe ich ihn freigekauft, er ist also, ich meine ...« Hilflos kratzte er sich am Ohr. »Das ist eine lange Geschichte«, gestand er schließlich.

»Die ich gerne hören werde. Wenn ihr mir die Ehre erweist und mich in mein Quartier begleitet. Ich werde zwei Landsmänner gerne bewirten.«

»Bedaure, aber wir müssen aufbrechen«, wandte Colum ein.

Die Lady schüttelte den Kopf. »Die Tore sind geschlossen«, erwiderte sie. »Und ich sehe doch, dass Ihr eine helfende Hand benötigt.«

»Äh«, erwiderte Colum.

Da verneigte Kai sich bereits formvollendet. »Werte Dame«, erklärte er. »Wir bitten um Nachsicht. Eure Einladung ehrt uns zwei Heimatlose, und gerne wären wir ihr gefolgt. Jedoch werden wir erwartet. Zwar bin ich selbst nun aus Sarazenenhand befreit, jedoch ist meine Habe noch nicht ausgelöst.«

»Sein Schwert«, fiel Colum ein, dem plötzlich die Idee kam, die Mildtätigkeit der Lady möglicherweise für ihre Zwecke zu nutzen. »Sehr alt, sehr kostbar, von englischen Schmieden gefertigt, lange bevor die Normannen ihren Fuß auf britischen Boden setzten.«

Das freundliche Lächeln der Lady of Laxfirth erlosch. »Mein Interesse gilt Seelen«, sagte sie streng, »nicht Waffen.« Und sie neigte den Kopf zum Abschied.

»Mist«, fluchte Colum, als sie ging.

»Recht hat sie«, wies Kai ihn zurecht. »Und wenn dein Herr ebenso klug wäre, stünden wir jetzt nicht hier.« Wieder begann er, sich umzusehen. »Wenn er nicht zur Schmiede gelaufen ist«, überlegte er laut, »wohin dann?«

»Euch hat die Klinge doch auch brennend interessiert«, blaffte Colum beleidigt.

»Nicht so sehr wie dich«, gab Kai zurück.

Cedric hockte auf dem bröckelnden Mauerrand und wartete. Von der Straße aus war er in dieser engen Lücke zwischen zwei Häusern kaum zu sehen. Nicht einmal Kinder kamen zum Spielen her, die Läden der Fenster über seinem Kopf waren fest geschlossen, und nur ein paar Katzen beanspruchten den Platz und beschnupperten den Fremdling, der sich da in ihrem Revier breitgemacht hatte, vorsichtig, ehe sie sich gähnend und räkelnd in seiner Nähe niederließen.

Cedric schaute zu, wie sie sich das Fell leckten. Er hatte Zeit. Nun, da er wusste, was er zu tun hatte, da sein Plan gefasst war, wurde er mit einem Mal ganz ruhig. Er musste an seine Waffe kommen, und er würde an sie gelangen. Ohne das Schwert der Cloaghs würde er niemals nach England zurückkehren. Und wenn Geduld vonnöten war, um sie zu erlangen, dann würde er so viel Geduld aufbringen, wie nötig war. Er konnte warten. Das einzig Schwierige würde sein, die tobenden, widerstreitenden Gedanken in seinem Inneren zur Ruhe zu bringen. Fest stand, sagte er sich, er würde seine Waffe wiederholen.

Lange Zeit hatte er gedacht, sein Weg verliefe ohne Ziel, die Reise nach Palästina wäre eine Dummheit gewesen, die schlecht ausgehen würde. Und er hatte sich nicht dagegen gewehrt. Er war gleichgültig gewesen wie in einem Dämmer. Doch nun war er aufgewacht. Und wie es schien, war seine Reise hierher nur ein Umweg gewesen zu einem Ziel, das noch vor ihm lag. Er hatte Rowenas Bruder gefunden, er würde auch sie wiedersehen. Er würde erhobenen Hauptes vor sie treten. Es schien sein Schicksal zu sein. Er war nicht verloren gegangen. Cedric lächelte und kraulte eine Katze, die sich an seine spielenden Finger herangewagt hatte.

Und genau deshalb würde er auch kein Stück von sich in diesem Land zurücklassen. Cedric hatte das unklare, aber dringende Gefühl, dass er sich erst dann ganz wiedergefunden hätte, wenn er die Waffe wieder in seinen Händen hielte. Sie war sein Erbe, sein treuester Freund. Sie war es, die er Montfort auf die Brust setzen wollte, wenn er ihn traf. Seine Faust ballte sich unwillkürlich, und die Katze sprang mit einem empörten Fauchen davon.

Noch immer gingen draußen Menschen vorüber, noch einmal lebte die Stadt auf, angeregt von der Abendkühle, ehe sie sich der Nacht ergab. Lange lag der Schein von Lampen und Fackeln über den Auslagen der Geschäfte, spät erst schlossen sich die Türen und erstarb das Stimmengewirr in den Gassen. Der Mond stand schon hoch am Himmel, als Cedric sich endlich erhob und sich dehnte wie zuvor eine der Katzen. Mit leisen Schritten trat er aus seinem Versteck und lauschte. Alles war ruhig, die Tritte der Wachen, die er schon dreimal hatte vorbeikommen hören, waren um die Ecke verschwunden. Er wusste, wann sie wiederkommen würden. Er war nun ganz ruhig.

Cedric ging zum Haus des Waffenschmieds hinüber. Die Markise war nicht zurückgezogen worden und leuchtete hell im Mondschein. Dafür waren die hölzernen Läden vor Fenstern und Türen fest geschlossen, sodass nichts vom verheißungsvollen Schimmer der Waffen, die dort drinnen lagerten, zu ihm drang. Auch sein Schwert hing nicht mehr an seinem Platz, und das seidene Kissen war ebenfalls verschwunden. Prüfend fuhr Cedric über die Scharniere und Bänder an den Türen. Sie waren aus Eisen, schön verzierte Arbeiten, aber auch massiv. Vergeblich setzte er die Spitze seines Dolches an. Sie würden nicht nachgeben. Eine Weile stand er nachdenklich da. Sein Blick wanderte an der Fassade entlang. Da hörte er aus dem ersten Stock ein leises Klappen. Er erschrak und wollte sich schon mit klopfendem Herzen auf die andere Straßenseite in den Häuserschatten zurückziehen, als er bemerkte, dass es ein Fensterladen im ersten Stock war, der sich im Nachtwind bewegt hatte. Er war nicht verriegelt.

Cedric rieb sich das Kinn. Dann nahm er mit den Blicken Maß. Und plötzlich lief er auf das Haus zu, ergriff die Markise mit beiden Händen und schwang sich mit einer einzigen, fließenden Bewegung hinauf. Kopfüber rollte er auf den Stoff, der allerdings so stark unter seinem Gewicht einsackte, dass er einen Augenblick befürchtete, er werde nachgeben und alles mit ihm zusammen laut krachend abstürzen. Es blieb aber bei einem gequälten Ächzen der hölzernen Haltekonstruktion, das sich bei jedem Schritt wiederholte, mit dem Cedric von dem Stoff herunter zur Mauer zu gelangen suchte. Endlich hatte er es geschafft und erreichte mit den Händen den Fenstersims, als er drunten Schritte hörte und erstarrte. Wenn jemand heraufsah, würde er ihn unweigerlich wie eine Fliege an der Wand kleben sehen. Cedric hielt den Atem an und bemühte sich, mit keiner Bewegung die Markise in Schwingungen zu versetzen.

Der späte Spaziergänger drunten hatte es nicht eilig. Cedric hörte, wie er stehen blieb und verschnaufte. Dann vernahm er ein Rascheln und wenig später ein Plätschern, das ihm verriet, dass jemand einem dringenden Bedürfnis nachgab. Als es zu Ende war, pfiff der späte Heimkehrer. Langsam verhallte die Melodie straßabwärts.

Cedric fluchte und bewegte seine Finger, die schon ganz blutleer waren. Endlich machte er sich daran, sich auf das Fensterbrett zu schwingen. Vorsichtig schob er den Laden beiseite und betete, dass er weder quietschen noch das hereindringende Mondlicht einen Schläfer wecken würde. Aber alles blieb still.

»Also dann«, flüsterte Cedric und wagte es. Schon saß er im Rahmen, schon baumelten seine Füße drinnen und tasteten nach Grund. Da berührte etwas sein nacktes Fußgelenk. Heiß schlossen sich ein paar Finger darum.

54

Rowena zog sich den schwarzen Schleier übers Gesicht. »Bereit?«, fragte Edith sie mitfühlend. Rowena nickte. Ja, sie fühlte sich bereit. Nach der langen Nacht, während der sie damit beschäftigt gewesen war, gemeinsam mit William, Harry und Oswin Caleb aus seinem Versteck zu ziehen und in den Palas zu bringen, und den anstrengenden Tagen, die folgten, während sie die Botschaft vom Tod des Barons verkündeten und das Begräbnis für alle sichtbar vorbereiteten, fühlte sie sich müde genug, um jedem Publikum eine überzeugende trauernde Tochter zu bieten. Sie hatte sich im Spiegel betrachtet. Ihre Haut war blass, fleckig vom Weinen, und unter den Augen lagen dicke schwarze Ringe.

»Es wird gehen«, sagte sie und versuchte, der Kammerfrau zuzulächeln. Ihr Groll auf Edith war verflogen, seit sie gesehen hatte, wie die sich ohne falsche Scham und ohne Furcht daran gemacht hatte, Caleb zu entkleiden, zu waschen und anschließend in die Gewänder des Barons zu hüllen, die Rowena ihr brachte: seine Rüstung und seinen Wappenrock. So, hatte sie gedacht, würde am meisten von seinem Körper verhüllt sein. Obwohl die mageren, langen Gliedmaßen denen ihres Vaters am Ende seiner Krankheit durchaus ähnlich gewesen waren. Auch der Baron de Forrester selbst hätte seinen Harnisch ebenso wenig ausgefüllt wie die Arm- und Beinschienen, die sie nun dem Toten mithilfe von Polstern aus Flachs anpassten. Am Ende lag er da wie eine Puppe.

Sie hatte nach einigem Überlegen das Kinn des Toten rasiert und sein Haar so geschnitten, dass es dem des Barons ähnlicher sah. Ohnehin war seit der Krankheit das Gesicht des Barons ausgezehrt und knochig geworden, wie Calebs es von jeher gewesen war.

»Sein Auge«, hatte William irgendwann bemerkt, während sie alle nachdenklich auf ihre Arbeit starrten. »Er hat noch beide Augen.«

Ohne Kommentar hatte Oswin zu seinem Messer gegriffen. Alle Übrigen hatten den Blick abgewandt, aber Rowena würde das Geräusch niemals vergessen. Als sie wieder hinzusehen wagte, war Oswin aus dem Raum gegangen, um seine Klinge und seine Hände zu reinigen. Edith tupfte die Reste schwarzen Grindes aus Calebs Lidwinkel.

»Wir werden ihm den Mantel bis zum Kinn ziehen müssen«, meinte William. »Es steht zu sehr hervor.«

Es war schließlich Ediths Idee gewesen, das Gesicht, das schon so wachsgelb und fern dem Leben war, dass es nicht einmal mehr sich selber ähnelte, so dicht mit Blumengaben zu umlegen, dass keiner mehr einen deutlichen Blick darauf werfen konnte. So lag der Tote nun da, eingehüllt in die noch lebende Pracht, um die ein paar verirrte Bienen summten.

»Ist unten alles fertig?«, fragte Rowena.

Edith nickte. »Der Pfarrer ist da, den Zug anzuführen. Und die Männer haben Aufstellung genommen.«

»Dann lasst jetzt den Sarg holen.« Noch einmal holte Rowena tief Luft, nickte Edith ein letztes Mal zu und trat dann aus ihrem Zimmer. Wie eine Schlafwandlerin schritt sie die vertrauten Gänge entlang, die Treppe hinab und hinaus auf den Hof, wo sich schon viele der Dorfbewohner versammelt hatten. Rowena erkannte durch den Stoff hindurch den Müller und Meredith, den Schmied, den Gerber und die Bauern mit ihren Kindern, die die Felder des Barons bestellt hatten. Auch der Tölpel war da, der ihnen von der Verhaftung ihres Vaters berichtet hatte, und trat wie damals von einem Fuß auf den anderen, als würde er am liebsten mit einem Satz davonspringen und querfeldein rennen. Rowena konnte es ihm nachfühlen; es ging ihr selbst nicht anders. Sie fühlte nur nicht die Kraft in sich, es ihm gleichzutun. Außerdem war das hier eine Pflicht, die sie zu erfüllen hatte. Sie hatte lange für all das gekämpft. Es würde ihnen Sicherheit bieten. Ein Haus, über das der Abt seine schützende Hand hielt. Sie dachte an das Pergament, das Testament ihres Vaters, wie an einen Schutzschild. Edith, Oswin, Arthur und allen, an denen ihr lag, gab es Lohn und Brot und Aufenthalt. Sogar dem Wald, Rowena dachte mit einiger Distanz daran, gewährte es für eine Weile seinen Frieden. An sich selbst vermochte sie nicht zu denken, während sie die Reihe der Gesichter entlangging.

Aber nicht alle waren erschienen, und von den Nachbarn, an die sie eilige Briefe hatte schreiben lassen, kein einziger. Man besuchte eben nicht gern einen Mann, über dem drohend die Anklage der Hexerei gehangen hatte, dachte Rowena verbissen. Nicht einmal der alte Saxton hatte sich aufgemacht, der doch so gerne einmal ihr Schwiegervater hatte werden wollen. Wenigstens, und das quittierte sie mit Erleichterung, war auch Montfort nicht anwesend. So konnte sie das klärende Gespräch mit ihm noch ein wenig aufschieben. Eines nach dem anderen, sagte Rowena sich und tat den nächsten, quälend langsamen Schritt im zeremoniell dahinschreitenden Trauerzug. Sie schwankte und fühlte sich am Arm genommen. Es war Harry, der besorgt mit seinen Blicken durch den Schleier zu dringen suchte. Sie nickte ihm zu. »Alles in Ordnung«, flüsterte sie. Mit einer Verneigung ließ er sie los und trat zurück. Seine Bewegungen waren seit dem Vorfall mit Caleb und der anschließenden Aussprache zwischen ihm und dem Pfarrer wieder lebendig und sicher. Er tat seine Arbeit mit wachem Blick und hing nicht mehr trauernd in den Ecken herum. Es war, als hätte er einen Teil der Last, die auf ihm gelegen hatte, abgeworfen, ein Stück seiner Schuld beglichen. Wenigstens einer, dachte Rowena, dem geholfen ward.

Durch die Reihen der Zuschauer ging angesichts des Schauspiels ihrer Schwäche ein Wispern. Was fürchteten sie, spottete Rowena im Stillen. Dass sie zusammenbrach und sich zu ihren Ahnen legte? Platz genug wäre in den Särgen. Von denen, die heute hier waren, hatte sicher keiner vergessen, warum sie beim letzten Mal die Gruft besucht hatte, als des Bischofs Soldaten darin wüteten. Und welches Ergebnis ihre Untersuchung gezeitigt hatte. Sie alle ließen die Trauernden passieren; keiner schloss sich ihnen an, als es galt, die Gruft der leeren Särge zu betreten.

De Forresters Vasallen und Knappen standen aufrecht in einer Gasse einander gegenüber und wandten sich erst zum Marschieren um, als der Sarg zwischen ihnen erschien. William schritt den Bewaffneten voran, Rowena führte den Zug derer an, die folgten, die Hände um einen Blumenstrauß geklammert. Mit jedem der gemessenen Schritte, zu denen die Zeremonie sie zwang, glaubte sie, einen langen, dunklen Tunnel zu durchschreiten. Am Ende würde das Licht auf sie warten. Doch zuerst war da die Gruft. Rowena senkte den Kopf, als sie eintrat.

Der rote Lichtfleck schimmerte und verlieh dem Gesicht Calebs, als er durch die Tür getragen wurde, noch einmal einen trügerischen Schimmer von Leben. Auch andere mussten es bemerkt haben, denn Rowena hörte ein paar gerührte Seufzer. Als es still wurde, trat sie vor. Kurz zwang sie sich, vor Calebs Sarg zu verharren, der in einem Sarkophag abgestellt worden war, den die Soldaten des Bischofs bei ihrer Untersuchung heil gelassen hatten. Rowena wusste nicht, wem er einst gehört hatte und wo die Knochen des Besitzers in Wirklichkeit lagerten. All das war nicht mehr ihre Angelegenheit. Als die Pause ihr angemessen erschien, neigte sie sich über den Toten, schloss die Augen, holte tief Luft und küsste ihn züchtig durch den Schleier hindurch auf seine faltige Wange, die kalt war wie Stein. Dann legte sie ihre Blumen auf seine Brust und trat mit kaum verhehlter Erleichterung zurück.

Mit einem hohlen Geräusch schloss sich der kostbare Marmordeckel über Caleb, dem Flickschuster, und William trat vor, um mit seiner Litanei zu beginnen. Rowena hörte kein Wort von dem, was er sagte. Mechanisch formten ihre Lippen die Gebete mit, die pendelnde Bewegung des Weihrauchgefäßes schläferte sie beinahe ein, und der in trägen Schlieren aufwolkende Rauch trug ihren Geist davon, sie wusste selber nicht, wohin, nur dass es weit war, weit weg von allem hier. Ihr Pferd schritt aus, die Landschaft flog vorbei. Oder war sie selber es, die flog, befreit und leicht, über die Wiesen, die Felsen, hinauf, hinaus, zu den blauen Schreien der Möwen.

»Kommt, Fräulein.« Wieder war es Edith, die sie am Arm nahm und wegführte. Die Zuschauer murmelten mitleidig, als sie die wankende Gestalt im Schleier sahen, die unfähig schien, sich alleine auf den Beinen zu halten.

Unwillkürlich trat Cedric aus. Der Schmerzensschrei, der daraufhin ertönte, ließ ihn innehalten. Die unterdrückte Stimme musste einer Frau oder einem Kind gehören. »Nicht, Herr«, ließ sie sich nun vernehmen. »Ich bin es doch.« Und ins Mondlicht schob sich der rote Strubbelkopf des kleinen Sklaven, mit dem Cedric am Nachmittag gesprochen hatte. Er grinste, als er die erschrockene Miene des Ritters sah, und erklärte stolz. »Ich habe Euch schon gesehen, als Ihr in die Gasse dort drüben hineingegangen seid.«

»So, hast du«, erwiderte Cedric langsam, der noch zu keinem Schluss gekommen war, was dies zu bedeuten hätte.

»Ja, die führt nämlich nirgendwo hin. Und als Ihr nicht mehr rauskamt, da wusste ich, der sitzt jetzt bei den Katzen und wartet, dass er sein Schwert kriegt.«

»Tatsächlich«, sagte Cedric und wurde ein wenig rot.

Eifrig nickte der Junge. »Aber keine Angst, ich habe Euch nicht verraten.«

Eine Weile studierte Cedric das kleine Gesicht, das erwartungsvoll zu ihm aufschaute. Dann lächelte er, hob die Hand und strich dem Jungen über die Haare. Er glaubte ihm. »Warum?«, wollte er wissen und griff ihm unters Kinn.

»Warum ich das weiß?« Der Junge drückte seine Hand fort. »Na, das war doch klar, dass Ihr darauf scharf seid. Sogar der Herr hat's begriffen und das Schwert deshalb nach drinnen getan in die Truhe.«

Bei dieser Nachricht horchte Cedric auf. Seine Waffe lag in einer Truhe. Das war wichtig zu wissen. Schon wollte er den Jungen bei der Schulter packen, ihn befragen und aushorchen, doch er besann sich. »Nein, ich meine: Warum hast du es niemandem verraten?«

Wieder verwirrte sich die Miene des Kleinen, wie am Nachmittag schon. »Ich weiß nicht genau«, sagte er und runzelte die Stirn. Sein Blick war auf den Boden gerichtet, als könnte er dort etwas finden, was er dringend suchte. »Ich hab lange nachgedacht, und dann war auf einmal alles so ...« Er stockte.

»Ist schon gut«, beruhigte Cedric ihn und wollte ihm erneut das Haar wuscheln. Doch da hob der Junge den Kopf. »Ich glaube, ich heiße Kevin«, sagte er.

Cedric umschlang ihn und drückte ihn an sich. Er spürte, wie sein Wams nass wurde. Es war nichts zu hören in dem stillen

Haus als Kevins leises Schluchzen. Als es verebbte, schob Cedric den Jungen von sich und schaute ihm ernst und aufmerksam ins Gesicht. Auf den sommersprossigen Wangen glänzten Tränen. Er überlegte, aber nicht lange, dann sagte er, langsam und deutlich, damit der Junge wirklich begriff. »Kevin, ich verspreche dir hiermit etwas: Ich werde dich mitnehmen, wenn ich von hier fortgehe, einverstanden?«

Er wartete das kurze, heftige Nicken kaum ab. »Aber ich kann nicht gehen ohne mein Schwert, und deshalb musst du mir versprechen, dass du dich hier hinsetzt und keinen Mucks von dir gibst, bis ich zurück bin und …«

»Aber ich weiß, wo es ist«, rief Kevin und sprang auf. »Ich hole es, das ist ganz leicht.«

»Nein, Kevin, nicht«, rief Cedric unterdrückt. Aber der Junge war schon aufgestanden und in die Dunkelheit des Korridors geschlüpft. Fluchend stand Cedric da und spähte durch die angelehnte Tür. Na bravo, schalt er sich, ein Kind auf einen Kreuzzug schicken. Was sollte er nun tun? Ihm nachstürzen? Er konnte nicht einmal sagen, wohin der Junge gegangen war. Und wenn er blind durchs Haus tappte, weckte er womöglich noch jemanden auf und brachte sie erst recht in Gefahr. Aber Kevin dort allein zu lassen, ohne ihm helfen zu können, das erschien ihm unverantwortlich. Da, waren das nicht Schritte gewesen? Cedric trat in den Flur und neigte sich in den Treppenaufgang. Seine Finger krampften sich um den Griff des Dolches an seinem Gürtel. Ja, dort unten lief jemand, leise, mit kleinen, eiligen Füßen. Kevin. Erleichtert steckte er seine Waffe zurück.

»Ich hab es«, flüsterte der Junge noch auf der Treppe und hob ihm triumphierend die Klinge entgegen. Bei seinem nächsten Schritt schlug sie laut scheppernd gegen die Stufen. Die beiden erstarrten. Mit offenem Mund schaute Kevin zu dem Ritter hoch. Drunten rumpelte es.

Cedric streckte den Arm aus und ergriff das Schwert. »Und jetzt komm.«

Kevin stand noch immer da wie erstarrt. »Das wollte ich nicht«, flüsterte er. Hinter ihm im Aufgang der Treppe erschien der Waffenhändler. Er hob eine Fackel und brüllte etwas Unverständliches auf Arabisch.

Ehe Cedric sich den Jungen schnappen konnte, hatte der Hausherr einen Knüttel nach Kevin geworfen. Der hob die Arme schützend vors Gesicht, verlor das Gleichgewicht und fiel polternd die Treppe hinunter, seinem Herrn entgegen. Der hatte nun freie Sicht auf Cedric und stieß einen Wutschrei aus, als er in der Hand des Ritters das Schwert entdeckte.

Cedric zögerte einen Moment. Hinter ihm lag das stille Zimmer, das Fenster, der Weg in die Freiheit, die Küste, England. »Rowena«, flüsterte er. Dann zog er das Schwert und stieg die Stufen hinunter.

Vor der Tür ihrer alten Herberge blickten Colum und Kai sich ratlos um. »Er ist nicht hier«, stellte Kai überflüssigerweise fest.

Colum nickte grimmig.

Kai wandte den Kopf nach rechts und links, betrachtete dann den Sternenhimmel. »Nicht mehr lange, bis es hell wird«, meinte er. »Dann öffnen sie die Tore für den Markt.« Und er machte Miene, sich auf der untersten Treppenstufe niederzulassen. Sein Pferd schnaubte und schüttelte den Kopf, dass das Zaumzeug leise klirrte, als er es näher zu sich zog. Kai strich ihm über die Nüstern. »Früher oder später muss er ja wieder hier auftauchen«, sagte er erklärend, als Colum ihn anstarrte.

Der Knappe kaute auf seiner Unterlippe herum. Ihm war nicht wohl gewesen bei dieser nächtlichen Suche. Gasse um Gasse waren sie abgelaufen, ohne eine Spur von Cedric zu entdecken. Zweimal hatten Wächter sie aufgehalten und ermahnt, einmal eine Gruppe dunkler, abgerissener Gestalten ihnen den Weg verstellt, die sich aber zurückzogen, als sie bemerkten, dass sie es mit zwei Bewaffneten zu tun hatten. Sie waren über Bettler und Betrunkene hinweggestiegen, hatten Kneipen und Kirchen inspiziert. Aber Cedric war fort – so plötzlich, wie er aufgetaucht war –, war ihm einfach durch die Finger geglitten. Colum schüttelte heftig den Kopf. Nein, nein, er würde sich nicht damit abfinden, sich hinhocken und warten. Damit hatte er sich schon einmal begnügt. Aber wer wusste, was Cedric diesmal zugestoßen sein mochte. »Nein«, stieß er plötzlich laut hervor. »Ich gehe noch einmal zu dem Waffenschmied.«

»Aber da war er nicht.« Kai musste rufen, damit Colum ihn noch hörte. Über ihm öffnete sich ein Fensterladen, und zusammen mit einem Schwall Beschimpfungen ergoss sich eine Ladung Wasser auf die Gasse. Mit einem Fluch sprang Kai auf und folgte Colum.

»Wir waren jetzt schon viermal dort«, zischte er zwischen den Zähnen hindurch.

»Dann gehe ich jetzt ein fünftes Mal.« Colum war nicht zu beeindrucken.

Als sie in der Straße ankamen, begannen die Sterne bereits zu verblassen. Aus einer nahen Bäckerei drang der Duft frischer Brotfladen zu ihnen herüber. Colums Magen knurrte, als er es roch. Ablenken allerdings ließ er sich davon nicht. »Da«, sagte er, noch ehe Kai dazu kam, anzuhalten und sich umzuschauen. »Der Fensterladen.«

»Offen«, stimmte Rowenas Bruder zu. »Man scheint wach zu werden.« Aber auch er kniff nun die Augen zusammen und musterte interessiert die Fassade. Schließlich trat er näher und spähte durch einen Ritz in den Fensterläden. »Da ist ein Licht«, bemerkte er, »irgendwo in den hinteren Räumen.«

Colum nickte, nachdem er es ebenfalls gesehen hatte. Man konnte nicht mehr erkennen als den schwachen, vielfachen Widerschein auf den hängenden Klingen, der zuckend hin und her tanzte. »Und es bewegt sich.« Im selben Moment hörten sie das Klirren, das ihre schlimmsten Befürchtungen bestätigte.

»Dort drin wird gekämpft.« Auch Kai und Colum griffen nun zu ihren Waffen. Sie standen dicht neben der Tür, als polternde Schritte laut wurden und wenig später der heftig aufgestoßene Laden neben ihnen an die Wand krachte. Ein Mann taumelte heraus, das Schwert in der Rechten. Mit der Linken hielt er sich die Fetzen eines Nachtgewandes über der verletzten Schulter zusammen. Er schrie nach der Wache und holte tief Luft, um den Alarmruf zu wiederholen.

Im selben Moment hatte Kai ausgeholt. Mit einem heiseren Gurgeln stürzte der Araber in sich zusammen. Sie erkannten den Waffenhändler mit seinem Bauch, von dem das Hemd herabrutschte, das heute kein Gürtel zusammenhielt. Sein spitzer Bart unter dem noch immer geöffneten Mund stand steif in die Luft. Colum wollte über ihn hinweg ins Haus treten, aus dem nun dumpf der Lärm quoll: Waffengeklirr, Krachen von Holz, unterdrückte Schreie. Kais Hand schoss vor; er packte den Knappen am Handgelenk. »Warte«, flüsterte er und lauschte. »Drei Männer, links«, stellte er dann fest. Colum nickte. Sie schauten einander in die Augen, dann stürzten sie gleichzeitig in den Laden.

Sie fanden Cedric in dem Gemach dahinter zur linken, wie Kai es geahnt hatte. Er wurde von mehreren Bediensteten mit Knüppeln attackiert und wehrte sich – mit dem Rücken zur Wand stehend – so gut, wie das in dem engen Raum mit der langen Schwertklinge möglich war. Blut lief ihm aus einer Platzwunde über der Augenbraue, das er immer wieder hastig mit dem Ärmel fortwischte. »Vorsicht«, rief er, als Colum vor ihm auftauchte.

Der fuhr herum und erblickte gerade noch rechtzeitig die hünenhafte Gestalt des Schmiedes, der mit einem Mal hinter ihm die Türöffnung ausfüllte. Mit seinen mächtigen nackten Armen hob er etwas, das wie ein Schmiedehammer aussah. Colum tauchte ab, Cedric schleuderte seinen Dolch, der zitternd in der nackten Brust des Riesen stecken blieb. Einen Moment stand er da, dann kippte er, vom Gewicht seiner Waffe gezogen, nach hinten und ging krachend auf die Bretter des Fußbodens nieder. Staub stieg in die Luft. Ehe die übrigen Angreifer die Situation nutzen und auf den für einen Moment abgelenkten Cedric eindringen konnten, hatte Colum sich abgerollt, kam hinter ihnen hoch und stellte sie vor die Wahl, sein Schwert zu fühlen oder die Knüppel fallen zu lassen. Zwei gehorchten. Dem dritten gelang es nach einer antäuschenden Bewegung noch einmal, seinen Knüttel zu heben.

Ehe er auf Colum niedersausen konnte, schlug Kai dem Mann von hinten den Schwertknauf auf den Kopf. Auch er war nach einem Scharmützel mit zwei weiteren Hauswächtern im Korridor zu den anderen gestoßen. Schwer atmend standen die drei Männer da und schauten einander an.

Da steckte ein Junge seinen Kopf hinter Cedrics Rücken hervor. Er war noch blass vor Schreck, aber schon stahl sich ein freches Grinsen in sein Gesicht. »Sind das alles Ritter?«, fragte er.

Cedric kniete sich vor ihn hin. »Das dort ist ein Baron und der hier ein Knappe, wie auch du einer werden wirst.«

»Nicht, wenn wir noch lange hier herumstehen«, sagte Colum.

Kai nickte. »Einer hat die Wachen gerufen, sie werden sicher bald hier sein.« Cedric nahm den Jungen bei der Hand, Colum schaute sich nach etwas um, womit er die beiden Diener des Waffenhändlers fesseln könnte. Als er in der Eile nichts entdecken konnte, hieb er ihnen den Griff seines Schwertes über den Schädel. »Für eine Weile wird's reichen«, murmelte er, während er den anderen folgte. Kai zog bereits die Leiche des Ladenbesitzers zurück ins Haus und streute eine Handvoll Staub über die in der aufziehenden Morgendämmerung gut sichtbare Blutlache. Anschließend drückten sie die Tür des Hauses zu, das nun so friedlich dalag wie die anderen in der Straße. So würden die Stadtwachen, wenn sie kamen, zunächst nicht wissen, woher die Unruhe stammte und was eigentlich vorgefallen war. Bis sie die Nachbarn befragt hatten und am Haus des Waffenhändlers klopften, wenn sie sich die Mühe überhaupt machten, würden sie einen nicht geringen Vorsprung herausgeholt haben. In aller Eile bestiegen sie die Pferde.

Cedric nahm Kevin zu sich in den Sattel, Colum saß ohne zu murren hinter Kai auf. So stoben sie durch die Gassen auf Jerusalems Stadttore zu, die eben um jene Zeit von einer Handvoll verschlafener Wächter geöffnet wurden, um die Händler und ihre Karren mit Waren für den Markt hereinzulassen. Sie passierten sie als Erste an diesem Morgen, verfolgt nur von den neugierigen Blicken der verblüfften Bauern, die sie in eine Wolke aus Staub hüllten, als sie vorbeipreschten.

Als sie sicher waren, nicht verfolgt zu werden, ließen sie die Pferde in Schritt fallen. Colum war abgestiegen, um das Pferd nicht unnötig zu belasten, und schritt neben Kai her. Kopfschüttelnd betrachteten beide Cedric, der eifrig mit Kevin plauderte, ihm sein Schwert mit der Schlange zeigte und über die Freuden und Pflichten des Knappendaseins sprach.

»Wo hat er den Jungen her?«, fragte Kai.

»Ich weiß es nicht«, gab Colum zu und musterte Kevin mit schräg geneigtem Kopf. »Irgendein Bengel.«

»Er beschützt ihn.« Kai lächelte. »Er kann nicht verleugnen, was er ist, nicht wahr?«, fragte er dann den Knappen, der ein verwirrtes Gesicht zog.

»Ich weiß nicht, was Ihr meint«, wehrte Colum ab.

»Doch, das weißt du«, widersprach Kai zu Colums Überraschung und neigte sich vor, um Colum die Hand auf die Schulter zu legen, sodass dieser gezwungen war, im Laufen innezuhalten und ihm ins Gesicht zu sehen. »Dir ist genau bewusst, was dein Herr ist. Aber weiß er es selber?«

Mit dunklen Augen starrte Colum ihn an. »Ich weiß nicht, was Ihr ...«, begann er.

Aber da wurde Kais Griff um seine Schulter fester. Rowenas Bruder neigte sich noch ein wenig tiefer zu dem Knappen hinab. Sein Gesicht wirkte ernst, in seinen Augen jedoch war ein Leuchten, das mit jedem Moment strahlender und schließlich so intensiv wurde, dass Colum blinzeln musste. Die folgenden Worte sprach Kai nicht mehr, Colum hörte sie ausschließlich in seinem Kopf. Sind wir darüber nicht hinaus, du und ich?, fragte Kais körperlose Stimme ihn mit mildem Spott, dessen Funken auch in seinen Augen tanzten. Und er drehte die Hand leicht, die auf Colums Schulter lag, sodass der Knappe das Handgelenk erkennen konnte. Der Ärmel war hochgerutscht und zeigte den Leib einer Schlange, die sich um seinen sehnigen Unterarm wand.

»Ihr seid ein ...«, entschlüpfte es Colum.

Doch Kai legte sacht den Finger auf seine Lippen. Cedric und Kevin wandten sich im selben Moment nach ihnen um und lachten über irgendeinen Witz. Das Gesicht des Jungen war gerötet vor Freude, und spielerisch wehrte er Cedrics Hand ab, die ihm das Haar verstrubbelte. »Ihr Haar ist rot«, hörten sie die Stimme des jungen Mannes. »Du wirst schon sehen.« Den Rest verwehte der Wind.

Kai schob seinen Ärmel sorgsam wieder herunter. »Die Frage ist doch«, sagte er, »was seid Ihr?«

Rowena wollte nicht schlafen. Von Edith in ihr Zimmer geführt, hatte sie nur den Wunsch, so rasch wie möglich ihre Vorbereitungen zu treffen und dann all dies hinter sich zu lassen. Als sie dann allerdings in ihrem vertrauten Raum stand und das Bett betrachtete, in dem sie seit ihrer Kindheit geschlafen hatte, den Tisch mit dem Handspiegel darauf, den Kai ihr von einem Besuch in Exeter mitgebracht hatte ... Als sie einen Blick aus dem Fenster auf die Burg und die hohen Wipfel der Fichten am Waldrand warf, da übermannte eine große Schwäche sie.

»Ist ja gut, Kindchen«, murmelte Edith, die es bemerkte und sie auffing, um sie sanft auf den Rand des Bettes gleiten zu lassen. Eine Weile aber behielt sie die junge Frau im Arm, ungewohnt mütterlich, und wiegte sie sacht hin und her. Rowena musste die Zähne aufeinanderbeißen und die Augen fest zukneifen, um nicht lauthals in Schluchzen auszubrechen. Die Versuchung war beinahe übermächtig, die Arme um Ediths Taille zu schlingen, den Kopf an ihrem imposanten Busen zu bergen und sich alles, alles von der Seele zu reden.

»Ist ja alles gut«, wiederholte die Aufwärterin und legte ihre Hand auf Rowenas Haar, über das sie knisternd strich.

Heftig schüttelte Rowena den Kopf. »Nichts ist gut«, stieß sie unter Tränen hervor. Es gab noch viele Dinge, die sie hätte sagen wollen, aber sie schwieg. Nur ihren Tränen erlaubte sie zu fließen.

»Ich verstehe schon«, sagte Edith. »Aber Ihr werdet sehen. Am Ende geht doch alles noch gut aus. Erst einmal bleibt Ihr hier; es ist ja für alles gesorgt.« Während sie so sprach – in einem Singsang, wie man kleine Kinder in den Schlaf wiegt –, bettete sie Rowena auf die Matratze und deckte sie zu. »Auch das mit dem Kloster hat noch eine Weile Zeit. Wer weiß?« Sie bemühte sich um ein Lächeln. »Vielleicht finden wir ja einen netten Bräutigam für Euch?«

Nein, formulierte Rowena noch in Gedanken, will nicht. Will keinen Bräutigam. Sie fuhr noch einmal mit dem Arm unter der Decke hervor, um die unwillkommene Vorstellung abzuwehren. Hab schon einen, wollte sie sagen. Doch der Schlaf hatte bereits nach ihr gegriffen. Schwer lag er auf ihren Lidern, lähmte ihre Zunge und ließ sie langsam tiefer und tiefer sinken wie ein fallendes Blatt, einen Vogel, der mit ausgebreiteten Flügeln segelte. Dort unten auf den Wiesen wartete Cedric auf sie und streckte lachend die Arme nach ihr aus. Und leicht wie ein Blatt legte sie sich über ihn. »Cedric«, murmelte Rowena.

Aber das hörte Edith nicht mehr, denn sie war schon an der Tür, um den Pflichten nachzugehen, die ihr oblagen.

Als Rowena erwachte, war sie allein. Unsicher, wie lange sie geschlafen hatte, blickte sie sich um. Durch das Fenster drang kalte Morgenhelle. Sie musste den Tag verschlafen haben und die Nacht dazu. Mit steifen Gliedern und so zerschlagen, wie man sich fühlt, wenn man in Kleidern einschläft, stand sie auf und öffnete die Läden. Die Sonne war noch nicht über den Horizont getreten, der Himmel stand farblos über einer von kalten Schatten durchzogenen Welt, deren Licht den Honigton des Sommers noch nicht angenommen hatte. Nur die Vögel jubilierten ihm schon aus allen Hecken und Baumkronen entgegen. Es war ein guter Zeitpunkt.

Rowena zog das Bündel aus der Truhe, das sie schon am Vortag heimlich gepackt und versteckt hatte. Es enthielt neben ihrem Mantel, ein wenig Wäsche und der Börse vor allem ihren Schmuck. Ihre besten Stiefel lagen obenauf, ein schönes Kleid zuunterst. Unter die Röcke, die sie heute trug, zog Rowena noch ein paar Männerhosen, und statt der Haube wählte sie einen Hut. Mit wenigen Handgriffen machte Rowena sich bereit für den Aufbruch. Schon schwang sie sich den Reisesack über die Schulter und nahm Abschied von dem Zimmer.

Nur vor dem Tisch blieb sie einen Moment stehen. Dort stand das Medizinkästchen, das sie von ihrer Mutter geerbt hatte. Nachdenklich strich Rowena über den Deckel, klappte ihn auf, musterte die Fächer und Fläschchen, Stoffsäckchen und Steine, die dort in ihrer so wohlvertrauten Ordnung lagen, dass sie den Anblick kaum ertrug. Rasch schlug sie den Deckel wieder zu und wandte den Kopf ab. Sie konnte das Labyrinth-Muster darauf, das sie als Kind so geliebt hatte, nicht mehr betrachten, ohne an jene Nacht in der Höhle unter der Burg zu denken und an die verwirrende Zeremonie, deren Zeuge sie geworden war. Jene hatten es als Schmuck auf ihren Gewändern getragen. Es gehörte zu ihnen, ebenso wie die Heilkünste ihrer Mutter.

Das Heilen aber war auch Rowenas Begabung. Sie erinnerte sich nur zu gut, wie leicht ihr die Lektionen gefallen waren, so, wie Adelaide es einmal beschrieben hatte: als ob man nicht lernte, sondern sich erinnerte.

Die anderen waren also wahrhaftig ein Teil von ihr. Sie war mit ihnen verbunden, tief in ihrem Wesen und unauflösbar; Rowena konnte es nicht leugnen, und das Kästchen war der bitter schmerzliche Beleg dafür. Eben deswegen und weil sie sich von all dem trennen wollte, hatte sie es bislang nicht über sich gebracht, es einzustecken. Aber es zurücklassen, das vermochte sie nun, da es darauf ankam, ebenso wenig. Es war, als verlöre sie einen zu großen Teil von sich selbst, um weiterzumachen. Mit einer raschen Bewegung ergriff sie es schließlich und stopfte es zu ihrem übrigen Gepäck. Dann wandte sie sich ab. Rasch jetzt, ehe sie über die Entscheidung und ihre Bedeutung lange nachzudenken vermochte.

Im Palas begegnete ihr niemand, auch der Hof war menschenleer. Rowena dankte im Stillen Edith, die in ihrer Tüchtigkeit sicher nicht vergessen hatte, das Gesinde gestern noch zum Leichenschmaus zu laden. Rowena hatte vor dem Begräbnis die üppigen Vorkehrungen dafür in der Küche bemerkt, wo Grütze vor sich hin geblubbert hatte und würziger Schinkenduft aufgestiegen war. Aus dem Keller waren mehrere Bierfässer gerollt worden, die nun leer am Fuß der Mauer standen. Eigentlich hätte Rowena persönlich dem Ereignis vorsitzen und allen zutrinken müssen. Und es wäre ihre Aufgabe gewesen, den Vasallen mitzuteilen, dass ihr Herr nun Kai de Forrester hieß, in Abwesenheit vertreten vom Abt des Klosters von Stonebury. Jetzt fiel ihr das wieder ein, gestern hatte sie nicht einen Gedanken daran verschwendet; sie hätte auch kaum die Kraft dazu besessen.

Aber sie war sicher, dass Edith dies bestens für sie erledigt hatte. Gewiss hatte der eine oder andere auch einen Becher zu viel genommen, was ihre Flucht erleichtern würde. Sie wollte niemandem begegnen an diesem Morgen und keinem ins Gesicht lügen müssen. William, dachte sie. Ja, um ihn tat es ihr leid. Hätte sie schreiben können, hätte sie ihm einen Abschiedsbrief hinterlassen. So musste sie auf seine Nachsicht hoffen und das Verständnis, das er für sie gezeigt hatte, seit sie ein Kind gewesen war. Auch Harry hätte sie gerne Lebewohl gesagt. Aber der Junge brachte es am Ende fertig, ihr nachzulaufen, und die Verantwortung dafür wollte Rowena nicht übernehmen. Und Edith, ha, die pflichtbesessene Aufwärterin brachte es am Ende noch fertig, sie aufhalten zu wollen. Schon sie ahnungslos schlafend hinter einem der Fenster zu wissen, flößte Rowena ein schlechtes Gewissen ein, das sie empfindlich störte.

Kaum dass sie den Stall betrat, wurde sie in ihren Hoffnungen bestätigt durch das heftige Schnarchen des Stallburschen, der dicht beim Eingang im Stroh lag und sich nicht rührte, als sie an ihn herantrat.

Es gelang Rowena, ihr Pferd zu satteln und hinauszuführen, ohne dass er mehr tat, als sich schmatzend herumzudrehen und sich geräuschvoll am Bauch zu kratzen. Auch bis zum Tor hielt niemand sie auf. Und bis das Quietschen des Riegels jemand aus dem Schlaf reißen konnte, hatte sie ihr Tier bereits durch die niedrige Pforte geführt und stand vor den Mauern auf freiem Feld.

Wohin nun?, überlegte Rowena, während sie aufsaß. Cornwall lag im Westen. Dort lebte ihre Tante, eine Schwester ihres Vaters. Zum Kloster, von dem sie dem Abt gegenüber gesprochen hatte, führte der Weg nach Süden. Wenn sie das Dorf umgehen wollte, würde sie zunächst die westliche Straße einschlagen müssen und dann die Abzweigung an der alten Brücke nehmen, dort, wo der Grund der Saxtons begann.

Während ihr Kopf noch mit all diesen Einzelheiten beschäftigt war, hatten ihre Hände bereits die Zügel ergriffen und das Pferd auf einen schmalen Pfad gelenkt, der zwischen den Feldern und einer dichten Hecke aus Schlehen und Haselbüschen hindurch direkt nach Norden führte.

Norden, dachte Rowena. Und sie musste kichern, als sie es entdeckte. Wahrhaftig, das hatte sie gut vor den anderen verborgen, und noch besser sogar vor sich selber. Hätte jemand sie im Hof noch gefragt, sie hätte aufrichtig nicht gewusst, was sie vorhatte, dabei hatte der Impuls, der sich nun so sicher Bahn brach, bestimmt schon lange tief in ihr geruht. Im Norden ganz fern lag die raue Küste mit dem dunklen Meer, dem Meer, das so blau war wie Cedrics Augen. Freude wallte in ihr auf wie ein Strom warmer Luft über den Feldern, und ihre jubelnden Gedanken stiegen darin empor wie Falken, die im Aufwind kreisten. Ja, nach Norden wollte sie, zur Burg der Cloaghs. Und der Gedanke an Cedric, die Erinnerung, nein, die Hoffnung würden sie auf jedem Schritt begleiten. Sie wusste nicht, ob sie ihn finden würde. Und wenn sie vor ihm stand, was würde er sagen nach dem Abschied, den sie ihm gegeben hatte? Würde er ihr überhaupt zuhören, ihre Erklärungen akzeptieren? Und würde, bei dieser Überlegung klopfte ihr Herz, in seinen Augen wieder ein Funke dessen aufglimmen, was er einmal für sie empfunden hatte? Oder hatte er sich an diese andere Frau verloren, in deren Armen die Schale des Alten Volkes sie ihm gezeigt hatte? War das möglich, denkbar, war es nicht nur eine Einbildung gewesen, hervorgerufen durch ihre Angst um ihn und ihre Eifersucht? Es war doch nicht möglich, dass Cedric je etwas anderes sein könnte als ihr Cedric, so wie sie niemals etwas anderes sein würde als die Seine! Der Gedanke allein ließ ihr Herz schneller schlagen. Ja, rief es in Rowena, es konnte, es musste, es durfte nicht anders sein. Erwartungsvoll gab sie ihrem Pferd die Sporen und führte es den Pfad entlang. Schlehenzweige kratzten über ihren Rock und entledigten sich in einem Schauer ihrer Blüten. Vögel stiegen empört zwitschernd empor. Die Hufe des Pferdes schlugen vertraut gegen den weichen Boden, den eine Reihe bemooster Steine vom Ackergrund abtrennte, zwischen denen sich Kissen von Veilchen drängten. Rowena war kurz davor zu singen. Als sie aber Luft holte, knackte es in dem Haselgebüsch am Rande des Buchenwäldchens vor ihr.

Rowena zog die Zügel an und starrte auf die silbernen Stämme, die im Sonnenlicht glänzten, kaum vom ersten Blattgrün umwölkt wie von grünem Dunst. Sie roch das Pferd, ehe sie seinen Hufschlag auf dem federnden Waldboden hörte. Der schwarze Kopf eines Rappen schob sich vor ihr auf den Weg. Sein Reiter grüßte sie spöttisch.

»Eine Nachtigall am Morgen?«, fragte er.

Rowena fuhr zusammen, dann fasste sie sich. »Graf Montfort.« Ihr Herz raste, und sie musste sich ermahnen, ruhig zu bleiben. Sie hatte ihm eine Nachricht gesandt, wie so vielen anderen. Weniger aus Höflichkeit als in der Hoffnung, so einer weiteren Unterredung mit ihm zu entgehen. Denn es war klar gewesen, dass er früher oder später vom Tod ihres Vaters erfahren und kommen würde, um herauszufinden, was das für ihn bedeutete. Sie hatte inbrünstig gehofft, durch ihre deutlichen Zeilen der Unterredung Auge in Auge zu entgehen. Aber da es nun nicht so war, sollte er sie nicht zaghaft finden.

»Wohin denn so früh am Morgen?« Montforts Stimme war freundlich und ruhig. Doch er versperrte ihr den Weg.

»Das wollte ich Euch gerade fragen, Graf«, gab Rowena schnippisch zurück. »Waren die Mauern von Burg Forrest Castle Euch zu bescheiden, um dort Quartier zu nehmen, dass Ihr wie ein Räuber im Wald haust?« Rowena war nicht eben begierig darauf, die Antwort zu vernehmen. Sie sah, wie er sein Tier einige Schritte näher an ihres heranführte, und musste gegen das Bedürfnis ankämpfen, auf dem Fuße umzukehren und zur Burg zurückzupreschen. Aber sie blieb, wo sie war.

Montfort verzog das Gesicht. »Um der Wahrheit die Ehre zu geben, Mylady, war ich mir nicht sicher, wie ich dort aufgenommen würde.« Er drohte ihr schelmisch mit dem Finger. »Und ich muss zugeben, dass ich es vorzog, auf ein Treffen mit Euch unter vier Augen zu warten. Denn was wir zu besprechen haben, meine Liebe, geht nur uns beide etwas an.« Bei den letzten Worten hatte seine Stimme den leichten Klang verloren, um den er sich bislang bemüht hatte.

Rowena fühlte, wie ihr Magen sich zusammenkrampfte vor Angst. Der Moment war da, sie konnte ihm nicht mehr ausweichen. Und sie würde es auch nicht. Mit einer stolzen Geste hob sie das Kinn. »Zwischen uns gibt es nichts mehr zu bereden, Graf«, begann sie.

Er unterbrach sie, milde lächelnd, dass seine Zähne blitzten. »Tsts, Ihr vergesst unseren Handel, Rowena.«

Ihren Namen aus seinem Mund zu hören tat ihr beinahe körperlich weh. »Den Handel gibt es nicht mehr«, erwiderte sie dennoch mit fester Stimme. Sie packte die Zügel ihres Pferdes fester. »Es gibt nichts, was Ihr noch für mich tun könntet, Graf. Und was mich anbelangt ...« Sie richtete sich auf und drückte ihrem Pferd die Fersen in die Flanken, damit es sich vorwärts gegen das Montforts drängte. »... so gibt es nichts, was ich Euch schulde oder von Euch begehre. Also gebt den Weg frei.«

Für einen Moment glaubte sie, gewonnen zu haben. Montfort, der nichts erwiderte, neigte den Kopf und erlaubte es ihrem Zelter, sich an ihm vorbeizudrücken. Erleichterung durchflutete Rowena, so heftig, dass ihre Beine und Arme noch nachträglich zu zittern begannen. Um es zu verbergen, saß sie nur umso aufrechter und würdigte ihn keines Blickes, als sie an ihm vorüberritt.

Völlig unerwartet traf sie der Schlag. Es war ein Fausthieb, sorgfältig gezielt, der ihren Kopf beiseitefliegen und ihren Körper wie vom Blitz getroffen im Sattel zusammensacken ließ. Montfort griff hinüber, schlang ihr den Arm um die Taille und zog sie zu sich, um sie quer vor dem Sattel wie ein Gepäckstück über den Pferderücken zu legen. Dann neigte er sich vor, um nach dem Zaumzeug von Rowenas Braunem zu angeln. Sie murmelte etwas, als er sich gegen sie presste, erwachte jedoch nicht aus ihrer Bewusstlosigkeit. Als er die Zügel in der Hand hielt, ritt

Montfort, vorsichtig das zweite Pferd hinter sich herziehend, ein gutes Stück in den Buchenhain hinein, bis sie vom Weg aus nicht mehr zu erkennen waren. In einer Mulde machte er Halt.

Montfort nahm sich Zeit. Sorgsam band er Rowenas Pferd fest, dann sein eigenes, ehe er sie wenig zart herunterzog und auf den Boden gleiten ließ. Über ihr kniend, betrachtete er sie eine Weile nachdenklich. Er strich sogar mit den Fingern sacht über die Konturen ihres Gesichtes, zog die Linien ihres Mundes zärtlich nach und sparte die Stelle aus, wo sich über ihrem Jochbein die Haut bereits verfärbte von seinem Hieb. Interessiert betrachtete Montfort mit schräg geneigtem Kopf die Wunde. Noch entstellte die Schwellung ihre feenhaften Züge nicht. Dann holte er noch einmal aus.

Diesmal erfolgte der Schlag mit der flachen Hand, eine Ohrfeige, die sie wieder zu Bewusstsein bringen sollte. Mit der anderen Hand raffte Montfort ihre Röcke hoch. Als er die Beinlinge sah, fluchte er und zog sein Messer, um mit energischen Schnitten die unerwünschten Kleidungsstücke zu entfernen. Fertig damit, neigte er sich wieder über ihr Gesicht. Noch einmal schlug er zu, klatschend. Rowena ächzte. Über ihnen schrie ein Kuckuck.

»Los, wach auf«, fuhr Montfort sie an, packte sie an den Schultern und schüttelte sie, bis sie die Augen aufschlug. »Ich will, dass du weißt, was mit dir geschieht.« Verwirrt blinzelte Rowena zu ihm hoch, benommen wie jemand, der aus tiefem Schlaf erwacht. Ihre Augen, die sein Bild nicht klar fassen konnten, drohten, erneut fortzurollen. »Nein«, lallte sie, ohne rechte Kraft. Es war, als klammere sich ihr Geist an die heilsame Ohnmacht. Doch Montfort ließ es nicht zu. Noch einmal klatschte seine Hand in ihr Gesicht.

»Gut so«, stellte er fest, als ihr Blick ihn mit einem Mal festhielt, Er sah sein Bild in ihren Augen gespiegelt und dahinter ihre Furcht. Ihre Hände fuhren hoch, doch er umklammerte sie und drückte sie unerbittlich auf den Boden. Montfort lächelte. »Willkommen in deiner Hochzeitsnacht!«

V. So sprechen die Heiligen Steine

57

Verschwitzt fuhr Harry aus dem Traum hoch, der ihn seit Monaten immer wieder heimsuchte: Männer umzingelten und griffen nach ihm, und während sie ihn festhielten, um ihm die Haut auf dem Leib in Streifen zu schneiden, stand im Hintergrund ein schwarzer Ritter. Er trug bischöflichen Purpur, dennoch kannte Harry für ihn nur einen Namen, der in seinen Ohren dröhnte, lauter als seine eigenen Schreie, während er zu dem Schwarzen hochstarrte: Montfort!

Seit der Begegnung mit Caleb geschah es manchmal, dass das finstere Visier sich hob und die Fratze des Flickschusters zeigte. Auch kam es vor, dass Harry sich freikämpfte aus den Armen, die ihn umschlungen hielten, und mit all seiner Kraft und all seinem Zorn ausholte gegen dieses Gesicht, sodass er beim Erwachen erschöpft war und zerschlagen, als käme er von der Folterbank, aber dennoch das Gefühl in sich trug, sich gerettet zu haben. Doch der Name blieb derselbe: Montfort!

Auch heute hörte er ihn wieder so deutlich, dass er den Kopf schütteln musste, um das Dröhnen aus seinen Ohren zu bekommen. Erst nach einer Weile begriff er, dass er in seinem Bett lag und nichts anderes durchs Fenster drang als das Zwitschern der Vögel und der Ruf eines fernen Kuckucks im Wald. Harry wischte sich die Stirn mit dem Ärmel seines Nachthemdes; sie war feucht und warm. Dann schwang er sich aus dem Bett und kniete sich auf den kalten Stein, um die Gebete zu sprechen, die

Pfarrer William ihm aufgegeben hatte. Um die Sünde zu büßen, einen Menschen erschlagen zu haben. Und um die gefährliche Freude zu dämpfen, deren leise, aber triumphierende Stimme nicht verstummen wollte in ihm: das Gefühl, sich endlich gerächt, Johns Tod gerächt und die Scharte des eigenen Versagens ausgewetzt zu haben. William hatte ihm zwar bestätigt, dass er im Grunde das Richtige getan hatte, dass es recht gewesen war, die Lady zu schützen. Aber er hatte ihm auch vorgehalten, dass für einen künftigen Ritter Rachsucht nie der Grund sein darf, sich gegen einen Feind zu wenden, dass solcher Zorn im Gegenteil selbst der Feind ist, der sich im eigenen Herzen einnistet und es langsam vergiftet, dass er wüchse und wüchse und niemals genug Blut trinken könne. Ein zorniger Mensch, hatte William gesagt, zerstört am Ende nur sich selbst.

Harry war nicht sicher, ob er das ganz begriffen hatte. Hätte er besser von Caleb denken sollen, ehe er ihn erstach?, dachte er manchmal verwirrt. Und wie das gehen solle, mit mildem, vergebendem Herzen ein Ritter zu sein. Aber er strengte sich an, die Buße, die William ihm auferlegt hatte, anzunehmen, weil der Pfarrer so bekümmert ausgesehen hatte, als fräße ein Kummer an seinem eigenen Herzen, während er so sprach. Und Harry wollte ihm keinen Kummer machen. Auch fühlte er das Körnchen Wahrheit in Williams Worten nur zu gut: Auch sein Herz, das Blut geleckt hatte, war nicht ruhig geworden; es rief noch immer nach Montfort.

Also faltete Harry die Hände, senkte den Kopf und begann das Vaterunser zu beten. Da hörte er einen für die Morgenfrühe ungewöhnlichen Laut. Es quietschte draußen. Harry kannte die Burg, in der er aufgewachsen war, gut genug, um zu wissen, dass es die Pforte im Tor gewesen war, die er gehört hatte, und zwar deren linker Flügel. Wer mochte so früh schon auf den Beinen sein, fragte er sich. Oswin mit einem Auftrag im Dorf? Ausgeschlossen war es nicht, doch als er das Pockern von Hufen hörte, wurde er endgültig wach. Oswin pflegte seine Gänge zu

Fuß zu machen. Vergessen war das Vaterunser. Harry sprang auf, stolperte über sein Nachthemd und kam gerade noch rechtzeitig am Fenster an, um den Hintern des Pferdes zu sehen, das gerade heimlich durch das Tor geführt wurde. »Merlin«, stieß er erstaunt hervor. Keiner außer Rowenas Zelter hatte diesen glänzenden Kastanienschimmer. Es war ihr Pferd, da war er sich sicher. Wer führte Merlin um diese Zeit aus der Burg?

Die einzige Antwort, die ihm einfiel, trieb ihn dazu, im Nachthemd aus seinem Zimmer zu stürzen. Erst in der Tür fiel ihm ein, dass er der Herrin, wenn sie es denn war, unmöglich so unter die Augen treten konnte. Fluchend riss er seine Hosen vom Schemel und stieg hinein, stopfte das Nachtgewand unter den Bund, zog ein Wams über und schnappte sich die Stiefel, um sie im Laufen, mal auf dem einen Bein hüpfend, mal auf dem anderen, mühsam überzuziehen. Am Fuß der Treppe stolperte er und fiel hart aufs Gesicht. Als er sich hochgerappelt hatte, sah er, dass das Hindernis der ausgestreckte Fuß eines Mannes war, der schlafend dort vor dem Kücheneingang lag. Er erkannte Galfried, einen von des Barons Vasallen, ein vierschrötiger Mann mit rotem Schnurrbart und pockennarbiger Haut, der sich auch um die beiden Falken kümmerte, die in ihrem Verschlag über dem Stall lebten. Zusammengekauert verharrte Harry und starrte ihn an, bis er sicher war, dass der Falkner weiterschlief. Dann rappelte er sich hoch und spurtete weiter.

Am Tor angekommen bemerkte er, dass die Pforte tatsächlich nur angelehnt war. Er hatte also nicht geträumt, jemand war heute Morgen vor ihm hinausgegangen. Harry blickte zur Burgmauer hinauf, über der jetzt der erste goldene Schimmer der über den Horizont getretenen Sonne sichtbar wurde. Es konnte nicht viel später als fünf Uhr sein. Kopfschüttelnd trat er vor das Tor. Wie zuvor Rowena reckte er sich zunächst und genoss die Spuren von Wärme in der Morgenfrühe. Dann schaute er sich um. Von der Lady oder auch nur ihrem Pferd war nichts zu sehen. Harry lief vor bis zur Straße, die westlich abbog. Sie führte ein beträchtliches Stück geradeaus. Wäre Rowena hier entlanggeritten, sagte er sich, so musste er sie noch entdecken. Doch der Weg war leer.

Blieb das Dorf, überlegte Harry, denn dass sie nach Exeter wollte, war unwahrscheinlich. Allerdings musste er zugeben, dass ihm auch kein wahrscheinlicher Grund einfiel, der seine Herrin um diese Zeit aus der Burg treiben sollte. Ein wenig ratlos lief er in Richtung des Dorfangers und blieb dann stehen. Ob er mit Edith oder William reden sollte? Die beiden wussten doch sonst immer, was zu tun war, und Harry war es gewöhnt, sich auf sie zu verlassen. Dann aber fiel ihm ein, wie böse Rowena auf ihn wäre, wenn er ihr Edith hinterherschicken würde. Er wusste, dass sich die beiden Frauen nicht grün waren, wenn er auch nicht begriff, wie irgendjemand Rowena nicht leiden konnte. Ihre Abneigung gegen Ediths scharfen Ton allerdings verstand er nur zu gut. Auch er hatte schon oft genug selbstmitleidig seine Wunden geleckt, wenn sie ihm den Kopf gewaschen hatte. Also keine Edith, beschloss er und ging ein wenig weiter in Richtung der Hütten. Er brach sich einen Weidenzweig und peitschte damit gegen die Kelche der Wiesenblumen, die sich am Wegrand öffneten, dabei die eine oder andere Biene aufstörend. Um seine Nervosität zu bekämpfen, begann er vor sich hin zu singen. Seine Stimme in der klaren Luft klang für ihn, als wäre er allein auf der Welt.

Erleichtert bemerkte er auf halbem Weg, dass bereits Rauch aus einigen Kaminen über den Hügeln aufstieg, die das Dorf noch vor seinen Blicken verbargen. Und noch erleichterter war er, als er nach einer Weile die Gestalt des Müllers bemerkte, der ihm auf dem Weg entgegenkam.

»Na, junger Harry?«, begrüßte der Ältere ihn gutmütig. »Schon so früh auf den Beinen. Ja, ja, früher Vogel fängt den Wurm.«

Harry beeilte sich, diese Weisheit zu bestätigen, um nicht erklären zu müssen, was er hier triebe. Es dauerte eine Weile, während er den Ausführungen des Müllers über das Wetter lauschte, seiner Erleichterung, dass die Schafskälte dieses Jahr milde ausgefallen war, und der Klage, dass die Äpfel früher einfach süßer schmeckten, bis er seine Frage anbringen konnte.

»Das Fräulein?«, fragte der Müller verwundert. »Nein, das habe ich heute noch nicht gesehen. Und warum sollten die Herrschaften auch vor dem Morgengrauen auf den Beinen sein? Bei ihnen gilt es ja nicht, einen Mühlstein in Gang zu bringen.« Er lachte und schlug Harry auf die Schulter, der sich verzweifelt fragte, wohin Rowena dann gegangen sein mochte. Er blieb an der Seite des Müllers, der verzweifelt langsam gen Burg schritt. Er hatte gut schlendern, dachte Harry, ihn drückten ja keine Sorgen. Als die Mauern von Forrest Castle vor ihnen auftauchten, wurde Hufschlag laut. Gott sei Dank, wollte Harry schon rufen. Auch der Müller hob erstaunt den Kopf. Aber auf den Pfad bog nicht Rowenas kastanienfarbener Zelter, sondern ein prachtvolles schwarzes Pferd, in dem Harrys geübtes Auge sofort das Schlachtross erkannte. Auch sein Reiter war schwarz gewandet, mit glänzenden Reihen von Nieten, die sein Wams zierten. Keiner der beiden bezweifelte, dass sie aus echtem Silber waren. Der Mantelkragen des Fremden war pelzgesäumt, und als er anhielt, um die beiden Männer zu grüßen, war seine Miene leutselig freundlich.

»Sagt, gute Männer, ist dies wohl der Weg nach Exeter?«, erkundigte er sich und neigte sich vor.

Harry starrte in die seltsam hellen, wie Bernstein leuchtenden Augen des Mannes und senkte den Blick. Es war der Müller, der wort- und gestenreich Auskunft gab und sich vielfach verneigte, als der fremde Ritter seinem Pferd die Sporen gab. Harry stand da wie ein trotziges Kind, den Kopf hartnäckig gesenkt, damit niemand seinen Zügen ablesen konnte, was in ihm vorging. Denn dort stiegen Erinnerungen auf: an eine Begegnung in Windfalls ... Sie waren schon im Aufbruch, als ein Mann sich seinem Herrn in den Weg stellte. Harry erinnerte sich an die gespannte Stimmung, aber dann hatte man sich getrennt und war seiner Wege gegangen, ohne dass er recht begriffen hatte, was vorgegangen war. Dann, nebelhafter, dunkler, an einen anderen Ort, den zu verdrängen er sich noch immer vergebens mühte. Er hörte wieder seine Schreie von den Wänden des Treppenganges hallen, den man ihn hinabschleppte zu den Kerkern des Bischofs, roch wieder den Gestank nach faulem Stroh und Verwesung, als man ihn in die Zelle warf. Spürte wieder die Fäuste, die ihn packten und hielten, während das Messer durch seinen Leib fuhr, wieder, wieder, und er sich nicht mehr kannte, nichts mehr wusste, nichts mehr dachte. Waren da nicht Gesichter gewesen, ein weißes, verschwommen, unter einem Streifen Purpur, und daneben ein anderes. Harry schüttelte den Kopf, er bekam es nicht zu fassen, erinnerte sich nur an das Schimmern von Metall im Dunkel, wie Sterne hatte es geleuchtet. Und an die Stimme, so gelassen, so fern seiner eigenen Qual. Mit einem Ruck hob er den Kopf.

»Sagt, Herr«, rief er dem Fremden, der schon weitergeritten war, hinterher. »Ist Euer Name Montfort?«

Der Ritter hielt einen Moment inne, wandte sich aber nicht um, saß nur kerzengerade da und trieb nach einem atemlosen Augenblick sein Pferd wieder an. Friedlich trabte es weiter.

Der Müller setzte seine Filzkappe ab und kratzte sich am Kopf. Seltsame Sachen redete der Junge heute Morgen. Und wie er zitterte am ganzen Leib. Es gelang ihm nicht, sich einen Reim darauf zu machen. Also setzte er die Kappe wieder auf. »Na, das war mal ein hoher Herr«, meinte er und tätschelte begütigend den Arm des Jungen. »So viel ist gewiss. Der wird auf der Burg vorgesprochen haben.«

Harry schüttelte den Kopf. Dass der Mann nicht unter ihren Gästen gewesen war, das konnte er beeiden. »Er bog von Norden ein«, murmelte er, ohne darüber nachzudenken.

Noch immer war er so aufgewühlt von seiner Vermutung, dass er Mühe hatte, ruhig zu atmen. Nicht auszudenken, wenn er Recht hätte, wenn das Montfort gewesen wäre, ihr Feind, derjenige, der schuld daran war, dass Rowena neben ihm auf dem Stein gehockt hatte, geknickt von Trauer, wie es so ein schönes Fräulein niemals sein sollte. Er selbst durfte leiden, ja – was war er schon: ein Kind, ein Tölpel. Aber sie doch nicht. Montfort. Sein Herz dröhnte ihm in der Brust. Und er hatte ihn einfach fortreiten lassen! »Gar so vornehm nicht«, fauchte er, wütend über die eigene Ohnmacht.

Was sollte er tun? Ihm nachlaufen, ihn aus dem Sattel ziehen, ohne Waffen? Hilflos öffneten und schlossen sich seine leeren Fäuste. Dann fiel es ihm siedend heiß ein: Was hatte dieser Mensch hier gewollt?

»Nun, nun.« Der Müller neigte den Kopf und betrachtete das vor Aufregung hochrote Gesicht des Jungen. »Am Ende unterscheiden sie sich nicht von uns. Wir gehen barfuß, sie tragen Stiefel. Aber an beiden klebt Moos.« Lachend hob er seine bloßen Füße in den Holzpantinen, die in der Tat verklebt waren mit Ackererde, Lehm und Moos. Harry starrte sie an, als wären sie etwas Einzigartiges. »Was hast du gesagt?«, keuchte er.

Der Müller wunderte sich immer mehr. »Na, dass wir am Ende nicht so sehr verschieden sind«, begann er.

Da packte Harry ihn am Arm. »An seinen Stiefeln war Moos«, stieß er hervor und rannte schon davon.

Verdutzt schaute der Müller ihm nach. »Und sag Edith, die fünf Sack kämen zu Mittag«, rief er ihm nach. »Früher schaff ich's nicht, weil Cuthbert sein Korn nicht bringt.« Kopfschüttelnd gab er es auf; der Junge hörte nicht. »Er hat die Felder vor dem Kloster«, fügte er nur der Ordnung halber mit normaler Stimme hinzu.

Harry sprang davon, so rasch ihn seine Beine trugen. Aber nicht die Burg war sein Ziel. Von Norden war Montfort gekommen; er hatte es wahrgenommen, ohne dem viel Bedeutung beizumessen. Das war die einzige Richtung, in der er noch nicht nach Rowena gesucht hatte. Und er hatte Moos an seinen Stiefeln gehabt. Wozu sollte ein Reitersmann anhalten, mitten im Wald?

Ohne innezuhalten, wandte Harry sich vor dem Burgtor nach links, dem schmalen Pfad zwischen Feld und Hecke zu, den er am Morgen nicht beachtet hatte. Und nun war ihm, als sähe er frische Spuren in der fetten Erde, niedergetretenes Gras und auf den runden Steinen, wo das Pferd einmal fehlgetreten war, einen Strich frischen Steinstaubs. Er zerrieb ihn zwischen den Fingern. Ja, hier war jemand geritten, gen Norden. Und ein anderer war zurückgekehrt. Harry legte seine bebende Hand in die viel größeren Abdrücke von Montforts Pferd, die nach Süden wiesen. Dann sprang er auf und lief weiter, so schnell seine Beine ihn trugen. Es dauerte eine ganze Weile, bis er begriff, dass er die Spur verloren hatte. Er hastete zurück, die Augen auf den Wegrand gerichtet. Schließlich fand er die Stelle, wo die Erde von den Hufen zweier Pferde aufgewühlt worden war. Wie hatte er sie beim ersten Mal nur übersehen können, schalt er sich, Tränen der Wut in den Augen über die eigene Tölpelhaftigkeit. Er tat ein paar Schritte in den Buchenhain ... Da nahm er ihn schon wahr, den Geruch nach Pferd. Und wenige Schritte später entdeckte er in einer Senke Merlin, der friedlich graste. Harry stolperte abwärts, griff nach den Zügeln wie ein Ertrinkender nach der hilfreich ausgestreckten Hand und presste sein Gesicht in das warme Fell des Tieres, das nervös vor ihm zurückwich.

»Pst«, flüsterte er hastig und streichelte das spiegelnde Fell. »Ganz ruhig, gutes Tier. Aber wo ist ...« Er brachte den Satz nicht zu Ende. Denn im selben Moment sah er ihn: einen Fetzen Stoff, der wie das Feldzeichen eines Besiegten von den Dornen eines Schlehenbusches flatterte.

»Nein«, flüsterte Harry und streckte die Hand danach aus, als er auf den Fetzen zuging wie ein Schlafwandler. Er stolperte, und als er nach unten sah, bemerkte er, dass es ein Stiefel war, Rowenas Stiefel. Er brach in die Knie. Fast erstarrt vor Angst und Kummer hockte er da und drückte den Schuh an sich. Er musste seine Blicke zwingen zu wandern, bis sie sie schließlich entdeckten. Dort unten, am Grund der Senke, ragte aus dem blassen, toten Laub des vorigen Jahres etwas, das man nach langem Hinsehen als menschliches Bein erkannte, als Fuß, der aus dem Blätterteppich stach, weiß, still, die Haut mit Erde verschmiert.

Harry stieß einen Laut aus, halb Schluchzen, halb Schrei, wie ein verwundetes Tier. Da spürte er die Hand auf seiner Schulter.

##

Er hatte sie nicht kommen hören, hatte nicht bemerkt, wie die Vögel ihren Gesang einstellten und der Kuckuck aufhörte zu rufen, als die erste der Gestalten zwischen den Stämmen hervortrat, dann eine zweite, eine dritte. Zwei Männer und eine Frau waren es, die lange dort verharrten, ehe sie schließlich näher traten. Sie bewegten sich mit der Eleganz von Waldtieren, und kein Zweig knackte unter ihrem Schritt. Als sie an Harry vorbeikamen, raschelten ihre Gewänder leise und verströmten einen milden Duft. Eine berührte kurz seine Schulter, ohne innezuhalten. Erst vor Rowena blieben sie stehen. Sie strichen ihr langes Haar zurück, als sie sich über sie neigten, um sie zu betrachten.

Harry, von Kummer überwältigt, rang noch immer um Verständnis. Er konnte nichts tun, als nach vorne zu starren, wo diese Wesen, die er noch nie zuvor gesehen hatte, nun mit wenigen, liebevollen Bewegungen das Laub beiseitestrichen. Er schnappte nach Luft, als er zwischen ihren Händen Rowenas Gesicht sah. Ihre Züge waren so entstellt von Blut, dass er sie nicht erkannt hätte, wäre nicht ihr rotes Haar gewesen, in dem Laub und Moosfetzen hingen.

Die drei Fremden betrachteten das Mädchen. Eine Frau legte ihr die Hand auf die Stirn und verharrte so, als lausche sie auf etwas. Die anderen warteten reglos. Schließlich hob sie den Kopf und trat zurück. Der Mann machte sich daran, Rowena auf seine Arme zu nehmen. Die anderen halfen ihm dabei. Noch immer fiel kein Wort. Die drei Wesen, so schien es Harry, verständigten sich ohne einen Laut. Denn ohne dass er irgendetwas hörte oder wahrnahm, war er sich doch ganz sicher, dass zwischen ihnen etwas vorging, dass Dinge geplant und Entscheidungen gefällt wurden, von denen er ausgeschlossen war. Als sie Rowena aufhoben und sich dem Wald zuwandten, fiel endlich der Bann ab, der ihn bis jetzt gefangen gehalten hatte.

»He«, rief er, und es war ihm selbst eigentümlich, seine Stimme zu hören. Als fiele ein Stein in einen stillen Teich, und er erschrak. Wer seid ihr?, hatte er rufen wollen. Was tut ihr?

Eine der Frauen, die, welche sich über Rowena geneigt hatte, wandte sich zu ihm um. Undeutlich nahm Harry wahr, dass sie zierlich war, mit wallenden kastanienbraunen Haaren. Dass sie schön war auf ihre Weise. Als sie ihn anschaute und den Finger an ihre vollen Lippen legte, fühlte er überwältigender als alles andere die Aura von Macht, die sie umgab, von Kraft und Zuversicht. Alle Empörung schwand aus ihm; sein Protest blieb ihm im Halse stecken. Ihre Augen, bemerkte er, waren so grün, dass es beinahe schien, als wären sie die Schlitze einer Maske, und der Frühlingswald leuchte durch sie hindurch, so grün, wie er sie bislang erst bei einem Menschen gesehen hatte. Und ihm war, als sähe Rowena selber ihn an durch diese Frau, Rowena, die ihn tröstete und ihm Mut zusprach. Die am Leben war. Mit einem Mal wusste er dies mit Sicherheit: Sie würde überleben. Zu seinem eigenen Erstaunen tat und sprach er nichts weiter. Er stand nur da, mit offenem Mund, und nickte.

Sie erwiderte die Geste mit einem Lächeln, das mit einem Mal Freude und Hoffnung in sein Herz strömen ließ, so überwältigend, dass er nach einem Stamm greifen musste, um sich festzuhalten. Dann wandte sie sich dem Wald zu. Und wie ihre Gefährten war sie binnen Augenblicken zwischen den silbernen Stämmen verschwunden.

Der Kuckuck rief, Vogelgesang setzte ein. Harry schüttelte benommen den Kopf. Für einen Moment war er sich nicht sicher, ob er all dies nicht nur geträumt hatte. Aber in seinen Händen hielt er noch immer den Stiefel, hinter ihm schnoberte Merlin im Laub herum, und von dem unseligen Schlehenbusch flatterte noch immer der Fetzen aus Rowenas Rock.

Mit einer heftigen Bewegung riss Harry ihn herunter. Was war das gewesen? Was hatte er getan? Wie ein Narr hatte er dagestanden, während sie Rowena einfach mitnahmen, diese ... diese ... Er fand keine Worte für das, was er erlebt hatte. »Rowena«, brach es schließlich aus ihm heraus. Niemand antwortete ihm. »Rowena!« Ihren Namen rufend, lief er in den Hain hinein. Doch da war nichts: keine Rowena, keine Fremden, nicht einmal eine Spur. Harry lief herum, bis er völlig außer Atem war; schließlich sank er auf einen umgestürzten Stamm und betrachtete den Stoff in seiner Hand.

Er wusste weder, was er denken, noch, was er tun sollte. Widerstreitende Gefühle tobten in seiner Brust. Hatte er etwas falsch gemacht? Hatte er sich täuschen lassen wie ein Narr? Welchen Zauber hatte dieses Weib ausgeübt? Oder war am Ende alles gut so? Konnte irgendetwas gut sein, wo sie doch fort war? Harry kam zu keinem Ergebnis. Da stupste ihn jemand sanft an; es war Merlin, der ihm weidend gefolgt war. Einem Impuls folgend, warf er sich auf das Pferd und trieb es an. Er wollte zu William. Wenn einer ihm diese Dinge deuten konnte, dann war es der Pfarrer.

Doch als er wenig später vor dem Häuschen des Predigers anhielt, brachten weder das Hufgetrappel noch Harrys laute Rufe ihn zum Vorschein. Als sein Klopfen unbeantwortet blieb, polterte Harry hinein. Das Arbeitszimmer war leer, ebenso die Küche, blieb nur die schmale Kammer, in der Williams Bett stand. Doch als Harry scheu eintrat, fand er auch diese leer. Das Bett war gemacht, nichts lag herum, nur der Bettkasten stand ein wenig vor. Harry wollte schon unverrichteter Dinge wieder abziehen, als er bemerkte, dass aus diesem Kasten etwas hervorlugte, was kein Strohsack und kein Laken war. Vielmehr sah es aus wie ein kostbar beschlagener Gürtel oder ein Schwertgehenk. Das konnte doch nicht sein? Und ehe er lange darüber nachgedacht hatte, stand er schon vor dem Bett und öffnete mit Mühe die Lade, die quietschend und über den Steinboden schabend nachgab. Was er dann sah, ließ Harry innehalten. Vor ihm lag, sorgsam gefaltet, ein weißer Mantel mit einem aufgenähten roten Kreuz, dessen Bedeutung jedes Kind der Christenheit kannte. Es war der Mantel eines Tempelritters. Darauf gebettet wie ein Säugling ruhte ein Schwert, so mächtig, dass Harry, der sich nicht enthalten konnte, danach zu greifen, es nur mit Mühe zu heben vermochte. Rasselnd fiel das Schwertgehenk herab, dem er nun keinen Blick mehr schenkte. Was für eine Waffe. Harry war wie gebannt. Und welch ein Krieger mochte sie einst geführt haben! Er versuchte ein paar Schwünge und hätte beinahe die Tür gespalten, bevor er sich aufs Bett fallen ließ und sich eingestand, dass er mit dieser Klinge überfordert war.

»Mein Gott«, flüsterte er und betrachtete den blitzenden Stahl.

»Ja, bete ruhig. Es ist viel Blut damit vergossen worden.«

Bei diesen Worten fuhr Harry herum. William war eingetreten. Die Hände in den Ärmeln seines Gewandes versenkt stand er da. Große Hände, fiel es Harry in diesem Moment ein, starke Hände und von Narben übersät.

»Ihr wart ein Templer.« Harry wagte es nur zu flüstern. »Erzählt mir davon.«

William setzte sich neben ihn. Der Strohsack senkte sich unter seinem Gewicht. »Was gibt es da zu erzählen«, begann er. »Ich habe getötet im Namen Gottes, viele Male. Es gab Tage, da bin ich gewatet in Blut.« Er hob den Kopf und schaute aus dem

Fenster. Der Sonnenschein ließ ihn blinzeln. Dann nickte er schwer. »Es gab nichts, was ich nicht getan habe.«

»Aber Ihr wart im Heiligen Land. Ihr habt Jerusalem gegen die Heiden verteidigt.«

»So sagten meine Vorgesetzten, so sah es der Bischof, und auch ich selbst redete es mir immer wieder ein. Aber eines Tages, Harry, konnte ich das nicht mehr.« Er schaute den Knappen an, und der entdeckte in seinem Blick dieselbe abgrundtiefe Traurigkeit wie an dem Tag, an dem er Caleb erstochen hatte. Und doch, fiel es ihm im selben Moment ein, hatte auch William an diesem Tag einen Stein gehoben, bereit, den Schuster zu erschlagen. Er hatte bislang nicht darüber nachgedacht. Nun erschien ihm das alles in einem ganz neuen Licht.

Als hätte er seine Gedanken gelesen, nickte William. »Ja«, bestätigte er, »es wird einem zur Gewohnheit. Man greift zur Waffe und löst seine Probleme. Ich begann dem zu misstrauen, Harry, ich begann mir zu misstrauen. Ich fragte mich, ob dieses Stück Stoff, dieser Ordensmantel, den ich trug, wirklich so einen Unterschied machte. Ob er tatsächlich vor den Augen des Herrn der Welt die Macht besaß, Sünde in Recht zu verwandeln. Denn Töten ist Sünde, Harry. Und kein Mantel und kein Vorwand schützt dich, wenn du eines Tages vor Seinem Thron stehst und Rechenschaft ablegen musst über dein Tun.«

Der Pfarrer hatte sich in Hitze geredet. Sein Gesicht war gerötet, und Schweißtropfen standen auf seiner Stirn. »Verzeih«, sagte er, als er das erschrockene Gesicht des Jungen sah. Er nahm Harrys Hand zwischen seine Finger, spürte jedoch, dass sie zitterten, und stand auf. »Gehen wir hinüber.« Er packte das Schwert, legte es zurück an seinen Platz und schob die Lade zu.

Benommen folgte Harry ihm aus dem kleinen Raum. »Aber«, stotterte er, »wie kommt Ihr hierher?«

Im Arbeitszimmer angekommen, wandte William sich zu ihm um. »Das ist eine lange Geschichte«, sagte er und strich mit den Fingern über einige Blätter Pergament. »Ich glaube nicht, dass du so früh gekommen bist, um sie zu hören. Wie wär's mit einem Frühstück, Harry?«

Unwillkürlich war der Junge mit seinem Blick Williams Bewegung gefolgt. Was er auf dem Pergament sah, verblüffte ihn. Es war eine Zeichnung, erst in wenigen Teilen mit Farbe gefüllt, die ein verblüffendes Bild zeigte. Drei Frauen, am Ufer vor einer Weggabelung kniend, wuschen etwas, das Harry nach näherem Hinschauen als Wäsche erkannte, an der Spuren von Blut klebten. Es gab keinen Zweifel, das Weiß und Rot war bereits leuchtend ausgeführt. Alle drei wirkten sie feierlich, als begingen sie ein Ritual; sie blickten den Betrachter offen an. Und obwohl nichts Bedrohlicheres zu sehen war als die geringen Spuren von Rot, die sich im Blau des Wassers verloren, wirkte die Szene auf Harry doch überaus beängstigend. Und die vorderste Frau, die William bereits koloriert hatte, hatte Augen so leuchtend grün, dass Harry glaubte, ihm würde schwindelig.

»Die da kenne ich«, platzte er heraus. Ihm war, als wache er endlich auf. Mit weit aufgerissenen Augen starrte er William an. Unwillkürlich machte er einige Schritte rückwärts, in Richtung der Tür. »Sie hat Rowena mitgenommen«, rief er. Er verschluckte sich beinahe vor Aufregung. »Und du … und du … und du …«

William schloss die Augen und senkte den Kopf.

Rowenas Geist wehrte sich gegen das Erwachen. Heftig schlug sie nach den Bildern, die sie umwirbelten, wollte nicht sehen, nicht träumen, wollte nichts als liegen bleiben auf dem warmen dunklen Grund, zu dem sie hinabgesunken war, wollte nichts als verweilen in dieser tröstlichen, zeitlosen Gegenwart. Kein Erinnern, keine Schmerzen, keine Rückkehr zu der gnadenlosen Helligkeit, der sie unaufhaltsam entgegentrieb. »Nein!«, schrie Rowena. »Nein!« Und da erwachte sie.

Keuchend richtete sie sich auf. Sofort stach der Schmerz wieder durch ihren Leib, und mit ihm kam die Erinnerung zurück. Rowena wimmerte. Sie riss sich die Decke herunter, starrte auf ihren Leib, auf die Schrammen und Blutergüsse und krallte sich die Finger in den Bauch, als könnte sie alles Erlebte aus sich herausreißen. Die schrecklichen Bilder ... Da waren sie wieder und überfluteten sie. Montforts Gesicht, sein keuchender Atem. Sie glaubte beinahe, ihn noch immer riechen zu können. »Nein!« Sie schrie noch einmal, dann krümmte sie sich heftig weinend zusammen. Eine Weile lag sie so da, bebend, verzweifelt, einsam, wie sie sich noch nie im Leben gefühlt hatte. Nur langsam verebbten die Tränen. Rowena bemerkte, dass sie fror. Sie zog die Decke wieder über sich.

Welche Decke?, fiel es ihr im selben Moment auf. Sie prüfte die Qualität zwischen den Fingern, bemerkte die feine Wolle, zwischen die dickere Fäden gewebt waren wie zur Zierde, roch den fremdartigen Geruch. Sie war nicht auf Forrest Castle. Welche Behausung war das? Alarmiert begann Rowena, sich umzusehen. Dies war keine der Hütten, die sie kannte, nicht Meredith's, nicht Cuthberts, sie hatte mit keiner im Dorf Ähnlichkeit. Die Wände aus dem vertrauten lehmbeworfenen Weidengeflecht wölbten sich ungewohnt, als wäre das ganze Gebäude rund. Außerdem war es in den Boden eingelassen, bestimmt bis übers Knie. Sie sah die halben Äste, die den Sockel aus Erde verkleideten wie ein Ring aus Holz, der den Raum wohnlich aussehen ließ, ein Eindruck, den die bunten Wollteppiche auf dem Boden noch verstärkten. Eine große steinerne Schale stand in der Mitte, voller Asche, was vermuten ließ, dass sie zum Kochen oder Heizen diente. Nun war sie leer, und durch den schweren Ledervorhang vor dem Eingang drang Sonnenlicht herein. Von dort erklangen auch Stimmen.

Sofort zog Rowena die Decke bis über die Schultern. Montfort, war ihr erster Gedanke. Er hatte sie entführt und in die Kate irgendeines seiner Vasallen geworfen, um sie dort als seine

Gefangene zu halten. Verzweiflung wollte sich ihrer bemächtigen. Warum nur war sie so heimlich von zuhause fortgegangen? Nun wusste keiner, wo sie war und was ihr zugestoßen sein könnte. Sie würden nicht wissen, wo sie zu suchen hatten! Und sie war diesem Menschen ausgeliefert, ohne auf Hilfe hoffen zu dürfen.

Rowena ballte die Fäuste, über ihre Wangen liefen Tränen. Als sie sie wegwischen wollte, bemerkte sie Verbände und riss sie in plötzlich aufwallender Wut herunter. Eingeweichte Blätter und Stofffetzen rieselten herab; eine Kruste löste sich, und darunter quoll warmes Blut hervor. Rowena war es einerlei. Wer sie geschlagen hatte, brauchte sie nicht zu verbinden. Wer sie geschändet hatte, sollte sie nicht bemitleiden. Oder glaubte er etwa, sie für einen weiteren Besuch pflegen zu können? War sie in einen Albtraum gestürzt, um ihn wieder und wieder und wieder zu erleben? Aber da sollte er sich täuschen.

Sie rappelte sich hoch, obwohl die Schmerzen noch immer groß waren, und begann, hektisch in der Hütte herumzusuchen. Irgendwo musste doch ihr Gepäck sein und darin der Dolch. Oder wenigstens ein Werkzeug der Bewohner, ein Hammer, ein Messer, ein Schürhaken, irgendetwas, das sie als Waffe benutzen könnte. Gebückt hastete sie in dem Raum umher und wurde schließlich fündig. Ihr Gepäck hatte man ihr offenbar weggenommen, aber nahe der Feuerschale lag auf einem Brett ein Messer. Sein kurzer Griff war wie die Klinge aus Stein; es zeigte am Ende eine Art Gesicht, das zusammen mit dem Bogenmuster, das über das ganze Werkzeug lief, den Eindruck vermittelte, einen Fisch in der Hand zu halten. Rowena achtete auf nichts von alledem. Zu beschäftigt war sie damit, Montfort den Tod zu schwören. Denn wahrhaftig, sie würde ihn töten, wenn er sich ihr noch einmal näherte. Ihn oder sich selbst, dachte sie in einer neuen Aufwallung von Verzweiflung, als ihr bewusst wurde, dass sie nackt, verwundet und schutzlos war. Besser der Tod, als dies noch einmal zu durchleiden.

Sie hinkte zurück zum Lager und wickelte die Decke um sich. Ihr erster Impuls war, sich dort zu verkriechen wie ein verwundetes Tier, sich im Dunkel der Decke einzurollen und liegen zu bleiben. Dann aber schüttelte sie ihr Haar zurück und packte die Waffe fester. Wozu warten, bis er wiederkäme! Wozu hier liegen, sich das Schlimmste ausmalen und hoffen und bangen und am Ende von der Angst erwürgt werden, sagte sie sich. Lieber wollte sie es hinter sich bringen.

So aufrecht sie konnte, marschierte Rowena zum Eingang, um das Leder mit einer energischen Bewegung beiseitezuziehen. Und blieb wie angewurzelt stehen.

Sie befand sich auf einer Waldlichtung, die sie nie zuvor gesehen hatte. Das Dickicht zwischen den hohen, alten Bäumen sah verfilzt und düster aus, so verwunschen, als hätte nie ein Jäger oder Hirte es betreten. An ihrem Rand standen Hütten, ebenso rund wie die, aus der sie getreten war. Sie gruppierten sich um eine blühende Wiese, durch die sich ein Bachlauf schlängelte, der am Waldrand zwischen Felsen als kleiner Wasserfall herabfiel.

Rowena hatte Wächter erwartet, Rüstungen, Montforts düsteres Banner und feindselige Männer, die sich auf sie stürzen würden. Aber nichts davon war zu sehen. Dafür standen oder saßen vor all den Hütten Männer und Frauen, die ihrer Arbeit nachgingen und nur freundlich den Kopf hoben, um sie zu betrachten. Eine junge Frau zupfte gebückt Unkraut aus einem Kräuterbeet. Mit der freien Hand hielt sie ein Bündel, das sie in einem Tuch vor dem Leib trug und aus dem die Arme eines Babys hervorsahen. Eine andere hockte auf den Knien und knetete auf einem Brett vor sich auf dem Boden Teig. Kinder tollten spielend zwischen den Blumen herum.

Rowena blinzelte, als müsste sie ein Traumbild abschütteln. Dabei war es nicht nur das Idyllische, das sie so erstaunte, sondern auch der Umstand, dass sie diese Menschen kannte. Sie hatte sie alle schon einmal gesehen.

Vom Waldrand her kam eine fröhliche Gruppe junger Leute. Ein Mädchen, einen toten Hasen mit den Hinterläufen von ihrem Jagdspeer hängend, scherzte mit dem Jungen an ihrer Seite, der ein Bündel Rebhühner trug und sie mit den Federn neckte. Ein Mann, der vor einer Feuerstelle kniete, richtete sich auf und klopfte seine Hände ab. Er lächelte ihr zu, und sie hatte Gelegenheit zu bemerken, dass sein langes graues Haar mit einer hölzernen Nadel hochgesteckt war, von der als Schmuck eine Schnur mit getrockneten Beeren und Federn herabhing. Er lächelte ihr zu, königlich, wie er es auch in jener Nacht gewesen war, während der Zeremonie, die sie heimlich belauscht hatte. Damals war er von Fackellicht beleuchtet gewesen, Teil eines geheimnisvollen Festes. Nun stand er im Tageslicht, ein Hausvater, der Feuer schürte. Doch er hatte nichts von seiner Würde verloren. Er hob die Hand, als wollte er sie heranwinken.

In ihrer Verblüffung ging Rowena ihm einen Schritt entgegen. Da hörte sie hinter sich ein Geräusch, leise, verstohlene Schritte, und sie fuhr herum.

Erschrocken starrte die junge Frau, die eben versucht hatte, sich unauffällig hinter die Hütte zurückzuziehen, Rowena an. Sie trug ein weites Gewand und einen Umhang mit unregelmäßigem Saum. Ein Gürtel aus geflochtener Wolle hing locker von ihrer Taille herab. Dieselben bunten Wollfäden waren um die beiden blonden Zöpfe geflochten, zu denen ein Teil ihres Haares rechts und links vor den Schläfen zusammengefasst worden war und die ihr bis auf die Hüfte herabhingen. In ihren Händen hielt sie eine Schale, und darauf lag das, wovon Rowena ihre Augen nicht lassen konnte. Es war bleich und grünlich, von wirren Haaren umgeben und halb verwest, aber doch unverkennbar: Adelaides Kopf.

Rowena öffnete den Mund und schrie mit aller Macht. Sie schrie und schrie und würde niemals mehr damit aufhören können. Sie war außer sich. Als einige der Dorfbewohner auf sie zustürzten, schlug und trat sie um sich und hielt sie mit dem Messer auf Distanz. Blind vor Tränen taumelte sie herum. »Ich wusste es«, schrie sie mit überschnappender Stimme. »Ich wusste es die ganze Zeit. Ihr seid Monster. Mörder!«

Die Menge teilte sich und ließ eine Frau durch. Rowena senkte den Kopf wie ein angreifender Stier, als sie die Priesterin erkannte. Ihr ganzer Körper bebte.

Die andere blickte sie ernst an. »Es tut mir leid«, sagte sie. Dann ging sie mit drei raschen Schrittten auf Rowena zu und streckte die Hand aus. Ehe das Mädchen reagieren konnte, hatte die Priesterin ihr die Hand auf die Stirn gelegt. Der grüne Stein an ihrem Ring leuchtete bei der Berührung auf. Wie gefällt brach Rowena zusammen.

60

»Harry! Harry, mach gefälligst auf!« Vergeblich hämmerte William an die Tür der Kammer, in der der Junge sich eingesperrt hatte, nachdem er in wilder Flucht vor dem Pfarrer die Burg erreicht hatte. »Harry, hörst du mich? Es ist alles nicht, wie du denkst.«

Seufzend schaute er Edith an, die mit in die Hüften gestemmten Händen neben ihm stand. »Er hat das Bild von den Wäscherinnen an der Furt gesehen«, sagte er leise. Lauter fügte er hinzu: »Sie künden nach einer alten Sage den Menschen ihren Tod. Aber das hat nichts mit Rowena oder dir zu tun. Harry!«

»Was musst du auch immer alles aufschreiben und zeichnen«, zischte Edith ihm zu. »Der Herr selbst hat es dir gesagt, und du weißt es: Sie mögen nicht, dass irgendetwas über sie festgehalten wird. Es ist zu gefährlich. Und sie selber geben seit Jahrtausenden alles mündlich weiter.«

»Ich weiß«, gab William zerknirscht zu. »Aber ich denke immer, was ist, wenn wir alle eines Tages ... wenn uns etwas zustößt ... und dann niemand mehr ...«

»Und was ist«, unterbrach Edith, noch immer flüsternd sein Gestammel, »wenn es in die falschen Hände fällt?«

William bekreuzigte sich unwillkürlich. »Aber wer sollte schon ...«, begann er dann.

Doch Edith hatte bereits ihre Stimme erhoben: »Jetzt aber heraus da, junger Mann«, verkündete sie. »Sonst zieh ich dir die Ohren lang. Am hellen Tage schlafen, wo gibt's denn so was!«

»Geht weg!«, antwortete Harry erstickt.

»Rede nicht in diesem Ton mit mir, Freundchen!« Edith schnappte empört nach Luft.

In Harrys Stimme lag ein Schluchzen. »Geht weg, ihr seid böse.«

»Aber nein«, versuchte William es begütigend. »Wir sind nicht böse, Harry, wir sind ...«

Er zögerte unter Ediths vorwurfsvollem Blick. »Wir sind ... es ist alles ganz anders.« Noch immer wusste er nicht, was er sagen sollte.

Edith schüttelte den Kopf und wischte sich die Hände an der Schürze ab, um anzudeuten, dass sie noch anderes zu tun hatte und dies hier William überließ. »Dass Rowena endlich bei den Alten ist, ist das Beste, was ich seit langem gehört habe«, verkündete Edith in abschließendem Ton. Lauter fuhr sie fort: »Und jetzt zähle ich bis drei, dann bist du draußen und hilfst Arthur mit den Mehlsäcken. Also: eins, zwei ...«

In diesem Moment steckte Arthur den Kopf durch die Tür. »Der Müller ist da, aber mit leeren Händen, er sagt ...«

»Moment, ich komme. Alles muss man selber machen.« Edith seufzte. Dann klopfte sie noch einmal an die Tür. »Aber dein Verhalten ist nicht vergessen, junger Mann, hörst du mich?« Damit ging sie.

»Harry«, versuchte William es erneut. Er entdeckte einen Schemel und zog ihn heran, um sich darauf niederzulassen. Das hier konnte länger dauern. »Harry, manchmal erschrecken uns Dinge, die uns fremd sind und die wir nicht verstehen. Auch mit fremden Menschen kann es uns so gehen. Und die, die du gesehen hast, sind wahrhaftig anders als wir. Aber es sind Menschen, Harry, hörst du mich?« Er lauschte einen Moment auf die Stille hinter der Tür, ehe er fortfuhr. »Und glaub mir, sie sind nicht böse. Anders, ja, aber mit guten Absichten und freundlich gesinnt. Der Herr kennt sie auch, Harry. Und er schätzte sie stets. Wenn also Rowena mit ihnen gegangen ist, dann ist sie unter Freunden, und wir können ...«

»Sie ist nicht mitgegangen«, unterbrach Harry ihn trotzig. »Sie haben sie weggeschleppt.«

»Weggeschleppt?«, wiederholte William ungläubig.

»Na ja, getragen«, gab Harry zu, bemüht, der Wahrheit die Ehre zu geben. »Aber sie hätte sich gar nicht wehren können, bewusstlos, wie sie war.«

»Bewusstlos?«, hauchte William. Es hielt ihn nicht mehr auf seinem Stuhl. Er sprang auf und trat so dicht an die Tür, dass er seine Wange an das Holz legen konnte. »Harry«, bat er in beschwörendem Ton. »Dies ist sehr wichtig. Sag mir um Gottes willen genau, was heute Morgen geschehen ist.«

Als er in die Küche zurückkam, war er grau im Gesicht und wankte leicht. Schwer atmend setzte er sich auf einen Stuhl und ließ den Kopf hängen. »Ich habe schlechte Nachrichten«, begann er und wischte sich mit der Hand übers Gesicht. »Traurige Nachrichten.«

Keiner antwortete. Arthur und Edith saßen ebenfalls am Tisch. Der Müller stand zwischen ihnen, den Kopf gesenkt. »Sag du es ihm«, befahl Edith und nickte ihm zu.

»Also ich«, begann der Mann, fasste sich dann aber ein Herz. »Ich hätte heute Morgen die Säcke von Cuthbert bekommen sollen, ihr wisst schon, der seine Felder nahe beim Kloster hat.«

»Ich weiß wirklich nicht ...«, begann William und richtete sich auf. Ediths steinerner Gesichtsausdruck ließ ihn schweigen.

»Jedenfalls: Er kam nicht, und als ich mir Sorgen mache und einen Knecht schicke zum Nachfragen, da lässt er mir ausrichten, der Abt habe ihm befohlen, sein Korn ins Kloster zu liefern.«

William brauchte eine Weile, bis er begriff, was da verhandelt wurde. Als er es tat, schüttelte er abwehrend den Kopf. »Dein Knecht wird etwas missverstanden haben«, meinte er zaghaft.

Edith unterbrach ihn eisig: »Und wenn nicht?«

»Das kann nicht sein.« William schüttelte den Kopf. »Der Abt ist ein Ehrenmann, ein Mann der Kirche.« Sein Blick wanderte von einem zum anderen, während ihm immer mehr aufging, welche Konsequenzen das Gesagte hatte. »Er ist ein Freund des Grafen von Jugend an«, fügte er hilflos hinzu. »Er würde doch niemals ...«

»Und wenn doch?«, warf Edith ein.

William öffnete den Mund und suchte nach Worten. »Vielleicht ... vielleicht ...«, stammelte er nach einer Weile. »... ist es so wie mit dem Ochsen, der drischt und dem man das Maul nicht verbinden darf?«

Es war Arthur, der nun die Stimme hob. »Kommt darauf an, wie groß sein Appetit ist.«

Edith nickte unheilschwer. »Denn wahrhaftig, wenn er hungrig ist, könnten wir ihn nicht hindern, die ganze Baronie zu verschlingen.« Sie schlug mit der flachen Hand auf den Tisch. In ihrem Gesicht arbeitete es. »Ach, das Fräulein mit seinen vermaledeiten Plänen.«

Das brachte William auf sein ursprüngliches Anliegen zurück. Hastig sprang er auf, verabschiedete den Müller und winkte Edith, mit ihm zu kommen. Als sie auf dem Korridor alleine waren, packte er ihre Schultern. »Harry hat Montfort in der Nähe gesehen«, berichtete er. »Später fand er Rowena im Wald, blutend, ohne Bewusstsein.«

Edith schlug sich die Hand vor den Mund. »Ist sie ...«, brachte sie schließlich hervor.

William blickte gramvoll. »Er weiß nicht, ob sie noch lebt.«

Edith schluchzte auf. Für einen Moment standen sie so da.

»Ich werde ins Kloster gehen«, sagte William schließlich mit zittriger Stimme. »Und sehen, was ich erfahre, und auch, ob es dem Baron gut geht.«

Edith nickte. Energisch wischte sie sich die Tränen mit der Schürze ab. »Tut das«, bestätigte sie schniefend und richtete sich so kerzengerade auf wie je. »Ich kümmere mich um den Rest. Wie immer.«

Er schaute ihr eine Weile ins Gesicht. Dann lächelte er traurig. »Gute Edith.«

Sie blickte ihm eine ganze Weile nach, während er den dunklen Gang entlang davonging. Als sie sich umwenden wollte, bemerkte sie Harry, der dicht neben ihr stand und sie neugierig betrachtete.

»Herrgott, schleich dich nicht so an mich heran«, schimpfte sie und packte ihn bei den Haaren. »Man sollte dich wirklich ...« Edith kam nicht mehr dazu, zu sagen, was mit Harry geschehen sollte. Überwältigt von Kummer drückte sie seinen Kopf an ihre dürre Brust. Und Harry hörte verwirrt über sich die strenge Aufwartefrau schluchzen, vielleicht zum ersten Mal in ihrem Leben.

»Es ist so, dass wir die Schädel unserer Toten bei uns haben, in unseren Hütten.«

Rowena öffnete die Augen und lauschte der Stimme. Es war ihr, als hätte sie bereits lange zu ihr gesprochen, schon in ihren Träumen, und sie war auch nicht ganz sicher, ob diese Träume schon zu Ende waren und dies nun die Wirklichkeit oder ob dies nur eine Fortsetzung der wirren Visionen war, die sie gesehen hatte.

»Nicht alle natürlich«, fuhr die Frau fort. »Nur manchmal verfahren wir so. In diesem Fall war es der Wunsch von Adelaides Großeltern. Sie mussten fern ihrer Enkelin leben, nun möchten sie sie wenigstens auf diese Weise im Schoß der Familie haben. Bis ihre Seele wiedergefunden ist.«

Rowena richtete sich auf. Wie sie vermutet hatte, war es die Priesterin mit den grünen Augen, die neben ihr saß und mit ihr sprach. Ihre Stimme war tief für eine Frau, ruhig und gelassen. Sie hielt den Blick gesenkt auf etwas, das in ihrem Schoß lag. Bei genauerem Hinsehen erkannte Rowena einen Totenschädel. Der Knochen war gelb und glänzte wie poliert. Kein Schmutz, kein Rest haftete an den Knochen, die aussahen, als würden sie oft berührt, so wie jetzt. Er hatte nichts Erschreckendes an sich. Dennoch wunderte Rowena sich über ihre eigene Gelassenheit.

»Mein Urgroßvater«, bemerkte die Frau. »Er war ein weiser Mann, auf dessen Rat wir auch heute noch bauen.«

Sie lächelte, als sie sich vorneigte, um Rowena an der Schulter zu berühren. »Elidis tut es furchtbar leid, dass sie dir so unvorbereitet über den Weg gelaufen ist. Sie möchte sich noch bei dir entschuldigen.«

Rowena zuckte zu ihrer eigenen Verwunderung nicht unter der Berührung zurück. Sie fürchtete sich nicht, ja, war nicht einmal beunruhigt. Elidis, dachte sie nur und lauschte dem Klang in ihrem Kopf nach. Die junge Frau mit den blonden Flechten, sie erinnerte sich.

»Ich bin Angia«, sagte die Frau und fuhr übergangslos fort. »Ich habe dir etwas gegeben, gegen die Schmerzen, aber auch, damit dein Geist ruhiger wird.«

Rowena spürte in sich hinein, tatsächlich, die Schmerzen waren fort. Und mit ihnen auch die Angst, die Aufregung. Rowena fühlte nichts als eine große, dumpfe Ruhe.

»Stimmt, ich empfinde nichts«, sagte sie. Und dachte: Bringt ihr mich jetzt um und fügt mich eurer Schädelsammlung bei? Ohne Angst, ohne Zorn, nicht einmal mit besonderer Neugier. All diese Emotionen lagen verborgen hinter einem Schleier, den wegzuziehen ihr die Kraft fehlte. Angias Mittel wirkte wahrhaftig gut.

»Das vergeht.« Angia nickte ihr aufmunternd zu. »Alles wird wiederkommen. Deine Erinnerung, der Schmerz, die Trauer und die Wut. Und dann werden wir sehen, wie wir damit umgehen.« Sie sagte das in einem Ton, der keinen Zweifel an ihrer Zuversicht ließ, mit all diesen Dingen fertig zu werden.

»Ich werde ihn umbringen«, sagte Rowena prompt, allerdings ohne Wildheit. Sie wusste selbst nicht, woher dieser Satz plötzlich kam, und wendete ihn in ihrem Kopf, wie man eine fremdartige Blume betrachtet.

»Das ist eine Möglichkeit«, gab Angia zu. Sie ließ sich auf keine Diskussion ein. »Darüber sprechen wir später.«

»Worüber reden wir jetzt?«, fragte Rowena. Es sollte aufsässig klingen. Aber ihre Stimme war monoton.

Angia neigte den Kopf schräg. »Was möchtest du denn erfahren?«

Rowena kramte in ihrem Gedächtnis, was nicht leicht war. Überall gab es Widerstände, Undeutlichkeiten, und ihre Energie war nur schwach. Angias Gegenwart überdeckte alles andere. So griff sie nach dem Letzten, was sie von ihr gehört hatte. »Seelen«, fiel es ihr ein. »Du sagtest vorhin: bis ihre Seele wiedergefunden ist. Was soll das bedeuten?«

Angias Lächeln wurde breiter; anscheinend gefiel ihr die Frage. Sie legte den Schädel beiseite und ließ sich im Schneidersitz nieder. »Die Idee, dass es einen Körper gibt und eine Seele, teilen wir, nicht wahr?«, sagte sie. Und als Rowena langsam nickte, fuhr sie fort: »Aber da enden auch schon die Gemeinsamkeiten.« Sie konnte sich ein Lächeln nicht verkneifen. »Wir ehren den Körper als Gefäß der Seele, während ihr ihn schmäht und sündhaft nennt. Und wir glauben, dass die Seele nicht nur ein Mal auf der Erde lebt, um dann in den Himmel aufzusteigen ...«

»... oder in die Hölle zu sinken«, vervollständigte Rowena.

Angia schloss milde die Augen. »Oder das«, gab sie zu. »Beides ist uns fremd. Wir glauben, dass die Seelen wieder und wieder auf die Erde kommen, um in neuen Körpern ein neues Leben zu beginnen.« Sie hatte ihre kurze Rede mit ausholenden Gesten begleitet, die Körper vor Rowena in die Luft zu malen schienen. Nun hielt sie inne, um die Wirkung des Gesagten zu beobachten.

Rowena schloss die Augen, um sich besser auf das Gesagte konzentrieren zu können. »Warum sollten sie das tun?«, fragte sie.

»Um zu lernen.« Angia sagte es beinahe fragend.

»Was zu lernen?«, wollte Rowena wissen.

Angia zuckte mit den Schultern, dann hob sie die Hände. »Um ganz«, begann sie und formte mit den Fingern eine Art Schale, »um ganz sie selbst zu sein.« Als sie Rowenas verwirrtes Gesicht sah, lachte sie. »Glaubst du, dazu genügt ein einziges Leben?«

Zweifelnd schüttelte Rowena den Kopf. Sie wollte schon zustimmen. War sie selbst doch nun beinahe siebzehn Jahre auf der Welt, für viele ein halbes Leben, und in ihrem Inneren herrschte nichts als Verwirrung und Angst. Wer sie war, das hätte sie wahrhaftig nicht zu sagen vermocht. »Aber ich habe gelernt, dass es dem Menschen aufgegeben ist, gut zu sein, hilfreich und ... und nicht er selbst«, meinte sie hilflos.

»Aber du bist gut.« Angia ergriff ihre Hände und lächelte sie so warm an, dass es Rowena ganz seltsam zumute wurde. »Du bist, wie du bist. Ein Teil des großen Ganzen, der schönen Harmonie, die alles umfasst. Wie solltest du anders sein als gut.« Sie schwenkte Rowenas Hände hin und her wie die eines Kindes. »Es dauert nur manchmal sehr lange, das zu begreifen.«

Rowena gab ihr im Stillen Recht: es war unbegreiflich. Das große Ganze, die umfassende Harmonie, was sollte das sein? Stattdessen fragte sie: »Und wenn sie das gelernt haben, was passiert dann? Wohin gehen sie?«

Angia schaute sie an. »Du stellst wirklich die schwierigen Fragen zuerst«, meinte sie. »Am Ende ihrer Wanderung gehen die Seelen in das ein, was ihr wohl Himmel nennt, dorthin, wo alles ist, Anfang und Ende, das große Eine, die letzte Harmonie.«

Rowena schwirrte der Kopf von derartigen Erläuterungen. Angia sah es und meinte: »Stell es dir am besten vor wie euren Jesus.« Und als sie Rowenas ratloses Gesicht sah, fügte sie hinzu: »Nun, das, wofür er steht.«

»Das Opfer?«, spekulierte Rowena. »Die Befreiung von der Sünde?«

Angia schüttelte den Kopf. »Die Liebe«, sagte sie. Dann nahm sie Rowena an der Schulter und drückte sie sacht wieder auf ihr Lager. »Schlaf jetzt«, meinte sie. »Wenn es dir besser geht, können wir weiter reden.«

»Wenn ich es dann noch glaube«, murmelte Rowena, die schon spürte, wie der Schlaf wieder nach ihr griff. Die Bilder ihres alten Traumes erschienen, sie flog, und um sie herum – mit einem Mal vertrauter noch als je – all diese Gesichter, diese Männer und Frauen, die sie nie gesehen hatte und doch alle begrüßte wie alte Bekannte. Und jedes sagte mit ihrer Stimme: ich.

Als Rowena wieder erwachte, betrat eben Elidis die Hütte. »Es tut mir so leid«, begann sie eifrig, noch ehe sie heran war. Sie kniete sich hin, sodass Rowena erkennen konnte, dass in der Schüssel, die sie trug, heißes Wasser schwappte und sie sich einige Tücher über den Arm gehängt hatte. »Ich wollte dich wirklich nicht erschrecken. Aber du kamst so plötzlich aus der Hütte, und dann wusste ich nicht mehr, wohin.« Sie lächelte schüchtern und reichte Rowena einen getränkten Lappen.

Die rieb sich die Augen. Wie lange habe ich geschlafen?, fragte sie sich verwundert. Und was geschieht nun? Wollten sie ihr erneut etwas verabreichen, was ihren Geist verwirrte? Unwillkürlich zog sie sich die Decke ans Kinn und starrte den tropfenden Lappen an. Er duftete nach Kräutern, und an seiner Oberfläche knisterte ein leichter Schaum.

»Seifenkraut«, erklärte Elidis, »das kennst du sicher.« Rowena schaute ihr in die Augen, die hellblau waren wie ein Sommerhimmel und etwas Kindliches hatten. Es war wirklich schwer, Elidis zu misstrauen. Niemand, der sie sah, hätte vermutet, dass sie Menschenschädel in ihren Händen halten könnte.

Rowena entriss ihr den Lappen und drückte ihn sich auf das Gesicht. Sie stöhnte vor Behagen. »Arnika«, sagte sie dann dumpf unter dem feuchten Stoff hervor. Es war Arnika in diesem Wasser. Sie erkannte es sofort. Auch ihre Mutter hatte es oft angewandt. Es war gut bei Schwellungen und kleinen Wunden. Das brachte sie auf die Frage, wie ihr Gesicht wohl aussehen mochte. Und das wiederum erinnerte sie daran, wie und warum es so zugerichtet worden war, eine Erinnerung, die sie dringend beiseiteschieben wollte.

»Ja«, bestätigte Elidis froh, »das stimmt. Ich dachte mir ...« Sie verstummte, als sie glaubte, so etwas wie einen Schluchzer unter dem Tuch zu hören. Aber als sie Rowena sacht über die Schulter streichen wollte, wehrte diese die Geste ab.

»Schon gut«, brummte Rowena nur. Sie zog den Lappen fort und wusch sich angelegentlich den Hals. »Was hast du mit Adelaide gemacht?«, fragte sie, um von sich abzulenken.

»Oh«, stieß Elidis hervor und errötete. »Eigentlich hat Angia mir verboten, dir davon zu erzählen. Sie meint, du brauchtest gute Bilder nach den schlechten, die du gesehen hast. Aber ...« – sie zögerte nur kurz – »ich finde es eigentlich nicht schlimm, weißt du?« Treuherzig schaute sie Rowena an. »Ich habe ihren Kopf in die Höhle gebracht.«

»Die Höhle?«, fragte Rowena.

»Ach richtig«, erinnerte sich Elidis, »das weißt du nicht. Angia hat gesagt, ihr seid für die Zeichen der Natur wie blind und taub. Es ist, als fehle euch der Sinn dafür, meint sie. Und man muss es euch zunächst mit Worten erklären. Also«, sie setzte sich im Schneidersitz zurecht, »es gibt Orte, an denen bündeln sich die Kräfte, die alles durchströmen, in besonderer Weise, verstehst du? So wie Strudel im Wasser, Strömungen, Stauungen oder Barrieren. Und daraus ergeben sich bestimmte Wirkungen. Gondal ist besonders begabt dafür«, fuhr sie eifrig fort. »Er hat zum Beispiel die Stellen gefunden, an denen das Fleisch sich länger hält. Dort sind heute unsere Vorratsgruben.«

»Gondal, ist das der Graue?«, fragte Rowena dazwischen.

Amüsiert schaute Elidis sie an. »So könnte man ihn nennen, ja«, gab sie kichernd zu, schüttelte aber den Kopf über Rowena wie über ein unwissendes Kind.

»Die Höhle also ist der Ort, an den wir Dinge legen, die bald nur noch Knochen sein sollen.« Sie bemühte sich, es vorsichtig auszudrücken. »Alles vergeht dort schneller.« In Sorge, Rowena damit verschreckt zu haben, griff sie ebenfalls nach einem Lappen und begann, ihr die Arme zu benetzen.

Wütend griff Rowena nach dem Stofffetzen. »Lass, das kann ich alleine, ich bin schließlich nicht krank. Ich bin nur ... ach verdammt.« Die Erinnerung überwältigte sie. Adelaides verwesender Schädel, Montforts Grinsen, alles kam über sie und drohte sie zu überwältigen. Sie knüllte den Stoff zusammen und warf ihn auf den Hüttenboden. Dann umschlang sie ihre Knie mit den Armen und verbarg das Gesicht.

Elidis biss sich auf die Lippen. Leise stand sie auf und holte den Lappen zurück, um ihn auszuwaschen. »Du wirst auch bald so einen Kraftort kennenlernen«, hob sie dann leise und vorsichtig zu sprechen an und begann, sacht Rowenas Rücken abzuwaschen. Ihre Bewegungen waren behutsam und zärtlich, und Rowena entspannte sich merklich dabei, fast ohne es zu wollen. Eine Gänsehaut lief über ihren Körper, deren sie sich ein wenig schämte. »Die Grotte«, fuhr Elidis fort. »Sie wird dir helfen.«

»Was passiert da?«, fragte Rowena. Sie versuchte, ironisch zu klingen: »Verliert man das Gedächtnis?«

»Nein, nein.« Elidis schüttelte ihren Kopf, dass die Zöpfe flogen. »Sie heilt. Und versöhnt«, beeilte sie sich hinzuzufügen, als sie sich erinnerte, wie Rowena auf die Behauptung, sie sei krank, zu reagieren pflegte. Doch sie hatte wieder ein unglückliches Wort gewählt.

»Versöhnt?«, brauste Rowena auf. »Ich soll mich versöhnen mit diesem ... diesem ...«

»Nicht mit ihm, mit dir«, widersprach Elidis. Als sie sah, dass Rowena aufbegehren wollte, nahm sie sie fest in die Arme.

Zuerst wehrte die junge Frau sich, aber ihre Energie ließ bald nach. Nein, dachte Rowena, niemals, nie wird es wieder gut. Was mache ich denn hier? Was soll das alles? Dennoch wurde sie ruhiger. Schluchzend und zitternd ließ sie es zu, dass Elidis sie wiegte wie ein Kind, sie anschließend wusch und bettete, ihr flüsternd versprach, es werde alles gut, und bei ihr blieb, bis sie erneut eingeschlafen war.

»Es ist Besuch für dich da.«

»Für mich?«, fragte Rowena, als sie Angias tiefe Stimme hörte, und setzte sich auf. Sie lebte nun schon einige Tage im Wald und hatte sich nicht nur an die morgendlichen Visiten Angias oder Elidis' gewöhnt, sondern sogar schon den Mut gefunden, hinauszugehen, um sich das Dorf anzusehen. Zwar hatte sie sich überwinden müssen, Menschen unter die Augen zu treten, zumal ihr bewusst war, dass jeder hier wusste, was ihr zugestoßen war; aber Rowena sagte sich, dass sie für diese Menschen ja eine Fremde war, eine ganz andere Person als die alte Rowena, der das Unglück geschehen war. Rowena nahm all das Neue, Seltsame, das ihr begegnete, mit Offenheit, ja beinahe mit Gier auf, zumal es sie von sich selbst ablenkte. Je seltsamer und fremder es war, umso besser. An das Alte, Gewohnte und alles, was damit verbunden war, wollte Rowena in diesen Tagen möglichst wenig erinnert werden.

»Ja, es ist der Pfarrer.«

Bei diesen Worten war Rowena froh und beklommen zugleich. »William?«, fragte sie unsicher. Mein Gott, wie sollte sie ihm unter die Augen treten, beschmutzt und unrein, wie sie es nun war? Würde er sie nicht von sich stoßen? Das war ihr erster Gedanke. Ihr zweiter war: Wenn er mich mitleidig anschaut, werde ich losheulen und nicht mehr aufhören können.

Angia, die ihr Zögern bemerkte, hakte sich bei ihr unter. »Ja, er kommt uns manchmal besuchen. Aber diesmal hat er natürlich nach dir gefragt.«

An Angias Seite trat Rowena hinaus. Sie bemerkte William sofort. Er war größer als die meisten hier. Erst heute fiel ihr auf, was für ein Hüne der Pfarrer in der Tat war. Vielleicht wurde das sonst gemildert durch die Tatsache, dass er so sanft und freundlich mit allen umging und den geistlichen Rock trug in der Welt der Burg, wo die meisten Männer Waffen besaßen.

Er saß auf einem Felsbrocken, ganz am Rand des Dorfes, ein wenig abseits des Getriebes, das er mit seinen Blicken verfolgte. Rowena erkannte Sehnsucht in seinen Augen, und die ganze Art, wie er sich hielt, gab ihr das sichere Gefühl, dass er oft hier saß, ja, sie sah ihn regelrecht vor sich, wie er auf dem Felsen hockte, allein für sich, und liebevoll zeichnete, was er sah und woran er nicht teilzunehmen wagte. Blatt um Blatt musste so entstanden sein, überlegte Rowena, die an die Fülle von Pergamentseiten dachte, die sich in Williams Arbeitszimmer stapelte, eine ganze Welt, die er mit den Augen verschlang. Und nur mit ihnen.

»Warum?«, begann sie. Sie brauchte die Frage nicht zu vollenden.

»Er fühlt sich schuldig«, sagte Angia. »So wie er es sieht, hat er sich gegen das Leben vergangen.«

»Aber er ist ein Priester«, wandte Rowena erschrocken ein. »Er tut keiner Fliege etwas zuleide.« Im selben Moment fielen ihr die Narben auf Williams Händen ein. Und sie betrachtete ihn mit einem neuen Blick. Was wusste sie schon, wer er war?

»Er tötet nicht mehr, das ist richtig«, antwortete Angia. Und Rowena bemerkte zum ersten Mal eine Anspannung in ihrer Stimme, beinahe so etwas wie Zorn. »Aber er erwürgt das Leben in sich.«

Verständnislos schaute Rowena sie an. Angia wischte sich über die Stirn und bemühte sich, wieder zu lächeln. »Sieh ihn dir an«, sagte sie und wies auf William, der sich eben zu einem der Waldkinder hinunterneigte, das an seiner Soutane gezogen hatte, um ihn etwas zu fragen. »Findest du nicht, er gäbe einen prächtigen Vater ab?«

»Meinst du?«, gab Rowena verwirrt zurück, die nur langsam begriff, dass es das Zölibat Williams war, was Angia solche Abscheu einflößte. Der Gedanke kam ihr absurd vor. »Aber...«

»Ich weiß es.« Es war etwas in Angias Stimme, das Rowena aufhorchen ließ. Da war er wieder, der Zorn von vorhin. Auch in ihren Augen blitzte eine unterdrückte Wut. Aber daneben kam auch etwas anderes, Weiches zum Vorschein. Langsam begann Rowena zu begreifen, dass da mehr war zwischen Angia und William, als ein Betrachter zu begreifen vermochte.

»Ich weiß es«, diesmal war ihre Stimme leise von Trauer, »aus einem anderen Leben.«

»Aus einem anderen Leben?«, wiederholte Rowena entgeistert. »Ihr wart...?« Sie hatte inzwischen viel mit Angia diskutiert. Doch noch immer waren die Vorstellungen des Alten Volkes ihr nicht vertraut genug, dass sie sich sofort in diese Idee gefunden hätte. Doch was Angia andeutete, war wohl, dass William und sie einander in einem früheren Leben begegnet waren. Und nur ein Narr konnte übersehen, dass sie einander dort viel bedeutet haben mussten. Kinder also hatte William dort einst auf seinen Knien gehalten. Rowena neigte den Kopf und versuchte, es sich vorzustellen.

»Nun«, begann sie und sortierte rasch ihre Gedanken. »Ist es dann nicht so, dass er diese Lektion schon gelernt hat? Vielleicht geht es in seinem jetzigen Leben um etwas anderes?«

Angia lächelte traurig. »Was für ein kluges Mädchen«, bemerkte sie, nicht ohne leisen Spott. Und wie für sich fügte sie hinzu: »Ja, vielleicht ist es gut, nicht immer alles zu haben.« Sie seufzte, während sie William betrachtete. »Aber es ist schwer, zu wissen, dass deine Geschwisterseele dir nahe ist, dass du nur die Hand ausstrecken musst, um sie zu berühren, und doch darfst du nicht zu ihr gehören.«

Geschwisterseele! Dieses Wort löste in Rowena einen zarten Widerhall aus. Sie weckte einen Gedanken, der lange verborgen in ihr geschlummert hatte, verschüttet und verdeckt von dem, was ihr zugestoßen war. Sie hatte nicht an Cedric gedacht, seit sie das Walddorf betreten hatte. Es war ihr nicht möglich gewesen. Sie hatte sich nicht an seine Berührung erinnern können, ohne die brutalen Hände Montforts zu spüren, nicht seinen Kuss auf ihren Lippen fühlen, ohne Montforts widerlichen Atem in ihrem Gesicht. Nein, die Liebe war nichts für sie, nicht mehr; sie war zerbrochen und verdorben. Nicht einmal mehr der Wunsch lebte in ihr, jemals wieder einem Mann zu gehören. So hatte sie gedacht.

Doch bei dem Wort Geschwisterseele lebte etwas in ihr auf: der Wunsch nach Nähe, nach Vertrautheit und Zweisamkeit, danach, in eines anderen Menschen Augen zu blicken und sich selbst darin zu entdecken, so nah, so angenommen und geliebt. Und die Sehnsucht danach, diese Nähe mit allen Sinnen zu spüren, sich an den Körper eines anderen zu schmiegen als den

Platz, an den man gehört, in die Wärme und den Duft des Menschen einzutauchen, der einem alles bedeutet.

Auch Montfort hatte dieses Bedürfnis nicht zu töten vermocht. Der Wunsch war mit einem Mal so übermächtig, dass ihr die Tränen in die Augen schossen.

»Meinst du, das gibt es?«, fragte sie leise. Und sie spürte zugleich, dass sie es glauben wollte, glauben musste mit jeder Faser. Und dass Cedric derjenige war, an den sie dabei dachte, der Einzige, der ihr Bestimmter. Sie fühlte es mit beglückender Sicherheit. Was immer das für ihr weiteres Leben bedeuten mochte. Es würde ein solches Leben für sie geben, und es lag in dieser Zukunft ein Sinn. Alles andere verblasste vor dieser Gewissheit, die sie für einen Moment warm und strahlend erfüllte.

Rowena stand da und blinzelte und wusste kaum, wie ihr geschehen war. »Cedric«, flüsterte sie.

Angia lächelte. »Ich weiß es«, sagte sie.

Angia war auf William zugetreten. Er hatte sich erhoben, und sie musste zu ihm aufschauen. Die Spannung zwischen den beiden war greifbar, knisternd wie Gewitterluft.

»Ich grüße dich«, sagte die Priesterin.

»Ich grüße dich«, echote der Mann. Die folgende Stille dröhnte vor unausgesprochenen Worten. Vorwurf, Schmerz, Zärtlichkeit und Angst wechselte auf den Zügen dieser beiden Menschen, die voreinander standen und nur eines nicht konnten: den Blick voneinander lassen.

Schließlich brach Angia den Bann. »Ich bringe dir das Mädchen«, bemerkte sie ein wenig spöttisch. »Damit du ihr deinen Trost zusprechen kannst.«

William verzog das Gesicht zu etwas, was ein Lächeln sein sollte. »Du verspottest mich. Du weißt gut, dass es keinen größeren Trost gibt als den deiner heilenden Hände.«

Angia hob ihre Linke und ließ die Finger in der Luft spielen. Einen Moment lang sah es so aus, als wollte sie ihm über die Wange streicheln. Und obwohl sie ihn nicht berührte, erglühte sein Gesicht. »Ich weiß das«, flüsterte sie. »Warum du nicht?«

Mit diesen Worten wandte sie sich heftig ab und ging.

Erschrocken fuhr Rowena aus ihren Gedanken, als Angias Kleidersaum an ihr vorbeifegte. »William.« Schüchtern trat sie näher. »William?«, wiederholte sie fragend, als er die Hand übers Gesicht legte und seufzte.

Da richtete er sich auf und ließ seinen Blick über das Dorf schweifen. »Immer, wenn ich mir das Paradies vorstelle«, sagte er, »dann habe ich dies hier vor Augen. Und ich danke meinem Schöpfer, dass er mich so viel von seiner Größe erkennen lässt.« Er schaute sie an. Und sein lächelnder Blick wurde langsam ernst. »Rowena«, begann er mit dunkler Stimme.

Die schüttelte hastig den Kopf. Abwehrend hob sie die Hände, um das besorgte Mitleid in seiner Miene nicht sehen zu müssen. Sie blinzelte die Tränen fort, die unwillkürlich in ihr aufsteigen wollten. Da half auch der Gedanke an Cedric nichts. Die Zuversicht, die sie wenige Augenblicke zuvor gespürt hatte, löste sich auf und verflog unter dem Ansturm der Erinnerung, den die unausgesprochene Frage Williams auslöste. Noch einmal spürte Rowena die volle Wucht des Kummers.

»Schon gut«, stieß sie hervor und schluckte an dem Knoten, der ihr im Hals saß. »Es geht mir gut«, wiederholte sie nach einer Weile mit festerer Stimme. »Wirklich. Und wie …«, sie brauchte noch einen Moment, um sich zu fangen, »… wie ergeht es den anderen so, auf Forrest Castle?« Sie wischte sich mit dem Ärmel über das Gesicht, doch die Tränen wollten nicht versiegen.

William, der ihre Verlegenheit spürte, beeilte sich, ihr den gewünschten Bericht zu geben, um die Situation unverfänglich zu gestalten. Ausführlich erzählte er vom Alltag auf der Burg, von Edith und Oswin, in deren tüchtigen Händen alles gedieh, von Arthur, der sie grüßen ließ, und von Harry, dessen Trotz ihn schwierig gemacht hatte. »Ich habe mir nicht anders zu helfen gewusst und ihn hierhergebracht«, sagte er.

Unwillkürlich schaute Rowena sich um.

»Nicht heute«, beeilte William sich hinzuzufügen. »Heute wollte ich ...« Er hielt inne, als er bemerkte, wie sie um ihre Fassung rang. Eigentlich war er hier, weil Angia ihm gesagt hatte, es ginge ihr besser, und er gehofft hatte, er könne mit ihr reden über diese Sache, die ihn seit Tagen schon umtrieb. Gerne hätte er ihr von seinem Besuch im Kloster berichtet, der ihm immer noch keine Ruhe ließ.

Aufgeregt und in höchster Anspannung war er dort angekommen, nachdem die beunruhigende Nachricht sie erreicht hatte, der Abt lasse Korn des Barons in seine eigenen Scheuern bringen. Aber er war auf nichts gestoßen als freundlichen Eifer und Zuvorkommenheit. Noch außer Atem von der Eile, fand er sich schon im Geschäftszimmer des Abtes, ehe er noch Zeit gehabt hatte, sich die strengen Worte zurechtzulegen, mit denen er auftreten wollte. Fast war es, als hätte man ihn erwartet. Der Abt war auf ihn zugeeilt und ihm zuvorgekommen mit Entschuldigungen und Erklärungen. Ein plötzlicher Engpass, er bedaure zutiefst, er habe schon einen Boten senden wollen und hoffe nur, niemandem Ungemach bereitet zu haben. Ersatz werde schon morgen bereitstehen, übermorgen aber bestimmt. Und er hoffe, das gegenseitige Vertrauen habe unter der Freiheit, die er sich genommen hatte, nicht gelitten.

William war nicht dazu gekommen, seine Fragen und Ermahnungen anzubringen. Jedes grundsätzliche Wort wäre danach pedantisch und vorsätzlich unhöflich erschienen. Ein wenig verwirrt, aber bereits halb besänftigt, ließ er sich zu einem Glas Wein einladen und verlor jedes weitere Misstrauen, nachdem ihm ein Besuch beim Baron gestattet worden war. Der empfing ihn in seiner neuen Tracht, der Mönchskutte, noch immer gebrechlich und matt, aber sichtlich gut gepflegt von seinen Mitbrüdern und bereits in der Lage, ein paar Schritte an seiner Seite durch den Kreuzgang zu gehen, der den sonnenbeschienenen Kräutergarten des Klosters umschloss.

»Meine liebe Frau hat geholfen, ihn anzulegen«, hatte der Baron gesagt.

Seite an Seite waren sie so dagestanden und hatten ihren Erinnerungen nachgehangen, während die Hummeln um die blühenden Stauden summten und die Mönche gebückt in den Beeten arbeiteten, bis die Glocke sie wieder zum Gebet rief. Dann hatte William sich verabschiedet, getröstet, gerührt und ohne eine Spur des alten Misstrauens. Er war sogar in der Stimmung gewesen, auf dem Rückweg beim Hof des alten Hasculf Halt zu machen, wo hinter den Ställen die Bienenkörbe in Reih und Glied standen. Schon von weitem sah man den gaukelnden Flug der Insekten.

Schon Hasculfs Vater hatte den Burgbewohnern den Honig geliefert. Und seine Bienen waren die einzigen Lebewesen auf dem Grund des Barons, die sogar in den verbotenen Wald durften. Einige Stöcke standen dicht am Waldrand und erbrachten einen besonderen, würzigen Tannenhonig, von dem Hasculf dem Priester eine Probe aufs Brot gab. Dabei hatte er besorgt gefragt, ob das Fräulein mit der Qualität seines Honigs nicht mehr zufrieden sei.

Als William ihn gefragt hatte, wie er denn auf diese Idee käme, kräftig in die Brotscheibe beißend und das Produkt lobend, hatte Hasculf erklärt, man habe ihm angekündigt, dass er einen neuen Herrn bekäme. Mönche vom Kloster hätten so etwas gesagt. Verstanden habe er es zwar nicht recht, aber so viel sei ihm doch klar, dass sein Hof und alles, was dazugehörte, verkauft werde und er künftig eines anderen Grundherrn Pächter sei.

Der Honig in Williams Mund hatte mit einem Mal bitter geschmeckt. Mühsam hatte er der Versuchung widerstanden, auf der Stelle umzukehren, um die Sache im Kloster zu klären. Zu sehr beschämte ihn die Erinnerung an den leutseligen Empfang des Abtes und die Betonung, die das Wort Vertrauen in ihrer Unterredung erfahren hatte. Was, wenn der Bauer nur etwas falsch verstanden hatte? Was gut möglich war, denn der Klügsten einer war Hasculf nicht. Wie stünde er dann da mit seinen ewigen Verdächtigungen? William hatte sich dafür entschieden, nach Hause zu gehen, und dem Abt am nächsten Tag einen Brief zukommen lassen. Die Antwort war bislang ausgeblieben. Dafür waren die Säcke mit Korn eingetroffen, ganz wie versprochen.

William wusste nicht, was er von all dem halten sollte. Er hätte sich gerne mit jemandem besprochen, jemand, der vom selben Stand war wie der Abt und der dessen Handlungen besser einzuschätzen verstand als ein Dienstbote. Aber als er Rowena nun vor sich stehen sah, zögerte er. Sie war noch immer blass, ihre Haut wirkte beinahe durchscheinend. Tiefe Ringe lagen unter den Augen, wenn auch die Schatten der Blutergüsse beinahe verschwunden waren. Sie hatte abgenommen, schien es ihm, wenn das bei ihrer Schlankheit überhaupt möglich war. Ihr zu einem schlichten Zopf geflochtenes Haar war matt, ihre Augen müde. Es war nicht zu übersehen, dass sie Schlimmes durchgemacht hatte, und auch wenn Angia ihm versichert hatte, dass es ihr besser ging, sah sie doch noch aus wie jemand, der von einer schweren Krankheit nur langsam genesen will. Sie erschien ihm so zerbrechlich! William beschloss bei sich, ihr keine neue Last auf die Schultern zu laden.

Er zwang sich zu einem Lächeln. »Nein«, wiederholte er, »heute wollte ich ihn nicht dabei haben.«

»Gut«, entfuhr es Rowena, die sich nicht sicher war, ob sie die Kraft gefunden hätte, jemand anderem Trost zuzusprechen. »Aber grüßt ihn von mir und richtet ihm aus ...« Rowena dachte nach. »Sagt ihm, es geht mir gut. Und es gibt keinen Grund zur Bitterkeit.«

William hob die Brauen. »Man hört, dass Ihr in Angias Gesellschaft wart, scheint mir.«

Rowena errötete ein wenig. »Es tut mir gut, hier zu sein«, gestand sie. »Ich gebe es zu. Und ich bedaure, was ich früher über das hier ...«, sie umfasste das Dorf und seine Bewohner mit einer Handbewegung, »... gesagt habe. Es ist faszinierend, nicht wahr?«

William nickte. »Das ist es.«

»Aber auch sehr fremd«, murmelte Rowena. Lauter und munterer fuhr sie dann fort: »Stellt Euch vor, ich habe den Vater meiner Mutter kennengelernt. Meinen Großvater also. Er heißt Gondal, und er ist ...«

»Ich weiß«, sagte William.

Rowena hielt inne. »Sicher, Ihr wisst das alles schon.« Wieder machte sie eine Pause. »Für mich ist es aber immer noch so neu.« Eine Weile saßen sie Seite an Seite da und betrachteten das Leben im Dorf.

»Ich möchte gern noch ein wenig hierbleiben«, sagte Rowena schließlich. »Wenn Ihr meint, dass das möglich ist und dass es ...« Zögernd schaute sie ihn an.

»Es ist bestimmt das Richtige«, versicherte William ihr mit warmer Stimme und nahm ihre Hände in seine. »Ich freue mich.« Einen Moment zuckte Rowena vor seiner Berührung zurück. Seine Hände waren rau und narbig und eindeutig männlich. Dann aber überließ sie sich seinem festen Griff.

Als er wenig später aufbrach, begleitete sie ihn gemeinsam mit Angia ein Stück in den Wald hinein. Der Pfad, dem sie dabei folgten, war für Rowenas Augen kaum zu erkennen. Nur Eingeweihte vermochten sich in dem Dickicht, das sie umgab, zurechtzufinden. Und als sie sich umwandte, um zurückzukehren, nachdem sie William winkend an einem Hohlweg verabschiedet hatten, stand ihr nur undurchdringlicher Wald vor Augen.

»Wo sind wir hergekommen?«, fragte sie verwundert und fügte, als Angia sicher und gewandt die Führung übernahm, mit kindlichem Vorwurf in der Stimme hinzu: »Du bewegst dich, als gäbe es für dich keine Hindernisse.« Sie selbst musste sich wieder einmal bücken, um den Saum ihres Gewandes aus Brombeerranken zu befreien. »Es ist, als müsstest du nicht einmal hinsehen.«

Angia lachte. »Es gibt keine Hindernisse«, sagte sie und streckte die Arme aus. »Alles, was uns umgibt, der Wald, die Luft, einfach alles, ist nicht feindlich. Es ist uns verwandt.«

»Verwandt?«, fragte Rowena und stolperte über einen Stock.

»Es ist lebendig wie wir«, bestätigte Angia. »Deshalb kann ich es spüren, es fühlen.«

»Ich fühle es allerdings auch«, murrte Rowena und rieb sich die Stelle, wo sie sich eben den Fuß angeschlagen hatte. Sie hob den Stock hoch und warf ihn gegen einen Felsen. »Das soll lebendig sein?«, fragte sie. »Auch der Stein?«

»Wie soll ich es dir erklären, Kind«, seufzte Angia. Aber sie lächelte. Dann begann sie: »Stell es dir am besten vor wie einen Klang, obwohl es keiner ist, nur ähnlich körperlos, ungreifbar für die anderen Sinne. Also: Jeder Baum, jede Pflanze, jeder Fels, der Sand, das Wasser, die Erde – alles sendet seinen eigenen ›Klang‹ aus. Ich kann ihn quasi hören, diesen Ton, ich nehme ihn wahr, wie ich die Luft auf meiner Haut spüre. Alles ist immer da und lebt, so wie ich inmitten von allem lebe. Ich bin mein eigener Klang und füge mich in die Musik des Ganzen ein. Da ist kein Misston.«

»Wenn man von mir absieht«, versuchte Rowena zu scherzen.

Angia schüttelte den Kopf und nahm ihre Hand, um sie auf den Stamm eines Baumes zu legen. »Was spürst du?«, fragte sie.

»Die Rinde«, begann Rowena folgsam. »Sie ist glatt und kühl.« Vorsichtig strich sie über das silbrige Holz der Buche.

»Und was noch?«

»Härte«, sagte Rowena, ein wenig ratlos. »Festigkeit.« Sie presste ihre Hand gegen den Stamm. Was sonst sollte sie suchen?

»Darunter rauscht Wasser«, erklärte Angia. »Es kommt von den Wurzeln und steigt auf bis in die Blätter. Spüre auch das.

Und fühle die Kraft, mit der der Baum wächst. Er lebt, Rowena, er streckt sich und verändert sich in jedem Augenblick. Ließest du deine Hand, wo sie ist, würde er sie im Laufe der Zeit umfassen.«

Rowena starrte auf ihre Finger.

»Licht verändert ihn, Luft verändert ihn, und er verwandelt beides. Alles steht in Verbindung. Kannst du das fühlen?«

Nein, wollte Rowena sagen, die verzweifelt lauschte und doch nichts spürte als die krümelige Rinde unter ihren Fingern, die eine unüberwindbare Barriere schien. Doch mit einem Mal ging so etwas wie ein Vibrieren durch ihre Hand, etwas wie Wärme durchfuhr sie, eine Druckwelle, die von innen gegen die Umrisse ihrer Finger drückte, sie erst schwer machte und dann auflöste. »Ich ... weiß ... nicht«, flüsterte Rowena. Eine seltsame Leichtigkeit erfasste sie. Und für einen unwahrscheinlichen Moment war es ihr, als überzöge sich ihre Haut mit dem schuppigen Silbergrün des Buchenstammes. Rasch zog sie sie zurück und starrte sie an. Sie war so rosig, menschlich und warm wie zuvor.

Angia lächelte höchst befriedigt. »Du bist Gondals Enkelin. Es konnte nicht anders sein.«

»Aber ...« Mehr brachte Rowena nicht hervor. Es kam ihr vor wie ein Märchen. Sie kannte alte Sagen, in denen Mädchen zu Bäumen wurden, Büsche flüsterten und uralte knorrige Eichen mit Händen winkten. Aber sie war ein kleines Mädchen gewesen, als sie all das für wahrhaft möglich gehalten hatte. War das hier der Kern all der alten Geschichten? Waren die Geschichten selbst das entstellte, verborgene Flüstern einer tiefen, vergessenen Wahrheit?

»Ist es deshalb« – sie flüsterte unwillkürlich – »dass man euch noch nie gefunden hat? Könnt ihr euch unsichtbar machen?«

Angia lachte und schüttelte den Kopf. »Nein«, sagte sie. »Es ist nur so, dass ihr Menschen euch zu sehr auf die Augen verlasst. Wir sind immer da, ihr seht uns nur nicht immer. Schau, es gibt die Möglichkeit, sich ganz zurückzunehmen, einzustimmen in die große Musik, ein Ton zu werden im Konzert, leise und unbemerkt, verwoben mit allem. Dann mag es dem Ungeübten so erscheinen ...«

Sie unterbrach sich. Rowena starrte sie an und musste blinzeln. Da, wo eben noch Angia gestanden hatte, ganz sicher und real, war für einen Augenblick nichts anderes zu sehen als der Abstand zwischen zwei Birken und dahinter ein Haselnussgestrüpp im grünen Dunst des Waldes. Dann war sie wieder da, still und aufrecht, ganz wie zuvor, den Kopf an den Birkenstamm gelehnt.

Rowena rieb sich die Augen.

»Es sind nur Momente«, sagte Angia leise. »Aber sie sind wunderschön.«

Rowena konnte nicht anders: Sie musste auf sie zutreten und sie mit ihren Händen berühren, um sich von ihrer warmen Gegenwart zu überzeugen.

Angia ließ sie gewähren. »Ich stehe manchmal so da«, sagte sie langsam, wie zu sich selbst. »Stehe nur und lausche.« Sie hob den Kopf. »Es gibt Klänge, mit denen kann man lange reisen und ihnen folgen. Luftströmungen, kristallene Adern im Stein, die tief durch die Erde führen, der Lauf der Flüsse.« Angia seufzte. »Mit Flüssen gelangt man am weitesten. Aber irgendwann löst sich ihr Ton auf in die Geschwätzigkeit der Wellen. All das Echo der Strömungen, der Lärm von den Ufern, es ist zu viel, und man kann nichts mehr erfahren.«

»Was willst du denn erfahren?«, fragte Rowena erstaunt.

Angia, die wie eine Schlafende dagestanden hatte, öffnete weit ihre grünen Augen. »Ob es noch mehr von uns gibt.«

64

Das Schiff schnitt ruhig durch die Wellen. Helles Mondlicht fiel auf den zackigen Verlauf der Küste, an der sie in einiger Entfernung entlangfuhren. Noch zeigte sie nicht die vertrauten Formen der Gegend um den Fjord, der zu Exeters Hafen führte. Dennoch lehnte Kai an der Reling und wandte seinen Blick nicht davon ab.

»Nicht mehr lange«, sagte eine Stimme hinter ihm. Colum räusperte sich und bat um Erlaubnis, neben ihn zu treten.

»Dein Herr schläft?«, fragte Kai.

Colum bestätigte es. Cedric hatte wie jeden Tag mit Kevin ein anspruchsvolles Programm absolviert. Soweit die beengten Verhältnisse auf dem Segler es zuließen, trainierte er den Jungen, dessen spindeldürre Glieder langsam kräftiger und biegsam wurden, und machte ihn vertraut im Umgang mit den Waffen. Einige der Matrosen hatten begonnen, sich einen Spaß daraus zu machen, den täglichen Übungsstunden zuzusehen. Rasch hatten sie Zutrauen zu Cedric gefasst und zeichneten ihn unter allen Passagieren aus, indem sie Kevin mit Leckereien versorgten, Knüppel und Seile besorgten, wenn Cedric sie für das Training als notwendig erachtete, die übrigen Mitreisenden streng vom Übungsgrund fernhielten und sich bisweilen sogar als Sparringspartner zur Verfügung stellten.

»Sie waren beide müde«, sagte Colum.

Kai nickte. »Er weiß sich zu beschäftigen.« Er hieb mit der Faust auf die Reling. »Anderen wird die Reise endlos.«

»Wir werden rechtzeitig kommen«, versuchte Colum ihn zu beschwichtigen.

»Auch rechtzeitig für meinen Vater?«, gab Kai zurück. Er bekam das letzte Bild nicht aus dem Kopf, das Cedrics Bericht in ihm hervorgerufen hatte: der Baron auf einem Schinderkarren, von der Folter gezeichnet. Nach allem, was er wusste, konnte sein Vater nichts anderes sein als ein elender Gefangener des Bischofs – oder tot. Eine Weile schwiegen sie beide.

Dann begann Colum zaghaft erneut. »Ich frage mich schon eine ganze Weile, ob Ihr Euch wohl noch an Jerusalem erinnert.«

»Wo ich jahrelang in der Sklaverei schmachtete? Dunkel«, erwiderte Kai bissig und knapp.

»Nein, nein, ich meine den Morgen, als wir durch das Tor ritten. Und ihr mich etwas fragtet.« Vorsichtig tastete Colum sich an das Thema heran. Noch immer bereitete es ihm Mühe, darüber zu sprechen. Sei vorsichtig, hatte sein Herr ihm eingeschärft, schweigsam und diskret. Du weißt, was auf dem Spiel steht. Schwer hatte die Hand des Grafen auf seiner, Colums Schulter gelastet, als er diese Worte sprach, zu schwer beinahe. Nun, das Schweigen war leicht gewesen, es war das Sprechen, das sich als schwierig erwies, das Abpassen dieses Moments, in dem man die Deckung senkte und mit einem Ton, einem Wort alles wagte. Colum spürte die Angst in sich, nicht weniger beklemmend als im Moment der Schlacht. Aber er wusste, es musste einmal geschehen.

Und sein Vertrauen in Kai war während ihrer Reise von Tag zu Tag gewachsen. Wer Cedric kannte, musste Rowenas Bruder spröde und zurückhaltend finden. Er sprach nicht viel, lachte noch weniger und war von einem schier unmenschlichen Ernst, dabei aber gewissenhaft und verlässlich. Colum lernte es schätzen, dass Kai keine Anstrengung scheute, die ihrem kleinen Reisetrupp half. Er war ohne Dünkel, packte überall mit an und klagte nie. Immer fand er einen Rest seines Proviants oder Wasservorrats, den er jemandem anbieten konnte, der bedürftig war. War er zur Wache eingeteilt, saß er die ganze Nacht mit offenen Augen da, das Schwert in der Hand. Und noch die kleinste Regung der Schläfer ließ ihn den Kopf wenden. Colum hatte es sich zur Angewohnheit gemacht, ihn unter seiner Decke hervor stets eine Weile zu studieren. So war es ihm auch nicht entgangen, dass Kai Kevins Umhang jedes Mal wieder zurechtzog, wenn der sich, was oft vorkam, im Schlaf unruhig freigestrampelt hatte und zu frieren drohte. Und das feine Lächeln, mit dem der junge Baron de Forrester manchmal an ihm selbst vorbeiblickte, ließ ihn vermuten, dass er sich selbst Colums Spähen bewusst war.

Kai war es gewesen, der in Jaffa das Schiff gefunden hatte, das sie nach England bringen würde. Cedric hatte es dann geschafft, den Kapitän dazu zu überreden, sie trotz ihrer schmalen Börse mitzunehmen. Kai hielt die Neugierigen auf Abstand. Während Cedric oft eingeladen wurde, mit dem Kapitän oder den Mitreisenden zu trinken, blieb Kai an den Abenden alleine, immer beobachtet von Colum. Und heute hatte er sich endlich ein Herz gefasst.

»Jene Frage also«, druckste er herum.

Kai runzelte die Brauen. »Sollte ich verstehen, wovon du sprichst?«

»Ich denke schon«, sagte Colum langsam. Morgen würden sie England sehen; die Zeit des Zögerns war vorbei, er musste es nun wagen. »Ihr fragtet, ob mein Herr wüsste, was er sei. Und die Antwort lautet: nein.« Er ließ das Wort fallen wie einen Stein in Wasser, bedacht und ängstlich, was er in der Tiefe aufschrecken würde. Er wartete einen Moment. Kai jedoch regte sich nicht und gab kein Zeichen des Verständnisses, deshalb fuhr er fort: »Sein Vater, mein Herr, der alte Graf, hat es nicht für gut befunden, ihn bereits einzuweihen.«

Da kam Leben in Kai; er schnaubte. »Er vertraut dem Übermut seines Sohnes nicht, nicht wahr?«

Colum reckte beleidigt das Kinn. »Er vertraut seinem Sohn in allem, und er tut meines Erachtens gut daran. Nein«, fuhr er, nachdem er seinem Unmut derart Luft gemacht hatte, fort, »er fand es nur nicht richtig, ihn in so frühen Jahren schon mit einer Verantwortung zu belasten, die niederdrückend sein kann. In unserem rauen Klima neigen die Menschen zur Schwermut.« Angespannt betrachtete er Kai aus den Augenwinkeln.

»Was starrst du mich dabei an?«, fuhr der auf. Endlich schaute er Colum in die Augen. »Ergehst dich hier in Andeutungen und wirfst mir heuchlerische Blicke zu. Was willst du damit sagen: dass die Verantwortung mich schwermütig gemacht hat?« Verärgert wandte er den Kopf ab. Wieder krachte seine Faust auf das Holz. Nach einer Weile kam es, überraschend leise: »Kann schon sein.«

»Es ist nicht leicht, ein Hüter zu sein«, sagte Colum. Und als es endlich heraus war, wurde ihm selbst mit einem Mal ganz leicht ums Herz. Die folgenden Worte flossen nur so aus ihm heraus. »Mein Herr trägt die Bürde nun seit vierzig Jahren. Ich helfe ihm nur, so gut ich es vermag. Es kostet all meine Kraft. Und dennoch bin ich jeden Tag dankbar dafür.«

»Ja«, sagte Kai so leise, dass es beinahe ein Flüstern war. »Ja, so ist es. Man muss dankbar sein. Sie sind wunderbar, nicht wahr?«

Endlich, dachte Colum. Endlich. Nach all der Zeit, der ewigen Suche. Ihm war, als öffnete sich eine Quelle in ihm, als ströme sie über, diese stille, mächtige Freude, die ihn erfüllte und schier zu überwältigen drohte. Er packte das Holz der Reling mit beiden Händen, um nicht zu schwanken. Er hätte jemanden umarmen, er hätte brüllen, tanzen, einen Speer in den Himmel schleudern mögen bis unter die Sterne. »Das sind sie.« Er schwieg einen Moment, ehe er es wagte zu fragen: »Es ist der Wald, nicht wahr? In dem sie leben?«

»Ja«, bestätigte Kai. »Woher weißt du das?«

»Ich habe es schon vermutet, seit beim Turnier in Windfalls ein Nachbar Eures Vaters über diesen Wald sprach, in dem nicht gejagt werden durfte. Ihr müsst wissen, dass wir schon lange auf der Reise sind, mein Herr und ich, um Nachrichten wie diese zu erhalten. Um zu erfahren, ob es noch andere gibt wie uns.«

»Das Alte Volk«, sagte Kai, seine Stimme klang spröde. Es war vielleicht das erste Mal, dass er vor Außenstehenden diese

Worte in den Mund nahm, und man hörte, dass es ihm noch immer schwerfiel.

»Das Alte Volk«, erwiderte Colum zutiefst erleichtert. »Oh ja. Einst lebten sie überall an unserer Küste, Herr, ein weites Gebiet. Ich versuche manchmal, mir das vorzustellen. Noch als ich ein Kind war, gab es die Siedlung an der Robbenbucht. Ich lag manchmal mit Kameraden, die Möwennester ausnehmen wollten, bäuchlings auf den Klippen und starrte hinunter auf diese Wesen, die so seltsam waren und doch vertraut. Sie schienen aus einem Märchen zu stammen, aber damals waren Märchen für uns noch wahrer als die Wirklichkeit. Da war eine, die stand manchmal auf den Klippen und sang.« Träumerisch starrte Colum auf das Wasser hinaus, als erwarte er, dort einen Felsen auftauchen zu sehen, auf dem Sirenen sich räkelten. Ein Lächeln lag auf seinem sonst so mürrischen Gesicht. Dann räusperte er sich und fuhr mit sachlicherer Stimme fort: »Und jeder wusste, dass das Dorf auf der Hochebene dem Grafen nie den Zehnten zahlte. Und keiner hat sich je gefragt, warum das so war und was an jenen anders sein mochte. Niemand hat es je in Frage gestellt. Heute existieren beide Gemeinschaften nicht mehr. Nicht einmal Ruinen.« Seine Stimme wurde leiser. »Nur auf der Insel. Und auch dort ...«

Kai lauschte mit leuchtenden Augen und sah vor seinem geistigen Auge bereits jenes Dorf, das unter dem hohen Himmel der Küste auf den Felsen lag. »Die Insel? Sie leben auf einer Insel?«

Colum nickte, sah aber unglücklich drein.

»Und was ist dort?«, bohrte Kai weiter.

»Wenn wir das wüssten.« Colum wandte hilflos den Kopf. »Wir glaubten, sie würden dort ungestört leben. Leben, ha!«, stieß er verzweifelt hervor. Das ganze Unglück brach sich mit einem Mal, da es ausgesprochen wurde, in ihm Bahn. »Aber sie erlöschen. Die Kinder, Herr«, sagte Colum leise. »Sie bleiben aus. Deshalb sind wir ja auf dieser Suche, dieser verdammten,

verzweifelten Suche, mein Herr Cedric und ich. Und jetzt ...«
Er brach ab, da seine Stimme zu sehr zitterte.

»Moment«, unterbrach Kai ihn, »hast du nicht gesagt, er wüsste von nichts?«

»Sein Vater hat ihn auf diese Reise geschickt, ohne ihm deren wahren Zweck zu nennen«, bestätigte Colum. »Er hoffte, sein Sohn könnte sich ein wenig in der Welt umsehen, Erfahrungen sammeln. Und sich dann später leichter mit seinem Schicksal anfreunden.«

Kai schnaubte abfällig. »Mein Vater«, hielt er dagegen, »hat mich von frühester Kindheit an auf meine Aufgabe vorbereitet. Ich kann mich an keinen Moment meines Lebens erinnern, in dem ich nicht wusste, was ich war und was von mir erwartet wurde. Es ist eine große Verantwortung, die da auf einem lastet, und nicht jeder kann sie meistern.«

Colum neigte nur leicht den Kopf. »Jedenfalls war er es, der Rowena fand, nicht wahr?«, gab er zu bedenken. »Er hat sie ausgewählt und damit den ersten Schritt auf dem Weg seines Schicksals getan.«

»Meine leichtsinnige Schwester«, bestätigte Kai.

»Und ich fand Euch. Dafür sollten wir dankbar sein.«

»Ja«, sagte Kai. Lange standen sie da und starrten in die Nacht. Ein jeder von ihnen sah andere Bilder.

»Erzählt«, bat Colum schließlich. »Erzählt mir von Eurem Wald. Leben viele dort?«

»Viele«, bestätigte Kai.

Colums Herz pochte so mächtig, dass er glaubte, es müsse das Schlagen der Wellen gegen den Schiffsrumpf übertönen. »Und Kinder«, fragte er, »gibt es auch Kinder dort?«

65

Kindergeschrei schreckte Rowena aus ihrem Dämmer. Sie hatte, wie es ihre Gewohnheit war, ein Bad unter dem Wasserfall genommen, hatte das eisige Wasser so lange auf ihre Schultern trommeln lassen, bis sie sich kaum noch spürte, und war danach mit schnellen hektischen Zügen eine Runde um den Teich geschwommen, ehe sie sich auf einem Sonnenfleck inmitten der Wiese ausgestreckt hatte, umgeben vom hohen Gras, mit Blick auf nichts als den Himmel. So gut ihr die Fürsorge im Dorf tat, hier war ein wenig Ruhe, ein Platz ganz für sie alleine. Langsam war die Wärme wieder in ihre Glieder eingedrungen, das Bibbern hatte nachgelassen, die Gänsehaut war zurückgegangen, und die Tropfen auf ihrer langsam sich ein wenig bräunenden Haut begannen zu trocknen. Rowena betrachtete sie, wie sie im leichten Flaum auf ihren Unterarmen glitzerten, und dachte an gar nichts. Seufzend dehnte sie sich der Sonne entgegen. Da hörte sie auf einmal ihren Namen rufen.

»Rowena! Rowena!« Es war Elidis' Stimme. Es gelang Rowena noch, nach ihrem Kleid zu greifen und es sich vor die Brust zu drücken, da hörte sie schon, wie die Tritte des Mädchens das Gras um sie herum knistern ließen. Dann fiel Elidis' Schatten über sie.

Rowena wedelte mit der Hand, damit sie ihr aus der Sonne ging. »Mich friert sonst, schau, mein Haar ist noch ganz nass.«

Elidis kniete sich neben sie und half ihr, es ein wenig auszuwringen. Dann brach sie eine Distelkarde, um es zu strähnen. »Deines ist so wunderbar glatt, wie feinster Flachs«, meinte sie bewundernd und griff nach einer ihrer eigenen blonden Flechten, um sie sich achtlos über die Schulter zu werfen. »Meines ist nicht zu bändigen, und wenn es feucht wird, kräuselt es sich ganz furchtbar.«

Rowena lachte ungläubig. Elidis' Haar war von einer so prachtvollen Fülle, dass man meinen konnte, ihr zarter Hals würde es nicht tragen, wenn sie es einmal offen ließ, so üppig bauschte es sich um ihren Kopf. Ungläubig nahm sie einen der Zöpfe, der von ihrer Schläfe baumelte und der im Sonnenlicht wie gesponnenes Silber glänzte. »Du bist verrückt«, sagte sie und kitzelte Elidis damit an der Nase. »Du hast die schönsten Haare, die ich je gesehen habe.«

»Meinst du?«, fragte das Mädchen, so inbrünstig und hoffnungsvoll, dass Rowena aufhorchte. Fragend blickte sie ihre Freundin an. Die errötete und senkte die Augen. »Ich wollte dich deshalb schon lange etwas fragen«, begann sie.

Rowena setzte sich auf, ihre Bereitschaft zum Zuhören signalisierend.

Auch Elidis ließ sich auf die Fersen zurücksinken. Unschlüssig spielte sie mit der Distelkarde, die sie noch immer in den Händen hielt. »Also ich dachte mir«, begann sie schließlich. »Weil er doch dein Bruder ist«, brach es dann aus ihr heraus.

Es dauerte eine ganze Weile, bis Rowena begriff, wovon Elidis sprach. »Kai?«, fragte sie schließlich verwundert.

»Ja«, bestätigte die, und die Röte auf ihren Wangen vertiefte sich noch. »Weißt du, ich kannte deine Mutter; sie hat mir immer sehr imponiert mit ihrer stillen Würde. Und Gondal, nun, den kennst du ja selbst. Sie sind alle so, wie soll ich sagen …«

»Königlich«, half Rowena ihr, den Eindruck in Worte fassend, den Gondal schon am ersten Abend in der Gruft auf sie gemacht hatte.

»Ja«, stieß Elidis hervor, sichtlich dankbar. Sie kicherte ein wenig verlegen. »Sie sind ihrer selbst so sicher und so gefasst. Immer schon.«

»Ja«, sagte Rowena, die an ihre Mutter dachte, die ihr stets als so ruhig erschienen war, still, aber freundlich, weich, aber entschlossen. Nie hatte sie daran gezweifelt, dass sie stets wissen würde, was zu tun sei. »So ist sie auch für mich gewesen.

Allerdings habe ich sie nur mit den Augen eines Kindes sehen dürfen.«

»Sie würde dir heute nicht anders erscheinen. Sie sind alle so«, versicherte Elidis ihr rasch. »Und Kai kommt ganz nach ihnen.« Sie zögerte einen Moment. »Er ist sehr ernst, nicht wahr?«

»Ja«, bestätigte Rowena und konnte nicht verhindern, dass ein gewisser Missmut in ihrer Stimme mitschwang. »Ich bin allerdings nicht ganz objektiv«, beeilte sie sich hinzuzufügen. »Er und Papa hatten stets so viel gemeinsam zu tun und zu besprechen, was mich ausschloss, und er ließ mich das fühlen. Ich fürchte, ich war immer schon ein wenig eifersüchtig auf ihn. Und ich habe ihn oft bei mir einen Spielverderber genannt.«

»Ach, sag das nicht.« Elidis hob die Hand, als wollte sie sie ihr auf die Lippen legen, damit sie schwieg. »Er ist wunderbar ... als Hüter, meine ich.«

»Wunderbar?«, fragte Rowena, hellhörig geworden. Sicher, sie liebte Kai. Aber mit solchen Attributen hätte sie ihren Bruder niemals bedacht.

»Er ist sich seiner Aufgabe sehr bewusst«, verteidigte Elidis ihn. Dann wurde ihre Stimme zaghafter. »Und auch von der Frau an seiner Seite wird er viel erwarten. Sie muss sich sicher in seiner Welt bewegen, ohne ihn zu blamieren, muss ihn immer unterstützen in allem, was er tut, muss vertreten, was wir sind. Sie sollte das Beste von uns repräsentieren.« Nun war sie beinahe nicht mehr zu hören.

»Du meinst ...«, begann Rowena. Sie hatte noch nie darüber nachgedacht, aber nun mit einem Mal schien es ihr ganz klar und selbstverständlich zu sein. Ihr eigener Vater hatte eine Frau aus dem Wald geheiratet, zwei Sessel harrten unter der Gruft auf die Teilnehmer am Ritual. Es war nur natürlich, dass auch ihr Bruder eines Tages seine Braut von hier heimführen würde, oder?

»Nehmen alle de Forresters Frauen aus dem Alten Volk?«, fragte sie sicherheitshalber.

»Nein«, gab Elidis zur Antwort. Es war noch immer nur ein Flüstern. »Aber Euer Vater wünschte es so für Kai, deshalb wurde die Verlobung sehr früh beschlossen. Ich war noch ein Kind.«

Rowena starrte Elidis lange an. Dann endlich begriff sie. »Du?«, sagte sie.

Elidis nickte unglücklich. Dann hob sie leidenschaftlich den Kopf: »Glaubst du, er wird sich damit abfinden können, dass ich manchmal am falschen Ort bin und das Falsche tue und … dass ich zu viel rede und Sachen sage, die ich nicht sagen darf?« Sie sah so kläglich aus, dass Rowena die Arme nach ihr ausstreckte und sie umschlang. »Und dass meine Haare schrecklich sind?«, brach es aus Elidis heraus, die nun aufschluchzte.

Rowena hielt sie und strich ihr beruhigend über den Rücken. »Sie sind nicht grässlich«, widersprach sie. »Sie sind wunderbar, so wie du.« Sie drückte Elidis und wiegte sich mit ihr hin und her. »Du bist schön und lebendig und warmherzig, genau das, was mein Bruder braucht, um ein wenig aufzutauen, glaub mir.«

»Wirklich?«, schniefte Elidis.

Rowena hielt sie von sich und lächelte in ihr verweintes Gesicht. »Wir können nicht alle Heilige sein, oder?«, fragte sie hoffnungsvoll.

Elidis nickte zaghaft. Dann lächelte sie unter Tränen.

Rowena erwiderte es. »Er wird dich lieben«, sagte sie fest. »So wie ich.«

Da umschlang Elidis sie noch einmal ganz fest. Rückwärts fielen die beiden ins Gras. »Da sind Disteln«, schrie Rowena auf.

»Und Ameisen!« Lachend kamen sie wieder hoch und halfen sich gegenseitig, sich von Dornen und Krabbelgetier zu befreien.

Plötzlich hielt Elidis inne. »Glaubst du, er kommt wieder?«, fragte sie.

Rowena war mit einem Mal, als stünde sie an einem Abgrund. »Ich weiß es nicht.« Diesmal war sie es, die flüsterte. Ihr

Bruder war fort, verschollen, vielleicht für immer, und zum ersten Mal begriff sie wirklich, was für einen Kummer dies bedeutete, für Elidis, für alle hier. »Kannst du ihn nicht spüren?«, fragte sie, in Erinnerung an das, was Angia ihr über die reisenden Klänge und Empfindungen gesagt hatte.

Elidis schüttelte den Kopf. »Ich kann das Meer spüren«, sagte sie mit einem fernen Lächeln. »Ich sehe es ganz deutlich. Wir alle tun das zuweilen, obwohl unser Volk dort schon seit Generationen nicht mehr lebt. In unseren Träumen hören wir alle noch die Schreie der Möwen. Aber darüber hinaus: nein.« Sie zuckte zaghaft mit den Schultern. »Er ist zu weit fort.«

»Die Schale.« Rowena wusste selbst nicht, was sie in diesem Moment dazu trieb, davon zu sprechen. Vielleicht war es die Erwähnung des Meeres, dessen Bild auch Angia bei der Zeremonie im Spiegel der Quellschale entdeckt haben wollte. Sie ergriff Elidis' Hände. »Könntest du nicht darin nach ihm forschen?«

Erschrocken schaute Elidis sie mit ihren großen blauen Augen an. »Du weißt davon?«, fragte sie erstaunt.

Rowena blinzelte.

Elidis runzelte die Stirn. »Aber nur die Priesterin darf hineinsehen. Nur Angia. Es erfordert viel Kraft. Und nicht alles, was man erblickt, ist klar. Angia sagt, man kann leicht zum Bösen verführt werden, weil die Bilder darin die eigenen Zweifel und Ängste herausfordern.«

»Das stimmt«, entfuhr es Rowena, der mit einem Mal wieder deutlich in Erinnerung war, was sie in jener Nacht gesehen und seither gründlich zu vergessen gesucht hatte: die nackten Glieder jener anderen Frau, die sich um Cedric schlangen. Unwillkürlich schloss sie die Augen.

»Du hast es getan?« Elidis packte sie an den Schultern und rüttelte sie, bis sie sie wieder anschaute: »Was hast du gesehen?«

»Ich ...« Rowena schüttelte den Kopf. »Ich weiß nicht.« Und sich an Elidis' Worte erinnernd, fügte sie hinzu: »Es war herausfordernd, ja.«

So fand Angia sie beide.

»Hat Elidis es dir schon gesagt?«, fragte die Priesterin mit verschränkten Armen.

Die junge Frau ließ Rowena los, stand auf und klopfte sich hastig das Gras aus den Kleidern. »Noch nicht«, erklärte sie verlegen. »Wir kamen nicht dazu. Wir, äh ...«

Angia wandte den Kopf Rowena zu, ohne weiter auf Elidis zu achten. Die rappelte sich auf und stellte sich neben ihre Freundin. »Was ist?«, fragte sie beinahe trotzig wie ein ertapptes Schulkind.

Angia betrachtete sie intensiv. »Es ist so weit«, erklärte sie dann nicht ohne Feierlichkeit. »Wir glauben, dass du reif bist für die Zeremonie.«

»Die Grotte«, fügte Elidis hinzu und ergriff Rowenas Hand. »Ich war gekommen, um es dir zu sagen, entschuldige.«

Rowena konnte nicht verhindern, dass es in ihrem Bauch zu flattern begann. Schon oft hatten die beiden mit ihr darüber geredet, ein Ritual mit ihr vollziehen zu wollen, doch nie waren Details genannt worden, und noch immer hatte sie keine rechte Vorstellung davon, was sie erwartete und ob sie sich darauf einlassen wollte. »Ich weiß nicht«, begann sie zögernd, hob dann aber das Kinn: »Wird es etwas ändern?«, fragte sie.

Angia lächelte nur.

66

Es kam Cedric seltsam vor, nach all der Zeit wieder auf den Kais von Exeter zu stehen. Ihm war, als wäre es in einem anderen Leben gewesen, dass er hier entlangging, verzweifelt nach einer Spur der de Forresters suchend. Und doch war nicht einmal ein Jahr vergangen; die Ahornbäume am Ufer des Exe zeigten erst zarte Spuren der herbstlichen Färbung.

Kai ließ sich trotz ihrer Vorhaltungen nicht davon abbringen, als Erstes den Bischof aufzusuchen, um Aufklärung über das Schicksal seines Vaters zu verlangen, und lehnte jegliche Begleitung ab. Colum erbot sich daraufhin resigniert, Reitpferde und Proviant für die Weiterreise zu besorgen. Cedric vertraute ihm Kevin an und machte sich allein auf den Weg in die Stadt. In Gedanken versunken marschierte er umher, und ohne dass er ein Ziel gehabt hätte, ohne dass es ihm auch nur bewusst geworden wäre, stand er wenig später an der Stelle, an der er Rowena das erste Mal umarmt hatte. Nichts hatte sich verändert, nicht das Hauseck, nicht der Farn, der aus einer Ritze wuchs, nicht das Pflaster, befleckt vom Schmutz der überquellenden Rinne in der Mitte. Es war ein alltäglicher Ort, und doch ließ er Cedric verharren.

Hier hatten sie innegehalten damals, als die Verfolger ihnen nicht mehr auf den Fersen waren. Hier hatten sie einander ihren hastig gestammelten Bericht über die Vergangenheit gegeben, hatte einer dem anderen gestanden, was sie einander bedeuteten. Hier schließlich hatte er sie geküsst. Cedric schloss die Augen. Ein wenig spätnachmittägliches Sonnenlicht wärmte ihn, schwächer werdend schon, und gab ihm für einen Moment die Illusion, Rowenas flüchtige Wärme noch auf seiner Haut zu spüren. Ein Hauch von Blüten und Beeren, aus einem Garten über die Mauer zu ihm getragen, schenkte ihm die Illusion, der Duft ihres Haares stiege ihm noch einmal in die Nase. Aber seine Arme waren leer. Er stand lange so, allein auf der Gasse, ein seltsamer Fremder. Fest umkrampfte Cedric den Griff seines Schwertes. Er hätte sie niemals loslassen dürfen. Er hätte sie niemals gehen lassen dürfen. Er hatte so viele Fehler gemacht.

Der Drang, Colum zu suchen, sofort, ihm die Zügel aus der Hand zu reißen und ohne auf die anderen zu warten nach Forrest Castle zu reiten und dort mit den Fäusten an das Burgtor zu pochen, bis man ihm öffnen würde, öffnen musste, wurde beinahe übermachtig in ihm. Da hörte er wie einer, der aus dem Schlaf gerissen wird, die hämischen Stimmen:

»Was für ein Gesindel hier heutzutage herumläuft. Und der Bischof ist nicht da. Es ist eine Schande.«

Cedric öffnete die Augen. Das Männlein, das gesprochen hatte, offenbar ein ortsansässiger Handwerker, fuhr erschrocken zurück. Er hatte den Fremden mit den schwarzen Haaren, der braunen Haut und der seltsamen Kleidung für einen Heiden gehalten und war nun erstaunt, als er die europäischen Augen sah und in bestem Englisch angeschnauzt wurde.

»Gesindel also«, meinte Cedric und packte den Mann am Kragen. »Heißt ihr so alle willkommen, die mit König Richard im Heiligen Land gekämpft haben?«

Der Mann bekreuzigte sich und murmelte rasche Entschuldigungen. Einer seiner Freunde, der ihn verteidigen wollte, wagte es immerhin, den Hals über die Köpfe der anderen hinwegzurecken und zu krähen: »Gegen die Ungläubigen kämpfen wir hier auch. Im Augenblick ist der Bischof unterwegs, sie mit dem Eisen in der Hand zu vernichten.«

»Euer tapferer Bischof«, spottete Cedric und ließ den Mann los, der sich in stummer Empörung das Wams zurechtrückte. »Der in England das Schwert führt.«

»Allerdings, Herr Kreuzfahrer.« Der erste Sprecher trat vor und stemmte die Hände in die Hüften. »Ihr glaubt uns wohl nicht?«

Cedric wollte schon den Mund öffnen, um ihm eine deftige Antwort zu geben.

»Jedes Wort«, antwortete da eine andere Stimme für ihn.

Cedric fuhr herum und erblickte Colum, der drei Pferde am Zügel führte. Auf einem hockte Kevin, strahlend vor Stolz. Der alte Knappe aber war blass geworden, seine Augen unter den buschigen Brauen dunkel. Erschrocken sah Cedric, dass Colums Hände zitterten. Er nahm ihm die bebenden Zügel ab.

»Was ist?«, flüsterte er. »Ist etwas mit Kai? Mit Rowena?«,

fügte er hinzu, als seine Bestürzung wuchs. So hatte er Colum, den guten alten Colum, noch niemals gesehen. Furcht, so hatte er gedacht, war etwas, was jener nicht kannte.

»Ihr guten Leute.« Colums Stimme klang mühsam beherrscht und brüchig. Cedric hob die Brauen bei diesen unvertrauten Klängen. Colum um Höflichkeit bemüht, das war beinahe noch alarmierender. Er wollte etwas sagen, aber der Knappe wandte ihm den Rücken zu und fuhr, an die Fremden gewandt, fort: »Erzählt uns bitte mehr.«

In dem »bitte« lag ein Klang, der Cedric zum Schwert greifen ließ.

Kai erfuhr am Tor des bischöflichen Hauses, dass der Besitzer nicht da sei. Unwirsch wurde er abgewiesen; da er mit seinem Anliegen bei den Wachen gar nicht durchzudringen vermochte, wandte er sich dem Marktplatz zu, wo er seine Gefährten zu finden hoffte. Sie hatten den Brunnentrog als Treffpunkt vereinbahrt, wo die eisernen Ringe eingelassen waren für die Pferde fremder Besucher. Insgeheim hoffte er, dort jetzt schon Cedric mit seinen beiden Knappen warten zu sehen. Doch das einzige Pferd, das dort angebunden war, ein mächtiger Gaul mit zottigen Beinen, gehörte einem Böttcher, der nicht weit entfernt seine Waren feilbot.

Missmutig stemmte Kai den Fuß gegen die Wand und betrachtete zurückgelehnt das Treiben auf dem Markt, während seine Gedanken ganz woanders weilten. Als er seinen Namen hörte, schaute er sich erstaunt um. So lange hatte er keine vertraute Stimme mehr diese Silben rufen hören, voll Anteilnahme und Wärme, dass er zuerst an einen Irrtum glaubte. Doch der füllige Edelmann, der auf ihn zueilte, wiederholte nur voller Begeisterung:

»Kai de Forrester! Kein Zweifel.«

»Baron Saxton.« Es dauerte eine Weile, bis Kai aus seinem Gedächtnis den Namen hervorgekramt hatte. Der Mann, der da auf ihn zugehumpelt kam, war stark gealtert, seit er ihn das letzte Mal gesehen hatte. Sein ehemals fülliges Gesicht war eingefallen, die Ränder der Augen rot entzündet. Aber der Druck seiner trockenen, faltigen Hand fühlte sich so fest an wie damals. »Baron Saxton«, wiederholte Kai überrascht und bewegt, ein vertrautes Gesicht zu sehen. Er verneigte sich vor dem alten Nachbarn seiner Familie. »Es ist lange her.«

»Viel zu lange, mein Junge«, schnarrte der Alte voll Inbrunst. »Und zu vieles ist seither geschehen.« Er seufzte. »Die Welt ist nicht mehr dieselbe. Aber sagt mir ...« – hungrig packte er Kai an den Armen. »Kommt Ihr von drüben, aus dem Heiligen Land?«

»Eben vom Schiff«, bestätigte Kai und wollte schon Saxton bitten, ihm Aufklärung über seine Familie zu geben. Doch jener kam ihm zuvor.

»Habt Ihr meinen Sohn gesehen, Alan? Wisst Ihr von ihm?«

Kais Miene verdüsterte sich. Die Hände Saxtons ließen von ihm ab, noch ehe er den Mund geöffnet hatte, um zu antworten. »Tot?«, krächzte der Greis.

Kai nickte. »Ich begrub ihn vor Akkon«, sagte er tonlos. »Es tut mir leid. Aber vielleicht könnt ihr mir ...«, setzte er an, vergeblich.

»Tot!«, schrie der Alte und wankte ein paar Schritte zurück. Sein Gefolge scharte sich um ihn. Vorwurfsvolle Blicke flogen zu Kai. »Tot!« Er schubste alle zur Seite, die ihm helfen wollten, hob die Hände und ballte sie zu Fäusten, als wollte er dem Himmel drohen.

Peinlich berührt, aber unfähig, sich abzuwenden, verfolgte Kai das Schauspiel.

»Tot.« Saxton sackte mit einem Mal zusammen, als hätte seine gesamte Kraft sich in diesem letzten Aufbäumen verausgabt. Gebeugt stand er da; der Stock, der ihn einzig aufrecht zu halten schien, zitterte wie unter einem übermäßigen Gewicht.

Kai straffte sich und trat auf ihn zu. Diesmal wies Saxton die Hilfe nicht zurück. Er ließ es zu, dass Kai ihn stützte. Mit trockenen, entzündeten Augen starrte er zu ihm hoch, das lose Fleisch in seinem Gesicht bebte, als er sprach. »So haben wir alle unseren Kummer zu tragen, mein Junge.« Er tätschelte Kais Hand. »Ist das Schicksal nicht grausam? Da lebe ich und lebe, ein überflüssiger Greis, friste meine Tage, fruchtlos und leer, nur um diese Nachricht zu empfangen. Und Euer Vater, auf den eine Freudenbotschaft gewartet hätte, ist nicht mehr am Leben, um sie zu hören. Die Welt ist doch ungerecht.« Er rang sichtlich um Fassung und bemühte sich um ein Lächeln. »So will ich mich denn an seiner statt freuen«, hob er schließlich an. »Und wenn Ihr irgendeine Unterstützung benötigt …«

Kai stand da wie vor den Kopf geschlagen. »Mein Vater? Tot?«

»Gewiss. Die Nachricht kam im Frühsommer«, bestätigte Saxton, der so mit seinem eigenen Kummer beschäftigt war, dass er gar nicht recht begriff, wie neu und schockierend die Tatsache für Kai sein musste.

»Was? Wie?« Der junge Baron brachte nicht mehr als ein Stammeln heraus.

Saxton nickte wissend. »Er starb auf seinem Besitz«, sagte er und bemühte sich, seine Greisenstimme fest klingen zu lassen. »Im Kreis seiner Familie, so berichtete es jedenfalls Eure Schwester. Er starb als freier Mann, mein Junge, frei und unbescholten. Freilich, freilich«, er schnalzte bedauernd mit der Zunge, »gesund ist er nach dieser ganzen Geschichte wohl nie mehr geworden.«

»Habt Ihr seine Leiche gesehen?«, stieß Kai hervor.

Saxton errötete ein wenig, als er an die kleine Feigheit dachte, die er seinerzeit beging, als er dem alten Freund die letzte Ehre nicht zu erweisen wagte. »Meine Gesundheit hat es mir nicht erlaubt«, begann er verlegen, »die Beerdigungsfeier zu beehren und …«

Kai winkte ab. Sein Mund war ein schmaler, fest geschlossener Strich. »Schon gut. Ich verstehe schon.«

»Aber Ihr könnt meiner Anteilnahme gewiss sein«, begann Saxton dann erneut. »Ich werde doch Euch und Eure reizende Schwester nicht dem Elend überlassen. Falls Ihr Geld braucht, dann werde ich ...«

»Danke«, fiel Kai ihm steif ins Wort. »Ich war lange fort. Aber ich denke, so sehr kann sich das Leben auf Forrest Castle nicht geändert haben, dass wir bedürftig wären.«

»Sicher, sicher«, gab Saxton zu. »Ich meinte ja auch nur, weil neulich unser beider Nachbar zu mir kam und mir triumphierend berichtete, endlich habe man ihm den Wald angeboten, den er schon so lange von Eurem Vater begehrte. Und da dachte ich mir, weil doch Euer Vater immer so an dem Gelände hing, dass Eure Schwester schon arg in Bedrängnis sein muss, wenn sie sich davon trennt. Kai?«, fragte er, als er die Veränderung im Gesicht des jungen Mannes sah.

»Es geht schon«, stieß der hervor, kaum wissend, was er sagte oder tat.

»Das war gewiss alles ein wenig viel für Euch«, fuhr Saxton fort. »Frisch vom Schiff, sagtet Ihr nicht so? Meine eigene Verzweiflung ist schon alt, und so sehr mich die Nachricht schmerzt, die Ihr brachtet, muss ich doch gestehen, dass ich sie erwartet habe. Hoffnung hat in dieser Brust«, er schlug sich ein wenig theatralisch dagegen, »schon lange keine mehr gelebt.«

»Nein«, echote Kai. »Keine.« In seinen Ohren brauste es, und ihm war so schwarz vor Augen, dass er nichts mehr sah oder erkannte. Wie ein Blinder ertastete er die Hand, die sich in seine legte.

»Kai?« Es war Cedrics Stimme, er hörte sie nur wie von weitem. »Wir müssen sofort losreiten. Es ist etwas Furchtbares geschehen.«

Kai nickte. Langsam klärte sich sein Blick wieder. Nacheinander sah er Saxtons verwirrte Miene, Cedrics vor Unruhe flackernden Blick und Colum, der ihn bleich anstarrte. Sie nickten einander zu. »Wir kommen zu spät«, sagte er. »Nicht wahr?«

67

»Montfort! Montfort!« Mit diesem Ruf auf den Lippen rannte Harry auf das Tor zur Burg zu. »Es ist Montfort!«, war alles, was er hervorzustoßen vermochte, als Oswin ihn vor den Ställen zum Stehen brachte.

»Was schreist du denn so herum, Junge?«, fragte der Verwalter ihn ruhig und starrte verwundert auf den Knappen, dessen Brustkorb sich krampfhaft hob und senkte bei dem Versuch, zu Atem zu kommen. Beruhigend tätschelte er dem Braunen, den er an der Mähne hielt, die Nüstern.

»Er ist es«, schnappte Harry schließlich und spuckte bitteren Schleim aus. Danach verging der Krampf in seiner Brust. »Der Graf Montfort. Ich habe ihn beim Bachlauf gesehen. Und er hat Bewaffnete dabei.«

»Bewaffnete?« Dieses Wort ließ in Oswin ein Unbehagen aufflattern. Er hob den Kopf und blickte zum Tor, wo noch alles ruhig war. Nur eine leichte Brise zauste die sich verfärbenden Wipfel der nahen Bäume. Die frisch gepflügten Schollen der Felder glänzten im Spätsommerlicht wie die Flanken wohlgepflegter Pferde. Kein Hufschlag war zu hören. »Bist du sicher?«

Edith trat hinzu und strich Harry über den Kopf, eine Geste, die er unwirsch ablehnte. Sie fasste ihr Schultertuch vor der Brust und blickte in dieselbe Richtung, in die ihr Mann starrte. »Was könnten sie von uns wollen?«

Harry keuchte noch immer. »Ist doch egal. Wir müssen das Tor schließen«, rief er. »Das letzte Mal hat er das Fräulein ... er hat sie fast ermordet«, vollendete er seinen Satz. »Was wird er ihr diesmal antun?«

»Ich weiß nicht«, murmelte Oswin und schaute seine Frau an. Langsam fügte er hinzu: »Ich werde wohl mit ihm reden müssen.« Sie ergriff seine Hand und drückte sie. Oswin machte sich daran, das Pferd zurück in seine Box zu führen.

»Dann redet von den Zinnen herab«, fauchte Harry.

»Wie könnten wir ... er ist ein Graf.« Zum ersten Mal, seit Harry sie kannte, sah Edith unsicher aus. »Was tun wir, wenn er Einlass fordert?«

»Was würden wir tun, wenn er die Lady von uns fordern würde?«, gab Harry zurück und sah erleichtert, wie für einen Moment wieder Kampfgeist in Ediths Augen aufglomm. Noch immer aber war sie unsicher.

»Schließt die Tore«, bat Harry inständig, »glaubt mir doch, das ist kein Ritter, er ist ein wildes Tier. Man lässt keine Bestie über seine Schwelle.«

»Der Baron«, begann Oswin unsicher. »Wenn er hier wäre ...«

»Und das Fräulein ist auch fort.« Edith schüttelte besorgt den Kopf. »Was sollen wir nur tun?«

Verzweifelt schaute Harry von einem zum anderen. »In Windfalls hat der Baron dem Grafen gesagt, sein Besuch in Forrest Castle wäre nicht erwünscht, das habe ich mit meinen eigenen Ohren gehört.« Er packte Oswin am Arm. »Ich kann es beschwören!«

Was allerdings in diesem Moment hörbar wurde, war das Trappeln von Hufen.

»Gott, wie viele sind es?«, fragte Edith, die blass wurde.

Ihr Mann straffte sich. »Wenn es der Wunsch des Barons war, dass dieser Mann seinem Heim fernbleibt, dann soll es so sein.« Unglücklich musterte er die Wehrgänge und Zinnen. »Viel aufzubieten haben wir nicht«, murmelte er. »Ich wünschte nur ...«

Harry begriff, was ihm Sorgen machte. Oswin war kein Kämpfer, schon lange hatte er nur als Verwalter gedient. Er wusste, wie man säumige Bauern zur Raison brachte, und konnte mit Zahlen jonglieren. Aber eine Belagerung zu führen war seine Sache nicht. Dazu brauchte es einen Ritter, einen, der in solchen Dingen erfahren war.

»William«, stieß er hervor und sah gleich, wie die Gesichter der beiden aufleuchteten.

»Ja, William kann mit ihnen reden«, rief Edith erleichtert aus. »Er weiß, wie man mit solchen hohen Herren umgehen muss.«

»Nein, ich meine, er ist ein Ritter, er war einer, ein Templer.« Harrys Stimme überschlug sich beinahe. »Er wird wissen, was zu tun ist.«

Einen Moment noch blickten sich die Eheleute unsicher an und versuchten zu verstehen, was Harry da sagte.

Dann wurde zwischen den Bäumen das bunte Flattern einer Fahne sichtbar. Sonnenlicht blitzte auf Lanzenspitzen. Und Ediths Entscheidung fiel. Sie packte Harry an den Schultern. »Lauf!«, sagte sie eindringlich. »Hol William.«

Harry nahm sich nicht mehr die Zeit zu nicken. Er rannte so schnell er konnte durch das Tor und hörte mit Erleichterung, wie es sich hinter ihm knarzend in Bewegung setzte. Die Hoffnung verlieh ihm Flügel, und er hatte sie nötig. Denn da ritt auch schon der Erste von Montforts Gefolgsleuten aus dem Waldschatten heraus auf die Wegkreuzung vor der Burg. Harry schaffte es gerade noch, sich mit einem Hechtsprung in einen kleinen Tümpel zu retten, den hohes Schilf umgab. Hier lag er keuchend für einen Moment und hörte, wie rasselnd die kleine Streitmacht an ihm vorbeipreschte, wie der Herold gegen das Tor schlug und Einlass begehrte für seinen Herrn, den edlen Grafen. Red du nur, dachte er.

Zu gerne hätte er dem sich entspinnenden Wortwechsel gelauscht, aber er hatte einen Auftrag und begann, sich rückwärts kriechend an quakenden Fröschen vorbei auf das dem Weg abgewandte Teichufer zu schieben. Als er das Schilf zwischen sich und den fremden Rittern wusste, richtete er sich auf und rannte los.

Im Dorf fiel ihm mit einem Mal ein, dass er gar nicht wusste, wie er mit dem Pfarrer in die Burg zurückgelangen sollte, und er blieb wie vor den Kopf geschlagen stehen. Im selben Moment roch er den Rauch, und dann sah er auch den Qualm über den Bäumen aufsteigen von dort, wo Williams Haus stand.

Harry stürzte erneut drauflos, doch was er sah, als er das Gatter zu Williams Gemüsegarten erreicht hatte, ließ ihn erstarren. Er schaffte es gerade noch, sich in das dichte Laub eines Holunderbusches zu drücken, der dort am Fuß eines Mauerrestes wuchs. Vor dem Pfarrhaus grasten zwei Pferde, ihre Besitzer standen nahebei, den Blick auf die Eingangstür geheftet. Sie waren mit Lederharnischen und Helmen ausgerüstet; ihre Spieße lehnten an Williams Apfelbaum, von dem sich einer eine rote Frucht gepflückt hatte.

»Der ist nicht da, oder er grillt«, stellte er eben mit vollem Mund fest und schleuderte mit einer gekonnten Bewegung des Handgelenks den Apfelrest so durch die offen stehende Tür, dass er drinnen gegen einen schwelenden Pfosten stieß und die Funken nur so flogen.

Sein Kumpan lachte derb. »Auf dem Scheiterhaufen wäre er ohnehin gelandet«, stellte er fest. Drinnen krachte etwas, fetter Rauch quoll aus einem Fenster.

»Ich glaube, das war's«, hörte Harry einen der beiden Soldaten sagen, und er zitterte. Oh, er kannte das Wappen, das ihre Wämse zierte, nur zu gut. Er hatte es dicht vor Augen gehabt, als sie ihn an den Haaren durch ihren Kerker geschleift und ihm das Fleisch von den Rippen geschnitten hatten. Er sah es jede Nacht in seinen Träumen. »Exeter«, murmelte Harry, und er bebte dabei vor Angst und Wut zugleich. Hatte er doch gleichermaßen gehofft wie gefürchtet, dem Bischof noch einmal gegenüberzutreten. Zornig biss er die Zähne zusammen. Nein, es war nicht vorbei, es durfte nicht vorbei sein. Ehe er überlegte, was er da tat, war er aufgesprungen und rannte auf die Hüttentur zu; drinnen stand die Luft vor Hitze zitternd wie ein dünner Vorhang.

»He!«, konnten die beiden Wachen nur noch rufen. Da ihre ohnehin nachlässige Aufmerksamkeit nur auf das Haus gerichtet gewesen war, hatten sie ihn zu spät bemerkt und konnten nicht verhindern, dass er an ihnen vorbei auf den Eingang zulief und hineinschlüpfte. Die Hitze traf Harry wie ein Faustschlag, sie hüllte ihn ein, dünne Flammenzungen leckten nach ihm. Umgehend roch er den Gestank, der von seinen verschmorenden Haaren ausging. Selbst seine Nasenflügel schienen zu brennen von der glühenden Luft, die er einsog. Gott, wie sollte man hier atmen! Aber der glückliche Umstand, dass er noch nass war von seinem Bad im Teich, bewahrte ihn vor üblen Verbrennungen. Als er durch den ersten Flammenvorhang war, wurde es besser. Er erkannte durch den beißenden Rauch die Küche, den Flur zum Schlafzimmer und das Arbeitszimmer, dessen Tür offen stand. Wo sollte er mit der Suche beginnen?

»William?«, schrie Harry und musste umgehend husten. Er hob einen Ärmel und hielt ihn sich schützend vor das Gesicht. »William, seid Ihr hier?« Ein lautes Knacken im Gebälk über ihm antwortete und ließ ihn den Kopf herumreißen. Er schaffte es gerade noch, dem herabstürzenden Balken auszuweichen, der glühend und Funken sprühend auf dem Boden aufschlug, gefolgt von brennendem Stroh, das sich langsam und tanzend in der heißen Luft nach unten bewegte. »Verflucht!«, würgte Harry und taumelte gegen den Türrahmen, der nachgab und ihn ins Arbeitszimmer stürzen ließ. Lang schlug er auf den Boden auf, dessen Bretter heiß waren. Weißer Rauch quoll dünn zwischen den Ritzen hervor, verquirlt vom hastigen Rauschen einer Soutane. »Verdammt, William!«

Harry blinzelte vom Boden hoch. Er konnte es kaum glauben, aber hier war er. Barfuß, rußverschmiert und zerzaust wie ein Waldmensch hastete der Pfarrer zwischen seinen Büchern hin und her, raffte dort ein paar Pergamente an sich, zerrte da welche aus den Regalen, häufte alles auf einen vor Büchern überquellenden Tisch, auf den es vom Dach herab bereits Funken und Asche regnete, und hielt nur inne, um sich unglücklich umzuschauen. Harry, dem das heiße Holz beinahe den Rücken verbrannte, machte, dass er auf die Beine kam. Mühsam zog er sich an der Tischkante hoch. Was er zwischen Bibeln und Kirchenbüchern sah, waren die Bögen, die auch Rowena hier einst entdeckt hatte, dicht bedeckt mit Williams schöner, gleichmäßiger Schrift und verziert mit jenen wundersamen, bunten, feenhaften Bildern, die den Betrachter glauben ließen, er träume womöglich.

»William, was tust du da? Wir müssen sofort hier heraus!« Harry packte den Mann am Arm, der selbst wie ein Träumender aussah.

Er schüttelte den Kopf und befreite sich aus dem Griff des Knappen. »Gleich ...«, keuchte er, »ich muss nur ...« Er schaute wild um sich und entdeckte noch ein weiteres schützenswertes Blatt. Als er sich umwandte, um nach einer Ledermappe zu greifen, in die er alles hineinschieben wollte, krachte es abermals laut im Gebälk. Ein Teil der rückwärtigen Wand, wo Weidengeflecht und trockenes Moos gewesen waren, brach heraus, und ein heißer Sog entstand, in dem einige der Blätter vom Tisch abhoben. Manche fingen noch in der Luft Feuer, auf andere ging ein Funkenregen nieder, der glimmende, schnell um sich fressende Löcher in das Pergament brannte. Harry sah, wie die wehenden Haare dreier Matronen, blutige Wäsche in den Händen, zu glühendem Nichts zerschmolzen.

»Nein!«, schrie William und schlug bald nach den schwelenden Fetzen, bald griff er in die Luft nach den umherschwebenden Blättern. Es war ein verrückter, zielloser Tanz. »Hilf mir!«, verlangte er verzweifelt. »O Gott!«

Harry drehte sich um und stürzte hinaus. Als er zurückkehrte, war sein Haar grau von Asche. In seinen Armen trug er ein Schwert, einen Helm und den Mantel, dessen weißen Stoff er auf dem Boden nachschleppte. Alles zusammen ließ er scheppernd vor Williams Füße fallen. »Das ist es, was du brauchst«, sagte er. Er musste beinahe schreien, um das Prasseln des Feuers und das Krachen des Holzes zu übertönen.

William starrte ihn an wie ein Wahnsinniger. Einen Moment lang dachte Harry, sein Haar stünde schon in Flammen. Dann ging der Pfarrer in die Knie.

Nein, dachte Harry, oh, mein Gott, nein, nicht aufgeben, du darfst nicht aufgeben, wir brauchen dich doch. Mit einem Mal spürte er, wie die Hitze ringsum ihm die Lunge versengte, wie sie ihm die Kraft zum Atmen nahm. Er presste sich die Faust auf die Augen, doch es kamen keine Tränen. Er sah nur die Spur aus Asche, die seine Wimpern gewesen waren.

Drei Frauen erwarteten Rowena, als sie Angia zum Rand des Wasserbeckens folgte, dorthin, wo der Wasserfall wie ein silberner Schleier über die Felsen kam. Sein leises Rauschen untermalte ihre Begrüßung und sprühte einen feinen Nebel in die Luft, den die Spätsommersonne golden färbte.

Mit Freuden bemerkte sie, dass Elidis unter ihnen war, mit der sie inzwischen eine enge Freundschaft verband. Dann war ein junges Mädchen dabei, kaum älter als zwölf, die Rowena als Mirrea kannte. Und eine alte Frau mit hüftlangem, an den Spitzen dünn werdendem silberweißem Haar, das ihre dürren Schultern umfloss. Sie hieß Urdis, und so gebrechlich sie auch wirkte, als sie das Gesicht hob, um Rowena zu begrüßen, leuchteten ihre blauen Augen so hell und wach und klar aus ihrem faltigen Gesicht, dass die junge Frau sich unmittelbar angerührt fühlte und ihr dankend zunickte, als Angia sie vorgestellt hatte.

»Und jetzt?«, fragte Rowena, nachdem sie tief durchgeatmet hatte und immer noch nichts geschah. Sie war aufgeregt, ihre

Handflächen wurden schon wieder feucht, und sie wischte sie unauffällig an ihrem Kleid ab. »Wo gehen wir hin?«

»Wir sind schon da«, erwiderte Angia und wandte sich der Felswand zu.

Rowena grübelte einen Moment lang. War das wieder eine dieser Antworten, die bewusst widersprüchlich klangen, wie Angia sie gerne gab? Verbarg sich eine Lehre darin, die sie erkennen sollte? Dann aber tat Angia vor ihren Augen einen Schritt und verschwand unter der dünnen Haut des Wasserfalls.

»Was ...?«, brachte Rowena nur hervor, während sie mit wachsender Verblüffung verfolgte, wie, eine nach der anderen, ihre Begleiterinnen durch diesen Vorhang traten und fort waren. Als sie schließlich Luft holte und selbst den Schritt wagte, sah sie, dass Angia schlicht die Wahrheit gesprochen hatte: Sie waren bereits angekommen. Nur durch die dünne, gläserne, lebendige Wand des fließenden Wassers von der Umwelt getrennt, lag hinter dem Fall eine Grotte. Unruhiges, seltsam unwirkliches Licht tanzte über ihr steinernes Dach, das sich ein ganzes Stück nach hinten in den Fels hineinwölbte. Der Boden im vorderen Bereich glänzte vor Nässe, weiter hinten war er stellenweise mit Farn bewachsen, wirkte aber trocken. Eine erhöhte Stelle war von Moos überwuchert, fast sah sie wie ein grüner Altar aus.

Rowena war so beschäftigt damit, ihre neue Umgebung zu betrachten, dass sie zunächst gar nicht merkte, wie all ihre Gefährtinnen sich ihrer Kleider entledigten. Fröhlich kichernd wie eine Horde Mädchen stiegen sie aus den beim Durchtritt durch den Wasserfall nass gewordenen Gewändern. Rowena errötete, als sie Angias blühende Formen sah, und senkte die Augen. Elidis und sie waren ja schon zusammen geschwommen, und sie kannte deren schlanke Schönheit, aber es erschien ihr unstatthaft, den nacken Leib der Priesterin zu betrachten. Vollends fassungslos allerdings machte sie der Anblick von Urdis, die ganz aus Knochen und Falten zu bestehen schien, mit Brüsten, die wie leere Beutel auf ihren Brustkorb herabhingen, und herausstehenden Hüftgelenken. Noch niemals hatte sie so etwas gesehen. Dabei bewegte die alte Frau sich leichtfüßig und grazil, und ihr Haar umgab sie mit einer mädchenhaften Aureole. Vor allem aber war es die Selbstverständlichkeit, mit der Urdis umherging, die Rowena ihre Haltung wiedergab. Sie benahm sich nicht anders als Mirrea, deren noch kaum gerundeter Körper mit der glatten Haut und dem kindlich gewölbten Bauch wie der eines kleinen Mädchens beim Spielen wirkte. Allerdings war es ein ernstes, mit aller Konzentration betriebenes Spiel.

Die vier Frauen hatten Körbe mitgebracht, denen sie nun einige Behälter mit Deckeln entnahmen. Während Mirrea kleine Schalen mit Öl füllte und Dochte hineinsteckte, entfachte Angia ein Feuer und zündete die Lampen an, bis das Innere der Grotte beinahe aussah wie eine Kirche am Feiertag. Urdis hatte sich mit übergeschlagenen Beinen hingehockt und begonnen, Kräuter zu reiben, die bald einen bittersüßen, frischen Duft verströmten, der Rowena angenehm in die Nase stieg.

»Komm, mein Kind«, sagte Angia, als Rowena neugierig näher trat, um Minze und wilden Fenchel zu identifizieren, Zitronenmelisse, getrockneten Waldmeister und die späten Blüten der Rose. Sie wollte sich gerade über die übrigen Kräuter neigen, als sie Hände auf ihren Schultern fühlte, die auch ihr die Kleider abnahmen.

Steif vor Verlegenheit stand Rowena still und ließ es geschehen. Nur zu gern folgte sie der Aufforderung, sich auf den moosigen Altarblock zu legen, um den herum die Lichter angeordnet waren, und dort so still auszuharren, als könnte die Reglosigkeit ihre Blöße vergessen machen. Fest kreuzte sie dabei die Arme über den Brüsten, an die Existenz ihrer unbedeckten Scham wollte sie nicht einmal durch eine Geste erinnern. So lag sie da, steif und ängstlich.

Rowena erwartete zu frieren, doch es war nicht kühl in der Grotte. Die kleinen Feuer der Lampen, die hier und da in einem

Lufthauch flackernd ihrer Haut näher kamen, übergossen sie in Abständen mit einem Gefühl der Wärme, dem ein frisches Prickeln folgte, ein Schauer Höhlenluft, der aber nicht unangenehm war. Es schien, als ob der Raum sich nach und nach durch die Lichter und die Nähe der Menschen, die sich darin bewegten, erwärmte. Rowena wurde entspannter. Sie wusste nicht, was es war, der milde Duft, der unter Urdis' flinken Händen aufstieg, das bläuliche Halbdunkel oder der Gesang, den die vier um sie herum irgendwann angestimmt hatten; sie wusste gar nicht, wann, bemerkte nur, wie er sich nach und nach in ihr Bewusstsein schlich, ein Summen ohne Worte, ein Schwingen und Fallen von Tönen, die sich umeinanderrankten und webten, monoton nur für den, der sich nicht mittragen ließ über all die kleinen Höhen und Tiefen, Treppen und Windungen, Böen und Fälle. Rowena war es bald, als schwebe sie im Netz dieser Töne, sicher getragen und gehalten. Sie entspannte sich.

Dann dieser Klang, silbern und hell, der ihr Rückenmark entlangzulaufen schien, der alles zum Beben brachte, als wäre eine unbekannte Kraft in ihr aufgerufen. Es vibrierte in ihren Fingern und in ihrem Schoß, Rowena spürte es, als flösse mit einem Mal etwas anderes als Blut durch ihre Adern.

Was ist das?, wollte sie fragen. Da fing der Gesang sie wieder auf, wiegte sie ein. Dann klang es erneut, ihre Schläfe wurde angeschlagen wie eine Glocke, doch nein, es war kein Ton, war eine andere Empfindung, war Kühle, Feuchtigkeit: Etwas floss ihre Stirn hinab, ließ das Gefühl der Lebendigkeit von ihrer Stirn herabströmen, über ihren ganzen Körper, ihren Bauch, ihre Lenden, bis hinab zu ihren prickelnden Fußsohlen. Rowena sah aus den Augenwinkeln, wie Angia eine Schale abstellte, und begriff, dass ihr etwas über die Stirn gegossen worden war, doch genügte das, den Aufruhr zu erklären, in den es ihren ganzen Körper versetzt hatte?

Entsetzt sah sie, wie Urdis die Hände hob. Aber die Alte berührte sie nicht. Ihre Finger schwebten nur dicht über Rowenas

Leib in der Luft. Sie spürte eine sich steigernde Erregung, ein aufwallendes Unbehagen, so stark, dass es sie beinahe drängte, sich aufzubäumen. Dann aber, mit einem Mal, als wären Knoten durchstoßen, strömte die Kraft in ihr frei. Rowena seufzte, ein Laut, den die anderen Frauen unwillkürlich mit ihr teilten. Die Spannung im Raum ebbte ab. Rowena vernahm den Gesang wieder. Hatte er je aufgehört? Setzte er wieder ein? Sie wusste es nicht. Sie wusste nur, dass sie sich vollkommen wohl fühlte in diesem Augenblick, so wohl, wie ihr noch nie im Leben gewesen war. Wach und wie im Traum zugleich spürte sie sich schweben, und die Anwesenheit der anderen war wie ein Licht, das sie umgab, heimlich, vertraut, geborgen, liebend. Und sie selbst, Rowena, leuchtete und pulsierte in eben diesem Licht und als ein Teil davon. Rowena öffnete den Mund. »Ja«, stieß sie hervor.

Angia neigte sich über sie. »Nichts anderes brauchst du zu sagen.« Sie lächelte. »Am Ende bleibt uns allen nur das große Ja.«

In diesem Moment zerriss der Vorhang. Durch den Wasserfall kam eine Frau geschlüpft, Rowena kannte ihren Namen nicht. Aus ihren Haaren rann das Wasser, als sie sich über Angia neigte, um ihr hastig etwas ins Ohr zu flüstern. Ein Tropfen fiel auf Rowena, deren Haut so empfindsam geworden war, dass sie es wahrnahm wie einen Nadelstich, einen grellen Missklang. Sie richtete sich auf. »Was ist geschehen?«, fragte sie besorgt. Die Blicke der anderen verrieten besser als jede Antwort, dass dies ihr galt.

69

»Es ist gut«, hörte Harry auf einmal Williams Stimme. Und er fühlte seine Rechte leicht werden, als das Gewicht der Waffen von ihr genommen wurde. Benommen schaute er auf und gewahrte das in der heißen Luft flirrende Lächeln des Priesters.

»Luft anhalten«, kommandierte William, ehe er ihm den Mantel über den Kopf warf. Gleich darauf fühlte Harry sich gestoßen. Und er flog, umfasst von Williams starken Armen, durch das Loch in der Wand hinaus, in die Freiheit, in die Luft, den Wind und das frische, kühle, belebende Gras. Keuchend presste Harry sein verbranntes Gesicht hinein. Wie gut das tat. Er hätte den Tau von den Halmen lecken mögen. Aber William ließ ihm keine Zeit. Mit harter Hand zog er ihn hoch.

Die beiden Wächter vor dem Haus hatten keine Chance. Als William mit dem Schwert in der Hand um die Hausecke kam, schafften sie es nicht einmal mehr bis zu ihren Speeren. Der erste sank um, wo er stand, auf den Pfarrer wie eine Erscheinung starrend, der andere starb mit dem Rücken zu ihnen, während er versuchte, seine Waffe aus den tief hängenden Zweigen zu zerren, in die sie sich verhedderrt hatte. Mit vor Staunen offenem Mund kletterte Harry über sie hinweg.

Wenig später lagen William und er Seite an Seite auf der Kuppe des Hügels über Meredith's Hütte und hielten die Köpfe versteckt hinter Wicken und Wiesenkümmel. So beobachteten sie, wie die Männer des Bischofs von Hütte zu Hütte liefen und die Bewohner herauszerrten, die nicht klug genug gewesen waren, fortzulaufen. Der Bischof selbst saß auf seinem Pferd und beobachtete das Treiben, ungerührt von dem Gejammer und Geschrei.

»Dreckskerle«, flüsterte Harry. »Ich erkenne den da wieder.« Er nickte mit dem Kopf in Richtung des Hauptmannes, der eben mit einem Spieß die Glut aus dem Backofen in der Dorfmitte holte und seine Männer anwies, sie auf seinen Befehl in die Hütten zu werfen.

»Ich weiß«, erwiderte William knapp. »Er hat Adelaide getötet.«

»Also wird's bald!«, rief der Hauptmann nun über die Köpfe der völlig verängstigten Dörfler hinweg. »Oder sollen eure Häuser genauso in Rauch aufgehen wie das eures ketzerischen Priesters?«

Ein Gemurmel und Wehklagen stieg aus der Menge.

»Wir müssen näher rankommen«, verlangte Harry.

»Nein«, widersprach William. »Wir müssen an ihnen vorbei. Diese Männer sind nicht des Dorfes wegen hier. Wir müssen die anderen warnen.« Und er maß mit den Augen den Abstand von den letzten Häusern bis zum Waldrand ab. Wenn sie Meredith's Hütte als Deckung nahmen und sich dann entlang der Schlehenhecke bis zu den Birnbäumen schlichen, konnte es gelingen.

»Aber ...«, protestierte Harry noch, doch William hatte sich bereits zurückgeschoben und kroch im Schutz von Meredith's wickenüberwuchertem Gartenzaun an die Hütte heran.

»Wollen wir sie nicht aufhalten?«, flüsterte Harry heiser an seinem Ohr.

William hielt inne und biss sich auf die Lippen. »Es sind mindestens zwanzig, Harry«, gab er zurück. Dennoch kämpfte er mit sich, suchte nach Möglichkeiten, erwog. Ehe er zu einem Ergebnis kam, erklangen plötzlich dicht bei ihnen Schritte. Meredith, die sich offenbar bislang versteckt gehalten hatte, trat aus ihrer Hütte. Sehr aufrecht stand sie da, ohne Deckung zu suchen, die Arme vor der Brust verschränkt. Sie war keine zwei Schritte von ihnen entfernt. Doch ehe Harry sie wegziehen oder auch nur warnen konnte, stürzten die Schergen auf sie zu.

»Ehrwürden, Exzellenz!«, rief Meredith, noch ehe man sie gepackt hatte, und ging in die Knie. Ihr unterwürfiger Ton schnitt Harry ins Fleisch. Er spürte die Demütigung am eigenen Leibe, ihm war, als brenne sein Fleisch. Schon wollte er vorspringen, da hielt Williams starker Arm ihn zurück.

Meredith hob ihre ineinandergefalteten Hände. »Ich weiß, wo die sind, die Ihr sucht«, sagte sie.

»Wovon spricht sie?«, flüsterte Harry, der noch immer nicht begriff.

William hob gebietend die Linke. Mit der Rechten hielt er sein Schwert.

»Du kennst den Aufenthalt der Heiden?« Es war der Bischof, der nun sprach. Langsam lenkte er sein Pferd heran, seine Hufe zertraten Meredith's Kräuter und Blumen. Die hob nicht den Kopf, um sein blasses Gesicht zu betrachten. »Ja«, bestätigte sie nur.

»Wehe, du lügst«, rief der Hauptmann und hielt ihr die Schwertspitze unter das Kinn, um sie so zu zwingen, dem Bischof ins Gesicht zu sehen.

Da hob Meredith den Kopf und schaute vom einen zum anderen. »Ich lüge nicht«, sagte sie fest. »Ich führe euch hin. Es hat alles schon viel zu lange gedauert.«

Der Bischof nickte salbungsvoll. »Wahrhaftig«, sagte er, »viel zu lange. Aber nun werden wir ein Ende machen mit Feuer und Schwert.« Er hob seine dünne Stimme bei diesen Worten, damit sie über das Schnauben der Pferde, das Klirren der Geschirre und das Wimmern der Menschen hinwegtrug. »Wenn du die Wahrheit sprichst, meine Tochter, so sollen dir deine Sünden dafür vergeben werden. Wenn nicht …« Er sprach es nicht aus. Was dann geschehen sollte, konnte Meredith auch ohne Worte im Gesicht des Mannes lesen, der ihrer Tochter die Kehle durchschnitten hatte. Sie zuckte nicht einmal, als er ihr gegenüber die Geste wiederholte, lässig in die Luft gezeichnet. Sie machte nur eine wegwerfende Handbewegung. Vor Williams Füßen erzitterte im selben Moment leise der Löwenzahn.

»Warum tut sie das?«, eiferte sich Harry hinter William fassungslos, während er zusah, wie Meredith auf die Füße gezogen wurde und vor den Männern her die Dorfstraße hinab auf den Wald zustolperte. »Warum hilft sie diesem Schwein?« Er zuckte und sprang von einem Bein auf das andere in hilfloser Empörung. Nur Williams Anwesenheit hielt ihn davon ab, mitten zwischen die feindlichen Soldaten zu stürzen und wie ein Berserker um sich zu schlagen.

»Sie hilft ihnen nicht«, sagte der Pfarrer und bückte sich. Zwischen den Löwenzahnblättern spürte er etwas Hartes, Kaltes und hob es auf. Es war eine Gewandnadel, eine schlichte Arbeit aus Bronze, bei der die Nadel mehrfach gebogen worden war, bis sie so etwas wie das grobe Modell eines runden Labyrinths bildete. William kannte sie; sie hatte einst Adelaide gehört. Er selbst hatte sie vom Schultertuch der Toten abgenommen, um sie den Eltern zu geben. Er hob das Schmuckstück hoch und wendete es zwischen den Fingern, als suche er durch das Labyrinth seinen Weg. »Sie führt sie in die Irre.«

»Was?«, stieß Harry hervor.

»Komm.« William packte ihn an der Schulter und zog ihn mit sich, so heftig, dass er sich kaum auf den Beinen halten konnte und hilflos hinter dem großen Mann herstolperte. »Uns bleibt nicht viel Zeit.«

Harry protestierte. »Aber wir müssen zur Burg. Ich habe es Edith versprochen. Montfort ist dort. Er will sich des Fräuleins bemächtigen, und wir müssen ... he!«, rief er, als William keine Anstalten machte, auf ihn zu hören oder stehen zu bleiben, und hieb mit aller Kraft gegen die Schulter des Pfarrers.

Endlich wandte der sich um. »Die Burg hat Mauern, die sie schützen«, sagte er nur. »Das Alte Volk hat keine.«

»Aber ...«, wollte Harry einwenden.

Williams Blick blieb unnachgiebig. »Und Rowena ist bei ihnen, oder?«, fragte er nur und wandte sich um, um weiterzustürmen. Einen Moment blieb Harry stehen, unsicher, wohin er sich wenden sollte. In der Burg zählte man auf ihn, bestimmt hielt Edith schon Ausschau. Andererseits hatte William Recht, Rowena befand sich im Wald, ohne Schutz und ohne eine Ahnung von dem, was vor sich ging. Wütend kickte Harry gegen einen Stein. Schließlich fluchte er. Und dann nahm er die Beine in die Hand. William war schon am Waldrand, als er ihn endlich einholte.

70

»Rauch?«, fragte Elidis zweifelnd und starrte in den nun wieder blauen Himmel. In einer Reihe standen sie alle vor dem Becken, halbnackt und fröstelnd.

»Ja«, bestätigte die Frau und zeigte in die Richtung. »Er stieg vom Dorf auf.«

Angia hob den Kopf in die Luft wie ein witterndes Wild. »Spürst du das?«, fragte sie Urdis.

»Ja«, erwiderte zu aller Erstaunen Rowena. Sie stand da und öffnete die Augen, die sie nur kurz geschlossen gehalten hatte. Sie musste nicht fragen, wovon Angia sprach, es war so greifbar wie die Spannung vor einem Gewitter, ebenso knisternd und ebenso Unheil verkündend. »Gewalt«, flüsterte sie.

Angia betrachtete sie mit einer Art stolzen Zärtlichkeit, über die jedoch rasch wieder die Unruhe siegte. »Ja«, bestätigte sie, »genau so ist es.«

»Ich muss nach Hause«, sagte Rowena. Sie hatte ihr Kleid, das leichte Wollgewand, das Angia ihr bei ihrer Ankunft gegeben hatte, übergestreift, ohne sich die Zeit zu nehmen, die Schnürung am Hals zu schließen. Nun knotete sie die Lederbänder mit einem Ruck. »Ich muss wissen, was dort vorgeht. Ich bin für die Menschen dort verantwortlich. Angia, ich ...«

»Es ist gut«, bestätigte die Priesterin. »Ich verstehe dich. Geh.«

»Ich werde euch benachrichtigen lassen«, versprach Rowena. »Und ich komme wieder, bald schon. Ich werde Vater zu euch bringen«, sprudelte es aus ihr heraus. In der Tat hatte sie den Plan schon vor Tagen gefasst. Hier war der Platz, wo ihr Vater die Pflege und den Frieden finden konnte, die er brauchte, hier, nicht in einem Kloster. Hier war ihrer beider wahre Heimat. Nun, da sie das begriffen hatte, sah sie den Weg ganz deutlich vor sich. Gut, dass sie abberufen wurde, dachte sie, wenn auch mit Bedauern, dann konnte sie endlich alles in die Wege leiten. Sie hatte lange genug ihre Wunden geleckt. Endlich würde sie aktiv werden. Sie musste mit dem Abt reden. Er hatte bei dem Treffen damals nach ihrer Morgengabe gefragt. Sie würde ihm, so hatte sie beschlossen, den Wald nennen; er musste unter ihrem Schutz bleiben, unbedingt, und sie würde ...

Da hörte sie einen Klang, den sie seit Jahren nicht mehr vernommen hatte, seit den Jahren ihrer frühesten Kindheit nicht mehr, als eine Fehde zwischen den Nachbarn die Gegend beunruhigt hatte.

»Was ist das?«, fragte Mirrea, die Kleine, und drückte sich an Urdis.

»Die Hörner«, murmelte Rowena ungläubig und blieb stehen. »Sie blasen das Signal vom Turm. Die Burg wird angegriffen. Aber das kann nicht sein.«

Ungläubig und ratlos blickte sie zurück zu Angia und den anderen. »Packt eure Sachen«, sagte sie plötzlich, einer inneren Eingebung folgend, »und haltet euch bereit. Vielleicht, dass ich ...« Sie sprach es nicht aus, wusste selbst nicht, was geschehen war und noch geschehen würde.

Angia hob die Hände. »Da ist nichts, was wir mitzunehmen hätten«, sagte sie und umarmte Elidis, die sich an sie schmiegte.

Rowena hob ein letztes Mal die Hand zum Gruß. Dann stürzte sie davon.

Sie wunderte sich selber, wie rasch sie vorankam, beinahe so schnell, wie Angia sich zu bewegen pflegte. Sie hatte mehr von ihr gelernt während ihrer Zeit im Wald, als sie wahrgenommen hatte. Keine Wurzel angelte nach ihren Füßen, kein Stein hielt sie auf. Sie fand ihren Weg mit der schlafwandlerischen Sicherheit desjenigen, der nicht darüber nachdenkt. Ihre Gedanken flogen ihr weit voraus. Wie unbedacht war sie doch gewesen, wie leichtfertig, als wäre sie nicht von dieser Welt! Wie lange hatte sie sich im Wald aufgehalten? Tage, Wochen? Und nicht einmal hatte sie sich seither erkundigt nach der Welt dort draußen und was in ihr vorging. Nicht nach ihrem Vater, nach Harry, nach Edith und den anderen. Waren da nicht Sorgenfalten in Williams Gesicht gewesen, als er sie besucht hatte? Sie hatte nicht danach gefragt. Und nun wusste sie nicht, was sie vorfinden würde.

Rowena war selbst erstaunt, als sie die dunklen Mauern von Forrest Castle so rasch vor sich auftauchen sah. Die Burg schmiegte sich mit ihrer Rückseite an den Wald, wo ein steiler Hang voll junger Buchen stand, die der Baron schon lange hatte schlagen lassen wollen, da sie mit ihren Kronen bald die Mauerzinnen erreichten. Rowena umging ihn, um sich von Osten her dem Tor zu nähern. Angespannt arbeitete sie sich durch Himbeergestrüpp und Unterholz aufwärts. Sie roch die Pferde, bevor sie sie sah oder das Klirren der Rüstungen hörte. Erschrocken hielt sie inne. Kein Zweifel, es waren Bewaffnete vor der Burg. Nun hörte sie auch eine laute Stimme, die sich vor dem Tor erhob. Rowena duckte sich und bemühte sich, möglichst lautlos voranzukommen bis an den Rand des Waldes, wo überhängende Holunderbüsche sie vor den Augen der Belagerer schützen würden. Sie musste kaum fürchten, von ihnen gehört zu werden, so viel Lärm, wie sie selbst veranstalteten. Noch ohne sie gesehen zu haben, schätzte Rowena ihre Zahl auf zwanzig oder mehr. Dennoch bewegte sie sich vorsichtig und zuckte zusammen, als ein Ast unter ihrem leichten Tritt mit einem vernehmlichen Knacken zerbrach. Nur noch wenige Meter, dann konnte sie um den Turm herumsehen und hatte das Tor im Blick. Rowena hielt den Atem an und schob sich hinter eine Lärche. Noch einen Baum weiter, noch über diesen Stumpf ... Da packte plötzlich eine brutale, gepanzerte Hand ihre Schulter und riss sie von den Beinen. Rowena wollte schreien. Aber eine andere Hand legte sich fest auf ihren Mund. Über ihr grinste ein ihr nur zu bekanntes Gesicht. »Überraschung.« Die Stimme war nur ein Flüstern.

71

Als William mit Harry im Gefolge das Walddorf erreichte, fand er bereits alle Bewohner auf den Beinen. Aufgeregt drängten sie sich um ihn. Aber als er seine Botschaft verkündet hatte, wurde es still. Noch war von der Horde des Bischofs nichts zu hören, der Wald war still, nichts erklang als das Schlagen eines Vogels und das Rauschen des Windes in den Wipfeln. Die Sonne schien noch immer golden, dennoch hatte es sich wie ein Schatten über die Lichtung gelegt. Alles, was sie um sich sahen, war nicht mehr sicher, war nicht mehr ihr Heim; es würde bald schon nicht mehr existieren. In Feuer und Kriegsgeschrei würde ihr Dorf untergehen. Es war, wie es da stand, dem Untergang geweiht, war beinahe schon von der Zeit verschlungen, die sie stets belagert hatte. William selbst musste blinzeln, während er sprach, und ihm war, als vibriere das Gras um die Hütten und das Bild beginne bereits, sich zu verwischen.

Gondal senkte den Kopf wie zum Gebet; einem Kind, das zu ihm trat und sich angstvoll aufschauend an sein Bein klammerte, strich er nur abwesend über den Kopf.

»Wir müssen uns beeilen«, drängte William. »Ich bringe euch zum Tunnel. Von dort gelangt ihr unter die Burg und seid vorläufig sicher.«

»Ins Gewölbe«, riefen einige hoffnungsvoll, denen die Aussicht auf ihre heilige Halle ein neues Gefühl von Geborgenheit einflößte. Undenkbar, dass ein uneingeweihter Fuß ihn je beträte. Bittende Blicke flogen zu Angia, fragende auch. Denn sie war es, die beim Hochzeitsmond dort in die Schale geblickt und Ernte für die Zukunft vorhergesehen hatte, auch das Meer. Nun drohten ihnen stattdessen das Feuer und der Tod. Wo ist die versprochene Ernte?, schienen sie zu fragen. Wo ist die Küste, die wir erblicken sollten? Doch es gab kein Murren.

Angia stellte sich neben William und drückte kurz seine Hand. »Wir werden gehen«, bestätigte sie. Dann hob sie die Arme, um zu ihren Leuten zu sprechen und die nötigen Anweisungen zu geben. »Wir gehen zusammen«, erklärte sie. »Niemand nimmt mehr mit, als er am Leibe trägt. Helft den Kindern und den Alten. Und schaut nicht zurück.«

William half ihr, er schob verirrte Kinder zu ihren Müttern, nahm Alte am Arm, bis sich jemand fand, der sie mit sich zog. Rasch und energisch formierte er einen Zug.

Harry drängte sich derweil durch die Menschenmenge. »Rowena?«, rief er dabei und reckte den Hals. Hier waren so viele Frauen, und einige davon hatten rote Haare. Aber seine Herrin entdeckte er nicht unter ihnen. »Lady Rowena!« Er rief es lauter. Als William vorbeikam, packte er ihn am Zipfel seines Gewandes. »Sie ist nicht da!«, stieß er hervor. Ärgerlich, als er Williams verständnisloses Gesicht bemerkte, wiederholte er: »Rowena. Deshalb sind wir doch hier, oder?«

William errötete ein wenig und wandte sich an Angia. Die schüttelte den Kopf. »Sie brach auf, als die Hörner von der Burg riefen«, sagte sie. »Sie wollte bei ihren Leuten sein.«

»Aber die Burg wird belagert!« Harry schrie es beinahe. »Sie kommt dort nicht hinein, William!« Er packte den Priester. »Sie läuft ihm in die Arme!«

Im selben Moment hörten sie ein anderes Hornsignal in der Nähe. Unheil verkündend schwebte es über den Wipfeln des Waldes. Hundegebell antwortete ihm.

»Jäger?«, fragte Angia verwundert.

William schüttelte den Kopf; sein Gesicht war verzerrt. »Sie jagen uns«, sagte er leise. »Und sie sind näher, als ich dachte.« Für einen Moment schloss er die Augen. »Meredith scheint keinen Erfolg gehabt zu haben.«

Für einen Moment schwiegen alle. Nur Harry war zu aufgeregt, um zu begreifen, was dies für Meredith bedeutete. »Rowena«, beharrte er.

»Wir müssen los!« Williams Stimme klang hart und endgültig. Er hob den Arm zum Aufbruch. Angia setzte sich an die Spitze. Einer nach dem anderen zogen sie an William und Harry vorbei, der wie auf glühenden Kohlen saß. »Und Rowena?«, verlangte er.

Gondal war der Letzte in der Reihe. Er blieb vor William stehen und hob den Kopf. »Ich bleibe«, sagte er nur schlicht.

William wollte den Mund öffnen, aber der Alte hob nur die Hand und lächelte. »Es geht nicht immer darum zu überleben«, sagte er. Tief atmete er aus und blickte in die Gesichter der anderen, nahm in Gedanken Abschied von ihnen und nickte dem einen und anderen zu. »Es geht darum zu bewahren.« Er legte William die Hand auf die Schulter. »Ich werde tun, was Meredith tat«, versprach er. »Und mir bewahren, was wichtig für mich ist. Wir werden uns wiedersehen«, fügte er hinzu, als er Williams vom Schmerz gezeichnetes Gesicht sah. Aufmunternd nickte er ihm zu. Dieser senkte den Kopf und empfing eine letzte Segensgeste. Dann ging er, ohne sich umzusehen. Er folgte dem Alten Volk.

»He«, brüllte Harry, der Gondal keines Blickes würdigte. »Wo gehst du hin, Priester? Willst du Rowena im Stich lassen?« Halb schrie, halb schluchzte er auf, als William mit keiner Geste mehr reagierte. Harry schaute sich suchend um, entdeckte einen Stein, hob ihn auf, warf ihn und verfehlte William, der unbeirrt weiterging. »Verfluchter Feigling«, brüllte er. Dann, nach einem letzten Zögern, warf er sich herum und rannte los – in Richtung der Burg.

Zurück blieb Gondal, inmitten der verlassenen Hütten. Noch einmal ließ er seinen Blick über den Ort schweifen, der seine Heimat gewesen war. In den Hütten glomm noch das Herdfeuer, in einem Garten lagen Hacke und Sichel auf dem Boden, wo die Flüchtenden sie niedergeworfen hatten, auf einer Bank saß eine hölzerne Puppe. Dann schloss er die Augen. Und der Raum weitete sich. Tief einatmend öffnete Gondal seine

Sinne für die Umgebung. Er spürte das Wasser unter den Felsen zu seinen Füßen, spürte das flüsternde Wachsen des Farnes, der seine Blätter entrollte, das träge Knarren der unendlich langsam sich reckenden Baumleiber, die hellen Fäden des Quarzes im Gestein, die das Licht weitertrugen, und das tobende Leben in den schweren Leibern der Hunde, die als Erste durch das Dickicht am Rande der Lichtung brachen. Gondal zuckte nicht zusammen und flüchtete nicht. Er hatte sie längst erwartet.

Knurrend und geifernd kam die Meute heran; Gondal rührte sich nicht. Als sie ihn bemerkten, blieben sie stehen, einige kläfften, andere winselten, doch keiner wagte sich näher heran. Nach einigen Augenblicken der Unsicherheit ließen sie sich nieder und stießen verlegen die Schnauzen in den Staub. So fanden sie die Treiber.

Ihnen folgten die Reiter, die mit gesenkten Lanzen zwischen die Hütten preschten und sie prüfend ins Weidengeflecht stießen. Ihre Pferde zertrampelten die Beete, die Reiter stießen mit den Füßen um, was sie erreichen konnten, traten aus dem Sattel gegen Zäune, gegen Eimer, einen Korb mit Eiern auf einer Bank.

»Was ist, was haben die Biester?«, fragte einer und wies auf die Hunde. Langsam versammelten sie sich. »Was wimmern sie so?«

»Keine Ahnung, he, hoch!«, brüllte ihr Pfleger. Aber die Tiere nahmen die Schläge nur wimmernd hin und rührten sich nicht. Keiner der Männer nahm Gondal wahr. Bis zu dem Moment, in dem er es wollte.

Mit einem Aufschrei fuhren sie zurück. »Da!« »Was war das?« »Habt ihr den gesehen!«

»Wo?«, wollte ein anderer wissen.

»Das war ein Geist!« Niemand widersprach dem Sprecher. Alle starrten auf die Stelle, an der eben noch ein alter Mann mit langen, wehenden Haaren gestanden und sie angeblitzt hatte mit seinen Hexeraugen. Nur kurz war er sichtbar gewesen, nun schien er wieder verschwunden.

»Ich glaube nicht an Geister«, stellte einer fest und wagte sich vor. Mit Bedacht stieg er über die Hunde, seine Lanze in den Händen haltend, um vorsichtig mit ihr nach der Stelle zu stochern, an der die Erscheinung eben zu sehen gewesen war. Er glaubte, in Luft zu stechen, doch stieß er auf Widerstand.

Seine Lanze zerbrach, die Stücke flogen zur Seite, und er selbst spürte eine Hand an seiner Kehle. Als er vergeblich den Mund öffnete, um zu schreien, sah er plötzlich das Gesicht Gondals dicht vor sich, die Augen so grün, als leuchte durch sie hindurch der Wald selbst ihn an. Losgelassen taumelte er zurück, keuchend und würgend. »Weg hier«, stammelte er.

Und seine Kumpane gehorchten so prompt, dass eine Woge von Männern gegen den Hauptmann prallte, als er mit dem Bischof und seiner Eskorte ankam. »Halt!«, brüllte er und brachte die Flüchtenden zum Stehen, indem er sich ihnen mit dem Pferd in den Weg stellte und haltlos auf alle eindrosch, die sich nicht vor ihm duckten und zurückwichen. »Stehen bleiben, bleibt, ihr Hunde! Was fällt euch ein? Jeden, der flieht, erschlage ich persönlich!«

Die Männer streckten die Hände aus. »Dort ist ein Geist«, riefen sie. »Ein Hexer!«

»Das Dorf ist verflucht«, wusste ein anderer.

»Was?«, rief der Bischof und wagte es, sein Pferd einige Schritte voranzutreiben. »Wegen dieses einen Mannes?« Mit einer Mischung aus Grauen und Faszination betrachtete er Gondal, der mit geschlossenen Augen dastand, als ginge ihn all dies nichts mehr an. Noch immer lagen die Hunde zu seinen Füßen. »Erstaunlich«, murmelte der Bischof.

»Der Rest ist ausgeflogen«, bestätigte der Hauptmann nach einer schnellen Runde zwischen den Hütten.

Der Bischof wandte den Kopf. »Verbrennt die Hütten«, befahl er. Dann hob er seine feine weiße Hand mit dem violetten Stein und wies auf Gondal. »Und bringt mir den. Ich bin gespannt darauf, ihn zu befragen, ehe die Flammen ihn verschlingen.« Als nichts geschah, wandte er sich um. »Wird's bald?«, verlangte er.

Die Männer standen da und traten von einem Fuß auf den anderen. Keiner wagte es, als Erster vorzutreten. Schließlich war es der Hauptmann selbst, der fluchend in eine Hütte trat, einen Kienspan an das Herdfeuer hielt und damit das Dach in Flammen setzte. Als sich die Glut knisternd durch das nach dem langen Sommer trockene Stroh fraß, stieg die Spannung ins Unerträgliche. Doch nichts geschah, kein Abgrund öffnete sich zu ihren Füßen, keine Ungeheuer erschienen. Gondåḷ selbst tat keine Regung. Als das Dach krachend einstürzte, gab es auch für die Soldaten kein Halten mehr. Brüllend fielen sie zwischen den Hütten ein und begannen ihr Zerstörungswerk, froh, des Bannes ledig zu sein. Ihre vorige Verzagtheit machten sie mit eifriger Brutalität wieder wett.

Der Hauptmann trat auf Gondal zu. »Wo sind die anderen?«, fragte er und setzte ihm das Schwert auf die Brust. Im selben Augenblick spürte er einen Schlag. Er ließ die Waffe fallen, als hätte er sich verbrannt. Fassungslos starrte er bald auf seine Hände, an denen sich rote Male zeigten, bald auf Gondal, der vor ihm wie vom Blitz getroffen zusammengestürzt war.

»Was ist?«, fragte der Bischof und ritt näher. Aus dem Sattel herab starrte er auf Gondal, der reglos dalag. »Ich hatte doch gesagt, ich will ihn lebend.«

Mit leisem Grauen starrte der Hauptmann auf den alten Mann, der nun nichts Dämonisches mehr an sich hatte. Nach einer Weile wagte er es, ihn mit dem Fuß anzustoßen. »Tatsächlich tot«, stellte er fest. »Dabei habe ich ihn nicht angerührt. Heimlich rieb er sich dabei die Hände. Doch die Male und der Schmerz wollten nicht schwinden. Kaum, dass er es schaffte, den Schwertgriff zu packen.

Der Bischof schnalzte missmutig mit der Zunge. »Wir halten uns nur auf«, rief er schrill. »Bringt die Hunde auf die Beine. Wir müssen die Spuren der anderen finden.«

72

Rowena starrte mit aufgerissenen Augen in das Gesicht des Mannes, der sich über sie neigte. Es dauerte lange, bis sie begriff, was sie sah – und bis sie es glauben konnte. »Kai«, stammelte sie endlich, als er die Hand von ihrem Mund nahm, für das unerwartete und doch so vertraute Bild einen Namen findend. »Kai, du ... ich ...« Sie rappelte sich hoch. »Und ich dachte schon ...« Die Erleichterung ließ ihre Knie weich werden, und sie fiel ihrem Bruder um den Hals. Fest umschlang sie ihn mit beiden Armen. »Kai, ach Kai.« Die Überfülle dessen, was es zu sagen gegeben hätte, verschloss ihr den Mund, und sie kämpfte gegen die Tränen. Dann mit einem Mal schob sie ihn von sich. »Wo zum Teufel warst du?«, fragte sie.

»Ich freue mich auch, dich zu sehen, Schwesterherz«, erwiderte er ironisch und machte eine kleine Verneigung.

Umgehend erinnerte sie sich wieder seiner ihr gegenüber stets ein wenig spöttischen, herablassenden Art und errötete. Sie öffnete schon den Mund, da erblickte sie über seiner Schulter seine Gefährten, und die Farbe auf ihren Wangen vertiefte sich.

Kai bemerkte es und wandte sich um. »Darf ich vorstellen?«, fragte er mit einer eleganten Handbewegung. »Obwohl das wahrscheinlich nicht mehr nötig ist«, fügte er dann leise für sich hinzu, als Rowena in Cedrics Arme flog. Mit demonstrativem Takt wandte er sich ab.

»Du bist gekommen«, flüsterte Rowena. Mehr brachte sie nicht heraus, während sie sich mit aller Kraft an ihrem Geliebten festklammerte und sich berauschte an seinem Geruch, seiner Wärme, dem unglaublichen Gefühl, wieder in seinen Armen zu liegen. »Verzeih mir«, stammelte sie, während sie an ihre letzte Begegnung bei der Brücke dachte und den Schimpf, den sie ihm zugefügt hatte. »Was ich damals gesagt habe ...«

»Ich habe nicht ein Wort geglaubt«, erwiderte Cedric und barg ihren Kopf an seiner Schulter. »Nicht einen Augenblick lang.« Glühende Röte überfiel ihn, als er Colums Blick bemerkte. Aber er hielt sie nur umso fester.

Verlegen und glücklich machte Rowena sich aus seiner Umarmung los. »Ich wäre zu dir gekommen, wenn du nicht zurückgekehrt wärst, weißt du?«, sagte sie schlicht.

In Cedrics Blick glomm stolze Freude auf.

»Darf ich euch erinnnern«, unterbrach Kai sie da.

»Wer ist es?«, fragte Rowena und meinte die Männer vor dem Tor, die ihren Blicken noch immer entzogen waren.

»Montfort«, erwiderte Cedric an Kais Stelle.

Rowena schaute ihn an. »Er drohte mir damals, er würde Vater töten lassen, wenn ich nicht einwillige, ihn zu heiraten.«

»Und du hast den Antrag abgelehnt.« Kai suchte zu begreifen, was in seiner Abwesenheit geschehen war.

»Nein«, gestand Rowena und errötete erneut, während sie Cedric in die Augen sah. »Ich hatte ihn angenommen. Für eine Weile.«

»Aber Vater«, begann Kai.

Da verstand Rowena. Sie machte sich von Cedric los und ergriff die Hände ihres Bruders. »Er lebt, Kai. Er ist am Leben. Es war alles nur eine Finte. Ich habe die Leute glauben lassen, er sei gestorben, und ihn ins Kloster von Stonebury geschafft.«

Ungläubig starrte Kai sie an.

»Ja«, bestätigte sie strahlend. »Er ist gesund. Versteh doch. Es war die einzige Möglichkeit, ihn vor dem Bischof zu retten und Montfort den Zugriff auf unseren Besitz zu verweigern.«

»Ins Kloster?« Kai schüttelte noch immer verständnislos den Kopf.

Rowena nickte eifrig. »Der Abt ist eingeweiht. Ich habe ihn als Verwalter eingesetzt, bis du wiederkommen würdest. Und oh, nun bist du da«, rief sie, überwältigt von ihren Gefühlen so laut, dass Kai sie unwillkürlich tiefer ins Gebüsch zog. Colum und Kevin, die weiter vorne das Tor im Auge behielten, winkten ab. Die dort waren zu beschäftigt, um sie zu bemerken.

»Ja, jetzt bin ich da«, knurrte Kai. »Und stehe vor verschlossenen Türen.« Mit zusammengekniffenen Augen starrte er die Mauer empor. »Aber das werden wir ändern.« Dann spitzte er die Lippen und pfiff. Es klang harmlos, wie der Ruf irgendeines Waldvogels, den man zu kennen glaubte. Und doch wie kein Vogel, der wahrhaftig seine Schwingen spreizte. Fast sofort erschien ein Kopf über dem Mauerrand und blickte sich hastig suchend um. Rowena erkannte Arthurs grobes, gutmütiges Gesicht unter der Lederhaube. Er zielte mit Pfeil und Bogen nach unten. Kai nahm den Helm ab und trat für einen kurzen Moment aus dem Gebüsch. Da stieß der Knecht einen Schrei aus.

»Grundgütiger! Der Herr!« Erschrocken presste er sich die Faust vor den Mund.

Kai legte den Finger an die Lippen und lächelte. Er selbst begnügte sich damit zu winken, Arthur solle zur Nordseite gehen, weiter fort vom Tor. Dann zog er sich in die Deckung zurück, rief leise die beiden Knappen von ihrem Horchposten ab und führte seinen kleinen Trupp bis zum Nordturm, an dessen Seite sich bald darauf zwei Seile entrollten.

»Du zuerst«, sagte Cedric und führte Kevin an das linke Seil, während Colum sich daran machte, das rechte zu erklimmen.

»Ist sie das?«, flüsterte der Junge ihm dabei ins Ohr.

Cedric nickte.

»Sie ist wirklich sehr schön«, meinte Kevin anerkennend und erntete dafür einen aufmunternden Klaps auf den Hosenboden.

»Jetzt du.« Cedric wandte sich Rowena zu, trat aber zurück, als Kai das Seil nahm, um es um ihre Taille zu schlingen.

»Du kannst mithelfen, indem du dich mit den Füßen gegen die Mauer stemmst«, erklärte er ihr gönnerhaft. »Damit du nicht wie ein Sack in der Luft hängst.«

»Mir brauchst du das nicht zu erklären«, antwortete Rowena ihm schnippisch. »Ich war schon früher geschickter im Klettern als du.«

Tatsächlich kam sie gewandt nach oben. Cedric bemühte sich, am zweiten Seil an ihrer Seite zu bleiben. Rasch ließ er dann die Leine noch einmal herab, während Arthur Rowena freiknotete, damit auch Kai heraufkommen konnte. Als er die Mauerkrone erreicht und sich hereingeschwungen hatte, fiel Arthur unbeholfen auf die Knie und küsste seinem lange vermissten Herrn die Hand. Die Tränen, die Rowena im Halse stecken geblieben waren, flossen bei ihm ungehemmt.

»Schon gut«, sagte der junge Baron und strich ihm verlegen über das Haar. »Ist schon gut, Arthur, hör auf. Sag mir lieber ...«

Aber da kamen bereits Oswin und Edith angerannt, um sich ihm zu Füßen zu werfen. Gerührt, aber auch verlegen von diesen Ergebenheitsbekundungen, räusperte Kai sich. »Es scheint niemanden zu geben, der mir sagen will, was hier vor sich geht.«

Da fasste Oswin sich. »Mein Herr«, begann er, »der Graf verlangt, dass wir ihm öffnen. Eben ist er erneut vor das Tor geritten zur – wie er sagt – letzten Unterhandlung.«

»Mit welchem Recht?«, grollte Kai und war bereits auf dem Weg.

Oswin kam ächzend wieder auf die Füße, um ihm zu folgen. »Mit dem des Besitzers, sagt er.«

»Was?«, schrie Rowena, die ihre Röcke gerafft hatte und den Männern nachgehastet war. Ihre Empörung war so groß, dass sie jede Vorsicht vergaß und sich weit zwischen den Zinnen hinausneigte, um dem Grafen ihre Verachtung ins Gesicht zu schleudern. »Wie könnt Ihr es wagen?«, rief sie. »Nie seid Ihr hier etwas anderes gewesen als ein Eindringling.«

»Ah, Mylady«, antwortete Montfort, ohne auf ihren aufgebrachten Ton zu reagieren. Er nahm den Helm ab und schüttelte seine Locken aus. Seine seltsamen Bernsteinaugen leuchteten zu ihr hinauf. Und wie immer schien sein von den Narben verzerrter Mund leise spöttisch zu lächeln. »Wie schön, dass Ihr mich endlich begrüßen kommt. Denn meine Schöne«, fuhr er im Konversationston fort, »Ihr seht in mir den Besitzer dieses Anwesens.« Er schnippte nach seinem Herold, der heranritt und ihm eine Urkunde überreichte, die Montfort für alle sichtbar hochhielt. »Als solcher wird es mir natürlich eine Freude sein, Euch weiter Gastrecht zu gewähren. Ob ich es allerdings mit einem Eheversprechen besiegeln werde, weiß ich zugegebenermaßen noch nicht. Ehrlich gesagt, ich bevorzuge Damen mit tadellosem Ruf, und Ihr, meine Liebe ...«

»Ihr Ruf ist über jeden Zweifel erhaben«, unterbrach ihn Cedric, dessen dunkle Augen vor Wut blitzten.

Montfort grüßte ihn mit einem Neigen des Kopfes, als er ihn erkannte. »Ihr«, kommentierte er nur. »Wieder einmal Zweiter, mein Lieber.«

Rowena schloss vor Scham die Augen.

Da trat Kai an die Mauer heran. »Ich sehe Euer Dokument, doch ich kann das Wappen nicht erkennen. Sagt mir doch, wo es ausgestellt wurde.«

Montfort antwortete: »Im Kloster von Stonebury, dessen Abt der Nachlassverwalter des Barons ist.«

»Das kann nicht sein«, rief Rowena. »Der Abt verwaltet den Besitz nur für den Erben des Barons.«

»Der tot ist«, vollendete Montfort. »So sagte mir der Abt, der Bischof von Exeter beglaubigte es, und so weiß es die Welt. Also öffnet das Tor.« Aus seiner Stimme schwand mit einem Mal jede Spur von Verbindlichkeit. Er ergriff die Zügel seines Pferdes.

»Wenn Ihr mich tatsächlich tot sehen wollt«, rief Kai und richtete sich auf. »Dann müsst Ihr mich schon vorher umbringen, mein Herr!«

Montfort starrte ihn eine ganze Weile mit offenem Mund an. »So ist das also«, murmelte er dann. Im selben Moment gab er seinen Männern ein Zeichen. »Wie Ihr wollt!«, rief er in das Sirren der Bogen und gab seinem Pferd die Sporen.

Die auf der Mauer duckten sich.

»Hundsfott!«, fluchte Oswin, während die Pfeile hinter ihnen an der Mauer zersplitterten.

Kai schaute Cedric an, der eine Braue hob. Gleichzeitig griffen sie nach den Bogen, die Arthur und Oswin in den Händen trugen, legten einen Pfeil auf und kamen hoch. Zwei von Montforts Männern sackten gurgelnd in sich zusammen. Ein Pfeilhagel deckte die Zinnen der Burg ein, doch sie verschwanden rechtzeitig wieder in ihrer Deckung.

»Er hat nicht genug Männer für eine regelrechte Belagerung«, meinte Kai, der sich Oswins Köcher reichen ließ.

Cedric stimmte ihm zu. »Sie werden sich auf das Tor konzentrieren.«

Kai neigte sich vor und betrachtete die schweren Balken auf der Innenseite. »Wir werden es verstärken müssen.« Er wandte sich an Oswin. »Sind alle Männer auf den Mauern?«

»Alle, die wir haben, Herr.« Er blickte verlegen zu Boden. »Es ist nicht mehr so wie einst.«

Kai legte ihm die Hand auf die Schulter. »Das wird wieder, Oswin. Ist die Waffenkammer geöffnet?«

Oswin wagte einen Seitenblick auf Rowena. »Wenn die junge Herrin ...?«

»Herrgott, die Schlüssel hängen doch in Vaters Zimmer«, rief sie. »Ich gehe sie holen.«

Kai hielt sie noch einen Moment zurück. »Was ist mit dem Dorf?«, fragte er. »Dort stieg Rauch auf.«

Edith und Oswin schauten einander an. »Wir haben Harry hingeschickt«, sagte sie. »Er sollte William holen. Wir dachten, William würde schon wisssen ...«

»Ja, und?«, fragte Kai ungeduldig, als die Antwort ausblieb.

Edith suchte Stärke bei ihrem Mann. Sie rang die Hände. Schließlich stieß sie hervor. »Sie kamen nie zurück.«

Kai hängte sich entschlossen den Bogen über die Schulter. »Ich gehe nachsehen.«

»Wie willst du das machen?« Ängstlich hielt Rowena ihn an der Schulter zurück. »Du kannst doch nicht dort hinausgehen?« Ihr war nicht wohl bei dem Gedanken, ihren Bruder, den sie eben erst wiedergefunden hatte, von ihrer Seite zu lassen.

Ernst machte er sich los. »Es gibt einen Weg.« Er schien nicht gewillt, mehr zu sagen oder sich verabschieden zu wollen. »Frag nicht.« Dann wandte er sich an Cedric. »Kann ich mich auf dich verlassen hier?«, fragte er.

Der junge Graf von Cloagh nickte nur.

»Meinst du den Tunnel unter der Gruft?«

Als er sich erstaunt umwandte, konnte Rowena es sich nicht verkneifen, ihn anzufunkeln. »Glaubst du, ich kennte als Einzige nicht, worüber hier jeder Pferdeknecht Bescheid weiß?«

Konsterniert wandte Kai sich noch einmal nach ihr um. »Davon brauchst du nichts zu wissen, Rowena«, erwiderte er scharf. »Dies ist nicht deine Angelegenheit!«

»Ach ja?«, fauchte sie, nun vollends in Zorn geraten. »Wenn das so ausschließlich deine Angelegenheit ist, dann hättest du uns mal nicht alleine lassen sollen, Vater und mich und Angia.« Voll Genugtuung sah sie, wie er bei der Nennung dieses Namens zusammenzuckte.

»Du weißt ja nicht, was du redest«, sagte er leise und drohend.

Rowena lachte bitter auf. »Und Elidis verteidigt dich auch noch. Dabei bist du nichts als ein selbstgerechter Mistkerl, hörst du mich, Kai de Forrester?« Aber ihr Bruder hastete bereits die Stufen hinunter und rannte über den Hof.

Erbittert schaute Rowena ihm nach. Cedric war es schließlich, der sie aus ihren Gedanken riss. »Wir brauchen den Schlüssel«, sagte er und fügte lauter an ihr Gefolge gewandt hinzu: »Fahrt alle Wagen und Karren vor das Tor und verkeilt sie fest ineinander. Packt drauf, was ihr findet. Wir müssen es verstärken, so gut es geht.« Er wandte sich an die Knappen. »Liegen Steine bereit?« Er wies auf die Öffnungen über dem Tor, durch die heißes Pech, Wasser oder Steinbrocken hinuntergekippt werden konnten. »Ich will vor jeder einen gut gefüllten Korb, und zwar schnell. Wie sieht es mit den Vorräten aus?« Er packte Edith am Arm, die zu Rowenas Erstaunen keine Anstalten machte, sich das zu verbitten. Mit Verwunderung stellte sie fest, dass Cedric mit seiner natürlichen Autorität all diese Menschen sofort in seinem Bann hatte. Und als er nun die alte Beschließerin anlächelte, errötete sie doch tatsächlich und griff sich kurz in die Haare, ehe sie ihm gewissenhaft antwortete.

Rowena schüttelte den Kopf, nicht ohne Stolz. Doch als auch sie loslaufen wollte, um Cedrics Befehlen zu gehorchen, zog mit einem Mal ein glühender Streifen über den Himmel. Er schlug harmlos klirrend auf den Steinen des Hofes ein, nahe der Pferdetränke, wo sich eine große Pfütze ausbreitete.

»Was …?«, entfuhr es Rowena. Wie alle starrte sie auf das unglaubliche Schauspiel vor ihren Augen, sah sie die Flammen, die blau und orangenfarben tanzend brannten, schwimmend auf dem Spiegel des Wassers.

»Es geht im Nassen nicht aus. Das ist doch nicht möglich«, hauchte sie.

Cedric biss die Zähne zusammen und wechselte einen raschen Blick mit Colum. »Doch«, erwiderte er. »Ich habe es bei den Sarazenen gesehen. Sie nennen es das Griechische Feuer.«

»Wie hat dieser Teufel es in die Hand bekommen?«, knurrte Colum.

»Er war Kreuzfahrer«, erwiderte Rowena. »Ich weiß noch, wie Vater sagte, einer wie der brächte sich keinen Segen mit aus dem Heiligen Land.«

Ein weiterer Pfeil zischte über ihre Köpfe hinweg. Er schlug in der Stalltür ein, die sofort zu brennen begann.

»Holt die Pferde heraus!«, brüllte Cedric. »Schnell! Besprengt die Dächer und Tore. Und holt Sand.« Er hielt inne, um Atem zu schöpfen. »Wasser löscht es nicht«, rief er dann, »ihr habt es gesehen. Holt Sand und Decken!«

Sein Blick traf den Rowenas. Sie öffnete die Lippen, aber keiner von ihnen sagte ein Wort. Es gab nichts mehr, was sie nicht wussten. Schließlich nickte sie und ging. Cedric kauerte sich neben Colum, der ihm mühsam zulächelte. »Die Schlange von Cloagh«, murmelte er, »stehe uns bei.«

73

Das Erste, was Kai bemerkte, als er am Ende des Tunnels ins Innere des Feenhügels trat, war der Lichtstrahl, der aus der neu entstandenen Öffnung hinab in die gewölbte Kammer fiel, durch die Rowena seinerzeit hier hereingestürzt war.

»Was ...«, murmelte er und ging darauf zu, verstummte aber sofort und drückte sich an die Wand, als er von dort oben Schritte hörte.

»Kannst du was erkennen?«, fragte eine Stimme nahe dem Loch. Von weiter oben, dem Gipfel des Hügels, kam eine undeutlichere Antwort:

»Prima Aussicht von hier oben«, hörte er, »aber ich sehe nur den verdammten Wald.«

»Sie sollten schon längst zurück sein«, meinte der untere. »Wenn diese verdammte Hexe sie bloß nicht in die Irre geführt hat. Stecken doch hier alle mit diesen Heiden unter einer Decke.« Ein Stein wurde gekickt.

»Glaub ich nicht, der Wald ist eben groß, ein einziges Dickicht, sag ich dir. He, was ist?«

Der erste Wächter antwortete. »Hier gibt's was.« Seine Stimme klang nah wie nie zuvor.

Kai, der sich an die Wand gedrückt hatte und mit wachsendem Schrecken diesem Gespräch lauschte, blickte auf. Steinchen rieselten von oben herab und sprangen um seine Füße. »Hier ist eine Öffnung, ich werd verrückt. Das Ding ist hohl.«

Für einen kurzen Moment erblickte Kai den Umriss eines Kopfes im Gegenlicht. Dann fuhr ein Stock in das Loch herunter.

»Ich werd mal bisschen stochern. Was zum Teufel ...«

Mit einem verzweifelten Sprung war Kai hochgeschnellt und hatte den Stock gepackt. Der überrumpelte Mann kam nicht mehr dazu loszulassen und wurde kopfüber hinuntergezogen. Schwer schlug er auf Kai auf, der sich mühte, auf die Beine zu kommen und schon über dem anderen war. Mit der Kraft eines Zornes, von dem er nicht geahnt hatte, dass er in ihm steckte, drückte er seinem Gegner die Kehle zu. »Wer seid ihr?«, verlangte er zu erfahren. Der Mann würgte. Kai lockerte seinen Griff gerade so weit, dass er hervorstoßen konnte: »Männer des Bischofs von Exeter.«

»Exeter?«, entfuhr es Kai erstaunt. »Was hat er hier zu suchen? Rede!«

»Die Heiden.« Der Mann packte Kais Handgelenke mit den Fäusten und rang nach Luft. »Die Heiden im Wald!«

»Das ist nicht wahr! Sag, dass das nicht wahr ist!«

Der Mann verzog das Gesicht. »Er hetzt sie mit Hunden, verflucht!« Er wand sich und lief blau an.

»He, Ralf, bist du da unten?« Das Innere der Halle verdunkelte sich, als das Gesicht des zweiten Wächters sich vor die Öffnung schob.

Kai versetzte seinem Gegner einen Faushieb und fuhr herum. Den Bogen abstreifen, einen Pfeil auflegen und schießen war eine Bewegung. Der Mann sackte zusammen und stürzte ihm vor die Füße, wo er eingerollt wie ein Embryo liegen blieb.

»Verfluchter Hund!« Der andere sprang ihn von hinten an. Kai stieß ihm den Ellenbogen in die Rippen und kam frei. Er zog sein Schwert und durchbohrte den Mann, der in die Knie sackte und böse die Zähne bleckte, die rotes Blut verschmierte. Im selben Moment hörte er die Hunde.

Hastig lief Kai zu dem verborgenen Ausgang und öffnete die steinerne Tür, die sich wie eh und je leicht in ihren Angeln drehte. Er fegte Efeu und Spinnen beiseite, kämpfte sich durch Ranken und Gebüsch und stand im Freien. So rasch er konnte, erklomm er den Hügel und hatte nun, wie der eine Wächter versprochen hatte, eine erstklassige Aussicht auf die Umgebung. Das Dorf, stellte er mit einem ersten Aufatmen fest, schien unversehrt; auch konnte er keine Bewaffneten entdecken. Vom Wald her allerdings erscholl immer lauter das Gekläff der Meute. Und dann sah er sie.

Angia war es, die allen voranlief. Auf ihren Schultern hatte sie ein Kind sitzen, ein weiteres hockte auf ihrer Hüfte. Sie taumelte mehr, als dass sie rannte, dem Hügel entgegen. Nun hatte sie das halbwegs offene Gelände mit dem niedrigen Birkenbewuchs und den Haselhecken erreicht, das sich bis zum Hügel zog. Kai schrie und winkte, aber sie nahm ihn nicht wahr. Hinter ihr kamen in dichter Reihe die Bewohner des Dorfes. Mit klopfendem Herzen begann Kai zu zählen, dann gab er es wieder auf, zu viele. Doch sie schienen da zu sein, sie schienen alle da zu sein. Schon konnte er das Ende des Zuges erkennen. Im selben Moment aber entdeckte er die Reiter des Bischofs. Dem Fußvolk und selbst der Meute voraus, preschten sie von der Seite heran. Kai sah, wie die Pferdeleiber das hohe Gras teilten; er verfolgte die Linie, auf der sie sich bewegten, und erkannte, dass sie den Pfad des Alten Volkes kreuzen würden, ehe alle die rettende Halle erreichen würden.

»Nein«, schrie Kai in den Wind, »schneller! Ihr müsst euch beeilen.« Doch niemand dort drunten konnte ihn hören.

Da endlich der Letzte ... Es war William. Kai erkannte den Pfarrer an seinem wehenden schwarzen Gewand. Er wunderte sich nicht über das Schwert, das er in beiden Händen hielt, er war nur dankbar, ihn zu sehen. Der Priester stolperte rückwärts, gegen die Hunde gewandt, die schon nach seinen Säumen schnappten.

»Na gut!«, knurrte Kai. Er legte einen Pfeil auf die Sehne und zielte lange. Dann ließ er los.

William sah das Maul, das nach seiner Kehle schnappte. Er hob die Klinge; da brach das Tier im Sprung zusammen und schlug mit dumpfem Krachen vor seine Füße. Seine Artgenossen, die das Blut rochen, bellten aufgebracht. Mit einem Hieb brachte William den nächststehenden zum Schweigen. Er hatte keine Zeit, sich zu wundern, woher der Pfeil kam, sofort drohte das nächste Vieh an seinem Schwertarm zu hängen, und nur ein Schlag mit dem Knauf auf die geifertriefende Schnauze rettete ihn. Die Menschen hinter ihm schrien auf. Verzweifelt ließ William die Schneide auf den Rücken des dritten Hundes niedersausen und wandte sich dann um. Da hatten die Reiter seine Schützlinge bereits erreicht. Schon hoben sie ihre Waffen.

Aber der erste von des Bischofs Männern fiel, einen Pfeil im Hals, der zweite bremste sein Pferd in vollem Galopp, um zu sehen, wo der unerwartete Angreifer herkäme. Ein dritter ritt ihn beinahe über den Haufen und krachte in die Menschenmenge, wo er zu Fall kam. William hörte die Schreie derjenigen, die von den Hufen des um sich tretenden Pferdes getroffen wurden, er sah die gezückten Schwerter, die erhobenen Arme, die nackt die Klingen abzuwehren suchten.

Mit einem Aufschrei stürmte er vor, riss die ihm Nahestehenden mit sich, stieß sie voran. »Rennt«, brüllte er, »rennt!«

Dann war er bei den Reitern. Den am Boden liegenden erledigte er mit einem Stoß der Schwertspitze, dann holte er aus und trennte dem nächsten, der heranstürmte, die Seite des Pferdes auf. Das Tier ging mit einem fürchterlichen Schrei in die Knie, der Reiter stürzte schwer. William wartete nicht ab, bis er auf die Beine kam. Als er sich wieder aufrichtete, war der nächste schon über ihm. William wirbelte sein Schwert herum und stieß es mit beiden Händen nach oben über seinen Kopf, dass die Spitze dem Angreifer unter die ungeschützte Achsel fuhr. Der Mann brach auf ihn herunter.

Kai rannte den Berg hinab, noch im Laufen Schuss um Schuss abgebend, um zu William zu gelangen, denn langsam holten auch die Fußsoldaten auf. »Weiter, weiter, immer weiter«, rief er denen zu, die innehielten. Gesichter wandten sich ihm zu, verzerrt, atemlos, ohne ihn zu sehen oder zu begreifen. Kai hielt nicht an, bis er an Williams Seite war.

»Harry?«, keuchte der, da er nur aus den Augenwinkeln eine Gestalt wahrnahm. »Hab ich dir nicht gesagt …?« Dann erkannte er den Sohn seines Herrn und verstummte.

»Oh, Herr«, murmelte er und verstummte. Es schien ihm ein Wunder zu sein, die Antwort auf Gebete, die zu sprechen er nicht mehr die Zeit gehabt hatte. Gott hatte ihn nicht vergessen, bei allem, was er tat. Für einen Moment schloss er die Augen. Er fühlte sich ruhig in diesem Moment, von großem innerem Frieden.

»Sie kommen«, sagte Kai nur und deutete auf das hohe gelbe Gras, hinter dem das Fußvolk anrückte.

»Ja.« Es gab sonst nichts zu sagen.

Im Inneren des Hügels kam der Flüchtlingstreck zur Ruhe. Alle waren außer Atem, die Gesunden stützten die Verwundeten, ließen sie auf den Boden sinken, schauten sich nach Hilfe um. Angia aber, auf die alle hofften, stand am Eingang und starrte hinaus auf den Kampf. Ihre Hände lagen auf der steinernen Türfassung und zuckten; es war ihre einzige Regung. Sie hörte auch nicht, als man ihren Namen rief.

»Also gut!« Es war Elidis' Stimme, die sich auf einmal laut und deutlich über dem allgemeinen Gemurmel hören ließ. Sie stand auf, schlank und zerbrechlich, ihr aufgelöstes, zerzaustes Haar umgab sie wie eine Aureole. Sie räusperte sich unsicher, denn sie war es nicht gewohnt, ihre Stimme in einem großen Kreis zu erheben. Sie wusste selbst kaum, woher sie die Kraft nahm, sich zwischen allen hinzustellen, aber sie tat es. Kai, dachte sie dabei mit klopfendem Herzen, er war wieder da, sie hatte ihn gesehen; er hatte sie gerettet. Es war keine Vision gewesen, kein zitterndes Bild in einer Schale. Er war zu ihr gekommen. Und sie war sicher, dass er das hier von ihr erwarten würde.

»Der Hüter hat gesagt, wir sollen weitergehen«, rief sie mit ihrer hellen, kindlichen Stimme, die heute so ernst klang. »Also gehen wir auch weiter. Kommt!« Sie eilte von einem zum anderen, rüttelte die Dasitzenden auf und trieb die Kinder an, die mit großen Augen in ihr Gesicht schauten und sich das übliche sonnige Lächeln von Elidis erhofften. Sie streichelte sie tröstend. »Der Hüter ist da. Es kann uns nichts geschehen.« Dann richtete sie sich wieder auf. »Wer hat die Kienspäne? Zündet sie an. Nur Mut! Es ist nicht mehr weit.« Schließlich, als sie sicher war, dass ihre Anweisungen befolgt wurden, ging sie hinüber zu Angia. Die wandte nicht einmal den Kopf nach ihr um. Die Arme um den Leib geschlungen stand sie da und starrte auf die Kämpfenden.

»Auch er ist dort draußen«, sagte Elidis.

Angia nickte, doch sie rührte sich nicht. Seite an Seite standen sie da und sahen, wie die Männer des Bischofs Kai und William umzingelten.

74

»Ich sagte, Wasser löscht es nicht, verdammt! Nehmt Sand!« Cedric wischte sich über die Stirn und kauerte für einen Moment an der Mauer nieder. Er spürte die Hitze unter seinen Füßen. Das Tor stand in Flammen, und unerbittlich prallte wieder und wieder der Baumstamm dagegen, aus dem Montforts Männer ihren Sturmbock improvisiert hatten. Ohnmächtig hatten sie den Axtschlägen gelauscht und zusehen müssen, wie sie ihn aus dem Wald schleiften. Und obwohl Männer im braunschwarzen Wams tot rechts und links des Weges am Tor lagen, gespickt mit Pfeilen oder erschlagen von Steinen, würden sie doch nicht verhindern können, dass das Tor in Bälde barst. Kritisch musterte Cedric den Verhau, den sie dahinter geschaffen hatten, damit die Feinde gezwungen wären, sich ihren Durchgang zu erkämpfen und nicht einfach den Hof stürmen konnten. Doch auch das würde sie nur für Momente aufhalten.

»Hier, trink«, sagte Rowena und reichte ihm kniend eine Schale. Dankbar griff Cedric danach und hielt dabei eine Weile ihre Hände mit den seinen fest. Sie lächelte ihn an. Dann nahm er die Schale und trank. »Und nun geh in den Palas«, sagte er, als er ihr das leere Gefäß reichte. »Alle Frauen sollen sich dorthin zurückziehen.«

Rowena schüttelte den Kopf. »Nein«, sagte sie.

»Liebste«, bat er.

»So hast du mich noch nie genannt«, flüsterte sie und berührte mit den Fingerspitzen seine Lippen, als könnte sie die Worte dort ertasten.

»Liebste«, wiederholte er.

Unter ihnen krachte das Tor. Der Aufbau aus Karren und Balken dahinter erbebte. Brennendes Stroh wirbelte zu ihnen hoch.

»Den hab ich«, jubelte Colum neben ihnen grimmig.

»Bitte«, wiederholte Cedric.

Rowena schüttelte den Kopf. »Nicht in den Palas«, sagte sie, ergriff erneut seine Hände und drückte sie, bis sie sicher war, dass er ihr zuhörte. »Es gibt einen Gang, einen Gang hinaus, Cedric, dort.« Sie wies auf den Eingang zur Gruft. »Siehst du das runde Fenster? Dort hinein, die Tür ist rechts, versteckt hinter einer Grabplatte.« Sie strich über sein Gesicht. »Aber ich werde nicht hindurchgehen.«

»Doch, du wirst.« Entschlossen packte Cedric sie am Arm. »Ich bin nicht wiedergekommen, um zu sehen, wie du stirbst.«

»Und ich will nicht sehen, wie du stirbst.« Rowena schluckte. Wieder fuhr der Baumstamm gegen das Tor, das in den Grundfesten erzitterte.

»Kevin?«, sagte Cedric und langte nach dem jungen Knappen. Der fuhr sich mit dem Arm über das Gesicht, wo Asche und Tränen schmutzige Striemen hinterlassen hatten. Cedric schob ihn Rowena zu: »Du gehst mit ihr«, sagte er und fügte hinzu, als der Junge trotz seiner Angst protestieren wollte: »Keine Widerrede.« Über seinen Kopf hinweg blickte er Rowena in die Augen. »Wir werden beide versuchen, am Leben zu bleiben.«

»Versprich es«, flüsterte sie.

»Das Tor!«, brüllte Colum. Es wachte im selben Moment. Rowena wusste kaum, wie sie mit dem Kind die Treppe hinunter und über den Hof gekommen war. Einen Augenblick hielt sie in der dämmrigen Kühle der Gruft inne, durch deren Mauern die Feuerhitze und der Lärm des Gefechtes nur gedämpft drangen. Der Frieden tat ihr wohl, doch er war trügerisch. »Die Tür«, murmelte sie und ging die Grabplatten ab, bis sie endlich die richtige fand.

Entgeistert schaute Kevin ihr zu. »Hilf mir«, forderte sie.

»Was ist das?«, fragte der Junge schaudernd, als sich die Öffnung auftat. »Ein Grab?«

»Ich hoffe es nicht«, sagte Rowena.

Zögernd stiegen sie die düstere Treppe hinab. Rowena verfluchte sich selbst, dass sie nicht an ein Licht gedacht hatte. »Draußen überall Feuer, und hier nicht mal eine Fackel. Aber wir sind bald in der Halle.«

»Da vorne ist etwas«, meinte Kevin schüchtern.

»Unsinn«, wies sie ihn zurecht. Dann aber bemerkte sie es selbst. An den Wänden des Aufgangs flackerte der Widerschein einer fernen, beweglichen Lichtquelle. »Es kommt jemand«, flüsterte sie. Und im ersten Moment regte sich Hoffnung in ihr. »Vielleicht Harry oder William.« Sie wollte schon rufen, als sie innehielt. Das war nicht ein einzelner Mann, auch nicht zwei. Eine Menge Menschen kam von dort unten auf sie zu.

»Kevin«, flüsterte sie und ging langsam rückwärts eine Stufe wieder hoch. »Bleib hinter mir.« Sie hatte nichts bei sich als das Messer an ihrem Gürtel. Das zog sie und verharrte so, dicht an die Wand gepresst, und wünschte, sie wäre Angia und könnte mit dem Gestein verschmelzen, und sei es nur für einen Moment. Das Gemurmel kam näher, das Atmen vieler Münder, die Schritte. Schließlich erschien die Fackel. Geblendet schloss Rowena für einen Moment die Augen. Dann hörte sie ihren Namen: »Rowena!«

»Elidis!« Sie flüsterte es erst, dann schrie sie es und fiel der Freundin um den Hals. »Elidis«, wiederholte sie, als sie sich ein wenig beruhigt hatte. »Wo ist Angia?«

Elidis schlug die hellblauen Augen nieder. »Ich weiß es nicht«, flüsterte sie.

»Du weißt es nicht?« Kälte griff nach Rowena.

»Und Gondal?«, fuhr sie fort. Elidis schüttelte den Kopf.

»William, Harry? Und Kai?«, entfuhr es Rowena.

Da hob Elidis wieder den Blick. »Sie waren hinter uns. Sie waren alle hinter uns, Rowena.«

»Hinter euch?«, fragte Rowena und gewahrte nach und nach, dass sie sämtliche Dorfbewohner vor sich stehen hatte.

»Sie haben uns gejagt wie die Tiere«, fuhr Elidis fort.

»Wer?«, fragte Rowena. »Montfort?«

»Ich weiß es nicht. Kai und William haben sie aufgehalten am Feenhügel. Aber ich weiß nicht, für wie lange.«

Rowena biss sich auf die Lippen und lauschte auf das Schluchzen der Kinder in der Dunkelheit. »Sind es viele?«

Elidis nickte.

»Dann sitzen wir in der Falle«, sagte Rowena düster. Als sie Elidis' erschrockenes Gesicht sah, fügte sie hinzu: »Die Burg wird berannt. Sie sind vielleicht schon innerhalb der Mauern. Wir hatten gehofft, dies hier wäre ein Ausweg.«

Zunächst antwortete niemand. Dann trat ein junger Mann vor. Rowena kannte ihn vom Sehen aus dem Dorf und wusste, dass er Arval genannt wurde. Allerdings hatte sie nie mit ihm gesprochen; um die Männer der Gemeinschaft hatte sie, mit Ausnahme Gondals, einen Bogen gemacht seit Montforts Überfall. Nur von weitem hatte sie manchmal ihn und seine Freunde beobachtet, die die Jäger des Dorfes waren, vor allem, da ihr aufgefallen war, dass sich einige junge Mädchen in der Gruppe befanden, die wie die Männer auch die Jagdwaffen der Alten führten. Auch jetzt konnte sie unter den Gesichtern, die sich hinter Arval herandrängten, die einiger Mädchen erkennen. Doch es war Arval, der das Wort ergriff.

Rowena schaute ihn an. Er war groß, mit langen braunen Haaren, die er ähnlich wie Elidis mit zwei Zöpfen an den Schläfen bändigte. Seine zusammengewachsenen Brauen ließen ihn düster aussehen, aber als sie seine hellen, klugen Augen bemerkte, fragte Rowena sich mit einem Mal erstaunt, ob er möglicherweise mit Urdis verwandt war. Sie hatte die alte Frau nie gefragt.

»Wir sind Jäger«, sagte Arval, halb an sie, halb an seine Freunde gewandt, die zustimmend nickten und sich noch enger um ihn scharten. »Und wir haben unsere Speere dabei. Gondal wollte sich bewahren.« Ein Mädchen stellte sich neben ihn und hob ihre Waffe über den Kopf; sie trug eine Rebhuhnfeder im Haar. Ein anderer Junge, Haindal, trat an seine andere Seite und legte ihm den Arm um die Schulter. Arval erwiderte die Geste. Er erhob seine Stimme ein wenig. »Wir wollen uns einmischen.« Ein einstimmiger Schrei seiner Freunde bestätigte ihn.

Aus der Gruppe der Flüchtlinge wurde hier und da angstvoller Protest laut, aber es gab auch zustimmendes Brummen. Arval blickte nun Rowena voll ins Gesicht, während er auf ihre Antwort wartete. Rowena zögerte. Was, überlegte sie, würde ihr Vater sagen, was Angia, was Kai. Kai – der Gedanke durchschnitt sie wie ein Messer –, der allein dort hinten geblieben war. Keiner von ihnen war hier, um ihr zu raten. War sie denn die Hüterin? Nein, dachte sie aufbegehrend. Aber dies war auch eine Situation, wie es sie nie zuvor gegeben hatte. Es gab keinen Rat, das wurde Rowena in diesen Momenten deutlich, es gab keine Hilfe. Sie musste selbst entscheiden, was sie tun sollte. Langsam hob sie den Blick und schaute in Arvals Gesicht, das angespannt war, aber entschlossen, seiner selbst sicher und ohne Hass. Und sie beschloss, ihm zu vertrauen.

»Es ist gut«, sagte sie schließlich. »Elidis, bitte bleib bei den anderen hier unten. Und ihr, kommt mit mir.«

»Rowena?«, flüsterte Kevin, als sie wieder hinaufstiegen, die schweigenden Jäger hinter sich. »Wer ist das?«

»Oh«, antwortete Rowena, und trotz ihrer Angst empfand sie mit einem Mal einen unsinnigen Stolz. »Das sind alles meine Verwandten.«

»Seltsame Verwandte«, murmelte Kevin. Und in der Tat boten die Jäger einen eigenartigen Anblick, als sie die Burg betraten. Sie waren Rowena in die Waffenkammer gefolgt und hatten an sich genommen, was dort an Speeren und Spießen, Lanzen und Saufedern zu finden war. Dann, als Rowena ihnen voraus zum Wehrgang hetzen wollte, waren sie an einer Pfütze vor der Tür des Palas stehen geblieben und hatten sich nacheinander gebückt, um den Schlamm mit den Fingern aufzunehmen und sich damit Striche, Zacken und andere Zeichen ins Gesicht zu malen. Bald waren ihre Züge verwandelt in düstere, bröckelnde Masken, aus denen nur ihre Augen seltsam fremdartig blitzten. Sie nahmen ihre langen Haare hoch, manche drehten sie zu Knoten auf dem Kopf, andere wanden sie zu Pferdeschwänzen; die Männer streiften ihre Kleider ab und begnügten sich mit dem Lendenschurz, den sie darunter trugen, nicht ohne auch die nackte Brust mit Ornamenten zu verzieren. Schließlich bildeten sie einen Kreis und neigten die Köpfe zueinander. So verharrten sie für einen Augenblick, als wollten sie ihre Gedanken und ihre Kraft vereinen. Als sie sich trennten, stieg ihr Schrei wie aus einer Kehle zum Himmel.

Erschrocken wandten Cedric und die anderen, die im Hof gegenüber dem Tor Aufstellung genommen hatten, sich um. Was sie erblickten, waren schlanke, schnelle, geisterhafte Gestalten, die mit tierhaftem Geschick die Maueraufgänge erklommen und sich rings auf dem Wehrgang postierten. Die Umrisse der fantastisch aufgemachten Gestalten verschwammen im Rauch, und als sie ihre Positionen erreicht und die Speere gehoben hatten, waren sie kaum noch zu erkennen. Nur wer genau hinblickte, wusste, dass sie da waren, die blitzenden Augen, die bebenden Klingen, die sich schwer atmend hebenden Brustkästen.

Mit offenem Mund starrte der Ritter sie an. »Wer ...?«, fragte Cedric.

»Sie sind es«, flüsterte Colum, der sich mit glänzenden Augen umsah. »Wahrhaftig.« Seine Stimme bebte vor staunender Ehrfurcht. »Ich habe nicht umsonst gelebt, da ich dies sehen durfte.«

»Himmel«, flüsterte Cedric. Im selben Moment zerbarst das Tor.

Schwer atmend taumelte Kai in den Feenhügel. Angia griff nach ihm, um ihn zu halten. Er stützte sich auf ihre Schulter und wandte sich um. »William!«, brüllte er. »William!«

»Lauft weiter«, kam die Stimme des Priesters dumpf durch den Eingang. »Ich halte sie auf.« Man sah nur seine Silhouette, wie er mit mächtigen Hieben die enge Pforte verteidigte.

»Komm zu uns«, beharrte Kai und machte sich von Angia los, um wieder zu William zu stoßen. Vergeblich versuchte sie, ihn zurückzuhalten. Er blutete aus mehreren Wunden und konnte sich kaum noch auf den Beinen halten.

Während sie noch miteinander rangen, stieß der Pfarrer einen Schmerzensschrei aus.

»William!« Diesmal war es Angia, die rief.

»Lauft!« William torkelte herein. Von seiner linken Schulter floss das Blut. Als er die Wunde mit der Rechten zuzuhalten versuchte, quoll es ihm rot unter den Fingern hervor. »Lauft!« Er packte Angia und schleuderte sie gegen Kai. Überrascht taumelten beide auf den Tunneleingang zu, während Williams Verfolger bereits das Innere des Hügels stürmten. Noch einmal wandte der Priester sich um und hob das Schwert. Sein verzerrtes Gesicht zeigte, dass es ihn alle Kraft kostete, die er besaß. Der Erste, der durch die Tür trat, bezahlte das mit seinem Leben; sein zusammengesunkener Körper versperrte dem Zweiten den Weg. Mit wütenden Tritten suchte er den Leichnam beiseitezuschieben, um durchzukommen. William beobachtete es, rückwärts taumelnd. Als er in der Mitte der Halle stand, hob er für einen Moment den Kopf in den Nacken und schloss die Augen. Seine Knie zitterten, als wollte er gleich zusammensacken. Mühsam stützte er sich auf sein Schwert. Das dünne Licht aus dem Loch in der Kuppel fiel auf sein vor Erschöpfung bleiches Gesicht.

Angia stieß einen Schrei aus und streckte die Hand nach ihm aus. Kai aber hielt sie fest.

William hob die Linke in ihre Richtung; es war halb Abwehr, halb Gruß. Es hatte nur einen Augenblick gedauert. Schon drangen des Bischofs Männer in den Hügel ein und kamen mit erhobenen Waffen näher.

Kai wollte vorspringen, um William beizustehen, der kaum noch bei Bewusstsein zu sein schien. »Bleib«, rief er Angia zu. Doch die machte sich von ihm los und stieß ihn im Laufen mit dem Ellenbogen so heftig vor die Brust, dass Kai ein paar Schritte zurück in den Tunnel stolperte und nach den Wänden greifen musste, um sich zu halten. Überrumpelt musste er zusehen, wie sie zwischen den Bewaffneten hindurch zu William lief, der sein Schwert noch einmal gehoben hatte. Er wankte unter dem schieren Gewicht der Waffe, das Blut hatte sein Gewand getränkt und tropfte schwer aus dem Saum. Die Ritter des Bischofs bildeten einen Halbkreis um ihn und warteten ab, lauernd wie ein Rudel Wölfe. Als er in die Knie brach, hatte Angia ihn erreicht und fing ihn auf.

»Lauf«, flüsterte er. Über seine Lippen drang Blut. »Liebste.«

Angia schüttelte nur den Kopf. Mit tränenüberströmtem Gesicht zog sie ihn an sich und bettete seinen Kopf in ihren Schoß. Der Ring um sie schloss sich enger, sie hörte das Klirren der Waffen, roch den Stahl der Brustpanzer, den metallischen Geruch von Blut, während sie William umschlang und wiegte wie ein Kind. Sie beachtete den Bischof nicht, der hinter seinen Männern den Hügel betreten hatte und nun nach vorne kam, um seinen geschlagenen Gegner zu betrachten.

»Wir werden uns nicht noch einmal trennen«, sagte sie leise in sein Ohr und strich ihm das Haar aus der verschwitzten, besudelten Stirn. Traurig lächelte sie ihn an. »Dieses Mal lasse ich dich nicht alleine gehen.«

Kaum, dass es William noch gelang, ihren Blick mit dem seinen zu halten. Mit aller Konzentration hielt er die Augen offen, um den Anblick ihres Gesichtes damit zu trinken. Noch einmal streichelte sie ihn, dann neigte sie sich vor, um ihren Mund auf seine trockenen, aufgesprungenen Lippen zu drücken. Sie spürte sein »Ja« nur noch als Hauch auf ihrer Haut.

Dann, so rasch und beiläufig, dass keiner der Soldaten reagieren konnte, hob sie die Hand und legte sie auf die Felswand hinter sich, direkt auf die Linie aus Quarz, die im Halbdunkel schimmerte wie ein Regenrinnsal auf dem Stein. Im selben Moment aber, da Angia sie berührte, gab sie ein Sirren von sich und leuchtete auf, grell wie ein Blitz, der aufschoss, wuchs, sie blendete und in einem donnernden Krachen endete.

Der Bischof hob erschrocken den Kopf und streckte die Hände aus, als wollte er den Segen eines Himmels erflehen, von dem er hier unter der Erde weit, weit entfernt war. Mit einem bösen Laut erstrahlte der Stein an seinem Ring und zerplatzte in einem violetten Regen. Ein vielstimmiges Schreien stieg um ihn auf. Die Männer bedeckten die Augen mit den Händen und wandten sich ab. Auch Kai, der noch immer im Eingang des Tunnels stand, hob die Hand vors Gesicht. Sand rieselte mit einem Mal in sein Haar, der Boden unter seinen Füßen begann zu vibrieren, die Wände erzitterten. Ein unheilvolles Knirschen ertönte, und ehe die Männer recht begriffen, was geschah, ging ein Ächzen durch den Bau des Feenhügels, die Decke geriet in Bewegung, die mächtigen Steinquader spuckten Staub aus ihren Fugen und verschoben sich. Dann stürzte das Gewölbe über ihnen zusammen.

Kai duckte sich in den Tunnel. Vor ihm ging Erde nieder wie dichter Regen, es polterte und donnerte. Mehrmals holte ein Erdstoß ihn von den Füßen und er tastete, blind in dem allgemeinen Chaos, nach Wurzeln, um sich daran wieder hochzuziehen. Als es still wurde, stand er in völliger Finsternis. Die Kammer vor ihm gab es nicht mehr. Wo das Gewölbe gewesen war, häuften sich nun Felsen und Erde und hatten alles, was darin gewesen war, unter sich begraben. Der Feenhügel war nun Angias und Williams Gruft. Kai wollte es lange nicht glauben. Hilflos tastete er die Wand ab, die sich vor ihm aufgetürmt hatte. Eine Weile versuchte er, blind wie ein Maulwurf, Schutt und Steinbrocken mit den Händen wegzuräumen; er rief und schrie. Doch von jenseits der Verschüttung kam keine Antwort. Er lehnte seine Stirn gegen den Wall und wartete, bis sein Atem sich wieder normalisierte und das würgende Gefühl der Trauer nachließ. Noch einmal hieb er mit der Faust ins Erdreich, das den Schlag dumpf und unnachgiebig auffing.

Angia, dachte er, William, und er versuchte, nach ihnen zu spüren, so wie Gondal es ihn als Knabe schon gelehrt hatte. Doch sie waren nicht da. Alles, was er fühlte, war eine kleine Wärme, die verging.

»Wir sehen uns in einem anderen Leben«, murmelte er. Dann wandte er sich ab, um durch den langen dunklen Tunnel zu stolpern, denen nach, die vor ihm gegangen waren.

76

Cedric und seine Mitstreiter starrten wie hypnotisiert auf das Tor, das in sich zusammenbrach. Mit lautem, wütendem Kriegsgeschrei stürmten die Männer Montforts in den Hof.

»Auf sie! Und bleibt zusammen!«, kommandierte Cedric, der sich auf den ersten stürzte, noch ehe es diesem gelungen war, sich mit mächtigen Hieben und Tritten aus dem Verhau aus Wagen und Deichseln zu befreien. Aber Mann um Mann quoll aus der Öffnung, und schon bald wurden die verzweifelt Kämpfenden getrennt.

Rowena presste sich an die hölzernen Planken des Wehrgangs und musste hilflos mit ansehen, wie Arthur und Oswin mit weit ausholenden, vor nachlassender Kraft ungenau werdenden Hieben sich vier Mann vom Leib zu halten suchten, die sie Schritt für Schritt gegen die Wand des Palas zurückdrängten. Sie schloss die Augen, als die Lanze in Oswins Leib eindrang und er sich krümmte. Arthur neben ihm schrie mit verzerrtem Gesicht seine Wut und Verzweiflung heraus. Rowena konnte es über den Lärm hinweg hören und presste das Gesicht gegen das Holz. Es war warm und roch nach Rauch und Zerstörung.

»Vorsicht!«, kam da ein Schrei dicht in ihrer Nähe. In Arval, der neben ihr gestanden und Speer um Speer nach unten gesandt hatte, kam Leben. Er packte Rowena am Arm und zog sie hoch und hinter sich.

Drei Männer stürmten den Aufgang zu ihnen hoch und in ihre Richtung. Colum war hinter ihnen und sprang noch auf den Stufen dem letzten auf den Rücken. Ineinander verkrallt rollten die beiden Männer die Treppe hinunter und durch die brennenden Pfützen. Dem ersten der Angreifer stellte Arval sich entgegen. Mit einer leichten Bewegung wich er dem Eisen aus, das zischend auf seinen nackten, ungeschützten Bauch zielte, einmal und noch einmal. Der hölzerne Schaft seiner Waffe zerbarst, und er wurde rückwärts getrieben. Rowena hinter ihm folgte verzweifelt. Schon verzog sich der Mund des Ritters unter dem Helm zu einem Grinsen. Da hob Arval das gesplitterte Holz, warf es kurz hoch, tarierte es aus und schleuderte es dann mit Wucht auf seinen Feind. Die scharfsplittrige Spitze bohrte sich in die Kehle des Mannes. Er brach in die Knie. Hinter ihm wurde der zweite Angreifer sichtbar.

»Kevin«, schrie Rowena und versuchte nach dem Knappen zu fassen, der direkt in das erhobene Schwert des Mannes lief. Sie erwischte ihn nur knapp, und der Zipfel seines Gewandes glitt ihr durch die Finger. Hilflos musste sie mit ansehen, wie er unter dem Arm des Ritters durchtauchte und im Qualm verschwand. Irritiert hieb der Mann Montforts nach dem Jungen und wandte sich dabei um, kurz nur, aber es gab Arval die Zeit, den nächsten Speer zu packen. Als der Mann sich wieder umwandte, sah er nur noch die Spitze einer Klinge, die sich im nächsten Moment knirschend in sein linkes Auge bohrte.

Rowena stürzte zum Geländer, um nach Kevin Ausschau zu halten, den Cedric ihr anvertraut hatte und an dem sie festhielt wie an einem Versprechen ihres Geliebten, wiederzukehren. Ihr stockte der Atem, als sie sah, wohin der Junge lief.

Montfort hatte nicht lange gebraucht, um Cedric zu finden und zu stellen. Wie im Turnier von Windfalls stürzte er sich mit brutaler Kraft in den Kampf. Und Cedric hörte noch einmal die Stimme seines Knappen, die damals in der Abendluft erklungen war. »Dieser da, der wird dich töten!«

Wir werden sehen, dachte er und biss die Zähne zusammen. Montforts Hiebe waren mächtig, der Graf war stärker als Cedric, den er auch um einen halben Kopf überragte. Und es gab wenig, was man durch Geschick gegenüber diesem Kämpfer wettmachen konnte. Cedric konnte nicht umhin, die Technik des Mannes zu bewundern, der ihn Schritt für Schritt zurückdrängte. Er probierte es mit einigen Finten, versuchte alle Tricks, doch nichts verfing. Bald wurde er nurmehr Schritt für

Schritt zurückgedrängt. Als er die Mauer des Palas in seinem Rücken spürte, schloss er kurz die Augen und sprach ein kurzes Gebet. Für einen Moment wollte ihn Verzweiflung überwältigen. Montforts Klinge stieß nach seinem Hals, an dem er den eigenen Puls wild schlagen fühlte. Und er fragte sich, wie es sich wohl anfühlen würde, mit jedem Schlag sein Blut zu verströmen, bis zum Ende. Da packte ihn eine wilde Verzweiflung. Nein, das durfte nicht sein, er würde nicht sterben, würde Rowena nicht im Stich lassen. Er würde sie wiedersehen, sie in seine Arme nehmen, ihre Nähe spüren. Noch einmal wehrte er das Schwert seines Gegners ab. Seine Augen suchten Rowena.

Montfort lächelte, als er es sah. »Zeit, sich zu verabschieden«, murmelte er und holte zu einem Hieb nach Cedrics Kopf aus.

»Nein!« Es war Kevin, der da schrie. Verzweifelt war er über den Hof auf das kämpfende Paar zugelaufen, weder die fliegenden Speere beachtend noch die Hiebe oder das Feuer, nur den Mann im Auge, der ihn befreit und wie einen Sohn aufgenommen hatte, der alles war, was er auf dieser Welt noch besaß. Ohne Vernunft und Besinnung stürzte er sich mit nackten Händen auf Montfort und klammerte sich an dessen Arm fest.

»Kleine Kröte!«, knurrte der Recke überrascht und schüttelte ihn ab. Ein Schlag mit dem gepanzerten Arm genügte, um den Jungen in hohem Bogen in den nächsten Heuhaufen fliegen zu lassen, wo er dumpf aufschlug.

Cedric hatte sich vorgeneigt, den Hieb zu verhindern. Montforts Schlag traf nur seine Schulter, wo er den Harnisch spaltete und ihm ins Fleisch drang. Er brüllte vor Schmerz und Wut und stieß seinerseits zu. Das Schwert der Cloaghs fraß sich in Montforts Helmzier, wo es einen Moment feststeckte. Der wandte sich seitwärts und schlug ihm, indem er die gepanzerten Fäuste hochriss und gegen Cedrics verdrehtes Handgelenk krachen ließ, die Waffe aus der Hand. Schnell packte er sie selbst, zerrte sie frei und schleuderte sie außerhalb von Cedrics Reichweite.

Dann trat er seinem Gegner erneut entgegen. Als er ihn gestellt hatte, hielt er inne. In Ruhe streifte er sich den gespaltenen und verbeulten Helm ab. Verschwitzt und triumphierend lächelte er Cedric an. Über seine Stirn rann ein dünner Streifen Blut.

»Immerhin habt Ihr mich außer Atem gebracht«, gab er schwer atmend zu. Er wischte sich übers Gesicht und betrachtete das Blut auf seinen Fingern, das er zerrieb, als wollte er seine Qualität prüfen. »Ein wenig zumindest«, fügte er hinzu. Unter seinem wölfischen Lächeln wuchs die Wut. »Aber es hat nicht genügt.«

Wuchtig hieb er nach Cedric, der nichts tun konnte, als seinen nutzlos kurzen Dolch zu ziehen und Montfort mit aller Gewandtheit, die der Harnisch ihm erlaubte, auszuweichen. Da geriet er ins Stolpern.

Montfort hob das Schwert und lachte. »Umso größer wird mein Vergnügen sein, wenn ich Euch jetzt töte!«

77

Die wenigen Männer des Bischofs, die sich aus dem Feenhügel hatten retten können, lagen hustend und nach Luft schnappend auf dem Boden. »Was war das?«, klagte einer.

Keiner seiner Gefährten antwortete ihm.

»Und der Bischof?«, fragte einer.

Der Hauptmann wandte den Blick zurück zum Eingang, vor dem sich die Wolke aus Staub langsam senkte. »Dort drinnen lebt nichts mehr«, sagte er dumpf. Er wischte sich übers Gesicht und versuchte das Bild zu verdrängen, das vor seinem inneren Auge stand: sein Herr, die Arme erhoben, das Gesicht blutend, gespickt mit dutzenden kleiner, violett glühender Splitter, die seine Augen längst getötet hatten, sodass er schon nicht mehr sah, wie die Halle über ihm zusammenstürzte. »Was soll's«, brummte er und kickte nach einem Stein.

»Was machen wir jetzt?«, wollte ein anderer wissen.

»Bist du verrückt?«, erwiderte einer seiner Gefährten und spuckte aus, ehe er sich mühsam aufrichtete. »Wir verschwinden hier, so schnell wir können.« Zustimmendes Gemurmel antwortete ihm, während er sich den Staub von den Händen klopfte. Er starrte seine geschundenen Finger an. »Mit Männern nehme ich es auf, aber das hier war Zauberei.« Er wollte aufstehen, da sah er sich der Spitze eines Schwertes gegenüber.

»Keiner geht irgendwohin«, verkündete der Hauptmann seinem Haufen. Er hob den Kopf und witterte. Zufrieden roch er Rauch. Und die grauen Wolken, die in Richtung der Burg aufstiegen, ließen sogar ein Lächeln auf seinem Gesicht erscheinen. »Wir marschieren nach Forrest Castle zum Grafen«, kommandierte er. »Er wird uns Männer geben. Und dann spüren wir dieses Pack auf. Erst wenn ich mit jedem Einzelnen von ihnen fertig bin, dann verschwinden wir hier. Ist das klar?«

Wieder erhielt er keine Antwort. Die Männer blickten ihn an wie geprügelte Tiere. Aber sie gehorchten seinem Befehl. Eine verdrossene Karawane machte sich kurz darauf auf in Richtung Forrest Castle.

Als Harry aus dem Wald taumelte, brannten die Dächer der Türme von Forrest Castle. Der Flammenschein hatte ihm schließlich den Weg gewiesen, den er unterwegs mehrfach verloren hatte. Tränen hilfloser Wut rannen über sein Gesicht, dass er seine Zeit und Kraft umsonst vergeudet hatte und zu spät kam. Das Tor fand er offen, die Luft dahinter flirrend vor Hitze; undeutlich zeichneten sich kämpfende Gestalten hinter den Rauchschleiern ab. Er ballte die Fäuste und blickte sich um. Dort standen die Pferde des Grafen; er erkannte Montforts schwarzes Ross. Harry lief hin und zückte sein Schwert. Mit einem Hieb durchtrennte er die Zügel und trieb die Tiere, die ohnehin nervös waren von der Nähe des Feuers, mit lauten Schreien davon. Den Knecht, der ihn zu spät bemerkt hatte und der sich nun erhob, um ihm noch Einhalt zu gebieten, schlug er im selben Furor nieder.

Er wollte sich eben durch das Tor in den Hof stürzen, um den Seinen dort zu Hilfe zu eilen, als er die Reihe gepanzerter Männer sah, die sich in schnellem Schritt der Burg näherten.

»Exeter«, zischte er und drückte sich in den Torbogen, ungeachtet des Rauchs, der ihm in den Augen brannte. Sein Schwert hielt er mit beiden Händen vor der Brust, wie ein Kreuz. Für einen Moment spiegelte sich sein blasses, entschlossenes Gesicht in der Klinge.

Der Hauptmann war der Erste, der die Burg erreichte. Mit zufriedenem Gesicht nahm er das zerstörte Tor zur Kenntnis. »Der Graf war erfolgreich, Männer«, rief er und wandte sich zu seinen Leuten um, die ihm mit verbissenen Mienen gefolgt waren, beim Anblick der allgemeinen Zerstörung ringsum aber Hoffnung zu schöpfen schienen. Er holte tief Luft und hob sein Schwert. »Also: zum Aaan…!«

Es gelang ihm nicht, das Wort zu vollenden. Harry war aus seiner Nische herausgetreten und hatte zugeschlagen, hatte seine Waffe mit aller Wucht auf den Mann niedersausen lassen, der ihm einst das Fleisch von den Knochen geschnitten hatte. Erstaunt verstummte der Hauptmann. Er verharrte mitten im Schritt und starrte erst in das Gesicht des Jungen, das ihm vage bekannnt vorkam, dann auf die eigene Brust hinab, wo sich, als Harry den Arm senkte, ein klaffender, gezackter Spalt auftat. Er wollte Luft holen, um etwas zu sagen, aber nur blutiger Schaum füllte knisternd seine Kehle. Sein Blick verschwamm, und er drehte sich einmal um sich selbst, ehe er mit dem Gesicht nach oben zu Boden fiel.

Mit trotzigem Gesicht stellte Harry sich der Übermacht entgegen. Die Männer des Bischofs blickten auf ihren Anführer hinunter. Dann hoben sie den Blick, und was sie sahen, war nicht nur der Knappe. Hinter ihm lichtete sich der Rauch und gab den Blick auf den Hof frei, in dem Leichen mit dem Wappenrock des Grafen lagen. Rings auf dem Wehrgang aber standen Gestalten, die ihnen einen Schauer über den Rücken jagten, Krieger der Wildnis, mit wehenden Haaren, die Gesichter unmenschlich bemalt.

Sie traten einen Schritt zurück, dann noch einen. Schließlich wandte der Erste sich zur Flucht. Und ihm folgten im selben Moment alle Übrigen. Rennend ließen sie Harry und Forrest Castle, ließen sie den Ort ihres Schreckens hinter sich.

Der Knappe legte den Kopf in den Nacken und stieß einen Schrei aus, laut, urtümlich und aus der Tiefe seiner Seele.

78

»Kevin!« Als Rowena den Jungen erreichte, lag er halb benommen im Heu und hob nur den Kopf. »Müssen ihm helfen«, brabbelte er nur mühsam.

Im selben Moment rutschte etwas vor Rowenas Füße. Zischend wie eine Schlange schlidderte eine Klinge über den Stein und blieb vor ihr liegen. Sie erkannte Cedrics Schwert und hob jäh den Kopf: Dort stand ihr Geliebter, den Rücken zur Wand, geduckt. Mit einem Blick erfasste sie, dass er verloren war. Im selben Moment wichen Angst und Aufregung von ihr. Jenseits der Hoffnung, aber auch der Verzweiflung wurde Rowena ganz ruhig; sie schrie nicht, sie brach nicht zusammen. Ihr war, als höre ihr Herz einfach auf zu schlagen, als schwebe sie sacht davon. Der Lärm des Kampfes, die Burg und der Hof entfernten sich von ihr, alles verlor an Umriss und Deutlichkeit. Nur Cedric blieb, er allein und der schmale, messerscharfe Grat, auf dem sie sich zu ihm hin bewegte. Rowena wusste, klar und mit absoluter Gewissheit, was sie zu tun hatte. Und es fiel ihr ganz leicht.

Wie sie es schaffte, das spürte sie kaum mehr; jedes Gefühl für sich selbst war ihr abhanden gekommen, als hätte sie sich aufgelöst. Mechanisch neigte sie sich vor, griff nach der Waffe und hob sie auf. Das blaue Aufleuchten der Klinge schien ihr nicht heller als das Schimmern des Blutes in ihren Adern, das sie dahinströmen fühlte wie Bäche unter dem offenen Himmel. Ihre Hände waren eiskalt und fühlten nichts; ein Wunder, dass sie sich dennoch bewegten, ruhig sogar und ohne Hast, als sie nun auf Montfort zuging; sie wusste kaum, wie sie die Füße voreinander setzte, es war ihr, als dächte sie sich von Ort zu Ort, bis dorthin, wo er war.

Vielleicht sind wir ja schon gestorben, Cedric und ich, ging es ihr durch den Kopf, vielleicht ist alles schon geschehen und alles fühlt sich so seltsam an, weil es noch so ungewohnt ist, das Sterben. Ja, das musste es sein, sie war tot; deshalb hatte die Klinge in ihren Händen kein Gewicht, war nur eine Vibration, ebenso wie der Boden unter ihren Füßen, der eher Nebel glich und Klang als festem Grund. Deshalb kam es ihr vor, als habe sie keinen festen Körper mehr, als wäre er nicht verschieden vom Stein der Mauern ringsum. Es war nicht schlecht, tot zu sein, befand Rowena; sie war leicht mit einem Mal, so leicht wie ein Vogel.

Aber Rowena war nicht tot. Für einen Moment, ohne es zu begreifen, war Rowena eins mit der Welt der Dinge, wie Angia es ihr gezeigt hatte. Und die Priesterin hatte Recht gehabt; es war ein wunderbares Gefühl. Rowena breitete die Arme aus, als könnte sie fliegen.

Schon war sie an Montforts Seite, an ihm vorbei. Der Graf bemerkte sie nicht, er konnte sie nicht sehen, kein Mensch konnte das. Auch Cedric nicht, der in ihre Richtung starrte, weil sich dort sein Schwert wie von Geisterhand zu bewegen schien. Lächelnd reichte Rowena es ihm; ihm war es, als griffe er es sich aus der Luft. Cedric tat es mit der Verzweiflung des Todgeweihten, der keine Fragen stellt. Er packte zu, holte aus und landete den Hieb, ehe Leben in Montforts Augen kam und er begriff. Der Kopf des Grafen fiel herab und rollte vor Rowenas sichtbare, warme, lebendige Füße.

Cedric prallte zurück, als er sie bemerkte, so plötzlich war sie vor ihm aufgetaucht. »Was tust du hier?«, fragte er.

Sie lächelte wie jemand, der aus einem wunderbaren Traum erwacht. »Dich finden«, sagte sie. Unsicher tat sie einen Schritt und streckte die Arme nach ihm aus.

Da riss er sie an sich und hielt sie mit aller Kraft. »Du bist es wahrhaftig, du bist da.« Er vergrub sein Gesicht in ihrem Haar. »Du bist kalt«, fügte er nach einer Weile hinzu, als er ihre kühlen Wangen spürte, die klammen Finger. Sie zitterte in seiner Umarmung, und er versuchte unbeholfen, seinen Umhang um sie zu ziehen.

»Du wärmst mich«, flüsterte sie. Glücklich schmiegte sie sich an ihn.

Über ihre Schulter sah Cedric Arthur mit schweren Schritten auf sich zukommen, Colum an seiner Seite, der sich den kraftlos herabhängenden Arm mit der Linken an den Leib presste, daneben Harry. Hinter ihnen, wie ein Traum, kamen Arval und seine Männer. Cedric nickte ihnen zu, sein Blick verschwamm in Tränen. Er legte den Kopf in den Nacken, blinzelte in den Himmel, und dann, mit einem Mal, spürte er ein überwältigendes Gefühl in seiner Brust. Ein Lachen stieg aus seiner Kehle; Cedric lachte. Und seine Gefährten, die ihn erst anstarrten, als wäre er verrückt geworden, stimmten bald laut darin ein, herzhaft, ein wenig überdreht und begeistert, außer sich vor Freude darüber, am Leben zu sein. Arvals Gefährten hoben ihre Speere und stießen sie rhythmisch dreimal in die Luft. Aus ihren Kehlen kam dazu der Schrei, wie von einem Mann: »Ja! Ja! Ja!«

79

Kai de Forresters Hochzeit war eine Angelegenheit im Familienkreis. Die Saxtons waren anwesend, nebst einigen Nachbarn, die bei dem üppigen Mahl ihre Enttäuschung darüber vergaßen, nun keinen Grund aus dem Besitz der de Forresters erwerben zu können. Auch der Abt des nahen Klosters hatte sich herabgelassen zu erscheinen und lächelte jovial in die Runde, nur vielleicht ein wenig gezwungen, wenn der Bräutigam zu ihm hinüberblickte. Keiner erfuhr jemals, was die beiden unter vier Augen beredet hatten, nachdem Kai mit einer Handvoll Bewaffneter vor den Klostermauern von Stonebury erschienen war.

Doch erhob der Erbe der de Forresters niemals Anklage gegen den Abt. Dessen Zeugnis hingegen über den bedauerlichen Tod des Bischofs und den Leumund der Familie war so erschöpfend, dass der Nachfolger auf dem Bischofsstuhl von Exeter keine weiteren Nachforschungen anzustellen beliebte. Man ließ die Toten ruhen, und so fanden die Männer des Bischofs, die vor dem Feenhügel gefallen waren, ihr Grab Seite an Seite mit denen, die sie getötet hatten, im Wald.

Das Verhältnis von Kloster und Burg blieb vorbildlich. Aus den klösterlichen Wäldern sandte man Holz als Beitrag zum Wiederaufbau der Burg, der noch immer voranschritt; überall duftete es nach frischem Tannenholz, und der Boden im Festsaal war mit harzigen Spänen bestreut.

Niemand verlor je ein Wort über den alten Mönch, der eines Tages seinen Orden verließ und von einer Sänfte abgeholt wurde. Beim Festmahl erschien er nicht an der Tafel, doch ging das Gerücht von einem alten Oheim, der zu gebrechlich sei, an der Feier teilzunehmen. Edith tat ihm allerdings reichlich von allem auf einen Teller, um es ihm auf sein Krankenzimmer zu bringen; und ihre Hingabe wurde allgemein gelobt.

Die Braut war aus dem Norden, wie man hörte, und den jungen Grafen Cloagh mit seinem Tross hielt man allgemein für ihren Verwandten, der sie herbegleitet hatte. Überhaupt war man der Ansicht, dass es sich bei diesem Cedric um einen vorzüglichen Ritter handelte, dessen Haltung und Gestalt über jeden Tadel erhaben waren und der es zudem höchst leutselig verstand, die Gesellschaft zu unterhalten, kurz: ein junger Mann, den man einfach in sein Herz schließen musste und gegen den es keine Einwände gab. Die Braut wiederum galt als seltene Schönheit.

Und das war Elidis an diesem Tag. Sie trug ein blau schimmerndes Gewand, das ihre Augen leuchten ließ, und ihr Haar hing ihr in prachtvoller Fülle bis auf die Hüfte hinab. Die Stirn hatte sie nicht mit dem bestickten Stoffreif gekrönt, den Rowenas Mutter bei ihrer Hochzeit getragen hatte, sondern mit frischen Blumen, den letzten üppigen Rosen des Jahres, die sich weinrot und samtig an ihre hohe Stirn schmiegten, und jeder fand, dass ihr dies besser stand als sämtliche Edelsteine des Königreichs.

Auch ihr Mann schien dieser Meinung zu sein, denn seine bewundernden Blicke glitten immer wieder über die Frau an seiner Seite. Und hin und wieder konnte man beobachten, wie er ihre Hand nahm und ihr sacht die Fingerspitzen küsste.

Elidis errötete dann jedes Mal und betrachtete ihn liebevoll. Sie war glücklich – schon seit dem Moment, da Kai am Tag des Kampfes aus dem Dunkel des Tunnels auf sie zugestolpert war, er allein. Mit klopfendem Herzen hatte sie ihn erkannt und war ihm entgegengegangen, voller Angst und ahnungsvoller Furcht, und doch voll heißer Freude, ihn am Leben zu sehen. Sie war bereit gewesen, ihm über alles Rechenschaft abzulegen, ihm zu berichten, was sie für den Clan getan hatte, und sie war bereit, die schlimme Botschaft zu hören, die er für sie haben musste, da seine Gefährten nicht mit ihm kamen.

Einen Moment lang hatte sie befürchtet, er würde einfach an ihr vorbeigehen, weiter zu den anderen und nach Gondal oder Urdis fragen. Oder er würde sie am Ende gar nicht wiedererkennen. Aber er hielt direkt vor ihr inne. Eine Weile lang stand er nur da und rang um Atem, dann, völlig überraschend, neigte er sich vor, nahm ihren Kopf in beide Hände und presste seine Stirn gegen ihre. »Es tut mir leid«, stöhnte er.

Elidis begriff erst gar nicht, was er sagte.

»Es tut mir leid«, entrang es sich seiner trockenen Kehle ein weiteres Mal. »Ich ... ich konnte nicht ...« Und dann begann er zu schluchzen, heiß und haltlos, wie ein Kind.

Elidis nahm sein Gesicht in ihre Hände und spürte seine Tränen über ihre Finger laufen. Zuerst erschrak sie, dann aber fühlte sie eine neue, heiße Zuneigung in sich aufbrechen, wie eine heiße Woge, und sie war sich mit einem Mal vollkommen sicher in dem, was sie sagte oder tat.

»Es ist nicht deine Schuld«, flüsterte sie. »Du, ich, keiner konnte etwas daran ändern.« Sie streichelte sein Haar, schüchtern erst, dann mit wachsender Leidenschaft. »Es wird alles gut werden«, raunte sie ihm zu. Und als er die Arme um sie schlang und sie seinen vor Kummer bebenden Körper dicht an dem ihren spürte, da wusste sie trotz allem, trotz der Trauer um Angia, trotz der Kämpfe und der Furcht, dass es genau so kommen würde. Sie brauchte nicht einmal in die Schale sehen dafür, deren Umrisse sich hinter ihnen in der Dunkelheit abzeichneten. Die Gewissheit lebte in ihr. Innig drückte sie die Hand ihres Mannes, der seinen Stuhl zurückschob und sich räusperte.

»Eine Rede«, rief Saxton, als Kai sich erhob, »still doch, hört her.« Und die Tafelrunde verstummte. Kai lächelte seine Gäste an.

»Ich begrüße alle Verwandten und lieben Freunde an diesem Tag, an dem für Burg Forrest Castle so vieles neu geworden ist: ein neuer Erbe, eine neue Herrin«, er drückte kurz Elidis' Hand. »Und nicht zuletzt«, fuhr er gut gelaunt fort, »ein neues Dach.«

Wohlmeinendes Gelächter antwortete ihm.

»Wie ihr alle sicher wisst, bin ich an diesem Tag ein wahrhaft glücklicher Mann.«

›Hört-hört!‹-Rufe und Applaus unterbrachen ihn. »Aber ich bin es nicht allein. Denn nicht nur ich habe die vorzüglichste aller Frauen für mich finden dürfen, nein, einem anderen ist etwas Ähnliches geglückt. Und auch er hält seinen Fund für den vorzüglichsten, der je gemacht wurde.«

»Hört, hört«, rief Saxton und prostete Rowena mit einem Blinzeln zu.

»Bei der fraglichen Lady handelt es sich um meine Schwester.« Er grinste Rowena an, die ihm eine Grimasse schnitt.

Kai fuhr fort: »Ich bin ein glücklicher Mann, sagte ich. Ich habe eine Sippe, habe Verwandte, ja, Freunde gewonnen, zu denen das Schicksal selbst mich geführt hat und an die ich mich nun, da ich sie gefunden habe, mit Stolz und Freude auf jegliche Weise binden will für alle Zeit.« Er nickte Cedric zu und auch Colum, der hinter seinem Stuhl stand; dessen sonst so griesgrämiges Gesicht strahlte, als wäre er an diesem Tisch der Bräutigam. Und wahrhaftig, dachte der alte Knappe, dies ist mein Tag.

Kai hob die Stimme: »Und so habe ich die Ehre, heute nicht nur meine Hochzeit zu feiern, sondern auch den Bund zu verkünden, den meine Schwester Rowena schließen wird mit Cedric of Cloagh.«

Applaus quittierte diese Ankündigung.

»Also erhebt bitte Eure Becher und trinkt mit mir auf die Vereinigung zweier Sippen.«

»Auf die de Forresters und die Cloaghs«, riefen die Gäste in unregelmäßigem Chor. Kai und Cedric, Rowena und Elidis aber lächelten nur still und prosteten einander zu. Sie wussten besser als die anderen, von welchen beiden Sippen Kai in Wahrheit gesprochen hatte.

Als der Hochzeitszug Rowenas einige Wochen später die Burg in Richtung Norden verließ, waren die Gäste fort, denen hätte auffallen können, dass ihr Gefolge ungewöhnlich groß war. Ganze Familien drängten sich in den verhängten Wagen, Frauen und Kinder, deren Gesichter man im Dorf nicht kannte, und dazu eine Gruppe Jäger, die unter den Umhängen mit dem Wappen der de Forresters seltsame Kleider trugen und das Reiten wenig gewohnt schienen. Wer genau hinschaute, hätte den unglaublichen Umstand entdecken können, dass einige von ihnen Frauen waren.

Arval war es, der sie anführte. Sein Freund Haindal blieb mit einigen der Gruppe zurück. Er war es, der am längsten hinter den Aufbrechenden herwinkte. Seinen Speer in die Luft gereckt, sandte er ihnen den Jagdgruß der Alten nach. »Nimm ein Leben in Ehrfurcht!«, schrie er.

Arval, gehüllt in den ungewohnten Mantel, zügelte sein Pferd und wandte sich um. »Gib es in Würde!«, rief er. Tränen rannen über sein Gesicht, doch er lächelte. Ein Mädchen ritt an seine Seite. Sie pflückte die Rebhuhnfeder aus ihrem Haar und strich ihm damit über die Wange, zärtlich und neckisch zugleich. Sie nahm die Träne auf, betrachtete einen Moment andächtig, wie sie auf dem Gefieder perlte, schüttelte sie dann ab und rief ihm einen Scherz zu. Er drohte ihr zum Spaß und trieb sein Pferd an, um sie zu jagen.

Colum ritt unermüdlich am Zug entlang, war überall zugleich und sprach mit allen, hörte zu, beruhigte und erklärte. Urdis streckte ihren braunen Arm aus dem Wagen, als er vorbeikam, und tätschelte ihm die Wange, was ihn erröten ließ wie einen Knaben.

»Wirst du Mirrea nicht vermissen?«, erkundigte er sich bei der Alten und stopfte das Stroh in ihrem Rücken bequemer zurecht.

Urdis dankte es ihm lächelnd. »Sie wird die nächste Priesterin des Waldes, das wollte sie stets, und das wird sie erreichen. Sicher werde ich sie vermissen. Aber was du doch eigentlich fragen wolltest, ist, was so ein altes Weib wie ich noch in der Fremde will, richtig?« Sie kicherte, als sie sein Gesicht sah, dann winkte sie ab. »Es ist nie zu spät, noch etwas Neues zu erleben, mein Sohn. Und jetzt erzähl mir mehr von eurem Heiler, willst du?«

»Das Meer?«, hörte Cedric ihn wenig später auf die Zwischenfrage eines Kindes antworten. »Natürlich sieht man dort das Meer, warte es nur ab. Es spannt sich von Horizont zu Horizont, und darüber atmet der Himmel!«

Cedric schüttelte den Kopf. »Ich habe nicht gewusst, dass in Colum ein Poet steckt.«

Rowena lachte. »Ich wusste nicht, dass er lächeln kann. Als ich ihn kennenlernte, hat er mir Angst gemacht mit seinem düsteren Gesicht.« Sie dachte an die Nacht in Cedrics Turnierzelt in Windfalls, als sie an seinem Lager gesessen und um sein Leben gekämpft hatte. Wie fremd waren sie einander da noch gewesen, und doch hatte sie schon gespürt, was sie heute wusste: dass er ihre Geschwisterseele war, der eine Mensch, für den sie lebte.

Unwillkürlich fasste sie nach seiner Hand. Noch immer konnte sie es nicht recht fassen, dass er endlich da war. Dass sie ihn berühren, mit ihm sprechen, sich an ihn schmiegen konnte, wann immer sie es wollte. Und dass dies nun für den Rest ihres Lebens so sein sollte. Es schien ihr ein Glück, zu groß, um es ganz erfassen zu können. Rowena ließ sich darin treiben wie ein Vogel im Aufwind.

»Colum hat mich damals gefragt, ob ich eine Hexe sei«, spann sie den Faden ihrer Erinnerungen weiter.

»Und?«, erwiderte Cedric neckend, doch auch mit ein wenig Respekt in der Stimme. Er hatte nie vergessen können, wie sie damals im Hof der Burg vor ihm erschienen war, wie eine Erscheinung, eine allerdings, die er sein Leben lang bedingungslos verehren und anbeten würde. »Bist du das denn nicht?«, fragte er und fügte mit plötzlich rauerer Stimme hinzu: »Meine Liebste, meine über alles Geliebte.«

»Nein«, sagte Rowena und lächelte stolz. Sie erwiderte seinen heißen Blick, dann wandte sie sich um und strich sich das flatternde Haar aus der Stirn, während sie den Zug der ihren betrachtete. »Ich bin eine Hüterin.«

Ein geraubter Papyrus. Ein mordender Tempelritter. Eine fieberhafte Suche.

Barbara Goldstein
DER GOTTESSCHREIN
Historischer Roman
624 Seiten
ISBN 978-3-404-16363-2

Im Auftrag des Papstes sucht die florentinische Buchhändlerin Alessandra d'Ascoli in Jerusalem einen Papyrus, der aus dem Vatikan geraubt wurde. Sie weiß nicht, dass der Dieb sie verfolgt und ihr nach dem Leben trachtet. Den päpstlichen Archivar, der das wertvolle Dokument in den Gewölben des Vatikans beschützen sollte, hat der Tempelritter bereits getötet. Im Labyrinth unter dem Tempelberg greift er nun auch sie an. Ein Kampf auf Leben und Tod entbrennt.

Ein rasanter historischer Roman um das Vermächtnis des letzten Templers

Bastei Lübbe Taschenbuch

Ein goldenes Zeitalter. Eine Weltmacht am Abgrund. Ein Kampf um Liebe, Macht und Menschlichkeit.

Charlotte Thomas
DIE LAGUNE DES LÖWEN
Historischer Roman
960 Seiten
ISBN 978-3-404-16349-6

Venedig, 1502: Als Kinder begegnen sie einander zum ersten Mal – Laura, die vor ihren Feinden flieht, und Antonio, der sich mit Diebstählen über Wasser hält. Gemeinsam mit dem entlaufenen Sklaven Carlo und der Hure Valeria schlagen sie sich durch, immer mit dem Ziel, Elend und Hunger hinter sich zu lassen. Jahre später kreuzen sich die Wege von Laura und Antonio erneut. Ihre Beziehung ist von Leidenschaft bestimmt – und von Streit: Laura möchte ein ruhiges Leben, während Antonio vor allem eines will: Reichtum. Dafür setzt er alles aufs Spiel, auch dann noch, als ein Krieg das mächtige Venedig erschüttert und sie für immer zu trennen droht.

Bastei Lübbe Taschenbuch

Eine ereignisreiche Epoche, starke Charaktere und das Geheimnis des Tarots

Marisa Brand
DAS TAROT DER ENGEL
Historischer Roman
368 Seiten
ISBN 978-3-404-16375-5

London 1553. Mitten in der Nacht, im Irrenhaus von Newgate, in dem Geisteskranke als skurrile Attraktionen gefangen gehalten werden. Unter ihnen der Seher Enoch, der das Tarot der Engel beherrscht und die Zukunft Britanniens kennt. Er weissagt, dass Edward VI. bald sterben und eine Frau den Thron einnehmen wird.

Zur gleichen Zeit verführt ein Graf die geheimnisvolle Cass, um sie über den Gesundheitszustand des Königs und die Pläne seines größten Konkurrenten auszuhorchen. Tage später wird die junge Frau bewusstlos am Ufer der Themse angeschwemmt. Was macht sie für den Hof so gefährlich?

Bastei Lübbe Taschenbuch